T0282270

El Reino

Emmanuel Carrère

El Reino

Traducción de Jaime Zulaika

EDITORIAL ANAGRAMA
BARCELONA

Título de la edición original:
Le Royaume
© P.O.L. éditeur
París, 2014

Ilustración: «Los cuatro evangelistas», Jacob Jordaens. Foto © RMN-Grand Palais (Musée du Louvre) / René-Gabriel Ojéda

Primera edición en «Panorama de narrativas»: septiembre 2015
Primera edición en «Compactos»: junio 2024

Diseño de la colección: Julio Vivas y Estudio A

ISBN: 978-84-339-2646-3
Depósito legal: B. 3116-2024

Printed in Spain

Liberdúplex, S. L. U., ctra. BV 2249, km 7,4 - Polígono Torrentfondo
08791 Sant Llorenç d'Hortons

PRÓLOGO
(París, 2011)

1

Aquella primavera participé en el guión de una serie de televisión. El argumento era el siguiente: una noche, en una pequeña población de montaña, se aparecen unos muertos. No se sabe por qué ni por qué aquellos muertos en vez de otros. Ellos mismos no saben que están muertos. Lo descubren en la mirada asustada de las personas a las que aman y que les amaban, y a cuyo lado les gustaría recuperar su sitio. No son zombies, no son fantasmas, no son vampiros. No estamos en una película fantástica, sino en la realidad. Se plantea seriamente la pregunta: ¿qué ocurriría si, supongamos, esta cosa imposible sucediese *de verdad?* ¿Cómo reaccionarías si al entrar en la cocina encontrases a tu hija adolescente, muerta hace tres años, preparándose un cuenco de cereales, temerosa de que le eches una bronca porque ha vuelto tarde, sin acordarse de nada de lo que pasó la noche anterior? Concretamente: ¿qué gesto harías? ¿Qué palabras pronunciarías?

No escribo textos de ficción desde hace quince años, pero sé reconocer un potencial narrativo cuando me lo proponen, y aquél era con mucho el más intenso que me hayan propuesto en mi carrera de guionista. Durante cuatro meses trabajé con el realizador Fabrice Gobert todos los días, de la mañana a la noche, con una mezcla de entusiasmo y a menudo de estupefacción ante las situaciones que inventábamos, los sentimientos que manipulábamos. Después, por lo que a mí respecta, las cosas se fueron al traste con quienes nos financiaban. Tengo casi veinte años más que Fabrice, soportaba peor que él el hecho de tener que someterme a los exámenes continuos de unos chiquillos con barba de tres días que tenían edad de ser hijos míos y hacían muecas de hastío al leer lo que escribíamos. Era grande la tentación de decir: «Si tan bien sabéis lo que hay que hacer, hacedlo vosotros.» Sucumbí a ella. Desoyendo los sabios consejos de mi mujer y de mi agente, me faltó humildad y di un portazo a la mitad de la primera temporada.

No empecé a arrepentirme de este impulso hasta unos meses más tarde, muy concretamente durante una cena a la que invité a Fabrice y al director de fotografía Patrick Blossier, que había filmado mi película *La Moustache.* Yo estaba convencido de que era el hombre ideal para filmar *Les Revenants,* convencido de que Fabrice y él se entenderían de maravilla, como así ocurrió. Pero aquella noche, al escucharles hablar en la mesa de la cocina de la serie en gestación, de las historias que habíamos imaginado los dos en mi despacho y que ya se hallaban en la fase de elegir los decorados, los actores y los técnicos, sentí casi físicamente que se ponía en marcha esa maquinaria emocionante y enorme que es un rodaje, me dije que debería haber participado en la aventura, que no participaría por mi culpa, y de repente empecé a entristecerme tanto como aquel hombre, Pete Best, que fue durante dos años el batería de un grupito de Liverpool llamado The Beatles, y que lo abandonó antes de que consiguieran su primer contrato de grabación, y que me figuro que ha debido de pasarse el resto de su vida mordiéndose las manos. *(Les Revenants* ha cosechado un éxito mundial y, en el momento en que escribo, acaba de obtener el International Emmy Award que premia a la mejor serie del mundo.)

Bebí demasiado en aquella cena. La experiencia me ha enseñado que es mejor no explayarse sobre lo que escribes hasta que has terminado de escribirlo, y menos aún si estás borracho: esas confidencias exaltadas se pagan siempre con una semana de desaliento. Pero aquella noche, sin duda para combatir mi despecho, para mostrar que yo también, por mi cuenta, hacía algo interesante, les hablé a Fabrice y a Patrick del libro sobre los primeros cristianos en el que trabajaba desde hacía ya varios años. Lo había interrumpido para ocuparme de *Les Revenants* y acababa de reanudarlo. Se lo conté como se cuenta una serie.

La historia transcurre en Corinto, Grecia, hacia el año 50 después de Cristo, aunque nadie, por supuesto, sabe entonces que vive «después de Cristo». Al principio vemos llegar a un predicador itinerante que abre un modesto taller de tejedor. Sin moverse de detrás del bastidor, el hombre al que más adelante llamarán San Pablo teje su tela y, poco a poco, la extiende sobre toda la ciudad. Calvo, barbudo, fulminado por bruscos accesos de una enfermedad misteriosa, cuenta la historia de un profeta crucificado veinte años antes en Judea. Dice que ese profeta ha vuelto de entre los muertos y que su resurrección es el signo precursor de algo grandioso: una mutación de la humanidad, a la vez radical e invisible. Se produce el contagio. Los propios adeptos a la extraña creencia que se propaga alrededor de Pablo en los bajos fondos de Corinto no tardarán en verse a sí mismos como unos mutantes: camuflados de amigos, de vecinos, indetectables.

A Fabrice le brillan los ojos: «¡Contado así, parece de Dick!» El novelista de ciencia ficción Philip K. Dick ha sido una referencia crucial durante nuestro trabajo de escritura;

noto a mi público cautivado, me lanzo: sí, parece de Dick, y esta historia de los albores del cristianismo es también lo mismo que *Les Revenants*. Lo que se cuenta en esta serie son esos últimos días que los seguidores de Pablo estaban convencidos de que vivían, los días en que los muertos se alcen y se celebre el juicio universal. Es la comunidad de parias y de elegidos que se forma alrededor de este acontecimiento portentoso: una resurrección. Es la historia de algo imposible que sin embargo acontece. Me excito, me sirvo un trago tras otro, insisto en que mis invitados también beban y entonces Patrick dice algo bastante banal en el fondo, pero que me sorprende porque se nota que se le ha pasado por la cabeza de improviso, que no lo había pensado y que le asombra pensarlo.

Dice que es extraño, si te paras a pensarlo, que personas normales, inteligentes, puedan creer en algo tan insensato como la religión cristiana, algo del mismo género que la mitología griega o los cuentos de hadas. En los tiempos antiguos, se puede entender: la gente era crédula, la ciencia no existía. ¡Pero hoy! Si un tipo creyera hoy día en historias de dioses que se transforman en cisnes para seducir a mortales, o en princesas que besan a sapos que, con su beso, se convierten en príncipes encantadores, todo el mundo diría: está loco. Ahora bien, muchas personas creen en una historia igualmente delirante y nadie les toma por dementes. Les toman en serio, aunque no compartan sus creencias. Cumplen una función social menos importante que en el pasado pero respetada y más bien positiva en su conjunto. Su disparate convive con actividades totalmente razonables. Los presidentes de la República hacen una visita de cortesía al jefe de esa grey. Digamos que es extraño, ¿no?

2

Es extraño, sí, y Nietzsche, de quien leo algunas páginas con el café de cada mañana, después de haber llevado a Jeanne a la escuela, expresa en estos términos el mismo estupor que Patrick Blossier:

«Cuando en una mañana de domingo oímos repicar las viejas campanas, nos preguntamos: ¿es posible? Esto se hace por un judío crucificado hace dos mil años, que decía que era Hijo de Dios, sin que se haya podido comprobar semejante afirmación. Un dios que engendra hijos con una mujer mortal; un sabio que recomienda que no se trabaje, que no se administre justicia, sino que nos preocupemos por los signos del inminente fin del mundo; una justicia que toma al inocente como víctima propiciatoria; un maestro que invita a sus discípulos a beber su sangre; oraciones e intervenciones milagrosas; pecados cometidos contra un dios y expiados por ese mismo dios; el miedo al más allá cuyo portón es la muerte; la figura de la cruz como símbolo en una época que ya no conoce su significado infamante... ¡Qué escalofrío nos produce todo esto, como si saliera de la tumba de un remoto pasado! ¿Quién iba a pensar que se seguiría creyendo en algo así?»

Se cree, sin embargo. Muchas personas lo creen. Cuando van a la iglesia recitan el *credo,* del que cada frase es un insulto a la cordura, y lo recitan en francés, que se supone que es una lengua que comprenden. Mi padre, que me llevaba a misa los domingos cuando yo era pequeño, lamentaba que ya no fuese en latín, a la vez por el gusto al pasado y porque, me acuerdo de su frase, «en latín no te dabas cuenta de la idiotez que es». Podemos tranquilizarnos diciendo: no se lo creen. No más que en Papá Noel. Forma parte de una herencia, de bellas costumbres seculares por las que sienten apego. Al perpetuarlas proclaman un vínculo, que les enorgullece, con el espíritu del que surgieron las catedrales y la música de Bach. Farfullan el credo porque es algo habitual, al igual que nosotros, los *bobos,*[1] para quienes el curso de yoga de la mañana del domingo ha sustituido a la misa, farfullamos un mantra, imitando al maestro, antes de empezar los ejercicios. En ese mantra, no obstante, deseamos que las lluvias caigan en el momento oportuno y que todos los hombres vivan en paz, lo que sin duda representa un voto piadoso pero que no ofende a la razón, lo cual supone una diferencia notable con el cristianismo.

Aun así, debe de haber entre los fieles, junto a los que se dejan acunar por la música sin prestar atención a las palabras, algunos que las pronuncian con convicción, con conocimiento de causa, tras haber reflexionado sobre su sentido. Si se les pregunta, responderán que creen *de verdad* que hace dos mil años un judío nacido de una virgen resucitó tres días después de ser crucificado y que volverá para juzgar a los vivos y a los muertos. Responderán que estos acontecimientos constituyen el centro de su vida.

Sí, ciertamente es extraño.

3

Cuando abordo un tema me gusta tomarlo con pinzas. Había empezado a escribir sobre las primeras comunidades cristianas cuando se me ocurrió la idea de hacer un repor-

1. Neologismo de origen norteamericano que fusiona las palabras *bourgeois* y *bohemian* (burgués y bohemio) para designar a un estamento social, acomodado y culto, que vendría a ser el sucesor de los yuppies de los años noventa. Hoy es un término de uso común en los medios culturales franceses. *(N. del T.)*

taje paralelo sobre la fe de los creyentes actualmente, dos mil años después, y de inscribirme para ello en uno de los cruceros «en pos de las huellas de San Pablo» que organizan agencias especializadas en el turismo religioso.

Los padres de mi primera mujer, mientras vivieron, soñaban con este viaje y también con visitar Lourdes, pero a Lourdes fueron varias veces, mientras que el crucero de San Pablo se quedó en simple sueño. Creo que sus hijos hablaron en su momento de recaudar dinero para ofrecer a mi suegra, ya viuda, este viaje que le hubiera encantado hacer con su marido. Sin él había perdido la ilusión: le insistieron con desgana y luego se olvidaron del proyecto.

En cuanto a mí, desde luego, no tengo los mismos gustos que mis suegros, y me imaginaba con un regocijo teñido de pavor las escalas de media jornada en Corinto o en Éfeso, al grupo de peregrinos que sigue a su guía, un sacerdote joven que agita una banderita y cautiva con su humor a sus feligreses. He observado que es un tema recurrente en los hogares católicos: el buen humor del cura, sus bromas; sólo de pensarlo me entran escalofríos. En una tesitura así yo tenía pocas posibilidades de toparme con una chica bonita, y, en el supuesto de que sucediera, me preguntaba qué efecto me causaría una chica guapa que se había inscrito por su propia voluntad en un crucero católico: ¿era yo lo bastante perverso para que la perspectiva me pareciese sexy? Dicho esto, mi intención no era ligar, sino considerar a los participantes en el crucero un ejemplo de cristianos convencidos e interrogarlos metódicamente durante diez días. Esta especie de encuesta ¿había que realizarla de incógnito y fingiendo que compartía su fe, como hacen los periodistas que se infiltran en los ambientes neonazis, o más bien poniendo las cartas boca arriba? No lo dudé mucho tiempo. El primer método me disgusta y el segundo, en mi opinión, da siempre mejores resultados. Diría la verdad estricta: verán, soy un escritor agnóstico que intenta averiguar en qué creen *exactamente* los cristianos actuales. Estaré encantado si les apetece hablar conmigo; de lo contrario no les molesto más.

Me conozco, sé que todo iría bien. Al paso de los días, al cabo de comidas, de conversaciones, unas personas que me eran muy extrañas llegarían a parecerme atractivas, conmovedoras. Me veía en medio de unos comensales católicos, sonsacándoles con delicadeza, repasando por ejemplo el credo frase a frase. «Creo en Dios, Padre Todopoderoso, creador del cielo y de la tierra.» Ustedes creen en Él, pero ¿cómo lo ven? ¿Como un barbudo encima de una nube? ¿Como una fuerza superior? ¿Como un ser a cuya escala la nuestra sería la de unas hormigas? ¿Como un lago o una llama en el fondo de su corazón? ¿Y en Jesucristo, su único Hijo, que subió a los cielos «y desde allí ha de venir a juzgar a los vivos y a los muertos y cuyo reino no tendrá fin»? Háblenme de esta gloria, de este juicio, de este reino. Para ir al meollo del asunto: ¿creen que resucitó *realmente?*

Era el año de San Pablo: a bordo del barco, el clero brillaría con su máximo fulgor. Monseñor Vingt-Trois, arzobispo de París, figuraba entre los conferenciantes previstos. Había numerosos peregrinos, algunos viajaban en pareja y la mayoría de las personas solas accedían a compartir su camarote con un desconocido del mismo sexo, cosa que a mí no me apetecía nada. Con la exigencia adicional de un camarote individual, el crucero no era regalado: poco menos de dos mil euros. Pagué la mitad unos seis meses antes. Ya casi no quedaban plazas.

Al acercarse la fecha de la partida empecé a sentirme incómodo. Me molestaba que se viese en el mueble de la entrada, encima del montón de correo, un sobre con el membrete de los cruceros San Pablo. Hélène, que ya sospechaba que yo era, según su expresión, «un poco catolicón», veía mi proyecto con perplejidad. Yo no hablaba de él con nadie y caí en la cuenta de que en realidad me daba vergüenza.

Lo que me avergonzaba era la sospecha de que me embarcaba más o menos para burlarme, en todo caso movido por esa curiosidad condescendiente que constituye el incentivo de los reportajes televisivos donde se ven a lanzadores de enanos, a psiquiatras para conejillos de Indias o se emiten concursos de sosias de Sor Sonrisa, aquella pobre desventurada monja belga que cantaba «Dominique nique nique» con la guitarra, y que tras una breve hora de gloria acabó atrapada por el alcohol y los barbitúricos. A los veinte años escribí un artículo a destajo para un semanario que se proclamaba «moderno» y provocador, y que en su primer número publicó una encuesta titulada «Los confesonarios en el banco de pruebas». Disfrazado de feligrés, es decir, vestido lo más astrosamente posible, el periodista tendía una trampa a los curas de diversas parroquias parisinas confesando pecados cada vez más fantasiosos. Lo contaba con un tono divertido, dando por sentado que era mil veces más libre e inteligente que los desgraciados curas y sus feligreses. Incluso en aquella época me había parecido estúpido y chocante, tanto más porque el tipo que se hubiese permitido algo similar en una sinagoga o en una mezquita habría suscitado un coro de protestas indignadas desde todos los bandos ideológicos: al parecer, los cristianos son los únicos de los que te puedes burlar impunemente, poniendo de tu parte a los que se ríen. Comencé a decirme que, a pesar de mis afirmaciones de buena fe, había algo de eso en mi proyecto de safari entre los católicos.

Todavía estaba a tiempo de anular mi inscripción e incluso de que me devolvieran mi anticipo, pero no conseguía decidirme. Cuando recibí la carta en que me invitaban a pagar la segunda mitad, la tiré. Siguieron otras cartas intimándome al pago de las que no hice caso. Al final la agencia me telefoneó y respondí que no, que me había surgido un contratiempo, que no haría el viaje. La mujer de la agencia me señaló educadamente que debería haberlo comunicado antes, porque faltando un mes para que zarpara el crucero ya nadie ocuparía mi camarote: aunque yo no embarcara, tenía que pagarles todo el dinero. Me puse nervioso, dije que la mitad era ya mucho para un viaje que no haría. Ella esgrimió el contrato, que no dejaba lugar a dudas. Colgué. Durante unos días pensé en hacerme el sueco. Tenía que haber una lista de espera, un soltero piadoso que estaría encantado de aceptar mi camarote, de todas maneras no iban a llevarme a juicio. Pero quizá sí: la agencia disponía sin duda de un servicio jurídico, me enviarían una carta certificada tras otra, y si no pagaba acabaríamos delante de un juez. Me asaltó un súbito acceso paranoico al pensar que, aunque no soy muy conocido, aquello podría dar pie a un articulillo guasón en un periódico, y que en adelante asociarían mi nombre a un asunto ridículo de impago de los costes en un crucero para meapilas. Si soy sincero, aunque esto no lo hace necesariamente menos ridículo, diría que al miedo a que me pillaran con las manos en la masa se añadía la conciencia de haber proyectado algo que cada vez me parecía más una mala acción, y que era justo expiarla. Así que no aguardé a la primera carta certificada para enviar el segundo cheque.

4

A fuerza de darle vueltas a este libro, comprendí que era muy difícil hacer hablar a la gente de su fe y que la pregunta «¿En qué cree usted, *exactamente?*» es una mala pregunta. Por otra parte, necesité un tiempo increíble para comprenderlo, pero de todos modos acabé admitiendo que era descabellado buscar cristianos para interrogarlos como a personas que han sido tomadas como rehenes, han sido alcanzadas por un rayo o son los únicos supervivientes de una catástrofe aérea. Porque a un cristiano lo he tenido al alcance de la mano durante varios años, tan cerca como es posible estarlo, puesto que era yo mismo.

En pocas palabras: en el otoño de 1990 fui... «tocado por la gracia»; decir que hoy me fastidia formularlo de este modo es decir poco, pero así lo formulaba entonces. El fervor derivado de esta «conversión» –me entran ganas de poner comillas por todas partes– duró casi tres años, en el curso de los cuales me casé por la iglesia, bauticé a mis dos hijos, asistí a misa regularmente, y cuando digo «regularmente» no me refiero a todas las semanas, sino a todos los días. Me confesaba y comulgaba. Rezaba y exhortaba a mis hijos a rezar conmigo, cosa que ahora que son mayores les complace recordarme con malicia.

Durante esos años comenté cada día algunos versículos del Evangelio de San Juan. Estos comentarios ocupan una veintena de cuadernos que nunca he vuelto a abrir. No tengo buenos recuerdos de aquella época, he hecho lo posible por olvidarla. Milagro del inconsciente: la olvidé tan bien que pude empezar a escribir sobre los orígenes del cristianismo sin establecer una conexión. Sin acordarme de que hubo un momento en que *creí* en esta historia que tanto me interesa hoy.

Pero ahora, de golpe, me acuerdo. Y aunque me dé miedo, sé que ha llegado el momento de releer aquellos cuadernos.

Pero ¿dónde están?

5

La última vez que los vi fue en 2005 y yo estaba mal, muy mal. Ha sido, hasta hoy, la última de las grandes crisis que he atravesado, y una de las más severas. Por comodidad, cabe hablar de depresión, pero no creo que se tratase de eso. El psiquiatra al que consulté en aquel tiempo tampoco lo creía y pensaba que los antidepresivos no me prestarían ninguna ayuda. Tenía razón, probé varios cuyo único resultado fueron los indeseables efectos secundarios. El único tratamiento que me proporcionó un poco de alivio es un medicamento para psicóticos que, según el prospecto, remediaba las «creencias erróneas». Por entonces pocas cosas me hacían reír, pero aquellas «creencias erróneas» sí me provocaron una risa, si bien, la verdad, muy poco alegre.

En *De vidas ajenas* conté la visita que hice entonces al viejo psicoanalista François Roustang, pero sólo conté el final de la misma. Ahora cuento el comienzo: la única sesión fue densa. Le expliqué mis cuitas; el dolor incesante en lo más profundo de mi ser, que yo comparaba con el zorro que devoraba las entrañas del niño espartano en los cuentos y leyendas de la Grecia antigua; el sentimiento, o más bien la certeza, de estar en posición de jaque mate, de no poder amar ni trabajar, de hacer sólo daño a mi alrededor. Dije que pensaba en el suicidio y como, a pesar de todo, había ido a ver a Roustang con la esperanza de que me propusiera otra solución, al ver que para mi gran sorpresa no parecía dispuesto a proponerme nada, le pregunté, a modo de última posibilidad, si aceptaría psicoanalizarme. Yo ya había pasado diez años en los divanes de dos colegas suyos sin resultados notables; al menos, eso era lo que yo pensaba en aquel momento. Roustang respondió que no, que no me analizaría. Primero porque él era demasiado viejo y segundo porque a su entender lo único que me interesaba del análisis era poner en apuros al psicoanalista, que yo me había convertido visiblemente en un maestro de este arte y que si quería demostrar por tercera vez mi maestría en la materia él no me lo impediría, pero, añadió, «no conmigo. Y si yo fuera usted, probaría otra cosa». «¿Qué?», pregunté, investido de la superioridad del incurable. «Bueno», respondió Roustang, «ha hablado de suicidio. No tiene buena prensa en los tiempos que corren, pero a veces es una solución.»

Guardó silencio después de decir esto. Yo también. Luego agregó: «Si no, siga viviendo.»

Con estas dos frases reventó el sistema que me había permitido crear dificultades a mis dos psicoanalistas anteriores. Era audaz por su parte, es el tipo de audacia que podía permitirse Lacan, basado en una clarividencia clínica similar. Roustang había comprendido que, al contrario de lo que yo pensaba, no iba a suicidarme y, poco a poco, sin que volviera a verle, las cosas empezaron a mejorar. Volví a mi casa, sin embargo, con el mismo estado de ánimo con que había salido para ir a verle, es decir, no del todo resuelto a suicidarme pero convencido de que iba a hacerlo. Había en el techo, justo encima de la cama en la que me pasaba el día tumbado, un gancho cuya resistencia comprobé subiéndome a un taburete. Escribí una carta a Hélène, otra a mis hijos, una tercera a mis padres. Me dediqué a limpiar mi ordenador, borré sin vacilar unos ficheros que no quería que encontrasen después de mi muerte. Titubeé, en cambio, ante una caja de cartón que me había seguido sin que yo la abriera en varias mudanzas. Era la caja donde había guardado los cuadernos que databan de mi período cristiano: los cuadernos en los que escribía todas las mañanas mis comentarios sobre el Evangelio de San Juan.

Siempre me decía que los releería algún día, y que quizá sacase algo de provecho. Al fin y al cabo, no es tan frecuente disponer de documentos de primera mano sobre un período de tu propia vida en que eras completamente distinto del hombre que has llegado a ser, en que creías a pies juntillas en algo que ahora consideras aberrante. Por un lado no me apetecía lo más mínimo dejar tras de mí esos documentos si moría. Por otro, si no me suicidaba, lamentaría sin duda haberlos destruido.

Nuevo milagro del inconsciente: no me acuerdo de lo que hice. Bueno, sí: seguí arrastrando la depresión unos meses y después me puse a escribir lo que se convirtió en *Una novela rusa* y me sacó del abismo. Pero por lo que respecta a la caja de cartón, mi última imagen de ella es que la tengo delante, sobre la alfombra de mi despacho, que no la he abierto y que me pregunto qué hacer con ella.

Siete años más tarde estoy en el mismo despacho del mismo apartamento y me pregunto qué hice con ella. Si la hubiese destruido, me parece que me acordaría. Sobre todo si la destruí teatralmente, entregándola a las llamas, pero es posible que procediera de una manera más prosaica y que la tirase al cubo de la basura. Pero si la conservé, ¿dónde la puse? En una caja de caudales de un banco es lo mismo que en el caso del fuego: me acordaría. No, debió de quedarse en el piso, y si se quedó en el piso...

Estoy que no vivo.

6

Hay un armario contiguo a mi despacho donde guardamos maletas, material de bricolaje, colchones de espuma para cuando las amigas de Jeanne se quedan a dormir: cosas que necesitamos bastante a menudo. Pero es algo parecido a ese libro para niños, *Oscuro, muy oscuro,* donde en un castillo oscuro, muy oscuro, hay un pasillo oscuro, muy oscuro, que lleva a una habitación oscura, muy oscura, con un armario oscuro, muy oscuro, y así sucesivamente: en el fondo de este ropero hay otro más pequeño, más bajo, no iluminado, obviamente de más difícil acceso, donde guardamos cosas que no utilizamos nunca y que se quedarán allí, prácticamente inaccesibles, hasta que una próxima mudanza nos obligue a decidir sobre su suerte. Esencialmente es el batiburrillo habitual de todos los trasteros: viejas alfombras enrolladas, equipos de alta fidelidad en desuso, maleta con casetes de música, bolsas de basura que contienen quimonos, guantes de foco, guantes de boxeo que testimonian las pasiones sucesivas que a mis dos hijos y a mí nos han inspirado los deportes de combate. Una buena parte del espacio, sin embargo, lo ocupa algo menos usual: el sumario del caso de Jean-Claude Romand, que en enero de 1993 mató a su mujer, a sus hijos y a sus padres después de haber hecho creer durante más de quince años que era médico cuando en realidad no era nada: se pasaba los días en su coche, en áreas de descanso de autopistas, o caminando por los sombríos bosques del Jura.

La palabra «sumario» es engañosa. No se trata de *un* sumario sino de una quincena de sumarios metidos en cajas y bien apretados, todos ellos muy voluminosos y que contienen documentos que van desde interrogatorios interminables hasta informes de expertos, pasando por kilómetros de extractos bancarios. Todos los que han escrito crónicas de sucesos han tenido como yo, creo, la intuición de que esas decenas de miles de hojas cuentan una historia y que hay que extraerla como un escultor extrae una estatua de un bloque de mármol. Durante los años difíciles que dediqué a documentarme y después a escribir sobre este caso, el sumario fue para mí un objeto codiciado. Hasta que se celebra el juicio es en principio inaccesible al público, y yo sólo pude consultarlo excepcionalmente gracias al abogado de Romand, en su bufete de Lyon. Me lo dejaban una o dos horas, en una pequeña habitación sin ventanas. Me permitían tomar notas, pero no hacer fotocopias. Algunas veces en que iba desde París expresamente para eso, el abogado me decía: «No, hoy no será posible, y mañana tampoco, será mejor que vuelva dentro de quince días.» Pienso que le complacía tenerme a su merced.

Después del juicio en el que Jean-Claude Romand fue condenado a cadena perpetua, era más sencillo: él pasó a ser, como es la norma, el propietario de su sumario y me autorizó a utilizarlo. Como no podía conservarlo en su celda, se lo había entregado a una visitante de cárceles católica que se convirtió en amiga suya. Fui a recogerlo a su casa, cerca de Lyon. Metí las cajas en el maletero de mi coche y, al volver a París, lo guardé en el estudio donde trabajaba entonces, en la rue du Temple. Cinco años más tarde se publicó *El adversario,* mi libro sobre el caso Romand. La visitante de prisiones me telefoneó para decirme que le había gustado la honestidad de mi relato pero que un detalle la había entristecido: que yo dijera que pareció aliviada cuando me largó aquel macabro incordio y en lugar de tenerlo bajo su techo estuviera bajo el mío. «No me molestaba nada guardarlo. Si te molesta a ti no tienes más que devolvérmelo. Tengo sitio de sobra en casa.»

Pensé que lo haría en la primera ocasión, pero nunca se presentó ninguna. Yo ya no tenía coche ni un motivo especial para ir a Lyon, nunca era un buen momento y acabé trasladando de la rue du Temple a la rue Blanche, en el año 2000, y después de la rue Blanche a la rue des Petits-Hôtels, en 2005, las tres enormes cajas de cartón donde había metido los expedientes. No podía deshacerme de ellos: Romand me los había entregado en depósito y tengo que devolvérselos, si los reclama, el día que salga de la cárcel. Como lo sentenciaron a una pena de veintidós años sin salidas ni reducción de condena y se comporta como un preso modelo, probablemente lo dejarán en libertad en 2015. Hasta entonces el mejor sitio para acoger aquellas cajas que yo no tenía ningún motivo ni deseo de reabrir era el armario al fondo de mi despacho, que Hélène y yo acabamos llamando la habitación de Jean-Claude Romand. Y me pareció evidente que el mejor lugar para guardar los apuntes de mi período cristiano, si no los había destruido en la época en que pensaba suicidarme, era junto a los sumarios del juicio, en la habitación de Jean-Claude Romand.

I. Una crisis
(París, 1990-1993)

1

Hay un pasaje que adoro en las memorias de Casanova. Encerrado en la húmeda y oscura prisión de los Plomos, en Venecia, Casanova idea un plan de evasión. Tiene todo lo necesario para llevar a cabo el plan, salvo una cosa: estopa. La estopa le servirá para trenzar una cuerda o una mecha para un explosivo, ya no me acuerdo, lo que cuenta es que si encuentra estopa está salvado y si no la encuentra está perdido. En la cárcel no es fácil encontrarla así como así, pero Casanova recuerda de repente que cuando se encargó la chaqueta de su ropa le pidió al sastre que para absorber la transpiración de los brazos revistiera el forro de ¿lo adivinan? *¡De estopa!* Él, que maldecía el frío de la celda, del que tan mal le protege su chaquetilla de verano, comprende que ha sido voluntad de la Providencia que le detuvieran cuando la llevaba puesta. Está allí, la tiene delante, colgada de un clavo que hay en la pared desconchada. La mira, con el corazón acelerado. Al cabo de un instante va a desgarrar las costuras, buscar en el forro y alcanzar la libertad. Pero cuando se dispone a conquistarla le contiene una inquietud: ¿y si el sastre, por negligencia, no hubiese hecho lo que él le había pedido? En una situación normal no importaría. Ahora sería una tragedia. Lo que está en juego es tan inmenso que Casanova cae de rodillas y empieza a rezar. Con un fervor olvidado desde su infancia, le pide a Dios que el sastre haya revestido la chaquetilla de estopa. Al mismo tiempo su razón no permanece inactiva. Ésta le dice que lo hecho hecho está. O bien el sastre puso estopa o no la puso. O bien la hay o no la hay, y si no la hay sus oraciones no cambiarán nada. Dios no va a poner la estopa ni hacer retrospectivamente que el sastre hubiera sido concienzudo si no lo había sido. Estas objeciones lógicas no impiden que el prisionero rece como un condenado, y no sabrá nunca si sus rezos sirvieron para algo, pero en definitiva encuentra estopa en la chaquetilla. Y se evade.

Mi envite era más modesto, no recé de rodillas para que estuvieran, pero los archivos de mi período cristiano estaban efectivamente en la habitación de Jean-Claude Romand. Tras sacarlos de su caja, di vueltas meticulosas alrededor de los dieciocho cuadernos encuadernados en cartoné, verdes o rojos. Cuando finalmente me decidí a abrir el primero, de él escaparon dos hojas mecanografiadas, dobladas en dos, en las cuales leí lo siguiente:

Declaración de intenciones de Emmanuel Carrère para su boda, el 23 de diciembre de 1990, con Anne D.

«Anne y yo vivimos juntos desde hace cuatro años. Tenemos dos hijos. Nos amamos y estamos tan seguros de este amor como es posible estarlo.

»No lo estábamos menos hace aún unos meses, cuando no nos acuciaba la necesidad del matrimonio religioso. Al eludirlo no creo que nos negáramos a un compromiso ni que lo aplazáramos. Por el contrario, nos considerábamos mutuamente comprometidos, destinados, en lo bueno y en lo malo, a vivir, crecer y envejecer juntos, y uno de los dos, de hecho, a sobrellevar la muerte del otro.

»Más allá de toda fe, yo estaba convencido de que la apuesta de la vida en común consiste en descubrirse a uno mismo descubriendo al otro, y a favorecer en él este mismo descubrimiento. Pensaba que el crecimiento de uno era la condición del crecimiento del otro, que querer el bien de Anne equivalía a trabajar por el mío, y, desde luego, no lo perdía de vista. Incluso empecé a pensar que este crecimiento común se opera según leyes particulares, que son las del amor tal como lo describe Juan el Bautista: "Él debe crecer (en este caso ella) y yo disminuir."

»Yo ya no veía en esta fórmula la huella de una especie de masoquismo, incapaz de elevar al otro sin rebajarse uno, para comprender que tenía que pensar en Anne, en su felicidad, en su realización, más que en mí mismo, y que cuanto más pensara en ella más haría por mí. Yo estaba descubriendo, en definitiva, una de las paradojas que componen la trama del cristianismo y demuestran que es una locura la sabiduría del mundo: saber que nos conviene desdeñar el interés propio y que es mejor para uno mismo no tenerse muy en cuenta.

»Me resultaba difícil. Todas nuestras miserias tienen su raíz en el amor propio, y el mío, alentado por el ejercicio de mi oficio (escribo novelas, una de esas "profesiones delirantes", decía Valéry, en la que uno confía en la opinión que se tiene y se da de uno mismo), es especialmente tiránico. Me esforzaba, por supuesto, por salir de esta ciénaga de miedo, vanidad, de odio y preocupación por uno mismo, pero en mis esfuerzos me asemejaba al barón de Münchhausen, que para salir de una ciénaga se tira de su propio pelo.

»Yo siempre había creído que sólo podía contar conmigo mismo. La fe, gracia que he recibido hace sólo unos meses, me ha liberado de esta ilusión agobiante. Comprendí de pronto que se nos concede elegir entre la vida y la muerte, que Cristo es la vida y que su yugo es ligero. Desde entonces experimento continuamente esta ligereza, aguardo a que Anne sufra su contagio y cumplo, como quisiera hacerlo, el mandamiento de San Pablo de estar también alegre.

»En otro tiempo creía que nuestra unión se fundaba únicamente en nosotros: en nuestra libre elección, nuestra buena voluntad. Que su perennidad sólo dependía de nosotros. Era lo único que yo deseaba conseguir: una vida de amor con Anne, pero para ello sólo contaba con nuestras fuerzas, y claro está que me asustaba que fueran tan débiles. Ahora sé que lo que logramos no lo logramos nosotros, sino Cristo en nosotros.

»Por eso me importa hoy poner nuestro amor en sus manos y pedirle la gracia de que crezca.

»Por eso también considero que nuestro matrimonio es una entrada verdadera en la vida sacramental de la que me alejé desde una primera comunión recibida, digamos, distraídamente.

»Por eso, por último, atribuyo importancia a que nuestro matrimonio lo celebre un sacerdote al que conocí en el momento de mi conversión. La urgencia de casarnos se me presentó asistiendo a su misa, para mí la primera desde hacía veinte años, y entonces pensé que sería armonioso recibir de él, en El Cairo, la bendición nupcial. Estoy muy agradecido a la parroquia, al obispado del que dependo actualmente, por su comprensión de un proyecto que aunque sentimental no es en absoluto un capricho.»

2

Huelga decir que me conmocionó releer esta carta. Lo primero que me sorprende es que me parece que suena falsa desde la primera a la última línea, y que sin embargo no puedo dudar de su sinceridad. También está el hecho de que, haciendo abstracción del fervor religioso, el que la escribió hace más de veinte años no es tan diferente del que soy ahora. Su estilo es un poco más solemne pero sigue siendo el mío. Si me diesen el comienzo de una frase la terminaría de la misma manera. Sobre todo es el mismo el deseo de compromiso amoroso, de perennidad amorosa. Sólo ha cambiado de objeto. Su objeto actual me conviene más, tengo que hacerme menos violencia para creer que Hélène y yo envejeceremos juntos en la dulzura y la paz, pero, en suma, lo que yo creo o quiero creer hoy, que es la columna vertebral de mi vida, lo creía o quería creerlo hace veinte años, en términos casi idénticos.

Hay, no obstante, algo que no digo en esta carta y que constituye el fondo de la misma: que éramos muy infelices. Nos amábamos, sí, pero nos amábamos mal. Los dos teníamos el mismo miedo a la vida, los dos éramos espantosamente neuróticos. Bebíamos demasiado, hacíamos el amor como quien se ahoga, y cada uno tendía a hacer responsable de su infelicidad al otro. Yo no conseguía escribir desde hacía tres años, y escribir era para mí mi única razón de ser en el mundo. Me sentía impotente, exiliado en aquel arrabal de la vida que es un matrimonio infeliz, abocado a un estancamiento largo y apático. Me decía que tenía que marcharme, pero temía que al hacerlo provocaría un desastre: destruir a Anne, destruir a nuestros dos hijos pequeños, destruirme yo mismo. Para justificar mi parálisis me decía también que lo que me sucedía era una prueba, y que el éxito de mi vida, de nuestra vida, dependía de mi capacidad de perseverar en aquella situación que aparentemente no tenía salida en vez de tirar la toalla como aconsejaba el sentido común. El sentido común era mi enemigo. Prefería hacer caso de esta intuición misteriosa de la que yo me decía que algún día me revelaría un sentido totalmente distinto y mucho mejor.

3

Ahora tengo que hablar de Jacqueline, mi madrina. Pocas personas han tenido más influencia sobre mí. Una viuda muy joven, y muy bella, nunca se ha vuelto a casar. En los años sesenta publicó en editoriales prestigiosas varios volúmenes de poesía mitad amorosa mitad mística que podían recordar a Catherine Pozzi: si el lector no conoce a Catherine Pozzi, que fue la amante de Paul Valéry y una especie de cruce entre Simone Weil y Louise Labé, que busque y lea un poema titulado *Ave*. Más adelante, mi madrina abandonó aquel lirismo profano y ya sólo escribió himnos litúrgicos. Una parte nada desdeñable de los cánticos que se usan en las iglesias católicas desde el Vaticano II salió de su pluma. Vivía en un bonito apartamento en la rue Vaneau, en el edificio donde había vivido Gide, y a su alrededor subsistía algo de la atmósfera estudiosa, casi austera, que debió de envolver *La Nouvelle Revue Française* en el período de entreguerras. En una época en que era mucho menos corriente que hoy, estaba muy versada en las sabidurías orientales y practicaba el yoga, gracias al cual, hasta su ancianidad, ha conservado la flexibilidad de un gato.

Yo debía de tener trece o quince años un día en que ella me ordenó que me tumbara cuan largo era en la alfombra de su salón, que cerrara los párpados y me concentrara en la raíz de mi lengua. Para mí fue muy desconcertante esta orden, casi chocante. Yo era un adolescente demasiado cultivado, obsesionado por el temor de que me engañaran. Había adquirido pronto la costumbre de juzgar «divertido» –era mi adjetivo predilecto– todo lo que en realidad me atraía y me asustaba: los demás, las chicas, el impulso hacia la vida. Mi ideal era observar la absurda agitación del mundo sin participar en ella, con la sonrisa superior de alguien al que nada puede afectarle. En realidad estaba aterrorizado.

La poesía y el misticismo de mi madrina ofrecían buenas víctimas a mi perpetua ironía, pero también sentía que ella me quería y, en la medida en que entonces me era posible confiar en alguien, tenía confianza en ella. Al principio, por supuesto, me las arreglé para que me pareciese sumamente ridículo tenderme en el suelo para pensar en mi lengua. Obedecí, no obstante, intenté lo que me pedía, que dejase libre curso a mis pensamientos sin contenerlos ni juzgarlos, y aquel día di el primer paso en el camino que más adelante me condujo a las artes marciales, al yoga, a la meditación.

Es uno de los numerosos motivos de la gratitud que aún hoy experimento hacia mi madrina. Algo que procedía de ella me protegió de los peores desvaríos. Me enseñó que el tiempo era mi aliado. A veces me parece que mi madre, cuando yo nací, adivinó que podría darme muchas armas, en el campo de la cultura y la inteligencia, pero que tendría que recurrir a otra persona para toda una dimensión de la existencia que ella sabía esencial, y que aquella otra persona era esta mujer mayor que ella, a la vez excéntrica y totalmente centrada, que la había tomado bajo su protección cuando tenía veinte años. Mi madre perdió temprano a sus padres, creció en la pobreza y temía por encima de todo no ser nada en el mundo. Jacqueline fue para ella una especie de mentor, la imagen de una mujer realizada y sobre todo el testigo de esta dimensión, ¿cómo llamarla? ¿Espiritual? La palabra me desagrada, pero da igual: todo el mundo sabe más o menos lo que designa. Mi madre sabía que eso existía o, mejor dicho, *sabe* que existe, que ese reino interior es el único realmente deseable, el tesoro por el cual el Evangelio aconseja renunciar a todas las riquezas. Pero su difícil historia personal hizo que esas riquezas –el éxito, la importancia social, la admiración de la mayoría– fueran para ella infinitamente deseables y consagró su vida a conquistarlas. Lo consiguió, lo conquistó todo, nunca se ha dicho: «Ya basta.»

No tengo derecho a reprochárselo: soy igual que ella. Necesito cada vez más gloria, ocupar siempre más sitio en la conciencia ajena. Pero creo que siempre ha habido en la de mi madre una voz que le recordaba que otro combate, el verdadero, se libra en otro lugar. Para oír esta voz ha leído siempre a San Agustín, casi a escondidas, y visitaba a Jacqueline. Bromeaba al respecto por pudor. Me decía: «¿Has ido a ver a Jacqueline últimamente? ¿Te ha hablado de tu alma?» Yo respondía con el mismo tono de afecto jocoso: «Por supuesto, ¿de qué quieres que hable con Jacqueline?»

Era su papel: te hablaba de tu alma. Íbamos a verla; cuando digo «íbamos» no me refiero sólo a mi madre y a mí, y mi padre también en ocasiones, sino a decenas de personas, de muy diversa edad y clase social, no necesariamente creyentes, que la visitaban en la rue Vaneau, siempre en privado, como se visita a un psicoanalista o a un confesor. En su presencia se abandonaban las poses. Sólo se le podía hablar a calzón quitado. Sabías que de su salón no saldría una palabra. Te miraba, escuchaba. Te sentías mirado, escuchado como nunca lo habías sido y después te hablaba de ti mismo como nadie te había hablado nunca.

Mi madrina cayó en los últimos años en desvaríos apocalípticos que me causaron más que tristeza. La lógica de su vida habría querido que su fin fuese una apoteosis de luz, pero ella se abismó en las tinieblas: es algo en lo que no me gusta pensar. Pero hasta los ochenta años fue una de las personas más excepcionales que he conocido, y su modo de serlo trastornaba todos mis puntos de referencia. En aquel tiempo yo sólo admiraba y envidiaba a una categoría de humanos: los creadores. No imaginaba otro logro en la vida que el de ser un gran artista, y me odiaba porque pensaba que en el mejor de los casos yo sería uno pequeño. Los poemas de Jacqueline apenas me impresionaban, pero si buscaba a mi alrededor a alguien a quien yo podría haber considerado una persona cumplida era ella. Los escritores y cineastas que yo conocía no estaban a su altura. El talento, el carisma, el lugar envidiable que ocupaban en el mundo eran ventajas especializadas, estrechas, y aunque yo no sabía muy bien en qué camino, saltaba a la vista que Jacqueline estaba más *avanzada* que ellos. No sólo quiero decir que era superior en el plano moral, sino sobre todo que sabía más en este aspecto, que en su conciencia establecía conexiones más numerosas. Sí, no veo cómo expresarlo mejor: estaba más avanzada, del mismo modo que se puede decir en biología que un organismo ha evolucionado más y por lo tanto es más complejo que otro.

Esto hacía más turbador para mí el hecho de que fuese una católica ferviente. Yo no sólo no era creyente, sino que la mayor parte de mi vida se desarrolló en un medio en que no serlo se daba por sentado. Verdad es que de niño iba a catequesis, que hice mi primera comunión, pero esta educación cristiana eran tan formal, tan distraída, que no tendría sentido decir que en un momento dado perdí la fe. Las cosas del alma estaban para mi madre tan excluidas de la conversación como las del sexo, y en cuanto a mi padre ya he dicho que aunque respetaba las normas no tenía empacho en burlarse del fondo. Es un hombre de la vieja escuela, un poco volteriano, un poco maurrasiano, lo contrario de un marxista, pero volterianos y maurrasianos están de acuerdo con los marxistas en este punto: la religión es el opio del pueblo. Más adelante no he abordado nunca este tema con ningún amigo, con ninguna de las mujeres que he amado, con ninguna de mis relaciones, ni siquiera las lejanas. Era una cuestión situada más allá del rechazo, totalmente fuera del terreno de nuestros pensamientos y nuestra experiencia. Yo podía interesarme por la teología, pero, según la frase de Borges, como una rama de la literatura fantástica. Me habría parecido raro alguien que creyera en la resurrección de Cristo; tan raro, de acuerdo con el comentario de Patrick Blossier, como alguien que además de interesarse por ellos hubiese *creído* en los dioses de la mitología griega.

Pero, entonces, ¿de qué me servía la fe de Jacqueline? De nada. Opté por considerar que lo que constituía el núcleo de su vida era una singularidad que yo podía ignorar al mismo tiempo que, por otra parte, tomaba de su conversación lo que me convenía. La visitaba para que me hablase de mí, y me hablaba lo bastante bien para que yo tolerase que de pasada me hablara de mi Señor: así llamaba a Dios. Se lo dije un día y ella me respondió que era lo mismo. Al hablarme de mí me hablaba de Él. Al hablarme de Él me hablaba de mí. Algún día yo comprendería. Yo me encogía de hombros. No tenía ganas de comprender. Cuando era niño, un amigo mío había oído hablar de un chico de su edad que, tocado por la gracia, más tarde se había hecho sacerdote. Esta historia edificante aterraba a mi amigo. Tenía tanto miedo de que le sucediera lo mismo que todas las noches le pedía a Dios en sus oraciones que no le tocase la gracia y que no lo hiciera cura. Yo era como él y me felicitaba por ello. Lo cual no desarmaba a Jacqueline. «Ya verás», decía.

De adolescente, y después de joven, creo que fui muy infeliz pero no quería saberlo y, de hecho, no lo sabía. Mi sistema de defensa, basado a la vez en la ironía y en el orgullo de ser escritor, funcionaba bastante bien. El sistema se agarrotó después de cumplir treinta años. Ya no podía escribir, no sabía amar, era consciente de que no era amable. Ser yo se me hizo literalmente insoportable. Cuando me mostré ante ella en este estado de angustia aguda, Jacqueline no se asombró mucho. Lo consideró un progreso. Incluso creo que dijo: «¡Por fin!» Privado de las representaciones que me habían permitido aguantar mal que bien, desnudado, desollado, me volvía accesible a mi Señor. Poco tiempo antes habría protestado con vehemencia. Habría dicho que mi Señor me importaba un bledo, que no quería consuelos para impotentes y para vencidos. Ahora estaba sufriendo de tal modo que cada instante dentro de mi piel se había convertido en una tortura tal que estaba maduro para oír las frases del Evangelio dirigidas a todos los que se encorvan bajo un fardo demasiado pesado, a los que no aguantan más.

«Ahora intenta leer», me dijo Jacqueline. Al decirlo me ofreció el Nuevo Testamento de la Biblia de Jerusalén, la que tengo siempre encima de mi escritorio y que abro veinte veces al día desde que comencé este libro. «Intenta también no ser demasiado inteligente», añadió Jacqueline.

4

Jacqueline me regaló otra cosa a principios del verano de 1990. Desde hacía mucho tiempo me hablaba de su otro ahijado diciendo que estaría bien que nos conociéramos algún día. Pero desde que había pronunciado estas palabras meneaba la cabeza, se echaba atrás. ¿En verdad estaría tan bien? ¿Tendríamos algo que decirnos? No, sin duda. Es demasiado pronto.

Aquel verano agónico estimó que ya no era demasiado pronto y me aconsejó que le llamase. Dos días después llamó a la puerta de nuestra casa, en la rue de l'École-de-Médecine, un chico un poco mayor que yo, con los ojos azules y el pelo pelirrojo tirando a blanco: en la actualidad es totalmente blanco, Hervé acaba de cumplir sesenta años. Es el tipo de hombre que durante largo tiempo tiene el aspecto de un muchacho, que pronto adquiere el de un viejo y nunca el de un adulto. El tipo de hombre que en un primer momento no causa una impresión especial: una persona anodina, sin ningún brillo aparente. Empezamos a hablar, es decir, yo empecé a hablar, de mí y de la crisis que atravesaba. Yo era voluble, febril, confuso, sarcástico. Fumaba un cigarrillo tras otro. Incluso antes de comenzar una frase la corregía, la matizaba, avisaba de que sería inexacta, que lo que tenía que decir era mucho más vasto y complejo. Hervé, por su parte, hablaba poco y sin temor. Más tarde aprendí a conocer su humor, pero lo que me desconcertó desde nuestro primer encuentro fue su absoluta falta de ironía. Todo lo que yo decía y pensaba entonces, hasta la expresión de la angustia más sincera, iba envuelto en un adobo de ironía y de sarcasmo. Me parece que este rasgo estaba muy extendido en el mundillo en que yo vivía, el del periodismo y la edición en París hacia finales de los años ochenta. Nunca hablábamos sin una sonrisita sesgada. Era agotador y estúpido, pero no nos dábamos cuenta. Yo sólo caí en la cuenta cuando trabé amistad con Hervé. Él no era irónico ni maldiciente. No se las daba de listo. No le preocupaba el efecto que producía. No jugaba a ningún juego social. Intentaba decir con calma y precisión lo que pensaba. No quisiera que al leer esto se le represente como un sabio que planea por encima de las vicisitudes terrenales. Tenía, y sigue teniendo, un cúmulo más que suficiente de miserias, impedimentos y secretos. De niño se quería morir. De joven tomó mucho LSD y su percepción de la realidad se vio afectada para siempre. Tuvo la suerte de encontrar a una mujer que le ama tal como es, por lo que es, y de fundar con ella una familia, y también la de encontrar un oficio: ha trabajado toda su vida en la Agence France-Presse. Sin estas dos fortunas, que no le estaban destinadas de antemano, podría haberse convertido en un completo inadaptado social. Se adaptó en lo mínimo. La única inquietud de su vida es de índole..., una vez más tropiezo con esta palabra terrible: «espiritual», con todo lo que entraña de bobería piadosa y de énfasis etéreo. Digamos que Hervé forma parte de esa familia de personas para las que vivir no se da por sentado. Desde la infancia se pregunta: ¿qué hago yo aquí? ¿Y qué significa «yo»? ¿Y qué es eso de «aquí»?

Muchas personas pueden vivir toda su vida sin que les rocen estas preguntas, y si se las hacen es de una manera muy fugaz y no les cuesta sacudírselas de encima. Fabrican y conducen coches, hacen el amor, charlan junto a la máquina de café, se irritan porque hay demasiados extranjeros en Francia, preparan sus vacaciones, se preocupan por sus hijos, quieren cambiar el mundo, tener éxito, cuando lo tienen temen perderlo, hacen la guerra, saben que van a morir pero lo piensan lo menos posible, y todo esto, a fe mía, es suficiente para llenar una vida. Pero existe otra clase de personas para las cuales no basta. O es demasiado. En cualquier caso, no se conforman con eso. Podemos debatir sin fin si son más o menos sabias que las otras, lo cierto es que nunca se han recuperado del estupor que les prohíbe vivir sin preguntarse por qué viven, qué sentido tiene todo esto, si es que lo tiene. La existencia es para ellos un signo de interrogación y aunque no excluyen que este interrogante no tenga respuesta la buscan, es más fuerte que ellos. Dado que otros la han buscado antes, y que algunos, incluso, pretenden haberla encontrado, se interesan por sus testimonios. Leen a Platón y a los místicos, se convierten en lo que llamamos espíritus religiosos, fuera de toda Iglesia, en el caso de Hervé, a pesar de que igual que a mí, en la época en que lo conocí, le había marcado la influencia de nuestra madrina y por esta razón se había orientado hacia el cristianismo.

Al final de aquella primera comida, Hervé y yo decidimos ser amigos y lo fuimos. Esta amistad, en el momento en que escribo, hace veintitrés años que dura y su forma, extrañamente, no ha variado en este tiempo. Es una amistad íntima: yo escribía más arriba que Hervé tiene sus secretos, como todo el mundo, pero creo que no los tiene para mí y lo pienso porque yo no tengo secretos para él. Nada es tan vergonzoso que no pueda decírselo sin sentir ante él la menor vergüenza: decir esto puede parecer asombroso, pero yo sé que es cierto. Es una amistad tranquila, que no ha conocido crisis ni eclipse y que se ha desarrollado al abrigo de cualquier interferencia social. Llevamos vidas tan diferentes como diferente es nuestro carácter y sólo nos vemos cara a cara. No tenemos amigos comunes. No vivimos en la misma ciudad. Desde que nos conocemos, Hervé ha sido corresponsal y luego jefe de redacción de la Agence France-Presse en Madrid, Islamabad, Lyon, La Haya y Niza. Yo le visité en cada uno de estos puestos, él viene a veces a París a verme, pero el verdadero lugar de nuestra amistad es un pueblo del Valais donde su madre posee un apartamento en un chalet y donde me ha propuesto, desde nuestro primer encuentro, que nos veamos al final del verano.

5

Así que hace veintitrés años que Hervé y yo nos vemos cada primavera, cada otoño, en ese pueblo que se llama Le Levron. Conocemos todos los senderos que surcan los valles vecinos. En otra época salíamos del chalet antes del alba y dábamos grandes caminatas con desniveles de más de mil metros que nos llevaban toda la jornada. Hoy somos menos ambiciosos, nos bastan algunas horas. Los amantes de la tauromaquia designan con el nombre de *querencia*[1] el pequeño espacio donde el toro se siente a salvo en el aterrador

1. En español en el original. *(N. del T.)*

tumulto del ruedo. Andando el tiempo, Le Levron y la amistad de Hervé se han convertido en la más segura de mis *querencias*. Subo allí inquieto y bajo apaciguado.

Aquel verano, que era el primero, llegué despavorido. Las vacaciones habían sido catastróficas. Aconsejado por Jacqueline, había resuelto abandonar todo proyecto de escritura y en su lugar consagrarme plenamente a mi mujer y a mi hijo. Emplear toda la energía normalmente dedicada a mis trabajos literarios en mostrarme disponible, atento, solícito; en vivir bien, en suma, en vez de escribir mal: este régimen me cambiaría. Para ayudarme leería todos los días un poco del Evangelio. Lo intenté pero no dio resultado. Anne estaba embarazada, tan tierna como podía pero quejumbrosa e inquieta, y tenía excelentes motivos para estarlo porque yo no podía ocultar mi pánico ante la llegada de nuestro segundo hijo. Había ocurrido igual con el primero y ocurriría lo mismo quince años más tarde, antes del nacimiento de Jeanne. En conjunto, no creo ser un mal padre, pero la espera de un hijo me espanta. Los dos nos sumíamos en largas siestas de las que Gabriel, que tenía tres años, intentaba sacarnos haciendo mucho ruido. Yo sólo emergía de aquel sopor depresivo para constatar mi desventura, oponer una vez más los términos del conflicto entre, por un lado, la evidencia de que Anne y yo éramos infelices juntos y, por otro, la convicción de que yo había hecho una elección y el éxito de mi vida dependía de mi perseverancia en ella. Antes del verano había visitado en varias ocasiones a una psicoanalista y había decidido iniciar una cura al volver de las vacaciones. Esta perspectiva debería haberme infundido esperanza. Por el contrario, sólo servía para aumentar mi angustia, ya que temía verme obligado a reconocer que mi deseo real era la antítesis de mi determinación. En cuanto al Evangelio, me forzaba a leerlo, tal como le había prometido a Jacqueline. Me parecía bastante hermoso, pero pensaba presuntuosamente que era demasiado infeliz para que unas enseñanzas filosóficas y morales, por no decir una creencia religiosa, pudieran prestarme alguna ayuda. Estuve a punto de cancelar mi viaje a Le Levron, a finales de agosto. La idea de ir a visitar en Suiza, en casa de su madre, a un individuo con el que sólo había comido una vez me parecía absurda. La otra posibilidad era que me internaran en una clínica psiquiátrica y me atontasen con medicamentos. Dormiría, estaría ausente, ¿había algo mejor?

Al final fui a Le Levron, y contra todo pronóstico me encontré bastante bien. Hervé no me juzgaba, no me aconsejaba. Sabe tan íntimamente que los dos estamos cojos, desacordados, que hacemos lo que podemos pero podemos poco, y que vivimos mal, que en su presencia yo dejaba de justificarme, de explicarme interminablemente. Por lo demás hablábamos poco.

6

Un camino que pasaba por encima del pueblo llevaba a un chalet minúsculo de madera negra que pertenecía a un viejo sacerdote belga. Iba a descansar allí cada verano, huyendo del horno del Cairo, donde era el párroco de una parroquia miserable, y durante el resto del año gastaba sus últimas fuerzas en socorrer a indigentes. Murió hace poco, pero cuando le conocí ya parecía muy viejo y enfermo. Toda su cara surcada de arrugas había adquirido el color de humo de los cercos que rodeaban sus ojos negros, chispeantes, escrutadores, casi sardónicos. En el chalet sólo había dos habitaciones y la de abajo, el antiguo henil, estaba habilitada como capilla y tenía las paredes cubiertas de iconos. El padre Xavier era un cura católico ortodoxo, obediencia que combina el dogma católico y el rito bizantino y sobrevive de un modo cada vez más marginal en Oriente Próximo. Aunque me lo dijeron, he olvidado cómo el heredero de una gran familia valona acabó siendo un sacerdote melquita. Todas las mañanas temprano decía una misa a la que asistían cuatro o cinco habitantes del pueblo, entre ellos un chico mongólico –entonces se decía mongólico, no con síndrome de Down– que asumía la función de monaguillo. A través de su madre, que le acompañaba, supe lo orgulloso que estaba Pascal, el chico, de la responsabilidad que le había confiado el cura. Todos los veranos aguardaba impaciente su regreso, y era bonito verle pendiente de su mirada, acechando el parpadeo que le indicaba que tocara la campanilla o manejase el incensario.

Las misas de mi infancia sólo me habían dejado un recuerdo de coacción y aburrimiento. La que celebraba un hombre agotado para un puñado de montañeses del Valais y un mongólico que con cada uno de sus gestos expresaba que se encontraba en su sitio, que no lo hubiese cambiado por ningún otro, me emocionó tanto que volví los días siguientes. Me sentía resguardado en aquel henil transformado en capilla. Soñaba despierto, escuchaba. Recordaba mi última conversación con Jacqueline, antes del verano. Ya no mantenía mi actitud de decir que no quería saber nada de su fe. Aceptaba todo lo que me permitiese estar mejor. El único problema era que aquella fe no estaba a mi alcance. «Pide», me había dicho ella. «Pide y verás. Es un misterio, pero es la verdad: se te concederá todo lo que pidas. Llama a la puerta. Atrévete a hacer el gesto de llamar.» ¿Qué me costaba probar?

El padre Xavier leyó un pasaje del Evangelio de San Juan. Al final de todo. Sucede después de la muerte de Jesús. Pedro y sus compañeros han reanudado su oficio de pescadores en el lago Tiberíades. Están desalentados. La gran aventura de su vida ha acabado mal y hasta su recuerdo se empaña. Han lanzado las redes durante toda la noche pero no han pescado nada. Desde la orilla, al alba, alguien les llama. «Muchachos, ¿no habéis pescado?» «No.» «Echad la red a la derecha de la barca y encontraréis peces.» La lanzan. Tuvieron que recuperar la red entre tres dada la abundancia de peces. «Es el Señor», murmura el discípulo a quien Jesús amaba, el que escribió el Evangelio. «Es el Señor», repite Pedro, pasmado, y hace entonces algo encantador, algo que podría haber hecho Buster Keaton: se pone la túnica, pues estaba desnudo, y salta al agua vestido para reunirse con Jesús en la orilla. Jesús les dice: «Venid a comer.» Asan unos peces y los comen con pan. «Ninguno de los discípulos», dice el Evangelio, «se atrevía a preguntarle: "¿Quién eres tú?", sabiendo que era el Señor.» Tres veces pregunta Jesús a Pedro si le ama, Pedro jura que sí y Jesús le ordena que apaciente a sus corderos, sus ovejas, exhortación que me conmueve poco porque no tengo vocación de pastor. Pero para acabar dice algo misterioso:

> «En verdad, en verdad te digo:
> cuando eras joven tú mismo te ceñías la cintura
> e ibas a donde querías;
> pero cuando seas viejo, extenderás las manos
> y otro te la ceñirá y te llevará a donde tú no quieras.»

Pienso que detrás de cada conversión de Cristo hay una frase y que cada cual tiene la suya, hecha para él y que le espera. La mía fue ésta. Al principio dice: abandónate, ya no eres tú el que guías, y lo que cabe considerar una abdicación puede considerarse también, una vez dado el paso, un inmenso alivio. Esto se llama abandono y yo no aspiraba a otra cosa. Pero añade: eso a lo que te abandonas, aquel al que te abandonas te llevará a donde no querías ir. Esta parte de la frase era la que se me dirigía más personalmente. No la entendí bien, ¿quién podría entenderla?, pero tuve una certeza oscura de que iba destinada a mí. Era lo que yo más quería en el mundo: que me condujeran a donde no quería ir.

7

Desde Le Levron envío esta carta a mi madrina:

«Querida Jacqueline:

»Sé que has rezado para que me ocurra, y esta carta va a proporcionarte una gran alegría. Este verano he intentado convencerme de que a fuerza de llamar me abrirían, sin estar muy seguro de que quería entrar. Y de repente, en la montaña, en casa de Hervé, las palabras del Evangelio han cobrado vida para mí. Ahora sé dónde están la Verdad y la Vida. Desde hará pronto treinta y tres años, apoyándome sólo en mí mismo, no he dejado de tener miedo, y hoy descubro que se puede vivir sin miedo –no sin sufrimiento, pero sí sin miedo–, y no doy crédito a esta buena noticia. Es como si yo fuera un mantel cubierto de pliegues, de migajas, de relieves más o menos agradables, y al que de golpe sacuden y ondea alegremente al viento. Quisiera que esta alegría perdure, aunque bien sé que no es tan sencillo, que vendrá de nuevo la oscuridad, que me envolverá la corteza endurecida del hombre viejo, pero tengo confianza: ahora es Cristo el que me conduce. Soy muy torpe para cargar con su cruz, ¡pero sólo de pensarlo me siento tan ligero! Quería que lo supieses enseguida, y cuánta gratitud te debo por haberme mostrado con tanta paciencia el camino. Besos.»

Me había olvidado completamente de esta carta de la que hay un borrador en mi primer cuaderno. Al releerla hoy siento vergüenza. Y también me parece que suena a falsa. Esto no quiere decir que no fuera sincero cuando la escribí –lo era, por supuesto–, pero me cuesta creer que alguien en el fondo de mí no pensara lo que pienso ahora: que todo esto no es más que autosugestión, método Coué, jerigonza católica, y que aquel derroche de puntos de admiración y mayúsculas, aquel mantel que ondea alegremente al viento no es propio de mí. Pero era justamente lo que me encantaba: que no era propio de mí. Que el hombrecillo inquieto y burlón que yo estaba harto de ser quedara reducido al silencio, que otra voz se elevase en mi interior. Cuanto más diferente fuese de la mía, más sería, pensaba, *realmente* la mía.

Bajo de la montaña feliz, convencido de que he entrado en una vida nueva. Al día siguiente de mi regreso le digo a Anne que tengo que hablar con ella sin decirle de qué, y la llevo a cenar al restaurante tailandés que frecuentamos, cerca de la place Maubert. Debo de parecer cambiado, un poco extraño, pero no azorado como un hombre que se dispone a anunciar a su compañera que, como se suele decir, «ha conocido a alguien». Aunque sí, he conocido a alguien, pero no voy a dejarla por ese alguien, al contrario: es su aliado, nuestro aliado. Anne está sorprendida, es lo menos que se puede decir, pero en conjunto se lo toma bien. Desde luego mejor de lo que yo me lo tomaría si la mujer que amo viniera a decirme una mañana, con los ojos brillantes y la sonrisa impregnada de una dulzura alarmante, que ha descubierto dónde están la Verdad y la Vida y que en lo sucesivo vamos a amarnos en Nuestro Señor Jesucristo. Creo que si ocurriera algo semejante me trastornaría totalmente, y Anne tiene motivos más sólidos para trastornarse que la mayoría de la gente. Al contrario que yo, se ha criado en una familia católica hasta la beatería, la mayor ilusión de sus padres era que se hiciera monja e, idealmente, muriese muy joven como Thérèse de Lisieux, su santa patrona: el primer nombre de pila de Anne es Thérèse. De la neurosis religiosa lo conoce todo: el horror al sexo, el tormento de los escrúpulos, la tristeza que lo envuelve todo. Desde que tuvo la edad de rebelarse, huyó a toda prisa de esa pesadilla, fue hippie en su adolescencia, asidua de nightclubs en su vida de joven adulta. Cuando la conocí, la mayoría de sus amigos eran habituales del Palace o de Bains-Douches cuyas relaciones con el cristianismo se limitaban a desternillarse de risa viendo *La vida de Brian,* la maravillosa parodia de los Monty Python. Desde que vivimos juntos ella tiene muchas cosas que reprocharme, pero no, desde luego, el de atraerla hacia las lúgubres sacristías de la infancia. Por ese lado, a priori, puede estar tranquila conmigo. Pues bien, no. Todo puede ocurrir, incluido que el egocéntrico y burlón Emmanuel Carrère se ponga a hablar de Jesús, frunciendo los labios en esa mueca redonda como un aro que es obligatoria para emitir la segunda sílaba (intenten decir Jesús en francés de otra manera), un nombre cuya pronunciación, hasta en la época de mi más grande fervor, siempre me pareció vagamente obscena. Desde la perspectiva de la distancia creo que ella tenía que tenerme mucho cariño, así como empeño en la posibilidad incluso ínfima de salvar nuestra pareja, para no acoger con sarcasmos el anuncio de mi conversión. Debió de apostar a que de ella saldría algo bueno. Y así fue al principio.

8

Para consolidar una fe incipiente, el padre Xavier me aconsejó que leyera cada día un versículo del Evangelio, que meditase sobre él y, como soy escritor, que resumiera en pocas líneas el fruto de mi meditación. En la librería Gibert Jeune del boulevard Saint-Michel compré uno, varios cuadernos gruesos, quiero tenerlos con antelación: el hecho es que en dos años llenaría dieciocho. En cuanto al Evangelio, decidí optar por el de San Juan porque en su texto se encuentra el pasaje donde se habla de ir a donde no se quiere ir. Tengo también la vaga idea de que es el más místico, el más profundo de los del grupo de los cuatro. Me complace desde el primer versículo: «En el principio existía la Palabra y la Palabra estaba con Dios, y la Palabra era Dios.» Es rígido, sobre todo para quien busca más reglas de conducta que relámpagos metafísicos, y me pregunto si no sería mejor cambiar de montura antes de salir de la cuadra. Comparado con este purasangre que me recibe con una coz, Marcos, Mateo y Lucas parecen robustos percherones, más recomendables para un principiante. No caigo, sin embargo, en lo que se me presenta como una tentación. Ya no quiero seguir mis preferencias, ya no quiero ir a lo que me atrae a priori. Mi gesto de retroceder ante Juan lo interpreto como la prueba de que debo remitirme a él.

Un versículo al día, nada más. Algunos poseen un brillo extraordinario que justifica la frase de los soldados romanos encargados de detener a Jesús: «Nadie ha hablado como este hombre.» Otros, a primera vista, parecen pobres de sentido: simples ripios narrativos, huesecillos recubiertos de poca carne que roer. De buena gana te los saltarías para pasar al siguiente, pero es precisamente en ellos donde debes demorarte. Ejercicio de atención, de paciencia y de humildad. Sobre todo de humildad. Porque si se admite, como yo admití aquel otoño, que el Evangelio no sólo es un texto fascinante desde el punto de vista histórico, literario y filosófico, sino la palabra de Dios, entonces hay que admitir que nada en él es accesorio o fortuito. Que el fragmento de versículo de apariencia más trivial esconde más riquezas que Homero, Shakespeare y Proust juntos. Si Juan nos dice, pongamos, que Jesús se trasladó de Nazaret a Cafarnaúm, es mucho más que una simple información anecdótica: es un viático precioso en el combate que es la vida del alma. Aunque sólo quedase del Evangelio este modesto versículo, la vida entera de un cristiano no bastaría para agotarlo.

Al lado de los versículos que se contentan con tener mal aspecto, no tardo en encontrar otros que francamente me repelen y contra los que se rebelan mi conciencia y mi espíritu crítico. Me prometo que ésos no me los saltaré, sobre todo ésos. Me prometo escrutarlos hasta que se me revele su verdad. Me digo: muchas cosas que ahora creo verdaderas y vitales –no «que creo»: que *sé* que son verdaderas y vitales–, pocas semanas antes me habrían parecido grotescas. Es una buena razón para dejar mi juicio en suspenso y, con respecto a todo lo que me resulta hermético o que incluso me choca, para decirme que comprenderé más tarde si se me concede la gracia de perseverar. Entre la palabra de Dios y la comprensión, lo que cuenta es la palabra, y sería absurdo por mi parte asimilar sólo lo que agrada a mis cortas entendederas. No olvidarlo nunca: es el Evangelio el que me juzga, no al contrario. Entre lo que yo pienso y lo que dice el Evangelio, siempre me sería más provechoso elegir al Evangelio.

9

Cuando voy a ver a Jacqueline no pierde el tiempo alegrándose de mi conversión. Al instante me pone en guardia. Me dice: «Lo que vives ahora es la primavera del alma. El hielo cruje, las aguas chorrean, los árboles florecen, eres feliz. Ves tu vida como nunca la has visto. Sabes que eres amado, sabes que te has salvado y tienes razón en saberlo: es la verdad. Se te aparece ahora a plena luz, aprovéchalo. Pero sabe que esto no durará. Que tarde o temprano, y seguramente más pronto de lo que piensas, esa luz se nublará, se oscurecerá. Hoy eres como un niño al que su padre lleva de la mano y que se siente totalmente a salvo. Llegará un momento en que tu padre te soltará la mano. Te sentirás perdido, solo en la oscuridad. Pedirás socorro y nadie te responderá. Más vale que te prepares para ese momento, pero por mucho que te prepares te pillará desprevenido y flaquearás. Eso se llama la cruz. No existe alegría tras la que no se proyecte la sombra de la cruz. Detrás de la alegría está la cruz, enseguida te darás cuenta, por otra parte lo sabes ya. Lo que tardarás más tiempo en descubrir, quizá toda tu vida pero que vale la pena, es que detrás de la cruz está la alegría, y una alegría inexpugnable. El camino es largo. No tengas miedo, pero disponte a tenerlo. Disponte a dudar, a desesperar, a acusar al Señor de que es injusto y que pide demasiado. Cuando pienses esto, acuérdate de esta historia: hay un hombre que se subleva, que se queja como tú te has quejado, como te quejarás de nuevo, porque carga una cruz más pesada que la de los demás. Un ángel lo oye y lo lleva en sus alas al lugar del cielo donde están amontonadas las cruces de todos los hombres. Millones, miles de millones de cruces, de todos los tamaños. El ángel le dice: escoge la que quieras. El hombre sopesa varias, las compara, coge la que le parece más ligera. El ángel sonríe y dice: era la tuya.

»Nadie, concluye mi madrina, es tentado más allá de sus fuerzas. Pero tienes que armarte. Tienes que conocer los sacramentos.»

Del salón donde conversamos va a buscar a su despacho un libro sobre la eucaristía. La sigo hasta la habitación un poco sombría, confortable, donde trabaja a menudo hasta altas horas de la noche y que me parece que conozco desde siempre. Me encuentro bien allí. Me siento en el diván mientras ella rebusca en las librerías que tapizan las paredes desde el suelo hasta el techo. En su casa los objetos cambian poco de sitio. A lo largo de treinta años he visto en la entrada la misma copa, que debe de ser un cáliz, el mismo cofrecito de las *Vísperas de la Virgen,* de Monteverdi, depositado junto al tocadiscos, y sobre las estanterías del despacho las mismas reproducciones de madonas italianas y flamencas. Esa estabilidad es tranquilizadora, al igual que la presencia de Jacqueline en mi vida. Pero aquel día atrajo mi mirada una imagen que no me era familiar. Unas manchas negras sobre fondo blanco, de distribución irregular, y que me parece que dibujan un rostro. O no: depende del ángulo desde donde se mire, como en esos juegos de adivinar dibujos donde hay que encontrar al cazador oculto en el paisaje.

Cierro y abro los ojos dos o tres veces. Le pregunto a Jacqueline: «¿Qué es eso?» Ella mira lo que miro y, al cabo de un silencio, dice: «Estoy contenta.»

Después me cuenta la historia de esta imagen.

Dos mujeres, una muy creyente y la otra no, caminaban por el campo. La incrédula dice a su amiga que también le gustaría tener fe, pero que, por desgracia, no la tiene. Para creer necesitaría una señal. De repente, unos instantes después de haber dicho esto, señala con el dedo el follaje de un árbol. La mirada se le fija, su expresión oscila entre el espanto y el éxtasis. La otra paseante la mira sin comprender. Como lleva consigo una cámara de fotos, se le ocurre, Dios sabe por qué, pulsar el disparador en la dirección a la que apunta su amiga. Unos meses más tarde, la que no era creyente entra en las carmelitas.

Revelada, la foto capta los juegos de la luz en el follaje del árbol. Son manchas muy contrastadas, casi abstractas, en las que algunas personas ven lo que vio la mujer tan súbitamente tocada por la gracia. Jacqueline lo ve, lo ven algunos de sus visitantes. Los demás no. La reproducción de la foto está ahí, en ese estante de la biblioteca, desde hace veinte años. Yo había entrado veinte veces en esta habitación sin reparar en ella, pero ahora ya sí, se me ha caído la venda de los ojos. He visto el rostro del hombre que se oculta entre las hojas. Es enjuto y barbudo. Se parece mucho a su otro retrato casi fotográfico: el que se ve en el sudario de Turín.

–Está bien –dice simplemente Jacqueline.

Con un murmullo casi asustado digo:

–Una vez que lo has visto ya no puedes no verlo.

–Desengáñate –responde ella–. Se puede perfectamente. Pero también se puede rezar para seguir viéndolo, para verle sólo a Él.

–¿Rezar cómo? –pregunto.

–Como quieras, como se te ocurra. La más grande de las oraciones, a la que recurrirás siempre, es la que el mismo Señor nos dio: el padrenuestro. Y luego tienes el Libro de los Salmos, que está en la Biblia y que contiene todas las plegarias posibles, para todas las situaciones, para todos los estados de ánimo. Por ejemplo... Abre el libro y lee:

«No me ocultes tu rostro,
porque yo soy de los que caerán en el hoyo.»

Asiento con la cabeza, me reconozco. Yo soy de los que caerán en el hoyo. A decir verdad, el hoyo es mi hábitat natural.

Pero Dios, en otro salmo, le dice al hombre:

«Cuando ya no me veías era cuando más cerca estaba yo de ti.»

10

Salgo de casa de Jacqueline con la foto misteriosa de la que ella tiene en reserva varias copias, por si acaso. La coloco, como sobre un altar, en una estantería del estudio que me sirve de despacho, en la rue du Temple.

Es allí donde paso la mayor parte de mi tiempo. He vivido siempre de mi pluma, primero como periodista y luego como autor de libros y de guiones para la televisión, y me enorgullece en cierto modo ganarme la vida y la de mi familia no dependiendo de nadie y siendo el único dueño de mi tiempo. Aunque espero ser un artista, me gusta verme como un artesano clavado a su banco que entrega lo que le encargan puntualmente y da satisfacción a sus clientes. Esta imagen de mí mismo más bien aceptable se ha degradado en los dos últimos años. No conseguía escribir una novela, creía que ya nunca lo conseguiría. Aunque gracias a los guiones lograba aún llenar el puchero diario, mi vida transcurría bajo el signo de la impotencia y el fracaso. Me veía como un escritor fallido, pensaba que el responsable era mi matrimonio infeliz, me repetía la terrible frase de Céline: «Cuando ya no tienes suficiente música dentro para que la vida baile...» Yo no la había hecho bailar con mucho garbo, pero aun así de mí había salido un poco de música, una música débil, la mía, nada embriagadora, y ahora se había acabado. La caja se había roto. Los días en el estudio se estiraban sin fin. Trabajo alimenticio, despachado sin creer en él. Largas isletas de sopor, entreveradas de masturbaciones. Novelas leídas como quien se droga, para anestesiarse, estar ausente.

Todo esto era antes de mi estancia en Le Levron. Antes de mi conversión. Ahora me levanto alegre, llevo a Gabriel a la escuela, voy a nadar una hora en la piscina y heme aquí, después de haber subido mis siete pisos, en el estudio tranquilo donde, al igual que Colbert, según una imagen que mi generación ha debido de ser la última en conocer, me froto las manos de gusto ante el trabajo que me espera.

Dedico a San Juan la primera hora. Un versículo a la vez, cuidando de que mi comentario no cobre visos de diario íntimo, con una introspección psicológica y el afán de dejar huella. Quiero avanzar audazmente, dejarme guiar por la palabra de Dios sin pensar, como siempre ha sido mi obsesión, que de lo que me suceda surgirá un libro. Ahuyento lo mejor que puedo la idea del libro futuro, me concentro con determinación en el Evangelio. Aunque Cristo me habla de mí en sus páginas, en adelante quiero interesarme por Él y no por mí.

(Cuando releo actualmente estos cuadernos, me salto las reflexiones teológicas a las que concedía tanta importancia del mismo modo que nos saltamos las explicaciones de geografía en las novelas de Julio Verne. Lo que me interesa y a menudo me espanta es obviamente lo que digo de mí.)

Acto seguido viene la oración, sobre la que me preguntaba muchas veces si era mejor rezarla antes o después de la lectura del Evangelio, como me preguntaría años más tarde si era mejor practicar la meditación antes o después de las posturas de yoga. La oración, por otra parte, se parece mucho a la meditación. Es la misma actitud: con traje, la espalda bien derecha. El mismo afán, ante todo, de fijar la atención. El mismo esfuerzo, por lo general inútil, pero es el esfuerzo lo que cuenta, para domar el vagabundeo incesante de los pensamientos y alcanzar como mínimo un instante de calma. La diferencia, si es que existe alguna, es que rezando te diriges a alguien: a aquel cuya foto misteriosa he colocado enfrente de mí en la estantería. Según mi estado de ánimo, le recito esos mantras que llamamos salmos y cuya existencia me reveló mi madrina, o bien le hablo libremente. De Él, de mí: en mi cuaderno pongo «Él» con mayúscula. Le pido que me enseñe a conocerle mejor. Le digo que quiero hacer su voluntad y que no importa si se opone a la mía. Sé que es así como Él actúa para formar a sus elegidos.

Antes yo comía con frecuencia fuera, con algún amigo. Lo normal en aquellos almuerzos era conversar de literatura, pasando del comentario de las grandes obras a los chismes editoriales, y sin que nunca faltara un excesivo consumo de vino. Lo pedíamos por copa para ser razonables, y copa tras copa nos decíamos que habría sido mejor pedir directamente una botella. La exaltación ebria, al salir de la comida, se transformaba en una depresión angustiada en cuanto llegaba a mi estudio. Pasaba la tarde prometiéndome que nunca recaería, y recaía dos días después. Renuncié de la noche a la mañana a esta costumbre lamentable. Declino desde entonces cualquier propuesta de comida y me conformo en mi retiro de ermitaño con un cuenco de arroz integral que como lentamente, atento a masticar siete veces cada bocado, y leyendo con no menor concentración, yo, lector bulímico, algún libro edificante: las *Confesiones* de San Agustín, *El peregrino ruso,* la *Introducción a la vida devota* de San Francisco de Sales. Algunas frases de San Agustín me estremecen la espina dorsal. Las murmuro para mí, como si me hablase al oído: «¿En qué pensaba, Señor, cuando no pensaba en Ti? ¿Dónde estaba yo cuando no estaba contigo?» Este libro, precursor de Montaigne y Rousseau, el primero en que un hombre se esfuerza en decir lo que ha sido, lo que le ha hecho ser él y no otro, está enteramente escrito en vocativo, y para mí, que desde hace años presiento confusamente que un día tendré que pasar de la tercera a la primera persona del singular, este empleo fulgurante de la segunda persona constituye una revelación. Envalentonado por este ejemplo, ya todo lo que escribo en mis cuadernos se dirige al Señor. Le tuteo, le apostrofo. La consecuencia es que mis reflexiones cotidianas sobre el Evangelio se confunden cada vez más con la oración, pero también, cuando se ven las cosas desde el punto de vista de un descreído, resulta que adopto un tono a la vez enfático y artificial que, en la relectura, me avergüenza horriblemente.

Por la tarde me ocupo del guión que estoy escribiendo. Ya no lo considero una tarea subalterna, a la que te resignas a falta de algo mejor, sino mi deber profesional, que cumplo con cuidado y buen humor. Tanto mejor si Dios vuelve a otorgarme la gracia de escribir libros algún día. No depende de mí. Lo que depende de mí, puesto que quiere que sea guionista de televisión, es que sea un buen guionista. ¡Qué alivio!

11

En realidad no es todo tan sencillo. Lo atestiguan algunas páginas de mi segundo cuaderno, páginas bastante enjundiosas, que dirimen la cuestión de mis sempiternas oraciones y cuentan una visita a la librería La Procure. Las librerías son un terreno peligroso para un escritor que ya no puede escribir. Consciente de este peligro, las evito desde mi conversión, al igual que los cócteles de editores, los suplementos dominicales de los periódicos, las conversaciones sobre las novelas de la temporada, todas esas cosas que me hacen daño. Pero La Procure, enfrente de la iglesia de Saint Sulpice, es una librería religiosa, y me arriesgo a entrar porque quiero comprar un libro sobre San Juan. Paso un momento por la sección de Biblias, exégesis, Padres de la Iglesia. Recorro los gruesos volúmenes sobre «el medio joánico». Mi mirada se cruza por encima de la mesa con la de un cura que hojea el mismo género de material y me siento en un lugar seguro, me gusta ser este individuo fervoroso y grave que discretamente, sin marcarse un farol, se interesa por «el medio joánico». Además de un comentario de San Juan elijo las cartas y los diarios de Thérèse de Lisieux, que Jacqueline me ha recomendado. Espontáneamente yo me habría inclinado más bien por Teresa de Ávila, que me imagino que es el colmo de la elegancia mística, mientras que asocio a Thérèse de Lisieux con mis suegros, con las santurronerías de finales del siglo XIX, con todo lo que engloba el adjetivo «sansulpiciano», pero el día en que dije esto en su presencia Jacqueline me miró con la expresión compasiva que adoptaba a veces: «Pobrecito mío, es terrible que llegues a decir una cosa semejante. Santa Thérèse de Lisieux es lo más hermoso que hay.» No quisiera que se crea que Jacqueline no amaba a Teresa de Ávila, antes bien la adoraba hasta el punto de que en sus oraciones charlaba familiarmente en español con ella. Pero Thérèse de Lisieux, «la vocecita», la obediencia y la humildad más puras, es según Jacqueline la receta ideal para bajarle los humos a un intelectual propenso a juzgarlo todo desde arriba. Thérèse y quizá también una peregrinación a Lourdes. Me sería beneficiosa, en lugar de extasiarme con Rembrandt y Piero della Francesca, que están al alcance del primer esteta que se presenta, descubrir todo el esplendor y el amor a Dios que hay en la más cursi de las santas vírgenes de yeso. Total, me dirijo a la caja con Santa Thérèse de Lisieux y San Juan debajo del brazo. El problema es que para llegar a ella hay que pasar junto a la estantería de libros no religiosos y afrontar una mesa cubierta con las novedades narrativas. No lo había previsto. Quisiera pasar deprisa, como un seminarista agobiado por la carne pasa por delante de un anuncio de cine porno, pero es más fuerte que yo: reduzco el paso, lanzo una ojeada, extiendo la mano y me veo hojeando, leyendo contraportadas, precipitado en un instante a este infierno tanto más infernal porque es ridículo. Mi infierno personal: esa mezcla de impotencia, de resentimiento, de envidia devoradora, humillante, por todos los que hacen lo que yo, apasionadamente, he deseado hacer, he sabido hacer, y ya no puedo hacer. Paso allí una hora, dos horas, hipnotizado. La idea de Cristo, de la vida en Cristo, se vuelve irreal. ¿Y si la realidad fuese esto? ¿Esta agitación vana, estas ambiciones frustradas? ¿Si la ilusión fuera el gran «Tú» de las *Confesiones* y el fervor de la oración? ¿No sólo de la mía, tan endeble, sino la de las dos Teresas, la de Agustín, la del peregrino ruso? ¿Si la ilusión fuese Cristo?

Salgo de La Procure despavorido. Trato de reponerme, de remediarlo mientras camino por la calle. La defensa consiste en decirme, en primer lugar, que la mayoría de los libros que acaban de hacerme tanto daño son malos, y después que si ya no puedo escribir ninguno es porque estoy destinado a otra cosa. A algo más elevado. Me lo represento como un gran libro, fruto de esos años crueles de barbecho, que deslumbrará a todo el mundo, mostrará la insignificancia de los productos de temporada que hoy me veo reducido a envidiar. Pero quizá no sea el plan que Dios me reserva. Quizá quiera realmente que deje de ser escritor, que para servirle mejor sea, no sé, camillero en Lourdes.

Todos los místicos coinciden en señalar que lo que se nos pide es lo que menos deseamos dar. Hay que buscar en nuestro interior lo que más penoso nos sería sacrificar: eso es. Para Abraham, su hijo Isaac. Para mí, la obra, la gloria, el rumor de mi nombre en la conciencia ajena. Por ello de buena gana habría vendido mi alma al diablo, pero el diablo la ha rechazado y sólo me queda ofrecérsela a Dios a cambio de nada.

Así y todo, refunfuño.

Hallo refugio en la iglesia de Saint-Séverin, última parada de mi jornada antes de volver a casa. Asisto allí todas las tardes a la misa de las siete. Como no atrae a mucha gente no se celebra en la nave central, sino en una capilla lateral. Es un público de asiduos, muy fervorosos, muy diferentes del de las misas dominicales. Casi todos comulgan, yo no. Sin embargo, Jacqueline me ha asegurado que al participar en el misterio eucarístico se entra en la intimidad del Señor infinitamente más rápido y más profundamente. Te quedarás atónito, me promete. La creo, pero no me siento preparado. Este escrúpulo la impacienta: si para abrirse a Él hubiera que esperar a estar preparado, nadie lo estaría nunca. Por otra parte, lo reconocemos al celebrar el misterio: «Señor, no soy digno de que entres en mi casa, pero una palabra tuya bastará para sanarme.» Aun así, prefiero esperar a sentir el verdadero deseo. Sé que lo sentiré, en su momento. Me quedo en las filas de atrás, cerca de una columna. No concibo cómo en otro tiempo esto pudo parecerme aburrido. Hoy todo me parece, o me convenzo de que me parece, mil veces más apasionante que cualquier libro, que cualquier película. Aunque parezca que es siempre lo mismo, cada vez es diferente.

12

Antes de conocer a la señora C., en cuyo diván acordamos que me tumbaría al regreso de las vacaciones, vi a varios de sus colegas y observé en cada uno al menos un rasgo redhibitorio. Uno tenía en la entrada de su edificio una placa con su apellido seguido de su nombre: Dr. L., Jean-Paul; otro, mamarrachos deplorables en la pared de su consulta, un tercero dejaba a la vista en su sala de espera libros que a mí me habría sonrojado que vieran en mi casa.

Cabe pensar que estos detalles de mal gusto no prejuzgan en nada la competencia de un psicoanalista, pero yo no pensaba así y no me veía capaz de desarrollar una transferencia positiva con alguien a quien en mi fuero interno consideraba un aldeano. No encontré nada criticable en el decorado que rodea a la señora C. ni en su manera de hablar ni en su aspecto físico. Es una mujer sexagenaria, dulce, tranquilizadora, de una neutralidad agradable. Pero cuanto más se acerca el día de nuestra primera sesión *auténtica,* más tentado estoy de cancelarla. Si no lo hago es un poco por educación y mucho porque Hervé me lo ha impedido. ¿Por qué, me dice, privarte de algo que podría serte útil antes de haberlo intentado?

En vez de ocupar el diván, como estaba previsto, me siento delante de la señora C., en la butaca donde me había sentado durante nuestras entrevistas preliminares. Ella no recoge el guante de este desafío, espera a ver qué pasa. Yo me lanzo. Le digo que, desde la última vez, me ha sucedido algo. He encontrado a Cristo.

Una vez soltada esta noticia, la pelota está en su tejado. Aguardo, vigilo su expresión. Permanece neutra. Tras un momento de silencio, emite un pequeño «mmm», un típico y pequeño «mmm» de analista que yo comento bastante agresivamente. Digo:

–Ahí está el problema con el psicoanálisis. Si el mismo San Pablo viniera a contarle lo que le ocurrió en el camino de Damasco, usted no se preguntaría si es cierto o no, sino simplemente de qué es síntoma. Porque es eso, por supuesto, lo que se pregunta, ¿no?

No responde. Es lo previsible. Yo prosigo. Le explico que durante todo el verano he temido que el análisis, en lugar de mejorar mi vida de pareja, me obligue a reconocer su fracaso. Ahora es distinto. Ya no le veo el sentido porque me considero curado. Bueno, curado no: no soy tan pretencioso. Digamos que estoy en vías de curación. Antes de acudir a su consulta, estaba leyendo, como todos los días, el Evangelio de Juan y he encontrado una frase que me ha gustado. Se la dice Jesús a un tal Natanael, que ha ido a escucharle por curiosidad: «Te he visto cuando estabas debajo de la higuera.» No se sabe lo que Natanael hacía debajo de la higuera. Quizá se la estaba cascando, quizá lo que estaba haciendo resume todos sus secretos, todas sus vergüenzas, todo el peso del fardo que acarrea. Jesús ha visto todo esto y Natanael se alegra de que lo haya visto: por eso precisamente decide seguir a Jesús.

–Yo soy como Natanael –le digo a la señora C.–. Cristo me ha visto debajo de la higuera. Sabe de mí más que yo, mucho más de lo que nunca podrá descubrir el psicoanálisis. Entonces, ¿de qué sirve?

La señora C. ni siquiera dice «mmm». Tiene un aire un poco triste, pero es su expresión habitual, y un poco tristemente yo también me sorprendo hablando. Toda mi agresividad del principio se ha disipado.

–No dice nada, por supuesto. No debe permitirme que yo vea lo que piensa, pero me figuro lo que piensa. Yo creo que Cristo es la verdad y la vida. Usted, en cambio, cree que es una ilusión consoladora. Y lo que intentará hacer si me quedo aquí, con la mejor intención del mundo, quizá con mucha habilidad profesional, es curarme de esta ilusión. Pero yo no quiero su curación, entiéndame. Aun cuando me demostrase que es una enfermedad, preferiría quedarme con Cristo.

–¿Qué le obliga a elegir?

No me esperaba que hablase. Lo que dice me sorprende, y me sorprende para bien. Sonrío, del mismo modo que se aplaude un movimiento hábil del adversario en el ajedrez. Pienso en una anécdota y se la cuento. A Thérèse de Lisieux, cuando era niña, le piden que escoja entre varios regalos navideños, y ella responde –lo que puede parecer una respuesta de niña mimada, pero que los comentadores católicos interpretan como el signo de su inextinguible apetito espiritual: «No quiero escoger. Lo quiero todo.»

–*¿Lo quiero todo?* –repite pensativa la señora C.

Me indica el diván con un gesto.

Yo me tumbo.

Cinco años después, al final de lo que más adelante yo llamaría todavía mi primera tanda de psicoanálisis, la señora C. mencionará la norma empírica según la cual toda curación se resume en la sesión inaugural. Dice que la mía fue una confirmación espectacular. He tenido que reconstruirla de memoria porque en los dieciocho cuadernos escritos durante los dos primeros años de este psicoanálisis no se habla de él prácticamente nunca. A lo largo de esos años iba dos veces por semana a la villa del Danubio, en el distrito XIX, para unas sesiones de tres cuartos de hora de reloj –la señora C. era una freudiana de la vieja escuela– durante los cuales contaba todo lo que se me pasaba por la cabeza. Al mismo tiempo escribía como mínimo una hora sobre el Evangelio y los movimientos de mi alma. Estas dos actividades eran vitales para mí, pero me las arreglé para separarlas por medio de un tabique estanco, y al mirar atrás veo muy bien por qué. Me digo que tendría que haberlo visto en aquel momento, que saltaba a la vista, pero lo cierto es que no lo vi. Tenía auténtico pánico a que el psicoanálisis destruyese mi fe e hice todo lo que pude para protegerla. Me acuerdo de que una vez le dije muy explícitamente a la señora C. que durante nuestras sesiones no debíamos hablar de mi conversión. De todo lo demás sí, pero no de eso. También podría haber dicho: lo que usted quiera, pero deseo ser discreto sobre mi vida privada.

Si nos ponemos en su lugar en este asunto, me figuro que debí de darle mucha guerra, y tanto más porque soy temiblemente inteligente. Que nadie se confunda: no peco de orgullo al decir esto. Al contrario, lo digo en sentido peyorativo, tal como lo entendía mi madrina y como yo lo entendí el día en que, sentada en su butaca detrás de mí, la señora C. soltó con un tono abrumado: «¿Pero por qué tiene que ser tan inteligente a toda costa?» Con esto se refería a que era incapaz de simplicidad, era tortuoso, alguien que busca tres pies al gato, que se adelanta a objeciones que nadie piensa formularle, que no puede pensar una cosa sin pensar al mismo tiempo lo contrario y luego lo contrario de lo contrario, y que con este tejemaneje mental se extenúa para nada.

13

Nuestro segundo hijo, Jean Baptiste, nació aquel otoño. Anne no estaba muy conforme con que le pusiéramos el nombre de un cascarrabias áspero, sobre todo conocido por sus costumbres ariscas, su vida ascética en el desierto, su estancia en las cárceles del cruel rey Herodes y, por último, por su decapitación. Además, el nombre tenía un regusto tremendamente catolicón. El interesado, al hacerse adulto, dio la razón a su madre: salvo en familia, se hace llamar Jean. Pero yo no di mi brazo a torcer. En mi lectura del evangelista Juan había llegado justo al testimonio de Juan el Bautista, que es a la vez el último de los profetas de Israel y el precursor de Jesús. El más grande de la antigua alianza, el más pequeño de la nueva. El que condensó el amor según Cristo en esta fórmula fulgurante, casi inadmisible: «Él debe crecer y yo disminuir.» Quise que el día de su bautismo Hervé, su padrino, leyera la acción de gracias que se entona el día de la circuncisión de Juan el Bautista a manos de su padre, el viejo Zacarías. Está en el Evangelio de Lucas, y se le llama el *Benedictus:*

> «Y a ti, niño, te llamarán profeta del Altísimo,
> porque irás delante del Señor a preparar sus caminos,
> para iluminar a los que viven en tinieblas
> y en sombra de muerte,
> para guiar nuestros pasos por el camino de la paz.»

14

Unos días después del bautismo nos deja nuestra chica *au pair.* Es una calamidad. Anne trabaja mucho, yo a mi manera también, pasamos los dos el día fuera de casa. Necesitamos imperiosamente a alguien que vaya a buscar a Gabriel a la guardería, que lo bañe, le dé de cenar y que ahora se ocupe de Jean Baptiste. Febrilmente publicamos anuncios y empezamos a recibir a candidatas. Como el año escolar ya ha comenzado no podemos ser demasiado exigentes. Las estudiantes encantadoras y dinámicas están todas colocadas, sólo quedan en el mercado las que no han encontrado trabajo: arrastrando los pies, sólo piensan en ocuparse de niños si no hay nada mejor, al acecho de la primera ocasión para desaparecer sin previo aviso. Es un desfile desalentador y creemos haber tocado fondo, de hecho es casi cómico cuando una tarde lúgubre de diciembre abrimos la puerta a Jamie Ottomanelli.

Las demás aspirantes al empleo tienen por lo menos a su favor ser jóvenes. La recién llegada ha sobrepasado los cincuenta años, es alta y gorda, tiene el pelo grasiento, viste un chándal viejo que no huele muy bien. Resumiendo, tiene pinta de mendiga. Anne y yo hemos acordado una especie de código para comunicarnos discretamente nuestras impresiones y no prolongar las entrevistas inútiles. Para esta visitante, el veredicto es claro –ni por asomo–, pero no podemos despacharla bajo la lluvia sin un simulacro de conversación. Le ofrecemos una taza de té. Ella se instala en una butaca cerca de la chimenea, con sus gruesas piernas ligeramente separadas, como si se dispusiera a pasar allí el resto del día. Tras un momento de silencio, atisba un libro depositado encima de la mesa baja y dice, en francés pero con un fuerte acento americano:

–Oh, Philip K. Dick...

Arqueo las cejas.

–¿Le conoce?

–Le conocí, en su día, en San Francisco. Fui canguro de su hija. Ahora ya ha muerto. Rezo muchas veces por su pobre alma.

Leí a Dick con pasión, de adolescente, y, a diferencia de la mayoría de las pasiones adolescentes, ésta nunca se ha debilitado. He releído periódicamente *Ubik, Los tres estigmas del Palmer Eldritch, Una mirada a la oscuridad, Tiempo de Marte, El hombre en el castillo*. Consideraba al autor –y lo sigo haciendo– algo así como el Dostoievski de nuestra época. Como a la mayor parte de sus admiradores, sin embargo, me incomodaban los libros de su último período, como a los admiradores de Dostoievski el *Diario de un escritor,* a los de Tolstói *Resurrección,* y a los de Gógol los *Pasajes escogidos de la correspondencia con los amigos.* Baste decir que Dick tuvo hacia el final de su vida caótica una especie de experiencia mística, de la que no sabía si era una *auténtica* experiencia mística o la expresión definitiva de su paranoia legendaria. Intentó dejar constancia de ella en libros extraños, llenos de citas de la Biblia y de los Padres de la Iglesia, con los que durante mucho tiempo no he sabido a qué atenerme, pero que desde hace unos meses releo con una mirada nueva. En suma, me esperaba cualquier cosa menos que una entrevista con una *au pair* se transformase en una conversación sobre Dick.

En el curso de la conversación sale a relucir que Jamie, nacida en Berkeley como Dick, se crió en una comunidad hippie, probó todos los viajes de los años sesenta y setenta: sexo, drogas, rock and roll y sobre todo religiones orientales. A raíz de unos malos pasos sobre los que prefiere no extenderse, se convirtió al cristianismo. Quiso hacerse monja, vivió largas temporadas en conventos, descubrió que no tenía vocación y lleva desde hace veinte años una vida errante, guiada por la frase del Evangelio sobre los pájaros del cielo que no construyen casas, no almacenan frutos y confían en el Padre para proveer a sus necesidades. La verdad sea dicha, el Padre es más bien parco a la hora de proveer a Jamie. Es muy pobre, realmente está en las últimas. Por eso precisamente viene a vernos: nuestro anuncio dice que hay una habitación con llave, y eso le interesa. Esta confesión ingenua incita a Anne a reorientar la conversación, que desde hace una hora gira en torno a Dick, el *I-Ching* y San Francisco de Asís. Pero, aparte de que Jamie tiene una necesidad apremiante de un techo, ¿se ha ocupado alguna vez de niños?

Oh, sí, por supuesto, muchas veces. Muy recientemente ha cuidado a los hijos de un diplomático norteamericano. «¡Pues entonces perfecto!», digo yo con entusiasmo. Estoy dispuesto a contratarla de inmediato, pero Anne, con firmeza, pide que reflexionemos, obtiene de Jamie el teléfono del diplomático norteamericano y, cuando ella se ha ido, nos pasamos la velada discutiendo: yo, convencido, Anne reconociendo que Jamie es sin duda interesante, original, pero que tiene un aire *muy* extraviado. Soy lo bastante prudente para no manifestar crudamente el fondo de mi pensamiento: saber que esta mujer que reza por *la* pobre alma de Philip K. Dick nos ha sido enviada por Dios. En cambio, le hablo a Anne de la *niania* que me cuidó a mí y a mis hermanas en nuestra infancia. La *niania,* para los rusos, es algo completamente distinto de una sirvienta: es una niñera, una institutriz que forma parte de la familia y vive con ella, por lo general, hasta el fin de sus días. Yo adoraba a la nuestra; mis hermanas menos, porque ella me favorecía descaradamente. Estoy seguro de que esta Jamie magullada por la vida, pero candorosa y sin doblez, con su franca mirada azul, llegará a ser para nuestros hijos lo que mi *niania* fue para mí. Que nos dará a todos lecciones preciosas de alegría y desapego. Derrotada por mi convicción, Anne llama al diplomático, que no escatima alabanzas. Jamie es una mujer maravillosa. Mucho más que una empleada, una amiga de hace mucho. Los niños están locos por ella, lloran todas las noches desde que se fue. Pero, entonces, ¿por qué se marchó? Porque de hecho, responde el diplomático, son ellos los que se marchan. Al cabo de cuatro años destinado en París, regresa a Estados Unidos.

15

Jamie ya no vive en casa del diplomático pero dejó allí sus pertenencias y la acompaño a recogerlas. La portera de un bello edificio de Hausmann, en el distrito VII, nos recibe de un modo muy huraño y nos acompaña como una sombra, como si sospechase que somos unos atracadores, hasta el sótano donde están depositadas las pertenencias de Jamie. Caben en un enorme baúl de hierro que cargamos en el coche y luego subimos hasta nuestra buhardilla, no sin dificultad porque es pesadísimo. Antes de que yo me retire para dejarla que se instale, Jamie abre el baúl, que contiene muy poca ropa y más que nada pilas de papelotes, fotos desgarradas y amarillentas y material de pintura: porque ella pinta iconos, me dice. Saca del baúl un grueso manuscrito: como soy escritor, podría interesarme.

Mientras ella se acomoda, yo paso la tarde jugando con Jean Baptiste y, cuando se duerme, examino *Tribulations of a Child of God (by Jamie O.)*. No es exactamente una autobiografía, sino más bien un diario que contiene poemas, ilustrado con toda clase de dibujos, montajes fotográficos y derivaciones de anuncios publicitarios, muy propios de los *seventies*. Los dibujos, al estilo de la funda de un disco psicodélico, son tan afectados como espantosos, pero Jacqueline me ha aleccionado sobre la importancia de la pureza de corazón en el arte y la estrechez de espíritu de los supuestos entendidos: asegura sonriendo que el castigo en el infierno de estos últimos consistirá en estar rodeados por los mamarrachos que han despreciado aquí abajo y en extasiarse durante toda la eternidad ante su maravillosa belleza. Una serie de fotomatones muestra a Jamie, más joven pero ya gorda, haciendo muecas con un barbudo esquelético de gafas redondas. Comprendo que el barbudo era su marido y que ha muerto. El conjunto, caótico, extremadamente indigesto, está impregnado de una cólera sorda, dirigida contra el mundo entero, que me alarma ligeramente.

La víspera invitamos a cenar a unos amigos y hablamos de nuestra nueva niñera, y como tuve la desgracia de decir que se parece asombrosamente a Kathy Bates, la actriz que trabaja en *Misery*, todo el mundo disfrutó imaginando la versión de Stephen King de la historia: la adorable mujer obesa que a fuerza de atenciones y gentileza adquiere poco a poco sobre la joven pareja una influencia tiránica, monstruosa, y la destruye. Aunque participé de buena gana en la elaboración de este guión de terror, sostuve, un poco más en serio –una seriedad que nuestros invitados debieron de tomar en otro sentido porque no saben nada de mi conversión–, que Jamie era una especie de santa, una persona a la que las circunstancias de la vida y sin duda una vocación secreta han conducido, de privación en privación, a renunciar a su ego y a poner su destino, para bien o para mal, en las manos de la Providencia. En realidad basta echar un vistazo a su patético manuscrito para darse cuenta de que la pobre no ha renunciado en absoluto a su ego, que por el contrario se debate con una extrema energía. Que, lejos de haber alcanzado la alegría franciscana que yo le confiero, siente cruelmente las humillaciones que la vida no ha cesado de infligirle, el rechazo de sus tentativas literarias y fotográficas, la conmoción de verse en un espejo tan espeso, tan poco deseable. Pero como estoy decidido a analizar su vida y su aparición en la nuestra desde un ángulo espiritual, prefiero ver en sus vaticinios amargos y vengativos el eco de esos salmos tan numerosos en que Israel, aun quejándose de la injusticia presente, expresa su confianza en la llegada del Mesías que pondrá a los poderosos en su sitio y, al contrario, elevará a los pobres, los humillados, los eternos rechazados. Al mismo tiempo estoy molesto. Jamie me ha confiado su manuscrito, de autor a autor, espera una reacción y me pregunto qué podré decirle de reconfortante sin ser demasiado hipócrita.

16

El primer día en que dejamos a Jamie ocuparse sola de los niños, al volver a casa encontramos el piso lleno de guirnaldas multicolores, recortadas y colgadas con la ayuda de Gabriel, que parece muy contento del día que ha pasado. Está bien. Menos bien está que en todas las habitaciones, no sólo la de los niños, reina un desorden indescriptible y que

Jean Baptiste grita porque no le han cambiado los pañales desde hace horas. Esta noche hemos previsto una especie de cena de bienvenida y le hemos dicho a Jamie que no haga nada. Ella toma esta instrucción al pie de la letra y se deja servir sin mover un dedo para ayudarnos. Nuestros –«reproches» sería una palabra demasiado fuerte, y también «observaciones»–, digamos nuestras sugerencias discretas sobre el estado en que nos gustaría encontrar la casa cuando volvemos, las acoge con una sonrisa benévola, búdica, un poco demasiado distante para el gusto de Anne e incluso el mío de las contingencias de este mundo. Cuando sube a acostarse, dejándonos los platos por fregar, empezamos a chillarnos. Fastidiado, consciente de que si Jamie se lo toma todo demasiado a la ligera será Anne la que pague el pato, reconozco que hay que encontrar un tono más adecuado. Tratarla como a una amiga, pero no demasiado. No pedirle, por supuesto, que sirva la mesa, pero tampoco encontrarnos en la absurda situación de servirle nosotros a ella, diga lo que diga Jesús a este respecto. Prometo hablar con ella y el día siguiente lo dedico a ensayar mi pequeño discurso. A las cinco de la tarde recibo en mi estudio una llamada telefónica de la guardería: la cuidadora de Gabriel no ha ido a buscarle.

Frunzo el entrecejo, no lo comprendo. Esta misma mañana he recorrido los lugares con Jamie, le he presentado al personal de la escuela, todo debería ir bien. Todo debería ir bien pero sucede que ella no ha ido. Llamo a casa, nadie contesta. Anne tampoco responde en su despacho; preciso que esta historia transcurre en los tiempos lejanos en que no había móviles. Corro a la escuela a recoger a Gabriel y vuelvo con él a casa. Jamie y Jean Baptiste no están allí. Hace muy mal tiempo para que lo haya llevado al parque, la situación se vuelve inquietante.

Subo al piso de las buhardillas y encuentro abierta de par en par la puerta de la nuestra. Jean Baptiste duerme plácidamente en su moisés; respiro: es lo esencial. En cuanto a Jamie, se dedica a pintarrajear en la pared una especie de fresco que debe de representar el Juicio Final: el paraíso en su habitación, el infierno y su cortejo de condenados desborda hasta el pasillo. No soy colérico, quizá no lo bastante, pero esta vez exploto. El pequeño discurso firme y sonriente que he previsto se transforma en un torrente de reproches. ¡Olvidar como un paquete sin entregar a uno de los niños que le han confiado! ¡Y ya el primer día! No tengo tiempo de expresar la queja secundaria, a saber que ni nosotros ni sobre todo el propietario del edificio le hemos encomendado que decore las zonas comunes, porque, para mi gran sorpresa, en lugar de bajar la cabeza, de reconocer sus errores o de balbucir una disculpa, Jamie empieza a gritar mucho más fuerte que yo, me acusa de que soy un mal hombre, y peor todavía: un hombre cuyo placer en la vida es enloquecer a la gente. Erguida en toda su estatura y toda su corpulencia con su chándal viejo, soltando perdigones de saliva y echando chispas por los ojos, coge de la mesa y blande un ejemplar de mi novela *El bigote* y grita:

–¡Sé lo que hace usted! ¡He leído este libro! ¡Sé con qué juego perverso se divierte! Pero conmigo no le valdrá ese juego. ¡He conocido a demonios más grandes que usted y no conseguirá volverme loca!

Como dice Michel Simon en *Un drama singular:* «A fuerza de escribir cosas horribles, acaban sucediendo.»

17

Lo juicioso, evidentemente, sería atenerse a lo sucedido y, después de este ensayo desastroso, separarnos lo menos mal posible. El problema es que Jamie, tras haber encontrado unos metros cuadrados para su baúl y para ella misma, no tiene la menor intención de marcharse. Ya no baja a nuestro piso, somos Anne y yo los que subimos. Desde el otro lado de su puerta, ahora con el cerrojo echado, en el pasillo decorado con diablillos, intentamos en vano ablandarla. Apelamos a su sentido común, le explicamos la necesidad en que nos vemos de buscarle una sustituta y de alojarla, le proponemos un mes, dos, tres meses de sueldo. Cae en saco roto. La mayoría de las veces no contesta. Ni siquiera sabemos si está o no en la habitación. Otras veces nos grita que nos den por el culo. Puntualiza que no la tiene tomada con Anne, sino conmigo. Anne se comporta como una patrona consciente de sus intereses: yo pago y quiero que me presten un servicio, es coherente. De nosotros dos, yo soy la auténtica basura. El falso amable, el fariseo, el que quiere estar en misa y repicando: no sólo echar a la gente a la calle en pleno invierno sino además gozar a tope de los suplicios que le inflige su conciencia delicada.

Ha dado en el clavo, y mis cuadernos están llenos de exámenes de conciencia abrumados. En ellos copio frases del Evangelio como: «¿Por qué me llamáis Señor y no hacéis lo que yo digo?» Siento que soy uno de los condenados por Jesús cuando dice: «Porque tuve hambre, y no me disteis de comer; tuve sed, y no me disteis de beber; era forastero, y no me acogisteis; estaba desnudo, y no me vestisteis; enfermo y en la cárcel, y no me visitasteis.» Entonces dirán también éstos: «Señor, ¿cuándo te vimos hambriento o sediento o forastero o desnudo o enfermo o en la cárcel, y no te asistimos?» Y él entonces les responderá: «En verdad os digo que cuanto dejasteis de hacer con uno de estos más pequeños, también conmigo dejasteis de hacerlo.»

Es la imparable lógica evangélica. No obstante, trato de justificarme: necesitamos a alguien en quien confiar, la situación se ha vuelto insostenible, y además Jamie presiona más a Anne que a mí y por tanto, para proteger a mi mujer, tengo que saber mostrarme firme y brutal si hace falta. Pero esto es la sensatez del mundo, la del patrono que quiere obtener un servicio a cambio de su dinero. Cristo pide otra cosa. Que veas el interés del otro y no el tuyo. Que se le reconozca, a Él, Cristo, en Jamie Ottomanelli, con su pobreza, su confusión, su locura cada vez más amenazadora. Sé que ella reza, tres pisos más arriba del nuestro, atrincherada en su cuartito, y me digo que en su plegaria está más cerca de Cristo que yo. «Buscad el Reino de Dios y todo lo demás se os dará por añadidura», dice Jesús. Buscar el Reino de Dios en este caso, ¿no es permanecer fiel al impulso de confianza que nos ha empujado a contratar a Jamie, en vez de traicionarla en nombre de la razón? Cuando se quiere vivir según el Evangelio, ¿se puede ser *demasiado* confiado?

Mientras yo me debato con mis escrúpulos, Anne reflexiona de un modo más concreto. Como último recurso, y en contra de sus principios de antigua izquierdista, estaría dispuesta a pedir mano dura a la policía, pero no tenemos un contrato de trabajo con Jamie, pensábamos pagarle en negro; total, es delicado. Ella intenta localizar al diplomático norteamericano, que está ilocalizable. Deja mensajes cada vez más urgentes en su domicilio, a su secretaria, él no llama nunca. ¿Habrá vuelto ya a Estados Unidos? Ligera sorpresa en la embajada: su repatriación está totalmente descartada. Al final nos llama la mujer del diplomático, se cita con Anne en un café, llega con unas gafas negras –estamos en diciembre, llueve– y confiesa la verdad.

Es cierto que Jamie es una especie de amiga. Roger, su marido, la conoció en la universidad. Se encontraron con ella por azar en París. Jamie estaba completamente a la deriva pero era una persona singular, conmovedora, y entonces

Roger quiso sacarla del apuro en recuerdo de los antiguos buenos tiempos. La acogieron en el estudio que utilizan para hospedar a los amigos de paso, a cambio de lo cual debía ayudar a la hija de ambos a hacer los deberes. «Es una persona instruida, ¿sabe?, habría podido desenvolverse muy bien en la vida, lo que pasa es que ha sufrido algunas desgracias. Al cabo de unos días la situación se volvió absolutamente insoportable. No vale la pena que le dé detalles, fue parecido a lo que ha pasado con ustedes, debe de ser igual con todo el mundo.» Susan conminó a Roger a despedir a Jamie a toda costa, y el precio fue cometer esta infamia: cuando Jamie respondió a un anuncio, aceptar recomendarla. «Ha sido infame», repite Susan con su acento americano, y sin que Anne pueda saber si es consciente de que imita a Jean Seberg en *Al final de la escapada*. Estaban dispuestos a todo para deshacerse de Jamie, ahora se reprochan haber puesto en esta situación a una joven pareja que parece simpática. Bueno, se lo reprocha Susan. Roger es un poco cobarde, como todos los hombres, supongo que opina Anne. Susan va a pedir a su marido que haga algo, que se las componga. A pesar de todo, si hay alguien que tiene autoridad sobre Jamie es él.

Anne vuelve a casa escéptica, aunque conmovida por la honradez de Susan. Tres días después no sabemos qué ha hecho Roger, pero cuando subo para intentar parlamentar una vez más la habitación está vacía, barrida, con la llave en la puerta. El único indicio del paso de Jamie: el Juicio Final en la pared, que el fin de semana pasamos a limpiar. Contratamos a una *au pair* de Cabo Verde apática, que vive en la indigencia, no habla francés y apenas inglés. Tras la pesadilla de la que salimos, nos parece una perla. Anne telefonea a Susan para darle las gracias. Susan no responde, no devuelve la llamada, como esos agentes del FBI que cumplida su misión desaparecen sin dejar rastro, y predigo medio en broma que si telefoneamos a la embajada nos contestarán que no existe, que no ha existido nunca un diplomático llamado Roger X.

18

Durante las vacaciones de Navidad, Anne y yo partimos al Cairo para casarnos en la pobre parroquia del padre Xavier. He escogido la más clásica de las lecturas en semejante circunstancia: el himno al amor de la primera epístola de San Pablo a los corintios. Por razones que he debatido largo tiempo y más bien inútilmente en el psicoanálisis, no quiero que nuestras familias estén presentes en la ceremonia. Se desarrolla sin otros testigos que el sacristán de la iglesia y un barrendero. Como ni siquiera hemos llevado una botella de vino para ofrecerle un vaso, el padre Xavier va a su habitación a buscar un oporto rancio que le ha regalado una feligresa. Es triste, casi clandestino: nos casamos como si nos diera vergüenza. Anne, por la noche, llora. Atravesamos en coche el desierto del Sinaí, contemplamos la salida del sol en el monasterio de Santa Catalina. Yo leo el Éxodo. Me imagino al pueblo de Israel, que ha abandonado Egipto pero todavía se halla lejos de la Tierra Prometida, errante por este pedregal durante cuarenta años, y comparo esta prueba con la mía. Las palabras «travesía del desierto» me reconfortan. A pesar de mi sumisión a la voluntad divina, no ceso de preguntarme si me será concedido, y cuándo, escribir otro libro. Se perfila una idea vaga, muy vaga. Consiste en el retrato de una especie de místico salvaje que remitiría a la vez a Philip K. Dick y a Jamie Ottomanelli: un viejo hippie, más bien una vieja hippie, abismada en las drogas y la desdicha, que un día tiene una iluminación mística y se pregunta hasta el final de su vida si ha encontrado a Dios o si está loca, y si hay una diferencia entre ambas cosas.

Justo después de volver de Egipto, un tipo me larga en el bulevar Saint-Michel una octavilla mal impresa sobre lo que él llama la Revelación de Arès. Un engrudo sectario, del que leo unas líneas con el desdén compadecido de quien frecuenta al maestro Eckhart y a los Padres de la Iglesia. Un argumento me arranca una sonrisa: «Si este hombre no fuera el profeta enviado a los hombres del siglo XX, el igual de Abraham, Moisés, Jesús, Mahoma, entonces todo lo que contiene la Revelación de Arès sería falso. Es imposible.» Me encojo de hombros y luego me percato de que es literalmente un argumento de San Pablo: «Si se proclama que Cristo ha resucitado, ¿cómo algunos de vosotros podéis decir que los muertos no resucitan? Si no hay resurrección de los muertos, Cristo no ha resucitado. Y si Cristo no ha resucitado nuestra predicación es vana y lo que creéis es una ilusión.» Esto me perturba. Razono: si crees, como yo, que Dios existe, no cabe ninguna duda de que un abismo separa lo que decía San Pablo de lo que dice el tipo de la Revelación de Arès, o incluso Dick cuando se esforzaba en vano con la mística de sus últimos años. Pablo estaba inspirado, los otros dos manifiestamente descarriados. Uno tuvo relación con la cosa auténtica, los otros dos con falsificaciones deplorables. *Pero ¿y si no existe la cosa auténtica?* ¿Si Dios no existe? ¿Si Cristo no resucitó? A lo sumo se puede decir que la empresa de Pablo tuvo mayor éxito, que merece más crédito cultural y filosófico..., pero en el fondo es exactamente la misma gilipollez.

19

Una noche, Anne vuelve muy agitada. Se ha cruzado con Jamie en la escalera del edificio. Sí, con Jamie, en su chándal informe, que llevaba una bolsa de supermercado. ¿Qué hace aquí? Alterada como quien ha visto un fantasma, Anne no ha tenido la presencia de ánimo de preguntárselo y la otra se ha largado desviando la mirada. Gabriel, que asiste a nuestra conversación, interviene. Él también ha visto a Jamie. «¿En casa?» «Sí, en casa. ¿Va a volver a vivir con nosotros?», pregunta, esperanzado, porque recortar y colgar guirnaldas le dejó un excelente recuerdo.

Subo a inspeccionar el piso de las habitaciones de servicio. Al fondo del pasillo, más allá de los retretes que hemos pintado hace unos meses para ofrecer a nuestra empleada las comodidades menos ingratas posibles, descubro una especie de reducto abuhardillado. No es una habitación, sino más bien un trastero cuya existencia yo ignoraba, simplemente porque nunca había ido hasta allí: nadie en este viejo edificio poco funcional ha tenido motivos para ir hasta allí. Ni siquiera tiene puerta, sólo un pedazo de tela sujeta con chinchetas. En una película adaptada de Stephen King, la música se haría cada vez más opresiva, quisiéramos gritar al visitante imprudente que salga de allí pitando en lugar de tirar de la cortina como es evidente que se dispone a hacer, como yo hago, y en ese cuchitril minúsculo, similar a aquel donde los Thénardier hacen dormir a Cosette en *Los miserables,* está, el lector lo ha adivinado, el baúl de Jamie. Sobre él una bandeja de cartón que contiene los residuos de una comida para llevar. Una vela, afortunadamente apagada, delante de uno de los iconos de Jamie. Su material de pintura y ya, en la pared desconchada, uno de sus inmundos frescos psicodélicos en fase de ejecución.

Un travelling sigue a un demonio guasón. La cámara se hunde en su boca de sombra mientras redoblan los timbales del *Dies Irae*. Fin de la secuencia: normalmente, el público ya tiene suficiente.

Nunca hemos conocido el desenlace de la historia. ¿Es que Jamie, que desde hacía mucho había detectado esta alternativa, se marchó por orden de Roger para después volver a la chita callando? ¿O es que Roger, tras haber prometido a su mujer que iba a liberar nuestra habitación, entendió este compromiso en el sentido más restrictivo y aconsejó a Jamie que se apalancara quince metros más allá, en esa ratonera que nadie usa, y a continuación, basta, he hecho lo que he podido, que no me pidan nada más? Sea como sea, ella vive de okupa tres pisos más arriba del nuestro, está loca de atar, acorralada, nos odia a muerte, es terriblemente angustioso. ¿Qué podemos hacer? ¿Llamar a la policía? ¿Advertir al propietario? Como somos nosotros los que la hemos introducido en el edificio, corremos el riesgo de que el asunto se vuelva contra nosotros. Peor aún: Jamie también amenaza con ponerse en nuestra contra. Con querer vengarse. Con utilizar a los niños. Llevarse a Jean Baptiste de su cuna. Atraer a su antro a Gabriel, que la adora. Nuestro pobre hijito crecerá Dios sabe dónde, educado por esta loca, rebuscando con ella en los cubos de basura, peleándose por la comida con los perros, retornando al estado salvaje. Damos a la *au pair* de Cabo Verde unas instrucciones de prudencia dignas de grandes paranoicos. Obligamos a prometer a Gabriel que no hable con Jamie, que no acepte nada de ella, que no la siga a ninguna parte.

–Pero ¿por qué? –pregunta él–. ¿Es mala?

–No, no es mala, en realidad no, pero es muy desgraciada y a veces la gente desgraciada hace cosas..., ¿cómo decirtelo...?, cosas que no hay que hacer...

–¿Qué cosas?

–No sé..., cosas que te harían daño.

–Entonces, ¿no hay que hablar con las personas muy desgraciadas? ¿No hay que aceptar nada de ellas?

Yo quería educar a nuestro hijo en la confianza y la apertura a los demás: cada palabra de esta conversación es para mí un suplicio.

Después de este *clímax,* la película cambia de dirección. Supongo que es decepcionante para el lector: para nosotros, que nos esperábamos una escalada de terror, es un alivio. Lejos de hostigarnos, Jamie nos evita. Sin duda aprovecha las horas de menor tránsito para ir y venir, sale del edificio al alba, vuelve cuando ya es de noche. A pesar de su corpulencia, es un fantasma furtivo, tan discreto que nos preguntamos si no lo hemos soñado. No, su baúl sigue allí. Tengo la impresión de que la desventura merodea por la casa, de que una amenaza pesa sobre nosotros, pero poco a poco esta sensación se disipa. Después de haberse convertido en una obsesión para nosotros, podemos pasar varias horas y enseguida varios días seguidos sin pensar en ella. Un día la diviso en misa, en Saint-Séverin. Tengo miedo de que me agreda, pero cuando nuestras miradas se cruzan le hago una señal con la cabeza y ella me responde. Veo que va a comulgar, algo de lo que yo todavía me abstengo. Pienso en la palabra de Cristo: «Si, pues, al presentar tu ofrenda en el altar te acuerdas entonces de que un hermano tuyo tiene algo contra ti, deja tu ofrenda allí y vete primero a reconciliarte con tu hermano.» A la salida voy a su encuentro. Intercambiamos algunas palabras, sin animosidad. Le pregunto qué tal le va, ella responde que es duro. Suspiro: comprendo. ¿Podemos hacer algo por ella? Ya no sé muy bien cómo acabó esta historia, tengo el vago recuerdo de que recurrimos a la parroquia para que la ayudasen, que le dimos un poco de dinero e incluso que antes de partir ella fue a despedirse de nosotros. Nunca la he vuelto a ver, ignoro si todavía vive.

20

Pasado el momento de crisis abierta, no se habla más de ella en mis cuadernos. O bueno, sí, pero ya no es realmente ella, Jamie Ottomanelli, es el personaje del libro en el que pensé durante todo el invierno. De hecho, hice algo más que pensar, me puse manos a la obra, el problema es que no me queda de él ningún rastro. Hoy que escribimos y hasta leemos cada vez más en una pantalla, cada vez menos en papel, tengo un argumento de peso en favor de este segundo soporte: si bien hace más de veinte años que utilizo ordenadores, sigo conservando todo lo que he escrito a mano, por ejemplo los cuadernos de los que extraigo la materia de esta memoria, mientras que todo lo que he escrito directamente en la pantalla ha desaparecido, sin excepción. He usado, como me exhortaban, toda clase de copias de seguridad y copias de seguridad de las copias de seguridad, pero sólo han sobrevivido las que estaban impresas en papel. Las demás estaban en disquetes, lápices de memoria, discos externos que tienen fama de ser mucho más seguros pero que en realidad se han vuelto obsoletos uno tras otro, y ahora son tan ilegibles como las cintas de casete de nuestra juventud. Total. Existió, en las entrañas de un ordenador difunto desde hace mucho tiempo, un primer borrador de novela que si lo encontrase sería útil para completar mis cuadernos. Había tomado prestado el título al cineasta Billy Wilder, un proveedor de agudezas tan prolífico en Estados Unidos como Sacha Guitry en Francia. Cuando se estrena la película inspirada en *El diario de Anna Frank,* le preguntan a Wilder qué opina del film. «Muy hermoso», dice, con cara grave. «La verdad, muy hermoso... Muy emotivo. (Una pausa.) Aun así, nos gustaría conocer el punto de vista del adversario.»

El punto de vista del adversario, tal como lo recuerdo, ponía en escena a Jamie monologando en su cuchitril como Job sobre su montón de basura, rascándose igual que él sus llagas purulentas y desarrollando los mismos temas obsesivos: la iniquidad de la suerte, que abruma con desgracias al hombre de buena voluntad mientras que los malvados triunfan y se regodean; la rebelión contra Dios, cuya justicia se alaba y que sin embargo tolera estas horribles injusticias; el esfuerzo para someterse a su voluntad, pese a todo, para creer que este caos posee un sentido que algún día se revelará: entonces por fin los justos se regocijarán y los malvados rechinarán los dientes.

Para componer este monólogo yo había montado lo que recordaba de la autobiografía de Jamie, *Tribulations of a Child of God,* con citas de los Salmos y de los profetas. El montaje funcionaba bastante bien porque las súplicas de los salmistas son universales y los profetas, objeto a posteriori de la veneración de Israel, debieron de ser en su tiempo energúmenos fastidiosos al estilo de Jamie, que rezongan sin cesar, exhiben sus llagas de manera indecente, joroban al mundo con su exigencia y su miseria; no en vano el nombre de Jeremías ha acuñado en el lenguaje corriente la palabra «jeremiada». A pesar de todo, mi gran idea, que justificaba el título, no sólo era representar a Jamie como a una de esos pobres, de esos humillados, de esos plañideros a los que Jesús promete el Reino de los cielos, sino también pintarme a mí mismo visto por ella, y aunque haya perdido aquel texto, y aunque no recuerde prácticamente nada de él, no me cuesta imaginar que en aquel ejercicio mi gusto por la autoflagelación debió de explayarse a conciencia. Aunque constelado de referencias bíblicas, era un relato realista, que reconstruía el lento declive de Jamie entre la California de los años sesenta –cuando, por supuesto, se cruzaba con Philip K. Dick–, y el París de los años noventa, en que se encontraba al servicio de una pareja de jóvenes intelectuales tan odiosos como bienintencionados. La mujer era febril, nunca estaba en reposo, presa de una inquietud permanente. Era agotador el simple hecho de hallarse en la misma habitación que ella, pero esto no era nada al lado del marido. ¡Ah, el marido! El joven escritor de veta romántica, encorvado sobre su ombligo, mimando sus neurosis, imbuido de su importancia y desde hacía poco –y era lo peor de todo– de su humildad. Ha descubierto esta nueva maña para sentirse interesante ante sí mismo, ser cristiano, comentar devotamente el Evangelio, adoptar un aire dulce y benévolo y comprensivo y, entretanto, con su mujercita, está tramando llamar a la policía para poner de patitas en la calle y expulsar en mitad del invierno, de su habitación de ocho metros cuadrados, con los cagaderos en el rellano, a una pobre vieja y gorda, una aventurera derrotada, y renuncia a hacerlo no por caridad sino porque eso podría llamar la atención del propietario y revelarle que subalquilan su bonito apartamento lleno de libros, así que nada de escándalo, no quieren jaleos. A saber qué habrían hecho estos dos si ella hubiese sido una judía durante la ocupación...

«¿Cuánto tiempo, Señor, vas a olvidarme?
¿Cuánto tiempo vas a ocultarme tu rostro?
¿Cuánto tiempo tendré el alma angustiada
y el corazón afligido noche y día?
¿Cuánto tiempo mi enemigo será más fuerte?

Mi alma está saciada de desgracia,
mi vida está al borde de la muerte.
Ya me cuentan entre los moribundos.
¿Por qué me rechazas, Señor?
¿Por qué me ocultas tu rostro?
Desde mi infancia soy un desgraciado,
he soportado tus terrores y ya no puedo más.
Ahora mi compañía es sólo la tiniebla.

Señor, mi corazón no es engreído
ni mis ojos altaneros.
No persigo grandezas
ni prodigios que me superan.
No, pero mantengo mi alma igual y silenciosa,
mi alma es como un niño,
como un niño pequeño junto a su madre.»

21

Mis cuadernos de 1991 giran principalmente en torno a la eucaristía, para la que me preparo fervientemente. He llegado en el Evangelio de San Juan al pasaje de la multiplicación de los panes y a la gran predicación de Jesús sobre «el pan de la vida». Ahí se leen frases tan asombrosas y, a decir verdad, bastante chocantes como «el que me coma vivirá en mí» o «Si no coméis mi carne y no bebéis mi sangre, no tendréis vida en vosotros». ¿Qué quiere decir tener vida en vosotros? No lo sé, pero sé que aspiro a ello. Aspiro, sin conocerla, a otra manera de estar presente en el mundo, aspiro al otro, a mí mismo, a una manera distinta que esta mezcla de miedo, de ignorancia, de preferencia limitada por uno mismo, de inclinación al mal cuando quisiéramos hacer el bien, que es la enfermedad de todos nosotros y que la

Iglesia designa con una sola palabra genérica: el pecado. Desde hace poco sé que para el pecado hay un remedio tan eficaz como la aspirina contra el dolor de cabeza. Cristo lo asegura, al menos en el Evangelio de San Juan. Jacqueline no se cansa de repetírmelo. Es curioso, aunque sea cierto, que no todo el mundo se abalance sobre él. En cuanto a mí, me conviene.

Sabemos cómo se hace esto. Comenzó hace dos mil años y no se ha interrumpido nunca. Antiguamente, y todavía hoy en algunos ritos, se practicaba realmente con pan: el pan más vulgar, el que amasa el panadero. Hoy, entre los católicos, son esas pequeñas obleas blancas, de consistencia y sabor a cartón, que llamamos hostias. En un momento de la misa, el sacerdote declara que se han convertido en el cuerpo de Cristo. Los feligreses hacen cola para recibir cada uno la suya, en la lengua o en el hueco de la mano. Vuelven a su sitio bajando los ojos, pensativos y, si creen en ello, interiormente transformados. Este rito de una rareza inverosímil, que se refiere a un acontecimiento preciso, sucedido hacia el año 30 de nuestra era y que constituye la médula del culto cristiano, lo celebran actualmente en todo el mundo centenares de millones de personas que, como diría Patrick Blossier, no están, *por lo demás,* locos. Algunas, como mi suegra o mi madrina, lo practican todos los días sin falta, y si por casualidad están enfermas hasta el punto de no poder acudir a la iglesia hacen que les lleven el sacramento a su domicilio. Lo más extraño es que la hostia no es nada más que pan. Sería casi tranquilizador que fuese un hongo alucinógeno o un secante impregnado de LSD, pero no: es solamente pan. Al mismo tiempo es Cristo.

Es obvio que se puede dar a este ritual un sentido simbólico y conmemorativo. El propio Jesús lo dijo: «Haced esto en memoria mía.» Es la versión *light* del asunto, la que no escandaliza a la razón. Pero el cristiano *hard* cree en la *realidad* de la transubstanciación, ya que es así como la Iglesia denomina a este fenómeno sobrenatural. Cree en la presencia *real* de Cristo en la hostia. Sobre esta línea de cresta se opera la división entre dos familias espirituales. Creer que la eucaristía es sólo un símbolo es como creer que Jesús no es más que un maestro de sabiduría, la gracia una forma de método Coué o Dios el nombre que damos a una instancia de nuestro espíritu. En este momento de mi vida, yo me opongo: quiero formar parte de la otra familia.

En un momento de la suya, bastante comparable –tenía la misma edad, estaba casado con una mujer que tenía el mismo nombre de pila, ya no podía escribir y temía volverse loco–, Philip K. Dick también se orientó hacia la fe cristiana, y también de una manera maximalista. Convenció a su Anne de que se casaran por la Iglesia, hizo bautizar a sus hijos, emprendió lecturas devotas, con una predilección por los evangelios apócrifos cuando apenas conocía los canónicos. Más tarde yo escribí su biografía, y ahora soy incapaz de decir lo que procede verdaderamente de él y lo que yo proyecté de mi propia experiencia en el capítulo consagrado a aquellos años. Contiene, en todo caso, una escena que me gusta mucho, en la que él explica lo que es la eucaristía.

Las hijas de Anne, su mujer, no comprenden bien el principio. Les extraña. Que Jesús exhorte a comer su cuerpo y beber su sangre les parece espantoso: una forma de canibalismo. Para tranquilizarlas, su madre dice que se trata de una imagen, un poco como en la expresión «beber las palabras de alguien». Al oír esto, Phil protesta: no vale la pena ser católico para racionalizar prosaicamente todos los misterios.

–Tampoco vale la pena –replica agriamente Anne– hacerse católico para tratar la religión como una de tus historias de ciencia ficción.

–Precisamente a eso iba –dice Phil–. Si se toma en serio lo que cuenta el Nuevo Testamento, se está obligado a creer que desde hace un poco más de diecinueve siglos, desde la muerte de Cristo, la humanidad sufre una especie de mutación. Quizá no se vea, pero es así, y si tú no lo crees no eres cristiana, así de simple. No soy yo el que lo dice, es San Pablo, y nada puedo hacer yo si se parece en efecto a una historia de ciencia ficción. El sacramento de la eucaristía es el agente de esta mutación, de modo que no lo presentes a tus pobres niñas como una especie de conmemoración idiota. Escuchad, chicas: voy a contaros la historia del entrecot. Un ama de casa recibe invitados para la cena. Ha depositado un entrecot fantástico de cinco libras encima de la mesa de la cocina. Llegan los invitados, charla con ellos en el salón, beben unos martinis y luego ella se disculpa, se va a la cocina para preparar el filete... y descubre que ha desaparecido. ¿A quién ve entonces en un rincón, relamiéndose tranquilamente los bigotes? Al gato de la familia.

–Ya sé lo que ha pasado –dice la mayor de las hijas.

–¿Sí? ¿Qué ha pasado?

–El gato se ha comido el entrecot.

–¿Tú crees? No es una tontería, pero espera. Acuden los invitados. Discuten. Las cinco libras de carne se han volatilizado, el gato tiene un aspecto perfectamente satisfecho y saciado. Todo el mundo saca la misma conclusión que tú. Un invitado sugiere: ¿y si pesamos al gato para saber a qué atenernos? Todos han bebido un poco y la idea les parece excelente. Llevan al gato al cuarto de baño y lo ponen sobre la báscula. Pesa exactamente cinco libras. El invitado que ha propuesto pesar al animal dice: ya está, el peso lo ha aclarado. Ahora están seguros de saber qué ha ocurrido. Pero entonces otro invitado se rasca la cabeza y dice: «Vale, ahora sabemos dónde están las cinco libras de carne. Pero, entonces, *¿dónde está el gato?*

Blaise Pascal, irritado: «¡Cómo odio a esos estúpidos que se crean problemas para creer en la eucaristía! Si Jesucristo es de verdad el hijo de Dios, ¿dónde está la dificultad?»

(Podríamos llamar a este argumento «a estas alturas...».)

Y Simone Weil: «Las certezas de este género son experimentales. Pero si no se cree en ellas antes de haberlas experimentado, si por lo menos no se comporta uno como si las creyera, no se tendrá nunca la experiencia que conduce a esas certezas. Lo mismo vale decir, a partir de cierto nivel, de todos los conocimientos que sirven para el progreso espiritual. Si no los adoptas como reglas de conducta antes de haberlos verificado, si no estás durante mucho tiempo apegado a ellos por el único medio de la fe, una fe al principio tenebrosa, no los transformarás nunca en certidumbres. La fe es la condición indispensable.»

Simone Weil, a quien leí mucho en aquella época, y de la que copio páginas enteras en mis cuadernos, sentía un deseo violento de la eucaristía. Pero mientras que el más humilde de los cristianos se considera invitado a la mesa del Señor, y tanto más calurosamente cuanto más humilde es, y mientras que yo me preparo para acercarme a la comunión sin escrúpulo y me limito a rezar para hacerlo con un auténtico deseo del corazón, esta mujer de genio que era también una santa consideró hasta su muerte que su vocación le exigía excluirse. Para permanecer del lado de los que no tienen acceso a la eucaristía. Junto con «la inmensa y desventurada multitud de no creyentes», tal como lo expresa ella.

22

Con todo... Al principio te impresionan algunas palabras fulgurantes de Jesús. Reconoces, como los guardias encargados de detenerle, que «nadie ha hablado nunca como este hombre». De ahí que se llegue a creer que resucitó al tercer día y, por qué no, que nació de una virgen. Decides comprometer tu vida sobre la base de esta creencia insensata: que la Verdad con mayúscula se encarnó en Galilea hace dos mil años. Te enorgulleces de esta locura porque no se parece a nosotros, porque al adoptarla te sorprendes y renuncias, porque nadie la comparte a nuestro alrededor. Ahuyentas como una impiedad la idea de que el Evangelio contiene menudencias contingentes, que hay cosas buenas y malas en la enseñanza de Cristo y el relato que ofrecen de ella los cuatro evangelistas. Ya puestos *–a estas alturas–*, ¿vamos a creer también en la Trinidad, en el pecado original, en la Inmaculada Concepción, en la infalibilidad pontifical? Me dedico a ello esta temporada, bajo la influencia de Jacqueline, y me quedo estupefacto al encontrar en mis cuadernos reflexiones tan estrafalarias como:

«El único argumento que puede demostrarnos que Jesús es la verdad y la vida es que Él lo dice, y puesto que Él es la verdad y la vida hay que creerle. Quien ha crecido crecerá. Al que tiene mucho se le dará más.»

«Un ateo *cree* que Dios no existe. Un creyente *sabe* que Dios existe. El primero tiene una opinión, el segundo un conocimiento.» (Nota al margen con mi letra, y me inspira curiosidad saber de cuándo data: «Jolín...»)

«La fe consiste en creer lo que no se cree, en no creer lo que se cree.» (Esta frase no es mía, sino de Lanza del Vasto, discípulo cristiano de Gandhi, al que yo leía mucho entonces. La copié respetuosamente. Hoy día me percato de que se parece a la de Mark Twain, aunque con menos gracia: «La fe es creer algo que se sabe que no es cierto.»)

Venga, una última de propina: «Debo aprender a ser realmente católico, es decir, a no excluir nada: ni siquiera los dogmas más indigestos del catolicismo; ni siquiera la rebelión contra esos dogmas.» (El tercer miembro de esta frase es falso. Se me asemeja más que el resto y me tranquiliza un poco.)

Leo un libro de Henri Guillemin, fervoroso cristiano y también un viejo libertario. De los que dicen, como Bernanos: «Admitirán que es para reírse, el haberse convertido en la pesadilla de los pobres y de los hombres libres con un programa como el del Evangelio.» Por amor a Cristo batalla contra Roma, el catolicismo inamovible, todos los catecismos. Por ceñirse sólo a este ejemplo, escribe, el dogma de la Trinidad es una invención tardía, rebuscada, sin ninguna clase de fundamento evangélico, y cuyo valor espiritual no es mucho más grande que el de una moción de síntesis laboriosamente votada al término de un congreso del partido socialista. Espontáneamente, estoy de acuerdo. Incluso me alegro de estar de acuerdo. Pero unos días después leo un texto de una carmelita del siglo XX que me recomendó Jacqueline, Élizabeth de la Trinité, y mi grave conclusión de esta lectura es que Guillemin y yo nos equivocamos. Escribo: «Es como la mujer que declara: "Yo, el arte moderno, le diré: no vale nada, salvo Buffet y Dalí." No dice nada del arte moderno, lo único que hace es decir ingenuamente: "No sé de qué hablo." Es más o menos lo que dicen muchos pensadores supuestamente críticos que en nombre del sentido común y de la libertad de pensamiento allanan todos los misterios. No saben de qué hablan. Élizabeth de la Trinité sabía de lo que hablaba. Todos los místicos. Y, quiero creer, la Iglesia.»

Cuando me erijo en abogado del dogma ante Hervé, él no se burla, no se encoge de hombros; no es su estilo. No, me escucha, sopesa mis palabras, intenta desprender de su ganga de intolerancia lo que puede haber de vivo en lo que digo. No tiene el gusto de la crítica por la crítica, y mucho menos de la polémica, pero ante mis arrebatos casi fundamentalistas este verdadero amigo de Dios asume de todos modos el papel de escéptico. Podría hacer suya la frase de Husserl a su alumna Édith Stein, carmelita ella también, mística, muerta en Auschwitz: «Prométame, mi querida niña, no pensar nunca nada porque otros lo han pensado antes.» Cuando, exaltado por mi conversión, quise cancelar la cita concertada mucho tiempo antes con la psicoanalista, fue Hervé quien me disuadió: ¿por qué rechazar algo que podría ser útil? Si de verdad es la gracia la que actúa en ti, el psicoanálisis no será ningún obstáculo. Y si te libera de una ilusión, mejor aún. Con esta misma calma, muy suiza, me frena en mi pendiente dogmática. Él no se ama como yo hasta el punto de odiarse, y no se odia hasta el punto de desear creer lo que no cree. Es el menos fanático de los hombres, el más desprovisto de prevenciones. No tiene ningún reparo en tomar del Evangelio lo que le conviene, en componerse un viático en que las frases de Jesús figuran junto a las de Lao-Tsé y el *Bhagavad-Gita,* que desde hace veinte años le veo deslizar en su bolsa antes de partir a la montaña, y que saca a veces cuando hacemos un alto para leer unas cuantas líneas. Es siempre el mismo librito azul, de formato casi cuadrado. Cuando su ejemplar está hecho pedazos, coge otro de la estantería del armario donde ha almacenado una veintena, del mismo modo que acumula pañuelos de papel porque padece de sinusitis.

Jacqueline, nuestra madrina, nos importuna desde hace un rato con Medjugorje. Es una aldea de Yugoslavia, país que todavía existe en aquella época, donde empiezan a suceder cosas horribles, pero por lo que a mí respecta no me preocupa: que los serbios, los croatas y los bosnios se maten entre ellos todo lo que quieran, yo leo a San Juan. Dicen que la Virgen se apareció en Medjugorje en los años setenta y, según los pequeños campesinos que tuvieron la primicia de su aparición, advirtió al mundo que iba hacia su perdición. Esos campesinos, entretanto, llegaron a ser predicadores muy solicitados, muy prósperos, que dan conferencias por todo el mundo. Cuando anunciaron una de ellas en París, Jacqueline insistió en que asistiéramos. Mi primera reacción fue la del prejuicio... ¿o la de la razón? Quiero leer bien el Evangelio, no incurrir en ese tipo de beatería. De todas formas hay que poner un límite, porque si no, una cosa lleva a la otra y acabas hurgando en las librerías esotéricas en busca de libros sobre Nostradamus y el misterio de los templarios. O sea que ¡alto ahí! Segunda reacción: ¿y si diera la casualidad de que es verdad? ¿No sería entonces inmensamente importante? ¿No habría que precipitarse sobre ella abandonándolo todo, dejando todo lo demás, consagrar la vida a difundir el mensaje de Medjugorje?

Una buena decena de páginas de mi cuaderno registran estas oscilaciones. En Hervé no se producen en absoluto. Es reservado a priori, pero curioso: ¿qué nos cuesta, al fin y al cabo, pasar una hora en esa conferencia? En esto se asemeja a esa curiosa figura que aparece solamente en el Evangelio de San Juan: Nicodemo. Nicodemo es un fariseo, y como tal alberga grandes prevenciones contra Jesús. Lo que le han dicho huele que apesta a superstición, a secta dudosa, quizá a estafa. Aun así, Nicodemo no se contenta con lo que le han dicho, prefiere comprobarlo por sí mismo. Va a ver a Jesús una noche. Una nota de la Biblia de Jerusalén insinúa que es una cobardía por su parte ir a verle por la noche para no comprometer su reputación: a mí esta discreción no me extraña, al contrario. Es la apertura de espíritu lo que me impresiona en este notable. Interroga a Jesús, le interrumpe, le hace repetir lo que no ha comprendido; es preciso confesar que lo que Juan le hace decir a Jesús es difícil de comprender. Nicodemo vuelve a su casa pensativo, cuando no convertido. «Venid, ved», dice Jesús a menudo. Él, por lo menos, ha ido a ver.

Finalmente, Hervé y yo también vamos a ver al portavoz yugoslavo de la Virgen. Lo que decía por su cuenta nos pareció a la vez amenazador e insulso.

23

Para entrar en lo que Jacqueline llama la vida sacramental, debo hacer una confesión general, y previamente un profundo examen de conciencia. Por una de esas coincidencias que empiezan a proliferar como conejos en cuanto has decidido ver la acción de la gracia en tu vida, Gabriel me pregunta: «¿Qué es lo más malo que has hecho desde que naciste?» De hecho, no me parece que haya hecho muchas cosas malas, si por cosas malas entendemos maldades deliberadas. El mal que he hecho me lo he causado sobre todo a mí mismo, a mi pesar, contra mí, por lo cual me siento más enfermo que culpable. Esta forma de ver las cosas apenas entusiasma al sacerdote al que Jacqueline me ha dirigido: es sólo mi punto de vista personal, estrechamente psicológico, y el envite de la confesión general es justamente liberarse de este punto de vista para colocarse bajo la mirada de Dios. Para eso hay que volver al decálogo. Al decálogo, sí, a los diez mandamientos, a la luz de los cuales examino toda mi vida durante una semana.

La examino también bajo el prisma de las tres virtudes teologales: la fe, la esperanza y la caridad. La primera me ha sido concedida hace poco, a modo de gracia inesperada. Por el momento es sólo un grano minúsculo, frágil, que corre el riesgo continuo de perderse entre los espinos. Sin embargo, creo que este grano se convertirá en un árbol grande y que los pájaros del cielo vendrán a anidar en sus ramas. ¿No es la esperanza creer en la posibilidad de este crecimiento? Si es así, no me falta. Tengo tanta que resulta sospechoso. Puede ser que me equivoque dando el hermoso nombre de esperanza a lo que sólo es confianza: la vaga convicción de que por más contratiempos que atraviese, todo acabará siéndome favorable. Que tras la prueba de la sequía terminaré dando fruto, es decir, concretamente, que escribiré un libro que valga la pena. Tal vez debería extirpar en mí esa vil confianza para que nazca la auténtica esperanza. Queda la caridad, de la que San Pablo dice que es la más importante de las tres, y de eso, nada. No tengo caridad. Ni la más leve inclinación a hacer como mínimo esos pequeños gestos de atención que valen más que desplazar montañas. El encuentro con Dios ha cambiado mi espíritu y mis opiniones, no mi corazón. Me amo sólo a mí mismo, y muy mal. La oración que necesito es como todas las oraciones del libro de Ezequiel. La repito sin cesar:

«Sustituye, Señor, mi corazón de piedra por un corazón de carne.»

Escribo: «Señor, no soy digno de recibirte, pero te pido que establezcas en mí tu morada. Sé que para dejarte sitio tengo que empequeñecer. Me resisto a hacerlo tanto como aspiro a conseguirlo. No lo conseguiré solo, no se empequeñece uno mismo. Tendemos siempre, por nosotros mismos, a ocupar todo el sitio. Ayúdame a empequeñecer para que crezcas en mí.

»Señor, quizá no quieras que llegue a ser un gran escritor, ni que tenga una vida fácil y dichosa, pero estoy seguro de que quieres darme la caridad. Te la pido con mil reservas mentales, mil cargas y reticencias que pierdo demasiado tiempo en analizar, pero te la pido. Dame las pruebas y las gracias que poco a poco me abrirán a la caridad. Dame el valor de sobrellevar las unas y de obtener las otras, de saber que el mismo acontecimiento puede ser a la vez una y otra. No puedo decir que no deseo nada más, porque no sería cierto. Deseo mucho más el objeto de mis codicias. Deseo ser grande en vez de pequeño. Pero no te pido lo que deseo. Te pido lo que deseo desear, el deseo que me das de desearlo.

»De antemano, lo acepto todo. Al decir esto sé que hablo como tu discípulo Pedro, que estaba tan seguro de no renegar de ti y que sin embargo lo hizo. Sé que al decir esto lo único que hago es ahondar la tierra donde renegarán de ti, pero lo digo a pesar de todo. Dame lo que quieres darme, quítame lo que quieres quitarme, haz de mí lo que quieras.»

Simone Weil: «En materia espiritual todas las oraciones son escuchadas. El que recibe menos es el que menos ha pedido.»

Y Ruysbroeck, el místico flamenco: «Sois tan santos como deseáis serlo.»

Hago la lista de las personas a las que he hecho daño. La primera que recuerdo es un compañero del liceo: un chico enjuto, demasiado grande, no retrasado realmente pero extraño, del que todo el mundo se burlaba, yo con más refinamiento que los otros. Escribí sobre él pequeños textos acompañados de caricaturas que luego distribuía. Él se enteró. Abandonó el liceo al final del primer trimestre, oí decir que lo habían enviado a una casa de reposo. En mi don para la escritura está el origen de la primera mala acción de la que guardo recuerdo y, si me paro a pensarlo, de muchas otras posteriores. En la última novela que he publicado, *Fuera de juego,* tracé un retrato cruel y mezquino de una mujer que me amó, a la que yo amé, y no puedo evitar pensar que mi impotencia creativa desde hace tres años es un castigo por el mal uso que he hecho de mi talento. Antes de acercarme a la santa mesa quisiera hacer las paces con mis víctimas. Sin duda sería posible encontrar el paradero del pagano del que yo abusaba en cuarto curso. Tenía un apellido largo, tan extraño como él y que no debe de abundar en la guía telefónica, pero ahora está demasiado lejos y además, confusamente, tengo demasiado miedo de saber que ha muerto, muerto en una casa de reposo poco tiempo después de haber abandonado el liceo, muerto por mi culpa. De Caroline, en cambio, tengo su dirección. Le escribo para pedirle perdón una larga carta a la que ella no responde, pero volveré a verla unos años más tarde y me dirá con qué estupor teñido de compasión ha leído «esa perorata de culpabilidad catolicona» –son sus palabras textuales– que lamento no poder adjuntar al expediente.

Un día, el de la fiesta de la conversión de San Pablo, asisto como de costumbre a la misa de las siete en la iglesia de Saint-Séverin y esta vez avanzo entre los bancos con los que desean comulgar. Estoy distraído, pero no me extraña estarlo. No siento nada. Es normal: el Reino es como un grano de mostaza que crece en la oscuridad de la tierra, en silencio, sin que lo sepamos. Lo que importa es que desde entonces forma parte de mi vida. Durante más de un año comulgaré todos los días, al igual que voy a la casa de la psicoanalista dos veces por semana.

24

A pesar de la eucaristía, a pesar de la alegría que se supone que me proporciona, sufro en el diván de la señora C. Me quejo, acuso, refunfuño. No digo nada al respecto en mis cuadernos, como si quien los escribía estuviera por encima de esto. Hay una excepción, sin embargo. Un día llego a mi sesión después de haber leído en *Libération* un breve artículo que, más que impresionarme, me ha devastado literalmente. Trata de un niño de cuatro años, los que acaba de cumplir Gabriel. Ingresó en el hospital para una operación sencilla pero un problema con la anestesia lo dejó paralizado, sordo, mudo y ciego para toda la vida. Ahora tiene seis años. Desde hace dos vive a oscuras. Emparedado vivo. Sus padres, desesperados, permanecen junto a su cama. Le hablan, lo tocan. Les han dicho que no oye nada pero que quizá sienta algo, que quizá le haga bien el contacto de sus manos sobre la piel del niño. No es posible ninguna otra comunicación. Lo único que se sabe es que no está en coma. Está consciente. Nadie puede imaginar lo que ocurre en su conciencia, cómo interpreta lo que le sucede. Faltan palabras para imaginarlo. A mí me faltan. Yo, tan articulado, tan razonador, no sé cómo expresar lo que remueve en mi interior esta noticia. Empiezo con la voz temblorosa frases que no termino, un sollozo enorme me hincha el plexo solar, se hace una bola, estalla y rompo a llorar como nunca he llorado en mi vida. Lloro y lloro sin poder contenerme. No hay ninguna dulzura en ese llanto, ningún consuelo, ninguna relajación, son lágrimas de espanto y desesperación. Duran, no sé, diez minutos, un cuarto de hora. Luego las palabras retornan. No me calmo, lo que farfullo está entrecortado de sollozos. Pregunto cuál puede ser la oración de alguien que como yo quiere creer en Dios y acaba de leer esto. Qué puede pedir a ese Padre cuyo hijo

Jesús dice: «Todo lo que le pidáis os lo dará.» ¿Un milagro? ¿Que no haya ocurrido? ¿O que envuelva plenamente con su presencia tierna, amorosa, tranquilizadora, a este niño emparedado? ¿Que ilumine sus tinieblas, que convierta en su Reino este infierno inimaginable? ¿Qué, si no? Si no, hay que admitir que la realidad de la realidad, el fondo del saco, la última palabra de todas, no es su amor infinito sino el horror absoluto, el espanto innombrable de un niño de cuatro años que recupera el conocimiento en la oscuridad eterna.

«Lo dejamos aquí», dice la señora C.

Pasan tres días. Recuerdo que iba a la villa del Danube los martes y los viernes y que el viernes siguiente era Viernes Santo. Estoy seguro de que durante estos tres días la señora C. ha pensado mucho en mí. Abordamos mi acceso de llanto, lo que despierta en mí esta historia terrible del niño emparedado, pero lo que más le interesa es lo que he dicho del Padre. Me muestro reticente, quisiera cerrar esta puerta abierta imprudentemente la última vez. Ella insiste. Bien, hablo del Padre, pero hablar de Él en este marco me parece casi obsceno. Por un acuerdo tácito, desde nuestra extraña sesión inaugural no hemos vuelto a tocar el tema de mi fe. La señora C. nunca ha dicho ni ha dejado entrever lo que pensaba al respecto. En esta ocasión me invita, con muchas precauciones, a considerar esta hipótesis: ese Padre todopoderoso, que ama infinitamente, que lo cura todo, que ha entrado en mi vida en el momento justo en que yo iniciaba mi cura, al que aporté en la primera sesión como una especie de comodín engorroso del que me negaba a desprenderme, ¿no es posible que sea una simple figura, pasajera, necesaria en su momento, en la labor del análisis? ¿Una muleta de la que me sirvo en el viaje que me lleva a delimitar el lugar que ocupa en mi vida mi propio padre?

Esta idea me incomoda, pero no puedo rechazarla con tanta convicción como lo hubiera hecho seis meses antes. Ha recorrido su camino sin que yo lo sepa. Salgo del apuro encogiéndome de hombros, como si ya hubiera pensado cien veces en eso, como si fuera un asunto zanjado desde hace mucho y sobre el que fuera realmente fastidioso insistir. Digo: ¿y bien? Por supuesto, la fe tiene basamentos psíquicos. Por supuesto, la gracia, para alcanzarnos, se sirve de nuestras deficiencias, nuestra debilidad, nuestro deseo infantil de que nos consuelen y protejan. ¿Qué cambia eso?

La señora C. no dice nada.

En el metro, después de la sesión, no estoy muy tranquilo.

Supongo que a muchos de los que me leen las dudas que describo les parecen totalmente abstractas, especulativas, desconectadas de los auténticos problemas de la vida. A mí me han desgarrado y escribo esta memoria para recordármelo. Estoy tentado de ser irónico con el hombre que yo era, pero no quiero ser irónico. Quiero recordarme mi angustia y mi pánico cuando sentí amenazada esta fe que cambiaba mi vida y a la que me aferraba por encima de todo. No por nada es Viernes Santo, el día en que Jesús exclama: «Padre, ¿por qué me has abandonado?»

Intelectualmente no es una novedad. No acabo de caerme de la higuera. He leído a Dostoievski, sé lo que dice Iván Karamázov, y que Job dijo antes que él, sobre el sufrimiento de los inocentes, ese escándalo que prohíbe creer en Dios. He leído a Freud, sé lo que piensa y lo que piensa sin duda la señora C.: que sería, desde luego, muy hermoso que existiera un Padre omnipotente y una Providencia que cuidara de cada uno de nosotros, pero que no deja de ser curioso que esta construcción corresponda tan exactamente a lo que podemos desear cuando somos niños. Que la raíz del deseo religioso es la nostalgia del padre y el fantasma infantil de ser el centro del mundo. He leído a Nietzsche y no puedo negar que me sentí señalado cuando dice que la gran ventaja de la religión es que nos hace interesantes ante nosotros mismos y nos permite huir de la realidad. No obstante, yo pensaba: sí, claro, se puede decir que Dios es la respuesta que damos a nuestra angustia, pero se puede decir también que nuestra angustia es el medio del que él se sirve para darse a conocer ante nosotros. Sí, claro, puedo decir que me convertí porque estaba desesperado, pero también puedo decir que Dios me ha concedido la gracia de la desesperación para convertirme. Es lo que quiero pensar con todas mis fuerzas: que la ilusión no es la fe, como *cree* Freud, sino lo que hace dudar de ella, como *saben* los místicos.

Es lo que quiero pensar, lo que quiero creer, pero tengo miedo de dejar de creerlo. Me pregunto si querer creerlo tan intensamente no es la prueba de que ya no creemos.

25

Vamos a pasar el fin de semana de Pascua en casa de mi suegra, en Normandía. Tarde, por la noche, la televisión emite un documental sobre Beatrix Beck, una escritora que me gusta mucho y de la que adapté su novela *Léon Morin, sacerdote*. Es un libro autobiográfico sobre su conversión. Melville ya hizo de él una película, con Belmondo y Emmanuelle Riva. Era un film excelente pero da igual, se ha rodado otro, y mejor para mí porque me gustó escribir esta adaptación. Al mirar atrás me gusta considerar ese trabajo, realizado más de un año antes de mi propia conversión, una etapa de una marcha subterránea, y al productor que me lo propuso un agente de la gracia en mi vida. El libro data de los años cincuenta. Todo el texto posee el tono justo. El trastorno que vive la heroína es tanto más convincente porque lo describe prosaicamente, sin la jerga cristiana y muchas veces de un modo muy divertido. Beatrix Beck, hoy día, es una mujer muy anciana, libre y desconcertante. En un momento dado le preguntan si sigue siendo creyente y responde que no. Fue un momento de su vida, ya pasó. Habla de ello como podría hablar de su compromiso un antiguo comunista, o como se habla de un gran amor de la juventud. Una pasión tormentosa que estamos contentos, en definitiva, de haber vivido. Pero es lejana. Evoca la cuestión porque se la han planteado, en realidad ya no piensa en ella.

Lo cual me parece terrible. Ella no, visiblemente, pero yo considero terrible la idea de que pierdas la fe y tu vida no empeore. Yo pensaba: la gracia que se deja pasar destruye la vida. Aunque no la cambie de arriba abajo, la devasta. Rechazarla, alejarse de ella cuando la has entrevisto, es condenarse a vivir en el infierno.

Pero quizá no.

Al día siguiente es Domingo de Pascua. Buscaremos con los niños los huevos escondidos en el jardín. Iremos a misa en la gran y bella abadía adonde van todas las familias numerosas católicas que hay en la comarca, con blazers azul marino y vestidos de color pastel. Yo iré, descartado escaquearse, pero este cristianismo burgués, provinciano, desprovisto de dudas, este cristianismo de farmacéuticos y notarios que he aprendido a mirar con una ironía indulgente me repugna de repente. Al amanecer me deslizo fuera de la cama donde, junto a Anne dormida, he dado vueltas y más vueltas sin pegar ojo en toda la noche. Salgo de la casa sin despertar a nadie. Me dirijo hacia la comunidad de buenas monjas donde mi suegra asiste con frecuencia a misa porque está al lado. A veces la acompaño. A las siete se rezan los maitines. La capilla es gris, fea, la luz es lívida, la piedra gruesa de las paredes rezuma humedad normanda. En la comunidad no hay más de una decena de monjas, todas viejas y tambaleantes. Una de ellas es enana. Cantan con voz trémula, se despistan, y no mejora las cosas el balido del joven sacerdote con cara de tonto del pueblo que va a llevarles la comunión. En sus labios, hasta el texto grandioso de San Juan que cuenta que María Magdalena, la mañana de la resurrección, confunde a Cristo resucitado con el jardinero, suena, terrible es decirlo, como una idiotez. Nadie parece escuchar realmente. El ensueño triste que empaña las miradas, los hilillos de saliva en las comisuras de la boca, deben de ser la espera del desayuno. Como reconoce casi alegremente mi piadosa suegra: la misa en las monjas no es muy divertida. Hasta encierra una tristeza que encoge el corazón y, si yo hubiera puesto los pies allí en otra época, habría salido por piernas. A Anne, que se crió a la sombra de este moridero, le parece perverso que yo vaya a ventear el olor de los pañales y los desinfectantes. Pero me digo: aquí lo tienes, esto es el Reino. Todo lo que es débil, despreciado, deficiente, y que constituye la morada de Cristo.

Mientras se desarrolla el oficio, me repito como un mantra este versículo de un salmo:

«Señor, quiero vivir en tu casa
todos los días de mi vida.»

Pero ¿si me expulsaran? ¿Si, peor aún, me alegrara de abandonarla? ¿Si un día reconsiderase como un episodio de mi vida embarazoso, lúgubre en ciertos aspectos y en otros un poco cómico, aquel tiempo en que quería habitar en la casa del Señor todos los días de mi vida y nada me parecía más hermoso que asistir a misa entre buenas y viejas monjas, tres cuartas partes de las cuales habían retornado a la infancia? ¿Un capricho del que por suerte me hubiese liberado? O no, no un capricho: una experiencia interesante, siempre que quedase atrás. Hablaría de mi período cristiano como un pintor de su período rosa o azul. Me felicitaría de haber sabido evolucionar, pasar a otra etapa.

Sería espantoso, y ni siquiera me daría cuenta.

Es curioso: al escribir este capítulo tropecé en la biblioteca de una casa de campo con un libro que podría haber leído en aquella época. Se titula *Una iniciación en la vida espiritual,* lo publicó en 1962 la editorial católica Desclée de Brouwer y lleva la estampilla del *nihil obstat,* con la que la autoridad eclesiástica declara que no se opone a la publicación. Se entendería mal que se opusiera porque se trata de una larga perorata sobre la infinita sabiduría de la Iglesia en la que se expresa infaliblemente el Espíritu Santo y que en consecuencia siempre tiene razón. El autor es un jesuita que se llama François Roustang. Al principio creí que era una coincidencia, y luego lo comprobé: es el mismo François Roustang al que consulté con tanto provecho cuarenta y tres años después de la publicación de este libro, y que en el intervalo se había convertido en el más heterodoxo de los psicoanalistas franceses. Esta *Iniciación en la vida espiritual* no figura en la página de obras recientes «del mismo autor». Imagino que al viejo Roustang le da un poco de vergüenza, que no le gusta que le recuerden esta fase de su vida. Me imagino también al joven Roustang que escribió este libro tan dogmático, tan seguro de poseer la verdad. Cuál no habría sido su sorpresa si le hubieran mostrado al escéptico que llegaría a ser. No sólo se habría sorprendido, sino horrorizado. Estoy seguro de que debió de rezar con todas sus fuerzas para que no sucediera tal cosa. Y hoy debe de congratularse de que haya sucedido. Al igual que esas personas que en la edad madura siguen repasando todas las noches el bachillerato, este viejo maestro taoísta debe de soñar a veces que sigue siendo jesuita, que habla gravemente del pecado y de la Trinidad, y cuando se despierta debe de decirse: ¡puf! ¡Qué horrible pesadilla!

26

Poco después de mi conversión escribí lo siguiente en el cuaderno que acababa de comprar: «Salta a la vista que Cristo es la verdad y la vida; a veces es necesario que te hieran los ojos para ver. Sólo que a mucha gente no le ocurre. Tienen ojos y no ven. Lo sé, he sido una de esas personas y quisiera dialogar con ese pequeño yo de hace unas semanas, que se aleja. Escrutando su ignorancia espero ver mejor la verdad.»

Entonces me sentía en una posición fuerte. El pequeño yo descreído que se alejaba sin chistar no era para mí un adversario muy temible. Pero hay otro que se anuncia: ya no un yo pasado y superado, sino un yo futuro, un yo quizá muy próximo, que ya no creerá y estará muy contento de no creer ya. ¿Qué podría yo decirle para ponerle en guardia? ¿Para impedirle que abandone el camino de la vida y emprenda el camino de la muerte? ¿Cómo lograr que me escuche cuando ya lo veo tan convencido de su superioridad sobre mí?

Desde aquel fin de semana de Pascua considero que mi fe corre un gran riesgo: digo entonces «riesgo» de buena gana, en vez de «peligro», «testarudo» en lugar de «obstinado»: esta fe no carece de pompa ni de afectación de gran estilo. Para protegerla decreto el estado de sitio. Toque de queda y lavado de cerebro. Hago un retiro de una semana en el monasterio benedictino de la Pierre-qui-Vire, en Borgoña. Vigilias a las 2 de la mañana, laudes a las 6, desayuno a las 7, misa a las 9, yoga en mi celda a las 10, lectura y comentario de San Juan a las 11, almuerzo a las 13, paseo por el bosque a las 14, vísperas a las 18, cena a las 19, completas a las 20, me acuesto a las 21. Como buen obsesivo, estoy encantado. No me salto nada. Muy pronto no necesito poner el despertador para levantarme a las dos menos cuarto de la madrugada, listo para las vigilias. Al regresar a París, me esfuerzo en adaptar la regla de San Benito a mi vida urbana. Ya no leo el periódico a la hora del café después de llevar a Gabriel a la escuela: considero que leerlo es una pérdida de tiempo. En cuanto llego a la rue du Temple, una hora de yoga, treinta minutos de oración, una hora de San Juan, otra de lectura (piadosa) con mi arroz completo y mi yogur. Cinco horas de trabajo intenso por la tarde; enseguida voy a decir en qué. Misa a las 7 en Saint-Séverin, vuelta a casa a las 8. Ahora viene lo más difícil, intento poner en práctica mis buenas resoluciones. No hacer nunca dos cosas a la vez. Dejar mis preocupaciones en el despacho para estar disponible y de buen humor con mi familia. Ver la vida cotidiana como una serie de ocasiones de elegir entre las dos vías: vigilancia o distracción, caridad o egoísmo, presencia o ausencia, vida o muerte. Y como soy propenso al insomnio, seguir el ejemplo de Charles de Foucauld, que saltaba de la cama en cuanto se despertaba para ponerse a trabajar a la hora que fuese.

No estoy seguro de que estos programas draconianos me hayan convertido en un marido y un padre más agradable. Incluso estoy convencido de lo contrario. Unas anotaciones inquietantes, en las que identifico mi vida familiar con una cruz que debo sobrellevar valientemente, me inducen a pensar que a mi escala debía de comportarme como esos puritanos sombríos de las novelas de Hawthorne, que con una benevolencia implacable imponen a los suyos, por el bien de su alma, un verdadero infierno doméstico.

Leo mucho, con una predilección por autores del gran siglo francés, como Fénelon, San Francisco de Sales, el jesuita Jean-Pierre de Caussade. Estilistas consumados, directores espirituales dulces y tortuosos, todos ellos dicen que lo que me ocurre está previsto, catalogado, forma parte del programa. Es tranquilizador, y no tan alejado del psicoanálisis. Si creo perder la fe es porque la fe se afina. Si ya no siento en absoluto la presencia de Dios que el otoño anterior me daba la impresión de progresar en la vida espiritual como esos magos tibetanos de los que habla Alexandra David-Néel, que dan saltos de quinientos metros por encima de las montañas, es porque Dios me educa. La sequedad del alma es un signo de progreso. La ausencia, una presencia al cuadrado. Transcribí decenas de variaciones sobre este tema, y he aquí un pequeño florilegio.

«Dios no deja en reposo al alma hasta que la ha hecho flexible y manejable a fuerza de plegarla por todos los costados. Cuanto más se temen estas depuraciones, más necesidad se tiene de ellas. La repugnancia que dan a nuestro entendimiento y nuestro amor propio muestra que proceden de la gracia» (Fénelon, *Remedios contra la tristeza).*

«En este combate del alma, es una feliz condición nuestra que si estamos dispuestos a combatir siempre vencemos» (San Francisco de Sales, *Introducción a la vida devota).*

«Dios da a las almas de fe gracias y favores a través de eso mismo que parece privarles de ellos. Instruye el corazón no mediante ideas, sino mediante penalidades y reveses. Desconcierta nuestras opiniones y permite que en lugar de nuestros proyectos sólo encontremos en todo confusión, disturbio, vacío, locura. Las tinieblas sirven entonces de conducta y las dudas de seguridad» (Jean-Pierre de Caussade, *El abandono en la Divina Providencia).*

Estoy dividido cuando releo estos textos, pero también lo estaba cuando los leía. Me siguen pareciendo magníficos, me parecían ya delirantes. Considero evidente que los inspira la experiencia, quiero decir que los hombres que los escribieron no dicen cualquier cosa: saben de qué hablan. Al mismo tiempo enseñan un desdén tan radical de la experiencia, del testimonio de los sentidos y del sentido común, como la frase inmortal del bolchevique Piatakov: «Si el Partido se lo ordena, un auténtico comunista debe ser capaz de ver blanco lo que es negro y negro lo que es blanco.»

27

Puesto que place a Dios ponerme a prueba, decido no escabullirme. Quiero vivirla plenamente. Quiero que se repita en mí, renovado, el enfrentamiento entre Cristo y el tentador.

Nietzsche es muy bueno en el papel de tentador. Es el mejor. Tienes ganas de estar con él. Me horroriza y me embruja murmurándome al oído que querer ser, como me lo reprocho, glorioso o poderoso, querer que te admiren tus semejantes, o ser muy rico, o seducir a todas las mujeres, son quizá aspiraciones groseras, pero al menos apuntan a cosas reales. Se aplican a un terreno donde se puede ganar o perder, vencer o ser vencido, mientras que la vida interior según el modelo cristiano es sobre todo una técnica probada de contarse historias que nadie va a contradecir y de hacerse interesante ante uno mismo en todo tipo de circunstancias. La ingenuidad, la cobardía, la vanidad de pensar que todo lo que nos sucede tiene un sentido. De interpretarlo todo como si fueran pruebas impuestas por un dios que organiza la salvación de cada uno como una carrera de obstáculos. A los espíritus, dice Nietzsche, se los juzga –y, contrariamente a lo que dice Jesucristo, *hay* que juzgar– por su capacidad de no contarse historias, de amar la realidad y no las ficciones consoladoras que la sustituyen. Se los juzga *por la dosis de verdad que son capaces de soportar.*

Pero Simone Weil dice: «Cristo ama que le antepongan la verdad, porque antes de existir Cristo existe la verdad. Si nos apartamos de Él para buscar la verdad, no se recorrerá un largo trecho sin volver a caer en sus brazos.»

Muy bien. Acepto la apuesta. Corro el riesgo. Abro un fichero nuevo, perdido como el primero, recuperando ese título al que resueltamente me aferro: *El punto de vista del adversario.* A eso le dedico cinco horas cada tarde.

Un año antes, hablando con mi amigo Luc Ferry, yo sostenía que es imposible prever no sólo lo que nos reserva el porvenir, sino también lo que llegaremos a ser, lo que pensaremos. Luc me replicó que, por ejemplo, estaba seguro de que no se afiliaría nunca al Frente Nacional. Respondí que también en mi caso me parecía dudoso, pero que yo no podía tener esa certeza y que, por desagradable que sea el ejemplo, consideraba que esta incertidumbre era el precio de mi libertad. La fe cristiana no me inspiraba la misma hostilidad que el Frente Nacional, pero me habría sorprendido casi tanto que me dijeran que me convertiría a ella un día. Y sin embargo ocurrió. Es como si hubiese contraído una enfermedad –siendo así que, en realidad, no pertenecía a un grupo de riesgo– y su primer síntoma fuese que la tomo por una curación. Así que me propongo observar esta enfermedad. Redactar su crónica, la más objetiva posible.

Pascal: «Se ha declarado la guerra abierta entre los hombres y cada cual tiene que tomar partido y abrazar necesariamente el dogmatismo o el pirronismo. El que crea que se mantiene neutral será pirrónico por excelencia.»

Pirrónico, discípulo del filósofo Pirrón, quiere decir escéptico. Como se dice hoy: relativista. Quiere decir, cuando Jesús asegura que Él es la verdad, encogerse de hombros como Poncio Pilatos y responder: «¿Qué es la verdad?» Hay tantas opiniones como verdades. Pues bien, de acuerdo. Yo no pretenderé ser neutral. Lanzaré una mirada pirrónica a mi dogmatismo. Narraré mi conversión como Flaubert describió las aspiraciones de Madame Bovary. Me meteré en la piel de quien más temo ser: el que, perdida la fe, la examina con indiferencia. Reconstruiré los entramados de derrotas, de odio a mí mismo, del pánico a la vida que me indujo a creer. Y quizá entonces, solamente entonces, ya no me contaré historias. Tendré quizá derecho a decir, como Dostoievski: «Si me demuestran matemáticamente que Cristo se equivoca, me quedo a su lado.»

28

François Samuelson, mi agente, me dice un día: «Ya hace tres años que no escribes, pareces un alma en pena, tienes que hacer algo. ¿Por qué no una biografía? Es lo que hacen todos los escritores atascados. A algunos los desbloquea, y por supuesto depende del tema, pero sin duda puedo obtener un buen contrato.»

¿Por qué no? Una biografía es un proyecto más humilde que la gran novela a la que no consigo renunciar, más emocionante que los guiones de televisión en cadena. Quizá sea una buena manera de emplear el talento que el Señor me ha dado, y que prefiere vernos dilapidar que atesorar. Anoto en mi cuaderno esta sentencia bíblica: «Lo que puedas hacer con la mano, hazlo» (esto también se puede leer, y hoy me percato, como una invitación a la masturbación), y encargo a François que encuentre un editor interesado por una biografía de Philip K. Dick.

Escribo una nota de proyecto que termina así: «Es tentador considerar a Philip K. Dick un ejemplo de místico descarriado. Pero al hablar de místicos descarriados se sobrentiende que existen místicos auténticos y por tanto un verdadero objeto de conocimiento místico. Es un punto de vista religioso. Si te inquieta adoptarlo y prefieres un punto de vista agnóstico, debes admitir que hay quizá una diferencia de elevación humana y cultural, de audiencia, de respetabilidad, pero no de naturaleza entre, por un lado, San Pablo, el maestro Eckhart o Simone Weil y, por el otro, un pobre hippie iluminado como Dick. Por otra parte, él era perfectamente consciente del problema. Escritor de ficción, y de la ficción más desenfrenada, estaba convencido de que sólo escribía *informes.* Los diez últimos años de su vida sufrió con un *informe* interminable, inclasificable, que él llamaba su *Exégesis.* Esta *Exégesis* pretendía dejar constancia de una experiencia que según su estado de ánimo interpretaba como el encuentro con Dios ("Horrenda cosa es", dice San Pablo, "caer en manos del Dios vivo"), el efecto retardado de las drogas que había consumido durante su vida, la invasión de su espíritu por parte de los extraterrestres o la expresión de su legendaria paranoia. A pesar de todos sus esfuerzos, nunca logró trazar la frontera entre el fantasma y la revelación divina, en el supuesto de que exista alguna. ¿Existe? Propiamente dicho, es algo indecible, sobre lo que, huelga decir, no decidiré yo. Pero contar la vida de Dick es obligarse a abordar ese punto. A merodear alrededor, lo más atentamente posible. Es lo que me gustaría hacer.»

Tardé un poco más de un año en escribir el libro, lo que habida cuenta de su espesor y de la enorme masa de informaciones que maneja me parece retrospectivamente una proeza. Trabajé como un negro, y recuerdo que disfruté muchísimo. No hay nada mejor en la vida que trabajar, poder trabajar, sobre todo cuando no has podido hacerlo durante mucho tiempo. Todo lo que había intentado en vano a lo largo de aquella penosa sequía cobraba sentido. Perdí los dos ficheros titulados *El punto de vista del adversario,* el que hablaba de la vida de Jamie, el de mi conversión narrada por un yo futuro que habría perdido la fe, pero de todos modos los había abandonado, y todas las cuestiones en torno a las cuales giraban estos ensayos fallidos encontraron con la mayor naturalidad su sitio en la biografía de Dick. En lugar de angustiarme me apasionaban, e incluso a veces me divertían. La vida de Dick, a pesar o a causa de su genio embarazoso, fue catastrófica, una serie ininterrumpida de excesos, separaciones, internamientos y extravíos psíquicos, pero nunca dejé de tenerle afecto. Nunca dejé de decirme que allí donde estuviera, diez años después de su muerte, miraría por encima de mi hombro lo que yo hacía y se alegraría de que alguien hablase de él de esa manera.

Otro consejero sagaz me acompañó durante todo este trabajo: el *I Ching,* el antiguo libro de sabiduría y adivinación chinas, tan amado por Confucio y los progres de mi generación, más bien de la anterior, pero yo he tratado siempre con gente mayor que yo. El propio Dick se sirvió de este texto para componer una de sus novelas, *El hombre en el castillo*. Cuando su intriga estaba empantanada, consultaba el *I Ching* y el libro le sacaba del atasco. Yo hice con provecho algo parecido. Un día en que pensaba que no saldría adelante, desbordado por todo lo que tenía que mantener ensamblado, el *I Ching* me regaló esta frase que todavía hoy me sirve de arte poética: «La gracia suprema no consiste en adornar exteriormente materiales, sino en darles una forma simple y práctica.»

29

Mis cuadernos de comentarios evangélicos se vieron afectados, evidentemente, por esta trayectoria. No los abandoné del todo, pero se debilitó su ritmo. Llené quince el año siguiente a mi conversión, tres solamente en el año dedicado a escribir el libro sobre Dick, y al repasar estos tres se advierte claramente mi desinterés, que estoy ocupado con otras cosas. Tomo del Evangelio lo que puede serme de utilidad para mi libro. Sigo yendo a misa, no todas las noches. Sigo comulgando, forzándome un poco. Los días buenos pienso que no es grave. El Padre no es un ogro. Cuando llevo a Gabriel y a Jean Baptiste al parque de Luxemburgo, me alegra verlos correr, trepar y lanzarse por los toboganes. Me parecería alarmante que en vez de hacer esto se quedaran siempre a mi lado, pendientes de mí, preguntándose qué pienso y si estoy contento con ellos. Me gusta que me olviden, que vivan su vida de niños. Si yo, que soy malo, puedo ofrecer a mis hijos esta tierna atención, ¿cómo debe de ser la que a mí me ofrece el Padre? Pero hay días de duda y escrúpulos en que me digo que trabajar en la biografía de Dick con placer e incluso con entusiasmo es una ilusión de suficiencia que me aleja de la verdad. Una riqueza, y en consecuencia una desdicha: es lo que parece decir Jesús en las bienaventuranzas, que son la esencia de su magisterio. Ya no estoy tan seguro de la verdad de las bienaventuranzas. Ya no veo el sentido de esta inversión sistemática de todo. Pensar, cuando estás en el fondo del pozo, que eso es lo mejor que puede sucederte, quizá sea falso, pero ayuda. En cambio, no le veo interés a creer, en cuanto te sientes un poco feliz, que *en realidad* estás muy mal, que todo *está* muy mal. Prefiero el *I Ching*, que dice algo a la vez muy próximo y muy distinto. Por eso, en sustancia, no hay que regocijarse demasiado cuando obtienes un hexagrama favorable: si estás en la cima, por fuerza tendrás que descender, y si estás abajo probablemente vas a ascender. Si has ascendido por la cara soleada, harás el descenso por la vertiente norte. La noche sucede al día, los buenos ciclos a los malos y los malos a los buenos. Esto es *verdad*, lisa y llanamente, no una verdad embadurnada de moral, como diría Nietzsche. Afirma que cuando estás bien es prudente esperar la desdicha y viceversa, no que esté *mal* ser feliz y *bien* ser desdichado.

En Le Levron hay un libro de oro donde a la madre de Hervé le gusta que cada visitante deje una huella de su paso. A mí también me gusta. Hace veinte años me imaginaba que lo hojeaba veinte años después y recordaba mis estancias de otro tiempo. Han transcurrido esos veinte años, hasta los hemos sobrepasado, y me acuerdo de mis estancias del pasado. Me gusta que nuestra amistad se inscriba en esta duración. Me gusta contemplar nuestras vidas como se mira el camino recorrido desde el punto más alto de una excursión de montaña: el fondo del valle de donde has partido; el pinar; el pedregal donde te has torcido el tobillo; el nevero que has creído que nunca conseguirías atravesar; el pasto sobre el cual se extiende ya la sombra. Fui solo a Le Levron en el otoño de 1992, trabajé allí diez días de un tirón, y luego llegó Hervé. El libro de oro lo atestigua, y también mi cuaderno de comentarios evangélicos, descuidado con excesiva frecuencia, donde transcribo una de nuestras conversaciones.

Yo me quejo, como de costumbre. Antes me quejaba de no poder escribir, ahora de que hacerlo me satisface demasiado y me aleja de Cristo. Fluctuaciones anímicas, escrúpulos, una angustia que utiliza cualquier pretexto. El deseo de calma me agita. El Evangelio se convierte en letra muerta. Lo que me parecía la única realidad se torna una abstracción lejana. Tras una cuesta muy larga, muy empinada, a pleno sol, llegamos a un lago de altitud en cuya orilla hacemos un alto para el picnic. Sacamos los bocadillos sobre un trozo de hierba en medio de la nieve y Hervé su *Bhagavad-Gita*. Guardamos silencio un largo rato y después, de sopetón, me dice que en su infancia había una cosa que le sorprendía mucho: que el periquito de su abuela no se escapara cuando le abrían la puerta de su jaula. En lugar de alzar el vuelo se quedaba allí dentro como un idiota. Su abuela le había explicado el truco: basta con colocar un espejito en el fondo de la jaula. El periquito está tan contento de mirarse en él, lo absorbe hasta tal punto su reflejo que no ve la puerta abierta y el exterior, la libertad, accesibles con un aletazo.

Hervé es fundamentalmente platónico. Cree que vivimos en una jaula, en una caverna, en la penuria, y que el objetivo del juego es huir del encierro. Yo, por mi parte, no estoy tan seguro de que haya un espacio exterior hacia donde volar. No es seguro, no, dice Hervé, pero supón que haya uno: sería una lástima no ir a verlo. ¿Y cómo ir? Rezando. Hervé, que un año antes oponía a mi dogmatismo católico una flexibilidad tan taoísta y abogaba por obedecer a los movimientos espontáneos del alma, ahora insiste en la necesidad de la oración. Incluso sin deseo, sin beneficio. Incluso si al instante le arrastra la corriente de los pensamientos parasitarios, centrífugos –pequeños monos que no cesan de saltar de rama en rama, dicen los budistas–, cada segundo orando, cada esfuerzo por orar justifica el día. Un relámpago en el túnel, un minúsculo refugio de eternidad arrebatado a la nada.

Veinte años más tarde, Hervé y yo seguimos caminando juntos por los mismos senderos y nuestras conversaciones siguen girando en torno a los mismos temas. Llamamos meditación a lo que llamábamos oración, pero siempre encaminamos nuestros pasos hacia la misma montaña, que siempre me parece igual de lejana.

30

Llego al final de estos cuadernos. Mi libro sobre Dick se ha publicado. No ha tenido el éxito que yo esperaba. He debido de sufrir una decepción pero no hablo de ella. Estoy de nuevo ocioso y decaído. Trato de volver al Evangelio, a la oración. Trato de comparecer, al menos durante unos instantes cada día, ante lo que ahora me repugna llamar Dios, o incluso Cristo. Ya no amo estos nombres pero quisiera amar todavía lo que significan en el fondo de mí mismo. Como siempre, es la inquietud la que me inspira este deseo. La impresión de que echo a perder mi vida, de que el tiempo pasa, treinta años, treinta y seis, treinta y siete, sin que haya cumplido las promesas de un talento malogrado. Si intento rezar lo hago para convencerme de que, a pesar de las apariencias, todo, misteriosamente, va mejorando. Cada vez me cuesta más.

Termino el Evangelio de Juan, empiezo el de Lucas. Comento sin convicción las bienaventuranzas. ¿Qué pueden decirme, en el estado de distanciamiento y amargura en que me encuentro?

No lo niego: me encojo de hombros.

He retirado de mi estantería la imagen misteriosa de Cristo entre el follaje. No porque ya no vea allí su rostro, sino porque me da miedo que un visitante lo advierta, me pregunte qué es, y me avergüence. Culpo a mis «defectos de constitución», como dice Montaigne, y que no se pueden remediar. No poseo madera ni arranque. Soy mezquino, abúlico, pobre en todo y hasta en pobreza. ¿Cómo sobreponerse cuando estás hecho así? ¿Cuando todo resbala y no tienes asideros?

Pascua de 1993, última página de mi último cuaderno:

«¿Es esto, perder la fe? ¿No tener ya siquiera ganas de rezar para conservarla? ¿No ver en este desafecto que se instala día tras día una prueba que superar, sino al contrario, un proceso normal? ¿El fin de una ilusión?

»Los místicos dicen que es ahora cuando se debe rezar. Es por la noche cuando se debería recordar la luz entrevista. Pero es ahora también cuando los consejos de los místicos parecen una cantinela machacona y la valentía parece residir en renunciar a seguirlos para afrontar la realidad.

»¿La realidad es que Cristo no resucitó?

»Escribo esto el Viernes Santo, el momento de la duda más grande.

»Mañana por la noche iré a la misa de Pascua ortodoxa, con Anne y mis padres. Les besaré diciendo *Kristos voskres,* "Cristo ha resucitado", pero ya no lo creeré.

»Te abandono, Señor. Tú no me abandones.»

II. Pablo
(Grecia, 50-58)

1

He llegado a ser lo que tanto me asustaba ser.

Un escéptico. Un agnóstico: ni siquiera lo bastante creyente para ser ateo. Un hombre que piensa que lo contrario de la verdad no es la mentira sino la certeza. Y lo peor, desde el punto de vista del hombre que he sido, es que no me va tan mal.

¿Asunto zanjado, entonces? No puede estarlo del todo cuando, quince años después de haber guardado en una caja de cartón mis cuadernos de comentarios evangélicos, me ha asaltado el deseo de dar vueltas de nuevo en torno a ese punto central y misterioso de la historia de todos, de mi historia personal. De volver a los textos, es decir, al Nuevo Testamento.

El camino que recorrí en otro tiempo como creyente, ¿voy a recorrerlo hoy como novelista? ¿Como historiador? No lo sé aún, no quiero dirimirlo, no creo que la etiqueta tenga tanta importancia.

Como investigador, digamos.

2

Si no ilumina, la figura de Jesús ciega. No quiero abordarla de frente. Sin perjuicio de remontar después la corriente hacia la fuente, prefiero abrir la investigación un poco río abajo y empezar leyendo, lo más atentamente que pueda, las cartas de San Pablo y los Hechos de los Apóstoles.

Los Hechos de los Apóstoles es la segunda parte de un relato atribuido a San Lucas; la primera parte es el Evangelio que lleva su nombre. Normalmente se deberían leer seguidos estos dos libros que el canon bíblico ha separado. El Evangelio narra la vida de Jesús, los Hechos lo que sucedió en el curso de los treinta años que siguieron a su muerte, es decir, el nacimiento del cristianismo.

Lucas no fue compañero de Jesús. No le conoció. No dice nunca «yo» en su Evangelio, que es un relato de segunda mano, escrito medio siglo después de los acontecimientos que refiere. En cambio, Lucas era compañero de Pablo, los Hechos de los Apóstoles son en gran medida una biografía de Pablo, y en un momento de esta biografía sucede algo sorprendente: sin previo aviso ni explicar por qué, se pasa de pronto de la tercera a la primera persona.

Es un momento furtivo, podrías no notarlo, pero cuando lo advertí me quedé pasmado.

Helo aquí, se encuentra en el capítulo XVI de los Hechos:

«Por la noche Pablo tuvo una visión: Un macedonio estaba de pie suplicándole: “Ven a Macedonia y ayúdanos.” En cuanto tuvo la visión, inmediatamente *intentamos* partir a Macedonia, persuadidos de que Dios *nos* había llamado para evangelizarlos. Embarcamos en Troas y *fuimos* derechos a Samotracia, y al día siguiente a Neápolis.»

No está claro a quién se refiere ese nosotros: quizá a todo un grupo, compuesto por el narrador y compañeros a los que no considera lo bastante importantes para nombrarlos. Da igual: desde hace dieciséis capítulos, leemos una crónica impersonal de las aventuras de Pablo, y de repente surge *alguien* que habla. Al cabo de unas páginas ese alguien se eclipsa. Regresa a los bastidores del relato, de donde reaparecerá más tarde para ya no salir del escenario hasta el final del libro. A su manera, que es a la vez abrupta y discreta, nos dice lo que no dice nunca el evangelista: *yo estaba allí,* he sido testigo de lo que os cuento.

Cuando me cuentan una historia me gusta saber quién me la cuenta. Por eso me gustan los relatos en primera persona, por eso yo también la empleo en mis obras y hasta sería incapaz de escribir un texto de otra manera. En cuanto alguien me dice «yo» (pero «nosotros», en rigor, cumple el requisito) me apetece seguirle y descubrir quién se oculta detrás de ese «yo». Comprendí que iba a seguir a Lucas, que lo que yo iba a escribir sería en gran parte una biografía de Lucas, y que esas pocas líneas de los Hechos eran la puerta que yo buscaba para entrar en el Nuevo Testamento. No la puerta grande, no la que da acceso a la nave, frente al altar, sino una puerta pequeña, lateral, escondida: exactamente la que yo necesitaba.

Intenté aplicar el zoom, como se hace con los Google Maps, sobre el punto preciso del tiempo y del espacio en que surge ese personaje que en los Hechos dice «nosotros». Por lo que respecta al tiempo, y según una deducción de la que nadie sabe nada todavía, estamos, con un margen de error de uno o dos años, en torno al año 50. En cuanto al lugar se trata de un puerto situado en la costa occidental de Turquía, que por entonces se llamaba Asia: Troas. En ese punto preciso del tiempo y del espacio se cruzan dos hombres a los que más tarde llamaremos San Pablo y San Lucas, pero que por el momento se llaman simplemente Pablo y Lucas.

3

Se saben muchas cosas de Pablo, que quizá aún más que Jesús configuró, para bien y para mal, veinte siglos de historia occidental. A diferencia de Jesús, se sabe con certeza lo que pensaba, cómo se expresaba y qué carácter tenía, porque se conservan de él cartas de una autenticidad indiscutida. Se sabe también lo que se desconoce totalmente de Jesús, su fisionomía. Nadie trazó sus rasgos mientras vivió, pero todos los pintores que lo han representado saben por su propia confesión que tenía una cara desagradable, un cuerpo robusto y poco agraciado, que era de complexión fuerte pero que al mismo tiempo estaba atormentado por la enfermedad. Coinciden en pintarlo calvo, barbudo, con la frente abombada, cejijunto, y su rostro está tan alejado de toda convención estética que se dice que sencillamente Pablo debía de parecerse a este retrato.

De Lucas sabemos mucho menos. Casi nada, de hecho. Aunque una leyenda tardía, de la que volveré a hablar, le erige en el patrono de los pintores, no hay en su caso una tradición pictórica consolidada. En sus cartas, Pablo menciona su nombre en tres ocasiones. Le llama «Lucas, nuestro querido médico». No decía Lucas, por supuesto, sino *Lukás* en griego y *Lucanus* en latín. De igual manera, Pablo, cuyo nombre judío era *Shaul,* como ciudadano romano se llamaba *Paulus,* que quiere decir «el pequeño». Una tradición afirma que Lucas era sirio, nacido en Antioquía, pero el lugar de su encuentro con Pablo, entre Europa y Asia, el hecho de que le sirviera, como pronto veremos, de guía en Macedonia, en las ciudades que le eran familiares, permiten pensar que era macedonio. Último indicio: el griego en que están escritos sus dos libros es, según los helenistas –no estoy en condiciones de comprobarlo– el más elegante del Nuevo Testamento.

Resumiendo: nuestro personaje es un médico culto, de lengua y cultura griegas, no un pescador judío. A este griego, sin embargo, debió de atraerle la religión de los judíos. De no ser así no habría contactado con Pablo. No habría comprendido nada de lo que Pablo decía.

4

¿Qué quiere decir un griego atraído por la religión de los judíos?

En primer lugar, era algo frecuente. El filósofo romano Séneca lo constata con desprecio, el historiador judío Flavio Josefo con satisfacción: en todas partes del imperio, es decir, en todo el mundo, hay gente que observa el sabbat, y no son sólo los judíos.

A continuación, bien sé que hay que desconfiar de las equivalencias demasiado cómodas, pero yo me represento esta admiración por el judaísmo, tan extendida en el siglo I por las costas del Mediterráneo, un poco como el interés por el budismo entre nosotros: una religión que es al mismo tiempo más humana y depurada, con el añadido de alma que le faltaba al paganismo extenuado. Ignoro en qué medida los griegos de la época de Pericles creían en sus mitos, pero es seguro que cinco siglos más tarde ya no creían en ellos, ni tampoco los romanos que los habían conquistado. En todo caso, la mayoría de ellos ya no creían, en el sentido en que la mayoría de nosotros no creemos ya en el cristianismo. Esto no impedía que observaran los ritos ni que sacrificaran a los dioses, pero de la misma forma que nosotros celebramos la Navidad, la Pascua, la Ascensión, Pentecostés, el 15 de agosto. Creían en Zeus enarbolando el rayo como los niños creen en Papá Noel: no durante mucho tiempo, no de verdad. Cuando Cicerón, en una famosa frase, asegura que dos augures no pueden mirarse sin reírse, no expresa una audacia de librepensador sino la opinión mayoritaria, una opinión que debía de ser todavía más escéptica que la nuestra, porque, por muy descristianizada que sea nuestra época, nadie actualmente escribiría lo mismo a propósito de dos obispos: sin creer necesariamente en lo que dicen, creemos que ellos, al menos, sí creen. De ahí el actual apetito por las religiones orientales, y la mejor que había en el mercado era la de los judíos. Su dios único era menos pintoresco que los dioses del Olimpo, pero colmaba aspiraciones más altas. Los que le adoraban predicaban con el ejemplo. Eran serios, industriosos, totalmente desprovistos de frivolidad. Incluso cuando eran pobres, y a menudo lo eran, el amor exigente y cálido que se expresaba en sus familias incitaba a imitarlos. Sus oraciones eran verdaderas. Cuando alguien estaba descontento con su vida, se decía que la de ellos poseía más densidad y peso.

Los judíos llamaban *goyim,* que se traduce por «gentiles», a todos los no judíos, y «prosélitos» a los gentiles atraídos por el judaísmo. Les dispensaban una buena acogida. Si querían *realmente* ser judíos, debían circuncidarse, observar la Ley en su totalidad, la cuestión era, igual que hoy, peliaguda, y eran raros los que emprendían ese camino. Muchos se conformaban con observar los principios de Noé: una versión aligerada de la Ley, reducida a los mandamientos importantes y expurgada de los preceptos rituales que sirven ante todo para separar de los demás pueblos a los niños de Israel. Este mínimo permitía a los prosélitos entrar en las sinagogas.

Las había por todas partes, en todos los puertos, en todas las ciudades un poco importantes. Eran edificios insignificantes, muchas veces simples casas particulares y no iglesias ni templos. Los judíos tenían un templo, uno solo, al igual que tenían un solo dios. Este templo se encontraba en Jerusalén. Había sido destruido y después reconstruido, y era magnífico. Los judíos dispersos por el mundo, los que formaban la *diáspora,* enviaban cada año un óbolo para su mantenimiento. No se sentían obligados a peregrinar para visitarlo. Algunos lo hacían, a otros les bastaba la sinagoga. Desde el tiempo de su exilio en Babilonia estaban acostumbrados a que sus relaciones con su dios transcurrieran no en un edificio majestuoso y lejano, sino en las palabras de un libro, y la sinagoga era esta morada modesta y próxima donde cada sabbat sacaban de un armario los rollos de ese libro que no se llamaba la Biblia, y mucho menos el Antiguo Testamento, sino la Torá.

Este libro estaba en hebreo, que es la antigua lengua de los judíos, la lengua en la que su dios les habló, pero muchos no la comprendían, ni siquiera en Jerusalén: había que traducírsela a su idioma moderno, el arameo. En todos los demás lugares los judíos hablaban griego, como todo el mundo. Incluso lo hablaban los romanos, que habían conquistado a los griegos, lo cual es, pensándolo bien, tan extraño como si los ingleses, tras conquistar la India, hubiesen adoptado el sánscrito y que esta lengua hubiera sido la dominante en todo el mundo. En todo el imperio, desde Escocia al Cáucaso, las personas cultivadas hablaban bien el griego, y la gente de la calle lo hablaba mal. Hablaban lo que se llamaba *koiné,* que en griego significa común en el doble sentido de compartido y vulgar, y que era el equivalente exacto de nuestro *broken English*. Desde el siglo III antes de nuestra era los judíos de Alejandría empezaron a traducir sus escrituras sagradas en esta lengua que pasó a ser universal, y según la tradición al rey griego de Egipto Ptolomeo Filadelfo le sedujeron tanto estos primeros ensayos que ordenó una traducción completa para su biblioteca. A petición suya, el sumo sacerdote del Templo de Jerusalén habría enviado a Faros, una isla cercana a la costa egipcia, a seis representantes de cada una de las doce tribus, setenta y dos eruditos en total que, aunque se pusieron a trabajar por separado, habrían hecho traducciones absolutamente idénticas. En ello se vio la prueba de que estaban inspirados por Dios, y por eso la Biblia griega recibe el nombre de Biblia de los Setenta.

Ésta es la Biblia que Lucas debía de leer, o más bien escuchar, cuando iba a la sinagoga. Conocía sobre todo los cinco primeros libros, los más sagrados, los que se conocen como la Torá. Conocía a Adán y Eva, a Caín y Abel, a Moisés y al faraón, y las plagas de Egipto y la errancia por el desierto, y el mar que se abre y la llegada a la Tierra Prometida y las batallas para llegar a ella. Se perdía un poco, a continuación, en las historias de los reyes posteriores a Moisés. David y su honda, Salomón y su justicia, Saúl y su melancolía, los conocía como un colegial conoce a los reyes de Francia: ya está bien si sabe que Luis XIV viene después de Enrique IV. Aunque los escuchase con respeto y se esforzara en asimilarlos, al entrar en la sinagoga debía de confiar en no topar con una de esas genealogías interminables que los judíos viejos escuchan con los ojos cerrados, balanceando la cabeza, como extraviados en un sueño. Esas letanías de nombres judíos eran como una canción que había acunado su infancia, pero no la de Lucas, que no veía por qué debería interesarse por el lejano folclore de otro pueblo si no se interesaba por el del suyo. Pacientemente aguardaba el comentario que seguía a la lectura y extraía el sentido filosófico de aquellas historias exóticas, pueriles, a menudo bárbaras.

5

La trama de esas historias es la apasionada relación entre los judíos y su dios. Ese dios en su lengua se llama Yavé, o Adonai, o también Elohim, pero los judíos de la diáspora no tienen inconveniente en que los prosélitos le llamen *Kirios,* en griego, que quiere decir Señor, o *Zeos,* que quiere decir directamente dios. Es su versión de Zeus, pero no es mujeriego como Zeus. No se interesa por las chicas, sino sólo por su pueblo, Israel, al que ama con un amor exclusivo, y cuyos asuntos sigue con un interés más cercano que el de los dioses griegos y romanos. Éstos viven entre ellos, tejen sus propias intrigas. Se preocupan por los hombres como los hombres se preocupan por las hormigas. Las relaciones con ellos se limitan a unos ritos y sacrificios que es fácil celebrar: una vez oficiados, ya han cumplido. El dios de los judíos, en cambio, les exige que lo amen, que piensen en él constantemente, que cumplan su voluntad, una voluntad exigente. Quiere para Israel lo mejor, que resulta que es siempre lo más difícil. Le ha dado una Ley llena de prohibiciones que le impiden congeniar con los demás pueblos. Quiere llevarlos por senderos escarpados, por la montaña, el desierto, lejos de las llanuras acogedoras donde los otros pueblos viven una vida tranquila. Periódicamente Israel refunfuña, quisiera descansar, relacionarse con otras comunidades, llevar como ellas una vida apacible. Entonces su dios monta en cólera y los abruma con pruebas o les envía a hombres inspirados, incómodos, para que les recuerden su vocación. Esos enviados que les imprecan son los profetas. Se llaman Oseas, Amos, Ezequiel, Isaías, Jeremías.

Manejan la zanahoria y el palo, sobre todo este último. Se yerguen ante los reyes para afearles su conducta. Prometen al pueblo infiel terribles catástrofes inmediatas y, más tarde, si vuelven al buen camino, un *happy end* que se resume en el dominio de Israel sobre las demás naciones.

Este dominio nunca sería más que una restauración, piensan los judíos que viven en el recuerdo de una época legendaria en que su reino era poderoso. Un griego como Lucas puede comprenderlos. Por diferentes que sean, los judíos y los griegos bajo el yugo romano reman en la misma galera. Sus ciudades antaño gloriosas se han convertido en colonias romanas. Ni el ágora de los griegos ni el templo de los judíos tienen ya ningún poder. Sin embargo, algo subsiste de sus glorias pretéritas porque se sitúan en el mismo plano. Los romanos son los mejores conquistadores que el mundo haya conocido desde Alejandro y administran mucho mejor que él lo que han conquistado. Ello no impide que griegos y judíos no conozcan rival en sus terrenos respectivos, que son lo que hoy día llamaríamos la cultura, por un lado, y por otro la religión. Por lo que respecta a los griegos, los romanos no se engañan: empezaron a hablar su lengua, a copiar sus estatuas, a imitar sus refinamientos con un celo de advenedizos. A los judíos los distinguen peor entre la masa de pueblos orientales, pendencieros y extraños a los que sojuzgan sin frecuentarlos, pero los judíos se burlan de eso: se saben superiores, elegidos por el dios verdadero, campeones del mundo de amor por él. Les exalta el contraste entre la oscuridad de su condición y la grandeza inconmensurable a la que están destinados. A algunos griegos como Lucas les impresiona este hecho.

Cuidado: cuando digo «los griegos», cuando San Pablo dice «los griegos», el término no designa solamente al pequeño pueblo de aristócratas que en el siglo V antes de nuestra era inventó la democracia, sino a todos los pueblos de los países conquistados por Alejandro Magno doscientos años más tarde y que hablaban griego. A partir del siglo III se convertían en griegos por asimilación cultural, que no tenía nada que ver con la sangre ni con la tierra. En Macedonia, en Turquía, en Egipto, en Siria, en Persia y hasta en la India se desarrolló esta civilización que se denominó «helenística», en muchos de cuyos rasgos se asemejaba a la nuestra y a la que podríamos considerar globalizada como la nuestra. Era una civilización sojuzgada, frívola, inquieta, carente de ideales. El de la ciudad, que había creado la grandeza de Grecia en el tiempo de Pericles, hacía mucho que se había eclipsado. Ya no creían en los dioses, pero sí, y mucho, en la astrología, la magia, los maleficios. Se seguía invocando el nombre de Zeus, pero el pueblo lo hacía para mezclarlo, en un sincretismo muy *new age,* con todas las divinidades orientales que estaban al alcance de la mano, y los ilustrados lo hacían para convertirlo en una pura abstracción. La filosofía que tres siglos antes se ocupaba de la mejor manera de gobernar las ciudades sabía que en esta materia ya no tenía nada que decir. Era sólo una receta de felicidad individual. Como la ciudad ya no podía ser autónoma, le correspondía al hombre serlo o intentarlo. La escuela estoica, que era la ideología dominante por entonces, invitaba a protegerse del mundo, a que cada uno se convirtiese en una isla, a cultivar virtudes negativas: la apatía, que es ausencia de sufrimiento, la ataraxia, que es la ausencia de agitación y da su nombre a un ansiolítico, el Atarax, del que tomé grandes dosis en un momento de mi vida. Nada es más deseable, dice el estoicismo, que la ausencia de deseos: es lo único que proporciona el sosiego del alma. El budismo no anda muy lejos.

No habría motivo para que la larga escena de familia entre Israel y su dios interesase a Lucas de no ser porque la interpretaba como una alegoría de las relaciones entre el hombre –perezoso, inconstante, disperso– y algo que, dentro o fuera del hombre, es más grande que él. Los escritores antiguos llamaban a ese algo indistintamente los dioses o el dios, o la naturaleza, o el destino, o el *logos,* y la figura secreta de la vida de cada uno es la relación que mantiene con este poder.

Había en Alejandría un rabino muy célebre llamado Filón, cuya especialidad era leer las escrituras de su pueblo a la luz de Platón y transformarlas en una epopeya filosófica. En lugar de imaginarse, según el primer capítulo del Génesis, un dios barbudo, que iba y venía por un jardín y que habría creado el universo en seis días, Filón decía que el número seis simbolizaba la perfección y que no era casual que, contra toda lógica aparente, haya en el mismo libro del Génesis dos relatos contradictorios de la creación: el primero narra el nacimiento del *logos,* el segundo la configuración del universo material por medio del demiurgo del que también habla el *Timeo* de Platón. La cruel historia de Caín y Abel escenificaba el eterno conflicto entre el amor a uno mismo y el amor a Dios. En cuanto a la tumultuosa relación de Israel con su dios, se transponía en el plano íntimo entre el alma de cada cual y el principio divino. Exiliada en Egipto, el alma languidecía. Conducida por Moisés al desierto, aprendía la sed, la paciencia, el desaliento, el éxtasis. Y cuando avistaba la Tierra Prometida, tenía que combatir contra las tribus asentadas en ella y masacrarlas salvajemente. Según Filón, estas tribus no eran propiamente tribus, sino las malas pasiones que el alma debía domar. Del mismo modo, cuando Abraham, que viaja con su mujer Sara, es alojado por unos beduinos patibularios y, para evitar problemas con ellos, les propone que se acuesten con Sara, Filón no atribuye este proxenetismo a las costumbres ásperas de antaño o del desierto: no, decía que Sara simbolizaba la virtud y que era muy hermoso por parte de Abraham no reservársela para él solo. Este método de lectura que los retóricos denominaban alegoría, Filón prefería llamarlo *trepein,* que quiere decir tránsito, migración, éxodo, porque modificaba el espíritu del lector perseverante y puro. Era incumbencia de cada cual realizar su propio éxodo espiritual, de la carne al espíritu, de las tinieblas del mundo físico al espacio luminoso del *logos,* de la esclavitud en Egipto a la libertad en Canaán.

Filón murió muy viejo, quince años después de Jesús, de quien sin duda nunca oyó hablar, y cinco años antes de que Lucas encontrase a Pablo en el puerto de Troas. No sé si Lucas lo leyó, pero pienso que conocía una versión fuertemente helenizada del judaísmo, que tendía a transponer la historia de este pequeño pueblo exótico, que apenas figuraba en el mapa, en términos accesibles al ideal griego de sabiduría. Cuando iba a la sinagoga no tenía en absoluto la impresión de que abrazaba una religión, sino más bien de que frecuentaba una escuela de filosofía, exactamente igual que, practicando el yoga o la meditación, nos interesamos por los textos budistas sin pensar que estamos obligados a creer en divinidades tibetanas o en hacer girar molinillos de oración.

6

La escena se desarrolla en la sinagoga de Troas. Lucas viaja por asuntos sin duda relacionados con su profesión de médico. Tiene por costumbre, cuando está de paso por una ciudad extranjera, ir a la sinagoga el día del sabbat. Allí no conoce a nadie pero no se siente extraño porque en todas partes son parecidas. Una habitación sencilla, casi desnuda.

No hay estatuas, frescos ni ornamentos. Esto también le gusta, le sosiega el ánimo.

Tras la lectura habitual de la Ley y los profetas, el jefe de la sinagoga pregunta si alguien desea tomar la palabra. La usanza consiste en ofrecérsela primero a los recién llegados. Aunque él lo sea, no es propio del carácter de Lucas destacar. Hasta lo imagino temiendo que se fijen en él, que la mirada del jefe se detenga en él, pero no tiene tiempo de inquietarse porque un hombre se levanta y se dirige al centro de la sala. Se presenta como Pablo, un rabino que ha venido de la ciudad de Tarso.

No carece de audacia: pobremente vestido, bajo, fornido, calvo, con cejas que se juntan encima de la nariz. Mira a la gente a su alrededor como un gladiador al público antes de un combate. Habla en voz baja, con lentitud al principio, pero a medida que se acalora su dicción se acelera, se vuelve vehemente, entrecortada.

«Escuchadme, hombres de Israel», comienza Pablo, «pero también vosotros, los prosélitos. El Dios de Israel ha escogido a nuestros padres. Ha enaltecido a su pueblo durante su exilio en Egipto. Desplegando la fuerza de su brazo, lo ha hecho huir de la esclavitud de los faraones y lo ha conducido al desierto donde ha permanecido cuarenta años...»

El público sacude la cabeza, Lucas también. Saben. Y conocen la continuación, que el orador recuerda sin un gran sentido de la elipsis pero con una encomiable preocupación por la cronología. Tras los cuarenta años en el desierto, el asentamiento de las doce tribus en la tierra de Canaán, seguido del gobierno de los jueces, después el de los reyes, el más grande de los cuales fue David, hijo de Jesé, un hombre del agrado del Señor...

«En la descendencia de David», prosigue Pablo, «el Señor prometió que nacerá un niño que al hacerse hombre será una gran luz para su pueblo...»

Las cabezas asienten de nuevo. También saben esto.

«Y ahora», continúa el orador, «ahora, hombres de Israel, ¡escuchad bien! Sabed que Dios ha cumplido su promesa. Sabed que ha dado a su pueblo el Salvador que esperaba, y que ese Salvador se llama Jesús.»

En este punto, Pablo hace una pausa y pasea la mirada por el auditorio, que tarda un poco en asimilar lo que acaba de oír.

No hay nada de insólito en la evocación del Salvador que debe venir un día a recompensar a los buenos, castigar a los malos y restaurar el reino de Israel. Un prosélito como Lucas ha oído a menudo el nombre o más bien el título de ese *Kristos:* el Salvador, el Mesías, el que ha recibido la unción divina. Siendo griego, esto no le interesa especialmente. Cuando se habla de ello en la sinagoga, presta una atención distraída. Tiende a incluirlo entre los tópicos del judaísmo, más folclórico que filosófico, que sólo conciernen a los judíos. De todos modos, lo que se dice siempre es que *debe* venir. Ahora bien, Paul dice algo completamente distinto: que *ha* venido. Que tiene otro nombre diferente de *Kristos,* un nombre judío perfectamente vulgar, Jesús, en versión original *Ieshua,* un nombre que al venir después de la majestuosa letanía de los Samuel, Saúl, Benjamín, David, produce un efecto tan incongruente como si después de haber recitado la lista de los reyes de Francia dijeses que el último se llama Gérard o Patrick.

¿Jesús? ¿Quién es Jesús?

Arquean las cejas, fruncen el ceño. Se intercambian miradas perplejas. Pero la cosa no ha terminado. No ha hecho más que empezar.

«Jesús era el Cristo», prosigue Pablo. «Pero los habitantes de Jerusalén y sus dirigentes no lo reconocieron. Sin saberlo, cumplieron la predicción de los profetas que leéis cada sabbat. Se negaron a escucharle. Se burlaron de él. No se contentaron con burlarse. Sin ningún motivo, le condenaron y le hicieron morir crucificado.»

Murmullos entre el auditorio. «¡Crucificado!»

La cruz es un suplicio espantoso y sobre todo infamante. Sólo puede aplicarse a la hez de la humanidad: salteadores de caminos, esclavos fugitivos. Para continuar la transposición, es como si anunciasen que el salvador del mundo, además de llamarse Gérard o Patrick, ha sido condenado por pedofilia. Se escandalizan pero están cautivados. En lugar de hablar más alto, como haría un orador menos hábil, Pablo baja la voz. El público se ve obligado a callarse, e incluso a acercarse para oírle.

«Lo sepultaron.

»Y al cabo de tres días, como dicen las Escrituras, el Señor resucitó.

»Se apareció primero a sus doce compañeros más cercanos y después a muchos otros. La mayoría todavía viven: pueden testimoniarlo. Yo también puedo hacerlo, porque fui el último al que se apareció, a pesar de que soy sólo un engendro y no lo conocí en vida. Ellos lo vieron, yo lo vi, respirando y hablando aunque estaba muerto. Quien ha sido testigo de algo así no puede hacer otra cosa que testimoniarlo. Por eso recorro el mundo diciendo lo que acabo de deciros. El Señor cumplió la promesa hecha a nuestros padres.

Resucitó a Jesús y nos resucitará también a nosotros. Todo esto será dentro de poco, más pronto de lo que pensáis. Sé que es difícil de creer. Sin embargo, a vosotros se os pide que lo creáis. Vosotros, los hijos de la raza de Abraham, vosotros, a quienes se hizo la promesa, pero no sólo vosotros. Lo que digo vale también para los griegos, los prosélitos. Vale para todos.»

7

He intentado reconstruir lo que decía Pablo: el prototipo de discurso que oyeron en las sinagogas de Grecia y Asia, hacia el año 50 de nuestra era, la gente que se convirtió a algo que todavía no se llamaba cristianismo. He recopilado y parafraseado las fuentes más antiguas. Para los interesados por esta búsqueda, hay un poco de la gran profesión de fe que se encuentra en la primera carta de Pablo a los corintios, mucho de un largo parlamento que Lucas, cuarenta años más tarde, puso en la boca de Pablo en el capítulo XIII de los Hechos de los Apóstoles. Sin garantizar que esta reconstrucción sea exacta al milímetro, la considero muy cercana a la verdad. Pablo empezaba en terreno conocido, recapitulaba la historia judía, recordaba la promesa hacia la que tiende y de pronto declaraba que la promesa había sido cumplida. El Mesías, el Cristo, había venido con el nombre de Jesús. Había muerto ignominiosamente, después había resucitado y los que lo creían también resucitarían. De un discurso familiar y hasta un poco rutinario se pasaba sin previo aviso a algo cuyo efecto escandaloso es difícil de medir, de tan habituados que estamos a su extravagancia.

Cuando Lucas informa de las reacciones que suscita la predicación de Pablo, el guión es siempre el mismo. Tras un momento de estupefacción, una parte del auditorio se entusiasma mientras que la otra clama contra la blasfemia. Estas reacciones tajantes no sorprendían a Pablo. Lo que él anunciaba cortaba el mundo en dos mitades tan rotundamente como un hachazo. Los que lo creían y los que no: dos humanidades separadas.

Lucas no se escandalizó. No obstante, ¿creyó inmediatamente en lo que decía Pablo? Me cuesta imaginarlo. Pero en los Hechos, en una frase menciona una tercera reacción: la de quienes al salir de la sinagoga daban unos pasos con el apóstol, le hacían preguntas. Quizá porque también sería mi reacción, veo muy bien a Lucas formando parte de este tercer grupo: los que no se rasgan las vestiduras en señal de indignación y tampoco se prosternan, sino que están intrigados, turbados por la convicción del orador y, sin comprometerse, desean saber más.

La discusión, hoy día, se prolongaría en el café, y quizá Lucas se sentó a la mesa de una taberna con Pablo y sus dos compañeros de viaje, en el puerto de Troas. Caiques en segundo plano, redes secándose, pulpos asados en un platillo, jarra de vino resinoso: vemos el cuadro. Pronto los otros dos van a acostarse. Lucas se queda a solas con Pablo. Hablan hasta el alba, o más bien habla Pablo, sin parar, y Lucas escucha. Por la mañana todo le parece distinto. El cielo ya no es el mismo, la gente ya no es la misma. Sabe que un hombre ha vuelto de entre los muertos y que su vida, la de Lucas, ya nunca será la misma.

Quizá sucedió de este modo. O bien...

Creo que tengo una idea mejor.

8

Lucas era médico, Pablo estaba enfermo. Habla de esto varias veces en sus cartas. En la que escribe a los gálatas recuerda que pasó una larga temporada en su tierra a causa de esta enfermedad, y les agradece no haber mostrado desprecio ni asco ante su cuerpo enfermo, a pesar de que para ellos representaba una prueba. Insiste mucho en esto: tenía mérito acercársele. En otra carta se queja de una «astilla en la carne». En varias ocasiones ha suplicado a Dios que se la quite pero Dios no ha querido. Se ha limitado a responderle: «Mi gracia te basta.»

Se han escrito centenares de miles de páginas sobre esta «astilla en la carne». ¿Cuál podía ser esta enfermedad misteriosa que en los momentos de crisis volvía el cuerpo de Pablo tan repugnante para los demás y a él le causaba sufrimientos lo suficientemente intensos para importunar a Dios? Lo que dice de ella nos hace pensar en una enfermedad de la piel, de esas que te obligan a rascarte hasta hacerte sangre –eczema, psoriasis gigantesca–, pero también en lo que decía Dostoievski de sus ataques de epilepsia, o Virginia Woolf de sus depresiones: pienso en esta reseña de su diario, tan simple, tan desgarradora: «Hoy ha vuelto el horror.» No se sabrá nunca lo que padecía Pablo, pero al leerlo se adivina que era algo tremendamente penoso y hasta vergonzoso. Algo que siempre volvía, incluso cuando al cabo de largos períodos de remisión podía creerse curado. Algo que ligaba el cuerpo con el alma.

Y ahora la segunda versión. Lucas presencia el escándalo en la sinagoga. Regresa a su albergue, soñador. Se ocupa de sus asuntos. Al día siguiente van a buscarlo porque hay otro viajero enfermo. Este viajero es Pablo. Consumido por la fiebre, devastado por el dolor, con el cuerpo y quizá la cara tapados con una sábana manchada de pus y sangre.

Lucas cree que se va a morir. Le vela, hace lo que puede para aliviarle pero parece que nada lo consigue. Durante dos días no se separa de la cabecera del moribundo, que habla con una voz ronca, silbante, que en su semidelirio dice cosas aún más extrañas que en la sinagoga y que, finalmente, no se muere. A continuación recuperamos la versión anterior de la escena, la conversación más íntima entre los dos hombres, más confiada a causa de lo que acaba de suceder, y ahora hay que preguntarse lo que Pablo le contaba a Lucas a solas.

9

Los que han conocido las interminables discusiones políticas después de Mayo del 68 se acuerdan de la pregunta ritual: «¿De dónde has sacado eso?» A mí me parece que sigue siendo pertinente. Para que un pensamiento me afecte, necesito que lo transmita una voz, que emane de un hombre, que yo sepa el camino que ha abierto en él. Pienso además que los únicos argumentos de peso en una conversación son los argumentos *ad hominem.* Pablo era de esos hombres que no se hacen de rogar para decir lo que piensan, es decir, para hablar de sí mismos, y Lucas no tardó en conocer su historia, tan desconcertante como sus discursos.

Pablo cuenta que en otro tiempo se llamaba Saúl, como el primer rey de Israel. Era un joven judío de una piedad extrema. Sus padres, comerciantes prósperos de la gran ciudad oriental de Tarso, querían que llegase a ser rabino y lo enviaron a estudiar con Gamaliel, el gran maestro fariseo de Jerusalén. Los fariseos eran los especialistas de la Ley, hombres de estudios y de fe cuyos dictámenes, como los de los *ulemas* en el islam, sentaban jurisprudencia. Saúl soñaba con convertirse en un segundo Gamaliel. Leía y releía sin descanso la Torá y escrutaba con fervor cada palabra de sus páginas.

Un día oyó hablar de una secta de galileos que se llamaban a sí mismos «los que siguen la Vía» y se distinguían de los demás judíos por una creencia extraña. Su maestro, unos años antes, a causa de unos motivos bastante oscuros, había sufrido el suplicio de la cruz, cosa en sí llamativa pero que no intentaban disimular: al contrario, la reivindicaban. Más singular todavía: se negaban a creer que había muerto. Decían que habían visto cómo lo sepultaban y luego, a continuación, lo habían visto vivo, hablando y comiendo. Decían que había resucitado. Querían que todo el mundo lo adorase como el Mesías.

Al oír esto, Saúl podría haberse encogido de hombros, pero reaccionó exactamente como lo hacen ahora los más piadosos de sus oyentes: claman que es una blasfemia, y no bromean con las blasfemias. Su piedad llegaba al fanatismo. No se conformaba con aprobar que lapidasen ante sus ojos a un adepto del crucificado: quería actuar, intervenir personalmente. Vigilaba las casas donde le habían dicho que se reunían los seguidores de la Vía. Si sospechaba que alguien formaba parte de la secta, lo denunciaba a los sumos sacerdotes, hacía que lo detuvieran y lo encarcelasen. Según su propia confesión, aquellos heréticos sólo le sugerían amenaza y asesinato. Un día decidió partir a Damasco, donde le habían indicado la presencia de adeptos, con la intención de trasladarlos a Jerusalén cargados de cadenas. Pero cuando recorría, en pleno mediodía, un sendero pedregoso, una luz intensa le cegó de repente, una fuerza invisible lo derribó de su caballo. Una voz le cuchicheó al oído: «¡Saúl! ¡Saúl! Soy yo ese a quien persigues. ¿Por qué me persigues?»

Cuando se levantó ya no veía nada. Titubeó como si estuviera ebrio. Sus acompañantes lo llevaron, ciego y tambaleante, hasta una casa desconocida donde se quedó tres días, encerrado solo en una habitación, sin comer ni beber. Lo que le asustaba no era un peligro exterior sino lo que se removía como un animal en su alma. A menudo, en los ardientes ensueños de su juventud, sentía que algo enorme y amenazador daba vueltas a su alrededor. Ahora ya no le rondaba. Estaba agazapado en lo más profundo de él, dispuesto a devorarle desde dentro. Al cabo de tres días oyó que se abría la puerta de la habitación y que alguien se acercaba. Alguien permaneció junto a él, en silencio, un largo tiempo. Oía los latidos de su corazón, la pulsación de su sangre. El hombre, finalmente, habló. Dijo: «Pablo, hermano, el Señor me envía. Quiere que tu corazón despierte.»

Mientras el desconocido pronunciaba estas palabras, el que aún se llamaba Saúl intentaba resistirse. Luchaba con todas sus fuerzas, espantado por aquella cosa enorme y amenazadora que crecía en su interior y a la que quería expulsar. Habría querido seguir siendo quien era, seguir llamándose Saúl, no dejarse invadir, no rendirse. Lloraba, estremecido por temblores. Después, de golpe, todo cedió. Aceptó la invasión. Y en lugar de destruirle, la cosa enorme que había crecido en su interior se puso a acunarle como a un niño. Lo que había temido tanto se le presentaba como la mayor felicidad, una dicha inimaginable unos instantes antes y que ahora era evidente, inasible, eterna. Ya no era Saúl, el perseguidor, sino Pablo, que algún día sería perseguido y se regocijaba de que lo persiguieran, y uno tras otro sus hermanos, a los que también perseguirían, entraban en la habitación, lo rodeaban.

Él los abrazaba, mezclaba con las suyas sus lágrimas de alegría. Entre ellos ya no eran necesarias las palabras. Sus corazones se respondían, silenciosos, extáticos. No había ya tabiques, ninguna opacidad, ningún malentendido. Todo lo que separa a los hombres había desaparecido, así como todo lo que los separa de lo más secreto de sí mismos. Todo era ahora transparencia y luz. Ya no era él mismo y por fin era él mismo. Se le había caído de los ojos una membrana espesa. Veía de nuevo, pero su visión no tenía nada en común con la de antes. El horror y la piedad le atenazaban cuando volvía a ver, en un destello, al que había sido hasta su liberación y el mundo en tinieblas en que había vivido creyendo que era real. El horror y la piedad le atenazaban también cuando pensaba en aquellos, tan numerosos, que todavía vagaban por aquel mundo en tinieblas, sin saber, sin sospechar nada. Entonces se juró acudir en su auxilio, no abandonar a ninguno, triunfar sobre su miedo a la metamorfosis, al igual que el propio Jesucristo había triunfado sobre el suyo.

Bendecido por los hermanos de Damasco, Saúl volvió a Jerusalén. Con su nuevo nombre de Pablo, fue a las sinagogas a proclamar que el hombre crucificado unos años antes era el Cristo mismo, el Mesías que Israel aguardaba. Sus maestros y amigos fariseos renegaron de él. En cuanto a los sectarios a los que había profesado odio, desconfiaban de él, temían una artimaña. Acabó convenciéndolos de la sinceridad de su conversión y lo enviaron allende las fronteras de Israel para anunciar, no sólo a los judíos, sino también a los gentiles, la nueva de la muerte y la resurrección de Cristo, preludio de la muerte y resurrección de toda la humanidad.

Lejos de demostrar, con la ayuda de las Escrituras, que eran válidas las credenciales de una doctrina, Pablo decía: Duermes, despierta. Despertarás si accedes a que tu corazón me escuche. Tu vida cambiará radicalmente. Ni siquiera comprenderás cómo has podido vivir esta vida pesada y en tinieblas que otros siguen viviendo como si fuese la vida, sin temer nada. Decía: Eres una oruga destinada a convertirse en mariposa. Si se pudiese explicar a la oruga lo que le espera, sin duda le costaría comprenderlo. Tendría miedo. Nadie se decide fácilmente a dejar de ser lo que es, a transformarse en otra cosa distinta. Pero la Vía es eso. En cuanto pasas al otro lado, ya no te acuerdas siquiera de quién eras anteriormente, el que se burlaba o tenía miedo, que es lo mismo. Algunos se acuerdan: son los mejores guías. Por eso yo, Pablo, te cuento todo esto.

10

Pablo decía que el fin de los tiempos estaba próximo. Estaba absolutamente convencido y era una de las primeras cosas de las que convencía a sus interlocutores. El fin de los tiempos estaba próximo porque aquel hombre al que él llamaba Cristo había resucitado, y si el hombre llamado Cristo había resucitado era porque el fin de los tiempos estaba próximo. No estaba próximo de un modo abstracto, como se puede decir que lo está la muerte de cada uno de nosotros, en cualquier instante. No, decía Pablo, tendrá lugar mientras estamos vivos, nos sucederá a nosotros, los que estamos hablando. Ninguno de los que estamos aquí morirá sin haber visto al Salvador ocupar todo el cielo con su poder y separar a los buenos de los malos. Si el interlocutor se encogía de hombros, no valía la pena continuar. Sería tan inútil como exponer la vía de Buda a alguien indiferente a la primera de sus nobles verdades –todo es cambio y sufrimiento en la vida humana–, y a la pregunta lógica que sigue: ¿existe algún medio de escapar a esta sucesión de cambios y sufrimientos? Quien no se adhiere a este diagnóstico y no se plantea la cuestión de un remedio, quien considera que la vida está muy bien como está no tiene razón alguna para interesarse por el budismo. De la misma forma, alguien que en el primer siglo de nuestra era no tenía ganas de creer que el mundo se encaminaba hacia su fin inminente no era un cliente para Pablo.

Ignoro hasta qué punto está disposición estaba extendida en aquella época. Me parece que hoy sí lo está. Si me refiero a lo que conozco –mi país, mi pequeño ambiente sociocultural–, me parece que mucha gente piensa, de forma difusa pero insistente, que por todo tipo de razones vamos derechos hacia el desastre. Porque ya somos demasiado numerosos para el espacio que se nos concede. Porque partes cada vez más grandes de este espacio, a fuerza de saquearlas, están a punto de volverse inhabitables. Porque disponemos de los medios de autodestruirnos y sería sorprendente que no los utilizáramos. A partir de esta constatación se forman dos familias de pensamiento, representadas en nuestro hogar por Hélène, mi mujer, y yo. La primera familia, a la cual pertenezco y que es de la franja moderada, piensa que nos dirigimos quizá no hacia el fin del mundo, sino hacia una catástrofe histórica mayúscula que acarreará la desaparición de una parte apreciable de la humanidad. La gente de esta capilla no tiene la menor idea de cómo sucederá esto, de en qué desembocará, pero piensa que si no ellos, sus hijos estarán en las primeras filas. Que este hecho no les impida traer hijos al mundo muestra con qué facilidad, gracias a sus franjas moderadas, que son de lejos las mayoritarias, las dos familias pueden cohabitar. Cuando repito, en la mesa de la cocina, lo que he leído en el libro de un sociólogo alemán sobre las guerras de pesadilla que con toda seguridad se derivarán de las transformaciones climáticas, Hélène, miembro de la segunda familia, responde que sí, por supuesto, hay catástrofes históricas, la gran peste, la epidemia de gripe española, las dos guerras mundiales, sí, hay grandes mutaciones, cambios de civilizaciones y, como se dice ahora, paradigmas, pero también que desde que la humanidad existe una de sus actividades predilectas es temer y anunciar el fin del mundo, y que ya la única razón de que sobrevenga hoy o mañana son los miles de circunstancias en que, en el pasado, les parecía algo seguro a quienes piensan como yo.

Un loco de atar, Calígula, acababa de reinar en Roma. Pronto iba a aparecer otro: Nerón. La tierra temblaba a menudo, los volcanes recubrían de lava ciudades enteras y se extraían presagios del hecho de que unas cerdas parieran monstruos con zarpas de gavilán. ¿Es suficiente para llegar a la conclusión de que el siglo I fue más agitado que otros por creencias apocalípticas? Israel sí, sin duda, pero ¿el mundo grecorromano en el apogeo del imperio, de su poder y su estabilidad? ¿El mundo al que pertenecía un hombre como Lucas?

No lo sé.

11

Pablo viajaba por entonces con dos compañeros de quienes los Hechos de los Apóstoles nos dicen que se llamaban Silas y Timoteo. No sé muy bien qué hacer por el momento con estos dos comparsas, lo que me importa es que hasta Troas se designa a este trío como «ellos» y que a partir de este puerto se convierten en «nosotros»: Lucas entra en escena.

Los Hechos informan también de que en el momento de su encuentro Pablo duda del itinerario. Procedente de Siria, acaba de dedicar cinco años a recorrer Cilicia, Galacia, Panfilia, Licaonia, Frigia, Lidia. Estos nombres exóticos son los de antiguos reinos helenísticos convertidos en distritos remotos del imperio romano. Más o menos abarcan desde el este al oeste de la Turquía actual. Alejándose de las costas y los puertos donde se concentra la población, Pablo se encaminó tierra adentro. Viajaba a pie, los días fastos a lomos de un mulo, por malos caminos infestados de bandoleros. Sus posesiones cabían en un saco, su abrigo le servía de tienda. No existían los mapas, el horizonte de un pueblo se limitaba al pueblo vecino, más allá empezaba lo desconocido. Pablo iba hacia allí. Escaló montañas escarpadas, franqueó pasos entre montes, vio esas extrañas concreciones rocosas que todavía hoy maravillan a los turistas que visitan la Capadocia, y arribó en la vasta planicie de Anatolia a poblados dormidos donde había, sin embargo, colonias judías, pero los judíos eran tan rústicos, tan ingenuos, estaban tan alejados de todo, que al contrario de los habitantes de las grandes ciudades dispensaban una buena acogida a las palabras de Pablo y adoptaban a Cristo sin rechistar. Al cabo de cinco años, considerando que en estas comunidades la fe estaba lo bastante consolidada para que se desenvolviesen sin él, quiso volver hacia zonas más civilizadas. Su objetivo era proseguir su misión en Asia, que es la parte costera al oeste de Turquía.

Entonces el Espíritu de Dios le cerró el paso.

De este modo lo describe Lucas, sin pestañear ni precisar la forma que adoptó esta intervención del Espíritu. Por ello es bastante difícil imaginar la escena. Confiando en averiguar más, recurrí a las notas de la Biblia de Jerusalén y de la traducción ecuménica de la Biblia, a las que en lo sucesivo llamaré familiarmente BJ y TEB. Estas dos traducciones son las que tengo permanentemente en mi mesa de trabajo. Al alcance de la mano, en una estantería, tengo también la Biblia protestante de Louis Segond, la de Lemaître de Sacy, denominada «Biblia de Port Royal», y la más reciente, la de Éditions Bayard, llamada «Biblia de los escritores», de la que sin duda volveré a hablar porque colaboré en ella. Las notas de la BJ y la TEB son abundantes y en general están muy bien hechas, pero debo confesar que son asaz decepcionantes si se quiere saber qué hizo el Espíritu de Dios para cerrar el paso a Pablo. Aunque formulan hipótesis ligeramente divergentes sobre el itinerario del apóstol, las dos se contentan con decir que el Espíritu impidió a Pablo llegar a Asia porque su designio era que fuese a Europa.

Por suerte hay una versión más racionalista del asunto. Es la de Renan. Los apóstoles, dice, vivían en un mundo de signos y de prodigios, pensaban que en todas las situaciones obedecían a la inspiración divina e interpretaban sus sueños, incidentes fortuitos, los contratiempos que surgen continuamente durante un viaje como otras tantas imposiciones del Espíritu. En esta versión, Pablo le habría dicho a Lucas que se sentía en una encrucijada y no sabía adónde dirigir sus pasos. Lucas, que regresaba a su casa en Macedonia, se habría brindado a servirle de guía y a presentarle allí a personas a las que podía interesar su anuncio. Pablo habría deducido de esto que Lucas era un enviado del Espíritu. Quizá soñó con él, la noche siguiente. En el pasaje de los Hechos que he utilizado como brecha para entrar en este relato se habla de un macedonio que se le aparece a Pablo, en nombre de sus compatriotas, para invitarle a pasar a la otra orilla. ¿No sería el propio Lucas este misterioso macedonio? Me parece que la historia no pierde nada contada de este modo.

12

Acabo de invocar la autoridad de Renan y voy a hacerlo de nuevo. Es uno de mis compañeros en este viaje al país del Nuevo Testamento. Tengo sus dos gruesos volúmenes a mano, al lado de mis Biblias, y creo que es el momento de presentarle al lector que lo conoce mal o no lo conoce.

Ernest Renan era un pequeño bretón educado en el seno de un catolicismo ferviente y llamado a ser sacerdote. Su fe empezó a vacilar durante sus estudios en el seminario. Al cabo de un largo y doloroso combate interior, renunció a servir a un dios en el que no estaba seguro de creer. Se convirtió en historiador, filólogo, orientalista. Pensaba que para escribir la historia de una religión lo mejor era haber creído y no creer ya en ella. Con esta actitud emprendió su gran obra, cuyo primer volumen, la *Vida de Jesús,* suscitó en 1863 un enorme escándalo. Sabio apacible y animado por el gusto del conocimiento puro, Renan fue uno de los hombres más odiados de su tiempo. Le excomulgaron, le retiraron su cátedra en el Collège de Francia. Lo arrastraron por el barro todos los grandes panfletistas de la derecha católica, Barbey d'Aurevilly, Léon Bloy, J. K. Huysmans. Veamos, como botón de muestra, unas líneas de Bloy: «Renan, el dios de los espíritus cobardes, el sabio barrigudo, el fino barril científico que exhala hacia el cielo, en volutas temidas por las águilas, el olor untuoso de un alma exiliada de las comodidades que lo vieron nacer.»

Personas cuyo gusto respeto sin compartirlo consideran a Bloy un gran escritor. Son las mismas que, de toda la Biblia, valoran ante todo el versículo del Apocalipsis donde se dice que Dios «vomita a los tibios». Bien es verdad que Renan se prestaba muy bien a esta caricatura. Era gordo, bonachón, estaba arrellanado en su sillón sobre pequeños cojines mullidos, tenía una figura de canónigo y ese aire hipócrita, quizá engañoso, que ha perjudicado mucho al papa Benedicto XVI. Dicho esto, lo que durante varias generaciones hizo que le tuvieran por el Anticristo, hasta el punto de que corrían a confesarse después de haber *visto* uno de sus libros en el escaparate de una librería, me parecía y debía de parecer, creo, a una gran parte de mis lectores una exigencia mínima de rigor y raciocinio.

(Es lo que pienso hoy, por supuesto: si hubiese leído a Renan a los veinte años, cuando era un católico dogmático, lo habría detestado e incluso me habría enorgullecido de hacerlo.)

Todo el proyecto de Renan consiste en dar una explicación natural a acontecimientos considerados sobrenaturales, en devolver lo divino a lo humano y la religión al terreno de la historia. Quiere que cada cual piense lo que quiera, crea lo que quiera, es cualquier cosa menos sectario, simplemente que cada uno ejerza su oficio. Él ha escogido el de historiador, no el de sacerdote, y la función de un historiador no es, no puede ser decir que Jesús resucitó, ni que es el hijo de Dios, sino sólo que a un grupo de personas, en un determinado momento, en circunstancias que merecen ser contadas con detalle, se les metió en la cabeza que había resucitado, que era el hijo de Dios, e incluso consiguieron convencer a otros. Renan se niega a creer en la resurrección y, más en general, en los milagros, y refiere la vida de Jesús tratando de saber *lo que real, históricamente, pudo suceder* y que los primeros relatos describen deformándolo con arreglo a las creencias de sus autores. Hace una criba ante cada episodio del Evangelio: esto sí, esto no, esto quizá. Bajo su pluma, Jesús se convierte en uno de los hombres más notables e influyentes que hayan vivido en la tierra, un revolucionario moral, un maestro de sabiduría como Buda, pero no es el hijo de Dios, por la sencilla razón de que Dios no existe.

La *Vida de Jesús* sigue siendo más instructiva y agradable de leer que el noventa y nueve por ciento de los libros que cada año se publican sobre el mismo tema, pero aun así ha envejecido mal. Lo que tenía de novedoso ya no es nuevo, la elegante fluidez del estilo, muy de la Tercera República, adquiere a menudo un sesgo untuoso, y es difícil para el lector contemporáneo no irritarse cuando Renan alaba a Jesús por haber sido el prototipo del «hombre galante», por haber «poseído en el más alto grado lo que consideramos la cualidad esencial de una persona distinguida, me refiero al don de sonrisa que tiene su obra», o cuando opone favorablemente sus «finas bromas» de escéptico a la convicción obtusa y fanática de Pablo, la víctima de sus dardos. Pero la *Vida de Jesús* es sólo la parte visible del iceberg. Lo más apasionante son los seis volúmenes siguientes de la *Historia de los orígenes del cristianismo,* donde hace la crónica detallada de una historia mucho menos conocida: el modo en que una pequeña secta judía, fundada por unos pescadores analfabetos, unida por una creencia absurda por la cual ninguna persona razonable hubiera dado un sestercio, devoró desde el interior, en menos de tres siglos, al imperio romano y, contra toda verosimilitud, perduró hasta nuestros días. Y lo apasionante no es sólo la historia en sí extraordinaria que refiere Renan, sino la extraordinaria honestidad con que la relata, es decir, su manera de explicar al lector cómo funciona su cocina de historiador: de qué fuentes dispone, cómo las explota y en virtud de qué presupuestos. Me gusta su forma de escribir la historia, no *ad probandum,* como él dice, sino *ad narrandum:* no para demostrar algo, sino simplemente para contar lo que sucedió. Me gusta su buena fe testaruda, sus escrúpulos a la hora de distinguir lo cierto de lo probable, lo probable de lo posible, lo posible de lo dudoso, y la calma con que responde a sus críticos más virulentos: «En cuanto a las personas que necesitan, en beneficio de sus creencias, que yo sea un ignorante, un falsario o un hombre de mala fe, no pretendo modificar su opinión. Si es necesario para su sosiego, me reprocharía desengañarlos.»

13

La nave que une la orilla de Asia con las costas europeas desembarca a Pablo y a sus compañeros en el puerto de Neápolis y de allí se dirigen a Filipos, en Macedonia. Es una ciudad nueva, construida por los romanos, que ocupan desde hace dos siglos el antiguo reino de Alejandro Magno. De un confín al otro del imperio, de España a Turquía, calzadas romanas tan sólidamente pavimentadas que muchas existen todavía enlazan unas con otras a ciudades romanas, todas ellas conforme al mismo modelo: anchas avenidas que se cortan en ángulo recto; gimnasio, termas, foro; abundancia de mármol blanco; inscripciones en latín, a pesar de que la población habla griego; templos dedicados al emperador Augusto y a su esposa Livia, cuyo culto puramente formal, que no enardece el ánimo más de lo que lo hacen las ceremonias del 11 de noviembre o el 14 de Julio, coexiste sin escollos con el de divinidades locales. No se puede afirmar que los romanos inventaron la globalización porque ya existía en el imperio de Alejandro, pero la llevaron a un grado de perfección que se ha mantenido durante cinco siglos. Es como los actuales McDonald's, la Coca-Cola, las galerías comerciales, las tiendas de Apple: vayas a donde vayas encuentras lo mismo, y hay sin duda cascarrabias que deploran este imperialismo tanto cultural como político, pero la mayoría de la gente está, en suma, contenta de vivir en un mundo pacificado donde se circula libremente, cuando no con seguridad, donde en ningún lugar te sientes un desterrado, donde sólo hacen la guerra soldados profesionales en las fronteras lejanas del imperio, y sin que ello repercuta en la vida de todos más que en forma de fiestas y de triunfos en caso de victoria.

Una ciudad como Filipos está poblada a medias por macedonios originarios y a medias por colonos romanos.

Sin duda hay pocos judíos porque no hay sinagogas. Existe, en cambio, un grupito que se reúne extramuros, a la orilla de un río, para celebrar el sabbat informalmente. Sus miembros no son judíos, sólo tienen una vaga idea de la Torá. Me los imagino como a esos aficionados al yoga o a los que, en una ciudad pequeña donde no hay profesor, se las arreglan para practicarla con un libro, vídeos, o bajo la autoridad del único entre ellos que ha recibido lecciones o participado en un cursillo. Este tipo de grupo, en general, es mayoritariamente femenino y, por heterodoxo que sea, tratándose de una religión cuyos oficios sólo pueden celebrarse en presencia de al menos diez hombres, es lo que ocurre en Filipos: Lucas, en su relato, únicamente menciona a mujeres. Es posible que ya las conozca, que ya haya participado en sus reuniones y que sepa lo que se hace al presentarles a sus tres nuevos amigos.

«Cuando el alumno está listo, aparece el maestro»: proverbio conocido en los círculos de las artes marciales. Hay que creer que los alumnos estaban bien preparados porque inmediatamente reconocieron en Pablo al maestro que aguardaban. Lucas habla sobre todo de una tal Lidia que al parecer era la dirigente del grupo. «Era todo oídos», escribe. «El Señor le había abierto el corazón para que estuviera atenta a las palabras de Pablo.»

A pesar de su admiración por el judaísmo, Lidia no ha pensado nunca en hacer circuncidar a su marido y sus hijos; nadie, por otra parte, le ha pedido que lo haga. Pero en cuanto Pablo explica el rito un poco particular mediante el cual uno afirma su fe en lo que él cuenta, ella insiste en someterse al ritual. Hay que decir que a diferencia de la circuncisión es indoloro y no deja huella. Entras en el río, te arrodillas, el oficiante te mantiene unos instantes debajo del agua, dice con voz fuerte que te sumerge en nombre de

Dios y se acabó, ya nunca serás el mismo. Esto se llama bautismo. Tras haberlo recibido, Lidia quiere que su familia también lo reciba. Quiere que el nuevo gurú y sus compañeros vayan a vivir a su casa. Pablo al principio se niega, porque tiene por norma no depender de nadie, pero Lidia se muestra tan entusiasta, tan efusiva, que él accede a regañadientes.

Lucas especifica que ella es comerciante de púrpura, esto es, telas teñidas que son una especialidad de la región y se exportan muy bien. No mujer de comerciante, sino comerciante ella misma. Sugiere la empresa próspera, el matriarcado, la mujer enérgica. Cuatro iluminados religiosos se alojan en la confortable vivienda de esta mujer vigorosa y convierten a toda la familia, lo cual daría pie a cotilleos en una ciudad provinciana francesa, y no veo por qué no iba a ser motivo de chismorreo en una ciudad de provincia macedónica del siglo I.

En la casa de Lidia se forma un pequeño círculo alrededor de Pablo y sus compañeros. Unos años más tarde Pablo enviará a los habitantes de Filipos una carta en la que se cuida de saludar a Evodia y a Síntique, y me complace escribir los nombres de estos figurantes, Evodia, Epafrodito, Síntique, que nos han llegado a través de veinte siglos. Debía de haber otros: yo diría una decena, una veintena. El carisma de Pablo y la autoridad de Lidia pesan tanto que todos empiezan a creer en la resurrección de ese Jesús cuyo nombre ni siquiera conocían unos días antes. Todos se hacen bautizar. Al bautizarse no piensan en absoluto que están traicionando al judaísmo que han abrazado con un celo tan vivo como mal informado. Al contrario, agradecen a Dios que les haya enviado a este rabino tan sabio que en adelante los guía y les muestra el modo de adorar en espíritu y en verdad. Siguen observando el sabbat, por supuesto, abandonan su trabajo, encienden velas, rezan, y Pablo hace todo esto con ellos, pero les enseña además un rito nuevo. Es una comida que tiene lugar no el día del sabbat sino al día siguiente, y a la que Pablo llama *«ágape»*.

El *ágape* es una verdadera comida, una comida de fiesta, aunque Pablo insiste en que no se coma en ella y sobre todo que no se beba. Se supone que todo el mundo debe aportar un plato que ha preparado en su casa. Esta consigna no debía de funcionar muy bien en Filipos porque la comida tenía lugar en casa de Lidia, y ella, tal como me la imagino, era de esas amas de casa a la vez generosa y tiránica que siempre quieren hacerlo todo ellas solas, preparan siempre el triple de lo necesario y si alguien trata de ayudarlas dicen que no, eres muy amable pero no es así como se hacen las cosas. «Deja, deja, yo me encargo, vete a sentarte con los demás.» Durante la comida, Pablo se levanta, parte un pedazo de pan y dice que es el cuerpo de Cristo. Levanta una copa llena de vino y dice que es su sangre. En silencio se pasan el pan y el vino alrededor de la mesa y cada uno come un bocado de pan, bebe un trago de vino. En recuerdo, dice Pablo, de la última cena que el Salvador tomó en esta tierra, antes de que lo crucificaran. Después cantan una especie de himno en el que se habla de su muerte y su resurrección.

14

«Un día», prosigue Lucas, «cuando íbamos a rezar, se nos acercó una esclava habitada por el espíritu de una pitón.» «Habitada por el espíritu de una pitón», mis Biblias y Renan coinciden en este punto, lo cual quiere decir poseída, con un don de profecía y de adivinación como la Pitia de Delfos. La esclava aborda a Pablo, Timoteo, Silas, Lucas y quizá a algunos de sus adeptos de Filipos. Los interpela, les sigue, clama a voz en cuello que son servidores del Altísimo y anuncian el camino de la salvación. Hace lo mismo al día siguiente y los siguientes. Pablo, que preferiría una publicidad más discreta, al principio pasa por su lado mirando a otra parte. Después, a medida que el homenaje se vuelve cada más ruidoso, pierde la paciencia y resueltamente exorciza a la poseída en nombre de Cristo. El espíritu sale de la mujer. Espasmos, sobresaltos seguidos de postración. Silencio. Fin de la crisis histérica.

De creer a Lucas, Pablo realiza estas hazañas con frecuencia, pero se lo piensa dos veces antes de exhibir sus poderes. Por un lado, esto impresiona y alivia sufrimientos, por otro las conversiones que propicia no son de muy buena calidad. La mayoría de las veces sólo causan molestias.

Hay en los Hechos otra historia de este estilo. Lucas no fue testigo de ella: fue Timoteo el que debió de contársela porque se desarrolló dos años antes en Listra, su ciudad natal, en los montes de Licaonia. Pablo curó allí a un paralítico y al ver el milagro los lugareños se postraron de bruces. A él y a su acólito los tomaron por Zeus y Hermes descendidos a la tierra.

Cuando topé con este pasaje recordé el maravilloso relato de Rudyard Kipling, *El hombre que quiso ser rey,* y en la película basada en este texto que dirigió John Huston. Los dos aventureros, interpretados por Sean Connery y Michael Caine, abandonan el ejército de la India y se internan en busca de fortuna en comarcas del Himalaya cuyo salvajismo, en el siglo I, debía de equivaler ampliamente al de Licaonia. Tienen éxito porque los indígenas nunca han visto blancos y los adoran como a dioses. A Michael Caine, que encarna en la historia el papel de Sancho Panza, le gustaría aprovechar el malentendido para apoderarse del tesoro del templo y luego poner pies en polvorosa. Sean Connery, que hace de Quijote, se dice que aquellos montaraces no carecen de discernimiento, se exalta, llega a creerse realmente un dios y la cosa acaba muy mal. En los últimos planos, se ve a los niños del pueblo jugando al balón en el polvo, con su cabeza envuelta en trapos ensangrentados.

Al contrario que Michael Caine, Pablo no quería abusar de la credulidad de los licaonios, o al menos no de la misma forma. Sólo le interesaban sus almas, no su oro. Pero conoció el vértigo de Sean Connery, a los pies del cual la multitud se prosterna, y la cólera de esta muchedumbre cuando descubre que su ídolo no es más que un hombre. Pablo fue lapidado en Listra, lo dejaron por muerto en un foso, y corre el riesgo de que le ocurra lo mismo en Filipos, donde los amos de la esclava poseída se toman muy mal su intervención. Explotaban el don de la desventurada, cobraban cada vez que ella emitía un oráculo. Una vez exorcizada por Pablo, es como un mendigo indio al que curan de su repugnante y lucrativa enfermedad: ya no sirve para nada. Furiosos por la intromisión en sus asuntos, los amos dan alcance a Pablo y a Silas, los arrinconan contra una pared, los arrastran ante los jueces municipales acusándolos de alterar el orden público. «Estos hombres», alegan, «crean disturbios en nuestra ciudad. Son judíos y predican costumbres que no son las de Roma.»

Judíos o cristianos, los acusadores no distinguen, los jueces tampoco, y a éstos, sobre todo, les tiene sin cuidado. El imperio practicaba en los países conquistados una política de laicismo ejemplar. La libertad de pensamiento y de culto era allí absoluta. Lo que los romanos denominaban *religio* tenía poco que ver con lo que nosotros llamamos religión y no entrañaba la profesión de una creencia ni una efusión del alma, sino una actitud de respeto, manifestada mediante ritos, hacia las instituciones urbanas. A la religión tal como nosotros la entendemos, con sus prácticas extrañas y sus fervores inoportunos, la llamaban desdeñosamente *superstitio*. Era algo de orientales y de bárbaros, a los que se les permitía que se entregasen a sus ritos siempre y cuando no alterasen el orden público. Ahora bien, a Pablo y a Silas los acusan de alterarlo, y por eso los tolerantes magistrados de Filipos ordenan que se los despoje de la ropa y que los azoten, los muelan a palos y, para acabar, que los encarcelen con cadenas en los pies.

¿Qué hacen entretanto Lucas y Timoteo? Los Hechos callan a este respecto. Se supone que extreman la prudencia. Los Hechos dicen, en cambio, que por la noche, en su calabozo, Pablo y Silas rezan a voces, entonan las alabanzas de Dios, y sus compañeros cautivos los escuchan maravillados. De repente, un terremoto estremece los cimientos del edificio, arranca las puertas e incluso revienta los candados de las cadenas. Los presos podrían aprovecharlo para evadirse, y quizá es lo que hacen los demás, pero no Pablo y Silas. Esto impresiona tanto al carcelero que él también empieza a creer en el Señor Jesucristo e invita a los dos hombres a su casa. Les lava las llagas, les prepara la mesa y se hace bautizar con toda su familia.

Al día siguiente, tras haber reflexionado, los magistrados de la ciudad ordenan liberar discretamente a estos prisioneros engorrosos. Entonces Pablo reacciona con arrogancia. «No quiero esa gracia», dice. «Soy ciudadano romano, me han azotado y encarcelado sin juicio, es contrario a la ley, os habéis equivocado y me niego a marcharme como un ladrón. No, me quedo en la cárcel hasta que vengan a disculparse. Aquí estoy muy bien.»

La fuerza de esta escena de comedia radica en la ciudadanía romana de Pablo que, al principio ignorado por los jueces de Filipos, los convence cuando se percatan de que se han metido en un lío. Un oscuro judío podía ser azotado sin juicio, un ciudadano romano podría quejarse y crearles problemas. Jérôme Prieur y Gérard Mordillat, autores de *Corpus Christi,* la célebre serie documental sobre los orígenes del cristianismo, encuentran con razón sospechoso que, maltratado por las autoridades, Pablo tardara tanto en alegar la identidad que le habría ahorrado golpes y una noche en una celda. Se preguntan si era realmente ciudadano romano. Y, puestos a sospechar, estos mismos autores observan que lo que cuentan tanto Lucas como Pablo sobre las primeras proezas de este último como perseguidor de cristianos, «cargando de cadenas y arrojando a la cárcel a hombres y mujeres», obteniendo contra los cristianos de Damasco cartas de persecución firmadas por el sumo sacerdote de Jerusalén, es totalmente inverosímil en el contexto del judaísmo en el siglo I. La administración romana, que sólo ejercía el poder policial y mostraba un afán de neutralidad en las querellas religiosas, nunca habría permitido que un rabino joven y fanático encarcelase a alguien en nombre de la fe. Si lo hubiera intentado, sería él el que acabase en prisión. Si se quiere tomar en serio lo que dice Pablo, hay que entenderlo de un modo completamente distinto: que habría sido una especie de miliciano, auxiliar de un ejército de ocupación. Un historiador del que volveré a hablar ha sostenido esta tesis audaz, pero no hace falta ir tan lejos para extraer de inmediato de la patraña de Pablo una instructiva conclusión sobre su psicología y su sentido del efecto dramático. Quizá no fuera el Terminator judío que él mismo se complace en describir, «respirando sólo odio y homicidio» y sembrando el terror en la Iglesia de la que un día será el pastor, pero sabe que la historia se relata mejor de este modo, el contraste es más sobrecogedor. El apóstol Pablo es más grande por haber sido Saúl el inquisidor, y me parece que este rasgo encaja bien en el cuadro con que ilustra el episodio de Filipos: el placer que experimenta en dejarse apalear cuando bastaría una palabra para que lo liberasen, pero para pronunciarla aguarda a estar cubierto de sangre y de cardenales y a que sus verdugos estén hasta el cuello en un atolladero.

El pulso acaba ganándolo Pablo, que sale de la cárcel con la cabeza alta, pero los magistrados, de todos modos, lo invitan a que se vaya con la música a otra parte. Va a despedirse de Lidia y de los suyos, les exhorta a mostrarse dignos de su bautizo y después reanuda su viaje con Silas y Timoteo. Los Hechos refieren la continuación de sus aventuras, pero Lucas, el futuro autor de este texto, desaparece en este punto de su propio relato. Bien porque no quiso seguir a Pablo, bien porque Pablo no quiso que lo siguiera, Lucas se retira entre bastidores y no volverá a salir hasta tres capítulos y siete años más tarde. Solamente entonces utilizará el «nosotros» de testigo ocular, y en los mismos pasajes. Esto me hace pensar, como a Renan, que era macedonio, que esos siete años los pasó en Filipos, y lo que me gustaría ahora es imaginar esos años lejos del teatro de operaciones, en la Grecia septentrional, balcánica, donde se desarrollan las películas lentas y brumosas de Theo Angelopoulos. Imaginar cómo, en ausencia de Pablo, se desarrollaba una de esas pequeñas iglesias que él iba sembrando como piedrecillas en su camino. Lo que allí se sabía de sus viajes, qué eco tenían sus cartas. Cómo germinaba lo que había sembrado durante aquel largo invierno.

15

¿Qué era una iglesia cristiana? ¿Se empleaban ya estas palabras? Creo que sí. Pablo habla en sus cartas de sus «iglesias», a las que, para ser menos clericales, podríamos llamar simplemente sus «grupos».

¿Y «cristiana»? Sí, también. La palabra se acuñó en Antioquía, Siria, donde Pablo empezó a predicar una decena de años después de la muerte de Jesús. Bajo su autoridad, las conversiones se multiplicaron y se empezó a llamar *kristianos* a los adeptos de ese *Kristos* al que muchos, empezando por las autoridades romanas, consideraban un jefe rebelde todavía vivo. Esta leyenda urbana hizo su recorrido errático hasta Roma, donde a partir del año 41 el emperador Claudio consideró oportuno reaccionar lanzando un decreto contra los judíos, acusados de promover disturbios en nombre de su cabecilla *Chrestos*.

Roma, Antioquía, Alejandría eran las capitales del mundo, pero hasta en un rincón tan provinciano del imperio como la Macedonia donde vivía Lucas, unas decenas de personas en algunas ciudades se consideraban la Iglesia de Cristo.

Aquellas decenas de macedonios no eran pobres pescadores iletrados, como en la Galilea de los orígenes, de la que no sabían nada, y tampoco potentados, sino más bien mercaderes como Lidia, la comerciante de púrpura, artesanos, esclavos. Lucas destaca a algunos afiliados de más alto rango, en particular romanos, pero Lucas es un poco esnob, proclive al *name-dropping,* y le interesa mucho recalcar que Jesús no sólo era hijo de Dios, sino también, por su madre, de una excelente familia.

Algunos eran judíos helenizados, la mayoría griegos judaizantes, pero todos, judíos y griegos, después de haber encontrado a Pablo pensaban que se habían adherido a una rama especialmente pura y auténtica de la religión de Israel, no a un movimiento disidente. Si no tropezaban con una oposición muy fuerte, seguían frecuentando la sinagoga.

Dicho esto, la oposición surgía indefectiblemente en cuanto había una *verdadera* sinagoga, una *verdadera* colonia judía, *verdaderos* judíos cincuncisos. No era el caso de Filipos, pero sí de Tesalónica, adonde fue Pablo inmediatamente después. A los judíos de allí les sentó muy mal que el recién llegado captase a una parte de sus fieles. Lo denunciaron por agitador a las autoridades romanas, se vio obligado a huir y esta huida se reprodujo en Berea, la ciudad vecina. ¿Qué podían hacer entonces los convertidos de Pablo? Seguir yendo a la sinagoga como antes y reunirse, discretamente, para seguir las directrices de su nuevo gurú, o bien, directamente, abrir otra sinagoga.

¿De verdad? ¿Era tan sencillo? Nos cuesta un poco aceptarlo. Al instante pensamos en un cisma, en una herejía. Es porque estamos acostumbrados a considerar que todas las religiones son más o menos totalitarias, mientras que en la Antigüedad no lo eran en absoluto. Sobre este punto, como sobre muchos otros relativos a la civilización grecorromana, me remito a Paul Veyne, que no es sólo un gran historiador sino un escritor maravilloso. Como Renan, me ha acompañado a lo largo de los años dedicados a escribir este libro, y siempre he disfrutado de su compañía: de su alacridad, su gracejo, su gusto por el detalle. Pues bien, Paul Veyne dice que los lugares de culto en el mundo grecorromano eran pequeñas empresas privadas, el templo de Isis de una ciudad tenía con el templo de Isis de otra la misma relación que, pongamos, dos panaderías entre sí. Un extranjero podía dedicar un templo a una divinidad de su país del mismo modo que abriría hoy día un restaurante de especialidades exóticas. El público decidía si entraba o no. Si aparecía un competidor, lo peor que podía ocurrir era que se llevase a la clientela, como le reprochaban a Pablo que hiciera. Ya los judíos se despreocupaban menos de estas cuestiones, pero fueron los cristianos los que inventaron la centralización religiosa, con su jerarquía, su *Credo* válido para todo el mundo, sus sanciones para quien se aparta del sistema. Esta invención, en la época de que hablamos, ni siquiera se hallaba todavía en sus balbuceos. Más que a una guerra de religiones, cuyo simple concepto era incomprensible para los antiguos, lo que trato de describir se parecía más a un fenómeno que se observa a menudo en las escuelas de yoga y de artes marciales, y sin duda en otros círculos, pero yo hablo de lo que conozco. Un alumno adelantado se decide a enseñar y arrastra con él a una parte de sus condiscípulos. El maestro rezonga, más o menos abiertamente. Algunos alumnos, con ánimo de concordia, siguen un curso con uno, otro curso con el otro y dicen que está bien, que los dos se completan. Al fin y al cabo, la mayoría elige.

16

Las pequeñas iglesias que se desarrollaron en Macedonia en los años que siguieron a la visita de Pablo no vivían en comunidad, como los discípulos y la familia de Jesús en Jerusalén. La consigna del apóstol era que cada cual se quedase en su sitio y no cambiara en nada las condiciones exteriores de su vida. Primero porque el fin del mundo se acercaba y no servía de nada, durante la espera, agitarse o concebir proyectos. En segundo término porque el verdadero cambio se producía en otro lugar: en el alma. Si eres esclavo, decía Pablo, no busques que te liberen. De todos modos, el Señor te libera al llamarte, y en cuanto a los hombres libres se convierten en sus esclavos. Si estás casado sigue casado. Si no lo estás, no busques esposa. Si eres griego, no te circuncides. Si eres judío, sigue circunciso; me sorprendió averiguar que, con el fin de frecuentar las termas sin vergüenza, algunos judíos helenizados se hacían reconstruir quirúrgicamente el prepucio: esta operación se denominaba «epispasmo».

Leemos sin asombro que entre ellos se llamaban «hermanos» y «hermanas». Es un error. Deberíamos asombrarnos. Siglos de sermones que comienzan por «Mis muy queridos hermanos» nos han habituado a esta usanza, pero en la Antigüedad era perfectamente incongruente. Se podía llamar a alguien «hermano» por extensión o metáfora, para destacar la intimidad de un vínculo, pero la idea de que todos los hombres son hermanos es un hallazgo de esta pequeña secta que debió de chocar mucho en sus comienzos. Imaginemos que un cura de hoy se dirige a sus feligreses llamándolos «maridos y mujeres», como si todos los hombres fuesen el marido de todas las mujeres y viceversa. No sonaría más extraño que el «hermanos y hermanas» en vigor en las iglesias de Pablo, y no es sorprendente que sus reuniones se hayan considerado a menudo incestuosas, o al menos libertinas.

En este aspecto se equivocaban. Las primeras iglesias cristianas eran cualquier cosa menos disolutas. A principios del siglo II, Plinio el Joven, nombrado gobernador de la lejana región de Bitinia, escribió al emperador Trajano una carta llena de perplejidad que es uno de los primeros documentos de fuente pagana sobre los cristianos. Plinio, al tomar posesión de su cargo, descubre que la religión cívica ha caído en desuso, que los templos están vacíos, que nadie quiere comprar ya en el mercado carnes inmoladas a los dioses y, por lo que le han dicho, esta situación desoladora es obra de una secta de la que nunca ha oído hablar: los discípulos de Christus. Se reúnen en secreto y el jefe de gabinete de Plinio piensa que es para hacer guarradas. Plinio no se contenta con estos rumores. Se informa, envía a alguien y el resultado de sus pesquisas es desconcertante. Esa gente, cuando se reúne, se limita a compartir una comida frugal, a mirarse riéndose, a cantar himnos. Tanta benignidad inquieta, casi habría sido preferible que hicieran guarradas, pero es preciso admitirlo: nadie se acuesta con nadie.

Esta pureza de costumbres casi alarmante nos molesta, bueno, a mí me molesta tanto como molestaba a Plinio. Autores bienintencionados han intentado corregir la espantosa reputación de aguafiestas de que adolecía Pablo entre los modernos. Para defenderlo de las acusaciones de pudibundez, machismo y homofobia que a juzgar por sus cartas llueven sobre él, se esfuerzan en describirlo como un revolucionario moral que predica el verdadero amor al propio cuerpo en un mundo que se encarniza en degradarlo. Me parece bien, pero esta línea de defensa es también la de quienes abogan por el velo integral como la más alta expresión de respeto a la mujer, envilecida por la pornografía occidental. Pablo no sólo era soltero, lo cual atenta contra la moral judía, que considera incompletos a los hombres no casados. Era casto, se jactaba de ser virgen y proclamaba que era con mucho el mejor estado. De boca para afuera, reconoce en una carta que «es mejor casarse que abrasarse» –por «abrasarse» entiende lo que él llama la *porneia,* que quiere decir exactamente lo que el lector piensa– y que en estas cuestiones «soy yo el que habla, no el Señor». Nos preguntamos a veces en virtud de qué criterios, pero el hecho es que Pablo distingue con claridad entre las cuestiones sobre las que se expresa como portavoz del Señor y aquellas en las que se limita a expresar su opinión personal. Así pues, es Pablo el que, «debido a las angustias presentes», juzga ventajoso permanecer virgen. El Señor es menos exigente. Dice solamente que hay que permanecer en el estado en que uno se encontraba en el momento en que fue llamado. Casado si estabas casado, etc. Pablo, por su parte, precisa: «El que tiene mujer, que haga como si no la tuviera. El que llora, como si no llorase. El que se alegra, como si no se alegrara. El que tiene bienes, como si no los tuviera. Porque la figura del mundo pasa, y lo que quiero ante todo es que no estéis preocupados.»

17

Ya se reunían para el sabbat y ahora empezaron a reunirse para la comida del Señor, al día siguiente del sabbat, y luego poco a poco a reunirse todos los días. ¡Tenían tantas cosas que decirse! ¡Tantas experiencias nuevas que contarse y comparar! Visto desde fuera, sin embargo, hacían lo mismo que en la sinagoga: leer e interpretar las Escrituras. Pero ahora tenían otro método de lectura, nuevo y prodigiosamente emocionante. En las palabras a menudo oscuras de los profetas buscaban anuncios de la muerte y resurrección de Cristo, del fin inminente de los tiempos, y cuando los buscaban, por supuesto, los hallaban. Leían, interpretaban, se exhortaban. Sobre todo rezaban. Rezaban como si nunca hubieran rezado.

Me gustaría que el lector, aquí, se preguntase qué significa para él la palabra «oración». Para un griego o un romano del siglo I era algo muy formal: una invocación pronunciada en voz alta, en el marco de un rito, y dirigida a un dios en quien sería falso decir que no se creía, pero en el que se creía como en una compañía de seguros. Había contratos especializados, como el que se tenía con el dios de la roya del trigo. Se solicitaba su protección, se le agradecía por haberla concedido, si el trigo enfermaba se le reprochaba su incuria y en cuanto dabas la espalda al altar asunto liquidado, no tenías que pensar más en ello. A muchos les bastaba este trato mínimo con la divinidad.

Así como hay épocas más o menos religiosas (pienso que la época de la que hablo no lo era más que la nuestra, pero que lo era un poco de la misma manera), hay temperamentos más o menos religiosos. Hay personas que tienen afición y por lo tanto talento para estas cosas, del mismo modo que se puede tener para la música, y otras que se alegran de vivir muy bien sin ellos. En el mundo grecorromano del siglo I, las almas piadosas no tenían gran cosa que llevarse a la boca y por eso amaban tanto el judaísmo. De simple recitación, la plegaria pasaba a ser entre los judíos una conversación en la que el corazón se desahogaba. Su dios era un interlocutor, todos los interlocutores a la vez: confidente, amigo, padre a veces tierno y a veces severo, marido celoso al que no se le podía ocultar nada; lo habrían preferido, en ocasiones. Al alzar los ojos hacia él, los hundían en lo más íntimo de sí mismos. Ya era mucho, pero Pablo pedía más. Les pedía que orasen sin cesar.

Existe un librito, escrito hacia el final del siglo XIX, que se titula *El peregrino ruso*. Lo leí y releí durante mi período cristiano, y lo sigo leyendo de vez en cuando. El narrador es un pobre mujik que apenas sabe leer, que tiene un brazo más corto que el otro y que un buen día, en la iglesia, oye leer al sacerdote esta frase de Pablo: «Orad constantemente.» Es como si le hubiera fulminado un rayo. Comprende que es más que importante, es esencial. Más que esencial, vital. Que es lo único que cuenta. Pero se pregunta: ¿cómo se puede rezar continuamente? Y he aquí que el pequeño mujik emprende el recorrido de Rusia en busca de hombres más instruidos y piadosos que él para que le expliquen lo que hay que hacer.

El peregrino ruso es una exposición, maravillosamente vulgarizada, de una corriente mística que existe desde hace quince siglos en la Iglesia ortodoxa y que los teólogos llaman *hesicasmo* o «plegaria del corazón». Tiene una inesperada descendencia moderna: dos cuentos de J. D. Salinger, *Franny y Zooey*, que fueron una de las grandes pasiones literarias de mi juventud. La heroína, una joven atractiva y neurótica, encuentra en el Nueva York bohemio de la década de 1950 ese librito ruso anónimo cuya lectura a su vez la fulmina, y para gran espanto de su familia empieza a mascullar de la mañana a la noche: «Señor Jesús, ten piedad de mí.» Leyendo los dos relatos de Salinger se sabrá de qué manera el hermano de Franny, un joven actor pretencioso y genial, la arranca de esta manía, a pesar de que la aprueba hasta sus últimas consecuencias. Estas dos narraciones también proceden de la frase de Pablo en su primera carta a los tesalonicenses, y que por primera vez tomaron al pie de la letra las iglesias perdidas de Macedonia o de Anatolia hacia los años cincuenta de nuestra era: «Orad constantemente.»

Al principio, al igual que el pequeño mujik, los hermanos y hermanas de Tesalónica, de Filipos, de Berea, se inquietaban: «Pero no sabemos qué hay que decir. No sabemos qué debemos pedir.»

Pablo les respondía: «No os preocupéis, el Señor sabe mejor que vosotros lo que necesitáis. No pidáis bienes, no pedid que vuestros asuntos prosperen como desearíais, ni siquiera pidáis virtudes. Pedid solamente a Cristo que os conceda el don de la oración. Es como si quisierais hacer hijos: para eso primero hay que encontrar a la madre, y la oración es la madre de las virtudes. Es rezando como se aprende a rezar. Nos os perdáis en grandes frases. Repetid sólo, con todo vuestro corazón: *"Maranatha"*, que quiere decir: "Ven, Señor." Él vendrá, os lo prometo. Descenderá sobre vosotros y hará su morada en vosotros. Ya no seréis vosotros los que viviréis, sino Él, Cristo, el que vivirá en vosotros.»

Si le decían: «Bueno, voy a intentarlo», Pablo sacudía la cabeza: «No lo intentes. Hazlo.»

No se había quedado mucho tiempo en Tesalónica, en Berea, en Filipos, pero había dejado las instrucciones y el mantra. Equipados de este modo, hermanos y hermanas se ejercitaban con ardor, comparaban entre ellos sus prácticas. Uno se levantaba más temprano, se acostaba más tarde, en cuanto disponía de un instante se retiraba a la trastienda para sentarse en el suelo, solo, en la postura del loto, y repetía a media voz *maranatha* hasta que la sangre le palpitaba en las sienes, sentía el vientre caliente y ya no se acordaba del sentido de lo que decía. Otro lo repetía en silencio y por eso no necesitaba estar solo. Podía hacerlo en todo momento, en todas partes, en medio de una multitud. Rezaba caminando, cribando cereales, hablando con sus clientes. Le decía al primero, al que necesitaba sentarse en el suelo: «¿Acaso te encierras en tu habitación para respirar? No. ¿Dejas de respirar cuando trabajas? No. ¿Cuando hablas? ¿Cuando duermes? No. ¿Entonces por qué no rezas como respiras? Tu respiración puede convertirse en oración. Aspiras y llamas a Cristo. Exhalas y acoges a Cristo. Hasta tu sueño puede ser plegaria. Duermo pero mi corazón vela, dice la amada en el Cantar de los cantares. La amada es tu alma. Hasta dormida permanece despierta.»

Pablo también lo había dicho: «Velad», y algunos se esforzaban en no dormir. El insomnio voluntario les procuraba visiones. Se exaltaban hasta el punto de entrar en trance. En ellos unos alababan a Dios en griego: a esto se le llamaba profetizar. Los otros lanzaban gritos, suspiros, gemidos. A veces proferían sonidos que parecían palabras e incluso frases pero que no se comprendían. Se llamaba «hablar en lenguas» a este fenómeno catalogado por los psiquiatras con el nombre de glosolalia, y se le atribuía un gran valor. ¿Se trataba de una lengua desconocida en el sentido de que no se la identificaba o era más bien una lengua que no existía, que nadie hablaba en la tierra? Imposible saberlo, pero no se dudaba de que quienes la hablaban estaban inspirados por Dios y no poseídos por un demonio como la pitonisa de Filipos. Se esforzaban en transcribir estas secuencias de fonemas misteriosos, en conservarlos, en descifrar su sentido.

(De resultas de su experiencia mística, Philip K. Dick también empezó a pensar y a soñar en una lengua desconocida. Anotaba de ella lo que podía. A partir de sus notas hizo investigaciones y al final la identificó. ¿Adivinan qué lengua era?

Apuesto lo que quieran a que no lo aciertan: era la *koiné,* la lengua griega común que hablaba Pablo.)

18

Éxtasis, trances, lágrimas, profecía, don de lenguas... Estos fenómenos, que florecen tanto en la actualidad como antiguamente en la mayoría de las sectas, se cultivaban en las primeras iglesias cristianas con un entusiasmo desmedido. Algunos adeptos habían tanteado otras religiones orientales donde se ingerían drogas, hongos, cornezuelo y otras pócimas que conducían al éxtasis. Les decepcionaba un poquito que el cuerpo y la sangre de Cristo, que se tomaban durante el *ágape,* fueran solamente pan, solamente vino. Habrían preferido algo más misterioso, sin darse cuenta de que lo más misterioso era precisamente aquello. Aspiraban a adquirir poderes mágicos. Entonces Pablo les predicaba el discernimiento y la prudencia. Dice en sus cartas lo que dicen los buenos maestros de yoga cuando sus alumnos creen sentir que el vientre se les mueve solo y que se les despierta el *kundalini*. Existe, sí, es una señal de progreso y, sí, alcanzado cierto nivel en las prácticas, se adquieren poderes. Pero no hay que darle excesiva importancia, porque de lo contrario se convierte en una trampa y se retrocede en vez de avanzar. Pablo dice que todos los dones tienen su función, como los miembros del cuerpo, que ninguno es inferior y que el que habla lenguas no debería mirar por encima del hombro al que sólo habla griego como todo el mundo. «Yo mismo puedo hacerlo durante horas, pero en lugar de decir ante vosotros diez mil palabras en otras lenguas que os dejarían boquiabiertos, prefiero decir cinco en griego que os serán útiles.» Dice, en suma, sobre todo, que está muy bien tener dones, pero que sólo hay uno realmente importante y que supera a todos los demás, y es el que él llama *agapē*.

Agapē, de donde Pablo sacó la palabra «ágape», es la pesadilla de los traductores del Nuevo Testamento. El latín lo vertió como *caritas* y el francés como «caridad», pero es bien evidente que esta palabra, después de siglos de buenos y leales servicios, ya no sirve hoy. ¿Entonces «amor», sencillamente? Pero *agapē* no es ni el amor carnal ni el pasional, que los griegos denominaban *eros,* ni el amor tierno, apacible, y que ellos llamaban *filia,* de las parejas unidas o de los padres por sus hijos pequeños. *Agapē* va más allá. Es el amor que da en lugar de recibir, el amor que se empequeñece en vez de ocupar todo el espacio, el amor que desea el bien del otro antes que el suyo propio, el amor liberado del ego. Uno de los pasajes más alucinantes de la alucinante correspondencia de Pablo es una especie de himno al *agapē* que es tradicional leer en las misas de matrimonio. El padre Xavier lo leyó cuando nos unió a Anne y a mí en su humilde parroquia del Cairo. Renan lo considera –y coincido con él– el único pasaje del Nuevo Testamento que está a la altura de las palabras de Jesús, Brahms le puso música en la última de sus sublimes *Cuatro canciones serias*. Por mi cuenta y riesgo, propongo esta tentativa de traducción.

«Yo podría hablar todas las lenguas de los hombres y las de los ángeles, pero si no tengo el amor no soy nada. Nada más que un sonido de metal o un choque de platillos.

»Podría ser profeta, podría tener acceso a los conocimientos mejor guardados, podría saberlo todo y poseer además la fe que mueve montañas. Si no tengo el amor no soy nada.

»Podría repartir todo lo que tengo entre los pobres, entregar mi cuerpo a las llamas. Si no tengo el amor no me sirve de nada.

»El amor es paciente. El amor presta servicio. El amor no envidia. No se jacta. No se da importancia. No hace nada feo. No busca su interés. No tiene en cuenta el daño. No se alegra con la injusticia. Se alegra con la verdad. Lo perdona todo. Lo tolera todo. Lo espera todo. Lo sufre todo. No falla nunca.

»Las profecías caducarán. Las lenguas perecerán. La inteligencia se abolirá. La inteligencia tiene sus límites, las profecías tienen los suyos. Todo lo que tiene límites desaparecerá cuando aparezca lo que es perfecto.

»Cuando yo era niño hablaba como un niño, pensaba como un niño, razonaba como un niño. Y después me hice hombre y puse fin a la infancia. Lo que veo ahora lo veo como en un espejo, es oscuro y confuso, pero llegará el momento en que lo veré de verdad, cara a cara. Lo que conozco por el momento es limitado, pero entonces conoceré como soy conocido.

»Hoy existe la fe, la esperanza y el amor. Los tres. Pero de los tres el más grande es el amor.»

19

Que es mejor ser bueno que malo, altruista que egoísta no era obviamente una novedad, ni era algo extraño a la moral antigua. Griegos y judíos conocían la regla de oro, de la que Hillel, un rabino contemporáneo de Jesús, decía que resumía ella sola toda la Ley: «No hagas a otro lo que no quisieras que te hagan.» Que es mejor ser modesto que jactancioso no es tampoco nada extraordinario. Humilde que soberbio: pase, es un lugar común de la sabiduría. Pero yendo de una cosa a otra, si se escuchaba a Pablo uno llegaba a decir que era mejor ser pequeño que grande, pobre que rico, enfermo que saludable, y, llegado a este punto, el espíritu griego ya no comprendía nada, mientras que los recién convertidos se exaltaban con su propia audacia.

Desde un punto de vista cronológico es prematuro hablar al respecto, pero una de las escenas que, por lo que yo sé, evoca mejor la estupefacción que debía de causar este código de conducta se encuentra en la novela histórica *Quo vadis?*, de Sienkiewicz, un peplum inmensamente popular en otra época sobre los primeros cristianos bajo el emperador Nerón. El héroe, un oficial romano, se comporta muy mal durante la primera parte del libro. Ya no recuerdo los detalles, pero en su historial hay persecución, violación, chantaje, quizá asesinato, y cuando la trama lo pone en manos de esos cristianos que tan buenas razones tienen para guardarle rencor, él no las tiene todas consigo. Espera que le hagan, sin vacilación ni remordimientos, lo que él les haría si estuviera en su lugar: matarle, y antes de eso torturarle. Es lo que él haría no porque sea malo, sino porque es lo que hace un hombre normal cuando le han causado un grave perjuicio y tiene la oportunidad de vengarse. Es la regla del juego. Pues bien, ¿qué sucede? En vez de atizar las brasas con el hierro al rojo vivo y aproximarlo a los ojos o a los cojones del cautivo, el jefe de los cristianos, cuya hija adoptiva han entregado a Nerón, lo desata, lo abraza, le devuelve la libertad sonriendo y llamándole hermano. Al principio el romano cree que es un refinamiento de la crueldad. Después comprende que no se trata de una broma. El que debería ser su peor enemigo le ha perdonado de todo corazón. Corre el riesgo enorme de liberarle, confía en él. Renuncia a su posición de fuerza, se pone a su merced. Entonces algo se tambalea dentro del oficial romano. Adquiere conciencia de que estos hombres miserables, perseguidos, son más fuertes que él, más fuertes que Nerón, más fuertes que todo, y ya sólo aspira a ser uno de ellos. Por la fe que en este instante se ha convertido en la suya, está dispuesto a dejarse devorar por los leones, cosa que no tardará en ocurrirle.

Los Hechos de los Apóstoles abundan en aventuras y milagros, pero en ellos no hay ningún episodio de este género. Sin embargo, estoy convencido de que la fuerza de persuasión de la secta cristiana nacía en gran parte de su capacidad de inspirar gestos asombrosos, gestos –y no sólo palabras– que diferían del normal comportamiento humano. Los hombres están hechos de tal modo que quieren –los mejores de ellos, lo que no es ya poco– el bien de sus amigos y el mal para sus enemigos. Que prefieren ser fuertes que débiles, ricos que pobres, grandes que pequeños, dominantes que dominados. Es así, es normal, nadie ha dicho nunca que esté mal. La sabiduría griega no lo dice, la piedad judía tampoco. Ahora bien, hay unos hombres que no sólo dicen, sino que hacen exactamente lo contrario. Al principio no se les comprende, no se ve la ventaja de esta extravagante inversión de los valores. Y después empiezan a comprenderlos. Se empieza a ver la ventaja, es decir, la alegría, la fuerza, la intensidad vital que extraen de esta conducta en apariencia aberrante. Y entonces ya sólo queda el deseo de hacer lo mismo que ellos.

En el tiempo en que frecuentaban la sinagoga, los prosélitos de Filipos o de Tesalónica estaban inmersos en una piedad grave y suave, en la quietud más que en la exaltación. La observancia más o menos estricta de la Ley daba forma a su vida y dignidad al más ínfimo de sus actos, pero esperaban una impregnación progresiva, no un cambio radical. En cuanto se hicieron discípulos de Pablo ya fue otra cosa. El fin del mundo inminente cambiaba totalmente la perspectiva. Eran los únicos que sabían algo trascendental que todo el mundo ignoraba. Los únicos que velaban entre los durmientes. Vivían en un mundo sobrenatural, tanto más prodigioso porque debían esforzarse en no mostrar nada, en comportarse –una vez más, Pablo insistía mucho en esto– de una manera perfectamente normal. El contraste entre aquello extraordinario que crecía dentro del grupo y la continuación celosa, escrupulosa, de la vida más ordinaria producía un efecto embriagador, y supongo que cuando los discípulos de Pablo se encontraban con los que se habían mantenido fieles a la sinagoga, los más sensibles de éstos debían de notar en los otros un cambio que les inspiraba ensueños y una vaga envidia.

20

La crónica de las aventuras de Pablo entre su partida de Filipos y su regreso, siete años más tarde, está bastante embarullada en los Hechos. Y con razón: Lucas no figuraba en ella. Pero para completar su relato disponemos de otro documento de un valor absolutamente excepcional, ya que procede del propio Pablo: las cartas que escribía a sus iglesias.

En todas las ediciones del Nuevo Testamento aparecen con el nombre ostentoso de «epístolas» –que no quiere decir otra cosa que «cartas»–, después de los Evangelios y los Hechos. Este orden es engañoso: son como mínimo veinte o treinta años anteriores. Son los textos cristianos más antiguos, los primeros rastros escritos de lo que todavía no se llamaba el cristianismo. Son también los textos más modernos de toda la Biblia, y por modernos entiendo los únicos cuyo autor se identifica claramente y habla en su propio nombre. Jesús no escribió los Evangelios. Moisés no escribió el Pentateuco ni el rey David los Salmos que la piedad judía le atribuye. Por el contrario, al menos dos terceras partes de las cartas de Pablo, según los críticos más severos, son indudablemente suyas. Expresan su pensamiento tan directamente como este libro expresa el mío. No se sabrá nunca quién era Jesús realmente ni lo que dijo, pero se sabe quién era y qué decía Pablo. Para conocer los giros de sus frases no debemos fiarnos de los intermediarios que las recubrieron de espesas capas de leyenda y teología.

Pablo no escribía para crear una obra literaria, sino para mantener el contacto con las iglesias que había fundado. Enviaba noticias, respondía a las preguntas que le hacían. Quizá no lo preveía cuando escribió la primera, pero sus cartas llegaron a ser muy pronto circulares, boletines de enlace bastante semejantes a los que Lenin, desde París, Ginebra o Zúrich, enviaba antes de 1917 a las diversas facciones de la Segunda Internacional. Los Evangelios no existían aún: los primeros cristianos no tenían un libro sagrado, pero las cartas de Pablo ocuparon su lugar. Las leían en voz alta durante los ágapes, antes de compartir el pan y el vino. La iglesia que había recibido una carta original la conservaba piadosamente, pero sus feligreses hacían copias que circulaban por las otras iglesias. Pablo insistía en que las leyeran todos, porque a diferencia de muchos gurús no utilizaba un lenguaje críptico ni se andaba con tapujos. No tenía la menor inclinación al esoterismo, ningún escrúpulo en adaptarse a su público: en este rasgo también se asemeja a Lenin cuando dice que hay que «trabajar con el material existente». Todo el mundo podía recibir su magisterio y apropiarse de lo que pudiera. Lo que escribía a los tesalonicenses concernía a *toda* la iglesia de Tesalónica y a las demás iglesias de Macedonia. Aunque en los Hechos no hace ninguna referencia a las cartas, Lucas debió de asistir a su lectura e incluso, probablemente, copiarlas.

Para un teólogo, las cartas de Pablo son tratados de teología; hasta se puede decir que toda la teología cristiana se fundamenta en ellas. Para un historiador son fuentes de una frescura y una riqueza increíbles. Gracias a ellas se capta vívidamente lo que era la vida cotidiana de las primeras comunidades, su organización, los problemas que afrontaban. Gracias a ellas también nos hacemos una idea de las idas y venidas de Pablo, de un puerto a otro del Mediterráneo, entre los años cincuenta y sesenta, y cuando los especialistas del Nuevo Testamento, sean del ideario que sean, intentan reconstruir este período, todos tienen encima de la mesa las cartas de Pablo y los Hechos de los Apóstoles. Todos saben que en caso de contradicción hay que creer a Pablo, porque un archivo en bruto tiene más valor histórico que una compilación más tardía, y a partir de aquí cada uno se confecciona su guiso. Es lo que yo hago a mi vez.

21

Tras abandonar Filipos, Pablo fue a Tesalónica y de allí a Berea y en todas partes actuaba del mismo modo. El día del sabbat tomaba la palabra en la sinagoga, convertía a algunos griegos judaizantes y suscitaba la hostilidad de los auténticos judíos que no escatimaban medios para expulsar a aquel competidor desleal. En una historieta de Lucky Luke se le vería una y otra vez abandonar la ciudad embadurnado de brea y plumas. Estos sinsabores repetidos lo persuadieron de que debía probar suerte en una gran capital. Así pues, sus discípulos de Berea lo sacaron de allí en volandas y tomó un barco rumbo a Atenas, donde le aguardaba un fracaso aún mayor.

Es cierto que Atenas no era un lugar para él. Los nombres de Pericles, de Fidias, de Tucídides, de los grandes trágicos, no debían de decirle gran cosa, e incluso en la hipótesis dudosa de que hubiera soñado con el milagro griego habría sufrido una decepción. Hacía dos siglos que Atenas no era más que una ciudad de provincias del imperio, políticamente sojuzgada y transformada en museo. Enviaban allí para un año de estudios a los hijos de las buenas familias romanas. Admiraban la Acrópolis y las estatuas que habían sobrevivido al saqueo de la ciudadela por parte de las legiones de Siria. Escuchaban a los pedagogos, a los retóricos, a los gramáticos polemizar sobre grandes problemas filosóficos mientras deambulaban de un lado a otro del ágora, como hacían antaño Platón y Aristóteles y como, en algunos hermosos pueblos franceses, los talabarteros y los herradores se dedican a un artesanado subvencionado por el Consejo del Patrimonio. Las estatuas escandalizaban a Pablo: como buen judío, consideraba idólatra cualquier representación de la figura humana. Tampoco le gustaban los charlatanes ni los esnobs. Pero pudo decirse, ingenuamente, que personas ocupadas de la mañana a la noche en debatir sobre temas elevados serían buenos clientes para él. Él también empezó a perorar en el ágora, atacando a filósofos estoicos y epicúreos que eran sobre todo profesionales en el arte de argumentar, cuando no de convencer. En su mal griego de meteco les hablaba de Cristo y la Resurrección, y como «resurrección» se dice *anástasis,* la confundían con una mujer, Anastasia, que le acompañaba. Del mismo modo, en Niza, una placa en un edificio recuerda que «aquí vivió Friedrich Nietzsche y su genio atormentado»: otra parejita atrayente.

Lo tachaban de «predicador de divinidades extranjeras», lo cual equivalía a una especie de Hare Krishna. «¿Pero qué nos está contando este papagayo?», decían algunos. De hecho, es fácil imaginárselo galleando, parloteando, importunando a la gente, predicando «a tiempo y a destiempo», como reivindica él mismo en una carta, y Hervé me señala que esta manera de actuar es exactamente la opuesta de la que preconiza Montaigne, cuyo ideal es «vivir como conviene».

Aun así, interlocutores más curiosos que los demás invitan a Pablo a exponer su doctrina en el Areópago. Era el alto consejo de la ciudad, el que había condenado a Sócrates cinco siglos antes. Hay que creer que aquel día no había cuestiones más urgentes. Pablo debió de preparar su discurso como si se tratase de un gran examen oral, y encontró un ataque francamente hábil. «Atenienses», dijo, «os considero hombres más bien demasiado que poco religiosos. He paseado por vuestras calles, he visitado vuestros templos y he descubierto un altar dedicado *al dios desconocido*. (Existían estas dedicatorias: eran una precaución para no ofender a un dios de paso en el que no hubieras pensado.) Pues bien, ese dios que veneráis sin conocerlo es el dios del que he venido a hablaros.»

Excelente comienzo, al que sigue una pequeña exposición sobre el dios en cuestión. Escoge bien sus rasgos para agradar a los filósofos. No habita en un templo, no necesita que le ofrezcan sacrificios. Es el aliento primordial, ha extraído lo múltiple de la Unidad, impone su orden al cosmos.

Los hombres lo buscan a tientas, pero está cerca de cada cual. Un buen dios muy abstracto, en suma, a propósito del cual sería difícil enfadarse. Ni una palabra de las particularidades menos aceptadas del dios de los judíos: celoso, vengativo, que sólo se ocupa de su pueblo. Por eso escuchan a Pablo con aprobación pero sin entusiasmo. Quizá se esperaban algo más excéntrico. Pero de repente todo se tuerce. Como en la sinagoga de Troas. Como en Metz, donde, en 1973, Philip K. Dick pronunció ante un público de lectores franceses de ciencia ficción un discurso sobre su experiencia mística titulado: *Si esta realidad no os gusta, deberíais visitar otras,* donde decía, en sustancia, que todo lo que se leía en sus novelas era *verdad.*

«Porque Dios», prosigue Pablo, «ha determinado el día, y está próximo ese día en que aquel que ha designado debe juzgar al mundo. Para eso lo resucitó de entre los muertos.»

Pablo no menciona a este hombre, pero el juicio del mundo y la resurrección de los muertos son suficientes para que el auditorio emita su veredicto. Los atenienses escépticos ni siquiera se escandalizan como los judíos en la sinagoga o los lectores de ciencia ficción de Metz. Sonríen, se encogen de hombros, dicen que sí, de acuerdo, ya hablaremos otro día. Luego se van, dejan al orador solo, todavía más ofendido por esta tolerancia divertida de lo que habría estado por un escándalo seguido de una lapidación.

22

Mortificado, Pablo no se quedará mucho tiempo en Atenas. Partió a Corinto, que es desde todos los puntos de vista lo más opuesto a Atenas: una enorme ciudad portuaria, populosa, disipada, sin un pasado glorioso ni monumentos prestigiosos, pero con calles bulliciosas, puestos donde se compra y se trafica con todo y en todas las lenguas. Medio millón de habitantes, de los cuales dos terceras partes son esclavos. Templos de Júpiter para guardar las apariencias, pero en todas las esquinas urbanas santuarios de Isis, Cibeles, Serapis y sobre todo de Afrodita, cuyo culto ofician sacerdotisas-prostitutas bonitamente denominadas *hieródulas* y conocidas por transmitir una sífilis a la que en toda la cuenca mediterránea llaman, conteniendo la risa, la «enfermedad corintia». Ciudad de libertinaje, de lucro y de impiedad, pero Pablo respira allí mejor que en Atenas porque al menos la gente trabaja y no se cree superior al común de los mortales. Allí conoce a una pareja de judíos fervorosos que se llaman, nos dicen los Hechos, Priscila y Aquila, y que han sido expulsados de Italia por el famoso edicto del emperador Claudio que ordena a los judíos alejarse de Roma. Priscila y Aquila ejercen el mismo oficio que Pablo y él se instala en su casa y comparte su taller.

Aún no he tenido ocasión de decirlo porque en Filipos ha hecho una excepción y ha permitido que lo hospeden y lo alimenten, pero Pablo no sólo predicaba: trabajaba, y lo tenía a gala. «El que no trabaja no come», repetía de buena gana. Al igual que Eduard Limónov, el héroe de mi libro anterior, que recorrió el mundo con una máquina de coser y se ganaba la vida en todas partes retocando pantalones, Pablo se ganaba la suya tejiendo una tela rugosa y resistente que servía para fabricar tiendas, velas, sacos de transporte para las mercancías. Para alguien que amaba viajar y no depender de nadie, era una elección inteligente, la seguridad de que nunca le faltaría trabajo. Era una elección más sorprendente para un hombre que procedía de una familia acomodada y que en otra época se había decidido por la carrera de rabino. Pablo insiste bastante en sus cartas en el hecho de que no sólo trabaja para comer sino que además trabaja *con las manos,* para que se comprenda que no estaba obligado a hacerlo, que lo había elegido deliberadamente. Bien pensado, una opción así es rara. Grandes figuras intelectuales y morales del siglo pasado, Simone Weil, Robert Linhart, los curas obreros, trabajaron en fábricas para compartir una condición a la que la suerte no les forzaba. Me parece que somos cada vez menos los que hoy comprendemos su exigencia, y lo cierto es que, salvo Pablo, los antiguos no la habrían comprendido en absoluto. Epicúreos o estoicos, todos los sabios enseñaban que la fortuna es cambiante, imprevisible, y que se debe estar dispuesto a perder todos los bienes sin rechistar, pero ninguno habría aconsejado, ni siquiera imaginado, desprenderse de ellos voluntariamente. Todos consideraban el asueto, el libre uso del tiempo, que ellos llamaban el *otium,* como un estado absoluto de realización humana. Séneca, uno de los más célebres contemporáneos de Pablo, dice a este respecto algo bastante bonito, y es que si por desgracia se viera reducido a trabajar para vivir, pues bien, no haría de eso un drama: se suicidaría, directamente.

23

Como tenía por costumbre, Pablo empezó predicando cada sabbat en las sinagogas de Corinto, donde demostraba con la ayuda de las Escrituras que Jesús era el salvador anunciado. Como tenían por costumbre, los judíos se escandalizaban, y no mejoraba las cosas el hecho de que Pablo maldijera su maldita ralea y declarase que en vista de aquella situación anunciaría la nueva a los paganos y abriría una escuela rival en la casa de un griego contigua a la sinagoga.

Furiosos, los judíos fueron una vez más a quejarse ante la autoridad romana, que de nuevo desestimó su denuncia diciéndoles: «Si se tratara de un delito o un crimen, aceptaría vuestra denuncia. Pero se trata de desacuerdos sobre palabras, nombres, sobre vuestra propia Ley. Arreglaos entre vosotros. Yo no me inmiscuyo.»

Estas sabias palabras no regocijan sólo a los partidarios del laicismo sino también a los historiadores del Nuevo Testamento, porque Lucas dice el nombre del dignatario romano que las pronunció. Se llamaba Galión, y una inscripción atestigua que ejerció las funciones de procónsul en Corinto desde julio del año 51 a junio del 52. Por supuesto, no son éstas las fechas que figuran en la inscripción, porque nadie sabía entonces que vivía «después de Cristo», pero podemos reconstruirlas y son las únicas absolutamente ciertas de toda esta historia. Basándose en ellas, y sólo en ellas, los historiadores elaboran hacia atrás y hacia delante en el tiempo sus cronologías de los viajes de Pablo. Por supuesto también, Lucas no tenía la menor idea de las exigencias de un historiador moderno, pero la historia existía en su época, él creía que era lo que estaba escribiendo, y nada lo muestra mejor que su diligencia, cada vez que puede, en hacer coincidir la crónica clandestina, subterránea, de la pequeña secta judía que iba a convertirse en el cristianismo, con los acontecimientos públicos y oficiales de entonces, de los que cabía pensar que llamarían la atención de los auténticos historiadores. Lucas tiene bien presente que, aparte de su pequeña secta, nadie sabe quiénes son los héroes de su relato, Pablo, Timoteo, Lidia e incluso Jesús, y al contrario que a los demás evangelistas esto le inquieta porque se dirige a lectores extraños a esta secta. Por eso está tan contento cuando puede citar, en apoyo de estas personas y estos oscuros sucesos, acontecimientos y personas que el mundo conoce, o al menos a personajes importantes, los que dejan en el mundo una estela de su paso, como por ejemplo el procónsul Galión. Con su gusto por el *name-dropping*, pienso que habría estado aún más contento si hubiera sabido y podido decirnos que Galión era el hermano del famoso Séneca, del que hablo un poco más arriba, un hermano al que el filósofo dedica su tratado *De la felicidad*.

Es un libro singular, este tratado. En primer lugar, es un resumen de la filosofía estoica, que era lo que actualmente llamaríamos un método de desarrollo personal. En mi opinión, ello explica su éxito, comparable al del budismo, entre los modernos que, al carecer de ideales colectivos, no tienen como los romanos del siglo I otro punto de apoyo que el yo. La vida feliz, tal como Séneca describe sus encantos a su hermano Galión, se basa enteramente en el ejercicio de la virtud y la paz del alma que proporciona. Sus palabras clave son la abstención, el retiro, la quietud. La felicidad consiste en ponerse al margen. Hay que ejercitarse en esta práctica todos los días, en todo momento –y este ejercicio se llama en latín *meditatio*–, liberarse del poder de los afectos, no lamentar, no esperar, no prever, distinguir lo que depende de nosotros de lo que no, si tu hijo se muere convencerse de que no se puede hacer nada y de que no tiene sentido entristecerse más de lo debido, ver en todas las circunstancias de la vida (sobre todo en las que parecen desfavorables) una oportunidad de practicar estos preceptos, y alcanzar, mediante una progresión constante desde la locura hasta la salud espiritual, el ideal del sabio: ideal del que los estoicos no tienen empacho en reconocer que había pocos ejemplos, quizá uno cada quinientos años.

Hay una treintena de páginas de este tenor, en una prosa noble y muy equilibrada, y después, de sopetón, en un momento dado, esta apacible exposición doctrinal vira hacia el más vehemente alegato *pro domo*. Séneca se pone nervioso, desvaría y ni siquiera hace falta leer el prefacio o las notas a pie de página para comprender lo que ocurre: se defiende, con uñas y dientes, contra una campaña que le acusa de vivir contrariamente a sus principios filosóficos.

Sus detractores poseían argumentos. Séneca era un caballero español que había hecho una carrera fulgurante en Roma, lo cual dice mucho sobre la integración en el imperio: pasaba por ser la encarnación del espíritu romano y nadie habría pensado nunca que era español, del mismo modo que nadie pensará que San Agustín era argelino. Hombre de letras, autor de tragedias de éxito, gran vulgarizador del estoicismo, era también un cortesano dominado por la ambición, que conoció el favor imperial bajo Calígula, cayó en desgracia bajo Claudio y recuperó su posición al comienzo del reinado de Nerón. Era, por último, un avispado hombre de negocios, que utilizó sus prebendas y sus redes para convertirse por sí solo en una especie de banco privado y amasar una fortuna valorada en 360 millones de sestercios, es decir, el equivalente de otros tantos millones de euros. Cuando se sabía esto, y todo el mundo lo sabía, se estaba tentado de tomarse a guasa sus elogios sentenciosos del desapego, la frugalidad y el método que aconsejaba para ejercitarse en la pobreza: una vez por semana, comer un pan tosco y dormir en el suelo.

¿Qué dice Séneca para defenderse de estas críticas que acabaron convirtiéndose en una conjura? Primero, que nunca ha pretendido ser un sabio consumado, sino que sólo se esfuerza en llegar a serlo, y a su ritmo. Que incluso sin haber recorrido él mismo todo el trayecto, es hermoso indicar la dirección a los demás. Que al hablar de la virtud no se pone como ejemplo y que al hablar de los vicios piensa ante todo en los suyos. ¡Y, además, a la mierda! Nadie ha dicho que el sabio debe rechazar los dones de la fortuna.

Debe sobrellevar la mala salud si le toca en suerte, pero alegrarse de la buena. No avergonzarse de ser enclenque o contrahecho, pero preferir una buena estatura. En cuanto a las riquezas, le brindan la misma satisfacción que un viento favorable al navegante: puede apañarse sin él, pero prefiere que sople. ¿Qué hay de malo en comer en una vajilla de oro si por medio de la *meditatio* te aseguras de que la comida sabe igual de bien en una zafia escudilla?

Yo también me río un poco, pero en el fondo estoy bastante de acuerdo con esta sabiduría: me conviene. Pablo, en cambio, no estaba de acuerdo. Llamaba a esto la sabiduría del mundo y proponía otra, radicalmente distinta, de la que ni Séneca ni su hermano Galión, de haberla escuchado, habrían entendido nada.

Galión, según testimonio de sus contemporáneos, era un hombre benevolente, cultivado, lo mejor que podía ser un alto funcionario romano. Mucho mejor que Poncio Pilatos, que ejercía las mismas funciones en Jerusalén veinte años antes y se encontró en una situación similar. Dicho esto, Poncio Pilatos intentó responder a los que le intimaban a castigar a Jesús de Nazaret del mismo modo que Galión a los que le llevaron a Pablo atado de pies y manos: que las querellas religiosas no eran de su incumbencia. Si Poncio Pilatos tuvo que decidirse a condenar a Jesús fue porque Jerusalén era un desbarajuste colonial donde estallaban rebeliones nacionalistas, mientras que en Corinto el orden romano gobernaba pacíficamente y podían permitirse la tolerancia. Pero Poncio Pilatos y Galión tienen en común que ni el uno ni el otro sospechó por un instante la magnitud de lo que tenían delante. Jesús para el uno, Pablo para el otro, eran judíos oscuros y piojosos a los que otros judíos oscuros y piojosos arrastraban ante su tribunal. Galión mandó liberar a Pablo y se olvidó del asunto al instante.

Poncio Pilatos tuvo que ordenar que crucificaran a Jesús y quizá la conciencia de haber permitido que se cometiera una injusticia para prevenir desórdenes le hizo pasar una mala noche o dos. Eso es todo. Y siempre ocurre lo mismo. Es posible que en el momento en que escribo se agite en una barriada o un *township* un individuo oscuro que, para bien o para mal, cambiará la faz del mundo. Es posible también que por un motivo cualquiera su trayectoria se cruce con la de un personaje eminente, considerado por todos los que importan uno de los hombres más lúcidos de su tiempo. Se puede apostar con toda seguridad a que el segundo pasará de largo al lado del primero, que ni siquiera lo verá.

24

En el curso del invierno, un año después de la estancia de Pablo, circuló en Macedonia la noticia de que Timoteo había vuelto a Tesalónica. Hermanos y hermanas aguardaban el regreso glorioso del Señor, pero más concretamente se conformaron con el de Pablo, y debió de parecerles ya estupendo que les enviase a su ayudante. Si, tal como creo, Lucas vivía en Filipos, a una jornada a caballo y tres o cuatro a pie por la gran vía romana que atravesaba el norte de Grecia, sería sorprendente que no hubiera emprendido este viaje.

Timoteo era entonces muy joven. De padre griego pero de madre judía, y por tanto plenamente judío según la ley de Israel. Sin embargo, no estaba circuncidado cuando Pablo pasó un tiempo en Licaonia, donde vivía la familia de Timoteo, y convirtió a la madre, a la abuela y al hijo; no se sabe si al padre. El fervor del chico era tan grande que suplicó a Pablo que lo llevara con él cuando se marchara.

Pablo accedió y la víspera de la partida circuncidó a Timoteo con sus propias manos. Se resolvió a hacerlo, precisa Lucas, que cuenta el episodio con cierto apuro, «a causa de los judíos que había por la zona». De hecho, Pablo tenía con ellos suficientes fricciones para apechugar, además, con el escándalo ambulante que representaba un sherpa judío pero incircunciso. No debió de lamentar haberse tomado esa molestia. Timoteo se reveló como el discípulo ideal para la misión, el fiel entre fieles. Se sabe que le servía de secretario, supongo que también le hacía de criado. Por último, llegó a ser su emisario.

Puesto que he conocido de bastante cerca a dos grandes maestros, uno de tai-chi y el otro de yoga, he conocido también la inevitable figura del discípulo factótum, y si bien quiero prestar oídos a todo lo que me dicen de que esta relación de sumisión absoluta entre maestro y discípulo es una tradición en Oriente, el requisito para una transmisión auténtica, no he podido evitar que me parezcan patéticos esos personajes cuyo único deseo en el mundo consiste en *depender*. Dicho esto, entre los brazos derechos de los gurús hay dos tipos. Unos son devotos rígidos, imbuidos hasta la crueldad del pequeño poder que les confiere el favor del maestro, los otros buenos chicos sin malicia, y me apetece más imaginar que Timoteo era de estos últimos. De todos los hermanos y hermanas reunidos en su honor en Tesalónica, Lucas era el que le conocía desde hacía más tiempo. Debía de estar orgulloso de esta intimidad, jactarse un poco ante los demás, y me figuro que Timoteo, por su parte, habiéndolo comprendido, trataba a Lucas como a un antiguo camarada de campaña y aprovechaba cada ocasión de recordarle que sin él, sin el providencial encuentro de ambos en el puerto de Troas y la invitación de Timoteo a que fuera a Filipos, las iglesias de Macedonia no existirían.

¿Qué cuenta Timoteo? En principio, que Pablo bendice a todo el mundo. Que le hubiera gustado ir en persona, pero que Satanás, ay, se lo ha impedido (sobre cómo se lo impidió Satanás no sabremos más que sobre cómo el Espíritu Santo le impidió llegar a Asia, y en los momentos de mala fe estoy tentado de creer que para Pablo era una excusa muy cómoda: «He hecho todo lo posible por ir, amigos míos, pero ya sabéis cómo es Satanás...»). Que le reconforta mucho pensar en sus queridos discípulos macedonios, en la pureza de sus costumbres, en el frescor de su clima, sumergido como está en la caldera de Corinto, donde tiene que afrontar la depravación de los paganos y la venganza de los judíos. Los paganos, vale: son paganos. Su rencor se dirige sobre todo a los judíos. Los judíos no quieren oír el mensaje del que son, sin embargo, los primeros destinatarios. Los judíos no cesan de causarle molestias, de llevarlo ante los tribunales romanos, de amenazar con lapidarlo. Los judíos dieron muerte al Señor Jesús y antes de él a los profetas. Son enemigos de todos los hombres. No le gustan a Dios, serán objeto de su cólera.

Timoteo quizá no haya dicho esto, pero Pablo sí, en un pasaje de su primera carta a los tesalonicenses que incomoda mucho a los exégetas cristianos. Los anticlericales, por el contrario, lo adoran. Lo utilizan para remontar hasta Pablo la larga y abrumadora tradición de antisemitismo en la Iglesia, y no se los puede culpar por ello, a pesar de que felizmente para los exégetas cristianos Pablo dijo en otras cartas cosas más amables de los judíos. Quizá me equivoque, pero pienso que esta clase de diatriba debió de incomodar también a los tesalonicenses; en todo caso a Lucas, tal como me lo imagino. Era curioso, en definitiva: Pablo era judío, Timoteo también, sus interlocutores no lo eran, y no obstante eran Pablo y Timoteo los que se quejaban continuamente de los judíos. A alguien como Lucas el judaísmo le gustaba, le gustaba lo que conocía de la vida judía, y debía de turbarle que de pronto empezasen a hablar mal de ambas cosas. Que esos dos judíos dijeran «los judíos» como si tampoco lo fueran ellos, y «sus profetas», como si tampoco fueran los suyos. A fuerza de oírse repetir que Dios concedería a los paganos como él el don que había preparado para su pueblo, y del que su pueblo se mostraba indigno, Lucas debía de sentirse en la posición de un fulano al que un multimillonario caprichoso decide legar toda su fortuna por el placer de desheredar a un hijo al que ha cogido ojeriza. Aunque sea difícil rechazar la bicoca, es un poco fastidiosa.

25

Otra cosa fastidia a los tesalonicenses, y «fastidiar» es un vocablo muy débil: los trastorna, quebranta los cimientos de su fe. Hace unas semanas murió un miembro de su comunidad. Ahora bien, antes de marcharse, Pablo ha dicho algo que también decía Jesús, o que en todo caso le hacen decir los Evangelios, algo sumamente imprudente que se resume así: lo que os anuncio lo veréis muy pronto, y lo veréis *todos*. Ninguno de vosotros morirá sin haberlo visto. Según la versión atribuida a Jesús: «Esta generación no pasará sin que suceda.» Esta promesa solemne, a muy corto plazo, es excesiva para la fiebre y la urgencia en que viven los recién convertidos. No sirve de nada hacer proyectos, lo único que hay que hacer es aguardar el día del Juicio rezando, velando y rivalizando en caridad.

Al final de su vida, mi madrina era, por desgracia, propensa a este género de anuncios. Me acuerdo de un día en que le hablé de un viaje que pensaba hacer al cabo de seis meses. Me miró con aquella expresión que ponía a veces, de la persona que sabe y a la que sorprende dolorosamente el abismo de tu ignorancia, y me dijo: «Pobrecito mío, dentro de seis meses ya no viajará nadie, nadie subirá a un avión.» No me dijo más y yo deseé aún menos saber más de lo que había querido saber de las predicciones parecidas que ya había oído de su boca y que consideraba el precio que debía pagar por los grandes beneficios que por lo demás extraía de mis conversaciones con ella. Nunca he tenido el mal gusto de recordárselas, ya transcurridas las fechas de vencimiento que ella siempre fijaba con exactitud. Ella misma debía de olvidarlas o al menos no parecía perturbarla ver que caducaban sin que se produjeran nunca los cataclismos previstos. Por supuesto, había como siempre terremotos, inundaciones, guerras atroces, atentados terroristas, pero ella no los esgrimía como argumentos, porque anunciaba algo muy distinto a este rutinario caos planetario. El fin del mundo, verdaderamente, y todo su cortejo: el retorno de Cristo en el cielo entre los ángeles, el juicio de los vivos y los muertos. Esta mujer maravillosamente inteligente y cultivada, una de las personas que mayor influencia han ejercido sobre mí, hasta el punto de que en determinadas circunstancias me pregunto todavía qué me aconsejaría, creía de un modo totalmente literal lo que creía hace veinte siglos el grupito de tesalonicenses convertidos por Pablo. Habría reaccionado como ellos ante la muerte de uno de sus hermanos: diciéndose que tres días después, los tres días que separan la muerte de Cristo de su resurrección, llegaría *el* Día, el de la tiniebla y la gloria más grandes.

Durante estos tres días, los tesalonicenses debieron de velar al muerto, esperando a pie firme a que se levantase la noche del tercer día, arrojara la sábana con la que le habían cubierto y ordenara que se alzasen a los muertos de su cementerio: a *todos* los muertos. Los de ayer, los de anteayer, todos los que habían nacido, habían vivido y habían muerto desde que existía el mundo. Se quedaron tres días delante del cadáver huesudo, hinchado, perfumado con sustancias aromáticas, de aquel que sólo ellos sabían que era el último de la serie, el único hombre que había muerto antes de que todos resucitasen. Se preguntaban si los que eran polvo desde hacía largo tiempo volverían tal como eran en la época lejana en que estaban vivos y, una pregunta nada desdeñable, si volverían tal como eran en el momento de su muerte o en el momento más glorioso de su vida. Se preguntaban si volverían con el cuerpo marchito de los viejos o en el esplendor de la juventud, con los músculos duros, los senos firmes y quizá, aunque Pablo se oponía, con el deseo de hacer el amor. Se preguntaban todo esto mientras velaban el cadáver, y cuando al cabo de tres días no se había incorporado, cuando el cuarto día, como despedía un olor fuerte, hubo que decidirse a enterrarlo, no comprendían nada. No se atrevían a volver a sus casas. Daban vueltas en redondo, murmuraban insultos, se reprochaban mutuamente haberse dejado engañar. El primero de sus muertos, que debía ser el último difunto entre los hombres, no era al fin y al cabo sino un muerto ordinario. No había visto la luz del Señor. Sin duda ellos tampoco la verían.

¿Con qué tono expresaron su decepción a Timoteo? ¿Tímidamente, o bien como personas que han sido estafadas por un pico de oro y le piden cuentas? Timoteo prometió que informaría a Pablo.

26

A medida que avanzo en esta historia, hay algo que me asombra, y es lo poco que ha inspirado la imaginería religiosa. Yo habría jurado, antes de meterme en harina, que todo estaba tratado, y a conciencia, en el Nuevo Testamento. Lo cual es verdad en el caso de Jesús y en el de los santos que le siguieron, de preferencia si sufrieron suplicios horribles, pero si se exceptúa la conversión de Pablo en el camino a Damasco casi todo este libro que escruto página a página, los Hechos de los Apóstoles, escapa extrañamente a la representación. Por atenerme a escenas ya comentadas, ¿cómo es posible que un lector de la Biblia tan ferviente como Rembrandt no pintara una *Circuncisión de Timoteo,* un *Pablo expulsando al demonio de la pitonisa* o una *Conversión del carcelero de Filipos?* ¿Que ningún primitivo italiano o flamenco inscribiera en el verdor de un paisaje bucólico las pequeñas siluetas de *Lidia y sus compañeros escuchando a Pablo a la orilla del río?* ¿Que no haya en el museo de Orsay un cuadro perfectamente *pompier* representando a *Pablo y Bernabé confundidos con dioses por los licaonios* ni una obra maestra que debería haber inspirado a Géricault *Los tesalonicenses llorando a sus primeros muertos?* Cuerpos lívidos y tumefactos de pescadores ahogados, pintados al natural tras birlar cadáveres en el depósito, con los brazos retorcidos hacia el cielo negro como la pez desgarrado por una tormenta: es fácil verlos, ¿no?

En esta galería de cuadros fantasma hay uno cuya falta noto más que las otras. La escena que representan es tan esencial en la historia cristiana, y al mismo tiempo tan pintoresca, que me produce estupor que no la hayan pintado mil veces, y filmado, y narrado hasta formar parte del imaginario colectivo al mismo nivel que *El cortejo de los Reyes Magos* o *Carlomagno visitando las escuelas.* El título podría ser: *Pablo dicta su primera carta a Timoteo.*

La escena se desarrolla en Corinto, en el taller de Priscila y Aquila. Era una tienda como las que se ven todavía en los barrios pobres de las ciudades mediterráneas, con una habitación que da a la calle, en la que se trabaja y se recibe a los clientes, y una trastienda ciega donde duerme toda la familia. Calvo, barbudo, con la frente surcada de arrugas, Pablo, encorvado, ejerce su oficio de tejedor. Claroscuro. Rayo de luz sobre el umbral. El joven Timoteo, aún polvoriento del viaje, acaba de contar su misión en Tesalónica. Pablo decide escribir a los tesalonicenses.

Escribir no es entonces una actividad completamente anodina. Ha tenido que comprar una plancha a la que se enganchan unos cubiletes de tinta, un estilete, un raspador y un rollo de papiro, el más barato, por descontado, de la gama de nueve variedades que enumera Plinio el Joven en una de sus cartas. Con la plancha encima de las rodillas, Timoteo está sentado en el suelo a los pies de Pablo: si es Caravaggio el que los ha pintado, esos pies están sucios. El apóstol ha soltado su lanzadera. Eleva la mirada hacia el cielo y empieza a dictar.

El Nuevo Testamento comienza aquí.

27

He leído en un artículo erudito que un escriba, en la Antigüedad, escribía setenta y cinco palabras por hora. Si esto es cierto, quiere decir que Pablo dedicó no menos de tres horas, sin tomar aliento, quizá caminando de un lado a otro del taller, a dictar el largo párrafo inaugural en que felicita a los tesalonicenses por haberse apartado de los ídolos, servir celosamente al verdadero Dios y aguardar sin desmayo el regreso de su Hijo resucitado. Pero no se contenta con felicitarlos. Los inflama, los enardece, hace un llamamiento a su sentido de la competición. Lo hacen todo bien, sólo les falta hacerlo mejor todavía. Les pone como ejemplo a los demás equipos griegos. Ellos también tienen un buen entrenador. En este aspecto, es decir, en recitar sus propios méritos, Pablo es inagotable. No yerra en lo que dice. Lo dice para complacer a Dios, no a los hombres. No sabe halagar ni utilizar ardides. Es para los creyentes de Tesalónica como un padre para sus hijos, tierno o severo según las necesidades de su educación. Además, nunca les ha costado un sueldo.

Volveremos a oír esto a menudo. En su calidad de apóstol, Pablo podría haber vivido a costa de sus adeptos. Todos los sacerdotes de todos los templos, ya sean judíos o paganos, viven a cuerpo de rey con las ofrendas de sus feligreses. El pastor que apacienta a su rebaño se alimenta con la leche de los animales y se viste con su lana. Pablo no. Como sabemos, Pablo trabaja con las manos, lo que le permite no pedir nada a nadie, anunciar el Evangelio gratuitamente, y en su grandeza de alma ni siquiera señala este hecho. Bueno, es él el que dice esto: en realidad, no cesa de destacarlo. Lo menciona prácticamente en todas sus cartas, debía de repetirlo todo el santo día, y me imagino a sus allegados, incluso a los más piadosos, incluso a Timoteo, incluso a Priscila y Aquila, intercambiando una mirada de resignación divertida cada vez que entonaba esta cantinela. Pablo era un genio, era también la clase de hombre que decía a cada paso cosas como «Debo confesároslo, tengo un gran defecto: la franqueza», o «Respecto a la modestia, no tengo rival». Es un granuja, y en este aspecto como en muchos otros, lo contrario de Jesús: ese *caballero,* diría Renan.

Todo esto no responde a la pregunta que angustia a los tesalonicenses: si uno de ellos muere y no se levanta, ¿cómo creer la promesa de Pablo? ¿Cómo creer que los muertos van a resucitar?

Pablo no es hombre que se escabulla: va a responderles. Va a responder con mucha autoridad, pero antes de escuchar su respuesta quisiera detenerme unos minutos en esta extraña idea de la resurrección.

Es extraña, y lo era más aún hace siglos. Habituados como estamos a las religiones recientes que son el cristianismo y el islamismo, pensamos que forma parte de la naturaleza de una religión, que constituye incluso su razón de ser, prometer a sus adeptos una vida después de la muerte y, si se han comportado bien, una vida mejor. Ahora bien, esto es falso, tan falso como pensar que una religión es proselitista por naturaleza.

Griegos y romanos creían inmortales a los dioses, no a los hombres. «No existía. He existido. Ya no existo. ¿Qué importancia tiene?», se lee en una tumba romana. Los antiguos se representaban el más allá, a lo cual llamaban los infiernos, como un lugar subterráneo donde las sombras arrastraban una especie de semivida, lentificada, comatosa, larvaria, apenas consciente de sí misma. No era un castigo ir a parar allí, era la condición común de los muertos, con independencia de sus malas acciones o de sus virtudes. Nadie se interesaba ya por ellos. Homero cuenta en la *Odisea* el descenso de Ulises a aquel lúgubre subsuelo. Allí encuentra a Aquiles, que ha escogido una vida intensa y más bien breve en vez de una vida mediocre y que, ahí donde se encuentra ahora, se muerde las manos: más vale ser un perro vivo que un héroe muerto.

Por diferentes que hayan sido de los griegos y los romanos, los judíos coincidían con ellos en esto. Llamaban *Sheol* a sus infiernos, y no los han descrito con más detalle porque no les gustaba pensar al respecto. Rezaban para que Dios estableciera su reino «durante nuestra vida, durante nuestros días», no después. Esperaban del Mesías que restaurase la gloria de Israel en esta tierra, no en el cielo. Pero a diferencia de los griegos y los romanos, que se adaptaban mejor a la injusticia, atribuida al azar o al destino, los judíos se aferraban a la idea de que Dios trata al hombre de acuerdo con sus méritos. Lo recompensa si es justo, lo castiga si es malvado, y una vez más en esta tierra, en esta vida: no se imaginaban otra. Tardaron mucho tiempo en darse cuenta de que las cosas no son forzosamente así, y en la Biblia podemos seguir el progreso de esta perplejidad que se expresa con una elocuencia conmovedora en el libro de Job.

Siempre es posible decir, cuando se trata de un pueblo, que obtendrá reparación de sus miserias en el futuro, y los judíos no se privaron de esta esperanza. Es más difícil a escala de una vida humana, cuando te ves obligado a reconocer que a pesar de sus virtudes un hombre ha sido abrumado por plagas, ha visto sus cosechas quemadas, a su mujer violada, a sus hijos asesinados y que él mismo ha muerto en medio de espantosos sufrimientos físicos y morales. Tiene buenos motivos para quejarse, como se queja Job rascándose las úlceras sobre su montón de estiércol. Al buscar una explicación a esta iniquidad no concibieron la idea del *karma* y de la reencarnación, la única satisfactoria, pero en la época de la que hablo empezaron a forjar la de un más allá donde cada cual sería retribuido según sus méritos, la de una Jerusalén celestial y, por consiguiente, la de la resurrección de los muertos. Se trataba todavía de la resurrección de *todos* los muertos, en el día lejano del Juicio, no de un único muerto que fue la excepción a las leyes de la naturaleza, una hipótesis francamente escandalosa, que decepcionaría incluso a aquellos de entre nosotros que aseguran ser cristianos, si les anunciaran de golpe y porrazo que un conocido suyo, el único de su especie y el día anterior mismo, ha vuelto de entre los muertos, como los aparecidos de mi serie televisiva. Insisto: esta historia de la resurrección, cuando los discípulos de Jesús la divulgaron dos días después de su muerte, cuando Pablo se la comunicó a los griegos judaizantes, no era en absoluto la clase de idea piadosa que te viene naturalmente a la mente para consolarte de una pérdida cruel, sino una aberración y una blasfemia.

Es una aberración, una blasfemia, pero –responde Pablo– es el corazón del mensaje. Todo lo demás es accesorio, y para metérselo en la cabeza a los tesalonicenses desarrolla el argumento circular que me dejaba pensativo hace ya veinte años: recuerden la revelación de Arès, y si no la recuerdan, vayan a la página 76 de este libro:

«Si se proclama que Cristo ha resucitado, ¿cómo algunos de vosotros podéis decir que los muertos no resucitan? Si no hay resurrección de los muertos, Cristo no ha resucitado. Y si Cristo no ha resucitado nuestra predicación es vana y lo que creéis es una ilusión. Seríais, seríamos los hombres dignos de la mayor compasión del mundo, y tendrían razón los que sostienen que toda la filosofía consiste en decir: comamos y bebamos porque mañana estaremos muertos.»

(A decir verdad, es lo que pensamos muchos de nosotros. Que la resurrección es una quimera, al igual que el Juicio Final, que hay que gozar de la vida mientras estamos vivos y que los cristianos despiertan compasión si el cristianismo es eso: lo que enseñaba Pablo.)

28

Es un fenómeno conocido, observado a menudo por los historiadores de las religiones: los desmentidos de la realidad, en lugar de arruinar una creencia, tienden por el contrario a reforzarla. Cuando un gurú anuncia el fin del mundo en una fecha precisa y cercana, nos reímos con sarcasmo. Nos asombra su imprudencia. A menos que suceda algo tan extraordinario como que tenga razón, pensamos que se verá obligado a admitir que se había equivocado. Pero no es así. Durante semanas y meses, los seguidores del gurú rezan y hacen penitencia. Se preparan para el acontecimiento. En el búnker donde se han refugiado todos contienen la respiración. Finalmente llega la fecha fatídica. La hora anunciada suena. Los fieles emergen a la superficie. Esperan descubrir una tierra devastada, vitrificada, y ser los únicos supervivientes, pero no: brilla el sol, la gente se dedica como antes a sus ocupaciones, nada ha cambiado. Normalmente, los fieles deberían curarse de su fantasía y abandonar la secta. Por otra parte, algunos lo hacen: son los razonables, los tibios, que se vayan con viento fresco. Pero los demás se convencen de que la ausencia de cambios es sólo una apariencia. En realidad se ha producido un cambio radical. Permanece invisible para poner su fe a prueba y hacer una selección. Los que creen lo que ven han perdido, y los que ven lo que creen han ganado. Si desprecian el testimonio de los sentidos, si se liberan de las exigencias de la razón, si están dispuestos a que los tomen por locos han superado la prueba. Son los auténticos creyentes, los elegidos: es suyo el Reino de los cielos.

Los tesalonicenses superaron la prueba. Fortalecidos por ella, cierran filas. Pablo respira..., no por mucho tiempo. Nunca respira durante mucho tiempo. Sus cartas lo muestran corriendo sin cesar de un frente a otro, taponando aquí un curso de agua, afrontando allí un incendio. Apenas ha rechazado una ofensiva en el terreno del sentido común cuando asoma otra, aún más peligrosa, en el de la legitimidad. Ahora tenemos que hablar del caso gálata.

29

Los gálatas son esos paganos de la altiplanicie anatólica a los que Pablo convirtió durante su primer paso por Asia. Sufrió entre ellos un ataque de su misteriosa enfermedad y siempre estará agradecido a sus anfitriones por haberle cuidado sin aprensión. Otros le habrían expulsado como a un leproso, ellos le acogieron «como a un ángel del cielo, como si hubiera sido el propio Jesucristo». Si hubiesen podido se habrían arrancado los ojos para dárselos. Hace mucho que Pablo no ha visto a esos buenos gálatas, pero piensa en ellos con frecuencia, con ternura y nostalgia. Y he aquí que un día del año 54 o 55 recibe en Corinto noticias de ellos sumamente alarmantes. Han ido a verlos unos alborotadores. Los han desviado de la verdadera fe.

A esos agitadores me los imagino de dos en dos, como los testigos de Jehová o los asesinos en las películas policiacas. Vienen de lejos, el polvo del camino cubre sus oscuras vestimentas. Tienen el rostro severo. Si les cierras la puerta en las narices, la retienen con el pie. Dicen que para salvarse hay que circuncidarse, según la ley de Moisés. Pablo induce a error a sus adeptos si les dispensa de la circuncisión. Les promete la salvación pero en realidad los arrastra a la vía de perdición. Es un hombre peligroso, un lobo disfrazado de pastor.

Al principio los gálatas no se inquietan. Esas acusaciones no son nuevas para ellos. Las han oído en los labios de los jefes de sinagoga, y Pablo les ha enseñado lo que deben responder: «No somos judíos, ¿por qué íbamos a circuncidarnos?» Lo cual no basta para desarmar a los visitantes. «Si no sois judíos, ¿qué sois?», les preguntan. «Somos cristianos», responden los gálatas, con orgullo. «Somos la iglesia de Jesucristo.»

Los visitantes se miran con esa clase de miradas, a la vez expertas y consternadas, que intercambian dos médicos a la cabecera de un enfermo grave que desconoce su mal. Luego ponen el hierro en la llaga. Conocen muy bien la iglesia de Jesucristo: incluso vienen de su parte. Sólo que es la *verdadera* iglesia de Jesucristo: la de Jerusalén, la de los compañeros y parientes de Jesús, y la triste verdad es que Pablo utiliza su nombre fraudulentamente. No tiene ningún derecho para arrogárselo. Desnaturaliza su mensaje. Es un impostor.

Los gálatas se quedan atónitos. Sólo tienen una idea muy vaga de los orígenes de su creencia. Pablo les ha hablado mucho de Cristo pero muy poco de Jesús, mucho de su resurrección pero nada de su vida y menos aún de sus compañeros o de su familia. Se ha presentado siempre como un maestro independiente, predicando lo que él llama «mi evangelio», y nunca ha mencionado, salvo de un modo muy impreciso, la existencia de una casa matriz de la que él sería el representante. Tanto para los gálatas como para los tesalonicenses, la cadena se detenía en Timoteo, que era el emisario de Pablo y le rendía cuentas. Por encima de Pablo no había nadie. O sí: *Kristos,* Cristo, y *Kirios,* el Señor, pero ningún ser humano.

Y he aquí que llegan de Jerusalén estas gentes que primero se presentan como los superiores de Pablo y, segundo, afirman que él ya no forma parte de la casa. Han tenido que separarse de él, porque no es la primera indelicadeza que comete. Ya ha abierto filiales aquí y allá, bajo la prestigiosa enseña que sin embargo le han prohibido utilizar. Le han desenmascarado varias veces pero él se va cada vez más lejos, siempre encuentra nuevas almas cándidas. La casa, por suerte, tiene inspectores celosos que le siguen la pista, abren los ojos de los engañados y lo único que piden es ofrecerles, a cambio de la falsificación, el producto auténtico. Cuando llegan a un lugar, el estafador, por lo general, ha volado.

Pienso en la obra de Gógol *El inspector*. Es el inspector del gobierno, y la pieza, que es la obra maestra del teatro ruso del siglo XIX, cuenta cómo un falso inspector llega a una pequeña ciudad de provincia y embauca a todo el mundo. Promete, engatusa, amenaza, sabe pulsar el resorte más íntimo de cada cual. Todos los que tienen algo que reprocharse temen evidentemente su inspección y lanzan un gran suspiro de alivio al descubrir que con él hay una manera de arreglar las cosas; amigablemente, entre personas de mundo. Los negocios van así, viento en popa, hasta la última escena, cuando el falso inspector desaparece. Lo buscan por todas partes, se inquietan. Entonces un sirviente entra en el salón del alcalde y anuncia con una voz de trueno la llegada del verdadero inspector. En este instante, se supone que todos los actores componen en escena una pantomima de espanto que Gógol, genio cómico a la par que santurrón delirante, veía muy explícitamente como una representación del Juicio Final. Generaciones de espectadores rusos se han desternillado con esta obra, empecinados en considerarla una irresistible sátira de la vida provinciana. De creer a su autor, han cometido un craso error, porque Gógol se explayó hasta el fin de sus días en prefacios sermoneadores para revelar su verdadero sentido. La pequeña ciudad es nuestra alma. Los funcionarios corrompidos, nuestras pasiones. El mequetrefe inquietante que se ha hecho pasar por el inspector y ha recibido sobornos de los funcionarios corrompidos prometiéndoles que hará la vista gorda es Satanás, el príncipe de este mundo. Y el auténtico inspector es, por supuesto, Cristo, que vendrá en el momento en que nadie le espera y entonces, ¡ay de quien no esté en regla! ¡Ay de quien haya creído ponerse a cubierto trapicheando con el falso inspector!

Los gálatas debieron de experimentar el mismo estupor y estremecimiento que los personajes de *El inspector* cuando los *auténticos* representantes de Cristo llegaron expresamente de Jerusalén para revelarles que desde hacía varios años eran las víctimas de un impostor. Sin embargo, la enorme diferencia con la obra de teatro es que el falso inspector se larga sin decir ni pío, mientras que Pablo, cuando se enteró de la noticia, no se hizo el muerto ni trapaceó ni hizo nada de lo que habría hecho alguien que no tuviese la conciencia tranquila. Lo afrontó, por el contrario, y de la forma más estrepitosa, escribiendo a los gálatas la más ansiosa y apasionada de sus cartas, una carta que comienza así:

«Pablo, apóstol, no de parte de los hombres ni por mediación de hombre alguno, sino por Jesucristo, me maravillo de que abandonando al que os llamó por la gracia de Cristo, os paséis tan pronto a otro evangelio. Pero no hay otro evangelio, sino que hay gentes que os perturban y quieren deformar el Evangelio de Cristo.

»Escuchadme bien. Aun cuando un ángel venido del cielo os dijera algo distinto de lo que os he dicho, no tendríais que creerle. Aun cuando yo os dijera algo distinto de lo que os he dicho, no deberíais creerme. Tendríais que maldecir al ángel, tendríais que maldecirme a mí. Pues lo que os he dicho no lo recibí ni aprendí de hombre alguno, sino por revelación de Jesucristo.»

30

A continuación, para aclarar las cosas, Pablo lanza una larga mirada atrás.

Empieza por su formación en el judaísmo, su celo por la Ley, su persecución desenfrenada contra los fieles de Cristo, y de repente el gran vuelco en el camino a Damasco. Todo esto, como ya sabemos, como también lo sabían los gálatas, no es el objeto de la carta. El objeto son las relaciones de Pablo con esta iglesia de Jerusalén de la que los gálatas, en cambio, no sabían nada hasta que aquellos emisarios llegaron para sumirles en la angustia.

Pablo es categórico al respecto: no debe *nada* a la iglesia de Jerusalén. Es el propio Cristo quien le convirtió en el camino a Damasco, no alguien de esa iglesia. Y, una vez convertido por Cristo, no fue a ofrecer vasallaje a la iglesia de Jerusalén. No, se retiró solo a los desiertos de Arabia. No fue a Jerusalén hasta tres años más tarde, y allí reconoce, un poco a regañadientes, que había pasado quince días con Cefas y había visto brevemente a Santiago.

Aquel al que Pablo llama *Cefas,* y cuya existencia los gálatas descubrieron sin duda en esta carta, se llamaba en realidad Simón. Jesús le había puesto este sobrenombre, que en arameo quiere decir «piedra», para significar que era sólido como una roca y que se podía contar con él. De igual manera a Jonatán, al que nosotros llamamos Juan, le había apodado *Boanerges,* «hijo del trueno», debido a su carácter impetuoso. Pedro y Juan, que procedían como él de Galilea, habían sido sus primeros y más fieles discípulos. Jacob, al que llamamos Santiago, era distinto: era el hermano de Jesús. ¿Su hermano, de verdad? Exégetas e historiadores discrepan profundamente sobre este tema. Unos dicen que la palabra «hermano» tenía un sentido más amplio y se podía aplicar a los primos, los otros responden que no, que ya había una palabra para designar a los primos y hermano quería decir hermano, y punto final. Esta querella lingüística oculta evidentemente otra sobre la virtud de María y, como se dice en términos técnicos, su virginidad perpetua. ¿Habría tenido otros hijos después de Jesús, y por vías más naturales? ¿O bien –hipótesis transaccional– fue José el que tuvo otros hijos, lo que haría de Santiago un medio hermano? Se piense lo que se piense sobre estas graves cuestiones, hay una cosa cierta, y es que en los años cincuenta del siglo I nadie se las planteaba. No existían ni el culto a María ni la preocupación por su virginidad. Nada de lo que se sabía de Jesús se oponía a que hubiera tenido hermanos y hermanas, y es como «hermano del Señor» que se venera a Santiago, al igual que a sus compañeros del comienzo, Pedro y Juan.

Los tres, Santiago, Pedro y Juan, eran judíos muy piadosos que observaban estrictamente la Ley, rezaban en el Templo, sólo se distinguían de los demás judíos religiosos de Jerusalén en que tenían a su hermano y maestro por el Mesías y creían que había resucitado. Los tres tenían evidentemente buenos motivos para desconfiar de aquel Pablo que después de haberlos perseguido aseguraba que se había pasado a su bando. Que decía que había tenido el privilegio de una aparición de Jesús, que sin embargo sólo se había aparecido a los muy próximos, y sólo en las semanas que siguieron a su muerte. Que decía que le había convertido él, que sólo a él tenía que darle cuentas y que había recibido de él el título glorioso de apóstol, reservado a los discípulos históricos.

Transpongamos. Hacia 1925, un oficial de los ejércitos blancos que se ha distinguido en la lucha antibolchevique pide audiencia a Stalin en el Kremlin. Le explica que una revelación personal le ha dado acceso a la pura doctrina marxista-leninista y que se propone hacerla triunfar en el mundo. Pide que para esta acción Stalin y el Politburó le otorguen plenos poderes, pero no acepta someterse a ellos jerárquicamente.

¿Entendido?

31

Pablo no dice cómo le acogieron Santiago y Pedro. Únicamente dice que en Jerusalén sólo los vio a ellos y que al cabo de quince días partió a Antioquía, en Siria. Así termina el primer episodio de su mirada atrás.

El segundo empieza, precisa Pablo, catorce años después. A raíz de una revelación, considera que ha llegado el momento de elaborar un informe sobre sus catorce años de actividad en lugares lejanos, «para no correr en vano», dice.

Esta nota es importante. Muestra que Pablo, por independiente que sea, tiene una necesidad absoluta del aval de la troika compuesta por Santiago, Pedro y Juan, a los que llama las «columnas» de la Iglesia. Su autoridad procede de las razones históricas a las que Pablo, en su fuero interno, concede poca importancia. No obstante, si las columnas le desaprueban juzgará que ha «corrido en vano». No se rompe con el Partido.

Pablo llega esta vez acompañado de dos cristianos de Antioquía, Bernabé, que es judío, y Tito, que es griego, y el debate gira de inmediato en torno a la circuncisión. Ni que decir tiene que los cristianos de origen judío deben ser circuncisos, como Bernabé y el propio Pablo. Pero a los que no son judíos, como Tito, ¿hay que imponerles que se circunciden para seguir a Cristo, y no sólo que se circunciden, sino que observen todos los preceptos de la Ley judía? Las columnas afirman que sí. Lo exigen. Pablo podría acatarlo:

al fin y al cabo, ha circuncidado con sus propias manos a Timoteo. Pero en este caso lo hizo in situ, por pragmatismo, para evitar problemas adicionales con los judíos locales, mientras que el caso de Tito tiene un valor de ejemplo. Ceder en esto tendría consecuencias incalculables, piensa Pablo, y se niega.

Tal como la refiere Pablo en su carta a los gálatas, lo que los historiadores llaman «la conferencia de Jerusalén», o incluso «el concilio de Jerusalén», fue una confrontación muy violenta. Casi medio siglo después, Lucas, en los Hechos de los Apóstoles, dará una versión claramente más pacífica, que recuerda a esos manuales de historia soviética donde todo el mundo, retrospectivamente, se ha mostrado de acuerdo sobre lo que más tarde será la línea del Partido, y donde unos dirigentes que en realidad se mataban entre ellos se besan y brindan enternecidos por la amistad entre los pueblos y la dictadura del proletariado. En la crónica de Lucas, entre Pablo, por una parte, y Pedro y Santiago, por la otra, sólo se producen ataques de tolerancia y comprensión mutuas, no se habla nunca de la circuncisión, que era sin embargo el meollo del problema, y toda esta concordia desemboca en una carta de recomendación como es debido, dirigida a los gentiles por las columnas y en la que se da carta blanca a Pablo.

Me cuesta creer que las columnas hayan cedido en toda la línea. Pero Pablo, no solamente Lucas, ha aprobado esta división del trabajo: a Pedro le corresponde predicar el Evangelio a los judíos, a Pablo predicarlo a los paganos. A Pedro la circuncisión, a Pablo el prepucio, y asunto zanjado. El segundo episodio concluye con lo que parece una victoria de Pablo. Los acontecimientos posteriores muestran que se hacía ilusiones.

32

Tercer episodio de la rememoración de Pablo. Tras haber arrancado algo que opta por considerar un acuerdo, Pablo se apresura a volver a Antioquía, su campamento base. Ni los Hechos ni la carta a los gálatas explican por qué Pedro se reúne con él allí, siendo así que en principio habían acordado el reparto de los territorios entre el apóstol del prepucio y el de la circuncisión. ¿Es una visita amistosa o una visita de inspección? ¿Una inspección camuflada de visita amistosa? Cada cual, en cualquier caso, aguarda a ver si Pedro, al entrar en el terreno de Pablo, aceptará sentarse a la mesa de los griegos y compartir el ágape con ellos.

En esta cuestión de la comida hay tantas cosas en juego como en la circuncisión. Al aceptar la invitación de un griego, un judío no podía estar seguro de que las carnes servidas en la mesa provenían de animales degollados según las normas. Tampoco podía estar seguro de que, aún peor, no procedían de animales sacrificados a los dioses paganos. En efecto, después de los sacrificios, la carne se recuperaba y se vendía, lo que hacía de los templos paganos, además de lugares de culto, prósperos comercios de carnicería. Un judío respetuoso de la Ley habría preferido morir antes que comer carne sacrificada a los ídolos; en caso de duda se abstenía, y esta prohibición de comer juntos era uno de los motivos de la separación entre judíos y paganos.

Tanto en Antioquía como en otras partes, la mayoría de los convertidos de Pablo eran griegos: la cuestión no les afectaba. Y a los que venían del judaísmo, Pablo se limitaba a decirles: haced lo que os parezca. Diga lo que diga la Ley, estas historias alimentarias carecen de importancia. Los ídolos sólo son ídolos, lo que cuenta no es lo que entra en la boca, *kosher* o no, sino sólo lo que sale, la palabra buena o mala. La verdad, decía Pablo a los judíos y también a los griegos, es que *todo está permitido*. Todo está permitido pero, añadía, no todo es oportuno. Comed lo que queráis, pero si os encontráis en la mesa con alguien al que le importan estas cosas, procurad no escandalizarle. Aun cuando las prohibiciones que él respeta os parezcan pueriles, observadlas también, por respeto hacia él. La libertad no dispensa del tacto. (No ocurre lo mismo en todas las posiciones de Pablo, pero ésta me parece notablemente sensata.)

Pedro, al principio de su estancia, se adapta a las usanzas de la comunidad de Antioquía. Come lo que le sirven sin hacer preguntas. Todo el mundo está contento, y él el primero, hasta que llegan de Jerusalén unos emisarios de Santiago. Palidecen al ver a Pedro sentado a la misma mesa que unos paganos. ¿Esperan a que la comida acabe o le obligan a levantarse antes de que haya vaciado su escudilla? Se lo llevan aparte, de todos modos, para exponerle la impiedad de su conducta. ¡Él, el fiel entre los fieles, la piedra sobre la que Jesús quiso edificar su Iglesia, comiendo carnes impuras! ¡Descuidar la Ley de Moisés! ¡Ofender a Dios! ¡Que haya caído tan bajo hay que atribuirlo a la perniciosa influencia de Pablo! ¡Había que ser ingenuo, también, para dejarse embaucar por un individuo que se burla de la circuncisión y que, quién sabe, ni siquiera es judío! Además, dice que ha tenido una visión de Jesús que le sitúa en pie de igualdad con los apóstoles. ¡Una visión de Jesús! ¡Qué pretensión! En su lugar, un hombre sincero recibiría enseñanzas de los verdaderos discípulos de Cristo: los que le conocieron, los que hablaron con él, los que hasta son de su misma sangre. Él no. Él, si tuviera delante a Moisés, le daría instrucciones. Nada lo detiene. Hemos cometido la imprudencia de darle la mano y ahora quiere el brazo, pronto será el cuerpo entero. No podemos permitir que se salga con la suya, hay que castigarlo.

Los historiadores judíos hacen poco caso a Santiago, hermano del Señor, le consideran un renegado. Los historiadores cristianos, por su parte, suelen presentarle como el jefe puntilloso de una iglesia estrictamente judía, apiñada alrededor del Templo, convencida de estar en posesión de la verdad y que a la vez prefiere guardársela para ella. A este personaje respetable pero de bajo rango oponen la figura grandiosa de Pablo, visionario, inventor de la universalidad, que abre todas las puertas, derriba todos los muros, elimina todas las diferencias entre judíos y griegos, circuncisos y no circuncisos, esclavos y hombres libres, hombres y mujeres. Pedro, en cuanto a él, zigzaguea entre los dos: menos radical que Pablo, más abierto que Santiago, pero un poco a la manera de los «liberales» que a los kremlinólogos les gusta oponer a los «conservadores» en el Politburó de antaño. Debió de aburrirse mucho en Antioquía. Tengo la impresión de que como le resultaba fácil ser de la opinión del último que había hablado, y sin saber muy bien qué partido tomar, se metió en su casa y no volvió a salir para evitar toda posibilidad de contacto con los paganos. En cuanto se marcharon los emisarios de Jerusalén parece ser que salió de su guarida y reanudó sus comidas con los demás. Pero después de que le hubieran abroncado los esbirros de Santiago, le faltaba el rapapolvo de Pablo. «Delante de todo el mundo», precisa éste en la carta a los gálatas, y con un estrépito que quizá exagera; ya se verá que es un reproche que los corintios no tardarán en formular a su apóstol: que esté lleno de autoridad a toro pasado, cuando refiere el asunto por escrito, y mucho menos cuando se encuentra en presencia de terceros.

Pablo debió de impresionar a Pedro, que le respetaba y hasta le reconocía el derecho a reprenderle. Pero también debía de pensar que había algo de verdad en lo que decía Santiago: ellos habían conocido y amado a Jesús, mientras que Pablo no, y era éste el que venía a decirles lo que tenían que pensar de él. A Pablo no le interesaba que le contaran anécdotas, recuerdos, nimiedades sobre el hombre con el que habían vivido, que les había enseñado y con el que habían compartido codo con codo la comida y la vida durante tres años. Sabía que Cristo había muerto por nuestros pecados, que nos salvaba y nos justificaba, que pronto habrían de entregarle todo el poder en el cielo y en la tierra, y esto le bastaba. Con aquel Cristo su alma estaba en comunicación permanente, aquel Cristo vivía dentro de él, hablaba a través de él, y en consecuencia no tenía paciencia con los hechos y los gestos terrenales de Jesús de Nazaret, y aún menos con los recuerdos de los rústicos que le habían rodeado en vida. «Al Cristo de carne y hueso», como él decía, no tenía interés en conocerle, un poco como esos críticos que prefieren no leer los libros o ver las películas de las que hacen la reseña, para asegurarse de que no influyen en su dictamen.

Renan formula este brillante comentario a propósito de Pablo: era protestante para sí mismo, católico para los demás. Él se reservaba la revelación, el comercio sin intermediario con Cristo, la total libertad de conciencia, el rechazo de toda jerarquía. A los demás les tocaba obedecer sin rechistar, obedecer a Pablo porque Cristo le había encomendado que los guiase. Es cierto que había motivos para irritarse. De ser un electrón libre con el que, por una debilidad culpable, habían aceptado tratar, tras el episodio de Antioquía Pablo se había convertido para Santiago en el equivalente de Trotski para Stalin. Se organizó una campaña contra él, enviaron emisarios de todas partes para denunciar su desviacionismo. En el entorno del hermano del Señor se negaban a pronunciar el nombre del herético. Algunos empezaron a llamarle Nicolás, deformación de Balaam, que es un nombre de profeta pero también de demonio. Sus adeptos se convirtieron en los nicolaítas y sus iglesias en las sinagogas de Satanás. Renan, de nuevo, para dar una idea de la hostilidad contra él, cita un pasaje impresionante de la carta de Judas. Judas era uno de los hermanos de Jesús, menos conocido que Santiago. Aunque esté descartado que la escribiese él, la carta que lleva su nombre forma parte del Nuevo Testamento. Escuchen:

«Se han infiltrado entre nosotros unos hombres que son un escollo para vuestros ágapes, que se ceban sin vergüenza, pastores que se apacientan a sí mismos, nubes sin agua transportadas de aquí para allá por los vientos, árboles sin fruto de final de otoño, dos veces muertos, sin raíces, olas salvajes del mar que espumean sus propias deshonras, astros errantes destinados para toda la eternidad al abismo de las tinieblas, gruñones apesadumbrados que caminan a merced de sus deseos, bocas llenas de énfasis, autores de cismas, huérfanos del Espíritu...»

(Ningún historiador actual piensa como Renan que estas imprecaciones del siglo II se dirigen a Pablo, pero tienen tanto gracejo que da igual, las conservo.)

33

Ya está, aquí termina la larga mirada retrospectiva de Pablo. Ahora sabemos quiénes son los inquietantes predicadores que le pisan los talones. Siguiendo su pista hasta las profundidades de Asia, sumieron en el desasosiego a los candorosos gálatas, pero no sólo a ellos, y la carta furiosa del apóstol vale para todas las comunidades donde los enviados de la casa central quisieron socavar su tarea.

«¡Oh, estúpidos gálatas! ¿Quién os ha embaucado? ¿Tan desprovistos estáis de inteligencia que después de haber empezado por el espíritu queríais acabar por la carne?»

Cuidado: la carne no es el cuerpo ni el espíritu es esa cosa inmaterial que lo habitaría, lo trascendería, lo sobreviviría. No estamos en Platón. Cuando Pablo escribe esta palabra, el espíritu es la fe en Cristo. La carne son los preceptos de la Ley: prepucios, carnes impuras y toda la pesca. De aquí, impulsado por su pasión por las oposiciones, Pablo pasa a la equivalencia entre el espíritu y la vida, la carne y la muerte, y tengo la impresión de que, casi sin haberlo previsto, topa con la equivalencia: la Ley es la muerte. Pero como no es un hombre al que detenga la audacia de lo que escribe, prosigue así:

«Antes de la venida de Cristo estábamos bajo la tutela de la Ley como un niño heredero de grandes dominios pero que no disfruta de ellos y al que cuida un preceptor. Ahora sois mayores, ya no necesitáis ninguno. ¿Soy mayores y queréis volver a la infancia? ¿Sois libres y queréis ser de nuevo esclavos? ¿Conocéis a Dios y queréis reanudar vanas y pueriles prácticas? Pero ya no hay judío ni griego, esclavo ni hombre libre, varón ni hembra. ¡Sólo existe Cristo, y vosotros en Cristo y Cristo en vosotros!

»Pretendéis vivir de acuerdo con la Ley pero ni siquiera la comprendéis. Acordaos de Abraham. Tuvo dos hijos. Uno con la esclava Agar, otro con una mujer libre, Sara. El hijo de Agar es el hijo de la carne, el de Sara el hijo del espíritu.

Es normal que el hijo de la carne guarde rencor al hijo del espíritu. La Escritura dice que el heredero no sería el hijo de la esclava sino el de la mujer libre, y vosotros sois los hijos de la mujer libre. Cristo vino para liberaros. Así que hijos míos, a los que no ceso de alumbrar con dolor para que Cristo tome forma en vosotros, ¡no volváis a padecer el yugo de la esclavitud! ¡Cómo quisiera estar cerca de vosotros, hablaros de viva voz, porque ya no sé cómo trataros!»

34

«Aun cuando un ángel venido del cielo os dijera algo distinto de lo que os he dicho, no tendríais que creerle. *Aun cuando yo os dijera algo distinto de lo que os he dicho, no deberíais creerme.* Tendríais que maldecir al ángel, tendríais que maldecirme a mí.»

Al escribir estas palabras, al principio de la carta, Pablo se imagina algo peor que lo que acaba de suceder. Unos enemigos han ido a ver a los gálatas para desacreditarle ante ellos. Es grave. Pero podría ocurrir, y sin duda ocurrirá, algo más grave. Que los enemigos se presenten a los gálatas no ya en nombre de la iglesia de Jerusalén, sino en su nombre, el de Pablo. O que vengan a ver a otros inocentes que no conocen su rostro y se hagan pasar directamente por él. O que envíen a sus discípulos cartas firmadas por él, diciendo todo lo contrario de lo que les ha enseñado, asegurando que su versión reemplaza a la anterior y que cualquiera que pretendiese ser Pablo, que quisiera oponerse, debería ser considerado un impostor.

Pablo tomaba las precauciones que podía contra estas amenazas. «Mirad», se lee al final de la misma carta a los gálatas: «estos gruesos caracteres los ha trazado mi mano.»

Es emocionante leer esto porque no existe ningún manuscrito original de una carta de Pablo. Los más antiguos son posteriores al año 150 y por lo tanto son copias, incluso copias de copias, y me pregunto qué pensaría un copista que en el siglo II de nuestra era trazaba piadosamente con la mano una frase cuyo único sentido es decir: «He sido escrito por la mano de Pablo.» Se encuentran frases de este tipo en varias de sus cartas, porque había confiado a sus iglesias muestras de su letra para autentificar sus envíos. Pero lo que en su origen intentaba confundir a los falsificadores más tarde debió de facilitarles la tarea. Era un tic de Pablo, bastaba con reproducirlo.

De este modo se lee al final de la segunda carta a los tesalonicenses: «El saludo va de mi mano, Pablo. Ésta es la firma en todas mis cartas; así escribo.»

La chispa de este asunto –y aquí pido un poco de atención– es que esta segunda carta a los tesalonicenses, que con tanta fuerza reivindica su autenticidad no es, precisamente, auténtica. Mejor todavía: como acaban reconociendo muchos exégetas, aunque lo hacen con muchos subterfugios y apuros, tiende a desacreditar a la primera, cuya autenticidad, por el contrario, es segura.

Veamos lo que dice (la segunda): «No os alarméis por alguna manifestación del Espíritu, por algunas palabras o por alguna carta presentada como mía, que os haga suponer que es inminente el Día del Señor.» El fragmento «algunas palabras o por alguna carta presentada como mía, que os haga suponer que es inminente el Día del Señor» se parece mucho a lo que Pablo decía y escribía *efectivamente* a principios de los años cincuenta, a lo que expresa en particular la primera carta a los tesalonicenses. Él creía con una certeza absoluta que el fin del mundo era inminente, que el proceso ya estaba en marcha. Que toda la creación sufría las angustias de este parto. Los tesalonicenses lo creían, todas las comunidades lo creían. Pero a medida que pasaban los años y el acontecimiento no se producía, no tuvieron más remedio, para que no les tomaran por locos, que explicar este retraso y, en la medida de lo posible, interpretar o limar los textos en los que la profecía incumplida se expresaba con mayor vehemencia. A ello se aplica con celo el autor anónimo y tardío de la segunda carta a los tesalonicenses.

En la primera, Pablo describía el Juicio Final como algo a la vez repentino e inminente. Pasarían sin transición de la paz aparente a la catástrofe. Todos los que le leían serían testigos. El autor de la segunda epístola describe un proceso largo, complejo, laborioso. Si Jesús tarda en volver, nos explica, es porque antes tiene que venir el Anticristo. Y si también éste tarda es porque algo o alguien «le retiene para que sólo aparezca en su momento». ¿Qué es ese algo o quién es ese alguien que impide que el Anticristo se manifieste antes de que llegue su hora? Desde hace dos mil años es un motivo de perplejidad para los exégetas, nadie en verdad sabe nada al respecto y el objetivo real de la carta es patentemente dar largas al asunto, imponiendo la idea de que todo esto va a tardar mucho tiempo. Así pues, paciencia, y sobre todo no os dejéis engañar por unos iluminados.

Evidentemente, el autor de esta segunda carta no era un falsificador en el sentido moderno, para el que un cuadro de la escuela de Rafael no es del todo un Rafael falso. No era un enemigo de Pablo que deseaba inducir a error a su iglesia, sino un miembro de ella que trataba de resolver en el nombre de Pablo problemas que se plantearon después de su muerte. Escribía para serle fiel, no para traicionarle. Lo cual no quita para que, insatisfecho por hacer decir a Pablo lo contrario de lo que decía, proceda a desacreditar lo que sí dijo y justificar todas sus inquietudes haciendo pasar por falsa su epístola auténtica.

Creo que estas inquietudes iban incluso más lejos. Pablo no sólo temía la acción de enemigos, impostores y falsarios. Hay que dar otra vuelta de tuerca: se temía a sí mismo.

En un cuento de Edgar Allan Poe, «El sistema del doctor Tarr y del profesor Fether», el narrador visita un manicomio. Antes de emprender el recorrido por las celdas donde encierran a los pacientes peligrosos, el director le previene. Estos pacientes, le dice, han desarrollado un delirio colectivo extrañamente coherente: creen que son el director y los enfermeros, encerrados por los locos que han tomado el poder en el manicomio y usurpado su lugar. «¿De verdad? Qué interesante», dice el visitante. Al principio, sí, la cosa despierta su interés, pero a medida que transcurre la visita está cada vez más intranquilo. Los enfermos dicen al unísono lo que el director le ha anunciado que dirían. Suplican al visitante que les crea, por poco creíble que parezca, y que lo denuncie a la policía para que les libere. Las entrevistas se celebran en presencia del director, que escucha a los pacientes con una sonrisa benévola y de vez en cuando guiña un ojo al visitante, cada vez más desorientado. Se despierta en él la sospecha de que lo que dicen los enfermos bien podría ser verdad. Empieza a mirar a su guía con una inquietud que sólo aguarda el detonante más ínfimo para sucumbir al más puro terror. Y se diría que el otro se percata, que carga las tintas. «¿Qué le había dicho?», perora. «Son convincentes, ¿eh? Y espere, ya verá: el más convincente de todos es el que pretende ser el director. Un enfermo notable, realmente, ¡muy notable! Al cabo de cinco minutos con él, pongo la mano en el fuego, ¡usted va a creer que el loco peligroso soy yo! ¡Ja, ja, ja!»

Sobre este tema angustioso, la literatura fantástica ha ofrecido miles de variaciones. Algunas de las más memorables se deben a Philip K. Dick. En la vida real, sobre todo después de su experiencia religiosa, Dick sometía a los amigos que le llamaban por teléfono a un montón de pruebas, cada vez más complejas, para cerciorarse de que eran los que afirmaban ser y no agentes del FBI o extraterrestres. Le fascinaban los procesos de Moscú, donde los acusados abjuraban bajo coacción de lo que habían afirmado durante toda su vida, insistiendo en que lo que decían en aquel momento era la verdad –Stalin tiene razón, soy un monstruo– y que había que considerar nulo y sin valor todo lo que habían podido decir antes: tengo razón, Stalin es un monstruo.

Pablo de Tarso no era Philip K. Dick ni Stalin, aunque tenía un poco de estos dos hombres singulares. Los siglos que le separan de ellos, sobre todo del último, han perfeccionado notablemente la paranoia. Lo cual no impide que cuando leo esta frase de la carta a los gálatas: «Aun cuando yo os dijera algo distinto de lo que os he dicho, no deberíais creerme», encuentro ahí el germen de un terror desconocido en el mundo antiguo. A Pablo le había sucedido algo desconocido en aquel mundo y debía de temer, más o menos conscientemente, que le sucediera de nuevo.

En el camino a Damasco, Saúl había sufrido una mutación: se había transformado en Pablo, su contrario. El Pablo de antaño se había convertido en un monstruo para él, y Pablo se había convertido en un monstruo para el hombre que había sido antaño. Si el de ahora hubiera podido acercarse al de otro tiempo, éste le habría maldecido. Habría rogado a Dios que le matase, como los héroes de las películas de vampiros obligan a jurar a sus compañeros que les traspasarán el corazón con una estaca si llegan a morderles. Pero eso es lo que se dice antes. Una vez contaminado, sólo piensas en morder a tu vez, y en especial al que se acerca con la estaca para cumplir el deseo de alguien que ya no existe. Pienso que una pesadilla parecida hostigaba las noches de Pablo. ¿Si volviera a ser Saúl? ¿Si, de un modo tan inesperado y portentoso como se había transformado en Pablo, se convertía en alguien distinto a Pablo? ¿Si este otro Pablo, que tendría la cara, la voz, la persuasión de Pablo, se presentaba un día ante los discípulos de Pablo para arrebatarles a Cristo?

(«Aquí hablas de ti», señala Hervé. «Cuando eras cristiano, lo que más temías era convertirte en el escéptico que tan contento estás de ser hoy. Pero ¿quién te dice que no vas a cambiar otra vez? ¿Quién te dice que este libro que te parece tan sensato no lo leerás dentro de veinte años con tanto fastidio como relees hoy tus comentarios sobre el Evangelio?»)

35

Calumniado y perseguido por la iglesia de Jerusalén, Pablo podría haber roto con ella. Hasta entonces, toda su estrategia había consistido en desarrollar su actividad misionera lo más lejos posible de la casa central, en lugares donde no tenía filiales. Había instalado bases en regiones aisladas y lejanas como Galacia, y después sólo se había arriesgado en ciudades grandes como Corinto. Podría haberse establecido totalmente por su cuenta, y como los partidarios de Santiago le causaban tantos quebraderos de cabeza, como consideraba caduca la Ley a la que se apegaban tanto, declarar que fundaba una religión completamente nueva. No lo hizo. Debió de pensar que, desgajado del judaísmo, su predicación se atrofiaría. Entonces quiso dar garantías de buena voluntad, buscar una transacción, y se le ocurrió la idea de organizar entre las iglesias relativamente prósperas de Asia y de Grecia una colecta en beneficio de la iglesia de Jerusalén, crónicamente menesterosa. Era, a su entender, un gesto de apaciguamiento, un signo de comunión entre cristianos de orígenes judíos y paganos.

Había partido de Corinto a Éfeso, en Asia, desde donde empezó a enviar a sus iglesias una carta tras otra en las que anunciaba esta colecta y recomendaba que se mostraran generosos. Se leían durante el ágape del domingo. Al final del mismo, cada cual metía dinero en la hucha. El objetivo era que cada iglesia, llegado el momento, eligiese un delegado y que la delegación completa, bajo la dirección de Pablo, fuese a Jerusalén a entregar el producto de la colecta a los «pobres» y a los «santos», como se llamaban a sí mismos los discípulos de Santiago. Me imagino que la perspectiva de semejante viaje debía de hacer soñar en la casa de Lidia, en Filipos.

36

Fue en Éfeso donde Pablo recibió de Corinto otras noticias preocupantes. El problema no lo causaban esta vez los emisarios de Santiago, sino los de otro predicador cristiano llamado Apolo. Sin que se hubieran encontrado nunca, su itinerario y el de Pablo se cruzaban continuamente. Apolo estaba en Éfeso cuando Pablo estaba en Corinto, después Apolo fue a Corinto mientras que Pablo viajaba a Éfeso, de tal forma que los dos ocupaban un terreno preparado por el otro. Esto no complacía mucho a Pablo. Como otros tantos maestros exigentes, tenía tendencia a preferir a los alumnos que no habían recibido ninguna formación en vez de los que habían recibido otra distinta que la suya, y a considerar que había que partir de cero. Pablo y Apolo eran judíos de gran cultura, cosa rara entre los primeros cristianos, pero Pablo se había educado en la tradición farisaica de Jerusalén y Apolo en la de los helenistas de Alejandría. Era un filósofo, un platónico, un alumno de Filón. Por la manera en que Lucas ensalza su elocuencia, adivinamos inmediatamente que era más seductor que el intenso y áspero Pablo. De esta primera generación cristiana, era probablemente la única personalidad comparable en envergadura intelectual, y cabe preguntarse qué faz habría adquirido el cristianismo si Lucas, su primer historiador, al azar de sus viajes hubiera encontrado a Apolo en lugar de a Pablo, si los Hechos fueran una biografía de Apolo en vez de una biografía de Pablo.

Entre Apolo y Pablo no existía una rivalidad abierta. Los dos se cuidaban mucho de celebrar los méritos del otro y decir que, en definitiva, los individuos carecen de importancia y que lo único que importa es Cristo. Ello no impidió que se crearan facciones en Corinto. Unos se declaraban partidarios de Pablo, los otros de Apolo, y algunos otros de Pedro o de Santiago. «Yo soy partidario de Cristo», decían los que habían entendido mejor la lección.

De todas las comunidades a las que escribía Pablo, los corintios eran los que más le preocupaban. Bebían, fornicaban, transformaban los ágapes en orgías, y ahora al libertinaje añadían la escisión. «¿Acaso Cristo se ha dividido?», clama Pablo en la primera carta de recriminaciones que les dirigió. Apolo, Pedro, Pablo, Santiago...: esas pequeñas querellas están bien para las escuelas filosóficas, para los estoicos o epicúreos que se arrojan a la cara nombres y citas de escritores. Son buenas para los aficionados a la sabiduría, que creen que se puede alcanzar la felicidad llevando una vida con arreglo a las exigencias de la razón. Pablo no nombra a Apolo, sería delicado en un texto encaminado a denunciar toda polémica, pero se adivina que lo mete en el mismo saco, y cuanto más avanza la carta más se comprende que Pablo no critica la división, sino claramente la sabiduría.

Sin embargo, la sabiduría es lo que busca todo el mundo. Incluso los vividores, los voluptuosos, los esclavos de sus placeres suspiran por ella. Dicen que no hay nada mejor, que si fueran capaces serían filósofos. Pablo no está de acuerdo. Dice que es una ambición miserable y que Dios no la ama. Ni la sabiduría ni la razón ni la pretensión de ser dueño de la propia vida. Si se quiere conocer la opinión de Dios sobre esta cuestión, basta con leer el libro de Isaías, y he aquí lo que dice, letra por letra: «Destruiré la sabiduría de los sabios, y desecharé la inteligencia de los inteligentes.»

Pablo va todavía más lejos. Dice que Dios ha elegido salvar a los hombres que escuchen no palabras sabias, sino palabras locas. Dice que los griegos se extravían buscando la sabiduría, y los judíos también reclamando milagros, y que la única verdad es la que él anuncia, ese Mesías crucificado que para los judíos es un escándalo y para los paganos una locura. Porque la locura de Dios es más sabia que la sabiduría de los hombres y la debilidad de Dios es más fuerte que la fuerza de los hombres.

No hay muchos sabios entre los hermanos de Corinto. Tampoco abundan los poderosos ni las personas de buena familia. Pablo no los ha conquistado con la seducción de su palabra ni con hermosos discursos de filosofía. Se ha presentado ante ellos despojado de todo prestigio, como un hombre desnudo. Y es así, débil, temeroso, temblando, como les enseña que la sabiduría del mundo es locura a los ojos de Dios. Que lo que es locura a los ojos del mundo Dios lo ha escogido para avergonzar a los sabios. Lo que es débil en el mundo para deshacer lo que es fuerte. Lo más vil, lo más despreciado –*lo que no es*–, para aniquilar lo que es.

Lo que escribe Pablo es alucinante. Nadie lo ha escrito nunca antes que él. Se puede comprobar. En ninguna parte de la filosofía griega, en ninguna parte de la Biblia se encuentran palabras semejantes. Quizá Cristo haya pronunciado algunas tan osadas, pero en esa época no existe constancia escrita de este hecho. Los corresponsales de Pablo no saben nada al respecto. Mezclado con exhortaciones morales y reprimendas del coco con que se amenaza a los niños, y que no me apetece precisar, oyen algo absolutamente nuevo.

37

Tito, al que Pablo ha encargado que lleve su carta a los corintios, vuelve unas semanas después diciendo que le han recibido bien, que la colecta progresa poco a poco, pero también –y Tito tarda más en desembuchar esto– que en Corinto se dicen cosas raras de Pablo. Que es vanidoso, que siempre se jacta de las maravillas que el Señor opera en él. Voluble, pues no cesa de anunciar su llegada y no deja de postergarla. Hipócrita, porque cambia de mensaje según su interlocutor. Un poco chiflado. Por último –y no lo he dicho todo–, que la severidad y la energía de sus cartas contrastan con la mediocridad de su aspecto y su palabra. Imperioso de lejos, achantado de cerca. ¡Bueno, pues que venga! ¡Veamos si cara a cara se da esas ínfulas!

En la segunda epístola que ha escrito a los corintios, Pablo no responde de inmediato a sus reproches. Rememora, minimizándolos, los incidentes del pasado, asegura que Tito le ha tranquilizado plenamente, felicita a sus corresponsales por su buena conducta actual y, cuando por fin termina estos preámbulos diplomáticos, habla muy concretamente de la colecta. De pasada nos enteramos de que los propios corintios han propuesto la idea de esta recaudación y, por consiguiente, a juicio de Pablo, podrían mostrarse más generosos, tanto como las iglesias de Macedonia y Asia. «Imitad», dice a los corintios, «a nuestro Señor Jesucristo que, siendo rico, se hizo pobre para enriqueceros con su pobreza.» Dad pródigamente, dad con alegría, porque «el que siembra poco cosechará poco», y haríais el ridículo ante las demás iglesias, vosotros, de quien ha sido la idea, si ven que sois los más tacaños...

Aquí comienza la parte más extraordinaria de la carta, que un epígrafe encantador de la BJ resume así: «Pablo se ve obligado a elogiarse a sí mismo.» De hecho, se defiende de las acusaciones de doblez y de chifladura de las que Tito le ha informado. El conjunto es asombroso y recuerda los grandes monólogos de Dostoievski. Estilo oral, lleno de repeticiones, de atascos, de trivialidades, de estridencias: da la sensación de que oyes a Pablo dictar a Timoteo, reponerse, ponerse nervioso, dar vueltas en redondo...

Un botón de muestra, que traduzco libremente:

«¿No podéis soportar un poco de locura por mi parte? ¡Vamos! ¡Soportadla! ¡Soportadme! Soy tan celoso con vosotros como con Dios. Es verdad que tengo miedo de que os seduzcan, de que os anuncien un Jesús distinto del que yo os he anunciado. Tengo miedo de que vuestros pensamientos se corrompan. Tengo miedo de que escuchéis a otros.

»Sin embargo, no soy inferior en nada a los grandes apóstoles de los que habláis. Soy pésimo en elocuencia, de acuerdo, pero en cuanto a conocimiento, en cuanto a saber de lo que hablo, es harina de otro costal. Os lo he demostrado, ¿no? Pero quizá me haya equivocado al rebajarme para elevaros, al anunciaros el Evangelio gratuitamente...» Conocemos la monserga: salto quince líneas... «Y no creáis que estoy loco. O mejor sí, creedlo. Venga, creedlo y dejadme estar loco un momento. Dejad que me vanaglorie un poco. No es el Señor el que habla aquí, soy yo. Yo el loco, yo el jactancioso. Todo el mundo se jacta, ¿y yo por qué no? Vosotros sois sabios, y eso debería haceros indulgentes con los locos. Sois de lo más tolerante con las personas que os convierten en sus esclavos, que os comen, que os despojan, que os miran por encima del hombro, que os abofetean. ¿Esas personas son hebreos? Yo también. ¿Judíos? Yo también. ¿Descendientes de Abraham? Yo también. ¿Enviados de Cristo? Yo también. Adelante, no tengamos miedo de la locura, lo sé mucho mejor que ellos. He sudado sangre y agua, más que ellos. He estado en la cárcel, más que ellos. He recibido más golpes, he estado más que ellos en peligro de muerte. He recibido cinco veces los treinta y nueve bastonazos de los judíos, me han flagelado tres veces, lapidado una vez, he naufragado tres veces, he pasado un día y una noche en el abismo. He viajado a pie, he conocido todos los peligros. Peligros de ríos, peligros de bandidos, peligros de los míos, de los demás, de la ciudad, del desierto, del mar, de los falsos hermanos. He sufrido hambre, he sufrido sed y frío, he velado, he sudado sangre por vosotros, por mis iglesias, y si de algo alardeo es sólo de mi flaqueza.

»Podría presumir de mis visiones. De mis revelaciones. Podría hablaros de un hombre que hace catorce años fue transportado hasta el tercer cielo. ¿Estaba dentro o fuera de mi cuerpo? No lo sé, el único que lo sabe es Dios. Ese hombre ha sido transportado al paraíso y allí le han dicho cosas, cosas tan grandes que no está autorizado a repetirlas. De eso podría yo alardear, no sería una locura, sino simplemente la verdad, pero no alardeo, lo único de lo que presumo es de mi flaqueza. Era tan grande lo que me dijeron allí arriba que para quitarme el deseo de vanagloriarme me introdujeron una astilla en la carne. Tres veces le pedí al Señor que me curase, pero Él me dijo: no, te basta mi gracia. Mi poder necesita tu flaqueza para demostrar de lo que es capaz. Muy bien, me gusto así. En las debilidades, en los insultos, en las miserias, en las persecuciones, en las angustias, ¡porque a fuerza de ser débil me he hecho fuerte!

»He hecho el loco. Me habéis empujado a hacerlo. No soy nada, pero soy más que vuestros grandes apóstoles. He hecho entre vosotros todo lo que se supone que hace un apóstol. Signos, prodigios, milagros; lo único que no he hecho», y aquí estamos de nuevo, «es vivir a vuestras expensas. Tendría que haberlo hecho, es lo único que respetáis. Pero no. Voy a volver a vosotros, será la tercera vez, y no viviré a vuestra costa. No quiero vuestro dinero, os quiero a vosotros. No corresponde a los niños, sino a sus padres, ahorrar dinero. Os daré todo lo que tengo, todo lo que soy y cuanto más os ame menos me amaréis. Sé lo que vais a decir: que soy un ladino, que cuanto menos pido más obtengo... ¡Ah! Mucho me temo que cuando vaya me decepcionaréis y os decepcionaré. Me figuro lo que encontraré. Discordia, celos, cólera, rivalidades, maledicencia, arrogancia, todo tipo de alborotos. Me humillará verlos. Lloraré. Pero iré, de todos modos, por tercera vez y no abusaré de vosotros, ya veréis. ¿Queréis la prueba de que Cristo habla a través de mí? Hablará, y Él no es débil. Ved dónde estáis, corregíos. Espero de todo corazón equivocarme y que me hagáis mentir. Lo único que quiero es ser débil y que vosotros seáis fuertes. Lo único que quiero es que progreséis. Por eso de momento prefiero escribiros, avisaros, dejaros otra oportunidad más para no tener que cortar por lo sano cuando llegue allí. El Señor me ha puesto aquí para engrandeceros, no para destruiros. Vamos, estad alegres, estad en paz.»

38

La segunda aparición de Lucas en los Hechos es tan discreta como la primera. Le hemos visto materializarse junto a Pablo en el puerto de Troas, en forma de un «nosotros» enigmático, ocupar el lugar de narrador durante un capítulo en Macedonia y después eclipsarse cuando Pablo parte de Filipos. Transcurren siete años y de nuevo nos hallamos en el puerto de Troas. Pablo reaparece allí no ya acompañado de dos discípulos, sino de una decena, delegados por las iglesias de Grecia y Asia para entregar en su nombre el producto de la colecta a los pobres y a los santos de Jerusalén. Allí están Sópater, de Berea, Aristarco y Segundo, de Tesalónica, Gayo, de Derbe, Trófimo, de Éfeso, Tíquico, de Galacia, y por supuesto Timoteo, el fiel de fieles. *«En cuanto a nosotros»,* encadena tranquilamente Lucas, «partimos de Filipos por mar después de los días de Ácimos y los encontramos en Troas, donde nos quedamos siete días antes de embarcar.»

Es difícil pasar más inadvertido. Ya no estaba allí y ahora reaparece. No se hace notar más que la última vez, pero aun así Lucas empuña las riendas a partir de esta frase y ya no las soltará hasta el final. Todo se vuelve más preciso, vivo, detallado: sentimos que nos habla un testigo.

Participa en la expedición porque es delegado de la iglesia de Filipos, como Sópater lo es de la de Berea, Aristarco y Segundo de la de Tesalónica, etc. Trato de imaginarme a estos soldados de infantería, estos segundos espadas cuyos nombres, gracias a Lucas, han atravesado veinte siglos. Ninguno de ellos ha puesto nunca los pies en Judea, sólo conocen las Escrituras de los judíos a través de la Septuaginta, y a Jesús sólo por medio del magisterio personal de Pablo. No son, como Tito y Timoteo, discípulos profesionales que años atrás lo abandonaron todo para seguir a su gurú y se han curtido en la disciplina y las pruebas del apostolado. En Berea, en Tesalónica, en Éfeso, al tiempo que frecuentaban la iglesia cristiana debían de llevar una vida normal, con un oficio, familia, costumbres. ¿Ha sido dura la lucha en las iglesias para imponerse como delegado? ¿Cómo los han elegido? ¿Cómo se imaginan la aventura que les espera? ¿Creen que parten para tres meses, seis meses, un año? Los veo como a fervientes practicantes de yoga que se marchan de Toulouse o Düsseldorf para una larga estancia en la India, en el *ashram* del maestro de su maestro. Desde hace meses ya sólo piensan en esto, sólo hablan de esto. Han comprado el método Assimil de bengalí y conocen el nombre en sánscrito de todas las posturas. Llevan bien enrollada su estera para que ocupe el menor espacio posible, y han rehecho diez veces sus mochilas y pasado noches en blanco repensando su contenido, temiendo a ratos llevar demasiado o no lo suficiente. Antes de cerrar la puerta, y después de volver a abrirla para cerciorarse de que han apagado bien el gas, han quemado por última vez delante de su pequeño altar unas varillas de incienso y salmodiado *Om shanti* en su cojín de meditación, del mismo modo que Lucas, que sin embargo no es judío, se preocupa de comunicarnos que se ha puesto en marcha después de celebrar la fiesta de los Ácimos. En Troas, donde todo el mundo se ha citado para la partida, descubren a sus futuros compañeros de viaje. Los cuatro macedonios se conocen ya: Filipos, Tesalónica, Berea, no están lejos. No hay corintios –a no ser que Lucas los haya olvidado en su lista–, y como a los corintios se les conoce sobre todo por las tremendas regañinas que les ha echado Pablo a causa de su frivolidad, sus costumbres licenciosas y su tacañería, están tentados de esbozar una sonrisita, de decir: claro, no me extraña, pero Pablo ha prohibido la maledicencia y entonces se cuidan mucho de no decir más que cosas amables, se saludan por la mañana con un *maranatha* al que imprimen la máxima dulzura y benevolencia. Con todo, los macedonios o los gálatas –y aunque estos últimos, en su día, también recibieron su varapalo– se sienten las clases selectas, a las que Pablo en sus cartas pone periódicamente como ejemplo por su amor a Cristo y su generosidad en la colecta. Cuando contaron y sellaron las ofrendas de cada iglesia, cada cual debió de mirar cuánto aportaba el vecino: Pablo es muy estricto al respecto, no es de los que distraen un dracma para gastos de representación.

39

Un atardecer, Pablo conversa con los delegados en una habitación de arriba de la casa donde se alojan, cerca del puerto. Cae la noche. Encienden las lámparas de aceite. Traen cosas de comer ligeras: aceitunas, pulpos asados, queso y después vino. Un círculo de fervorosos rodea al maestro, que habla con su voz sorda y entrecortada. Un poco aparte, un adolescente se ha sentado para escucharle en el alféizar de una ventana. Se llama Eutico y no forma parte del grupo. Sin duda es el hijo de la casa, que aprovecha la presencia de los viajeros para acostarse tarde. Le han dicho que se porte bien y lo está haciendo. No le prestan más atención que a un animal doméstico. Las horas pasan, Pablo sigue hablando. Eutico se deja vencer por el sueño. Se tambalea. El estruendo del cuerpo que se desploma interrumpe a Pablo. Tardan unos instantes en comprender y luego se precipitan hacia la escalera. En el patio, tres pisos más abajo, se inclinan sobre el cuerpo dislocado del chico. Está muerto. Pablo, el último que llega al patio, lo coge en brazos y dice: «No os alarméis, porque está vivo.» A continuación vuelve a subir y habla largamente hasta el alba. «En cuanto al joven», concluye plácidamente Lucas, «lo llevaron arriba vivo y fueron grandemente consolados.»

Este pasaje me parece terriblemente embarazoso. No porque se resista a una explicación racional. Al contrario, se impone: han creído a Eutico muerto, Pablo comprueba que sólo está contusionado, menos mal; el resto de la noche, en el dormitorio, los ingenuos delegados de Asia y Macedonia cuchichean y se convencen de que han presenciado una resurrección. Lo embarazoso es que Lucas la narra como si no hubiera motivo para concederle un comentario especial, más exactamente como si se tratara de algo singular, pero no más que una curación sorprendente. La escena da la impresión de que Pablo, en ocasiones, resucitaba a personas. Que no abusaba del hecho para no dar pie a murmuraciones, pero que poseía este poder. Ahora bien, en sus cartas no alardea nunca de estas proezas, y estoy seguro de que hubiera reprendido agriamente a cualquiera que se las hubiese atribuido. Él se tomaba la resurrección en serio. Pensaba lo mismo que nosotros: que era imposible. Que hay un montón de cosas posibles, incluidas las que él llamaba signos y nosotros llamamos milagros, como el hecho de que un paralítico empiece a andar, pero la resurrección no. Entre los dos fenómenos, un paralítico que recupera la facultad de andar y un hombre que vuelve de entre los muertos, hay una diferencia de naturaleza, no de grado, y esta diferencia estaba muy clara para Pablo y al parecer no tanto para Lucas. De la misma forma, podemos admitir que un hombre que tenía un brazo paralizado recobre la movilidad pero no que un brazo amputado crezca. Toda la doctrina de Pablo, si se puede llamar doctrina a una experiencia tan intensa, descansa en esto: la resurrección es imposible, pero un hombre ha resucitado. En un punto concreto del espacio y del tiempo se ha producido este acontecimiento imposible que divide la historia del mundo en dos, en un antes y un después, y también parte en dos a la humanidad: los que no lo creen y los que lo creen, y para los creyentes, que han recibido la gracia increíble de creer algo increíble, nada de lo que creían antes tiene ya sentido. Hay que recomenzarlo todo desde cero. Pues bien, ¿qué representa para nuestro Lucas este suceso único, sin precedente y sin réplica? Un simple elemento de una serie. Dios resucitó a su hijo Jesús, Pablo resucita al joven Eutico. Son cosas que suceden, Sópater y Tíquico deben de decirse que observando bien podrían descubrir cómo se hace. Me imagino la reacción de Pablo si hubiera podido leer la biografía que le dedicó su antiguo compañero de viaje veinte o treinta años después de su muerte. ¡Menudo imbécil! Por otra parte, quizá no le hubiera sorprendido. Quizá lo veía así, aquel buen médico macedonio: un tipo amable, ingenuo, no muy avispado, con el que había que hacer grandes esfuerzos –no siempre exitosos, porque Pablo era de todo menos un santo– para contener la irritación.

40

Aquella noche hablaba sin parar. Lucas no precisa de qué hablaba, pero podemos imaginarlo con ayuda de la carta a los romanos, escrita en esta época y que debía de constituir su conversación ordinaria.

Esta epístola, que abre la recopilación canónica de las cartas de Pablo, no se parece a las otras. A pesar de su título, no se dirige especialmente a los romanos, no trata de ningún problema que los romanos le hubieran consultado. A diferencia de los gálatas o de los corintios, a los romanos nunca se les habría ocurrido la idea de consultar sus problemas con Pablo, que no había fundado su iglesia y sabía perfectamente que se desarrollaba bajo la influencia de Pedro y Santiago. Tomar la iniciativa de escribir a la grey de ambos era en principio violar un coto vedado y además conferir a un texto la dignidad de una encíclica, válida más allá de Roma para todas las iglesias. Para el éxito de su proyecto, Pablo aprovechó el invierno relativamente tranquilo que precedió a su partida hacia Jerusalén. Se le ve poniéndose a sus anchas, como un pensador que hasta entonces no ha tenido ocasión de escribir otra cosa que artículos urgentes y que por fin se toma el tiempo de componer un verdadero libro: lo es, tan largo como el Evangelio de San Marcos. Se lo dictó a un tal Tercio, que al final aprovecha para saludar al lector en su propio nombre, pero debió de ser copiado y recopiado profusamente, destinado a otras iglesias, ¿y por qué no a Lucas?

Imaginar al Lucas que imagino delante de este texto es justificar mi propia inapetencia, porque pienso que gran parte de esta exposición doctrinal debió de aburrirle tanto como a mí. Era un amante de las anécdotas, de los rasgos humanos; la teología le aburría. Podía apasionarse por las querellas de Pablo con los corintios, porque eran griegos como él y le concernían los problemas que se les planteaban, de aclimatación del cristianismo en un entorno pagano. La carta a los romanos versa principalmente sobre la emancipación del cristianismo con respecto a la Ley judía, y si por un lado no era realmente el problema de Lucas, por otro debía de perderse un poco en las referencias bíblicas y las sutilezas rabínicas que Pablo utiliza para una ruptura más completa con la sinagoga.

De hecho, la idea central de la carta a los romanos se encuentra ya en la epístola a los gálatas, pero como dice bellamente un exégeta suizo, la carta a los gálatas es el Ródano antes del lago Lemán, la carta a los romanos el Ródano después de Ginebra: de un lado un torrente que brota de la montaña, del otro un río de curso majestuoso. La carta a los gálatas estaba escrita de un tirón, de un modo genial, a impulsos de la cólera, la carta a los romanos hundiendo siete veces la pluma en el tintero. Y como a Pablo le fastidia poner claramente por escrito su gran idea, se enreda en tediosas argucias jurídico-teológicas, explicando por ejemplo que una mujer casada está vinculada por la ley a su marido mientras éste viva, pero que a su muerte queda liberada del vínculo, de tal modo que en la primera hipótesis está mal que se acueste con otro hombre, pero en la segunda no se le puede reprochar nada. A fuerza de marear la perdiz, Pablo termina soltando lo que quiere decir realmente y que se resume en esta fórmula: se acabó la Ley. Desde que vino Jesús ya no sirve para nada. Los judíos que se aferran a ella como al privilegio de su elección muestran su sordera, en el mejor de los casos, y en el peor su mala voluntad. Les llamaron los primeros, y después a los gentiles, pero a todos, gentiles o judíos, en lo sucesivo sólo podrá salvarles la gracia de Jesús. «Es así. Él se compadece de quien quiere. A quien quiere le vuelve insensible.»

Pero entonces, si Dios ha querido volverlos insensibles, ¿qué pasa con los judíos? Pablo está lleno de compasión por ellos. No es el momento de clamar que desagradan al Señor, que su cólera va a abatirse sobre ellos. No, Pablo ha tomado distancias y su nueva idea consiste en que es una bicoca para los gentiles que los judíos, por su idiotez (la llama un «paso en falso»), les hayan permitido heredar lo que, en su origen y por derecho, les pertenecía, pero que la historia no se detiene ahí. El endurecimiento de los judíos durará hasta que todos los gentiles hayan entrado en la iglesia, y entonces ellos entrarán a su vez y será la señal de la consumación de los tiempos. Para ilustrarlo, Pablo intenta una parábola al estilo de Jesús, en la que escenifica a un jardinero que poda su olivo y le injerta nuevos retoños. Sin embargo, no ha quemado las ramas cortadas y cuando los nuevos retoños han prendido recoge las ramas cortadas y las inserta en el tronco. Desde un punto de vista agrícola, la metáfora es especialmente inapropiada, pero aun así se comprende la idea: los judíos son las ramas cortadas del olivo, pero Pablo advierte de que ¡no se enorgullezcan las recién insertadas! «No eres tú quien sostiene la raíz, sino la raíz la que te sostiene.»

¿Cómo pudo afectar la ruptura de la Iglesia con la sinagoga a alguien como Lucas, que la había leído, copiado u oído, la víspera de la partida a Jerusalén, en este tratado de teología donde se lleva a cabo? Quizá, porque tenía un carácter conciliador, extrajo la idea de que a pesar de todo las cosas iban a arreglarse, de que siempre habría un lugar junto a Dios para el viejo pueblo elegido y fallido: si es así como él lo veía. Sin duda, porque prefería las instrucciones prácticas a las abstracciones y porque tenía el gusto del orden establecido, le impresionó el pasaje en que Pablo, sin previo aviso, desciende de sus alturas para zanjar la cuestión, ciertamente suscitada por nacionalistas judíos que se sublevan contra el imperio: ¿hay que pagar el impuesto? Pablo es muy firme a este respecto: hay que pagarlo «porque quienes lo perciben han recibido de Dios el encargo de cobrarlo. Y todos los hombres deben someterse a las autoridades, porque toda autoridad procede de Dios y Él ha establecido todas las que existen». (Es inútil insistir en los estragos que podrían derivarse de esta frase.) Por último, lo que leía sobre el perdón que Jesús otorga de preferencia a los pecadores debía de encantar al corazón sentimental de Lucas. Lo que más le gustará contar, más adelante, son las historias de las ovejas descarriadas, de las que hará decenas de sainetes de su cosecha.

Por lo demás, lo imagino sacudiendo la cabeza, aprobando sin comprender.

41

Si el mismo Pablo, en el cuerpo de esta carta, no precisara en repetidas ocasiones que la escribe justo antes de partir a Jerusalén, «para servir a los pobres y a los santos», nos costaría mucho creerle. Ya que, resumiendo: por una parte, este marginado, este disidente del que tanto desconfía la casa matriz, emprende un largo y peligroso viaje para presentarle sus respetos, entregarle dinero, demostrarle que a pesar de las apariencias es una persona leal y digna de confianza; por otra, y en el mismo momento, dirige al conjunto de las filiales una circular perentoria en la que explica que todos los principios que defienden Pedro, Santiago y Juan, los patronos históricos, se han vuelto obsoletos y ya es hora de olvidarlos.

Yo imaginaba más arriba a un antiguo oficial zarista que exigía a Stalin carta blanca para difundir el marxismo-leninismo en el extranjero. Ahora vemos que vuelve a Moscú para asistir al congreso del Partido, justo después de haber publicado en Occidente una serie de artículos notorios con el título de: «Se acabó la lucha de clases, se acabó la dictadura del proletariado. ¡El marxismo ha muerto, viva el marxismo!» Es lo que llamaríamos meterse en la boca del lobo, e ignoro lo que piensan de esto los bondadosos Sópater, Tíquico, Trófimo, etc., ignoro si estos cándidos compañeros de ruta, tan emocionados por viajar con su maestro a la Tierra Santa con la que tanto han soñado, lo son hasta el punto de no percibir cómo huele a chamusquina todo el asunto, mientras que, por el contrario, pienso que Pablo sabe el estado de ánimo con que le esperan en Jerusalén. Pero bueno, parece decirse, es un mal trago que hay que pasar. En cuanto lo haya pasado, podrá continuar su misión, ir tan lejos hacia el oeste del mundo habitado como hasta ahora ha ido hacia el este. Tras haber recorrido el mundo griego y oriental, proyecta viajar a Roma, precedido por su carta, y a continuación, si Dios quiere, llegar a España.

42

Los recuerdos de Lucas son notablemente precisos sobre las circunstancias de la gran partida, y este pasaje de los Hechos me gusta tanto más porque conozco de memoria su decorado. Desde hace varios años voy de vacaciones con Hélène y los niños a la isla griega de Patmos. Primero pensábamos comprar una casa en el Gard y ahora soñamos con tener una en Patmos. En el momento en que escribo este capítulo, a principios de mayo de 2012, volvemos de un viaje que hemos emprendido para buscarla, un viaje, por desgracia infructuoso, o al menos no muy fructífero, porque todo es complicado con los griegos, nunca sabes a qué atenerte, lo que es posible o no, el precio de las cosas, a quién pertenece algo, a veces te exasperas hasta el punto de preguntarte si la propiedad que acaban de proponerte no la habrán robado. Espero que encontremos esta casa de aquí al final de este libro. Entretanto, cuando leo que «nosotros», es decir, Lucas y sus compañeros, «partimos de Troas hacia Asón, donde Pablo se nos unió por el camino», cuando leo que «tras embarcarle, zarpamos hacia Samos y antes de dirigirnos hacia Cos hicimos escala en Mileto», estoy encantado, creo que estoy allí. Me gustan y sólo espero que me gusten más esos guijarros maravillosos que se suceden a lo largo de la costa turca, una costa que por razones políticas no figura en ningún mapa griego, con lo que las islas del Dodecaneso parecen situadas al borde del mundo, a punto de caer en el vacío. Con relación a Patmos, Samos al norte y Cos al sur evocan para mí horarios de barcos, desembarcos en puertos desiertos en medio de la noche, retrasos y hasta travesías canceladas a causa de una tempestad; a esto hay que añadir, a propósito de Cos, las oficinas arqueológicas donde se decide lo que se puede construir o restaurar en esas islas, y cuyos funcionarios, si se les pide que por lo menos notifiquen sus decisiones, se regodean malignamente en decir que lo harán dentro de quince días, transcurridos los cuales dentro de un mes y transcurrido el mes al mes siguiente, y así sucesivamente. En fin. De Kos se pasa a Rodas –es el trayecto del ferry Blue Star que tomamos cada verano–, después de Rodas a Patara, donde se cambia de barco y se zarpa hacia Creta.

Como emplea en los Hechos algunos términos técnicos, algunos historiadores atribuyen a Lucas una buena experiencia de navegación, pero yo creo que la suya se limitaba, antes del primer gran viaje, al cabotaje en el mar Egeo. El Mediterráneo es traidor, se navega perdiendo de vista lo menos posible la costa. Por desgracia, para ir a Judea no existe alternativa: tienes que adentrarte en alta mar. Ocho días de travesía sin tocar tierra. Hay en las naves de carga algunos camarotes para pasajeros ricos, los demás se acuestan sobre esteras en el puente cubierto por una tienda. Lucas y sus compañeros forman parte de los pobres, por supuesto. Durante la travesía, quizá todas las caras se tornan lívidas, quizá vomitan la comida como el equipo de sabios de *La estrella misteriosa.* Tal como están, deben de tomarse todos por Ulises.

Conocen la *Odisea,* forzosamente. Todo el mundo en aquella época conocía la *Ilíada* y la *Odisea*. Los que saben leer han aprendido leyendo a Homero, y a los que no saben les han contado la historia. Los poemas homéricos, desde los cerca de ocho siglos que existen, han convertido a sus innumerables lectores en una especie de historiadores y geógrafos aficionados. Cada quien ha hecho dictados en la escuela y después, ya adulto, ha mantenido animadas conversaciones sobre lo que es verídico o legendario en los relatos de la guerra de Troya, y por qué lugares reales pasó Ulises. Cuando Lucas y sus compañeros de viaje, solos en medio del mar a bordo de su cáscara de nuez, ven aparecer una isla en la bruma, deben de preguntarse si no será por azar la de los Lotófagos, la del cíclope Polifemo, la de la maga Circe, que transforma a los hombres en cerdos, o la isla de la ninfa Calipso, que les abre –si ella quiere– las puertas de la vida eterna.

43

La historia se encuentra en el libro V de la *Odisea*. Ulises ha encallado en la isla de Calipso y no se ha movido de allí desde hace siete años. La isla huele a fuego de cedro y de tuya. Hay en ella una viña, cuatro manantiales límpidos, praderas sembradas de violetas en todas las estaciones y apio silvestre. Ante todo, la ninfa es hermosa y Ulises comparte su lecho. La vida en aquel jardín cerrado es deliciosa, capaz de hacer que el viajero olvide la meta de su viaje, que es, como sabemos, retornar a su pedregosa isla de Ítaca, con su mujer Penélope y su hijo Telémaco, en suma, el mundo de donde procede y que tuvo que abandonar hace mucho tiempo para participar en el asedio de Troya. Pero no olvida su objetivo. La nostalgia le oprime. Entre dos noches de éxtasis, permanece en la orilla, inmóvil, pensativo. Llora. En el Olimpo, Atenea aboga por su causa: su penitencia, aunque voluptuosa, ya ha durado bastante. Convencido, Zeus envía a Hermes para que comunique a Calipso que debe permitir que el héroe se vaya. «Pues su destino no es morir en esta isla, alejado de sus próximos. En verdad, su hado es el reencuentro con los suyos, regresar a su casa de alto techo en el país de sus padres.» Al oír esas palabras, Calipso se estremece. Se entristece muchísimo. Pero acata la orden. Por la noche ella y Ulises se encuentran. Los dos saben que él va a partir al día siguiente. En la gruta donde tanto han disfrutado del amor, ella le sirve comida y bebida en el silencio abrumado de las separaciones. Calipso, al final, sufre demasiado. Intenta su última posibilidad:

«¡Ulises, el de las mil astucias! ¿Es verdad entonces que ahora piensas volver a tu casa en el país de tus padres? ¿De inmediato? Adiós, pues. Pero si tu corazón supiera las pesadumbres de que va a colmarte el destino antes de llegar a tu tierra natal, querrías quedarte aquí conmigo, para conservar esta vivienda *y convertirte en un dios*... Por más grande que sea tu ansia de volver a ver a una esposa hacia la que todos los días te conducen tus deseos. Yo me precio, sin embargo, de no ser menos bella en estatura y en porte, y no he visto nunca que una mujer haya podido rivalizar en cuerpo o en rostro con los de una diosa.»

Ulises le responde:

«Diosa venerada, escucha y perdóname. ¡Me digo todo esto! A pesar de todo lo inteligente que es, sé que comparada contigo Penélope carece de grandeza y hermosura. Es una simple mortal, y tú, en cambio, no conocerás la vejez ni la muerte. Y sin embargo el único voto que hago cada día es volver allá, ver en mi casa el día del retorno. ¡He sufrido ya tanto, he penado tanto entre las olas, en la guerra! ¡Si aún debo sobrellevar más penalidades, que así sea!»

Transpongamos, guionicemos, no tengamos miedo de hundir más el clavo. Calipso, que es el prototipo de la rubia, la que todos los hombres quisieran poseer pero no necesariamente desposar, la que abre la llave del gas o se toma pastillas durante la cena de Nochevieja que su amante festeja en familia, Calipso tiene para retener a Ulises una baza más poderosa que su llanto, su ternura e incluso el vellón rizado entre sus piernas. Está en condiciones de ofrecerle lo que todo el mundo sueña. ¿Qué? La eternidad. Nada menos. Si se queda a su lado no morirá nunca. Él no envejecerá. Ellos nunca enfermarán. Ella conservará para siempre el cuerpo milagroso de una mujer muy joven, él el robusto de un cuarentón en la plenitud de sus encantos. Se pasarán la vida eterna follando, echando la siesta al sol, nadando en el mar azul, bebiendo vino sin tener resaca, follando otra vez, sin cansarse nunca, leyendo poesía si les apetece y, por qué no, escribiéndola. Una propuesta tentadora, admite Ulises. Pero no, tengo que volver a mi casa. Calipso cree que ha oído mal. ¿A tu casa? ¿Sabes lo que te espera allí? Una mujer que ya no está en su primera juventud, que tiene estrías y celulitis y a la que la menopausia no va a mejorar. Un hijo al que recuerdas como un niño adorable pero que en tu ausencia se ha convertido en un adolescente problemático y con muchas posibilidades de ser un toxicómano, un islamista, un obeso, un psicótico, todo lo que los padres temen para sus hijos. Tú mismo, si te vas, pronto serás viejo, te dolerá todo el cuerpo, tu vida sólo será ya un pasillo oscuro que se estrecha, y por atroz que sea recorrerlo con tu andador y tu portasuero con ruedas te despertarás de noche ciego de terror porque te vas a morir. Eso es la vida de los hombres. Te propongo la de los dioses. Reflexiona.

Lo he reflexionado, dice Ulises. Y parte.

Muchos comentadores, desde Jean-Pierre Vernant a Luc Ferry, ven en la elección de Ulises la última palabra de la sabiduría antigua, y quizá de la sabiduría a secas. La vida del hombre vale más que la de un dios por la sencilla razón de que es la verdadera. Un sufrimiento auténtico vale más que una felicidad ilusoria. La eternidad no es deseable porque no forma parte de nuestro sino. Este sino imperfecto, efímero, decepcionante, es el único que debemos querer, es hacia donde debemos retornar continuamente, y toda la historia de Ulises, toda la historia de los hombres que aceptan ser sólo hombres para serlo plenamente es la historia de ese retorno.

Nosotros, modernos, no tenemos mucho mérito en reivindicar esta sabiduría porque ya no existe nadie que nos haga la proposición de Calipso. Pero es la propuesta que han aceptado con entusiasmo Lucas, Sópater y los demás, y me pregunto si es lo que piensa Lucas al pasar por delante de una isla cuya brisa transporta hasta la nave el olor de los olivos, de los cipreses y la madreselva.

No sé nada de su infancia ni de su adolescencia, pero me figuro que ha soñado con ser un héroe como Aquiles –valiente hasta la insensatez, que prefiere una muerte gloriosa a una vida ordinaria– o un hombre hecho y derecho como Ulises, que sale bien parado de cualquier situación, seduce a las mujeres, es conciliador con los hombres y está maravillosamente adaptado a la vida. Y que luego, al crecer, Lucas dejó de identificarse con los héroes homéricos porque ya no era posible. Porque no se parecía a ellos. Porque se vio forzado a reconocer que no formaba parte de la feliz familia de los hombres que aman la vida en la tierra, que es pródiga con ellos y es la única que quieren. Formaba parte de otra familia, la de los inquietos, los melancólicos, los que creen que la vida está en otra parte. Se supone que en la Antigüedad eran minoritarios, clandestinos, estaban reducidos al silencio, y que tomaron el poder para conservarlo hasta nuestros días gracias a nuestro tenebroso amigo Pablo, pero de todos modos disponían de portavoces gloriosos. Platón, de entrada, según el cual toda nuestra vida se desarrolla en una sombría caverna donde sólo percibimos vagos reflejos del mundo verdadero. Lucas debió de leerlo: cuatro siglos después de su muerte Platón seguía siendo muy conocido, todas las personas aficionadas a los pensamientos elevados pasaban por un período platónico. De ahí, a través de Filón, el platónico judío de Alejandría, se desvió hacia el judaísmo, como muchos de sus contemporáneos, y no se sintió desterrado. El alma estaba exiliada. En Egipto suspiraba por Jerusalén. En Babilonia suspiraba por Jerusalén. Y en Jerusalén ansiaba la *verdadera* Jerusalén.

Y después encontró a Pablo, que promete resueltamente la vida eterna. Pablo dice lo que ya decía Platón, que la vida en la tierra es mala porque el hombre es falible y la carne se degrada. Dice que lo único que se puede esperar de esta vida es liberarse de ella para ir donde reina Cristo. Evidentemente, el reino de Cristo es menos sexy que el de Calipso. A esos cuerpos corruptibles que resucitarán incorruptibles, es decir, que no envejecerán, no sufrirán, que sólo desearán la gloria de Dios, es mejor verlos ocultos bajo largas túnicas y entonando cánticos sin fin que nadando desnudos en el mar y acariciándose mutuamente. A mí esto me desanimaría, pero hay que admitir que no debía de desalentar a Lucas. Además no quiero caricaturizar: la extinción del deseo no es sólo el ideal de santurrones puritanos, sino de personas que han reflexionado mucho sobre la condición humana, como los budistas. Lo esencial está en otra parte: en la semejanza perturbadora entre lo que promete Pablo y lo que promete Calipso –liberarse de la vida o, como diría Hervé, «salir del atolladero»– y en la divergencia irreductible entre el ideal de Pablo y el de Ulises. Cada cual designa como el único bien verdadero lo que el otro denuncia como una ilusión funesta. Ulises dice que la sabiduría consiste en remitirse siempre al aquí abajo, y Pablo dice que la condición humana es despegarse del suelo. Ulises dice que el paraíso es una ficción, y entonces importa poco que sea hermoso, y Pablo dice que es la única realidad.

Pablo, movido por su ímpetu, llega a felicitar a Dios por haber elegido *lo que no existe* para deshacer lo que existe. Es esto lo que ha escogido Lucas, y es en esto en lo que, muy literalmente, se ha embarcado, y me parece una gran gilipollez. Que consagre su vida entera a algo que simplemente no existe y dé la espalda a lo que existe realmente: el calor del cuerpo, el sabor agridulce de la vida, la maravillosa imperfección de la realidad.

III. La investigación
(Judea, 58-60)

1

Al cabo de una travesía de ocho días, Pablo y su delegación desembarcan en Siria. Allí les reciben algunos adeptos de la Vía, como llaman los lugareños al culto cristiano. En Cesarea, el gran puerto de la región, les hospeda un predicador llamado Filipo, padre de cuatro hijas vírgenes que se dedican a la profecía. Un amigo de la casa, que también se declara profeta, quiere disuadir a Pablo de que vaya a Jerusalén. Mimando la escena, es decir, atándose de pies y manos, le vaticina que los judíos de allá van a detenerle y entregarle a los romanos, que le matarán. Pablo no le hace ningún caso. Su determinación es inflexible. Si es preciso morirá por la causa. Le despiden llorando, y es difícil no pensar que Lucas, al escribir estas escenas treinta años más tarde, no se haga eco deliberadamente de las de su Evangelio, cuyo héroe es Jesús, similarmente decidido a ir a Jerusalén, a pesar de las advertencias reiteradas de sus discípulos.

A pesar de las repetidas advertencias de los suyos, Pablo y su séquito entran en la ciudad santa. Alojados en casa de Mnasón, un discípulo chipriota, al día siguiente de su llegada van en procesión a hacer una visita respetuosa a Santiago, y ha llegado el momento de preguntarse por qué él era el jefe de los adeptos de la Vía en Jerusalén.

Debería haber sido Pedro, el más antiguo de los compañeros de Jesús. Podría haber sido Juan, que se presentaba a sí mismo como su discípulo predilecto. Los dos tenían toda la legitimidad necesaria, así como la tenían Trotski y Bujarin para suceder a Lenin, a pesar de lo cual el que la obtuvo, eliminando a todos sus rivales, fue un georgiano patibulario, Iósif Dzhugashvili, apodado Stalin, sobre el cual Lenin había declarado expresamente su desconfianza.

Lo que había dicho Jesús de su hermano Santiago, y en general de su familia, no era más alentador. Cuando le hablaban de su madre y sus hermanos, movía la cabeza y señalaba a los extraños que le seguían diciendo: «Aquí están, mi madre y mis hermanos.» A una mujer que, con una efusión muy oriental, exclamaba: «¡Dichoso el vientre que te ha llevado! ¡Dichosos los senos que te han amamantado!», él respondió secamente: «Dichosos, más bien, los que escuchan la palabra de Dios y la aplican.» Hay que confesar que Jesús no parecía sentir un gran interés por los vientres ni los senos. No hacía mucho caso a su familia y ésta le prestaba aún menos atención. El evangelista Marcos narrará una escena en la que los suyos tienen la clara intención de hacer que le detengan porque dicen que ha perdido el juicio. Si Santiago hubiera salido, solo, en defensa de su hermano, sin duda nos lo habrían dicho. En vida de Jesús, debió de tenerle, como los demás, por un iluminado que desacreditaba a una familia modesta pero honorable. El hecho de que ese iluminado, ese rebelde, ese mal súbdito, acabara ajusticiado como un delincuente común debería haber dado la razón definitivamente a su hermano virtuoso, pero posteriormente se produjo algo extraño: a pesar de esa ejecución ignominiosa, o a causa de ella, el hermano deshonroso se convirtió después de su muerte en objeto de un auténtico culto, y un poco de su gloria póstuma empezó a salpicar a Santiago. Éste se dejó hacer. Gracias a la sangre más que a sus méritos, en virtud de un principio puramente dinástico, llegó a ser uno de los grandes personajes de la Iglesia primitiva, a la altura e incluso más arriba que los discípulos históricos Pedro y Juan, algo así como el primer papa. Extraña trayectoria.

2

Lucas no sabía nada de Jesús la primera vez que encontró a su hermano. No conocía ni su libertad de costumbres ni sus malas compañías ni su desprecio por la devoción. Quizá se imaginó que en vida se pareció a Santiago, de quien la tradición, es decir, el obispo Eusebio de Cesarea, que en el siglo IV escribió una historia de la Iglesia, nos legó este atrayente retrato: «Fue santificado desde el seno de su madre, no bebió jamás vino ni bebidas embriagadoras, no comió nunca nada que hubiese estado vivo. La cuchilla no rasuró nunca su cabeza. No se ungía con aceite y no se bañaba. No se vestía con lana, sino con lino. Entraba solo en el Templo y allí se quedaba tanto tiempo rezando que las rodillas se le habían vuelto tan callosas como las de un camello.»

Pablo, rodeado del consejo de ancianos de la Vía, pasa una especie de gran examen oral ante este personaje intimidatorio. Tras las cortesías usuales, el apóstol presenta un informe detallado sobre las obras que el Señor, a través de su intermediario, ha realizado entre los gentiles. Siempre positivo, siempre afanoso de minimizar las disputas, Lucas dice que sus oyentes «glorificaban a Dios por lo que oían», pero guarda un extraño silencio sobre lo que constituía, en suma, el motivo principal de la visita: entregar a la iglesia de Jerusalén el fruto de la colecta. De ahí a pensar que Santiago rechazó la ofrenda de Pablo, como Dios rechazó la de Caín... Ninguna de nuestras dos fuentes dice nada de esto, pero, puestos a pensarlo, aceptar su generosidad equivalía a refrendar el rango de Pablo, y no es seguro que Santiago estuviese dispuesto a hacerlo.

Por positivo que fuese Lucas, no puede ocultar que después de glorificar a Dios, los ancianos, esto es, Santiago, hablaron a Pablo de este modo: «Sabes que miles de judíos han abrazado la Vía sin dejar de observar la Ley. También debes saber que están inquietos por los rumores que circulan sobre ti. Dicen que incitas a los judíos que viven entre paganos a olvidar a Moisés, a no circuncidar a sus hijos, a ignorar los preceptos.» Se supone que Pablo escucha sin decir ni pío: todo esto es verdad. «¿Qué hacer, entonces? Se sabe que estás aquí, no vamos a esconderte. Escucha lo que te proponemos para apaciguar a las almas y mostrar que te han calumniado.» Pablo tragó saliva con dificultad. «Tenemos aquí a cuatro hombres que han hecho un voto de purificación. Acompáñales al Templo, cumple con ellos los ritos, hazte cargo de sus gastos y así todo el mundo verá que no hay nada de cierto en los horrores que se cuentan de ti.»

Al exigir a Pablo melindres tan contrarios a todo lo que profesaba, Santiago se proponía mostrar que era el patrono y sin duda humillar a su enemigo. Pablo se doblegó. No por falta de valor, estoy seguro, sino porque para él aquello no tenía la menor importancia. Porque aquello sólo ofendía a su orgullo y era capaz de emplear su orgullo en humillarse. ¿Es eso lo que queréis? Muy bien. Hizo todo lo que le pidieron. Acompañó a los cuatro devotos al Templo e hizo con ellos todas las purificaciones rituales. Gastó dinero, bastante dinero, en ofrendas y sacrificios, y concertó una cita, al final de un ayuno de siete días, para la ceremonia final del rapado del cráneo. Nos preguntamos cómo le recibieron los cuatro devotos. En sus relaciones con ellos, Pablo seguramente consideró una cuestión de honor recordarse a sí mismo que el amor es dulce y paciente, ofrecer su paciencia a su dios y no impacientarse en ningún momento.

3

Mientras Pablo se sometía a esta semana de novatadas, Lucas y sus camaradas de Asia y Macedonia se ven abandonados a su suerte y no tienen nada mejor que hacer, me figuro, que pasear por Jerusalén. Súbditos del imperio romano, en materia de ciudades están acostumbrados a las ciudadelas romanas, todas más o menos semejantes, blancas, trazadas de un modo regular y simétrico. La ciudad santa de los judíos no se parece en nada a lo que ellos conocen. Además, llegan allí en el momento del Pésaj, la Pascua, que conmemora la salida de Egipto del pueblo de Israel. Una multitud de peregrinos, de comerciantes y caravaneros que hablan todas las lenguas se empujan en las calles estrechas, atraídos por el Templo que tampoco se parece a nada de lo que conocen. Lucas ha oído hablar de él, por supuesto, pero antes de verlo con sus propios ojos sabía lo que era; y no estoy seguro de que le gustara mucho. Lo que sí le gusta realmente son las sinagogas, esas casitas discretas y acogedoras que existen por todas partes donde hay judíos y en las que ha aprendido a apreciar el judaísmo. Las sinagogas no son templos: son lugares de estudio y de oración, no de culto, y menos aún de sacrificios. A Lucas le agrada la idea de que los judíos, a diferencia de los demás pueblos, no tengan templos, o de que el suyo esté en su corazón, pero la verdad es que sí poseen uno, sólo que es el único, de igual manera que sólo tienen un dios, y como creen que ese dios es el más grande de todos, que los de los vecinos son unos impostores irrisorios, su único templo tiene que ser digno de él. En vez de malgastar su tiempo y su dinero en dedicarle en todas partes donde viven pequeños templos insignificantes, los judíos del mundo entero envían cada año una ofrenda para mantener y embellecer el grande, el verdadero, el único Templo. Los más ricos y los más devotos peregrinan allí tres veces al año para las tres grandes fiestas, Pésaj, Shavuot, Sucot, y los demás cuando pueden. Durante estas fiestas, la población se multiplica por diez. Convergen hacia el Templo desde los cuatro puntos cardinales.

Se lo ve desde todas partes, coronado de mármol y de oro, y según la hora del día resplandeciente como el sol, cuyos rayos refleja, o parecido a una montaña cubierta de nieve. Es absolutamente gigantesco, tiene una superficie de quince hectáreas, seis veces la de la Acrópolis, y es casi flamantemente nuevo. Destruido por los babilonios en la época remota en que los judíos fueron conducidos al exilio, fue reconstruido a principios de la ocupación romana, bajo el reinado de Herodes el Grande, un megalómano riquísimo y refinado que lo convirtió en una de las maravillas del mundo helenístico. El historiador inglés Simon Sebag Montefiore, que después de dos libros apasionantes sobre Stalin escribió un compendio sobre Jerusalén a través de los siglos, asegura que cada uno de los bloques ciclópeos de los cimientos, los que actualmente forman el muro occidental y en cuyos intersticios los devotos deslizan sus plegarias escritas en pequeños papeles, pesan seiscientas toneladas. Esa cifra me parece exagerada, pero el propio Simon Sebag Montefiore cita con el mismo aplomo, entre los grandes hechos del rey de Egipto Tolomeo Filadelfo II, el que ordenó en el siglo III la traducción griega de las Escrituras judías conocida con el nombre de Biblia Septuaginta, la organización de una fiesta en honor de Dionisos en la que se podía admirar un odre gigantesco, hecho con pieles de leopardo, que contenía no menos de ochocientos mil litros de vino. La reconstrucción del Templo requirió bastante tiempo porque en vida de Jesús, treinta años antes de que Lucas pisara las explanadas, se le consideraba recién terminado. En la época de la que hablo, Lucas no conocía todavía la respuesta de Jesús a sus discípulos de provincias, que al llegar por primera vez a Jerusalén se maravillaron de tanto esplendor: «¿Admiráis esas piedras y esas grandes construcciones? No quedará piedra sobre piedra.» No conoce todavía la historia de los mercaderes a los que Jesús expulsó del inmenso atrio donde se tratan los negocios, pero habituado como está al dulce fervor de las sinagogas, lo imagino turbado por el barullo, los empujones, el griterío, los regateos, los animales arrastrados por los cuernos en medio de un concierto de balidos angustiados mientras suenan las trompas que llaman a la oración, y a los que sangran y despedazan y exponen humeantes sobre los altares para agradar al gran dios que sin embargo ha manifestado por medio del profeta Oseas lo poco que le gustan los holocaustos; lo que le gusta es la pureza de alma, y Lucas no encuentra muy puro nada de lo que ve en el recinto del Templo.

Cuando decimos recinto hablamos de varios, encajados los unos en otros y cada vez más sagrados a medida que se hacen más pequeños. El centro del vórtice es el sanctasanctórum, el espacio reservado al dios único y donde sólo el sumo sacerdote está autorizado a entrar una vez al año. Cuando se lo dijeron, el conquistador romano Pompeyo se encogió de hombros: me gustaría ver quién podría impedírmelo. Y entró. Le sorprendió ver que en el último santuario no había nada. Lo que se dice nada. Se esperaba estatuas, o la cabeza de un asno, porque le habían dicho que era eso el misterioso dios de los judíos, pero era un espacio vacío. Volvió a encogerse de hombros, quizá a disgusto. No habló más del asunto. Tuvo una mala muerte: después de haberle ejecutado, los egipcios enviaron a César su cabeza conservada en salmuera; a los judíos les regocijó la noticia. A continuación vienen los patios interiores, donde sólo admiten a los circuncisos. Luego lo que llaman el atrio de los gentiles, por donde pueden pasearse los turistas. Hoy día es más o menos parecido, con la salvedad de que el Templo de los judíos se ha convertido en la Explanada de las Mezquitas, pero los palestinos se niegan a reconocerlo. Quiero decir que se niegan a reconocer que en el lugar donde se hallan sus mezquitas se encontraba antaño el Templo de los judíos, es incluso uno de los obstáculos más irreductibles para la solución del conflicto israelí-palestino y un ejemplo de la chaladura religiosa de esta ciudad en que los judíos, los musulmanes y los cristianos se disputan el menor fragmento de muro, el más mínimo conducto subterráneo, alegando cada litigante que ellos fueron los primeros que estuvieron allí, lo que convierte la arqueología en una disciplina de alto riesgo. En cualquier caso, es aquí, en los patios interiores y en el atrio de los gentiles, donde Jesús enseñó durante los últimos años de su vida y donde se querelló con los fariseos. Es aquí donde Santiago y los antiguos de la Vía, aunque marginados por su extraña creencia en la resurrección de un delincuente común, siguen rezando hasta tener rodillas de camellos. Es aquí donde Pablo, un muchacho llegado de Tarso, siguió en otro tiempo, con un fervor rayano en el fanatismo, las enseñanzas del maestro fariseo Gamaliel. Aquí se juró erradicar a la secta blasfema que profesaba la resurrección del delincuente. Y aquí le reencontramos veinte años más tarde, observando con cuatro devotos como los que te encuentras hoy en cada esquina de Jerusalén –excepto que actualmente van disfrazados de terratenientes campesinos polacos del siglo XVIII– preceptos que a su entender no tienen ya ningún valor, pero que sin duda alguna habría seguido obedeciendo impávidamente si no le hubiera sucedido lo que le ha sucedido. Quizá piensa en esto cuando practica estas devociones, en la vida que habría vivido si no le hubiera ocurrido este suceso increíble: una vida centrada alrededor del Templo, una vida de devoto con rodillas de camello. En lugar de lo cual, arrancado de sí mismo por obra de Jesucristo, y no siendo ahora más que la apariencia de Pablo habitada por Cristo, al que agradece esta metamorfosis prodigiosa, ha recorrido el mundo desde hace veinte años, arrostrado mil peligros, convertido a miles de hombres a esta creencia insensata de la que antes abominaba, y ahora ha regresado al Templo, entre los circuncisos como él pero encabezando a un grupo de incircuncisos que, por supuesto, no pueden franquear los pórticos interiores y se quedan, por tanto, en la inmensa explanada de los gentiles donde la gente se cita como en Moscú se dan citas en las estaciones de metro, y donde abren de par en par los ojos y los oídos.

4

Timoteo es el único del grupo que desde que sigue la estela de Pablo es un viajero avezado. Lucas, en su calidad de médico ambulante, viajaba en círculos alrededor de Filipos y algunas veces llegaba hasta las riberas de Asia. Los demás, Sópater, Trófimo, Aristarco, no han debido de salir muy a menudo de sus ciudades natales. Vagan por Jerusalén como una panda de turistas, no hablan la lengua, no saben nada de las costumbres locales y no pueden esperar que los adeptos de la Vía les sirvan de guías. En la reunión celebrada en la casa de Santiago, ninguno de los barbudos que forman su guardia de allegados les dirigió la palabra ni les ofreció un vaso de agua. El único que les ha acompañado es ese simpatizante chipriota, Mnasón, bajo cuyo techo duermen, enrollados en sus mantas piojosas, y se preguntan qué se les ha perdido en este berenjenal.

En una película o una serie de televisión, yo intentaría hacer de ese figurante un personaje parecido al fotógrafo, enano y sexualmente ambiguo, que recibe en Yakarta al joven periodista interpretado por Mel Gibson en *El año que vivimos peligrosamente* y le describe las fuerzas que generan la explosiva situación política. El chipriota Mnasón pudo haber prestado este servicio a Lucas. Dicho esto, lo que yo sé de la situación política en Judea, lo que saben todos los historiadores, no lo hemos sabido por Mnasón, sino por un testigo capital que se llamaba Yosef ben Matityahu entre los judíos y Titus Flavius Josephus entre los romanos y, para la posteridad, Flavio Josefo.

Él también se encontraba en Jerusalén el año 58, pero no hay ninguna posibilidad de que se codeara con el humilde chipriota Mnasón, ni con Lucas ni tampoco con Pablo. Aristócrata judío, miembro de una gran familia sacerdotal, desde los dieciséis años había pasado por las diversas sectas de Judea, a las que consideraba otras tantas escuelas filosóficas, y completado esta formación con una temporada en el desierto. Pasaba por ser una especie de niño prodigio del rabinismo, destinado a una brillante carrera de *apparatchik* religioso. No era en absoluto un místico, sino un hombre de poder y de contactos, un diplomático cuyos escritos le revelan inteligente, vanidoso, imbuido de una conciencia de clase muy fuerte. Más adelante contaré en este libro la trágica revuelta de los judíos y la participación de Josefo en la misma. Por el momento baste saber que tras la caída de Jerusalén, en el año 70, escribió un libro titulado *La guerra de los judíos,* gracias al cual conocemos la historia de Judea en el siglo I mejor que la de cualquier otro pueblo del imperio, excepto Roma. Esta crónica, totalmente independiente de los Evangelios, constituye su contrapunto, la única fuente que nos permite contrastarlos, lo que explica la pasión que le profesan los especialistas de los orígenes del cristianismo. De hecho, cuando uno se pone a trabajar en este campo, no tarda en darse cuenta de que todo el mundo explota el mismo filón, muy limitado. Primero, los escritos cristianos del Nuevo Testamento. Después, los apócrifos, más tardíos. Los manuscritos de Qumran. Algunos autores paganos, siempre los mismos: Tácito, Suetonio, Plinio el Joven. Por último, Josefo. Es todo, si hubiese otras fuentes lo sabríamos, y lo que se puede extraer de las que existen es también limitado. Con un poco de práctica, las barreras ficticias se vuelven familiares, aprendes a detectar una pista útil y a despachar muy rápido lo que ya has leído diez veces en otra parte. Leyendo a un historiador, sea cual sea su escuela, se ve cómo confecciona su guiso, más allá del sabor que les procura su salsa se identifican los ingredientes que se ha esforzado en utilizar, y es esto lo que me induce a pensar que ya no necesito un libro de recetas, que puedo lanzarme yo solo.

5

Lo que describe Josefo en los primeros capítulos de *La guerra de los judíos,* lo que quizá describe Mnasón a los discípulos de Pablo extraviados en Jerusalén, es un complicado desbarajuste colonial de nacionalismo religioso, y aunque para nosotros es un retablo político perfectamente conocido, catalogado, no lo era en absoluto para Lucas y sus compañeros. Asia y Macedonia, de donde son oriundos, son países pacificados, que aceptan de buen grado el yugo romano porque la cultura y el estilo de vida romanos son los suyos. Es así en el caso de prácticamente todos los países del imperio, pero no en el de Judea porque es una teocracia, un estado religioso donde la Ley se sitúa por encima de las leyes impuestas por la civilización mundial dominante, que las considera evidentes. Del mismo modo, hoy en día la *sharia* islámica entra en conflicto con la libertad de pensamiento y los derechos humanos, que nosotros juzgamos aceptables y hasta deseables para todo el mundo.

He dicho ya que los romanos estaban orgullosos de su tolerancia. No tenían nada en contra de los dioses ajenos. Estaban dispuestos a probarlos, como se hace con la cocina exótica y, si les gustaban, a adoptarlos. No se les habría pasado por la cabeza la idea de decretarlos «falsos»; como mucho, un poco rústicos y provincianos, y de todos modos equivalentes a los suyos con otros nombres. Que existan centenares de lenguas y, por consiguiente, centenares de palabras para nombrar a un roble no impide que un roble sea el mismo árbol en todas partes. Los romanos pensaban de buena fe que todo el mundo podía ponerse de acuerdo sobre el hecho de que Yavé era el nombre judío de Júpiter del mismo modo que Júpiter era el nombre romano de Zeus.

Todo el mundo salvo los judíos. Al menos no los de Judea. Los de la diáspora eran distintos: hablaban griego, leían sus escrituras en griego, se mezclaban con los griegos, no causaban problemas. Pero los judíos de Judea pensaban que sólo su dios era el verdadero y que estaba mal y era una idiotez adorar a los ídolos de los demás. Esta *superstitio* era inconcebible para los romanos. Se habrían emocionado si los judíos hubieran tenido el poder de imponerla. Como no lo tenían, el imperio toleró largo tiempo su intolerancia y, en resumidas cuentas, dio pruebas de tacto en este terreno. Así como los egipcios tenían derecho, si les venía en gana, a casarse entre hermanos, los judíos tenían el de utilizar, en lugar de las monedas romanas con la efigie de César, una propia que no representaba una figura humana. Estaban eximidos del servicio militar, y el capricho de Calígula, que en el año 40 había pretendido que erigieran su estatua en el Templo, no pasó de ser una provocación aislada, interpretada como una prueba de la locura del emperador, que, por otra parte, murió asesinado antes de salirse con la suya.

No obstante estas concesiones, los judíos no se dejaban engatusar. Se sublevaban periódicamente. Vivían en el recuerdo heroico de una revuelta pretérita, la de un clan de guerrilleros llamados macabeos, y en la espera exaltada de un levantamiento futuro que lo cambiaría todo. El imperio romano se creía eterno, pero los judíos del siglo I creían que la eternidad estaba de su parte. Que un día aparecería un segundo David que sería el césar de los judíos y que su reino sería realmente eterno. Que restauraría la gloria a los que habían soportado pacientemente las ofensas, derrocaría a los gloriosos actuales y, para empezar, expulsaría a los romanos. «Lo que sobre todo les excitaba en la guerra», señala Josefo, judío él también, pero que escribía para los romanos y tendía, como Pablo, a hablar de los judíos como si él no lo fuera, «era una profecía ambigua que figura en sus escrituras y anuncia que un hombre de su país sería el dueño del universo.» Este hombre sería el Mesías, el ungido del Señor, un guerrero invencible y a la par un juez sereno. En la diáspora se interesaban bastante poco por él, los prosélitos como Lucas escuchaban distraídamente cuando se hablaba de este misterioso personaje, pero a los judíos de Judea les obsesionaba, y tanto más porque Roma les enviaba gobernadores mediocres y corrompidos, cosa que desde hacía treinta años no hacía sino agravar la situación.

El largo capítulo II de *La guerra de los judíos* abarca esos treinta años que van, en términos de la historia universal, desde el reinado de Tiberio hasta el de Nerón y, para el asunto entonces oscuro que nos ocupa, desde la muerte de Jesús hasta la estancia de Pablo en Jerusalén que ahora estoy refiriendo. A escala local, se trata de las prefecturas de Poncio Pilatos y sus sucesores Félix, Festo, Albino y Floro: cada uno de estos *gauleiters* era peor que el anterior y, como dice desdeñosamente Tácito, «ejercían el poder de un rey con el alma de un esclavo». También había reyes, la tristemente célebre dinastía de los Herodes, pero eran reyezuelos autóctonos, como los maharajá en la época del imperio de la India, a los que las potencias coloniales gustan de dejar en el trono para complacer al pueblo y a condición de que coman en su mano. Asimismo había alrededor del Templo todo un poder sacerdotal. Llamaban saduceos a esta especie de brahmanes que se sucedían de padres a hijos, amasaban grandes fortunas y sostenían a la autoridad romana. Josefo formaba parte de una eminente familia saducea.

En estas circunstancias, la crónica de los tres decenios que condujeron a la gran revuelta de los años sesenta es una serie fatigosa de prevaricaciones y torpezas, de alzamientos y represalias. Así, cuenta Josefo que Pilatos se distinguió por malversar dinero destinado al Templo para financiar un acueducto, introducir estandartes militares con la efigie del emperador en la ciudad santa y no castigar la provocación de un soldado romano que se había levantado la faldilla y enseñado el culo en la explanada durante la Pascua. Sería provocador, pero falso, decir que Poncio Pilatos trataba a los judíos como Ariel Sharon a los palestinos en los Territorios. Si los judíos protestaban, si se postraban de bruces delante de su residencia de Cesarea y se quedaban tendidos sin moverse cinco días y cinco noches seguidas, lo único que se le ocurría era mandar a la tropa. Por otra parte, él y sus sucesores no cesaban de subir los impuestos, de cobrarlos como gángsters, y cuando se lee en los Evangelios que Jesús escandalizaba al dejarse ver con publicanos, es decir, recaudadores, hay que comprender que eran pobres judíos pagados por el ocupante romano para extorsionar a compatriotas aún más pobres que ellos, y que despertaban algo completamente distinto a la hostilidad de principio con que en todas partes se mira a los empleados del fisco. Eran colaboracionistas a los que los milicianos prestaban ayuda: la hez de la tierra, verdaderamente.

Presión fiscal, corrupción de los funcionarios, brutalidad de una guarnición perpetuamente irritada, que no comprende nada y no quiere comprender nada de las tradiciones del país ocupado: un cuadro conocido, y ya se sabe lo que le acompaña: revueltas populares, bandidaje, atentados, movimientos descontrolados de liberación nacional y –el toque local– de mesianismo. Casi nos sorprende que el caso de Jesús, por oscuro que haya sido, escape a la vigilancia de Josefo, que elabora un censo interminable de agitadores, guerrilleros y falsos reyes: el último hasta la fecha –en el momento en que Pablo y su grupo llegan a Judea– era cierto egipcio que reunió en un campo de entrenamiento, en pleno desierto, a unos miles de campesinos aplastados por los impuestos, sobrendeudados, locos de cólera, y que intentó, con él a la cabeza, marchar sobre Jerusalén. Los masacraron a todos, por supuesto.

Me imagino bien a Mnasón el chipriota contando a Lucas esta historia que acaba de causar sensación y que se narra en los Hechos; el único desacuerdo entre el historiador judío y el evangelista griego consiste en el número de los insurgentes: treinta mil según el primero, cuatro mil solamente según el segundo, lo que corresponde a la ratio que separa tradicionalmente las estimaciones de la policía de las de los organizadores de una manifestación, y me pregunto por qué Lucas, normalmente crédulo y proclive a la mistificación, se muestra tan modesto en este punto. Me imagino también a Mnasón poniendo en guardia a los desdichados turistas contra esos innovadores en materia de terrorismo urbano que son los sicarios. «Asesinaban en pleno día», cuenta Josefo, «en pleno corazón de la ciudad. Se mezclaban con la muchedumbre congregada para las grandes fiestas religiosas, ocultando debajo de sus vestiduras puñales cortos con los que herían a sus enemigos. Cuando caía la víctima, el agresor se sumaba a los clamores de indignación y de espanto. Cualquiera, en todo momento, podía temer que le matase un desconocido. Ya la gente ni siquiera se fiaba de sus amigos.»

Ah, y estaban también los zelotes. Podían confundirlos con los sicarios, pero a Josefo le gusta ser preciso, distinguir, clasificar. Los describe como «pícaros que se habían puesto ese nombre como si su celo fuera virtuoso y no lo aplicaran a acciones infames». Josefo es parcial, ciertamente. Se considera un moderado, siendo así que objetivamente es un colaboracionista que tiende a presentar a cualquier movimiento de resistencia como a un hatajo de gamberros. Dicho esto, cuando pone como ejemplo de «celo», es decir, de amor por el dios propio, el del sumo sacerdote Pinhas que, habiendo descubierto a un judío acostado con una extranjera, cogió una lanza y les traspasó a los dos el bajo vientre, estamos bastante de acuerdo con él, y con Pierre Vidal-Naquet, que, en su largo y brillante prólogo a *La guerra de los judíos*, define al zelote «no como el que adopta un estilo de vida conforme con la Ley, sino el que se lo impone a todos por todos los medios».

Había muchos de esta calaña. Había como mínimo uno, llamado Simón, entre los doce discípulos históricos de Jesús.

Aquellos hombres violentos tenían sus motivos. Se sentían ofendidos y, de hecho, lo habían sido. Conocemos todo esto.

6

Santiago y los suyos, al formular exigencias inaceptables para Pablo, ¿esperaban una confrontación, seguida de una escisión y exclusión? ¿Les decepcionó su buena actitud? ¿Les enfureció aún más? Detrás de esta pregunta se perfila otra más grave. Pablo ha sido denunciado y Lucas, nuestra única fuente para estos acontecimientos, que no documenta ninguna otra carta del apóstol, es esquivo respecto a la identidad de quienes lo denunciaron. Habla de «judíos de Asia», pero cabe preguntarse si sus enemigos más encarnizados no eran en realidad los amigos de Santiago y quizá el propio hermano de Jesús.

Concedámosles el beneficio de la duda y optemos por los «judíos de Asia». Los siete días de purificación tocan a su fin cuando, al avistar a Pablo en el Templo, lo señalan con el dedo y vociferan: «¡Es él, hombres de Israel! ¡El que predica contra nuestro pueblo! ¡Contra la Ley! ¡Contra este lugar sagrado! ¡Ha profanado el Templo introduciendo a un gentil!»

Lucas precisa que hablaban de Trófimo de Éfeso, con el cual le habían visto en la ciudad. Claramente, Lucas no hace caso de esta acusación, que Renan por su parte considera inverosímil: para introducir en el recinto sagrado a un griego no circunciso habría sido necesario no tener ninguna conciencia del riesgo que entrañaba o bien arrostrarlo por provocación, y Pablo no era ni un inconsciente ni un provocador. De todos modos, «la ciudad entera se alborotó. El pueblo acudió de todas partes. Agarraron a Pablo, lo arrastraron fuera del Templo y cerraron las puertas. Querían darle muerte».

En ausencia del gobernador Félix, que reside en Cesarea, la autoridad civil y militar en la ciudad santa la ejerce el tribuno de la cohorte, Claudio Lisias. Alertado, envía soldados que interrumpen por poco el linchamiento. Detienen a Pablo, le cargan de cadenas. Preguntan quién es, qué ha hecho, de qué se le acusa. Pero entre el gentío unos creen esto, los otros aquello, y como en aquella barahúnda no se le puede interrogar con calma, Lisias ordena que lleven a Pablo a la fortaleza Antonia, muy cercana al Templo, donde está acuartelada la guarnición. La multitud le sigue gritando: «¡Muera!» Los soldados tienen que llevarse al prisionero para protegerle.

«¿Puedo decir algo?», pregunta Pablo al tribuno, que se asombra.

«¿Hablas griego?» Al parecer Pablo no tiene aspecto de hablarlo. «¿No serás por casualidad el egipcio que recientemente sublevó a cuatro mil bandoleros y se los llevó al desierto?»

La pregunta parece poco plausible, pues el egipcio ha sido ejecutado hace seis meses: sospecho que Lucas deslizó su nombre para hacer alarde de su conocimiento del terreno.

«No», responde Pablo, «soy judío, de Tarso, en Cilicia. Te ruego que me permitas hablar al pueblo.»

La escena es muy vibrante, al leerla no se duda de que Lucas estaba allí presente; aun así, las de la Pasión lo son también y él no estaba. En cambio, el discurso que la sigue es uno de esos toscos pastelones retóricos que adoraba escribir, como por otra parte todos los historiadores de la Antigüedad, como Tucídides, como Polibio, como Josefo, que en sus *Antigüedades judías,* un compendio de la Biblia para uso de los romanos, no se resiste al placer de citar las palabras textuales que dirige Abraham a su hijo Isaac en un pasaje célebre, pero tratado más sobriamente en el Génesis. Y yo tampoco me resisto al de citar el comentario bromista, formulado en tono serio, del historiador inglés Charlesworth, citado a su vez por Pierre Vidal-Naquet: «Abraham, antes de sacrificar a Isaac por orden de Yavé, le inflige una larga arenga mostrando que este sacrificio será mucho más doloroso para él, Abraham, que para Isaac. Éste contesta con sentimientos llenos de nobleza. En este estadio, al lector le aterra la idea de que el carnero, enredado en la zarza ardiente, también se ponga a soltar su parrafada.»

Total: ante la entrada de la fortaleza, frente a la aglomeración enardecida, Pablo empieza a recordar todo lo que ya sabe el lector de los Hechos, pero lo cuenta en arameo, no en griego, procurando describirse como el judío más judío del mundo. Recuerda que ha cursado sus estudios en Jerusalén y recibido del gran fariseo Gamaliel las más estrictas enseñanzas acerca de la Ley. Que en cuanto al celo por el dios de sus padres, vale ampliamente más que el de quienes hoy quieren lincharle. Que ese celo le indujo a perseguir a muerte a los adeptos de la Vía, a cargarlos de cadenas y arrojarlos a la cárcel, y que había llegado al extremo de ir hasta Damasco a desalojarlos por orden del sumo sacerdote. Pero hete aquí que le había sucedido algo en el camino a Damasco, algo que Lucas ya ha contado una vez y que volverá a contar de nuevo: en total hay tres versiones en los Hechos que contienen ligeras variantes y sobre las cuales piadosos exégetas han consumido una vida entera de trabajo. El tronco común es el gran relámpago de luz blanca, la caída del caballo, la voz que le murmura al oído: «Saúl, Saúl, ¿por qué me persigues?», Saúl que pregunta: «¿Quién eres tú?» y la voz que responde: «Soy Jesús el Nazareno, al que persigues.» Pero la variante número dos, patentemente destinada a un público de judíos ortodoxos, es que en vez de irse al desierto solo, a rumiar su experiencia durante tres años –tal como asegura a los griegos para convencerlos de que no depende de nadie–, Pablo dice en esta ocasión que nada le pareció más urgente que volver a Jerusalén para orar en el Templo. Es ahí, precisa, en el sanctasanctórum de la piedad judía, donde el Señor se le apareció de nuevo y le ordenó que anunciara la buena nueva a los paganos.

«Hasta aquí le escuchaban», prosigue Lucas. «Pero al oír estas palabras la gente empezó a vociferar», a exigir otra vez que diesen muerte al blasfemo. El tribuno ordena que le metan en la fortaleza, para protegerlo y al mismo tiempo para someterlo a interrogatorio con objeto de averiguar la causa del disturbio. Pablo, según su resabiada costumbre, espera a que lo amarren e incluso a que lo azoten un poco para preguntar educadamente si está permitido tratar así a un ciudadano romano. Muy molesto, el centurión encargado de interrogarlo informa de ello al tribuno, que va a ver al preso. «¿Eres ciudadano romano?» «Sí», responde Pablo, gozando del brete en que pone al militar.

7

Al día siguiente el tribuno ha reflexionado. Lo que reprochan a su engorroso prisionero no incumbe al mantenimiento del orden romano. En consecuencia ordena que le desaten para que comparezca ante el sanedrín. Cuando asistió a esta escena, Lucas no debía de saber muy bien lo que era el sanedrín. Cuando la narre, treinta o cuarenta años más tarde, estará mucho mejor informado. Sabrá que Poncio Pilatos, de acuerdo con un procedimiento idéntico, envió a Jesús ante el sanedrín, y no dejará pasar la ocasión de subrayar el paralelismo. Pablo, sin embargo, se defiende más hábilmente que Jesús. Sabe que el sanedrín lo componen saduceos y fariseos, una distinción que tampoco es muy familiar para Lucas en aquel momento, pero que enseguida asimilará. Los saduceos son la élite sacerdotal hereditaria –poderosa, corrompida, arrogante– en la que se apoyan los romanos; los fariseos, hombres de estudios virtuosos, consagrados al comentario de la Ley, que se mantienen al margen de los asuntos políticos y a quienes a lo sumo se les puede reprochar su tendencia a buscarle tres pies al gato. Pablo decide enfrentar a los primeros contra los segundos. «Hermanos», les dice, «yo soy fariseo, hijo de fariseo. Van a juzgarme a causa de nuestra esperanza en la resurrección.» No es del todo cierto, si van a juzgarle es por haber entrado con el impuro Trófimo en el Templo, pero sabe que los fariseos creen en la resurrección de los muertos, aunque no los saduceos, y que van a empezar a pelearse. La argucia no falla y el tribuno, cuya tentativa de lavarse las manos ha fracasado, no puede hacer otra cosa que encarcelar de nuevo a Pablo.

Tras lo cual, refiere Lucas, cuarenta judíos sedientos de sangre juran no comer ni beber hasta haber matado al blasfemo. Para que salga de la fortaleza convencen al sanedrín de que pida una investigación complementaria y una nueva comparecencia; ellos se encargarán de darle su merecido durante el traslado desde el cuartel romano al tribunal judío. Aparece entonces un hijo de la hermana de Pablo, del que nunca ha oído hablar y del que nunca oirá nada más. Al enterarse del complot, encuentra la manera de prevenir a su tío en la cárcel. Pablo informa al centurión, que a su vez informa al tribuno, que, cada vez más angustiado por este asunto, opta por enviar al prisionero al gobernador Félix, en Cesarea. De noche, bien custodiado (Lucas dice que por doscientos soldados, setenta jinetes, doscientos hombres de armas y, sea cual sea la diferencia entre los soldados y los hombres de armas, la escolta parece excesiva), acompañado de una carta que da fe del mismo escrúpulo laico que el juicio del procónsul Galión en Corinto o, por otra parte, el de Poncio Pilatos: «Para averiguar de qué acusan los judíos a este hombre, le he hecho comparecer ante el sanedrín. He comprobado que la acusación estaba relacionada con puntos controvertidos de su Ley pero que no entrañaba ningún cargo merecedor de la muerte ni de las cadenas. Advertido de que se prepara un complot contra él, te lo envío e informo a sus acusadores de que deben presentarte a ti su denuncia.» Nada que decir, se deshace bien de la patata caliente. En su narración del caso, Lucas insiste en la imparcialidad de los romanos, el fanatismo de los judíos y la habilidad de Pablo. Silencio total por parte de Santiago.

Félix es ese gobernador al que Tácito describía diciendo que «ejercía el poder de un rey con el alma de un esclavo». Tenía fama de venal y libertino, por otro lado su mujer, Drusila, era judía, y Lucas asegura que Félix estaba «muy bien informado de todo lo referente a la Vía». Esta curiosidad por un culto totalmente marginal no deja de sorprender. Testifica una libertad de pensamiento que no poseían altos funcionarios del Estado, viejos romanos virtuosos y distinguidos como Galión. Me recuerda, cuando yo era cooperante en Indonesia, a algunos diplomáticos perezosos, poco fiables, mal considerados, pero que a pesar de todos sus defectos eran los únicos que se interesaban realmente por el país al que el azar de los destinos les había enviado. Juiciosamente, Félix empieza por aplazar el proceso de Pablo. Lo mantiene preso pero «le permite algunas licencias». Esto quiere decir que vive en un ala de su vasta residencia, que dispone de libertad para pasearse bajo la vigilancia de un soldado y sus amigos para visitarle. De vez en cuando, Félix y su mujer le mandan a buscar para que les hable de su fe y del Señor Jesucristo. Sucede que los discursos del apóstol sobre la justicia, la castidad y el juicio venidero incomodan al gobernador, que le reenvía a sus aposentos, supongo que modestos pero muy aceptables. Lucas dice que esperaba obtener dinero de Pablo, pero no dice qué ha sido de las ofrendas traídas de Grecia y Asia. ¿Todavía le quedaba dinero a Pablo? ¿Félix no podría haberse apoderado de él sin la formalidad de un proceso?

8

Estas preguntas quedarán sin respuesta, porque Lucas interrumpe su relato en este punto. Más exactamente, introduce en él una elipsis que, tras la irrupción del «nosotros» en los Hechos, ha sido para mí la segunda puerta de entrada en este libro.

También este acceso es una puertecita. Hay que estar atento, puedes pasar de largo sin verla. Lucas escribe: «Félix esperaba que Pablo le daría dinero, por eso le convocaba a menudo para conversar con él.» A continuación: «Dos años después, Félix fue sustituido por un nuevo gobernador, Porcio Festo.»

Las ediciones modernas separan estas dos frases con un punto y aparte, pero en los manuscritos antiguos no había ninguno: las líneas iban seguidas, sin puntuación y ni siquiera espacio entre las palabras. En esta falta de espacio se inscriben dos años en blanco, y en estos dos años se encuentra el meollo de lo que quisiera contar.

9

Todo lo que he escrito hasta aquí es conocido y su veracidad está más o menos probada. Rehago por mi cuenta lo que hacen desde hace dos mil años todos los historiadores del cristianismo: leer las epístolas de Pablo y los Hechos, cotejarlos, entremezclar lo que se puede con las exiguas fuentes no cristianas. Pienso que he cumplido honradamente este trabajo y que no he engañado al lector sobre el grado de probabilidad de lo que cuento. Sobre los dos años que pasó Pablo en Cesarea no tengo nada. Ya no hay ninguna fuente. Soy a la vez libre y estoy obligado a inventar.

Veinte años más tarde, véanse con qué palabras inaugura Lucas el relato llamado su Evangelio:

«Puesto que muchos han intentado narrar ordenadamente las cosas que se han verificado entre nosotros, tal como nos las han transmitido los que desde el principio fueron testigos oculares y servidores de la Palabra, he decidido yo también, después de haber investigado diligentemente todo desde los orígenes, escribírtelo por su orden, ilustre Teófilo, para que conozcas la solidez de las enseñanzas que has recibido.»

Una sola frase, sinuosa, sin perderse en el camino, en un griego que me aseguran es elegante. Es instructivo compararla con el *incipit* lapidario de su contemporáneo, el evangelista Marcos: «Comienzo del Evangelio de Jesucristo, Hijo de Dios» (el debate ha concluido: si no están de acuerdo, lean otra cosa). Después con el del gran historiador antiguo, Tucídides: «Para referir los acontecimientos que se produjeron durante la guerra [del Peloponeso] no me he fiado del primer llegado ni de mi opinión personal. O bien los he presenciado yo mismo, o bien he investigado recurriendo a terceros con toda la exactitud posible. A menudo me ha costado trabajo establecer la verdad, porque los testigos ofrecen versiones diferentes según sus simpatías y la fidelidad de su memoria.»

Entre Marcos y Tucídides, se ve hacia qué lado se inclina Lucas. Aunque reconoce, sinceramente, que también obra como un propagandista (es preciso que Teófilo pueda verificar la exactitud de las enseñanzas que ha recibido), su proyecto es el de un historiador o reportero. Dice que se ha «documentado muy específicamente sobre todo el asunto desde el principio». Dice que ha realizado una auténtica investigación. No veo ningún motivo para no creerle, y mi proyecto consiste en investigar sobre la naturaleza de su investigación.

10

Recapitulemos. Lucas es un griego instruido al que atrae la religión de los judíos. Desde su encuentro con Pablo, un rabino controvertido que hace vivir a sus prosélitos en un estado de gran exaltación, se ha convertido en un compañero de viaje de este culto nuevo, una variante helenística del judaísmo, al que todavía no se lo denomina cristianismo. En su pequeña ciudad de Macedonia es uno de los pilares del grupo convertido por Pablo. Con motivo de la colecta, se presenta voluntario para acompañarle a Jerusalén. Es el gran viaje de su vida. Pablo ha puesto en guardia a sus compañeros: la visita a la casa matriz puede no ser muy descansada, pero Lucas, de todos modos, no se figuraba que sería tan penosa, que su mentor fuera detestado hasta ese extremo en la ciudad santa de los judíos. Vio cómo le acusaban, no unos rabinos ortodoxos, como él se esperaba, sino los dirigentes de su propia secta. Sometido a una prueba humillante, denunciado, casi linchado, salvado en el último minuto y, para acabar, encarcelado por los romanos.

Como contará con claridad y vivacidad en los Hechos, Lucas estuvo mezclado en los sucesos sin comprender gran cosa de lo que pasaba. Durante aquellos días confusos, angustiosos, el pequeño grupo de griegos llegados de Macedonia y de Asia permanecen escondidos en casa de Mnasón el chipriota. Quizá por su sobrino, ese sobrino que aparece el tiempo de una frase, en un circunloquio de los Hechos, y que no volverá a aparecer, saben que Pablo ha sido secretamente repatriado a Cesarea, sede de la administración romana, situada a ciento veinte kilómetros de Jerusalén. Sus discípulos le siguen a distancia. Imagino que regresan a su alojamiento en casa de Filipo, el adepto de la Vía que les ha hospedado hace apenas dos semanas, pero en esas dos semanas han pasado tantas cosas que Lucas tiene la sensación de llevar allí dos meses. Vagan alrededor del antiguo palacio del rey Herodes, donde el gobernador ha instalado su residencia. Completamente blanca, emplazada a la orilla del mar, rodeada de hermosos jardines cuyas palmeras se recortan en el cielo azul, se asemeja a todas las residencias de administradores coloniales o de virreyes de las Indias. Allí sólo se recibe a autóctonos escogidos con sumo cuidado, judíos de la alta sociedad como Flavio Josefo, no a trotamundos como Lucas y sus camaradas. Transcurre una semana más de incertidumbres y de rumores y después las cosas se arreglan. Pablo sigue sometido a detención domiciliaria, con un estatuto confortable y a la vez incierto, que es menos el de un prisionero que el de un refugiado político al que acceden a conceder asilo y protección, sin por ello malquistarse demasiado con sus enemigos. Era exactamente el estatuto de Trotski en los diferentes retiros que jalonaron su exilio, y la vida de Pablo en Cesarea debió de parecerse mucho a la del antiguo generalísimo del Ejército Rojo en Noruega, Turquía o en su último domicilio de México. Paseos repetitivos por un perímetro reducido. Un círculo de relaciones limitado a sus colaboradores más cercanos que tenían que enseñar la patita para visitarle; al gobernador Félix y a su mujer cuando les entraba el capricho de invitarle; y, de la mañana a la noche, a militares que ni siquiera sabían muy bien si eran sus guardaespaldas o sus carceleros, y que más que tratarle groseramente como a un detenido debían de respetarle como a un pez gordo. Vastas lecturas, correspondencia, proyectos de libros para burlar el aburrimiento que debía de pesar cruelmente a un hombre de acción.

Pablo no se imaginaba que esta vida duraría dos años. ¿Quiénes de sus compañeros se quedaron a su lado a lo largo de este período? ¿Quién se volvió a su casa? No sabemos nada a este respecto. Lucas no dice nada. Pero como al cabo de dos años retoma las riendas del relato, como continúa diciendo «nosotros», creo que al menos él sí se quedó. Si, como asegura la tradición, era soltero, en Filipos no le esperaba nadie. Podía prolongar su estancia en el extranjero y quizá lo que aprendía, lo que empezaba a comprender, la excitación que experimentaba cuando dos informaciones encajaban, quizá todo esto le hizo presentir que su lugar estaba allí, que se encontraba un poco por azar mezclado en algo capital, en el acontecimiento más importante de su tiempo, y que habría sido una lástima marcharse. Quizá en Cesarea ejerció su profesión de médico. Lo que me conviene creer es que al menos al principio de su estancia vivió en casa de Filipo y sus cuatro hijas vírgenes, y que los cinco simpatizaron.

11

Aunque en su lista figura un Filipo, este Filipo no era uno de los doce que formaban la guardia próxima de Jesús. ¿Le conoció en persona, oyó su palabra? De ser así, sería de lejos: como oyente anónimo, perdido entre la muchedumbre.

En cambio, tuvo un papel de primer rango en la comunidad primitiva, la que, contra todo pronóstico, se desarrolló en Jerusalén, tras la crucifixión de su maestro, en torno a los doce apóstoles. Pienso que Lucas se basa en su testimonio para narrar más tarde, en los ocho primeros capítulos de los Hechos, la historia de esta comunidad hasta la entrada en escena de Pablo.

El acto fundacional es el misterioso episodio de Pentecostés. La fiesta que los cristianos celebran con ese nombre es en realidad, como muchas fiestas cristianas, una fiesta judía, Shavuot, que tiene lugar cuarenta y nueve días después de Pascua. Así pues, han transcurrido menos de dos meses desde la muerte y, piensan ellos, la resurrección de Jesús, cuando sus doce compañeros se encuentran reunidos en la primera planta de una casa amiga, en la misma habitación en que él tomó con ellos la última cena. Judas, el que le ha vendido y a quien su traición no le ha reportado provecho, porque, según Lucas, «habiendo adquirido un campo con el sueldo de su crimen, cayó de cabeza, reventó por el medio y sus entrañas se esparcieron por el suelo» –otros dicen que se ahorcó–, fue sustituido por un tal Matías. Rezan, aguardan. De repente, un ventarrón violento atraviesa la casa y hace restallar las puertas. Surgen llamas que juguetean en el aire, se separan, van a posarse en la cabeza de cada uno. Para sorpresa de todos, empiezan a hablar en lenguas que no conocen. Cuando salen, los extranjeros a quienes dirigen la palabra les oyen hablar cada cual en la suya. Primer caso de glosolalia, que se convertirá, como hemos visto, en un fenómeno corriente en las iglesias de Pablo.

Algunos, entre los testigos del acontecimiento, lo atribuirán a la ebriedad. Otros se quedan tan impresionados que abrazan la extraña creencia de los Doce. A partir de ese momento, Lucas lleva la cuenta de las nuevas adhesiones: ciento veinte, luego tres mil, luego cinco mil; tal vez exagere un poco. Pronto el grupo se organiza como una microsociedad comunista. «La multitud de fieles», escribirá Lucas sobre este período heroico del que la Iglesia conserva siempre la nostalgia, «tenía un solo corazón y una sola alma. Ninguno de ellos consideraba bienes suyos los que poseía porque disfrutaban de todo en común. Por eso no había pobres entre ellos. Los que tenían campos o una casa los vendían y llevaban la ganancia a los pies de los apóstoles, y después se repartía su parte a cada uno según sus necesidades. Y cada día partían el pan en concordia, con alegría y simplicidad de ánimo.»

Concordia, alegría y simplicidad de ánimo son las recompensas de los que se afilian a la secta sin mirar atrás ni reservarse una vía de escape. La prueba *a contrario* es la historia de Ananías y Safira. Han vendido su casa y puesto el dinero a los pies de los apóstoles, pero por si acaso se han guardado una parte de la suma. Informado de su fraude por el Espíritu Santo, Pedro se indigna tanto que Ananías, el marido, y después Safira, su mujer, se desploman muertos ante él. Y Lucas prosigue: «Y por la mano de los apóstoles se hacían muchas señales y prodigios en el pueblo [curaciones, no solamente muertes], hasta el extremo de que sacaban a los enfermos a las calles, y los ponían en camas y lechos, para que al pasar Pedro su sombra cayese sobre alguno de ellos.»

Como buenos judíos que son, los Doce pasan la mayor parte del tiempo rezando en el Templo. La gente no se atreve realmente a juntarse con ellos, porque las curaciones que realizan y la creencia que profesan les granjean disputas periódicas con las autoridades religiosas, como antaño le ocurría a su maestro. Lo más sorprendente es que hacen todo esto sin ser personas de instrucción ni cultura, sino un hatajo de campesinos galileos que ni siquiera hablan griego.

Con todo, a la larga hay entre los convertidos cada vez más helenistas, como se llama a los judíos social y culturalmente más ilustrados que, en algunos casos, han vivido en el extranjero y frecuentan en Jerusalén las sinagogas donde se leen las Escrituras en griego. Las primeras querellas dentro de la comunidad primitiva enfrentan a los hebreos con los helenistas. Las dos facciones son judías, no es todavía la época en que intervendrán gentiles, pero el conflicto, clásico en todos los partidos que comienzan a triunfar, se esboza ya entre los fundadores, los veteranos, los que poseen la legitimidad de los orígenes, y los que han llegado más tarde pero son más instruidos, más dinámicos, están más al corriente de la marcha del mundo, tienden a querer asumir el mando y, según los primeros, a creer que todo les está permitido. Los hebreos empiezan a refunfuñar porque en el servicio de las mesas, es decir, cuando se reparte la comida, no tienen consideración con sus viudas, ancianas iletradas que no se atreven a protestar. El caso se somete a los Doce, que responden que tienen otras cosas de que ocuparse que la cantina y ordenan que se designe para esta función a siete hombres de buena voluntad. Así nace el cuerpo de los Siete, a los que también llaman diáconos y que dirigen la intendencia: un puesto clave, como saben los revolucionarios. Los Doce son todos hebreos, los Siete todos helenistas. Filipo es uno de ellos.

Otro de los helenistas se llama Esteban. «Lleno de gracia y de poder, realizaba grandes prodigios»: es la estrella en ascenso de la secta. Como Jesús en otro tiempo, como después de él Pablo, es acusado de blasfemar contra el Templo y conducido ante el sanedrín. Esteban, a su vez, acusa a sus acusadores de recibir al Espíritu Santo como sus padres, a lo largo de la historia de Israel, han acogido a los profetas: matándolos. Temblores de cólera, rechinar de dientes. Manos que se cierran sobre piedras. Esteban, en éxtasis, con los ojos hacia el cielo, dice que ve el cielo abierto y al Hijo del Hombre de pie a la derecha de Dios. En el relato particularmente realista que hace Lucas de su lapidación, con una habilidad literaria que me impresiona, desliza esta frase: «Los asesinos habían depositado sus vestidos a los pies de un joven llamado Saúl.» Luego, unas líneas más abajo, después de que Esteban haya expirado: «Saúl estaba de acuerdo con los que le mataban.»

El héroe entra en escena. Unas líneas más adelante le vemos, ya no testigo sino actor, «exhalando sólo amenaza y carnicería, devastando la Iglesia, yendo de casa en casa para apresar a hombres y mujeres y arrojarlos a la cárcel». La violencia se desata de tal forma que la mayoría de los helenistas huyen de Jerusalén y se dispersan por los campos de Judea y Samaria. Los Doce son los únicos que se quedan en la ciudad santa, probablemente por su apego al Templo, y probablemente es también en este momento de prueba, en que las filas se deshacen y sólo se mantienen en pie las columnas, cuando Santiago, hermano del Señor, inicia su ascensión dentro del grupo.

Filipo está en Samaria solo, obligado a empezar desde cero. Samaria es un lugar muy especial. Sus habitantes, aunque son descendientes de Abraham y observan la Ley, pretenden adorar a Dios no en el Templo sino en las colinas de su región. En Jerusalén consideran que estos judíos son indignos de serlo. Tienen con ellos incluso menos contacto que con los gentiles. Filipo debe de sentir entre estos cismáticos, acostumbrados a que los desprecien, una afinidad natural con su propia secta, y su predicación sobre el terreno obra maravillas. Va acompañada de los signos y prodigios habituales: curaciones de impotentes, exorcismos de espíritus impuros «que salen lanzando grandes gritos».

Todo el capítulo VIII de los Hechos está consagrado a las proezas de Filipo en Samaria. Sea porque haber empezado su carrera misionera entre los cismáticos le ha inculcado una gran apertura, sea porque Lucas le ha atribuido, retrospectivamente, el mérito de esta innovación, es el primer cristiano del Nuevo Testamento en dar el paso de convertir a un gentil. No a un griego, sino a un eunuco etíope, alto dignatario en su país y lo bastante interesado por el judaísmo como para haber ido en peregrinación a Jerusalén. Filipo le encuentra en el camino de Gaza, sentado en su carro, leyendo al profeta Isaías. Inspirado por el Espíritu, se ofrece a guiarle en la lectura. El pasaje que leía el eunuco habla de un misterioso personaje al que el poeta llama «el hombre de los dolores». «Lo llevaron como a un cordero al matadero», y Dios quiere servirse de él para salvar al mundo. Filipo explica al etíope que este «hombre de los dolores» es Jesús, cuya historia le cuenta a grandes rasgos. En el primer lugar donde hay agua le bautiza.

Filipo debía de ser un francotirador, uno de esos hombres que opera sobre el terreno y prefiere trabajar solo en su rincón, sin dar cuentas a la sede. Debía de desconfiar de las personas como Santiago y éste de los hombres como él, lo cual explica que en Cesarea, donde se había afincado, recibiera tan bien a la oveja negra que era Pablo. Debía de formar parte de quienes, muy raros entre los históricos del movimiento, conociendo su pasado consideraban hermoso que Pablo hubiera llegado a ser lo que era veinte años después de haber guardado las ropas de los que se habían puesto cómodos para lapidar a Esteban.

12

Seguramente Lucas conoció poco a poco, durante sus conversaciones con Filipo, todas estas historias de la iglesia primitiva, que contará en la primera parte de los Hechos. Pero creo que experimentó muy pronto en su compañía una especie de quebrantamiento. Que con él cobró conciencia de que ese Cristo del que Pablo hablaba continuamente, el Cristo que vivía en Pablo y al que Pablo engrandecerá en el interior de cada uno, el Cristo cuya muerte y resurrección iban a salvar al mundo y al mismo tiempo precipitar su fin, ese Cristo había sido un hombre de carne y hueso, que había vivido en la tierra y recorrido aquellos mismos caminos veinticinco años antes.

En cierto modo siempre lo había sabido. Pablo nunca había dicho lo contrario. Pero lo que él decía era tan inmenso, tan abstracto, que aun creyendo que sí, que por supuesto aquel Jesús había existido, Lucas a la vez pensaba que había existido como Hércules y Alejandro Magno, en un espacio y un tiempo que no eran los de los hombres hoy vivos. Ya, entre Hércules y Alejandro, Lucas no debía de establecer una clara diferencia. Creo que sobrepasaba su entendimiento, como el de la mayoría de sus contemporáneos, el hecho de que se puedan trazar diferencias muy marcadas entre mitología e historia comprobada. Más agudos eran los conceptos de lo próximo y lo lejano, lo humano y lo celestial, lo cotidiano y lo maravilloso, y cuando Lucas escuchaba a Filipo todo lo referente a Jesús pasaba de golpe del segundo orden de cosas al primero, lo cual representaba una diferencia enorme.

Intento imaginar sus conversaciones. Filipo más viejo, reseco, intrigado por el itinerario que ha conducido a un médico macedonio hasta debajo de esta higuera, enfrente de su casita de Cesarea. Lucas más tímido, agitado por preguntas que al principio no se atreve a hacer, poco a poco atreviéndose más. Me asalta una idea. ¿Y si la primera historia que ha oído fuese la última del libro que escribirá más adelante: el encuentro de Emaús? Sólo nombra a uno de los dos viajeros. ¿Y si el otro era Filipo? ¿Y si Filipo le había contado esto debajo de la higuera?

13

El texto habla de dos discípulos. Filipo no lo es en un sentido estricto. No forma parte de la banda de los galileos. Sólo es un joven que en Jerusalén ha oído hablar de Jesús. Le entusiasmaba lo que él decía, que no se parecía a nada conocido. Volvía todos los días al Templo para escucharle. Pensaba en someterse al rito del bautismo por el que te convertías realmente en uno de sus discípulos, pero no le dio tiempo. Todo se precipitó en el curso de unas horas: detención, juicio, condena, suplicio. Filipo no lo presenció, sólo oyó los rumores que le conmocionaron de arriba abajo. El día de Pascua, que es para Israel el de la salida de Egipto, de la liberación del alma, del júbilo más grande, lo pasa encerrado en su casa, rumiando su miedo y su vergüenza. Excepto el núcleo de los galileos que aparentemente permanecen unidos, todos los simpatizantes tienen tanto miedo y vergüenza como él, y se desperdigan cada uno por su lado. El primer día de la semana –el que los cristianos llamarán domingo–, Filipo y su amigo Cleofás, otro simpatizante, deciden salir de Jerusalén, donde se sienten realmente mal, para pasar unos días tranquilos en su pueblo natal: Emaús. Está en el camino que lleva al mar, a dos horas de trayecto. Parten por la tarde y confían en llegar a la hora de la cena.

Un viajero camina con ellos. Podría apretar el paso para adelantarles, o reducirlo para que lo adelanten, pero no, camina a su altura, lo bastante cerca para que sea difícil no entablar conversación. Les pregunta de qué hablan con tan sombrío semblante. «Tú debes ser el único de Jerusalén que no te has enterado», dice Cleofás. «¿De qué?», pregunta el extraño; debe de ser, piensan, un peregrino que ha venido a Jerusalén para la Pascua. «Pues de lo que le ha sucedido a Jesús de Nazaret. Era un gran profeta, tan poderoso en sus actos como en sus palabras. Pensábamos que liberaría a Israel. Pero nuestros sumos sacerdotes lo entregaron a los romanos para que lo condenasen a muerte. Fue crucificado anteayer.»

Los tres siguen caminando en silencio. Cleofás repite algo que ha oído antes de emprender la ruta. Una vecina, en la calleja donde él vive, le decía a otra: esta mañana, unas mujeres que vinieron de Galilea con Jesús han querido lavarlo. Con perfumes y sustancias aromáticas han ido hasta el lugar donde depositaron su cuerpo después de haberlo bajado de la cruz. Y ya no estaba allí. La sábana en que lo habían transportado estaba manchada de sangre: eso es todo. Las mujeres han corrido a decírselo a los demás galileos. Al principio ellos las han tachado de locas, luego han ido a ver y, efectivamente, el cuerpo no estaba allí. «Quizá los otros discípulos lo han sacado y enterrado», sugiere Filipo. «Sí, quizá...» Entonces el viajero que en primera instancia les ha parecido tan ignorante empieza a citar pasajes de la Ley y de los profetas y a demostrar que de hecho sabía muy bien quién era Jesús e incluso sabía más de él que ellos.

En Emaús quiere continuar su camino. Filipo y Cleofás lo retienen. «Quédate con nosotros», insisten. «Cae la noche.» No es sólo porque son hospitalarios. No desean, casi temen que el desconocido se vaya. Sus palabras, aunque oscuras, les reconfortan. Al oírle tienen la sensación de que esta desbandada horrible, desesperante, puede interpretarse de otra manera. El hombre se sienta a la mesa con ellos. Coge el pan y, al partirlo, como tiene por costumbre, pronuncia unas palabras de bendición. Da un pedazo a los otros dos y cuando hace ese gesto Filipo comprende. Mira a Cleofás. Ve que éste también ha comprendido.

Filipo no recuerda si han estado allí juntos un minuto o una hora. Tampoco recuerda si han comido. Recuerda que no han hablado, que Cleofás y él no han dejado de mirar al extranjero, a la luz de la vela que habían encendido porque ya casi no se veía nada. Finalmente él se ha levantado y se ha ido después de darles las gracias, y durante un largo rato después de su partida Cleofás y Filipo no se han movido de su sitio. Estaban bien, nunca habían estado tan bien. Luego han hablado durante toda la noche. Han comparado lo que habían sentido, y aunque los dos pensaban que sólo él lo había sentido, se asombran de haber sentido lo mismo en el mismo momento. La cosa había empezado en el camino, cuando el viajero había citado las Escrituras y hablado del Hijo del Hombre que habría de sufrir mucho antes de entrar en su gloria. Esta sensación de que estaba sucediendo algo extraordinario había crecido lentamente. Sin embargo, ninguno de los dos había pensado que era *él.* No se les había pasado por la cabeza. No había motivo para que se les ocurriera tal cosa porque físicamente no se le parecía en absoluto. Fue en el instante en que les dio el pan cuando de pronto se hizo evidente. Ya no estaban nada tristes. E incluso era extraño que no se lo hubiesen confesado mutuamente: pensaban que ya nunca más volverían a estar tristes. Que se había acabado la tristeza.

«Y es verdad», le dice Filipo a Lucas debajo de la higuera: «Nunca he vuelto a estar triste.»

14

Del mismo modo que hubo forzosamente un primer encuentro entre Lucas y Pablo, encuentro cuyos detalles he imaginado pero que no es imaginario, hubo forzosamente un encuentro entre Lucas y un testigo directo de la vida de Jesús. Llamo Filipo a este testigo porque al leer atentamente los Hechos me parece verosímil, e imagino la conmoción que este encuentro debió de causar en Lucas. Hasta entonces pensaba que Pablo lo sabía todo. Que nadie, en todo caso, sabía más de la vida de Jesús. Y mira por dónde, acaba de pasar una velada con un hombre que ni siquiera es muy viejo y que habla de él familiarmente y tiene la sinceridad de decir que lo conoció muy poco; pero sin duda hay personas que lo conocieron bien. «¿Podría conocerlas?», pregunta Lucas. «Por supuesto», responde Filipo. «Yo te las presentaré, si quieres. Tendrás que ser prudente, porque como eres *goy* y compañero de Pablo muchos desconfiarán de ti. Además, mi recomendación no te abrirá todas las puertas: no tengo muy buena reputación, ya ves. Pero tú tienes aspecto de hombre que sabe escuchar. Sabes contener la impaciencia de preparar lo que vas a decir mientras los demás hablan: todo debería ir bien.»

Me imagino la noche que pasó Lucas después de esta conversación. El insomnio, la exaltación, las horas caminando por las calles de Cesarea, blancas y trazadas en línea recta. Lo que me permite imaginarlo son las ocasiones que me han inspirado un libro. Pienso en la noche siguiente a la muerte de mi cuñada Juliette y nuestra visita a su amigo Étienne, de la cual nació *De vidas ajenas*. Una impresión de evidencia absoluta. Yo había sido testigo de algo que debía ser narrado, era a mí y a nadie más a quien correspondía contarlo. Después esta evidencia se atenúa, a menudo la pierdes, pero si no existiera, al menos por un momento, no haces nada. Sé que hay que recelar de las proyecciones y los anacronismos, pero estoy seguro de que hubo un momento en que Lucas se dice que esta historia debía narrarse, y que él iba a hacerlo. Que el azar le había situado en el lugar indicado para recoger las palabras de los testigos: primero Filipo y después otros que él le daría a conocer y a los que iría a buscar el propio Lucas.

Debieron de asaltarle mil preguntas. Desde hacía años participaba en comidas rituales durante las cuales, comiendo pan y bebiendo vino, se conmemoraba la última cena del Señor y, misteriosamente, se entraba en comunión con él. Pero esa última cena, que él siempre creyó que se había celebrado en una especie de Olimpo suspendido entre el cielo y la tierra, o más bien que nunca se le había ocurrido imaginar, aquella cena –era consciente de pronto– había tenido lugar veinticinco años antes en una habitación real de una casa real, en presencia de personas reales. Lucas iba a tener que entrar en aquella habitación, hablar con aquellas personas. Del mismo modo, sabía que el Señor, antes de resucitar, había sido crucificado. Colgado del leño, según la expresión de Pablo. Lucas sabía perfectamente lo que era el suplicio de la cruz, que se practicaba en todo el imperio romano. Había visto hombres crucificados en el borde de los caminos. Sentía que había algo de extraño y hasta de escandaloso en el hecho de adorar a un dios cuyo cuerpo había sido sometido a aquella tortura infamante. Pero nunca se había preguntado por qué había sido condenado, en qué circunstancias, por quién. Pablo no lo dudaba, decía: «Por los judíos», y como las cuitas de Pablo venían de los judíos tampoco se cuestionaba su respuesta, no le hacía preguntas más precisas.

Me aventuro, quizá, pero imagino que durante la noche en que concibió su proyecto, todavía confuso pero lleno de cegadora evidencia, pensó en Pablo y, sin explicarse muy bien por qué, se sintió culpable con él. Como si al partir en busca de las huellas del Cristo que había vivido en Galilea y en Judea, al encuentro de quienes le habían conocido, traicionase el anuncio del que Pablo era tan celoso. Si algo horrorizaba a Pablo era que escucharan a otros predicadores, en especial si eran judíos. Para complacerle había que taparse los oídos y no retirar la cera hasta que él abría la boca. A Lucas le gustaba escuchar a Pablo, por complacerle estaba dispuesto a taparse los oídos cuando hablaba un pedagogo ateniense o un rabino de Alejandría como Apolos, pero por nada del mundo hubiera renunciado a escuchar a Filipo. Y era muy consciente de que, a pesar de que los dos hombres se apreciaban, a pesar de que Pablo alababa la altura intelectual de Filipo, no le habría gustado enterarse de que Lucas buscaba a Filipo para saber más cosas de Jesús.

Lucas no tenía en absoluto una mente abstracta. Las discordias entre personas reales, con nombre propio, conocidas por él, le interesaban, y más todavía su reconciliación porque le gustaba que las personas se reconciliasen, pero las grandes evoluciones teológicas le tenían sin cuidado. Le agradaba que un individuo perdonase una ofensa a otro, que un perro samaritano se comportase mejor que un fariseo engreído por su virtud. Bostezaba, en cambio, cuando se trataba de la expiación o redención de los pecados; bueno, de lo que se ha traducido así, pero siempre se puede decir que es culpa de las traducciones: también en griego es abstracto, no se refiere a la vida cotidiana. Lo que más le gustaba de los relatos de Filipo eran los detalles concretos: los dos individuos que vuelven abrumados a su casa, el polvo del camino, el saber a qué distancia exacta de Jerusalén se encontraba su pueblo y la puerta por la que se salía para llegar a él. Era pensar que aquel Filipo que tenía enfrente había estado delante de Jesús. Antes de dormirse, al amanecer de aquella noche de insomnio y de evidencia, imagino que Lucas se haría esta pregunta: ¿qué aspecto tendría?

Tenía un rostro, los que le habían conocido podían describirlo. Si se lo preguntaba a Filipo, se lo diría de buena gana. ¿Se lo preguntó? Si lo hizo, ¿por qué el Evangelio no ha conservado el menor rastro de su respuesta? Lo sé, lo sé: porque semejante afán es absolutamente ajeno al género literario que utilizaba Lucas y a la sensibilidad de su tiempo. No hay más descripciones físicas de los emperadores, cónsules o gobernadores en las obras de Tácito o Flavio Josefo: había bustos, que era algo distinto. Es cierto. Pillado en flagrante delito de anacronismo, me bato en retirada. Pero así y todo me cuesta imaginar que Lucas, que se interesaba apasionadamente por la figura de Jesús y era tan curioso respecto a los detalles no se hubiera preguntado si era alto o bajo, guapo o feo, barbudo o lampiño, y que no se hubiese planteado la cuestión. Lo más difícil de comprender era quizá la respuesta.

15

Los relatos de las apariciones de Jesús, el día después del sabbat que los cristianos llamarán domingo, difieren según los Evangelios pero, aun difiriendo, concuerdan. Primero es una mujer, o un grupo de mujeres, la que va temprano por la mañana al lugar donde está depositado el cadáver para lavarlo. Juan dice que era María Magdalena sola, Mateo esta misma María y otra que también se llamaba María; Marcos y Lucas añaden otra mujer. Los tres coinciden en afirmar que se quedan muy asombradas porque el cuerpo ya no está allí.

A partir de este punto, Juan es más preciso, tan preciso y rico en detalles realistas que te induce a creer que estaba allí, que lo que leemos es el auténtico testimonio del «discípulo amado por Jesús». María Magdalena corre a buscar a Pedro y al «otro discípulo» –el que Jesús amaba, por tanto– y les dice: «Han sacado al Señor de la tumba. No sé dónde le han puesto.» Los hombres deciden ir a ver. Ellos también corren, el otro discípulo más rápido que Pedro. Llega el primero a la tumba, descrita como una gruta excavada a ras de una pared rocosa. Pero no entra en ella. Aguarda a Pedro, el cual sí entra, y ve los lienzos en que estaba envuelto el cuerpo. El otro discípulo, cuando entra a su vez, «ve y cree», lo que es, de todos modos, un poco precipitado porque lo único que se puede ver es la ausencia de un cuerpo, una ausencia intrigante, que exige una explicación, pero de la que nadie a priori se le ocurriría deducir una resurrección. Por otra parte, debe reservarse su intuición porque los dos hombres vuelven tan perplejos como las mujeres, pero solamente perplejos.

María Magdalena está llorando cerca de la tumba. En el Evangelio de Juan aparecen entonces dos ángeles vestidos de blanco, tranquilamente sentados donde descansa el cuerpo de Jesús, uno junto a la cabeza y el otro a los pies. En el de Mateo se habla de un solo ángel, pero que desciende del cielo con un retumbo de truenos, tiene aspecto de relámpago y una túnica blanca como la nieve, y a la vista del cual los guardias tiemblan y caen como muertos. En Lucas se trata de dos hombres con vestiduras deslumbrantes. Y en Marcos, como siempre el más sobrio, de un joven vestido con una túnica blanca. En Juan, los ángeles se limitan a preguntar a María por qué llora. En los otros tres, anuncian a las mujeres que Jesús ha resucitado.

Por bellas que sean las palabras de estos ángeles (según Lucas: «¿Por qué buscáis al vivo entre los muertos?»), me parecen menos hermosas que la escena siguiente, en la que ellos no participan, en la versión de Juan. María Magdalena, tras decir a los ángeles por qué llora, se separa de ellos y ve a Jesús delante, *pero no sabe que es Jesús*. «¿Por qué lloras? ¿A quién buscas?», le pregunta él. Ella le toma por el jardinero y responde: «Si tú has sido el que te has llevado a mi Señor, dime dónde lo has puesto e iré a buscarlo.» Jesús le dice entonces: «María.» Porque ha pronunciado su nombre, y porque lo ha pronunciado de un modo determinado, ella abre los ojos de par en par y murmura, en arameo: *«Rabbouni»,* que quiere decir «Maestro», subtitulado por Juan para sus lectores griegos. Ella se arroja a sus pies. Jesús dice: «No me toques, porque aún no he subido donde el Padre. Pero ve a buscar a los hermanos y díselo.»

Marcos dice que María y las demás no han dicho nada a nadie «porque tenían miedo»; son las últimas palabras de su relato. Lucas dice que fueron a buscar a los demás y que a ellos les pareció increíble lo que les dijeron: así pues, no se lo creyeron. Mateo dice que los guardias caídos como muertos se levantaron para ir a informar a los sumos sacerdotes de «lo que había ocurrido», sin que se sepa si por esta frase hay que entender solamente la desaparición del cadáver, el paso del ángel o, ya mismo, el rumor de la resurrección. Sea como fuese, los sumos sacerdotes se emocionaron y tras debatir sobre la conducta que debían adoptar dieron dinero a los guardias para que hicieran correr en la ciudad el rumor de que los partidarios del agitador crucificado tres días antes habían venido a robar el cuerpo. Esta leyenda urbana, añade Mateo, «se ha propagado entre los judíos hasta ahora», y no sólo entre los judíos: Renan no la excluye de sus hipótesis.

Está siempre ese domingo, al final de la tarde, en que se sitúa el encuentro de Emaús, relatado únicamente por Lucas. Después de que el misterioso viajero les dejara, Cleofás y el que yo pienso que era Filipo deciden regresar a Jerusalén. La misma noche, rehacen en sentido inverso las dos horas de marcha y encuentran a los Once en la habitación de arriba, donde, según precisa Juan, que también cuenta el episodio, tienen «las puertas cerradas, por miedo a los judíos». Jesús, de repente, aparece en medio de ellos y les dice *Shalom,* la paz sea con vosotros. Ellos se espantan, creyendo ver a un fantasma. Lucas dice que les invita a tocarle y que después de haberse dejado tocar les pregunta lo que nunca preguntaría un fantasma: si tienen algo de comer. Sí, un poco de pescado que comparten con él.

Esta cena de pescado figura en la escena final de Juan, cuya lectura por el padre Xavier, en su chalet de Le Levron, desencadenó mi conversión: la pesca en el lago Tiberíades; el desconocido que al alba llama a los pescadores de la orilla y les dice que lancen las redes; Pedro que se pone su túnica, salta al lago y se reúne con el extraño, al cual ha reconocido, y enciende un fuego de ramitas en la arena para asar los peces.

El rasgo más emotivo de estos relatos es que al principio no le reconoces. En el cementerio es el jardinero. En el camino, un viajero. En la playa, un viandante que pregunta a los pescadores: «¿Pican?» No es él y por eso, extrañamente, le reconocen. Es lo que siempre han querido ver, oír, tocar, pero no como esperaban verlo, oírlo, tocarlo. Es todo el mundo y no es nadie. Es el primer llegado, es el último mendigo. Es aquel del que decía, y debieron de recordarlo: «Tuve hambre y no me disteis de comer. Tuve sed y no me disteis de beber. Estuve en la cárcel y no me visitasteis.»

Quizá también se acordaron de esta fórmula fulgurante, que no han conservado los Evangelios, sino un apócrifo: «Corta la madera: estoy ahí. Levanta la piedra: me hallarás debajo. Mira a tu hermano: ves a tu dios.»

¿Y si fuese por esto por lo que nadie describió su rostro?

16

Todo esto es confuso, pero a mí esta confusión me parece realista. Si se interroga a los testigos de un crimen o un accidente, siempre surge este género de relato infestado de incoherencias, contradicciones, exageraciones que lo único que hacen es amplificarse a medida que se alejan de la fuente. Ejemplo típico del testigo alejado de la fuente: Pablo, en su primera carta a los corintios, confecciona una lista, cuando menos personal, de las apariciones de Jesús después de muerto que incluye a su hermano Santiago –quien, sin embargo, no le era simpático– y, directamente, a «más de quinientos hermanos a la vez». Pablo precisa que algunos han muerto desde entonces y que otros todavía están vivos. Sobrentendido: podéis ir a verles, interrogarles. Lucas, que estaba próximo a Pablo y no ignoraba, desde luego, este testimonio, podría haberlo hecho. No lo hizo: o si lo hizo el resultado fue infructuoso y los quinientos hermanos quedaron reducidos a una decena, lo cual, por otra parte, no es ni más ni menos confirmatorio.

Lucas no era un investigador moderno. Aunque asegure «haberse informado con gran exactitud de todo desde el origen», debo resistir a la tentación de prestarle las preguntas que yo me haría y que intentaría formular a mi alrededor si me encontrara en el lugar donde se desarrollaron hechos tan insólitos, veinticinco años después de acontecidos y cuando buena parte de los testigos aún viven. ¿Y había una, dos o tres mujeres? ¿Las creyeron enseguida? ¿Y qué creyeron exactamente? Una vez comprobado que el cuerpo no estaba ya en la tumba, ¿cómo es posible que abandonaran tan pronto la hipótesis realista según la cual lo habían robado y acepten de inmediato la historia estrafalaria de la resurrección? ¿Quién podía ser ese sujeto impersonal que lo había «robado»? ¿La autoridad romana, deseosa, como el comando norteamericano que aniquiló a Osama bin Laden, de evitar que se propagase un culto en torno a sus despojos? ¿Un grupo de discípulos piadosos que quisieron rendir un último homenaje y ocasionaron todo aquel embrollo al no prevenir a los demás? ¿Un grupo de discípulos maquiavélicos que organizaron adrede la colosal impostura destinada a prosperar con el nombre de cristianismo?

17

«Nadie puede saber lo que ha encontrado Horselover Fat», decía Philip K. Dick a propósito de su álter ego, «pero una cosa es segura: encontró algo.»

Nadie sabe lo que sucedió el día de Pascua, pero una cosa es segura: sucedió algo.

Cuando digo que no se sabe lo que pasó me equivoco. Lo sabemos muy bien, sólo que dependiendo de lo que uno crea son dos cosas diferentes e incompatibles. Si eres cristiano crees que Jesús resucitó: en eso consiste ser cristiano. Si no, crees lo que creía Renan, lo que creen las personas razonables. Que a un grupito de hombres y mujeres –a las mujeres primero–, desesperados por la pérdida de su gurú, se les metió en la sesera esta historia de la resurrección y la contaron, y que ocurrió algo nada sobrenatural, pero alucinante, y que vale la pena contarlo con detalle: su creencia ingenua, singular, que normalmente debería haberse marchitado y después extinguido con ellos, conquistó el mundo hasta el punto de que hoy aproximadamente una cuarta parte de los seres humanos que viven en la tierra la profesa.

No dudo de que cuando se publique este libro me preguntarán: «Pero entonces, en definitiva, ¿es usted cristiano o no?» Como, hará pronto treinta años: «Pero entonces, en definitiva, ¿tenía o no bigote?» Podría recurrir a un subterfugio, decir que si me he deslomado escribiendo este libro es para no responder a esta pregunta. Para dejarla abierta y que cada cual la conteste. Sería muy propio de mí. Pero prefiero responder.

No.

No, no creo que Jesús haya resucitado. No creo que un hombre haya vuelto de entre los muertos. Pero que alguien lo crea, y haberlo creído yo mismo, me intriga, me fascina, me perturba, me trastorna: no sé qué verbo es el más adecuado. Escribo este libro para no imaginarme que sé mucho más, sin creerlo ya, que los que lo creen, y que yo mismo cuando lo creía. Escribo este libro para no abundar en mi punto de vista.

18

Otra cosa debió de turbar mucho a Lucas. Súbdito respetuoso del imperio, consideraba buena su administración, preciosa la paz que garantizaba y, aunque él no era romano, estaba orgulloso del poder imperial. Ni él ni sus compatriotas macedonios tenían la más mínima reivindicación nacional ni la menor indulgencia para con los rebeldes, a los que equiparaban a salteadores de caminos y aprobaban que se crucificase cuando alborotaban demasiado. Pablo les había conquistado tan bien que nunca hablaba de rebelión, sino que por el contrario invitaba a todo el mundo a permanecer en su condición, a acatar escrupulosamente las leyes. Cada vez que había tenido un conflicto con los judíos, los funcionarios romanos le habían sacado del aprieto. Una vez había ocurrido en Corinto, con el juicioso gobernador Galión, y ahora acababa de suceder en Jerusalén, donde la cohorte le había salvado del linchamiento. Si bien el gobernador Félix tenía un aire un tanto turbio, a él le debía Pablo vivir seguro en Cesarea.

No obstante, de creer a Filipo, los que habían seguido a Jesús en vida esperaban que librase a Israel de los romanos, y por este motivo éstos le habían condenado. Citaba este hecho como algo evidente, conocido por todos. No parecía asombrarle que, a pesar de ser el Hijo del Hombre, el Salvador esperado por todos los hombres, incluidos los que no lo sabían, Jesús había sido al mismo tiempo el cabecilla de un grupo sedicioso, al igual que otros jefes de grupos semejantes de los que mencionaba los nombres y las proezas: los macabeos, Teudas, Judas el Gaulanita, el Egipcio, todos los individuos que habían tomado las armas, hostigado a las cohortes romanas, tendido emboscadas, y todos, por otra parte, habían acabado mal.

Lucas había oído a Mnasón el chipriota estos nombres que conocemos por Flavio Josefo. Los confundía todos, para él pertenecían a un folclore exótico y amenazador. Decía, asustado: «¿Pero hablas de Jesús? ¿De Jesús el Cristo?» Filipo respondía: «Sí, bueno, el Cristo, como le llamáis vosotros, los griegos. Así le llaman en Antioquía. Aquí le llaman el Mesías, *maschiah,* y el Mesías es el rey de los judíos. El que ha de venir a liberar a los judíos de la servidumbre, como

Moisés en otro tiempo les liberó de la esclavitud bajo el faraón.»

Sobre la misma cruz en que había muerto, el centurión encargado de la ejecución había clavado un cartel señalando al condenado, para que los que pasaran se burlasen de él, como «Jesús, rey de los judíos». Cometió un error: los que lo veían no se burlaban. Descontando a algunos seguidores del sumo sacerdote, la mayoría de los habitantes de Jerusalén simpatizaban con la resistencia, aunque no hubieran tenido el valor de participar en la lucha. Los que habían creído que Jesús era el Mesías estaban cruelmente decepcionados. Los que no habían creído que Jesús era el Mesías le compadecían. Nadie tenía corazón para burlarse. Lo había intentado y había fracasado. El horror y la injusticia de su tortura confirmaban que había motivos para rebelarse. Lo que evidenciaban el cartel, la cruz y el pobre hombre que agonizaba en ella era la arrogancia de los romanos.

La cuestión de a quién corresponde la responsabilidad de la muerte de Jesús, si a los judíos o a los romanos, es una cuestión minada. Aflora periódicamente, con ocasión, por ejemplo, de la extraña película naturalista que ha realizado sobre la Pasión Mel Gibson. Sin embargo, el relato de los Evangelios sobre este particular es perfectamente coherente, como son perfectamente claras las razones de la hostilidad que suscita Jesús. No contentándose con ser un curandero de inquietante popularidad, multiplica en un estado religioso las provocaciones contra la religión oficial y sus representantes. Se encoge de hombros ante los preceptos rituales. Se toma la Ley con ligereza. Se mofa de la hipocresía de los virtuosos. Dice que lo grave no es comer cerdo, sino denigrar a tu vecino. A este historial ya cargado, añade desde su llegada a Jerusalén un verdadero escándalo en el Templo: mesas volcadas, mercaderes azotados y, como se diría hoy, usuarios tomados como rehenes. En una sociedad teocrática, un disturbio semejante se asemeja más, habida cuenta del riesgo asumido, a un *acting out* en medio de la gran mezquita de Teherán que al desmantelamiento de un McDonald's por los chicos de José Bové. Por ello no sólo son los fariseos, sus adversarios hasta entonces, sino los sumos sacerdotes saduceos los que, al enterarse de esta nueva provocación, deciden que su autor merece la muerte. Como el delito que le imputan es la blasfemia, deberían lapidar a Jesús. Sólo que el sanedrín no tiene el poder de imponer la pena de muerte. Somete el caso, por consiguiente, a la autoridad romana, cuidando de presentarlo no como un asunto religioso –el gobernador Pilatos, al igual que Galión en Corinto, les mandaría a paseo–, sino político. Jesús no ha reivindicado explícitamente que se considera el Mesías, pero tampoco lo ha negado. Mesías quiere decir rey de los judíos, quiere decir subversivo. Este delito se castiga con la pena de muerte, y Poncio Pilatos se resistirá, pero no le queda otra alternativa. Comprende que Jesús no es más, a lo sumo, que un enemigo de la Ley, pero han amañado bien el expediente para presentarlo como un enemigo de Roma.

Los Evangelios no coinciden en los detalles sobre lo que se dijo delante del sanedrín y luego ante Pilatos, pero en conjunto concuerdan sus crónicas del juicio ante los dos tribunales, el judío y el romano. La mayor parte de los historiadores, cristianos o no, acreditan esta versión, que es la de la Iglesia y la que ilustra la película de Gibson. Por otra parte, por el lado judío también la recoge el Talmud. Algunos de los rabinos cuyas opiniones recopila llegan a decir que la sentencia de muerte la pronunció el sanedrín, guardando silencio sobre el papel desempeñado por Pilatos: en suma, los judíos no sólo condenaron a Jesús, sino que se vanaglorian de ello.

Existe, sin embargo, una historia opuesta, relativamente reciente, cuyo representante más radical es un profesor escocés llamado Hyam Maccoby. Esta tesis se propone denunciar la ficción según la cual las autoridades judías hicieron condenar a Jesús y, a continuación, denuncia el antisemitismo cristiano que se dedica, sin excesivo esfuerzo, a detectar en el Nuevo Testamento. En nombre de esta teoría han acusado de antisemitismo a la película de Mel Gibson. Yo la encuentro estimulante, aunque no convincente, y me gustaría tomarme el tiempo de resumir su argumentación.

Hyam Maccoby empieza explicando que los fariseos no eran en absoluto los mandarines hipócritas a los que los Evangelios describen como los adversarios de Jesús y, en última instancia, sus denunciadores, sino hombres piadosos y sabios, con reputación de tener en cuenta las peculiaridades humanas, de ser flexibles a la hora de adaptar la Torá a los problemas de cada cual y tolerantes con las opiniones discrepantes: antepasados de Emmanuel Lévinas. Más pacíficos que Jesús, presentado por Maccoby como un agitador anticolonialista, sin embargo no veían con antipatía su combate político. En el terreno espiritual y moral, decían más o menos las mismas cosas, y cuando surgían entre ellos pequeñas disensiones las debatían afablemente, como muestra una escena imprudentemente transmitida por Marcos antes de que Mateo la reescribiera con arreglo a la ideología dominante, es decir, de que la convirtiese en una disputa odiosa. En realidad, Jesús y los fariseos se entendían bien porque amaban y observaban la Ley, y sus enemigos comunes, después de los romanos, eran los colaboracionistas saduceos, sacerdotes arrogantes y vendidos, traidores tanto a la nación como a la religión judías.

Según Maccoby, cada vez que en los Evangelios aparece la palabra «fariseo» para designar a un malvado, habría que leer «saduceo». Viene a ser lo mismo que utilizar la función «reemplazar» de un procesador de textos. ¿Por qué este trucaje? Porque los evangelistas decidieron, despreciando la realidad histórica, retratar a Jesús como un rebelde de la religión judía y no como un combatiente contra la ocupación romana. La realidad histórica es que era una especie de Che Guevara al que los romanos, secundados por sus hombres de paja saduceos, pero no por los buenos fariseos, detuvieron y ajusticiaron con la brutalidad expeditiva que acostumbraban cuando el orden público se veía amenazado. En suma, lo que los evangelistas presentan como un travestismo de la verdad sería la verdad.

Se explica fácilmente que hayan sostenido e impuesto esta versión revisionista. Las iglesias de Pablo anhelaban complacer a los romanos, y el hecho de que su Cristo fuera crucificado por orden de un gobernador romano les creaba un serio problema. No se podía negar el hecho en sí, pero hicieron todo lo posible por atenuar su alcance. Explicaron, cuarenta años después, que Poncio Pilatos había obrado a regañadientes, forzado por las circunstancias, y que aun cuando formalmente la sentencia y la ejecución fueran obra de los romanos, la instrucción del caso y la auténtica responsabilidad recaían en los judíos, a todos los cuales, posteriormente, metieron en el mismo saco. «Los fariseos y los saduceos», dicen Mateo, Marcos y Lucas, como si en todo momento fuesen ambos de la mano. «Los judíos», dice escuetamente Juan. El partido enemigo. Nacimiento del antisemitismo cristiano.

19

Detrás de esta contrahistoria se oculta un retrato opuesto de Pablo, de quien Hyam Maccoby ha escrito un libro titulado *The Mythmaker;* en francés, *Paul et la invention du christianisme* [Pablo y la invención del cristianismo]. La tesis es la siguiente: si Jesús, al que los Evangelios describen como el enemigo jurado de los fariseos, era de hecho su compañero de viaje, Pablo, que se declara de origen fariseo, no lo era. No sólo no lo era sino que, mejor todavía, ni siquiera era judío.

¿Pablo, ni siquiera judío? Veámoslo detenidamente.

Nacido en una familia pagana de Siria, al joven Pablo, según Maccoby, le marcaron a la vez las misteriosas religiones orientales y el judaísmo, que le fascinaba. Ambicioso, atormentado, se soñó profeta o al menos fariseo de primera fila, un gran intelectual como Hillel, Shamai o Gamaliel. Es posible, concede Maccoby, que frecuentara, como nunca pierde la ocasión de recordar, una escuela farisea de Jerusalén, pero sin duda no la de Gamaliel, porque allí sólo aceptaban a alumnos de nivel muy alto y Pablo no lo era. Maccoby dedica un capítulo entero a demostrar que el carácter rabínico de la argumentación de Pablo en sus cartas, aspecto sobre el que concuerdan todos los comentaristas, es una pura invención: en realidad, Pablo era un rabino pésimo al que habrían suspendido en el primer año de cualquier *yeshivá*.

Viendo que por esta vía no llegaría muy lejos, despechado, lleno de rencor, el joven Saúl se habría vuelto hacia los saduceos e incluso habría entrado al servicio del sumo sacerdote como mercenario o esbirro a sueldo. Es la única explicación plausible de que haya tenido el poder de perseguir a los seguidores del guerrillero del que un rumor extraño dice que ha resucitado después de que los romanos lo hayan clavado en la cruz. Movimiento de resistencia clandestino, jefe carismático martirizado y del que no se sabe si está muerto o vivo: en esta situación, el papel que encuentra el tenebroso Saúl es el de un suplente a sueldo del ocupante, algo exclusivo de él, como los tristemente célebres inspectores Bonny y Lafont que vivieron bajo la Ocupación las horas más prósperas de la rue Lauriston.[1] Entonces sí se comprende que estuviera en condiciones de cargar de cadenas a oponentes, de encarcelarlos y hasta de ir a apresarlos en zona no ocupada, en Damasco, lo cual habría sido totalmente imposible para el fariseo que posteriormente afirmó que había sido: los fariseos carecían de poder policial y si lo hubieran tenido nunca lo habrían ejercido contra personas que les eran tan próximas. También se comprende que estas actividades tan deslucidas entrasen en contradicción con el gran concepto que tenía de sí mismo un joven que se veía profeta entre los judíos y se había convertido en un ejecutor de tareas viles al servicio del *gauleiter* local. Como bien dirá más adelante: «No entiendo nada: el bien que deseo no lo hago, pero hago el mal, que odio.»

Nada más ajeno al judaísmo, observa certeramente Maccoby, que esta culpabilidad, esta desesperación basada en la experiencia de que el esfuerzo humano es inútil, insalvable el foso entre lo que exige la Ley y las fuerzas del pecador. La Torá está hecha para el hombre, hecha a su medida, y todo el trabajo interpretativo de los fariseos aspiraba a adaptarse a las posibilidades de cada uno. En cambio, la frase famosa de Pablo es una descripción perfecta de la desazón de un hombre que ha intentado ser judío sin conseguirlo, de un convertido fracasado, sumido en la abyección. Esta angustia espantosa, este conflicto interior que le desgarra encuentran su solución en el camino a Damasco. El yo dividido, enemigo de sí mismo, se abisma en una expe-

1. El inspector Bonny y su cómplice Lafont, jefes de la Gestapo francesa, tenían su sede en la rue Lauriston, donde fueron torturados numerosos miembros de la Resistencia. *(N. del T.)*

riencia de transformación radical, tras la cual comienza una vida completamente nueva. Totalmente nueva pero enraizada en las supersticiones de su infancia, en aquellas religiones misteriosas donde mueren y renacen divinidades como Osiris o Baal-Tarz, que dio nombre a Tarso, su ciudad natal. Circulaba una creencia de este tipo a propósito del rebelde a cuyos partidarios perseguía Saúl. Pablo echó mano de esta creencia.

Pablo, según Maccoby, no es un convertido propiamente dicho. Para convertirse a ella, habría sido necesario que la religión del Cristo existiera, lo que no era el caso. Al igual que Moisés, en quien no pudo evitar pensar, después de su experiencia límite se retiró al desierto de Arabia y regresó con *su* religión. Lo extraño aquí es que no rompió ni con la pequeña secta galilea ni con el judaísmo. Que para edificar su construcción continuara aludiendo a aquel judío rústico y oscuro al que sin él todo el mundo habría sin duda olvidado. Que corriera el riesgo suicida, puestos a pensarlo, de volver a Jerusalén y de presentarse solo, desarmado, ante una red de resistentes de la cual había hecho detener, torturar y ejecutar a tantos de sus camaradas. Quizá corrió aquel riesgo insensato porque a pesar de todo conservaba el apego sentimental a Israel. Quizá porque comprendió que valía más asegurar su religión mutante en un fundamento histórico que se remontase a la noche de los tiempos que en su sola personalidad. Quizá, por último (soy yo el que habla, no Hyam Maccoby), porque quería poner a prueba con sus antiguas víctimas las enseñanzas de Jesús sobre que hay que amar a sus enemigos y acoger a su perseguidor.

El ejercicio debió de ser difícil. Los años siguientes, la duplicidad de Pablo es extrema. Por un lado, trata de promover *su* Evangelio, como él dice, en un ambiente pagano. Entre sus prosélitos encuentra un terreno favorable para una invención teológica cada vez más desenfrenada en la que

Jesús adquiere una divinidad cósmica y es un redentor universal, una especie de mito, y en la que el ritual se organiza en torno a una ceremonia totalmente extraña y hasta repulsiva para los discípulos del verdadero Jesús: la eucaristía. Por el otro, su obsesión de no romper con la casa matriz le obliga a recurrir a subterfugios, mentir, afirmar contra toda evidencia que siente un gran respeto por la Ley y asistir a convocatorias para demostrar su ortodoxia. La primera vez la cosa va mal, la segunda peor todavía. La ruptura se consuma. Lo cual no obsta para que Pablo gane la pelea, porque como se verá dentro de un centenar de páginas, el Templo es destruido, la nación de Israel aniquilada y la iglesia de Jerusalén dispersada. Sus tradiciones sólo sobrevivirán en el interior de pequeñas sectas perdidas en el desierto, pero Hyam Maccoby las considera –lo dice con todas las letras– más fiables que todo lo que está escrito en el Nuevo Testamento.

Es porque el Nuevo Testamento, dice él, es siempre la historia escrita por el partido de los vencedores, el resultado de una vasta falsificación destinada a hacer creer que Pablo y su religión nueva son los herederos del judaísmo y no sus negadores; que a pesar de divergencias menores, Pablo era aceptado, apreciado, refrendado por la iglesia de Jerusalén; que Jesús no amaba a los fariseos pero, como Pablo, respetaba a los romanos; que no hacía política, que su reino no era de este mundo, que enseñaba, igual que Pablo, el respeto a la autoridad y la vanidad de toda rebelión; que al autoproclamarse Mesías no hablaba en absoluto de un reino terrenal sino de una nebulosa identificación con Dios, incluso con el *logos;* que los únicos judíos buenos son los que se consideran desligados de la Ley, es decir, los más judíos; por último, que Pablo es el único que conoce el fondo del pensamiento del verdadero Jesús, precisamente porque no le ha conocido en su encarnación mortal, imperfecta y confusa, sino como hijo de Dios, y que toda verdad histórica que amenace con comprometer este dogma no sólo debe declararse falsa sino, lo que es más seguro, borrosa.

He aquí la mentira que se impuso hace dos mil años, con la fortuna que sabemos. Las pocas voces discordantes que se elevaron fueron silenciadas: ya se tratase de pequeñas sectas surgidas en la iglesia de Jerusalén, las únicas que saben y conservan en sus tradiciones lo que ocurrió realmente, o, dentro de la Iglesia dominante, de un paulino honrado y consecuente como Marción, que en el siglo II quería poner fin a la ficción según la cual el cristianismo era la continuación del judaísmo y rechazar de la Biblia las Escrituras de los judíos. En fin, al cabo de dos mil años de tinieblas, ha aparecido el profesor Maccoby.

He resumido estos criterios, no me adhiero a ellos. Denunciar dos mil años de revisionismo integral me parece el colmo del revisionismo y, por decirlo todo, al profesor Maccoby le encuentro un lado un poco Faurisson.[1] Creo que tiene razón en recordar que los fariseos eran hombres prudentes y virtuosos, pero que se equivoca al sacar la conclusión de que Jesús no pudo malquistarse con ellos. Si se les enfrentó fue *precisamente porque eran prudentes y virtuosos* y porque su amistad se la ofrecía a los pescadores, a los fracasados, a los desilusionados consigo mismos, no a los prudentes y virtuosos. Yo creo que también tiene razón, mil veces razón, en denunciar el antisemitismo cristiano, pero se equivoca en pretender, contra todos los testimonios, de un modo puramente ideológico, que Jesús fue condenado por los romanos sin que los judíos tuvieran algo que ver. Es

1. Robert Faurisson, profesor francés, negacionista del Holocausto. *(N. del T.)*

tan absurdo como acusar a Platón de antiateniense o antidemócrata porque muestra a Sócrates condenado por la democracia ateniense. En los dos casos se trata de hombres libres, paradójicos, incontrolables, que chocan contra la institución de su tiempo: la ciudadela griega para uno, la teocracia judía para el otro. Señalarlo no es antidemocrático ni antisemita. En cuanto al retrato de Pablo como un *goy* soplón de la policía secreta, me parece pintoresco, pero en definitiva menos rico, menos complejo, menos dostoievskiano que el que se desprende de sus cartas si se leen adjuntando fe, simplemente, a lo que dice.

Lo que sí es cierto, en cambio, es que circulaban esta clase de rumores sobre Pablo en el entorno de Santiago. Que ni siquiera era judío. Que habiéndose enamorado en Jerusalén de la hija del sumo sacerdote, se hizo circuncidar por sus bellos ojos. Que esta operación, realizada por un aficionado, fue una carnicería y le dejó impotente. Que como la hija del sumo sacerdote se burló cruelmente de él, se puso por despecho a escribir panfletos furiosos contra la circuncisión, el sabbat y la Ley. Y que, en el colmo de su bajeza, desfalcó dinero de la colecta para comprar el favor del gobernador Félix, pues Hyam Maccoby no desaprovecha la ocasión de acusarle también de esto.

Sí, todo lo que dice el profesor Maccoby se decía también, de una forma menos elaborada, en la iglesia de Jerusalén. Lucas debió de oírlo y de turbarse al oírlo.

20

Lucas conservaba un recuerdo penoso de la semana que había pasado en Jerusalén, pero después de lo que le había contado Filipo, sólo debía de soñar con volver a la ciudad.

Como no sabía qué mirar, no había visto nada. Había pasado de largo por delante de todo. Ahora quería ver con sus propios ojos el lugar de la crucifixión, la tumba que las mujeres habían encontrado vacía, y sobre todo la misteriosa habitación de arriba donde Filipo y Cleofás, al regresar apresuradamente de Emaús, habían encontrado reunidos a los Once, agitados por el rumor de que alguien había visto a Jesús vivo. Fue en esta habitación donde aquella noche se les había aparecido a todos y les había pedido algo de comer. Fue la habitación donde más tarde unas llamas llegaron a lamerles la cabeza, después de lo cual empezaron a hablar lenguas cuya existencia incluso ignoraban. En esta habitación, sobre todo, se había celebrado la última cena que tomó Jesús con los suyos: en el curso de esta cena había anunciado su muerte próxima e instituido el extraño ritual a base de pan y vino que Lucas y sus amigos practicaban desde hacía años sin interrogarse sobre su origen.

Aquel día la casa no era aún familiar para los discípulos. Era la primera vez que la pisaban. Llegados con su maestro de su Galilea natal, llevaban poco tiempo en Jerusalén. Durante el día Jesús enseñaba en la explanada del Templo, atrayendo a oyentes cada vez más numerosos, entre los cuales se encontraba Filipo. Por la noche todo el grupo dormía al raso en el monte de los Olivos, que está a la salida de la ciudad. Al acercarse la Pascua, y como Jesús presentía que para él sería la última, quiso celebrarla dignamente, es decir, comer el cordero lechal asado debajo de un techo. «De acuerdo», dijeron Pedro y Juan, «¿pero dónde?» Eran como los demás, campesinos sin un céntimo, no conocían a nadie en Jerusalén, allí no se las apañaban bien y estaban avergonzados por su acento. Jesús les dijo: «Entrad en la ciudad por tal puerta. Cuando encontréis a un hombre que lleva un cántaro lleno de agua, seguidle. No le habléis en la calle. Cuando entre en una casa, entrad también detrás de él. Decid que venís de parte del Maestro. Os hará subir al piso de arriba, donde hay una habitación grande con almohadones. Habrá todo lo necesario para preparar la Pascua. Preparadla y esta noche yo me reuniré con vosotros para compartirla.»

Estas instrucciones son las de los movimientos clandestinos: juegos de pistas, contraseñas, simpatizantes ocultos con los que se toman mil precauciones para no comprometerles. La propietaria de la casa amiga que durante años sería el cuartel general y en ocasiones serviría de escondrijo, era una tal María. Tenía un hijo llamado Juan Marcos. María debía de haber muerto cuando Lucas llegó a Judea, porque en los Hechos el lugar figura siempre como «la casa de Juan Marcos».

Me imagino a este último como el segundo testigo que Lucas encontró en el curso de su investigación, e imagino también que le conoció por mediación del primero, Filipo, porque así sucede con las investigaciones: conoces a una persona que te presenta a otra que te habla de una tercera, y así sucesivamente. Como en *Ciudadano Kane* o en *Rashomon,* esas personas dicen cosas contradictorias con las que hay que conformarse diciendo no que no existe la verdad, sino que está fuera de nuestro alcance y que pese a todo hay que buscarla a tientas.

(Kafka: «Soy muy ignorante. Pero la verdad, de todos modos, existe.»)

21

El nombre compuesto de Juan Marcos suena a nuestros oídos como especialmente poco judío y poco antiguo, pero del mismo modo que su madre María, como todas las demás Marías del Nuevo Testamento, se llamaba en realidad Mariam –el nombre de mujer más común en la región–, y así como Pedro se llamaba Shimon, Pablo Shaul y Santiago Yaacob, Juan Marcos, como todos los Juanes del Nuevo Testamento, se llamaba en realidad Yohanan –el más común de los nombres de hombre– y había además elegido, porque era la costumbre, el nombre romano de Marcus.

Quiere la tradición que este Yohanan-Marcus sea el autor del Evangelio firmado por Marcos. Dice también a su respecto algo tan conmovedor que por una vez no me apetece omitir. Es un simple detalle en el relato del apresamiento de Jesús. El evangelista cuenta que se produjo de noche, en el monte de los Olivos. Tras la famosa cena en la habitación grande amueblada con cojines, todo el grupo se había ido a dormir al monte. El lugar preciso de su vivaque se llama Getsemaní. Presa de una mortal angustia al pensar en lo que le espera, Jesús dice a sus discípulos preferidos: «Mi alma está mortalmente triste. Quedaos a velar conmigo.» Él reza, ellos se duermen. Por tres veces intenta despertarles en vano. Llega Judas, a la cabeza de un escuadrón de la muerte enviado por el sumo sacerdote. Antorchas, puñales, estacas. Escena violenta y confusa, hecha para Rembrandt o Caravaggio. Los discípulos se dan a la fuga. Sin embargo, añade Marcos, y exclusivamente él, «un joven le seguía, sin más ropa que una sábana. Le atraparon. Pero él se zafó de la sábana y huyó desnudo».

Este detalle es tan extraño, tan gratuito, que cuesta creer que no sea cierto. Y lo que dice la tradición es que aquel joven era el propio Marcos. Era el hijo de la casa, un muchacho de trece o catorce años. Podemos imaginarle loco de curiosidad por aquellos forasteros que recibe su madre, al igual que aquel adolescente, Eutico, que en Troas, en casa de sus padres, oirá más tarde a Pablo y a sus compañeros parlotear toda la noche hasta que se queda dormido en el alféizar de la ventana y se cae al patio. Marcos les ha visto llegar, uno tras otro, con precauciones que inducen a pensar que su reunión es peligrosa. Le han dicho que los deje tranquilos, que no suba a la habitación de arriba. Le han mandado acostarse, pero no consigue dormir. Más tarde, muy tarde, los oye marcharse. Roces de pasos en la escalera, murmullos ahogados en el umbral. Ya están en la calle. El niño no aguanta más y se levanta. Hace calor, está desnudo, sólo lleva una sábana encima, se hace con ella una especie de toga. Sigue a los forasteros a distancia. Cuando ve que salen de la ciudad, vacila. Sería más razonable desandar el camino, pero él continúa. Luego viene el monte de los Olivos, el huerto de Getsemaní y de repente las teas en la noche, la cuadrilla de hombres de armas que vienen a detener al cabecilla. El niño presencia todo esto desde detrás de un arbusto. Cuando los soldados se llevan al prisionero, les sigue. Es algo tan apasionante que ha empezado a seguirles y les seguirá hasta el final. Hasta ahora no le ha visto nadie, pero de pronto un soldado le descubre. «¿Tú qué haces aquí?» El niño sale pitando, el soldado le persigue, atrapa un extremo de la sábana que se le queda en la mano. El niño vuelve a su casa desnudo, primero por el campo y después por las calles de la ciudad, bajo la luna. Vuelve a acostarse. A la mañana siguiente no se lo cuenta a nadie. Se pregunta si no lo habrá soñado.

22

Fuera o no el niño de la sábana, Juan Marcos, como hijo de la casa donde se reunía la secta, no tuvo necesidad de convertirse: se crió allí, era su familia. Como un pequeño mormón, o un pequeño amish, se ha impregnado naturalmente de este culto extraño, de esta atmósfera exaltada, entre aquellas personas que vivían en comunidad, entraban en trance, empezaban a hablar lenguas desconocidas y curaban a los enfermos imponiéndoles las manos.

Tenía un primo llamado Bernabé, también familiar de la casa. De él los Hechos nos dan un rasgo asombroso. Pablo acababa de volver a Jerusalén, tras el camino de Damasco y su retiro en el desierto. Dice Lucas que «intentaba reunirse con los discípulos, pero todos le tenían miedo, no creían que fuese realmente uno de los suyos». Se comprende: han observado desde fuera excelentes motivos para no creerlo. Pablo corre un riesgo enorme, pero hay en el grupo un hombre que arriesga tanto como él al otorgarle su confianza. Este hombre es Bernabé. Cien páginas más arriba he dicho que no hay en los Hechos ningún episodio comparable al de *Quo vadis?*, en el que se ve a un cristiano que en vez de vengarse de su acosador, le llama aparte, le abraza, le acoge en la secta. Me equivocaba: es exactamente lo que ha hecho Bernabé.

Formará equipo con Pablo en Antioquía. Juan Marcos se reunirá allí con ellos. Los tres empiezan a evangelizar a los paganos. Parece que se entienden bien. Enseguida extienden su actividad hasta Chipre y desde allí se embarcan rumbo a Panfilia, es decir, la costa meridional de Turquía. Pero allí se pelean: no se sabe por qué, lo más probable es que Juan Marcos soportara mal la creciente falta de respeto que muestra Pablo por la Ley. Se separa de sus dos compañeros y regresa solo a Jerusalén.

Al cabo de uno o dos años, Pablo y Bernabé vuelven de su primer gran viaje, el viaje en que los licaonios les tomaron por dioses. Preparan una segunda gira. Durante los preparativos, nueva disputa porque, informa Lucas, «Bernabé quería llevarse de nuevo a Juan Marcos y Pablo se negaba a que les acompañase alguien que ya les había abandonado una vez. Se acaloraron y acabaron separándose».

Para que el pacífico Lucas diga que se acaloraron es preciso realmente que el asunto fuese candente, y a partir de entonces no volvemos a ver ni a Bernabé ni a Juan Marcos en los Hechos. Cada uno se va por su lado, Pablo por el suyo, y ahora sólo seguimos a Pablo. Liberado de Bernabé, parte lo más lejos posible de Jerusalén, se interna en tierras vírgenes, lejanas, aisladas, evangeliza vigorosamente a los panfilios, los lidios, los gálatas y demás, recluta al joven Timoteo, que en su función de aprendiz celoso sustituirá con provecho a Juan Marcos. Unos años más tarde, lo encontramos en el puerto de Troas, donde conoce a Lucas. Ya sabemos la continuación.

La tradición asegura que después de separarse de Pablo, Bernabé volvió a Chipre, donde murió cargado de años y de virtudes. Juan Marcos, por su parte, llegó a ser en Jerusalén el secretario e intérprete de Pedro, que no hablaba griego. Me parece verosímil que Filipo le presentara a Lucas, previniéndole de que tendría que ser diplomático: Juan Marcos había trabajado con Pablo, la relación no había sido buena, se había vuelto al bando de los enemigos. Lucas era diplomático. No tenía el tono perentorio de Pablo. No creía saberlo todo. Estaba plenamente dispuesto a escuchar a los que habían conocido a Jesús.

Juan Marcos no decía que le había conocido. No lo dirá nunca. Aunque fuera cierto que había sido el niño de la sábana, aunque al escribir más adelante su Evangelio deslizara en él ese detalle misterioso que sólo él podía comprender, como un pintor que se representa en un rincón del lienzo, creo que no hablaba con nadie de esto. Que conservaba un recuerdo semejante a un sueño sepultado muy en el fondo de sí mismo. Es posible, no obstante, que si Lucas se ganó su confianza Juan Marcos le presentara a personalidades de la iglesia de Jerusalén, quizá al propio Pedro, y que lo invitara a la casa de su madre.

He intentado varias veces escribir esta escena. Los dos hombres entran en la casa, una casa de fachada estrecha, por la puerta muy baja que da a la callejuela. Tras empujar esta puerta se encuentran en un patinillo interior. Hay una fuente, ropa blanca puesta a secar en una cuerda. A los que viven allí, hermanos, hermanas, primos, no les sorprende la visita de Juan Marcos: está en su casa, puede llevar a un extraño. Quizá les ofrecen un vaso de agua y dátiles, quizá se sientan un momento para charlar antes de que Juan Marco conduzca al visitante hacia la escalera de piedra por la que suben, uno detrás del otro, hasta la puerta de la habitación de arriba donde se reunían, donde todavía se reúnen, donde ocurrió todo. La habitación no tiene nada de particular. Almohadones por el suelo, una alfombra. Me imagino, sin embargo, a Lucas, en el momento de cruzar el umbral, asaltado por una especie de vértigo, y quizá no se atreve a entrar.

Por lo que a mí respecta, yo no me atrevo.

23

Me bato en retirada. Juan Marcos tenía el aire perfecto, pero me lleva demasiado lejos o demasiado cerca, y entonces busco otros testigos hacia los que encaminar a Lucas. Como se hace en un casting, someto a su Evangelio a un examen detenido, atento a los segundos y terceros comparsas. Anoto sus nombres. Hay personas cuyo camino se cruzó con el de Jesús y que aparecen mencionadas. Podrían no haberlo sido. Lucas podría limitarse a escribir: «un leproso», «un publicano», «un centurión», «una mujer que sangraba desde hacía doce años y a la que nadie había podido curar»; de hecho es lo que hace casi siempre, pero de algunos da el nombre y pienso que si lo hace es porque son los auténticos. La mayoría, por supuesto, ha debido de copiarlos, pero quizá algunos de esos nombres, que él es el único en mencionar, son de personas a las que ha conocido realmente.

Puede ser que Lucas, en Jericó, llamara a la puerta de un antiguo recaudador en cuya casa se decía que había dormido Jesús treinta años antes. En pueblos franceses quedan personas en cuya casa pasó una noche el general De Gaulle y que adoran contar historias sobre una cama tan pequeña que sobresalían los pies del gran hombre. Puede ser que ese recaudador, Zaqueo, haya contado a Lucas lo que éste contará en el capítulo XIX de su Evangelio. Jesús pasaba por Jericó en el camino a Jerusalén. Zaqueo, que era curioso, quiso verle, pero al contrario que el general De Gaulle era de baja estatura y había una multitud alrededor de Jesús, por lo que Zaqueo se subió a un sicómoro. Jesús le vio. Le ordenó que bajase para recibirle porque quería ir a descansar en su casa. Muy contento, Zaqueo le abrió la casa, la misma en que recibe a Lucas. Le prometió que daría a los pobres la mitad de sus bienes y que devolvería el cuádruple de dinero a los que había perjudicado. Sé que el acento de la verdad es un criterio muy subjetivo, pero si me pidieran un ejemplo de detalle que posea ese acento, pondría el del pequeño Zaqueo que se sube al sicómoro. O, en una circunstancia similar, el del paralítico al que quieren llevar ante Jesús, pero aquí también hay un gentío enorme en la puerta de la casa donde enseña, y entonces los hombres que transportan al paralítico se suben al techo, hacen un agujero en la terraza y lo baja por él en su camilla.

Puede ser que Lucas, en Betania, llamara a la puerta de dos hermanas que se llamaban Marta y María. El evangelista Juan también habla de ellas, y sobre todo de su hermano Lázaro, al que Jesús habría resucitado. Lucas no dice nada de Lázaro ni de su resurrección, que si se produjo debió de ser un acontecimiento notable. En cambio, cuenta un pequeño episodio muy cotidiano. Jesús se detuvo a descansar en casa de las dos hermanas. Mientras reposa habla de una manera que imaginamos especialmente íntima y familiar. Sentada a sus pies, María no se cansa de escucharle. Entretanto, Marta trajina en la cocina. A la larga, este reparto de tareas acaba irritándola: «Señor», dice, «¿no te molesta que mi hermana me deje a mí sola todo el trabajo? Dile que me ayude.» Respuesta de Jesús: «Marta, Marta, te preocupas y te inquietas por muchas cosas cuando una sola basta. María ha elegido la mejor parte y no se la privará de ella.»

En esta escena también encuentro el acento de la verdad, de la anécdota espigada en la fuente original. Al mismo tiempo sirve desde hace siglos para ilustrar la oposición entre la vida activa y la contemplativa, y confieso que me molesta un poco este tema de la «mejor parte», con arreglo al cual Hervé regula su conducta cotidiana: su mujer se ocupa de todo mientras él lee el *Bhagavad-Gita.* Me parece que sobre este mismo tema podría haberse escrito un sainete de una moralidad exactamente opuesta: el elogio de la buena chica que se ajetrea para servir la comida mientras la remilgada de su hermana toma el té en el salón, sin dar golpe; pero como me señala suavemente Hervé, no es eso lo que escribió Lucas. Lo que escribió es sin duda lo que María, o Marta, o las dos, recordaban treinta años más tarde, y es sin duda lo que dijo Jesús, que también dijo: «Buscad el Reino y lo demás se os dará por añadidura.»

Ya que hablamos de las mujeres que rodeaban a Jesús, hay todavía un racimo entero del que Lucas nos dice que le seguían, a él y a los Doce, «y les ayudaban con sus bienes». Nombra a estas compañeras de viaje: «María de Magdala, que expulsó a siete demonios; Juana, mujer de Chuza, el intendente de Herodes; Susana y algunas otras.»

María Magdalena, la que expulsó a siete demonios, sería evidentemente la captura más grande. Todos los testimonios concuerdan: esta histérica curada por Jesús fue la primera en hablar de su resurrección, la primera en divulgar el rumor y quizá, en este sentido, la que inventó el cristianismo. Pero a María todo el mundo la conoce. Lucas, cuando habla de ella, no hace más que copiar lo que Marcos escribió a su respecto. No dice una palabra de más, nada que provenga de su *Sondergut,* su «bien propio», como dicen los exégetas alemanes para calificar lo que se encuentra en cada uno, y sólo en cada persona.

Susana no es más que un nombre. Queda Juana, la mujer de Chuza, el intendente de Herodes.

24

Esta Juana, mujer de Chuza, me ha hecho soñar mucho. Me dije que se podría escribir una novela sobre ella. Llegué a decirme, en un momento dado, que ella sería mi tercera puerta de entrada en este libro.

Juana tiene sesenta años cuando Lucas la conoce. Quizá Chuza y ella viven todavía en un ala del antiguo palacio de Herodes, donde a Pablo le han asignado ahora residencia. Ser intendente de Herodes no era poca cosa: Chuza debía de ser un personaje relativamente importante y Juana una especie de burguesa. Burguesa aburrida, una Bovary judía, la clienta ideal para un gurú. Se hablaba mucho por entonces de aquel curandero que recorría Galilea, pero le confundían más o menos con otro, un energúmeno que comía saltamontes, atraía a sus discípulos al desierto y les sumergía en el Jordán diciéndoles que se arrepintiesen porque el fin de los tiempos estaba próximo. Incluso a Herodes le decía que se arrepintiera. Le decía que estaba mal acostarse con Herodías, la mujer de su hermano, y Herodes se lo tomó tan mal que encarceló al energúmeno y ordenó que le cortaran la cabeza. No es a él a quien va a ver Juana, sino al otro gurú, que le aporta cosas buenas. Vuelve a verle, le sigue. Le rodea gente extraña: recaudadores, prostitutas, muchos cojitrancos. Chuza debe de ver esto con disgusto. Le dice a Juana que no es conveniente, que da pábulo a murmuraciones. Sin embargo, Juana no puede por menos de volver donde el gurú. Inventa pretextos para justificar sus ausencias. Miente. Recurre a su dote, luego a las arcas de Chuza, para dar dinero al curandero y a los suyos. Durante algunos meses es como si tuviera un amante. Luego el curandero parte a Jerusalén y Juana se entera un poco más tarde de que las cosas le han ido mal en la ciudad, que ha terminado como el otro energúmeno. No le han decapitado, sino algo peor: ha muerto en la cruz. Es triste y al mismo tiempo no le extraña. Corren tiempos turbulentos. Chuza se encoge de hombros: ya te lo había advertido. Treinta años después, Juana lo rememora a veces. Está contenta de hablar con ese agradable médico griego que la acribilla a preguntas y, lo que es más raro, que escucha las respuestas. ¿Qué aspecto tenía él? ¿Qué decía? ¿Qué hacía? Ella no se acuerda bien de lo que Jesús decía: cosas bonitas, pero alejadas del sentido común. Lo que más la impresionaba eran sus poderes y, sobre todo, sobre todo, su manera de mirar: como si lo supiese todo de ella.

Alto ahí. Aunque haya dicho que aquí hay una novela, el tema no me inspira. Y si no me inspira quizá se debe a que es una novela. Aparte de que yo no soy de esas personas capaces de hacer que personajes de la Antigüedad digan sin pestañear, en toga o faldilla, cosas como «Salud, Paulus, ven pues al atrio». Es el problema de la novela histórica, y con mayor razón de las grandes producciones cinematográficas de temática histórica: enseguida tengo la impresión de estar en *Astérix*.

25

A pesar de mis repetidas tentativas, nunca he conseguido terminar las *Memorias de Adriano*. Me gustan mucho, en cambio, las notas de trabajo que Marguerite Yourcenar publicó como anexo de esta novela, compañera de veinte años de su vida. Como buen moderno, prefiero el boceto al gran cuadro, lo cual debería servirme de advertencia, a mí que sólo puedo planear mi propio libro como una de esas amplias composiciones ultraequilibradas y arquitectónicas, la obra maestra de un artesano, tras la cual se podrá, por fin, respirar un poco, relajarse, pero esto no es para ahora mismo. Ahora mismo me cuesta Dios y ayuda insertar en este cuadro majestuoso miles de notas escritas a lápiz a lo largo de los días, de lecturas, de humores. A veces me asalta la sospecha de que estas anotaciones, tal cual, que retozan libremente en sus libretas o sus ficheros disparejos, son mucho más vivas y agradables de leer que cuando están ordenadas, unificadas, ensambladas mediante hábiles transiciones, pero es más fuerte que yo: lo que me gusta, me tranquiliza y me proporciona la ilusión de no perder el tiempo en la vida, es sudar sangre y tinta para fundir lo que se me pasa por la cabeza en la misma materia homogénea, untuosa, dotada de varias ricas capas superpuestas, y nunca me canso de ellas, como buen obsesivo tengo siempre el proyecto de añadir una más, y sobre ella una veladura, un barniz, qué sé yo, cualquier cosa es mejor que dejar que las cosas respiren, inacabadas, transitorias, fuera de mi control. Resumiendo, veamos cómo Marguerite Yourcenar dice que escribió las *Memorias de Adriano:*

«La regla del juego: aprenderlo todo, leerlo todo, informarse de todo y, simultáneamente, adaptar a tu propósito los *Ejercicios* de Ignacio de Loyola o el método del asceta hindú que se desvive durante años en visualizar con un poco más de exactitud la imagen que crea debajo de sus párpados cerrados. Perseguir, a través de miles de fichas, la actualidad de los hechos: intentar restituir su movilidad, su flexibilidad viviente, a esos rostros de piedra. Cuando dos textos, dos afirmaciones, dos ideas se oponen, complacerse en conciliarlos en vez de que se anulen uno a otro; ver en ellos dos facetas distintas, dos estados sucesivos del mismo hecho, una realidad convincente porque es compleja, humana porque es múltiple. Trabajar leyendo un texto del siglo II con unos ojos, un alma, unos sentidos del siglo II; dejar que se bañen en esta agua madre que son los hechos contemporáneos, apartar si es posible todas las ideas, todos los sentimientos acumulados por capas sucesivas entre aquellas personas y nosotros. Servirse, sin embargo, pero con prudencia, pero sólo con carácter preparatorio, de las posibilidades de combinación o de verificación, de perspectivas nuevas elaboradas poco a poco por tantos siglos y acontecimientos que nos separan de ese texto, de ese hecho, de ese hombre; utilizarlos como otros tantos mojones del camino de regreso hacia un punto particular del tiempo. Prohibirse las sombras proyectadas; no permitir que el vaho de un aliento se esparza sobre el azogue del espejo; tomar únicamente lo que hay de más duradero, de más esencial en nosotros, en las emociones de los sentidos y las operaciones del intelecto, como punto de contacto con aquellos hombres que al igual que nosotros masticaron aceitunas, bebieron vino, se pusieron los dedos pegajosos de miel, lucharon contra el viento áspero y la lluvia cegadora y buscaron en verano la sombra de un plátano, y gozaron y pensaron y envejecieron y murieron.»

Al copiar este texto me parece hermoso. Apruebo el método, orgulloso y humilde. La lista tan poética de invariantes me deja pensativo porque roza una cuestión trascendente: ¿qué es eterno, inmutable, «en las emociones de los sentidos y las operaciones del intelecto»? ¿Qué es lo que, en consecuencia, no depende de la historia? Vale, el cielo, la lluvia, la sed, el deseo que empuja a los hombres y mujeres a acoplarse, pero en la percepción que tenemos de estas cosas, en las opiniones que nos formamos de ellas, la historia, es decir, lo cambiante se insinúa enseguida, ocupa continuamente espacios que creíamos fuera de alcance. En lo que no coincido con Yourcenar es en lo de la sombra proyectada, en el aliento sobre el azogue del espejo. Yo creo que eso es algo inevitable. Creo que siempre se verá la sombra proyectada, que se verán siempre las argucias con las que se intenta borrarla y que más vale, por tanto, aceptarla y exponerla. Es como cuando se rueda un documental. O bien se intenta hacer creer que en él se ven a las personas «de verdad», es decir, tal como son cuando no se las filma, o bien se admite que el hecho de filmarlas modifica la situación, y entonces lo que se filma es esta situación nueva. Por mi parte, no me molesta lo que en la jerga técnica se llaman las «miradas a cámara»: al contrario, las conservo, hasta llamo la atención sobre ellas. Muestro lo que designan esas miradas, que en el documental clásico se supone que quedan fuera de campo: el equipo que está filmando, yo que dirijo al equipo, y nuestras disputas, dudas, nuestras relaciones complicadas con las personas a las que filmamos. No pretendo que sea lo mejor. Hay dos escuelas, y lo único que se puede decir en favor de la mía es que encaja mejor con la sensibilidad moderna, amiga de la sospecha, del lado oscuro y de los *making of*, que la pretensión, a la vez altanera e ingenua de Marguerite Yourcenar, de borrarse para mostrar las cosas tal como son en su esencia y su verdad.

Lo divertido es que, a diferencia de Ingres, de Delacroix o de Chassériau, que buscaban el realismo en sus representaciones de los romanos de Tito Livio o de los judíos de la Biblia, los maestros antiguos practicaban ingenuamente, como Monsieur Jourdan en la prosa, el credo modernista y el distanciamiento brechtiano. Si se les planteaba la cuestión, muchos de ellos, tras reflexionar, sin duda habrían admitido que la Galilea de quince siglos antes no debía de parecerse a Flandes o la Toscana de su tiempo, pero a la mayoría no se le ocurría esta cuestión. La aspiración al realismo histórico no entraba en el marco de su pensamiento, y pienso que en el fondo tenían razón. Eran verdaderamente realistas en la medida en que lo que representaban era realmente real. Eran ellos, era el mundo en que vivían. El hogar de la Santa Virgen era el del pintor o el de quien le encargaba el cuadro. Sus vestidos, pintados con tanto esmero, con tanto amor por los detalles y la materia, eran los que llevaban la mujer de uno o la amante de otro. En cuanto a los rostros... ¡Ah, los rostros!

26

Lucas era médico, pero una tradición que se ha conservado mejor en el mundo ortodoxo quiere que también fuera pintor y que hubiera pintado el retrato de la Virgen María. Eudoxia, la encantadora esposa del emperador Teodosio II, que reinó en Bizancio en el siglo V, se vanagloriaba de poseer este retrato, pintado sobre madera. Habría sido destruido en 1453 durante la toma de Constantinopla por los turcos.

Diecisiete años antes, en 1435, el gremio de pintores de Bruselas encargó a Rogier Van der Weyden, para la catedral de Santa Gúdula, un cuadro representando a San Lucas, patrono de su corporación, en el momento de pintar a la Virgen. Rogier Van der Weyden, uno de los grandes maestros de la escuela flamenca, es uno de mis pintores preferidos, pero nunca he visto el original de este cuadro porque se conserva en el Museo de Bellas Artes de Boston, donde nunca he estado.

Nunca he estado en Boston, pero tengo en Moscú un amigo muy querido que se llama Emmanuel Durand. Es un muchachote barbudo, saturnino, grave y tierno, que lleva el faldón de la camisa sobresaliendo siempre del jersey y tiene una vasta frente de filósofo: de hecho ha escrito una tesis sobre Wittgenstein. Desde hace quince años hemos vivido juntos no pocas aventuras en Rusia y, en compartimentos de tren, en comedores de restaurantes desiertos, en Krasnoiarsk o Rostov del Don, le hablé a menudo de este libro que estaba escribiendo. La mujer de Manu, Irina, es ortodoxa y pintora de iconos, y él es uno de los raros cristianos de mi entorno. Después de algunos vodkas, empieza de buen grado frases que no termina nunca sobre los ángeles y la comunión de los santos. Una noche traté de describirle el cuadro de Rogier Van der Weyden, quejándome de la dificultad de encontrar buenas reproducciones de sus obras. Me habría gustado tener una conmigo, velando sobre mi trabajo como esas madonas con las que mi madrina recubría las estanterías de su despacho. Al regresar a París encontré en el correo un grueso paquete que contenía la única monografía disponible sobre Van der Weyden. Bueno, disponible no: está agotada, es inhallable, pero Manu la encontró y es espléndida.

No obstante lo que pesa, me la llevé a Le Levron, adonde fui aquel otoño a caminar con Hervé. Tenía el proyecto de trabajar unas horas al día en un capítulo del que sólo tenía una idea confusa, pero que debía versar sobre el cuadro que representa a Lucas y la Virgen. Al leer con más atención el libro de Manu supe que la figura de Lucas se considera en general un autorretrato del artista, y pensé: me viene bien. Me imagino tan bien a Van der Weyden como a Lucas, con esa cara alargada, seria, meditabunda. Que el primero se pintara con los rasgos del segundo me gusta tanto más porque a veces yo hago lo mismo.

Me gusta la pintura de paisajes, las naturalezas muertas, la pintura no figurativa, pero por encima de todo me gustan los retratos, y en mi terreno me considero una especie de retratista. Algo que a este respecto me ha intrigado siempre es la diferencia que cada cual establece por instinto, sin formularla forzosamente, entre los retratos hechos a partir de un modelo y los de personajes imaginarios. He admirado hace poco un ejemplo sorprendente: el fresco de Benozzo Gozzoli que representa *El cortejo de los Reyes Magos* y cubre las cuatro paredes de una capilla en el palacio Medici-Riccardi de Florencia. Si miras la procesión de los Magos y su séquito, ves una infinidad de gentes cuyas figuras nobles son personalidades de la corte de los Médicis y viandantes corrientes sacados de la calle, y no cabe ninguna duda sobre el hecho de que todos han sido pintados del natural. Aunque no conozcas a los modelos, pondrías la mano en el fuego para acreditar el enorme parecido. En cambio, en cuanto llegas al pesebre aparecen ángeles, santos, legiones celestiales.

De golpe las caras se vuelven más regulares, más idealizadas. Pierden en vida lo que ganan en espiritualidad: puedes estar seguro de que no se trata de personas reales.

El mismo fenómeno se observa en el cuadro de Rogier Van der Weyden. Aunque no supieras que San Lucas es un autorretrato, de todos modos tendrías la certeza de que es el retrato de alguien que existe. No así la Madona. Está pintada maravillosamente –a decir verdad, son sobre todo sus ropajes los que están pintados de maravilla–, pero el cuadro se inspira en otras madonas, en la idea convencional, etérea, un poco remilgada, que se hacen de una madona, y es el caso de la mayoría de las madonas representadas por la pintura. Hay excepciones: la de Caravaggio, increíblemente sexy, en la iglesia de San Agustín en Roma. Se sabe que el modelo era la amante del pintor, una cortesana llamada Lena. Van der Weyden también era capaz de pintar mujeres sexy, como demuestra el retrato extraordinario que decora la cubierta del libro que me regaló Manu: uno de los rostros de mujer más expresivos y sensuales que conozco. Pero Van der Weyden no era un golfo como Caravaggio: no se habría permitido tratar así a la Santa Virgen.

27

Que los atardeceres son tranquilos en un pueblo de montaña del Valais es decir poco, y consagro algunos –a decir verdad, casi todos– a ver pornografía en Internet. Gran parte de los temas me dejan indiferente, hasta me repugnan: *gang bangs* «extremos», úteros cacheados por una máquina, mujeres embarazadas que se hacen penetrar por caballos... Mi tropismo personal más constante es la masturbación femenina. Así que una noche tecleo «chicas que se hacen una paja» y entre decenas de vídeos bastante semejantes doy con uno increíblemente excitante de «una morena que se goza y que tiene dos orgasmos» (es el título). Excitante hasta tal punto que lo he incluido en mis «favoritos» del ordenador y que la chica ha perturbado seriamente, pero en definitiva estimulado, mis esfuerzos de concentración diurnos sobre el cuadro de Rogier Van der Weyden. Al principio pensé que eran dos temas distintos, pero es como en el psicoanálisis: basta afirmar que dos cosas no tienen nada que ver entre ellas para estar seguro de que, al contrario, tienen todo que ver.

A la pregunta, que el cuadro me suscita, de si un retrato está pintado o no con ayuda de un modelo, corresponde en la pornografía la de saber si se trata de un vídeo comercial o el vídeo de un aficionado. Dicho de otro modo, si la chica se filma o se hace filmar por placer o si es una actriz porno más o menos profesional. Los sitios de la red, por supuesto, prefieren decir que son estudiantes impúdicas que lo hacen por divertirse, pero la mayoría de las veces nos parece dudoso. Un indicio bastante seguro: ¿muestra la cara la chica? Me inclino a creer que la que lo oculta es una aficionada a la que le excita hacerse una paja delante de todo el mundo, pero ansiosa de evitar que sus colegas de oficina, sus amigos, su familia la reconozcan en Internet. Ciertamente corre un verdadero riesgo social exhibiéndose así, y me pregunto si hay tanta gente lo suficientemente liberada para tomárselo a la ligera, quizá sí, de hecho, quizá sea uno de los grandes cambios de civilización producidos por Internet. Por otra parte, hay más cosas que la cara, está el cuerpo, el decorado, un determinado número de indicios que permiten a sus allegados reconocer a alguien. Otro indicio es el conejito. Todas las profesionales se lo han depilado y sin duda también un buen número de aficionadas, pero un coño velludo es un signo bastante fuerte, y hasta bastante enfático, de autenticidad, lo cual obviamente no escapa a las profesionales: entre las opciones que proponen, existe el *hairy* e incluso el *super-hairy*.

El vídeo que me excita tanto está rodado en plano fijo. La cámara no se mueve, no utiliza zooms y de este modo tiende a indicar que la chica está sola. Ella lo hace quizá para alguien, pero no está con la otra persona. Está tumbada en la cama, en vaqueros y con un corpiño corto. Es bonita, sin ser una belleza deslumbrante, y no tiene nada, absolutamente nada de una actriz porno. Ni el físico ni la expresión. Poco más de treinta años, morena, cara inteligente. Parece soñadora, deja flotar sus pensamientos. Al cabo de un minuto, empieza a tocarse los pechos, pequeños, bonitos, no rehechos. Después de lamerse los dedos, se excita los pezones con las puntas. Se incorpora a medias para quitarse el corpiño, titubea un instante y luego se desabrocha los vaqueros, desliza una mano dentro de la braga. Podría acariciarse así, pero puestos a ello, no, es más cómodo quitarse el pantalón, después la braga, desvestirse por completo, y si no estuviera la cámara, que ha habido que colocar al pie de la cama con un propósito en mente, se diría que la idea se le ha ocurrido de pronto, sin premeditación. Su conejito es moreno, medianamente velludo, para mí muy atractivo. Se lo roza, empieza a masturbarse con las piernas bien abiertas, pero aun así no se parece en nada a lo que hacen las chicas en los sitios de la web: nada de guiños maliciosos, nada de sonrisas insistentes de gran puta, nada de jadeos enfáticos; tan sólo la respiración un poco más fuerte, los ojos entornados, el toqueteo de los dedos entre los labios. Nada que se dirija a un espectador. Realmente se creería que está sola, segura de que no la ve nadie, y que no hay cámara. Pensativa al principio, casi negligente, se excita poco a poco, reclina la cabeza hacia atrás, jadea (pero una vez más sin exagerar, sin tomar de testigo a nadie), se arquea, comba las piernas, goza violentamente. Tiembla, tarda en calmarse. Pausa. Da la impresión de que ha terminado, pero no, sus dedos se demoran y luego empieza de nuevo, se provoca placer una vez más, más fuerte aún. Al cabo de algunos sobresaltos que me parecen realmente magníficos, se queda inmóvil un momento, recuperando el aliento, su vientre liso se alza suavemente. Abre los ojos, exhala un ligero suspiro como alguien que vuelve a la vida. Después se estira con una gracia extrema, extiende los brazos para recoger las bragas, levanta las piernas para ponérselas, luego se pone el pantalón, el corpiño, sale de campo. Se ha acabado.

Podría ver este vídeo veinte veces seguidas. De hecho, lo he visto veinte veces y lo seguiría viendo. La chica me gusta muchísimo, es una quintaesencia de «mi tipo», sexualmente hablando. A diferencia de todas las chicas que aparecen en esta clase de sitios, que tienen los pechos operados, los coños afeitados con más o menos cuidado, tatuajes, piercings en el ombligo, y que se ponen en pelotas sin quitarse los tacones altos o, más a menudo, sus gigantescas zapatillas de deporte, ella se parece a mujeres que conozco, a mujeres de las que podría enamorarme, con las que podría vivir. Tiene algo grave, incluso me da la impresión de que si se concede esa pausa es porque está inquieta, un poco triste, que tiene necesidad de recurrir a esta fuente de sosiego que posee entre las piernas y que nunca la ha traicionado; eso también se ve, que su cuerpo es para ella un amigo.

Entonces me interrogo. ¿Es posible que, contra toda apariencia, la heroína de este vídeo no sea una actriz porno profesional, sino una mujer que ejerce la pornografía de un modo intermitente y que, por doscientos o quinientos euros –no tengo la menor idea de las tarifas–, está dispuesta a hacer esto como estaría dispuesta, y no es incompatible, a cobrar por acostarse con alguien para pagar el alquiler? Quizá soy un ingenuo, pero no lo creo. Esta chica es una burguesa, eso se ve, o al menos una *bobo*. La imagino, por ejemplo, traductora o periodista *free-lance* que trabaja en su casa, que no sabe qué hacer hacia media tarde, y que si no va a tomar un café con una amiga que vive en el barrio se acuesta en la cama y se hace una paja. Sus sábanas lisas, de color gris topo, se parecen a las sábanas en las que dormimos Hélène y yo, mientras que la ropa de cama en el porno suele ser espantosa, ya tipo nórdico de flores, ya, en versión más elegante, tipo dentista aficionado al sexo en grupo, de satén negro o piel de animal. Lo que se entrevé de su apartamento podría pertenecer al nuestro. Debe de haber libros, cajas de té, quizá un piano. Lo más probable es que la chica se llame Claire o Élisabeth en vez de Cindy o Loana. Le atribuyo una voz bonita y cierto dominio del lenguaje. Quizá voy demasiado lejos en mi idealización, pero pienso incluso que no debe de decir a cada rato: «no hay problema», como la cuasi totalidad de nuestros contemporáneos. Hay en su abandono una especie de compostura, de reserva, que no se ve nunca en la pornografía. Desentona en este sitio. No debería estar ahí. Pero está.

¿Qué le ha inducido a instalar una cámara al pie de la cama antes de abandonarse a ese momento de intimidad absoluta? A priori, el deseo de ofrecérselo a un hombre amado; o a una mujer, pero me decanto más bien por un hombre. Es la clase de regalo que me encantaría que me hicieran, que podría hacerme Hélène. Muy bien, pero ¿qué explica que después de haber filmado la escena la haya colgado en la red? Se me ocurre una idea, muy desagradable: no ha sido ella, sino el hombre para quien la ha filmado. Estas cosas suceden. Hay incluso sitios dedicados explícitamente a esto. ¿Tu amiguita te ha abandonado? ¿Engañado? Véngate, cuelga on-line los vídeos de sexo que has conservado de ella. Pero

¿si no es así? ¿Si ha sido ella? ¿Por qué? ¿Qué se propone al mostrar esa escena a todo el mundo? ¿Qué puede explicar que una chica así –quiero decir, una chica a la que, con razón o sin ella, incluyo en la misma casilla sociocultural que a Hélène, Sandra, Emmie, Sarah, Ève, Toni, nuestras deliciosas amigas de las clases de yoga– se exhiba masturbándose en Internet? A no ser que me equivoque de cabo a rabo en el análisis que acabo de hacer, hay en esto algo enigmático que influye mucho en mi turbación y me empuja a desear más datos; de hecho, a desear conocerla.

28

Como nos gusta comunicarnos nuestros ensueños eróticos, le envío a Hélène la dirección del sitio acompañada de un e-mail que es, en síntesis, el capítulo que ustedes acaban de leer: apenas lo he pulido un poco. Ella me responde lo siguiente:

«No ha sido fácil de encontrar, tu morena de los dos orgasmos. He tenido que adivinar la clasificación del logaritmo del sitio para que aparezca por fin en la lista de vídeos que ofrecen en pantalla. He seleccionado a las morenas, las masturbaciones, y descartado a las lesbianas, las parejas, las sodomías, las maduras, y no sigo. Durante esta búsqueda me he cruzado con algunas perlas *vintage:* pornos con puestas en escena, patas de elefante y coños superpeludos salidos directamente de los años setenta, ya te enseñaré. Cuando aparecieron la viñeta y la leyenda, fue un poco como encontrar a una persona de quien te han hablado muy bien con la esperanza de que te hagas amigo de ella.

»Estoy de acuerdo contigo: es una muchacha muy bonita. Sobre todo, se mueve con gracia. Infunde elegancia a la masturbación: es eso lo que te gusta. Respecto a si es una profesional, es muy difícil de decir. Como tú, creo que no, pero ante todo está claro que goza de verdad. Si finge, lo hace tan bien que ha debido de acordarse de momentos de placer intensos, lo que en sí mismo es una forma de placer (y el secreto de todas las mujeres que han simulado un día u otro). Es muy raro encontrar orgasmos tan convincentes en el porno. Pero no puedo evitar pensar que es muy reconocible en el vídeo y que esos ocho minutos de su vida en Internet son una forma de suicidio social, o de asesinato si es un regalo que ella hace a un amante que los ha colgado en la red. Hay en ello, por encantador que sea observarlo, algo muy cruel.

»También me he preguntado por lo que tú decías en este texto sobre tu deseo. En principio, y lo divertido es que da la impresión de que ni siquiera te das cuenta de ello, es algo completamente sociológico. Si esta chica te gusta tanto es porque en tus fantasías la concibes como una burguesa extraviada entre las proletarias del porno. No voy a reprochártelo: eres así, me gustas así. Y luego, cuando describes el efecto que te producen sus temblores, la expresión de su deleite, dices otra cosa: que lo que te excita por encima de todo es el placer de las mujeres. Tengo suerte.

San Lucas, de todos modos, tiene mucho aguante.»

29

En las horas que siguieron a la recepción de este e-mail, pensé a mi vez no en dos sino en tres cosas. Primero que yo también tenía suerte. Después que, si yo fuese pintor y me hubiesen encargado un retrato de la Madona –con las manos juntas, los ojos castamente bajos–, me habría proporcionado un gran placer, a semejanza de Caravaggio, hacer posar a la morena de los dos orgasmos. En suma, que la diferencia que salta a la vista, en la pintura, entre los retratos realizados con un modelo y los retratos imaginarios existe también en la literatura, y que se puede observar en el Evangelio de Lucas.

Una vez más, sé que es subjetivo, pero aun así se percibe esta diferencia entre personajes, palabras, anécdotas que evidentemente han podido ser alterados, pero que poseen un origen real y otros que pertenecen al mito o a la imaginería piadosa. El pequeño recaudador Zaqueo que trepa a un sicómoro, los hombres que hacen un agujero en el techo para bajar a su amigo paralítico hasta la casa del curandero, la mujer del intendente de Herodes que a escondidas de su marido va a auxiliar al gurú y a su grupo, todo esto posee el acento de la verdad, de cosas que se cuentan simplemente porque son ciertas y no por moral ni para mostrar que se cumple un lejano versículo de las Escrituras. Mientras que en el caso de la Santa Virgen y el arcángel Gabriel, lo siento mucho, pero no. No sólo digo que no existe una virgen que da a luz a un niño, sino que los rostros se han vuelto etéreos, celestiales, demasiado regulares. Que hemos pasado, de un modo tan evidente como en la capilla de Benozzo Gozzoli en Florencia, de las caras pintadas del natural a las nacidas de la imaginación.

Ella existió realmente, sin embargo. La Santa Virgen no lo sé, sinceramente no lo creo, pero la madre de Jesús sí. Puesto que Él existió, puesto que nació y murió, lo cual cuestionan únicamente algunos ateos idiotas que se equivocan de diana, es preciso que haya habido una madre y que esta madre también haya nacido y muerto. Si todavía vivía a finales de los años cincuenta, cuando formulo la hipótesis de que Lucas pasó un tiempo en Judea, debía de ser una mujer muy anciana: diecisiete años cuando nació su hijo, cincuenta cuando murió y ochenta treinta años más tarde. Así pues, no digo que Lucas la haya conocido, y menos aún que hizo su retrato, como quiere la leyenda, o que ella le confió recuerdos. Digo solamente que este encuentro fue posible porque los dos se hallaban cada dos años en el mismo y pequeño país, en la misma época, y porque se situaban al margen del mismo orden de realidad. No había por un lado, como en el cuadro de Rogier Van der Weyden, como en la mayoría de los cuadros religiosos, como en el Evangelio que escribirá más tarde Lucas, un ser humano con una expresión humana, arrugas humanas, una polla o un coño humanos debajo de la túnica, y por otro lado una criatura sin sexo, sin arrugas, sin otra expresión que una mansedumbre infinita y convencional. Había dos seres humanos, igualmente humanos, y uno de ellos, que habitaba la misma realidad que el otro, debía de ser en esta realidad una mujer muy anciana vestida de negro, como las que se ven en todas las medinas del Mediterráneo, sentada en el umbral de su casa. Uno de sus hijos, porque tenía varios, había muerto hacía muchos años de una muerte violenta y vergonzosa. No le gustaba hablar de eso o bien sólo hablaba de eso. En un sentido, tenía suerte: personas que habían conocido a su hijo, y otros que no le habían conocido, veneraban su recuerdo, y por eso le mostraban a ella un gran respeto. Ella no comprendía gran cosa. Ni ella ni nadie habían llegado a imaginar todavía que había alumbrado a su hijo permaneciendo virgen. La mariología de Pablo se resume en pocas palabras: Jesús «nació de una mujer», punto. En la época de que hablo no pasamos de aquí. Esta mujer conoció hombre en su juventud. Perdió la flor. Quizá gozó, esperémoslo por ella, y quizá hasta se masturbó. Probablemente no con tanto abandono como la morena de los dos orgasmos, pero al fin y al cabo tenía un clítoris entre las piernas. Ahora era muy anciana, toda arrugas, un poco chocha, un poco sorda, a la que se podía visitar, y tal vez Lucas, después de todo, fue a visitarla.

Los Evangelios de la infancia que escribirá más tarde abundan en escenas magníficas del estilo etéreo y edificante, pero también contienen una muy distinta en la que se ve a Jesús a los doce años. Sus padres le han llevado al Templo a celebrar la Pascua. Se marchan después de la fiesta, en el alboroto de la caravana creen que su hijo está con ellos y al final de un día de camino se percatan de que no; lo han olvidado en Jerusalén. Enloquecidos, vuelven, lo buscan durante tres días y al final lo encuentran en una explanada del Templo donde constituye la admiración de los devotos. Alivio teñido de reproche. «Te hemos buscado por todas partes», dice su madre, «estábamos muertos de inquietud.» «¿Por qué me buscabais?», responde el niño. «¿No sabéis que debo ocuparme de los asuntos de mi padre?» Ellos no entienden nada. De regreso en Nazaret, su madre se guarda en el corazón todas estas cosas.

Aparte de la solemne frase de Jesús, todo en esta escena suena a verdadero. El margen de la TEB, donde, señaladas enfrente del texto, figuran las referencias a las Escrituras, sigue estando excepcionalmente vacío. Los detalles, en lugar de citar versículos de profetas o de los salmos para mostrar que los cumplen, dan la impresión de estar allí tontamente porque han acontecido. En todas las familias se cuentan historias parecidas: el niño que se pierde en el supermercado o en la playa, al que creían en el asiento trasero del coche, cuando en realidad lo han dejado en la gasolinera, donde lo encuentran tan tranquilo tras haber hecho amistad con los camioneros. No cuesta imaginar a una señora mayor contando este recuerdo, y al periodista ávido que la hace hablar y que lo anota, encantado, porque suena tan verídico...

30

Claramente, me atasco. Y desde que concebí el proyecto de este libro siempre me atasco en el mismo sitio. Todo va bien cuando se trata de contar las disputas de Pablo y de Santiago como las de Trotski y Stalin. Mejor aún cuando hablo del tiempo en que creía ser cristiano; si hablo de mí, siempre se me puede tener confianza. Pero en cuanto tengo que hablar del Evangelio me quedo mudo. ¿Porque hay demasiado imaginario, demasiada piedad, demasiados rostros sin modelos de la realidad? ¿O porque si no me embargaran, al abordar estos parajes, el temor y los temblores, no valdría la pena?

En mayo de 2010, Hervé y yo sustituimos nuestra estancia ritual de primavera en Le Levron por un viaje por esa zona de la costa turca que antaño se llamaba Asia. Los dos queríamos ver Éfeso, tan turístico y polvoriento que no nos quedamos mucho tiempo. Llegamos en coche a la península de Bodrum, en la punta de la cual se encuentra el emplazamiento de Cnidos, célebre desde hace mucho porque allí se podía ver a la primera mujer de la estatuaria antigua. Todo el mundo quería tocarla, cascársela encima de ella, robarla, y en vista de la codicia que inspiraba no es sorprendente que ya sólo existan copias. Ninguna de ellas está en el Museo Arqueológico de Atenas, donde en cada una de mis visitas tropiezo con el mismo enigma: durante siglos, los griegos han representado a los hombres desnudos y a las mujeres vestidas. Los mismos escultores que glorificaban sin freno la anatomía viril, en cuanto se trataba de mujeres ponían todo su talento en plasmar no la redondez de sus pechos o las curvas de sus muslos, sino los pliegues de sus túnicas. Esto cambió en el siglo IV, sin que, que yo sepa, se expliquen en ninguna parte las causas de este cambio radical. Entonces siempre se puede decir, y en general es lo que dicen los historiadores, que este tránsito al desnudo femenino es fruto de una maduración lenta y subterránea, pero por muy lenta y subterránea que haya sido, el momento en que el fruto cae es un momento preciso. Un buen día, del que no conocemos la fecha pero que fue aquel buen día y no otro, un escultor que era aquel escultor concreto y no otro, tuvo la audacia de retirar los ropajes y representar a una mujer en cueros. Ese escultor fue Praxíteles, y el modelo de su Afrodita una cortesana llamada Friné, que era su amante. Ignoro por qué motivo ella había comparecido ante la justicia y su abogado la había defendido pidiéndole que se remangara la parte superior de su túnica: ¿podía el tribunal condenar a una mujer que tenía unos pechos tan hermosos? El argumento, parece ser, convenció. Los habitantes de Cos, que habían encargado la estatua, la juzgaron escandalosa y la rechazaron. Los de Cnido la recuperaron: durante algunos siglos constituyó su fortuna. Lucas, en los Hechos, menciona a Cnido pero no dice nada de su atracción principal, y lamento decir que en el curso de su viaje hacia Jerusalén el viento no permitió que el apóstol y su séquito abordasen la península. Lástima: Pablo frente a Afrodita habría sido una escena para no perdérsela.

Hervé y yo hicimos un alto en un bonito pueblo balneario que se llama Selimiye y pasamos allí dos semanas nadando, comiendo yogures de miel, trabajando cada uno en su balcón para después reunirnos a comer. Sólo se oía el chapoteo del agua, los cacareos de las gallinas, los rebuznos de los burros y el ruido relajante de una balsa empujada sobre los cantos rodados por un hotelero que mataba el tiempo como podía a la espera de la estación turística. Éramos los únicos clientes del hotel. Debían de tomarnos por una vieja pareja de gays avejentados que duermen en habitaciones separadas porque ya casi no follan pero se entienden bien sin hablar apenas.

Cuanto más se acercaba el final de esta estancia más excitado estaba yo porque desde allí tenía que ir al Festival de Cannes en calidad de miembro del jurado. El retiro con Hervé seguido por la turbulencia de Cannes: este gran contraste me agradaba. Una novedad para mí, estaba contento con mi vida. Me decía que si me mantenía vigilante debería ser posible ganar en los dos tableros. Ser un artista serio, amante de las profundidades, y al mismo tiempo tener éxito, disfrutarlo, no escupir sobre la notoriedad y el glamour. Como decía Séneca cuando le reprochaban predicar el ascetismo cuando era multimillonario: si no tienes apego a tus bienes, ¿qué hay de malo en ello? Hervé sacudía la cabeza: de todos modos, ten cuidado. Mientras yo embarcaba en el avión a París, donde me aguardaba Hélène y nuestras maletas llenas de ropa de gala, él pensaba continuar hacia el sudeste, explorar la costa licia y después buscar un barco para Patmos, donde en la época de su difícil adolescencia había conocido un momento de apaciguamiento y hasta de éxtasis. Estaba terminando *Les choses comme elles sont* [Las cosas como son], su libro sobre el budismo ordinario, del que iba a entregarme el manuscrito para que lo leyera en Le Levron el otoño siguiente. Yo dediqué mi estancia allí a tomar notas sobre el Evangelio de Lucas que llenaron un cuaderno entero.

31

Releo esas notas tres años después. Son lo opuesto a las que tomé sobre el Evangelio de Juan, veinte años antes. No creo ya que lo que leo sea la palabra de Dios. Ya no me pregunto, en todo caso no en primer lugar, cómo cada una de esas palabras puede guiarme en la conducta de mi vida. En vez de eso, ante cada versículo me hago la pregunta: ¿de dónde saca Lucas esto que ha escrito?

Tres posibilidades. O lo ha leído y lo copia, la mayoría de las veces del Evangelio de Marcos, del que se admite generalmente que es anterior al suyo, y del que más de la mitad se encuentra en el de Lucas. O bien se lo contaron, y, entonces, ¿quién? Aquí entramos en la maraña de las hipótesis: testigos de primera, de segunda, de tercera mano, hombres que han visto al hombre que ha visto al oso... O bien, directamente, se lo inventa. Es una hipótesis sacrílega para muchos cristianos, pero yo no soy cristiano. Soy un escritor que trata de comprender cómo se las ha arreglado otro escritor, y me parece evidente que a menudo inventa. Cada vez que tengo motivos para incluir un pasaje en esta casilla, estoy tanto más contento porque muchas de estas capturas no son menudencias: es el *Magnificat,* es el buen samaritano, es la historia sublime del hijo pródigo. Lo aprecio como hombre del oficio, tengo ganas de felicitar a mi colega.

Abordo ahora como agnóstico este texto que en otro tiempo abordé como creyente. En aquel tiempo quería impregnarme de una verdad, de la Verdad, y hoy intento desmontar los engranajes de una obra literaria. Pascal diría que tras haber sido dogmático me había convertido en un pirrónico. Añade, con razón, que en este asunto no se puede ser neutro. Es como las personas que se declaran apolíticas: lo cual quiere decir simplemente que son de derechas. El problema es que si no crees no puedes evitar ser de derechas, es decir, sentirte superior al creyente. Y tanto más cuando uno mismo ha creído o querido creer. Llegas a eso, ya se sabe, como los comunistas arrepentidos. Resultado: la lectura de alma enérgica a la que me consagré durante nuestra estancia en Selimiye, disfrutando de verme a la vez como un hombre grave, apacible, ocupado en comentar a San Lucas en un pueblo de la costa turca, fuera de temporada, y como ese *people* que diez días más tarde ascendería del brazo de Hélène los peldaños del Festival de Cannes en el papel más halagador que existe, porque francamente, aparte de ser presidente del jurado hay pocas situaciones tan gratificantes socialmente como ser miembro del mismo. En aquel teatro de humillación perenne, donde todo está hecho para recordar a todo el mundo que hay cosas más importantes que uno, tú eres intocable, estás fuera de concurso, no tocas suelo, estás situado en un empíreo de semidioses donde, dado que además tienes prohibido decir algo sobre las películas en competición, cada una de tus palabras evasivas y hasta tus expresiones se reciben como un oráculo. Singular experiencia, que sólo dura dos semanas pero permite comprender por qué las personas muy célebres, o muy poderosas, las que nunca abren una puerta por sí mismas, pierden tan a menudo la cabeza.

No quiero hacerme más tonto ni más vanidoso de lo que soy. Mientras me entregaba a esta lectura de avispado, algo dentro de mí conservaba la conciencia de que no hay mejor manera de no ver el Evangelio, y de que una de las cosas más constantes y claras que en él dice Jesús es que el Reino está cerrado a los ricos y a los inteligentes. Por si yo lo hubiera olvidado, me reunía con Hervé para comer y para cenar, siempre en el mismo restaurante del puerto, porque aparte de que no había muchos otros abiertos, a los dos nos gusta, cuando estamos en algún sitio, adquirir costumbres y no modificarlas. Cada vez que al hablar de mi trabajo yo me deslizaba hacia la ironía y el escepticismo, podía contar con que Hervé me dijese, por ejemplo:

«Dices que no crees en la resurrección. Pero en principio no tienes ninguna idea de lo que significa. Y además, al formular de entrada esta incredulidad, al transformarla en un conocimiento y una superioridad sobre las personas de las que hablas, te prohíbes todo acceso a lo que ellas eran y creían. Desconfía de ese conocimiento. No empieces por decirte que sabes más que ellas. Esfuérzate en aprender de ellas en vez de darles lecciones. Esto no tiene nada que ver con la coacción mental que consiste en intentar creer en algo en que no crees. Ábrete al misterio en vez de descartarlo a priori.»

Yo protestaba, por pura formalidad. Pero aun sin creer en Dios, siempre le he agradecido, a Él y a nuestra madrina, que colocara cerca de mí a Hervé.

32

Nuestra conversación siempre acaba confrontando su visión de las cosas, que yo llamo metafísica, y la mía, que es histórica, novelesca, agnóstica. Mi posición, en síntesis, es que buscar el sentido de la vida, el lado oculto de esta realidad última a la que con frecuencia se designa con el nombre de Dios, es, si no una ilusión («No sabes nada al respecto», objeta Hervé, y yo lo admito), al menos una aspiración a la cual algunos son propensos y otros no. Los primeros no tienen más la razón ni están más adelantados en la vía de la sabiduría que los que dedican la vida a escribir libros o a generar puntos de crecimiento. Es como ser rubio o moreno, que te gusten o no las espinacas. Dos familias espirituales: la del que cree en el cielo, la del que no cree; la del que piensa que estamos en este mundo cambiante y doloroso para encontrar la salida, la del que considera que el mundo es cambiante y doloroso pero que eso no implica que exista una salida.

«Quizá», responde Hervé, «pero si admites que este mundo es cambiante y doloroso, lo cual es la primera de las nobles verdades budistas, si admites que vivir es estar en un aprieto, entonces la cuestión de si hay una salida del atolladero es suficientemente importante para merecer que se abra una investigación. Tú piensas titular tu libro *La investigación de Lucas.*» Era mi título entonces: todavía no me habían señalado que suena como un retruécano. «Sería una lástima hacer como si supieras desde el principio que esta investigación no tiene objeto, o librarte del problema diciendo que a ti no te concierne. Si tiene objeto concierne a todo el mundo, no puedes negar esto.»

No, no puedo negarlo, y lo reconozco tan de buena gana como los interlocutores de Sócrates que, en los diálogos de Platón, dicen sin cesar cosas como: «Es verdad, Sócrates», «Te lo concedo, Sócrates», «Veo que otra vez tienes razón, Sócrates»...

«Entonces reconoces», prosigue Hervé, «que si hay una razón, incluso tenue, para creer que es posible pasar de la ignorancia al conocimiento, de la ilusión a la realidad, este viaje justifica consagrarse a ella, y desviarse de ella, creerla vana sin haberla intentado, es un error o un signo de pereza. Sobre todo porque precisamente algunos lo han intentado. Han vuelto con un informe detallado, con mapas que permiten lanzarse sobre sus pasos.»

Al hablar de estos exploradores, Hervé piensa en Buda, sobre el cual está escribiendo ahora, pero también en Jesús, sobre el cual me he exigido escribir porque es preciso que en un momento u otro, si uno se ocupa de Lucas o de Pablo, hable de quien han hablado los dos. Entonces sí, ciertamente, se puede decir como Nietzsche, al que admiro, como los nietzscheanos, a la mayoría de los cuales detesto, como algunos nietzscheanos a los que, haciendo una excepción, aprecio –el historiador Paul Veyne, el filósofo Clément Rosset, el actor Fabrice Luchini–, se puede decir que toda doctrina filosófica o religiosa es siempre una excrecencia del yo y una manera particular, conveniente para los gustos de algunos, de entretenerse a la espera de la muerte, pero incluso yo, que se supone que debo sostener este criterio en nuestro diálogo, estoy obligado a conceder que es un criterio bastante insuficiente. Ello no impide quizá que sea justo; el problema es que nadie sabe nada al respecto. Y además debo ser sincero: desde hace más de veinte años hago tai-chi, yoga, meditación, leo textos místicos, tengo a Hervé por mi mejor amigo, doy vueltas alrededor del Evangelio y nada me garantiza obviamente que este camino me conducirá al objetivo que se desea alcanzar cuando uno lo emprende: el conocimiento, la libertad, el amor, que yo creo que es una única y misma cosa, pero por mucho que en nuestro diálogo yo adopte el papel del relativista, por muy narcisista, vanidoso que sea y por más que haga de pavo real en el Festival de Cannes, no puedo negar que estoy en ese camino.

La enorme diferencia entre Hervé y yo no es sólo que yo vivo en el culto y la preocupación permanentes de mi persona, sino que creo en ella con una tenacidad férrea. No conozco nada más que el «yo», y creo que ese «yo» existe. Hervé cree menos. O ¿cómo decirlo? Él no concede particular importancia a ese individuo que se llama Hervé Clerc, que hace poco no existía, que pronto no existirá y que en el intervalo se ocupa, por supuesto, de sus inquietudes, sus deseos, su sinusitis crónica, pero sabe que es algo transitorio, volátil, un vaho, como dice el Eclesiastés. Lo dice de un modo cómico en *Les choses como elles sont:* la ventaja de tener un «yo» no muy robusto, con el que no has logrado gran cosa, es que no te apegas demasiado a él.

En nuestra última estancia en Le Levron, ya dos años después de Selimiye, tomábamos nuestro *ristretto* habitual en nuestro café habitual de Orsières antes de subir a caminar por el Val Ferret. Él estaba pensativo, y en un momento dado, de improviso, dijo: «Al final estoy decepcionado. Cuando era joven pensaba superar la condición humana. Pero acabo de cumplir sesenta años y debo rendirme a la evidencia de que he sido un fracaso, al menos en esta vida.»

Me reí, afectuosamente. Le dije que una de las razones de quererle era que es la única persona que conozco capaz de decir plácidamente una cosa semejante: «Esperaba superar la condición humana.» Ja, ja.

Mi asombro asombró a Hervé. El deseo de superar la condición humana le parecía algo bastante natural y nada raro, desde luego, aunque es verdad que la gente habla poco de esto. «Si no, ¿para qué ibas a hacer yoga?»

Podría responderle: para estar en buena forma física o, como dice Hélène, que ejerce con tanta gracia en nuestra pareja el papel de la materialista: «para tener un culo bonito», pero Hervé tiene razón. Lo cierto es que espero del yoga más o menos –aunque lo confiese más o menos, según los interlocutores– lo que esos ejercicios prometen explícitamente a quien los practica: la ampliación de la conciencia, la iluminación, el *samadhi,* a partir del cual, según los relatos de los viajeros, se ve de una forma totalmente distinta lo que hasta entonces se llamaba la realidad.

Bueno, eso de una forma totalmente distinta es discutible. Al comienzo del camino, dice un texto budista que Hervé cita en *Les choses comme elles sont,* una montaña tiene aspecto de montaña. Cuando has recorrido un poco más de camino, ya no tiene en absoluto un aspecto de montaña. Y después, al final del camino, vuelve a tenerlo; *es* una montaña. La ves. Ser sabio es encontrarte delante de una montaña y ver esta montaña y ninguna otra cosa. Una vida, en principio, no basta para ello.

33

En Selimiye elaboré la lista de los milagros referidos por Lucas en su Evangelio.

El primero tiene lugar en la sinagoga de Cafarnaúm y es un exorcismo. Sintiéndose amenazado por las palabras de Jesús y sobre todo por la autoridad misteriosa de la que emanan, un hombre poseído por un demonio arremete contra él. Jesús ordena al demonio que salga del hombre y el demonio obedece sin hacerle daño. Al salir de la sinagoga, Jesús va a casa de Pedro, que le sigue desde hace poco. La suegra de Pedro tiene fiebre. Jesús le toca la frente con la mano y la fiebre desaparece. A continuación cura a un leproso, a un paralítico y a un hombre con la mano seca. Yo no sé lo que es una mano seca, pero un día apreté la de un hombre que sentía los primeros accesos de la enfermedad de Charcot. Era una mano fría, inerte. Sonriendo tristemente, el hombre me dijo: «Es sólo el principio, dentro de un año tendré así todo el cuerpo y dentro de dos años estaré muerto.»

Del paralítico ya he hablado a propósito de los detalles que no se inventan: es el hombre al que otros cuatro bajan sobre su camilla a través del techo, a causa de la multitud que hay en la casa donde se encuentra Jesús. A este tullido no le cura de buenas a primeras. Al principio se limita a decirle que sus pecados están perdonados. Decepción, pero también murmullos escandalizados de los devotos: «¿Qué ha dicho? ¡Blasfema! Sólo Dios puede perdonar los pecados.» Al oír esto, Jesús les provoca: «A vuestro entender, ¿qué es más fácil? ¿Decirle a un hombre: tus pecados te son perdonados o decirle: levántate y anda? Pues para mostraros que el Hijo del Hombre tiene el poder de perdonar los pecados, te ordeno que te levantes, que cojas tu camilla y que camines.» El paralítico obedece, el público se queda estupefacto. Lacan diría: la curación se da por añadidura.

Después le toca el turno al pequeño esclavo de un centurión, que está gravemente enfermo, a punto de morir. Este centurión ama a los judíos: ha dado dinero para construir una sinagoga, debe de ser un prosélito como Lucas. Demuestra una fe ejemplar al comunicar a Jesús a través de terceros que no se considera digno de recibirle bajo su techo: bastará una palabra suya, a distancia. Jesús no pronuncia esta palabra, pero cuando los emisarios del centurión regresan a la casa encuentran al pequeño esclavo perfectamente sano.

De esta historia, me gusta sobre todo la frase: «Señor, no soy digno de recibirte, pero di una sola palabra y mi pequeño estará curado», que en la misa viene a ser: «Señor, no soy digno de recibirte en mi morada, pero di una sola palabra y *estaré* curado.»

Una historia muy parecida es la del jefe de la sinagoga Jairo, cuya hija de doce años está moribunda. Al igual que el centurión, Jairo pide socorro a Jesús. Éste se dispone a ponerse en camino cuando se abre un paréntesis en el relato. Nota que alguien toca el borde de su manto. Se detiene, pregunta: «¿Quién me ha tocado?» «Nadie en particular», dice Pedro: «Maestro, las gentes te aprietan y te oprimen.» «No», dice Jesús, «alguien me ha tocado, porque he sentido que una fuerza ha salido de mí.» Entonces una mujer se arroja a sus pies. Sangra desde hace mucho tiempo por donde sangran las mujeres, pero ella continuamente, y esta impureza permanente convierte su vida en un infierno. «Hija mía», dice Jesús, «tu fe te ha salvado. Ve en paz.» Cerrado el paréntesis, va a reemprender el camino cuando llega de casa de Jairo un criado que porta la terrible noticia: la niña ha muerto. El padre se desploma. «No temas», le dice Jesús. «Si tienes confianza se salvará.» Y por más que le digan lo que diría yo, que es demasiado tarde, que si está muerta está muerta, Jesús va. Al entrar en la casa con el padre y la madre les dice: «No lloréis, no está muerta. Duerme.» Después despierta a la pequeña, que al instante se pone a jugar.

En cuanto Jesús llega a alguna parte, los ciegos recuperan la vista, los sordos oyen, los cojos andan, los leprosos se curan y los muertos resucitan. (De acuerdo, resucitan. Muy bien. Ya he dicho lo que pienso de este exceso de resurrecciones a propósito del adolescente Eutico; dejemos este asunto.) Por muy médico que fuera Lucas, se nota que adora estos episodios. Yo, menos, y Renan menos todavía. «Para los auditorios groseros», escribe, «el milagro demuestra la doctrina. Para nosotros, es la doctrina la que hace olvidar el milagro.» Y añade, muy imprudentemente, a mi entender: «Si el milagro posee alguna realidad, entonces mi libro no es más que una cadena de errores.»

De hecho, Renan y nosotros, los modernos, preferimos olvidar los milagros, esconderlos debajo de la alfombra. Nos parecen muy bien el maestro Eckhart, las dos Teresas, los grandes místicos, pero preferimos desviar la mirada de Lourdes o de Medjugordjé, esa localidad de Herzegovina que fascinaba tanto a mi madrina y donde, según la descripción de mi amigo Jean Rolin, que durante la guerra de los Balcanes anduvo mucho por aquellos parajes, «la Santa Virgen cumple en fechas fijas prodigios tales como esparcir en el aire un perfume de rosas, hacer que ardan espontáneamente cruces o ejecutar pasos de ballet al sol, atrayendo así a centenares de miles de peregrinos y procurando a sus habitantes dinero suficiente para construir alrededor del santuario, ya de por sí espantoso, todo tipo de edificios de carácter comercial y de una fealdad blasfema».

El único recurso que nos queda a «nosotros», el público no grosero, para no arrojar al bebé con el agua del baño, es dar a lo que nos gusta un sentido más refinado. Convertir a Jesús no en un taumaturgo que impresiona a un público ingenuo mediante poderes sobrenaturales, sino en una especie de psicoanalista capaz de curar heridas secretas, sepultadas, tanto psíquicas como físicas, con la sola virtud de escucharlas y de su palabra. Hace veinte años se hablaba mucho de las tesis del obispo alemán Drewermann, incluido en el índice por el Vaticano y que había escrito un libro titulado *La palabra de salvación y sanación*. Françoise Dolto, en las conversaciones sobre el Evangelio que acabo de citar, decía cosas del mismo género y estas cosas, por mi parte, me convienen totalmente. Sólo que estoy obligado a reconocer que si a mí me gusta leer la Biblia así, no es en absoluto así como fue escrita. No es nada nuevo: Filón de Alejandría ya desplegaba un gran talento para transponer en términos espirituales y morales textos cuya rudeza literaria le chocaba y chocaba a sus oyentes. Cuando, en el libro de Josué, los israelitas exterminan hasta al último habitante de Canaán para ocupar su lugar, y se vanaglorian de ello, no deseo nada mejor que suscribir la explicación de Filón según la cual se trata de algo tan respetable como el combate del alma contra las pasiones que la habitan, pero me temo que el autor de Josué tenía más bien en la cabeza algo parecido a la limpieza de Bosnia por parte de las tropas serbias. En suma: de acuerdo en que leer la Biblia de este modo me conviene, siempre que sea consciente de lo que hago. De acuerdo con proyectarme en Lucas, siempre que sepa que me proyecto.

De todos modos, Jesús no tenía el monopolio de aquellos prodigios. Lucas no tiene empacho en decir que Filipo, en Samaria, también los hacía, y Pedro, y Pablo, y toda clase de magos paganos con los que los apóstoles entablaban competiciones de superpoderes. Si sólo hubiese hecho esto, habríamos olvidado hasta el nombre de Jesús algunos años después de su muerte. Pero no fue lo único que hizo. *Dijo* algo, de cierta forma, y es de ese algo, de esta manera de decirlo, de lo que quiero hablar al cabo de muchos rodeos.

34

Especular sobre las fuentes de los Evangelios no es un deporte moderno. Los ilustrados cristianos lo hacen desde el siglo II y la opinión dominante desde hace mucho tiempo es la de Eusebio de Cesarea (cuando se dice «la tradición» se refieren en general a él), según la cual Mateo escribió el primero. La exégesis alemana no estableció hasta el siglo XIX la precedencia cronológica de Marcos y la hipótesis denominada de las «dos fuentes», que hoy casi nadie impugna.

Según esta hipótesis, tanto Mateo como Lucas, independientemente uno de otro, tuvieron acceso al texto de Marcos y lo copiaron en gran parte: es la primera fuente. Pero también habrían tenido acceso a una segunda, ignorada por Marcos, y aún más antigua que su Evangelio, y que debió de perderse muy pronto. Aunque no existe ningún rastro material, todo el mundo admite (bueno, *casi* todo el mundo, pero empiezo a estar harto de escribir «casi» a cada frase), todos admiten, entonces, que este documento debió de existir y que debía de parecerse mucho a la reconstrucción que propuso en 1907 el exégeta liberal Adolf von Harnack bajo el nombre de *Q*, por *Quelle,* que significa «fuente» en alemán.

El principio que permitió esta reconstrucción es simple: se presume que pertenecen a *Q* todos los pasajes comunes a Mateo y Lucas que no proceden de Marcos. Son numerosos pasajes y figuran en el mismo orden en los dos Evangelios. Pero, se dirá, si cada uno ha utilizado dos fuentes iguales, y en el mismo orden, ¿sus textos no deberían ser idénticos? No, porque los dos tenían además una tercera fuente, exclusiva de cada uno. A esta tercera fuente el exégeta alemán le da un nombre que ya he mencionado y que me agrada mucho; son *Sondergut,* esto es, su «bien propio». Para resumir, y muy sucintamente, se puede decir que el Evangelio de Lucas se compone de una mitad de Marcos, una cuarta parte de *Q* y otra cuarta parte de *Sondergut.*

Ya está: ya saben lo que hay que saber sobre *Q*.

Este Evangelio anterior a los Evangelios debía de servir de prontuario a los misioneros judeocristianos de Palestina y de Siria como Filipo, a través del cual Lucas debió de tener acceso a él. Se presenta como una recopilación de una pequeña decena de páginas, 250 versículos, y lo primero que llama la atención es que las nueve décimas partes de esos 250 versículos no son relatos, sino *palabras* de Jesús. Al principio de este libro yo escribía: «Nadie sabrá nunca quién era Jesús ni, a diferencia de Pablo, lo que dijo realmente.» Lo mantengo. Hay que resistir a la tentación de leer este documento virtual, resultante de una hipótesis filológica, como una transcripción *verbatim.* Ello no obsta para que en ninguna parte estemos más cerca del origen. En ninguna parte se oye más claramente *su voz.*

Escuchen.

35

Alzando los ojos hacia los que le siguen, dice:

Bienaventurados los pobres porque vuestro es el Reino de los cielos.

Bienaventurados los que tenéis hambre porque seréis saciados.

Bienaventurados los que lloráis porque seréis consolados.

Amad a vuestros enemigos y rogad por los que os persiguen.

Al que te abofetee en la mejilla ofrécele también la otra. Al que quiera pleitear contigo para quitarte la túnica dale también el manto.

A quien te pida da, y al que pida prestado, no le reclames el dinero.

Si amáis a los que os aman, ¿qué mérito tenéis? Si prestáis a aquellos de quienes esperáis recibir, ¿qué más queréis?

No juzguéis y no seréis juzgados. Porque con la medida con que midáis se os medirá. Medido con la medida con la que has medido a los demás.

¿Cómo es que miras la brizna que hay en el ojo de tu hermano, y no reparas en la viga que hay en tu propio ojo? Saca primero la viga de tu ojo.

No hay árbol bueno que dé fruto malo y, a la inversa, no hay árbol malo que dé fruto bueno. Cada árbol se conoce por su fruto.

¿Por qué me llamáis: «Señor, Señor», y no hacéis lo que digo?

Escuchar mis palabras y ponerlas en práctica es construir sobre piedra: si sopla el viento y cae la lluvia, la casa resistirá. Escucharlas y no ponerlas en práctica es edificar sobre arena: cae la lluvia, los torrentes se desbordan, el viento sopla, todo se desploma.

Yo os digo: pedid y se os dará. Buscad y hallaréis. Llamad y se os abrirá. El que pide, recibe; el que busca, halla; y al que llama le abren. ¿Qué padre hay entre vosotros que, si su hijo le pide pan, es tan malvado que le da una piedra? Si vosotros, siendo malos, sabéis dar cosas buenas a vuestros hijos, ¡cuánto más el Padre, que es bueno, dará a los que le pidan!

Yo te bendigo, Padre, porque has ocultado estas cosas a sabios e inteligentes, y se las has revelado a los muy pequeños.

El que no está conmigo, está contra mí. El que no recoge conmigo desparrama.

¡Ay de vosotros, los fariseos, que pagáis escrupulosamente el diezmo de la menta, del eneldo, del comino, y que dejáis a un lado la justicia, la piedad y la fidelidad! Vosotros purificáis por fuera la copa y el plato, mientras que por dentro estáis llenos de rapiña y de codicia. ¡Ay de vosotros, que fabricáis fardos y los cargáis sobre los hombros de la gente, y no levantáis ni el meñique para transportarlos vosotros mismos!

No amaséis tesoros en la tierra. Los destruirán las polillas y la herrumbre, los robarán los ladrones. Mejor es amasarlos en el cielo. Allí donde está vuestro tesoro, allí está también tu corazón.

Por eso os digo: no andéis preocupados por lo que comeréis ni por la ropa con que os vestiréis. Mirad a los pájaros. Ni siembran ni cosechan, no acumulan, y sin embargo Dios los alimenta. ¿No valéis más vosotros que las aves? Así pues, dejad de inquietaros diciendo: ¿qué vamos a comer? ¿Qué vamos a beber? ¿Con qué vamos a arroparnos? Son preocupaciones de paganos. Vuestro Padre sabe bien que tenéis necesidad de todas esas cosas. Buscad su Reino, y se os darán por añadidura.

¿A qué es semejante el Reino de Dios? A un minúsculo grano de mostaza que un hombre ha arrojado en su jardín. Germina sin ruido, sin que nadie lo vea, y después crece, un día se convierte en un árbol grande y las aves del cielo anidan en sus ramas.

Me preguntáis cuándo llegará el Reino de Dios. No se puede tocar, no se puede decir: ¡está aquí! ¡Está allá! Está entre vosotros. Está en vosotros. Para entrar en él hay que pasar por la puerta estrecha.

Los últimos serán los primeros, los primeros serán los últimos. El que se ensalce será humillado y el que se humille será ensalzado.

Estad en vela. Si se supiera cuándo vendrá el ladrón nadie se dejaría robar. El Reino es como un ladrón, viene cuando no se le espera. No os adormiléis.

Un pastor que tiene cien ovejas y pierde una, ¿no deja las noventa y nueve y se va a buscar la que se ha perdido? Y cuando la encuentra, ¿no estará más dichoso por haberla hallado que por las noventa y nueve que no se han perdido?

36

He traducido libremente, elegido textos a los que ya estoy acostumbrado. Y me parece que este pequeño compendio evangélico justifica la frase de los guardias que van a apresar a Jesús: «Nunca ha hablado nadie como este hombre.»

No se declara Cristo ni Mesías ni Hijo de Dios ni hijo de una virgen. Solamente «el Hijo del Hombre», y esta expresión que, traducida al griego y después en todas las lenguas, parece nimbada de misterio, los comentaristas nos dicen que en arameo significa simplemente «el hombre». El que habla en *Q* es un hombre, sólo un hombre, que nunca nos pide que *creamos* en él, sino únicamente que pongamos en práctica sus palabras.

Imaginemos que Pablo no haya existido y tampoco el cristianismo, y que de Jesús, predicador galileo en tiempos de Tiberio, sólo haya subsistido esta pequeña selección. Imaginemos que haya sido añadida a la Biblia hebraica como un profeta tardío, o que haya sido descubierta dos mil años más tarde, entre los manuscritos del Mar Muerto. Pienso que su originalidad, su poesía, su acento de autoridad y de evidencia nos dejarían atónitos, y que al margen de toda iglesia ocuparía un lugar entre los grandes textos de la sabiduría de la humanidad, al lado de las palabras de Buda y de Lao-Tsé.

¿Es posible que haya sido leída así, y *solamente* así? Del hecho de que en *Q* no se habla ni de la vida ni de la muerte de Jesús, sino únicamente de sus enseñanzas, el exégeta que presenta mi edición deduce osadamente que en los primeros círculos judeocristianos se le veneraba porque era un sabio y no porque había resucitado. Esta tesis desorientadora no me convence. No creo que los usuarios de *Q* ignorasen la resurrección de Jesús o la tomasen con indiferencia, sino, al contrario, estoy seguro de que le leían o le escuchaban *porque* creían en la resurrección. Pero no haría falta empujarme mucho para hacerme decir que, incluso sin creer en él, se puede extraer de esta recopilación lo que el apologista Justino, en el siglo II, llamaba «la única filosofía segura y provechosa». Que si existe una brújula para saber si se toma o no una ruta falsa en cada instante de la vida, aquí la tenemos.

37

La escena tiene lugar en Jerusalén o en Cesarea. Lucas tiene en las manos el rollo de papiro que le ha prestado Filipo diciéndole que tenga mucho cuidado porque sólo tiene un ejemplar. Digo Filipo, puede ser cualquier otro, sólo se sabe que no es Juan Marcos, puesto que el rollo contiene todo lo que no está en su Evangelio. Lucas descifra estas palabras, por primera vez se expone a su radiación.

Si nos ceñimos al sentido, no tiene por qué sentirse en un terreno desconocido. Durante los diez años en que frecuenta a Pablo, se ha habituado a la inversión sistemática de todos los valores: sabiduría y locura, fuerza y debilidad, grandeza y pequeñez. Puede oír sin pestañear que más vale ser pobre, hambriento, pesaroso y odiado por todos que rico, bien alimentado, risueño y dueño de una buena reputación. Nada de esto es nuevo para él. Lo nuevo, lo totalmente nuevo, es la voz, el fraseo, que no se parecen a nada que él conozca. Son las pequeñas historias tomadas de la realidad más concreta; una realidad campesina, siendo así que Pablo y él, Lucas, son hombres de ciudad que no saben cómo es un grano de mostaza ni cómo se comporta un pastor con sus ovejas. Es también esta manera particular de no decir: «Haced esto, haced esto otro», sino más bien: «Si hacéis esto sucederá esto otro.» No son prescripciones morales sino leyes de la vida, leyes kármicas, y Lucas, por supuesto, no sabe lo que significa el *karma,* pero estoy seguro de que siente intuitivamente que hay una diferencia enorme entre decir: «No hagas a otro lo que no quisieras que él te hiciese» (lo cual es la regla de oro, de la que el rabino Hillel decía que resumía la Ley y a los profetas) y decir: «Lo que le haces a otro te lo haces a ti mismo.» Lo que le dices de otro lo dices de ti mismo. Tachar a alguien de estúpido es decir «Soy un estúpido», escribirlo en un cartel y pegártelo en la frente.

El Evangelio de Lucas y los Hechos de los Apóstoles están escritos exactamente de la misma forma: la misma lengua, los mismos procedimientos narrativos. Es una de las numerosas razones para pensar que son del mismo autor. Pero no hay nada en común entre las palabras de Jesús en el primer libro y los discursos que, en el segundo, los personajes pronuncian a la menor ocasión que se les presenta. Largos, retóricos, intercambiables, estos discursos los compone Lucas, que cree hacer lo correcto y que adora los alegatos. Josefo y todos los historiadores de la época escribían discursos similares. Lo que dice Jesús es lo opuesto: natural, lapidario, a la vez totalmente imprevisible y completamente identificable. Este modo de manejar el lenguaje no tiene equivalente histórico. Es una especie de hápax que a alguien que tiene simplemente un poco de oído le prohíbe dudar de que este hombre haya existido, de que hablaba así.

38

El hombre que habla en el rollo diserta continuamente sobre el Reino. Lo compara con un grano de mostaza que germina en la tierra, en la oscuridad, sin que nadie lo sepa, pero también a un árbol inmenso en el que los pájaros hacen su nido. El Reino es a la vez el árbol y el grano, lo que debe advenir y lo que ya ha ocurrido. No es un más allá, sino más bien una dimensión que la mayoría de las veces es invisible para nosotros pero que aflora en ocasiones, misteriosamente, y en esta dimensión tiene quizá sentido creer, contra toda evidencia, que los últimos son los primeros y viceversa.

Creo que es esto lo que más conmovía a Lucas. Los pobres, los humillados, los samaritanos, los pequeños de todo género de pequeñez, las personas que no se consideran gran cosa: el Reino es para ellos, y el mayor obstáculo para entrar es ser rico, importante, virtuoso, inteligente y orgulloso de tu inteligencia.

Hay dos hombres en el Templo: un fariseo y un publicano; les recuerdo que publicano quiere decir recaudador, colaboracionista, quiere decir pobre diablo y hasta cabronazo. El fariseo, de pie, reza así: «Señor, te agradezco porque no soy como otros hombres que son ladrones, malhechores, adúlteros, o como ese publicano de ahí. Yo ayuno dos veces por semana, estoy en regla con el diezmo, estoy en regla con todo.» Un poco más atrás, el publicano no se atreve a levantar los ojos hacia el cielo. Se golpea el pecho y dice: «Señor, apiádate de este pecador.» Pues bien, concluye Jesús, la oración que vale algo es la de éste, no la del otro, porque el que se ensalza será humillado y el que se humilla será ensalzado.

Un joven rico va a ver a Jesús. Quiere saber lo que tiene que hacer para ganar la vida eterna. «Conoces los mandamientos», le dice Jesús. «No matarás, no robarás, no cometerás adulterio, no darás falso testimonio, honrarás a tu padre y a tu madre...» «Conozco los mandamientos», responde el joven, «y los observo.» «Bien», dice Jesús. «Entonces sólo te falta una cosa. Vende todo lo que tienes, dáselo a los pobres y tendrás un tesoro en el Reino.» Al oír esto, el joven se entristece porque tiene grandes bienes. Y se va.

Ante estas historias que más adelante escribirá Lucas, me pregunto con quién se identificaba. ¿Con el publicano o con el fariseo? ¿Se veía a sí mismo como un pobre que se regocijaba al conocer la buena nueva? ¿O como un rico al que ponían en guardia?

Lo ignoro, aquí sólo puedo hablar por mí.

Yo me identifico con el joven rico. Tengo grandes bienes. Durante mucho tiempo he sido tan infeliz que no me daba cuenta. El hecho de haberme criado en el lado bueno de la sociedad, dotado de un talento que me ha permitido vivir la vida un poco a mi aire, me parecía poca cosa comparado con la angustia, con el zorro que día y noche me devoraba las entrañas, con la impotencia para amar. Vivía en el infierno, realmente, y era sincero al enfurecerme cuando me reprochaban haber nacido con una cuchara de plata en la boca. Después algo cambió. Toco madera, no quiero tentar al diablo, sé que no estoy a salvo, pero de todos modos he aprendido por experiencia que es posible salir de la neurosis. Encontré a Hélène, escribí *Una novela rusa* que supuso mi liberación. Dos años más tarde, cuando publiqué *De vidas ajenas,* un montón de gente me dijo que les había hecho llorar, que les había ayudado, que les había hecho bien, pero algunos me dijeron otra cosa: que a ellos les había hecho daño. En ese libro sólo se habla de parejas –Jérôme y Delphine, Ruth y Tom, Patrice y Juliette, Étienne y Nathalie, *in extremis* Hélène y yo– que a pesar de las pruebas terribles que atraviesan se aman de verdad y pueden aferrarse a ello. Una amiga me dijo, amargamente: es un libro de un rico en amor, es decir, de un rico a secas. Tenía razón.

Acabo de releer a la carrera los cuadernos que he llenado desde que empecé a escribir sobre Lucas y los primeros cristianos. En ellos he encontrado esta frase, copiada de un copto apócrifo del siglo II: «Si haces que advenga lo que está en ti, lo que harás que advenga te salvará. Si no haces que advenga lo que está en ti, lo que no has hecho que advenga te matará.» No es tan conocida como la de Nietzsche: «Lo que no nos mata nos fortalece»«, o la de Hölderlin: «Donde crece el peligro crece también lo que salva», pero merecería, a mi entender, figurar junto a estas últimas en los libros de desarrollo personal un poco altos de gama, y lo que es seguro es que la copié para felicitarme por haber hecho advenir lo que llevo dentro. De una manera general, cada vez que me detengo para hacer balance desde hace ahora siete años, es para felicitarme por haber llegado a ser, contra todo pronóstico, un hombre feliz. Es para maravillarme de lo que ya he conseguido, figurarme lo que aún voy a conseguir, repetirme que estoy en el buen camino. Una gran parte de mis ensueños sigue pendiente, y me abandono a ellos invocando la regla fundamental tanto de la meditación como del psicoanálisis: consentirse pensar lo que se piensa, ser atravesado por lo que te atraviesa. No decirse: está bien, o está mal, sino: está, y debo establecerme en lo que hay.

Sin embargo, una vocecita testaruda viene a perturbar periódicamente estos conciertos de autosatisfacción farisea. Esta vocecita dice que las riquezas de que disfruto, la sabiduría de que me jacto, la esperanza confiada que tengo de estar en el buen camino, todo esto es lo que me impide el logro verdadero. Estoy ganando siempre, cuando para ganar realmente habría que perder. Soy rico, talentoso, elogiado, tengo mérito y soy consciente de mi mérito: ¡por todo esto, ay de mí!

Cuando se hace oír esta vocecita, las de la meditación y el psicoanálisis tratan de acallarla: basta de dolorismo, basta de culpabilidad mal emplazada. No hay que flagelarse. Hay que empezar por ser benévolo con uno mismo. Todo esto es más *cool* y me conviene más. Sin embargo, creo que la vocecita del Evangelio dice la verdad. Y como el joven rico, me voy pensativo y triste porque tengo grandes bienes.

Este libro que escribo sobre el Evangelio forma parte de ellos, de mis grandes bienes. Me siento rico por su amplitud, me lo represento como mi obra maestra, sueño para ella un éxito mundial. El cuento de la lechera... Entonces pienso en el abrigo de la mujer de Daniel-Rops.

Daniel-Rops, un académico católico, escribió en los años cincuenta un libro sobre Jesús que tuvo un prodigioso éxito de librería. Su mujer se encuentra con François Mauriac en el guardarropa del teatro. Le entregan su abrigo: un visón suntuoso. Mauriac palpa la piel y suelta una risita: «Dulce Jesús...»

39

No tengo derecho a quejarme, nadie me obligó a hacerlo, pero conservo de los años dedicados a escribir *El adversario* el recuerdo de una larga y lenta pesadilla. Me avergonzaba de que me fascinase esta historia y este criminal monstruoso, Jean-Claude Romand. Con la distancia, tengo la impresión de que lo que tanto me asustaba compartir con él lo comparto, lo compartimos él y yo con la mayoría de la gente, aunque la mayoría de la gente no llega, por suerte, a mentir durante veinte años ni acaba matando a toda su familia. Creo que hasta los más sólidos de nosotros experimentan con angustia el desfase entre la imagen que bien o mal se esfuerzan en proyectar a los demás y la que tienen de sí mismos en el insomnio, la depresión, cuando todo vacila y se agarran la cabeza entre las manos, sentados en la taza del retrete. Hay en el interior de cada uno de nosotros una ventana que da al infierno, hacemos lo que podemos para no acercarnos, y yo, por mi cuenta, he pasado siete años de mi vida estupefacto delante de esa ventana.

El Adversario es uno de los nombres que la Biblia da al demonio. Nunca pensé, al poner a mi libro este título, que se lo aplicaba al desdichado Jean-Claude Romand, sino a esa instancia que existe tanto en él como en cada uno de nosotros, salvo que en él adquirió todo su poder. Tenemos por costumbre asociar el Mal con la crueldad, el deseo de hacer daño, el placer de ver sufrir al prójimo. Nada de esto había en Romand, que era, según confesión de todo el mundo, un hombre amable, deseoso de agradar, temeroso de causar disgustos, y que hasta tal punto temía causarlos que prefirió matar a toda su familia antes que llegar a este extremo. En la cárcel se convirtió. Pasaba, y que yo sepa sigue pasando, una gran parte de su tiempo rezando. Agradece a Dios que inunde de luz su alma en tinieblas. Cuando comenzamos a cartearnos me preguntó si yo también era cristiano y le respondí que sí. A veces me he reprochado esta respuesta, porque en aquella época también podría haber respondido que no. Dos años habían transcurrido desde el final de lo que yo, en mi fuero interno, llamaba ya «mi período cristiano», ya no sabía en absoluto dónde me encontraba desde este punto de vista y fue un poquito por granjearme el favor de Romand que entre el sí y el no opté por el sí.

Un poquito; no sólo.

Su neurosis, el vacío que se creó en él, todas esas fuerzas negras y tristes que yo llamo el Adversario condujeron a Jean-Claude Romand a mentir durante toda su vida, a los demás y en primer lugar a sí mismo. Suprimió a los demás, al menos a los que importaban: su mujer, sus hijos, sus padres y el perro. Su mentira se reveló a plena luz. Quiso suicidarse, sin excesiva convicción. Sobrevivió, solo y desnudo, en un desierto hostil. Pero encontró un refugio, el amor de Cristo, que nunca ocultó que había venido para las personas como él: recaudadores, colaboracionistas, psicópatas, pedófilos, locos al volante que se dan a la fuga, individuos que hablan solos por la calle, alcohólicos, vagabundos, *skinheads* capaces de prender fuego a un vagabundo, niños martirizados que al llegar a adultos martirizan a su vez a sus hijos... Ya sé que es escandaloso mezclar a los verdugos con las víctimas, pero es esencial comprender que las ovejas de Cristo son las dos cosas, tan verdugos como víctimas, y nadie, si le desagrada, está obligado a escuchar a Cristo. Sus clientes no son sólo los humildes –tan dignos de estima, tan agradables para poner como ejemplo–, sino también, sino sobre todo, todos los que son odiados y despreciados, los que se odian y se desprecian a sí mismos y tienen buenos motivos para hacerlo. Con Cristo nada está perdido, aunque hayas matado a toda tu familia, aunque hayas sido el peor de los crápulas. Por bajo que hayas caído, vendrá a buscarte, de otro modo no es Cristo.

La sabiduría del mundo dice: es muy cómodo. Un tipo que, como Romand, afirma que es médico cuando no lo es, fatalmente acaba siendo descubierto. A un tipo que, de nuevo Romand, pretende conversar familiarmente con el Señor Jesús, vete a demostrarle que cuenta o se cuenta historias. Esa mentira, si lo es –y los psiquiatras, los periodistas, las personas honradas tienen todos los motivos para pensarlo–, constituye una fortaleza inexpugnable. Nadie podrá desalojarle de ella. Está cumpliendo cadena perpetua, de acuerdo, pero es intocable.

Esto lo he oído muchas veces, durante el juicio de Romand y después. Lo decían con indignación, con ironía, con asco, y yo, desde luego, no tenía nada que objetar. Salvo lo siguiente: Romand se dice también a sí mismo lo que dicen a propósito de él la sabiduría del mundo y las personas honradas. Tiene un miedo horrible, constante, no de mentirnos, creo que eso ya no es su problema, sino de mentirse a sí mismo. De ser esta vez también el juguete de lo que miente en el fondo de sí mismo, que siempre ha mentido, a lo que yo llamo el Adversario y que ahora adopta el rostro de Cristo.

Entonces lo que yo llamo ser cristiano, lo que me indujo a responder que sí, que yo era cristiano, consiste simplemente en decir, ante la duda abismal de Romand: ¿quién sabe? Consiste, estrictamente, en ser agnóstico. En reconocer que no lo sabes, que no puedes saberlo, y porque no puedes saberlo, porque es indecible, en no descartar totalmente la posibilidad de que Jean-Claude Romand tenga que lidiar en el secreto de su alma con algo distinto al mentiroso que lo habita. Esta posibilidad es lo que llamamos Cristo, y no fue por diplomacia por lo que dije que creía en él, o intentaba creer. Si Cristo es eso, incluso puedo decir que sigo siendo creyente.

IV. Lucas
(Roma, 60-90)

1

Pasan dos años, esos dos años de los que no se sabe nada y que he intentado imaginar. Lucas reanuda su relato en agosto del año 60, cuando Porcio Festo sustituye al gobernador Félix. Entre la masa de expedientes que descubre al asumir sus funciones está el de Pablo, ese rabino retenido en una residencia en un ala lejana del palacio, debido a «no se sabe qué disputas referentes a la religión de los judíos y a un tal Jesús, que ha muerto pero que el prisionero asegura que sigue vivo». Festo se encoge de hombros; no parece un caso para la horca, pero le explican que están en tierra de los judíos y que con ellos todo es complicado, la menor discusión puede causar una revuelta. Por un lado los sumos sacerdotes reclaman la cabeza de Pablo, y para tener paz más vale tratarles con deferencia, y por otro Pablo invoca nada menos que el juicio del emperador, a lo que tiene derecho en su calidad de ciudadano romano. Total, un asunto embrollado que Félix ha dejado pudrir adrede para que lo resuelva su sucesor.

Unos días después de su llegada, el reyezuelo de Judea, Herodes Agripa, y su hermana Berenice visitan al nuevo gobernador. Que el soberano local vaya a presentarse ante el enviado de Roma y no al contrario expresa claramente dónde está el poder. Bisnieto del fastuoso y cruel Herodes el Grande, Agripa es un *playboy* judío totalmente helenizado, romanizado, como los maharajás educados en Cambridge durante la época del Raj. En su juventud anduvo de juerga en Capri con el emperador Calígula. Al volver a su tierra se aburre un poco. Berenice es bonita, inteligente. Vive con su hermano, se dice que se acuestan juntos. Al hilo de la conversación, Festo les confía las molestias que le causa Pablo. Agripa está intrigado. «Tengo curiosidad por escuchar a ese hombre», dice. Por eso que no quede: mandan traer a Pablo, que aparece, encadenado, entre dos soldados, y que no se hace de rogar para contar su historia una vez más. Es la tercera versión que dan los Hechos, queda claro que Lucas no se cansa de esta historia. Como de costumbre, a los oyentes les cautiva la furia perseguidora de Pablo, el camino de Damasco, el gran viraje, pero la resurrección se les atraganta. Cuando la está contando, Festo lo interrumpe: «Estás loco, Pablo. Sabes muchas cosas, pero estás loco de atar.» «En absoluto», dice Pablo, «hablo el lenguaje de la verdad y el sentido común» (de la verdad, quizá; del sentido común, se dice pronto). Pablo se dirige a Agripa: «¿Crees en los profetas, rey Agripa?» Sobrentendido: si crees, ¿qué te impide creer también lo que yo te digo? Divertido, Agripa responde: «Te veo venir, pronto vas a decirme que ya soy cristiano sin saberlo. Te falta poco para hacerlo.» Pablo replica de inmediato: «Poco es ya mucho, y es todo lo que os deseo a los que me escucháis: llegar a ser como yo... ¡pero sin estas cadenas! ¡Ja, ja!»

Conversación de personas bien educadas, tolerantes, ingeniosas, de la que Agripa saca la misma conclusión que Festo: no hay nada grave que reprochar a Pablo. Si no se le hubiese metido en la cabeza recurrir al emperador, lo más sencillo habría sido liberarle discretamente. Pero ha apelado al César. Pues que le vaya bien, dice Agripa, con una mueca escéptica porque de los césares ha frecuentado y adulado a tres, al tomar posesión el último incluso llevó la lisonja hasta el extremo de rebautizar «Neronías» una ciudad de su pequeño reino. Pablo quiere ser juzgado en Roma, pues que lo juzguen en Roma.

Para los amantes de los relatos marítimos, del estilo de *Dos años al pie del mástil,*[1] el capítulo que sigue es una auténtica delicia: cabotaje y después alta mar, tempestad, naufragio, invierno en Malta, motín de la tripulación, hambre y sed... A mí esto me aburre, por lo que me limitaré a señalar que el viaje fue largo y peligroso, que en él Pablo dio pruebas de una valentía igual a su pretensión de dar clases de navegación a marinos aguerridos y Lucas de un conocimiento impresionante del vocabulario náutico. Son sólo aparejos, anclas que se deslizan, remos de cola que se largan, incluso se habla de la cuadra, del que una nota de la TEB me enseña que era una vela pequeña adujada a la proa del barco, el ancestro del foque, sólo que éste es triangular y la cuadra era cuadrada.

En el capítulo de vidas paralelas, señalemos también que en el mismo momento el aristócrata saduceo Josef ben Mathias, de veintiséis años de edad, y que todavía no se llamaba Flavio Josefo, hizo el mismo viaje y escribe un relato casi tan accidentado. Sin embargo, Josefo debió de viajar en condiciones más confortables que Pablo porque no era un prisionero sino un diplomático o más bien un lobbysta que encabezaba una delegación de sacerdotes del Templo que viajaba a Roma para defender sus intereses corporativos ante el emperador Nerón.

1. Traducida por Francisco Torres Oliver, *Two Years Before the Mast,* en el original inglés, es una obra de Richard Henry Dana (1815-1882) en la que narra sus viajes por mar. *(N. del T.)*

2

Cuesta siempre recordarlo a causa de lo que vino más tarde, pero Nerón causó una impresión bastante buena cuando vistió la púrpura imperial después de Tiberio, que era un paranoico, Calígula, que estaba loco de remate, y Claudio, que era tartamudo, borracho, cornudo y estaba dominado por mujeres cuyos nombres han quedado en la historia asociados con el libertinaje (Mesalina) y la intriga (Agripina). Tras haberse desembarazado de Claudio gracias a un plato de setas envenenadas, Agripina maniobró para apartar de la sucesión al heredero legítimo, Británico, en beneficio del hijo de ella, Nerón, que sólo tenía diecisiete años y a través del cual Agripina pensaba reinar. Para ayudarla, hizo que regresara de Córcega, donde, perdido el favor de Claudio, se aburría desde hacía ocho años un personaje con el que ya nos hemos cruzado: Séneca, la voz oficial del estoicismo, banquero riquísimo, político ambicioso y desilusionado que efectuó su gran retorno a los negocios en el papel de preceptor y eminencia gris del joven príncipe. Éste se ganó, en sus comienzos, una reputación de filósofo y filántropo. Se citaba su comentario, cuando le habían hecho firmar su primera sentencia de muerte: «Cómo me gustaría no saber escribir...» Más que la filosofía, de hecho, Nerón amaba las artes: la poesía, el canto, y también los juegos de circo. Empezó a subir al escenario para declamar versos de su cosecha acompañándose de la lira, y a bajar a la pista para conducir carros. Esta costumbre desagradaba al Senado pero gustaba a la plebe. Nerón fue el emperador más popular de toda la dinastía julio-claudiana, y cuando tuvo conciencia de ello el muchacho mofletudo y socarrón cuya vida su madre creía controlar totalmente empezó a emanciparse. Ella se inquietó. Para llamarle al orden, hizo reaparecer de entre bastidores a Británico, el hijastro al que había expulsado. Amenazado por su madre, Nerón hizo exactamente lo que ella habría hecho en su lugar: Británico, como Claudio, murió envenenado. En la obra consagrada a la perfidia que extraerá de este episodio, Racine, que como todos los clásicos franceses creció en el culto a Séneca, silenciará la función del filósofo-preceptor y, de hecho, nadie sabe si estuvo o no al corriente del complot. Es cierto, en cambio, que tras el asesinato de Británico, Séneca, sin rechistar, continuó alabando las virtudes de su alumno, su clemencia y su mansedumbre, sin mencionar, escribe en un panegírico especialmente desmedido, que por la gracia del rostro y la suavidad del canto no desmerece en nada al mismo Apolo.

Séneca, a su vez, no tardará en caer en desgracia y Agripina será asesinada en circunstancias que, como todo lo que cuenta este capítulo, conocemos gracias a los dos grandes historiadores de la época, Tácito y Suetonio. Pero no hemos llegado a este punto, no del todo, cuando Josefo y su delegación de sacerdotes judíos se presentan en la corte del emperador. Nerón es todavía el «monstruo naciente» que quiso pintar Racine. Aún no se ha deshecho de su madre y de su mentor, pero se sacude el yugo de ambos. Abandona a Octavia, la hija de Claudio con la que Agripina le ha obligado a desposarse con el designio de apretar aún más el nudo de crótalos familiar, por una cortesana llamada Popea. Quince siglos más tarde, Monteverdi la convertirá en la heroína de la ópera más amoral y explícitamente erótica de toda la música occidental. Popea debía de ser de armas tomar, pero lo que aquí nos interesa sobre todo es que era judía, o al menos mitad judía, o al menos prosélita. El bufón favorito de Nerón era también judío, y a los viejos senadores les alarmaba esta doble influencia sobre el emperador. Al igual que el satírico Juvenal, versión romana de ese personaje universal que es el reaccionario encantador, cáustico y talentoso, deploraban que el barro del Oronte se vertiera en el Tíber: hay que comprender que la ciudad eterna hierve de inmigrantes orientales cuyas religiones vivaces e invasivas tenían más éxito entre las jóvenes generaciones que el culto exangüe de los dioses locales. La idea que se hacía Nerón del judaísmo debía de ser confusa: si le hubieran dicho que durante el sabbat se solía sacrificar a jóvenes vírgenes, pienso que se lo habría creído y lo habría aprobado. En cualquier caso, en el curso de su embajada, Josefo, que había previsto mostrarse más romano en Roma que los romanos, tuvo la sorpresa casi embarazosa de encontrar a un emperador amigo de los judíos, e incluso, por hablar como los antisemitas de otros tiempos, perfectamente *judaizado.*

Evidentemente, Pablo no sabe nada de estas costumbres y caprichos imperiales. Como vive en el pequeño universo cerrado de sus iglesias, apenas debe de saber que el césar se llama Nerón. Como Josefo, desembarca en Pozzuoli, cerca de Nápoles, pero Josefo de un camarote de primera clase y él de la bodega, y mientras el lobby de los sumos sacerdotes viaja hacia Roma con gran aparato, él no sólo va andando, como de costumbre, sino también encadenado. En una película no resistiríamos a la tentación de mostrar las ruedas del convoy oficial levantando un chorro de barro que salpica a una hilera de presidiarios entre los cuales reconoceríamos a Pablo. Barbudo, con la cara surcada de arrugas, vestido desde hace seis meses con el mismo manto lleno de mugre, levanta la cabeza, sigue con los ojos el cortejo que se aleja. Reconoceríamos también, caminando a su lado, a Lucas, a Timoteo y, con la muñeca derecha atada por una cadena de alrededor de un metro a la muñeca izquierda del apóstol, al centurión encargado de conducirle desde Cesarea. Este centurión es poco más que un comparsa. Los Hechos nos dicen que se llamaba Julius y que, habiendo cogido aprecio al prisionero durante el viaje, hace todo lo que puede para facilitarle la vida, cosa que también le interesaba a él porque ni siquiera podían separarse para orinar.

Con esta tripulación llegamos a Roma.

3

En *La vida cotidiana en Roma en el apogeo del imperio,* Jérôme Carcopino se interroga sobre la población de la ciudad en el siglo I y, tras haber dedicado tres páginas grandes a exponer, impugnar y por último demoler las estimaciones de sus colegas, termina disculpándose de su imprecisión proponiendo una cifra «que oscila entre 1.165.050 y 1.677.672 habitantes». Se sitúe la verdad hacia arriba o hacia abajo de esta sorprendente horquilla, Roma era la ciudad más grande del mundo: una metrópoli moderna, una auténtica torre de Babel, y cuando decimos torre hay que entenderlo literalmente, porque bajo la presión incesante de aquellos inmigrantes, cuyo número y costumbres deploraba Juvenal, había crecido verticalmente, un caso único en la Antigüedad. Tito Livio habla de un toro que se escapa del mercado de ganado y sube los escalones de un edificio hasta el tercer piso, desde donde se lanza al vacío, sembrando el pánico entre los viandantes: este tercer piso lo menciona de pasada, como si fuera evidente, cuando en cualquier parte que no fuera Roma resultaría un dato de ciencia ficción. Los edificios se habían elevado tanto desde hacía un siglo, se habían vuelto tan inseguros que el emperador Augusto tuvo que prohibir que sobrepasaran *ocho* plantas, decreto que los promotores se las ingeniaban para infringir por todos los medios.

Si señalo esto es para que al leer en los Hechos que Pablo, cuando llegó a Roma, fue autorizado a alquilar un pequeño alojamiento, nos lo representemos no como una de aquellas tiendas habitadas que había siempre en las medinas mediterráneas, sino como un estudio o un apartamento de dos habitaciones en uno de esos bloques que hoy conocemos tan bien, donde se amontonan pobres indocumentados en la periferia de las ciudades: degradados al instante después de construidos, insalubres, explotados por arrendadores abusivos que los estrechan todo lo que pueden, con paredes finas como el papel para no perder espacio y escaleras donde la gente mea y caga sin que nadie las limpie. Sólo había verdaderos retretes en los bellos domicilios horizontales de los ricos, y eran una especie de salones fastuosamente decorados, provistos de un círculo de sillas que permitían aliviarse mientras conversaban. Los pordioseros que ocupaban los edificios alquilados debían conformarse con letrinas públicas que además estaban lejos, y las calles al caer la noche se volvían peligrosas: antes de salir a cenar, dice también Juvenal, más valía haber hecho testamento.

Pablo no era amante de las comodidades, era todo menos un hedonista. En aquel nuevo decorado, que habría de ser el último de su vida, debió de sentirse desplazado, pero no abatido. Pienso también que veía en aquellas condiciones de vida, espantosas para un recién llegado, el signo de su convicción reconfortante de que el fin del mundo estaba próximo. Como seguía siendo un prisionero a la espera de ser juzgado, tenía que compartir su alojamiento con un soldado encargado de custodiarle. Lucas no nos dice si este soldado era de tan buena disposición como el centurión Julius. No nos dice tampoco dónde se hospedaron Timoteo y él mismo. Me imagino que cerca de su maestro, en el mismo piso elevado, porque cuanto más alto, menos pagabas: había que subir la escalera, era más peligroso en el caso –frecuente– de incendio y nadie consideraba todavía las vistas como un incentivo. Para acabar con esta ojeada al panorama inmobiliario romano, añadamos que el hecho de que las viviendas se alquilaban baratas en los pisos altos era algo muy relativo, y que el alza de los precios, al igual que la congestión del tráfico, era un tema recurrente en la literatura durante el imperio. El poeta Marcial, representante típico de la clase media pobre que vivía cerca del Quirinal, en el tercer piso de un edificio bastante decente, suspira periódicamente que por el precio de su cuchitril podría vivir en el campo en una pequeña finca muy acogedora. Nada se lo impide, de hecho, pero es en Roma donde suceden estas cosas y a pesar de sus suspiros no se exiliaría por nada del mundo.

Para salir, a Pablo tenían que encadenarle, pero en su chamizo podía hacer lo que quisiera, recibir a quien le apeteciese, y tres días después de su llegada invitó, o más bien convocó en su casa a los judíos notables de Roma. Cabe considerar sorprendente que primero les haya llamado a ellos en vez de a la iglesia cristiana que ya existía en la capital. La explicación, a mi juicio, es que temía que esta iglesia cristiana de obediencia judía, alertada contra él por emisarios de Santiago, le rechazara aún más que los judíos a secas. Lo que refiere Lucas es un diálogo de sordos. Ante unos rabinos desconcertados, que han subido su tramo de escalera sin saber demasiado a qué atenerse, Pablo se defiende con vehemencia de acusaciones de las que sus interlocutores nunca han oído hablar. Tienen buena voluntad, mueven la cabeza, quisieran comprender. Aparte del detalle de que Pablo predica en su casa y no en la sinagoga, este encuentro con los judíos de Roma da la impresión, ahora que estamos en el final de los Hechos, de que hemos vuelto al punto de partida. Pablo desarrolla sus argumentos habituales a partir de la Ley y los Profetas, y concluye con la resurrección y la divinidad de Jesús. Algunos de sus oyentes se conmueven, la mayoría continúan escépticos. Al atardecer se separan y he aquí lo que escribe Lucas:

«Pablo permaneció dos años enteros en una casa que había alquilado y recibía a todos los que acudían a él; predicaba el Reino de Dios y enseñaba lo referente al Señor Jesucristo con toda valentía, sin estorbo alguno.»

Con estas palabras terminan los Hechos de los Apóstoles.

4

Esta brusca caída deja una impresión rara. Ha hecho correr mucha tinta. Cuando se preguntan por qué Lucas abandona a sus lectores, los exégetas proponen dos hipótesis: la del accidente y la de la intención.

La hipótesis del accidente es que el fin del libro existía pero desapareció. Es muy posible, sobre todo si se piensa que la última cuarta parte de las cartas de Séneca a Lucilio, que en la misma época era un auténtico éxito editorial, se perdió en algún momento entre el siglo I y el V. Sólo que es un poco decepcionante.

La hipótesis de la intención es que el texto no fue mutilado: su autor *quiso* ese final. Los que sostienen esta hipótesis dicen que Roma era el centro del mundo. Llegar a Roma representaba para Pablo la coronación de su carrera apostólica, y una vez conseguido este objetivo se puede considerar que el asunto está zanjado: Pablo enseña con toda valentía, sin ningún obstáculo. Bien está lo que bien acaba.

Puesto que la continuación inmediata de la historia es el incendio de Roma, la persecución de Nerón, el martirio probable de Pablo y de Pedro, a lo que seis años más tarde hay que agregar la destrucción del Templo y el saqueo de

Jerusalén; puesto que los Hechos fueron escritos en los años ochenta o noventa y su autor fue testigo de todos estos acontecimientos, confieso que me cuesta un poco aceptar la explicación de que no había ya nada interesante que contar y prefería concluir en un punto culminante.

Más seductora sería la variante de que a Lucas *no le apetecía* narrar estos acontecimientos porque no honraban a Roma. Pero por una parte no podía esperar ocultarlos, y por otra los romanos de los años ochenta estaban sin duda de acuerdo en considerar el imperio de Nerón como una página sombría de su historia: no les habría sorprendido verla descrita de esa manera. ¿Entonces?

Entonces no sé. En definitiva, me inclino más bien por la hipótesis del accidente, del manuscrito parcialmente extraviado. Ahora bien, si esto es cierto, ¿por qué la Iglesia del siglo II o III no puso un final a este texto manifiestamente inconcluso, como se verá que hizo con el Evangelio de Marcos? ¿Por qué no atribuyó a Lucas un relato muy ortodoxo, muy conforme con la tradición, de los últimos días de Pedro y Pablo? Quizá por las mismas razones, animada por la misma y extraña honestidad que le impulsó a conservar cuatro crónicas de la vida de Jesús, llenas de contradicciones molestas, en vez de unificarlas, como habría sido fácil hacer, en una sola, coherente, homogénea, concordante con los dogmas y los concilios. En este libro intento contar cómo pudo escribirse un Evangelio. Otra historia, igualmente misteriosa, es cómo se constituyó un canon.

5

Los Hechos nos abandonan a partir de la llegada de Pablo a Roma, pero un puñado de cartas atribuidas al apóstol da testimonio de este período. Digo «atribuidas» porque los exégetas discuten tanto acerca de su autenticidad como de su datación, debate en el que prefiero no entrar. Estas «cartas de la cautividad», como se las llama, sorprenden por su tonalidad mística y crepuscular. En ellas Pablo se describe cargado de cadenas, decrépito, aspirando ya sólo a arribar a la otra orilla. En su carta a la iglesia de Filipos, asegura que le da lo mismo vivir que morir o, mejor dicho, que preferiría morir, es decir, unirse a Cristo, pero supondría una pérdida tal para sus discípulos que accede a resignarse: opta por vivir. Un argumento vecino, un poco más adelante, le induce a aceptar el dinero que le envían los fieles de Filipos explicándoles que lo hace por el bien de ellos: por lo que a él respecta, podría prescindir de esa ayuda, pero le apenaría arrebatarles esta alegría y la ocasión de ser caritativos.

En la carta a los filipenses figura este himno que Jacqueline me leyó hace mucho tiempo, vuelvo a oír el sonido de su voz en el salón de la rue Vaneau y lo copio pensando en ella. Me lo repito en voz baja, sin ser capaz de convertirlo en oración, pero diciéndome que estaría bien oír un poco, un poquito, de lo que ella oía:

«El cual, siendo de condición divina,
no retuvo ávidamente el ser igual a Dios,
sino que se despojó de sí mismo
tomando condición de siervo,
haciéndose semejante a los hombres
y apareciendo en su figura de hombre;
y se humilló a sí mismo,
obedeciendo hasta la muerte
¡y qué muerte! ¡En la cruz!
Por lo cual Dios le exaltó
y le otorgó el Nombre,

que está sobre todo nombre
para que al nombre de Jesús
toda rodilla se doble en los cielos,
en la tierra y en los abismos.»

En mi juventud yo era un enemigo declarado de los signos de admiración, los puntos suspensivos, las mayúsculas sin ton ni son. Esto consternaba a Jacqueline, que veía en este puritanismo estético una señal de tibieza espiritual: «¿Con qué alabarás a tu Señor, pobrecito mío?» Ninguno de estos signos de énfasis existía en la lengua que utilizaba Pablo, pero es difícil, y es sin duda lo que me molestaba y me sigue molestando, no recurrir a ellos cuando se traducen sus cartas postreras, tan solemnes, tan erizadas de abstracciones, tan lejos de las fulguraciones que electrizan cada línea de las cartas a los gálatas o a los corintios.

En la carta a los colosienses sólo se habla de cosas como el misterio de Su Voluntad, la alabanza de Su Gracia, el Designio que ha concebido de antemano para realizarlo cuando se hayan cumplido los Tiempos. «Él», se comprende, es Dios, y Pablo reza día y noche para que se digne hacer ver a los efesios –en este caso concreto, pero lo mismo es aplicable a los colosenses– la esperanza que les ofrece Su llamada, los tesoros de gloria que encierra Su legado, la grandeza que reviste Su poder... Este poder lo ha desplegado en Jesucristo, al que resucitó de entre los muertos y Le hizo sentarse a Su diestra en los cielos, muy por encima de todos los Príncipes y los Dignatarios, porque lo puso Todo a los pies de Jesucristo, que es la Cabeza de la Iglesia, y la Iglesia es su Cuerpo y nosotros, los creyentes, somos sus miembros. Ascendió, se interroga Pablo: ¿qué quiere decir esto? ¿Qué otra cosa sino que Él descendió? ¿Y por qué descendió? Para habitar entre nosotros y permitirnos comprender qué son la Anchura, la Longitud, la Altura y la

Profundidad, a fin de que conociéramos el Amor que sobrepasa todo conocimiento y que, de pie con la Verdad como cintura, la Justicia como coraza y el Cielo como calzado para propagar el Evangelio, entrásemos por medio de su Plenitud en la Plenitud de Dios.

Cuanto más avanzada era su edad, tanto más la predicación de Pablo adoptaba esta clase de acentos. Nunca había hablado de Jesús como del maestro de vida cuyas palabras se había puesto a leer Lucas a escondidas. Hablar de él como del Mesías era algo que sólo concernía a los judíos, y con ellos, aunque a priori mostrasen interés, era inevitable acabar hablando de la circuncisión. Un Dios, en cambio, que había adoptado una figura humana para visitar la tierra no desconcertaba a los paganos. La encarnación, el dios hecho hombre, blasfemias para los judíos, constituía un mito completamente aceptable para los provincianos de Asia o Macedonia a los que Pablo se dirigió prioritariamente hasta el final. Destinado a aquel público, su Cristo se volvía cada vez más griego, cada vez más divino, su nombre y el Dios eran casi sinónimos. Para los simples era una figura mitológica, para los sutiles una hipóstasis divina, algo como el *logos* de los neoplatónicos de Alejandría. Esta teosofía era tanto más necesaria a los ojos de Pablo porque el fin del mundo anunciado no llegaba. Entonces empezó poco a poco a decir que de hecho ya había llegado, y la resurrección también, y que tomar conciencia de este secreto inmenso y cegador, contrario al testimonio de sus sentidos, era un signo de que morían en el mundo y vivían en Cristo, esto es, que al igual que él, Pablo, vivían *realmente.*

Me pregunto lo que pensaría Lucas de estos vaticinios del último Pablo. Cuando le oía, en su pequeño apartamento, dictar con su voz ronca a Timoteo aquellas cartas en que el mundo entero, pasado, presente y futuro, no bastaba para contener la grandeza de Jesucristo, ¿cómo lo conciliaba con el hombre que había comido, bebido, cagado, caminado por caminos pedregosos en compañía de unos individuos analfabetos e ingenuos a los que contaba historias de vecinos pendencieros y recaudadores arrepentidos? Allí Lucas no se había atrevido a decirle nada a Pablo: se sentía culpable de esta curiosidad que, para el apóstol, equivalía a poner en su contra el partido de los judíos. ¿Pero en Roma? ¿Más tarde? ¿Es que no estuvo tentado de hablar de aquel Jesús? ¿De leer para edificación de su grupito algunas de las palabras que había copiado en el rollo de Filipo?

Me lo imagino tanteando el terreno, comportándose como las tías del narrador que, en *En busca del tiempo perdido,* quisieran agradecer a Swann por haberles enviado un regalo, pero de una forma no demasiado directa porque temen parecer obsequiosas, y entonces se enredan en alusiones tan rebuscadas que nadie, y menos que nadie el interesado, entiende nada. Le imagino soltando ante el urbanita endurecido que era Pablo frases inseguras acerca de semillas, cosechas, rebaños, intentando enhebrar la historia, que tanto le gusta, del pastor que tiene cien ovejas, pierde una y abandona a las noventa y nueve restantes para ir a buscarla, y cuando la encuentra es más feliz por su causa que por las noventa y nueve que no se han perdido. Imagino que Pablo se ensombrece al oír esto, frunce las cejas negras que se le juntan encima de la nariz. No le gusta que le citen historias que él no conoce, y mucho menos que le digan –suponiendo que Lucas se arriesgue a hacerlo– que esas historias proceden directamente de la boca de Jesucristo. No tiene tiempo que perder con esas anécdotas rústicas. Lo que a él le ocupa son la Altura, la Longitud, la Anchura y la Profundidad. Lucas recoge su rollo: es como querer cautivar a Emmanuel Kant leyéndole «La cabra del señor Seguin».[1]

6

Pablo debió de vivir en Roma como había vivido en Cesarea: muy aislado. Cuando Lucas dice que recibía a todos los que querían visitarle, debía de tratarse de muy pocos judíos y aún menos cristianos, porque los de Roma, la mayoría asimismo judíos, seguían las directrices dictadas por Jerusalén. Unos años antes, Pablo les había enviado desde Corinto una extensa carta explicando que la Ley estaba abolida, pero esta epístola de la que esperaba que fuese recibida como una revelación lo había sido como un escrito sectario procedente de un personaje dudoso, y después de haber generado algunas ondas la habían olvidado enseguida. Esta posición marginal, incómoda, le movía a añorar todos los días la autoridad de que disfrutaba en sus iglesias de Asia o Macedonia.

Las cosas no debieron de arreglarse cuando en el año 62 Pedro llegó a Roma, acompañado de varias personalidades de Jerusalén, entre las cuales figuraba quizá Juan (pero Juan es el más misterioso del grupo) y sin duda Marcos, que le servía de intérprete. Ninguno de ellos debió de rebajarse a visitar a Pablo. Orgulloso como era, no entraba en el carácter de Pablo dar el primer paso. Sí era, en cambio, propio del de Lucas. Quizá no conociese a Pedro, y desde luego no conocía a Juan, pero conocía a Marcos y debió de reanudar con él una de esas amistades como las que existen entre los

1. Es uno de los relatos cortos incluidos en *Cartas de mi molino,* de Alphonse Daudet, en el que una cabra huye a la montaña y, en su nueva libertad, decide no volver y acaba devorada por un lobo. *(N. del T.)*

sherpas de políticos rivales. Gracias a Marcos, Lucas fue convidado a los ágapes presididos por Pedro. No le decía nada a Pablo, pero allí se encontraba en un terreno conocido y al fin y al cabo a sus anchas, él, el griego, en medio de buenos judíos que incluso creyendo en la resurrección de Jesús seguían observando el sabbat y las prescripciones rituales.

Fue Marcos, con toda seguridad, el que le informó de la muerte de Santiago. Las cosas no cesaban de empeorar en Judea desde hacía dos años. Zelotes, sicarios, guerrilleros y falsos profetas hormigueaban en una tierra inflamada. El gobernador Festo, al que hemos entrevisto en los Hechos con los rasgos de un hombre de mundo, se había revelado violento e injusto en el ejercicio de sus funciones y estaba gravando al país con impuestos inicuos y alentando todos los bandolerismos con tal de percibir su comisión. Con su beneplácito, su amigo el reyecito Agripa se había hecho habilitar en lo más alto de su palacio un apartamento inmenso y lujoso cuya terraza daba al interior del Templo. Circulaba el rumor de que su hermana Berenice y él cometían actos lascivos mientras miraban desde arriba todo lo que sucedía en el santuario. Los fieles estaban indignados. En este contexto explosivo, Santiago, defensor de los humildes y despectivo con los poderosos, se atrajo la cólera del sumo sacerdote, Ananías el joven, que le hizo comparecer ante el sanedrín y, tras un juicio expeditivo, lapidar.

¡Santiago, lapidado! La noticia turba a Lucas y quizá le trastorna. Santiago era el enemigo jurado de su maestro, toda su actividad misionera se reducía a correr detrás de Pablo para deshacer lo que había hecho. Sin embargo, pienso que al enterarse de su muerte Lucas se percata de que en el fondo le amaba, amaba a aquel viejo de nuca rígida y rodillas de camello. Hacen falta, por supuesto, hombres como Pablo, héroes espirituales que no aceptan ningún yugo, derriban todos los tabiques, pero también hacen falta hombres sometidos a algo más grande que ellos, que observan, porque sus padres los han observado antes que ellos, y sus abuelos antes que sus padres, ritos cuyo sentido juzgarían sacrílego cuestionar. Todas esas prescripciones complicadas del Levítico, de comer sólo animales de pezuñas hendidas, no mezclar la carne con la leche, no hacer esto, no hacer lo otro, tienen muy poca importancia para Lucas, y si la tuvieron en los primeros tiempos de su curiosidad por el judaísmo, Pablo le ha enseñado a no tenerlas en cuenta porque lo único que importa es amar. Sospecha confusamente, sin embargo, que sirven para algo, para separar de los demás pueblos al pueblo que las respeta, para asignarle un destino que no se parece a ningún otro. Aunque se queda boquiabierto de estupor admirativo cuando escucha a Pablo proclamar que desde ahora, en el Señor Jesucristo, ya no hay judío ni griego, esclavo ni hombre libre, hombre ni mujer, no es seguro que esté totalmente de acuerdo con que ya no haya judíos –ni mujeres, por otra parte–, con que ya no se enciendan las luces del sabbat y no se recite tres veces al día el *Shemá Israel.*[1]

Sí, creo que Lucas lloró a Santiago y todo lo que encarnaba, que su maestro declaraba caduco. Y quizá al llorarle se le ocurrió una idea. Al menos a mí se me ocurre una.

7

Ningún historiador piensa que Pedro, Santiago o incluso Juan escribieran las cartas que el Nuevo Testamento ha

1. «Escucha, Israel», primeras palabras de una de las principales plegarias judías. *(N. del T.)*

conservado con su nombre. Pablo sí las escribió, sin duda alguna, y las suyas tuvieron suficiente brillo para que los demás pilares de la Iglesia primitiva se hubieran sentido obligadas a imitarle. A partir de los años sesenta, setenta, era necesario que cada uno tuviese *su* carta circular, explicando su doctrina y dando testimonio de su autoridad. Santiago y Pedro no escribían en griego y probablemente ni siquiera sabían escribir. En el supuesto de que las cartas que circulaban con su nombre hubieran sido escritas en vida de ellos y bajo su control, de todos modos contaron con la ayuda de escribas que podían hacerles decir más o menos lo que se les antojaba. ¿Quiénes eran estos escribas? Pedro, al final de su carta, precisa que la ha dictado a un tal Silvano, pero menciona también a Marcos, al que llama «mi hijo», y sería sorprendente que el futuro evangelista no hubiera aportado su granito de arena. En la de Santiago no figura un nombre. Tuvo que haber por fuerza un negro pero que no hizo nada por salir del anonimato. Dicen, y no puedo verificarlo, que la carta está escrita en un griego muy refinado, y que en ella se citan las Escrituras en el texto de los Setenta.[1] De ahí mi hipótesis: el negro es Lucas. Al enterarse de la muerte de Santiago se dice: ¿por qué no escribir una carta en su memoria? Hizo hablar a Marcos y a otros, llegados de Jerusalén, que habían conocido al anciano, y sin que nadie se lo hubiese pedido, por propia iniciativa, él, que hasta entonces sólo había escrito para sí mismo puso manos a la obra.

Esta hipótesis es audaz, sólo me compromete a mí. Juzguemos con documentos. Leamos algunas líneas.

1. Biblia griega, normalmente llamada Biblia de los Setenta o Biblia Septuaginta, y que suele abreviarse con las cifras LXX. *(N. del T.)*

«Si alguno de vosotros está a falta de sabiduría, que la pida a Dios, que da a todos generosamente y sin echarlo en cara. Pero que la pida con fe, sin vacilar; porque el que vacila es semejante al oleaje del mar, movido por el viento. Que no piense recibir cosa alguna del Señor un hombre como éste.

»Poned por obra la Palabra y no os contentéis sólo con oírla. Porque si alguno se contenta con oír la Palabra sin ponerla por obra, ése se parece al que contempla su imagen en un espejo: se contempla, pero, en yéndose, se olvida de cómo es. En cambio el que considera atentamente la Ley que da la libertad, el que no solamente la estudia, sino que la aplica a sus acciones, ése, practicándola, será feliz.

»Si alguno se cree religioso, pero no pone freno a su lengua, sino que engaña a su propio corazón, su religión es vana. El que habla mal de un hermano o juzga a su hermano, habla mal de la Ley y juzga a la Ley; y si juzgas a la Ley, ya no eres un cumplidor de la Ley, sino un juez. No habléis mal unos de otros, no juzguéis, contened vuestra lengua. Que vuestro sí sea sí, y el no, no.

»Supongamos que entra en la sinagoga un hombre con un anillo de oro y un vestido espléndido; y entra también un pobre con andrajos, y que recibís al primero diciéndole: "Tú siéntate aquí, en un buen lugar", y en cambio al pobre le decís: "Tú quédate ahí de pie." ¿Acaso no ha escogido Dios a los pobres a los ojos del mundo para hacerlos ricos en la fe y herederos del Reino? Ahora bien, vosotros, ricos, llorad por las desgracias que están para caer sobre vosotros. Vuestro oro y vuestra plata están tomados de herrumbre y su herrumbre será testimonio contra vosotros y devorará vuestras carnes como fuego.

»Y vosotros, los que decís: "Mañana iremos a tal ciudad, comerciaremos y ganaremos dinero", vosotros no sabéis siquiera qué será de vuestra vida el día de mañana. ¡Sois vapor que aparece un momento y después desaparece! En lugar de eso deberíais decir: "Si el Señor quiere, viviremos y haremos esto o aquello", pero no lo decís y vuestros proyectos hacen reír al Señor.

»¿Por qué os jactáis de vuestra fe si no actuáis según ella? ¿Acaso podrá salvaros la fe? Si un hermano o una hermana están desnudos y carecen del sustento diario, y alguno de vosotros les dice: "Idos en paz, calentaos y hartaos, poneos al abrigo, buen provecho", pero no les dais lo necesario para el cuerpo, ¿de qué sirve? Así también la fe, si no tiene obras, se marchita y muere, como un cuerpo que no respira.»

Martín Lutero, que consideraba las cartas de Pablo y en particular las cartas a los romanos «el corazón y la médula de la fe», pensaba que la de Santiago era una «epístola de paja», indigna de figurar en el Nuevo Testamento. Sólo por los pelos fue admitida en él. Aun hoy todo el mundo mira por encima del hombro a Santiago, hermano de Jesús, los cristianos porque era judío, los judíos porque era cristiano, y la TEB resume el sentimiento general cuando habla de «su magisterio a menudo trivial, sin una exposición doctrinal comparable a las que hacen atractivas las epístolas de Pablo o de Juan». Ahora bien, perdonen, me parece bien que no encuentren una «exposición doctrinal comparable a las que hacen atractivas las epístolas de Pablo o de Juan», pero este «magisterio a menudo trivial» es el de Jesús. El estilo, el tono, la voz, todo hace pensar en *Q*, la compilación más antigua de sus palabras. Si Santiago hubiera escrito esas frases, habría que revisar nuestros prejuicios sobre él, admitir que era el más fiel de los discípulos de su hermano. Pero no pudo escribirlas. El que sí pudo era un griego instruido, que manejaba su lengua con elegancia, familiarizado con *Q*, capaz de imaginar variaciones convincentes sobre los temas abordados por Jesús, un hábil elaborador de pastiches y especialmente inspirado cuando se trata de ensalzar a los humildes, mandar a paseo a la gente bien y regocijarse por las ovejas perdidas. Entre los autores del Nuevo Testamento, aparte de Lucas no veo a ninguno con este perfil.

8

Lo esencial, repetía incansable Pablo, es creer en la resurrección de Cristo: el resto se da por añadidura. No, responde Santiago –o Lucas, cuando hace hablar a Santiago–: lo esencial es ser misericordioso, socorrer a los pobres, no darse ínfulas, y quien hace todo esto sin creer en la resurrección de Cristo estará siempre mil veces más cerca de él que alguien que cree en ella y se queda con los brazos cruzados y se refocila con la Anchura, la Altura, la Longitud y la Profundidad. El Reino es para los buenos samaritanos, las putas amorosas, los hijos pródigos, no para los maestros del pensamiento ni para los hombres que se creen por encima de los demás, o por debajo, como ilustra esta historieta judía que no me resisto al placer de contar. Dos rabinos van a Nueva York a un congreso. En el aeropuerto deciden tomar el mismo taxi y dentro de él rivalizan en humildad. El primero dice: «Es cierto, he estudiado un poco el Talmud pero comparado con la ciencia de usted la mía es muy pobre.» «¿Muy pobre? Bromea», dice el segundo, «soy yo el que no está a la altura comparado con usted.» «Pues no», contesta el primero, «comparado con usted soy un don nadie.» «¿Un don nadie? Yo sí que soy un don nadie...» Y así continúan hasta que el taxista se vuelve y dice: «Hace diez minutos que les escucho, dos grandes rabinos que pretenden ser unos don nadie, pero si ustedes son unos don nadie, ¿qué soy yo, entonces? ¡El peor de los don nadie!» Entonces los dos rabinos le miran, se miran y dicen: «Pero, bueno, ¿quién se ha creído que es éste?»

Veo a Lucas como a este taxista y a Pablo como los rabinos.

9

Seamos serios. ¿Es posible que Lucas, «el querido médico», el fiel compañero de Pablo, haya escrito a sus espaldas, atribuyéndola a su peor enemigo, esta carta donde cada frase no sólo parece salida de la boca de Jesús sino que es como una pedrada lanzada contra Pablo?

Pienso que sí, que es posible.

El Lucas que imagino –porque, por supuesto, es un personaje de ficción, lo único que sostengo es que esta ficción es verosímil–, ese Lucas no podía evitar pensar para sus adentros, cuando oía a Pablo echar pestes de Santiago, que quizá Santiago tuviese algo de razón. Y lo contrario cuando Santiago despotricaba contra Pablo. ¿Esto lo convertía en un hipócrita? ¿En uno de esos hombres que no recibirían nada del Señor, según sus propias palabras? ¿En un hombre cuyo sí tiende hacia el no y viceversa? No lo sé. Pero sí, sin duda, en un hombre que piensa que la verdad siempre tiene un pie en el campo del adversario. Un hombre para el que el drama, pero también el interés de la vida, reside en que todo el mundo tiene sus razones y ninguna es mala, como dice un personaje de *La regla del juego*. Lo contrario de un sectario. En esto, el opuesto de Pablo; lo que no le impedía admirarle, serle fiel y convertirle en el héroe de su libro.

Quizá sea el momento de confesar que Lucas tiene bastante mala prensa entre las personas que se interesan por estas cuestiones. Los historiadores modernos le reprochan poner la habilidad que se le reconoce, el lenguaje elegante, sus hallazgos de guionista, al servicio de un relato oficial, propagandista, falaz de tanto atenuar discrepancias. No espero aligerar este retrato presentándolo, además, como un falsario. Pero no sólo hay historiadores modernos: hay también almas exigentes.

Alma exigente donde las haya, alma de fuego, en comparación con la cual uno sólo puede sentirse un pobre diablo, prudente, timorato, tibio, Pier Paolo Pasolini tenía un proyecto de película sobre San Pablo ambientado en el siglo XX. He leído el guión, publicado después de su muerte. Los romanos interpretan el papel de los nazis, los cristianos el de los resistentes y a Pablo se lo presenta como una especie de Jean Moulin: muy bien. Me llevé una desagradable sorpresa al descubrir que a Lucas le toca el papel del oportunista, el cauteloso, el que vive a la sombra del héroe y, por último, le traiciona. Pasada la sorpresa, y hasta el espanto, creo haber comprendido el motivo del odio de Pasolini por Lucas. Es el que Alcestes sentía por Filinta. Para Pasolini, para Alcestes, para todos los que, al igual que el Dios del Apocalipsis, execran a los tibios, la frase de *La regla del juego* sobre que cada cual tiene sus razones y que el drama de la vida es que todas son buenas, es el evangelio de los relativistas y, digámoslo, de los colaboracionistas de todos los tiempos. Como es amigo de todo el mundo, Lucas es el enemigo del Hijo del Hombre. Pasolini, por otra parte, no se anda con rodeos: nos muestra a Lucas escribiendo ante su escritorio; cito: «con un estilo falso, eufemista, oficial, inspirado por Satanás». Llega incluso a decir que bajo sus aires de modestia y de buen chico, Lucas es Satanás.

¿Satanás? ¿Sólo eso?

En uno de los cuadernos en que, hace veinte años, comentaba a San Juan, copié un pasaje de Lanza del Vasto donde se denuncia «al que hace de la verdad un objeto de curiosidad, de las cosas santas un objeto de gozo, del ejercicio ascético una experiencia interesante: el que sabe dividirse a sí mismo, reponerse, vivir una vida multiplicada; al que le gusta tanto el pro como el contra, ve un sabor igual en la verdad y en la mentira y a fuerza de mentir olvida que se miente y se engaña a sí mismo; el hombre de hoy, en suma, el que hace de todo, lo revuelve todo, el hastiado de todo; el hombre más próximo, el que mejor conocemos. ¿Seré yo, Señor?».

Estas palabras, «¿Seré yo, Señor?», los discípulos las murmuran después de que Jesús haya dicho que uno de ellos le traicionaría. Al trazar este retrato, Lanza del Vasto se refiere a Judas, no a Lucas. Pero cuando copié la cita me parece que pensaba en mí mismo.

10

Puesto que estamos hablando de cartas apócrifas, hablemos de las que habrían intercambiado Pablo y Séneca. Se las inventó en el siglo IV un falsario cristiano decidido a demostrar que los dos hombres se conocieron y que las predicaciones de Pablo causaron una gran impresión a Séneca. De las cartas a los corintios admira «la elegancia del lenguaje y la majestad de los pensamientos». Pablo, por su parte, se declara «feliz de merecer, oh Séneca, el aprecio de un hombre como tú», e invita a su corresponsal a poner su talento al servicio del Señor Jesucristo. Séneca no parece oponerse. Además de ser falsa, esta correspondencia de gentes de letras es bastante insulsa, pero San Agustín le prestaba gran atención y creo que actualmente podría venderse muy bien con un título con gancho como *El apóstol y la filosofía*. En la realidad, está descartado que Séneca hubiera leído una línea de Pablo y es dudoso que Pablo, aunque fuera de muy lejos, se interesara por Séneca. Es posible, en cambio, que Lucas lo leyera y que mentalmente al menos se entablara un diálogo entre los dos grandes hombres.

Séneca, ya el autor más célebre de su tiempo, había llegado a ser tardíamente algo mejor: uno de esos hombres que imponen porque dicen lo que hacen y hacen lo que dicen. Como consejero de Nerón, había aguantado sin rechistar no pocos malos tragos: en primer lugar, el asesinato de Británico, después el de Agripina, un asesinato especialmente chapucero porque empezaron por colocar una trampa en el barco que la transportaba de Bayas a Bauli y, después de que ella escapara de milagro al atentado, hubo que amañar apresuradamente un suicidio que no se creyó nadie. Pero, a fuerza de ver a su alumno ridiculizarse en el escenario y en la arena, Séneca estimó comprometida su dignidad de filósofo. Pretextando la edad, pidió a Nerón la autorización para retirarse. Nerón se lo tomó a mal: le gustaba destituir a la gente, no que se fuera por propia iniciativa. Séneca, con todo, tuvo el valor de marcharse. Sabía que concitaría fatalmente contra él aquella objeción de conciencia. Entretanto se enclaustró en su villa, descuidó sus innumerables negocios, cerró la puerta a sus incontables clientes y se puso a escribir las *Cartas a Lucilio.*

Cada vez que he hablado de Séneca en los capítulos anteriores, me he burlado un poco de él. Fiel a un prejuicio del liceo (del tiempo en que los liceos tenían prejuicios sobre Séneca), lo veía como un arquetipo del sermoneador. Pero pasé un invierno leyendo las *Cartas a Lucilio,* una o dos cada mañana, en el café de la place Franz-Liszt, después de haber llevado a Jeanne a la escuela y antes de volver a casa para ponerme a trabajar. No encuentro otra palabra: es un libro sublime. Era, junto con Plutarco, el preferido de Montaigne y se comprende por qué. En esta larga, repetitiva, suntuosa meditación sobre el oficio de vivir, la sabiduría no es ya un pretexto para las volutas oratorias. La muerte se acerca, Séneca lo apuesta todo a su último rostro. Quiere que sus vicios mueran antes que él. Quiere que sus pensamientos concuerden por fin con sus actos. A la objeción clásica, y que él ha oído demasiado a menudo: «Nos das normas de conducta, pero ¿tú las sigues?», Séneca responde: «Estoy enfermo y no voy a jugar a los médicos. Somos vecinos de jergón en la misma habitación de hospital y por eso hablo contigo del mal que sufrimos y te paso mis recetas, valgan lo que valgan.»

Este intercambio de diagnósticos y remedios –en lo que valgan– me recuerda mi amistad con Hervé. Y cuanto más frecuento al último Séneca en mis lecturas matutinas, en su estoicismo descubro cada vez más semejanzas con el budismo. Séneca emplea indistintamente las palabras naturaleza, fortuna, destino, dios –o dioses– para designar lo que los chinos denominan *Tao* y los hindúes *Dharma:* el fondo de las cosas. Cree en el *karma*. Cree que nuestro destino es el fruto de nuestras acciones, que cada una de ellas produce un buen o un mal *karma,* y cree incluso, lo que es más original, que el efecto del mismo es inmediato: «Piensas que quiero decir: un ingrato será desdichado. Pero no hablo en futuro: ya lo es.» No cree en el más allá, pero sí en la reencarnación: «Todo termina, nada perece. Nada se aniquila en la naturaleza. Llegará un día que nos zambullirá de nuevo en el mundo, contra lo cual muchos se rebelarían si su memoria no estuviese abolida.» La felicidad le interesa menos que la paz, y cree que la vía real para alcanzarla es la atención. Ejercerla constantemente, estar siempre presente en lo que se hace, en lo que es, en lo que nos atraviesa: a esto el estoicismo lo llama *meditatio*. Hervé la describe en su libro como «un paciente y escrupuloso espionaje de sí por uno mismo», y Paul Veyne de otra manera, muy divertida: «Un estoico que come hace tres cosas: comer, observarse comer y convertirlo en una pequeña epopeya.» A fuerza de *meditatio,* el estoico perfecto, como el budista perfecto, ya no delibera. Escapa a la necesidad porque quiere aquello a lo que ella le constriñe. Séneca, con su habitual modestia: «Yo no obedezco al dios: comparto su opinión.»

Paul Veyne escribió para la editorial Bouquins, en la que leo estas cartas, un prefacio muy largo, muy erudito, muy sabroso. Aunque admira a Séneca, se burla suavemente del ideal estoico. Es un ideal para voluntaristas angustiados, dice, un ideal obsesivo, sumamente tranquilizador para las personas que sufren sus pulsiones y sus escisiones interiores. Sólo tiene un pequeño defecto: el de pasar de largo por delante de todo lo que la vida ofrece de interesante. El estoico tiende a transformarse en algo parecido a un regulador térmico cuya función es mantener el calor a un nivel constante cuando la temperatura varía. Humor ecuánime, quietud, alma bien ordenada. Me acuerdo de cuando Hervé y Pascale, su mujer, se mudaron a Niza, donde no conocían a casi nadie, y Pascale dijo que estaría bien invitar a comer a alguien. Respuesta de Hervé: «¿Por qué?» Lo dijo plácidamente, sin ninguna acritud. Pascale lo recibió con su indulgencia habitual: «Ya ves, así es Hervé.» A mí me desquició su reacción. ¿Qué es esta sabiduría consistente en eliminar de la vida todo lo que es novedad, emoción, curiosidad, deseo? Es el gran reparo que también se le puede poner al budismo: que el deseo en él figura como el enemigo. Deseo y sufrimiento van de la mano, suprimid el deseo y suprimiréis también el sufrimiento. Aunque sea verdad, ¿vale la pena? ¿No es volverle la espalda a la vida? Pero ¿quién ha dicho que la vida estaba tan bien? Séneca piensa, lo mismo que Hervé, que estar muerto es haber salido del atolladero.

Las *Cartas a Lucilio,* publicadas entre los años 62 y 65, tuvieron un grandísimo éxito de librería. Lucas, en aquel momento, vivía en Roma. Si las leyó debieron de gustarle. Proclive a pensar que cualquier hombre de buena voluntad era un cristiano que ignoraba que lo es, debió de degustar frases como: «El dios está en ti, Lucilio. Desde dentro de ti observa el bien y el mal que haces. Y te trata como tú le has tratado.» Debió de decirse: «Éste es de los nuestros.» Pablo, que era mucho más inteligente que Lucas, nunca se habría dicho una cosa así. Pablo no creía en la sabiduría. La despreciaba, y se lo dijo a los corintios en términos inolvidables. Por mi parte estoy de acuerdo con Nietzsche cuando compara el cristianismo con el budismo y felicita al segundo por ser «más frío, más objetivo, más verídico», pero me parece que tanto al budismo como al estoicismo les falta algo de esencial y de trágico que existe en el corazón del cristianismo y que comprendía mejor que nadie aquel loco furioso de Pablo. Estoicos y budistas creen en los poderes de la razón e ignoran o relativizan los abismos del conflicto interior. Piensan que la desdicha de los hombres es la ignorancia, y que si se conoce la receta de la vida feliz, pues bien, no hay más que aplicarla. Cuando Pablo, oponiéndose a todas las sabidurías, dicta esta frase fulgurante: «No hago el bien que amo, sino el mal que odio», cuando formula esta declaración que Freud y Dostoievski no han dejado de analizar y que no ha dejado de hacer rechinar los dientes a todos los nietzscheanos de opereta, se sale totalmente del marco del pensamiento antiguo.

Séneca estaba en su casa con algunos amigos cuando un centurión fue a comunicarle que Nerón le ordenaba morir. Invitó a sus amigos a dar muestras de valor ante la adversidad que le golpeaba y a conservar el único bien que podía legarles: la imagen ejemplar de su vida. Rogó a Paulina, su joven mujer, que encontrara en su pérdida consuelos honorables.

Paulina dijo que prefería morir con él. Si tal era su deseo, él lo aprobó. Los dos se abrieron las venas de las muñecas, y Séneca, por añadidura, las de las corvas, porque su sangre de anciano fluía demasiado despacio. Durante una hora o dos siguió disertando sobre la sabiduría y después, como la muerte tardaba en llegar, tomó veneno que guardaba de reserva para la circunstancia. Su cuerpo estaba ya demasiado exangüe y demasiado frío para que el veneno se esparciera eficazmente. Hizo que lo trasladaran al hamman. Mientras por fin exhalaba el último aliento, llegó de arriba la orden de salvar a Paulina: Nerón no tenía nada personal contra ella y no quería acrecentar su fama de cruel. Le vendaron los brazos y sobrevivió. No faltaron personas, concluye pérfidamente Tácito, que pensaron que tras asegurarse la gloria inherente a su noble sacrificio, podía abandonarse a los atractivos de la vida.

11

He dicho ya que los romanos oponían la *religio* a la *superstitio,* los ritos que unen a los hombres a las creencias que los separan. Estos ritos eran formalistas, contractuales, pobres de sentido y de afecto, pero en ello residía precisamente su virtud. Pensemos en nosotros, occidentales del siglo XXI. La democracia laica es nuestra *religio*. No le pedimos que sea exaltante ni que colme nuestras aspiraciones más íntimas, sino sólo que nos proporcione un marco donde pueda desplegarse la libertad de cada uno. Instruidos por la experiencia, desconfiamos por encima de todo de quienes pretenden conocer la fórmula de la felicidad, o de la justicia, o de la realización humana, e imponérnosla. La *superstitio* que quiere nuestra muerte ha sido el comunismo, actualmente es el integrismo islámico.

La mayoría de los romanos consideraban extraños a los judíos y su dios les parecía antipático por su negativa a mantener buenas relaciones con los dioses de otros, pero mientras se lo guardasen para ellos no había motivo para buscarles las cosquillas. Se les concedía regímenes de excepción, como hoy día se vela por que a los escolares judíos o musulmanes no se les obligue a comer cerdo en la cantina. Los cristianos, por lo que se sabía, eran otra cosa. Digo «por lo que se sabía» porque a principios de los años sesenta los mejor informados les veían como una especie de judíos, los adeptos de una corriente minoritaria caracterizada por un rasgo mucho más amenazador que Tácito denomina sin ambages «el odio al género humano».

Un rasgo que debía de parecerles particularmente turbio era la aversión a la vida sexual. La de los romanos era muy libre, en muchos aspectos más que la nuestra, pero con algunos principios que nos parecen extraños: un hombre libre podía sodomizar pero no ser sodomizado, lo cual estaba reservado a los esclavos: la felación, el cunnilingus, cabalgar la mujer al hombre eran prácticas obscenas. (Paul Veyne, a quien tomo prestadas estas observaciones, llega a la conclusión de que «el oficio del historiador es dar a la sociedad en que vive el sentimiento del relativismo de sus valores». Estoy de acuerdo.) Follaban con quien querían, hombres, mujeres, niños, animales. Empezaban muy jóvenes, se divorciaban mucho, se mostraban desnudos en cualquier ocasión. Aunque algunos textos mencionan la lasitud del libertino, ninguno señala la culpabilidad. Los placeres de la carne no planteaban más problemas que los de la mesa: había que controlarlos, no ser más esclavo del deseo que del apetito, es todo.

Los judíos eran más puritanos, enemigos de la ligereza, de la pederastia, de la desnudez, encerraban todos sus actos en una red de prescripciones rituales. Ello no les impedía considerar el acto carnal algo agradable para Dios y para ellos mismos, la familia era un bien y la numerosa un ideal. Ser feliz significaba crecer y prosperar, hacerse lo bastante ricos para ser generosos, recibir a los amigos debajo de la higuera, envejecer al lado de su mujer y morir cargados de años sin haber perdido ningún hijo. Este ideal –que comparto– era serio, desprovisto de frivolidad, pero en absoluto enemigo del mundo real, de los deseos que animan el corazón y el cuerpo humanos. Tenía en cuenta su debilidad. La Ley, que estaba para guiarle, no les exigía nada que no fuese a la medida de lo humano y no tuviera la humanidad en cuenta. Podía prohibir comer un animal determinado, ordenar que se diese a los pobres determinada parte de los ingresos, podía incluso prescribir que no hicieras a otro lo que no te habría gustado que te hicieran, pero nunca, en cambio, habría dicho: «Ama a tus enemigos.» Tratarlos con mansedumbre, conforme. En última instancia, perdonarlos cuando estabas en condiciones de perjudicarles. Pero amarlos no, es una contradicción, y un buen padre no da a su hijo órdenes contradictorias.

Jesús rompió con esto. Aunque sólo contaba historias sacadas de la vida concreta, aunque manifestaba que la conocía bien y que se deleitaba observándola, extraía conclusiones que contradecían todo lo que se sabía e iba en sentido contrario de lo que siempre se había considerado natural y humano. Amad a vuestros enemigos, alegraos de ser infelices, preferid ser pequeño que grande, pobre que rico, enfermo que saludable. Y también, mientras que la Torá dice esta cosa elemental, tan palmariamente cierta, tan verificable por todos, que no es bueno que el hombre esté solo, él decía: no toméis mujer, no la deseéis, si tenéis una conservadla para no causarle daño, pero sería mejor no tenerla. Tampoco tengáis hijos. Dejad que los niños se os acerquen, inspiraos en su inocencia, pero no los tengáis. Amad a los niños en general, no en particular, no como los hombres aman a sus hijos cuando los tienen: más que a los ajenos porque son los suyos. E incluso vosotros, sobre todo vosotros, no os améis. Es humano querer el bien propio: no lo queráis. Desconfiad de todo lo que es normal y natural desear: familia, riqueza, respeto de los demás, autoestima. Preferid el duelo, la desazón, la soledad, la humillación. Todo lo que se juzga bueno consideradlo malo y viceversa.

Para determinado tipo de personas, hay algo extraordinariamente atractivo en una doctrina tan radical. Cuanto más contraria al sentido común, tanto más se demuestra su verdad. Cuanta más violencia hay que hacer para abrazarla, mayor mérito se tiene. Pablo encarnaba este tipo de carácter, al que se puede llamar fanatismo. Lucas, tal como me lo imagino, no. Procedía de una provincia de costumbres apacibles y patriarcales. La libertad romana, cuando se desglosaba en los juegos sangrientos del circo y las cuchipandas del *Satiricón,* sólo pudo asustarle, pero lo que había percibido del judaísmo le convenía: aquella vida grave y fervorosa, aquella manera de tomar en serio la condición humana. Al mismo tiempo se había embarcado con Pablo, no podía volverse atrás. Y las palabras de Jesús que había leído sin que Pablo lo supiera le trastornaban: el perdón de los pecadores, la oveja perdida, todo aquello le llegaba. Pero cuando exponía la doctrina de su secta a interlocutores romanos, ¿no le avergonzaba la antipatía hacia el mundo que constituía el fondo de la doctrina? ¿Se sentía a gusto para instruir el juicio de la vida terrenal y de las aspiraciones humanas? ¿No intentaba atenuarlas a la vez porque se cazan más moscas con miel que con vinagre, y porque a él, aunque no los tuviera, le parecía normal amar a la mujer y a los hijos?

Nos gustaría decir: esta condena de la carne y de la vida carnal es una desviación. El puritano que es Pablo ha desnaturalizado el mensaje de Jesús. De igual modo que se dice: el gulag es Stalin, no Lenin. Pero no: fue el propio Lenin el que inventó las palabras «campo de concentración», y siempre cabe imaginar que se han alterado un montón de cosas en la imagen que los Evangelios nos dan de Jesús, pero esta condena es inapelable, infalible. Nos gustaría creer a los romanos que aseguraban que se acostaba con María Magdalena o con su discípulo bienamado, pero por desgracia no es creíble. No se acostaba con nadie. Hasta se puede decir que no amaba a nadie, en el sentido en que amar a alguien es preferirle y, por ende, ser injusto con los demás. No es un pequeño defecto, sino una carencia enorme que justifica una reacción de indiferencia, o de hostilidad, de las personas como Hélène, para las cuales la vida es el amor, y no la caridad.

12

Extrañamente, en las fuentes cristianas contemporáneas, no hay constancia del magno acontecimiento que fue el incendio de Roma en el año 64 y la persecución subsiguiente. En cuanto a las fuentes romanas, hay dos que citan todos los historiadores. Suetonio dice que, entre otras medidas punitivas, «se entregó al suplicio a los cristianos, gentes consagradas a una superstición nueva y peligrosa», y más bien lo juzga un mérito de Nerón. Tácito lo desarrolla aún más: «Ni las liberalidades del príncipe ni las ceremonias para aplacar a los dioses hacen retroceder el rumor según el cual el incendio habría sido ordenado. Para ponerle fin, Nerón buscó culpables y entregó a torturas crueles a personas infames a las que vulgarmente se les llamaba cristianos. El nombre les venía de un tal Cristo al que el procurador Poncio Pilatos había hecho ejecutar bajo el reinado de Tiberio. Reprimida en su época, su detestable superstición había resurgido no sólo en Judea, donde había nacido, sino también en Roma, donde todo lo malsano y criminal que existe en el mundo afluye y se propaga. Empezaron por apresar a los que confesaban y después, mediante denuncias, a una multitud a la que declararon culpable, menos del crimen del incendio que de odio al género humano.»

Odium humani generis: aquí estamos.

¿Nerón incendió Roma porque estaba obsesionado por el incendio de Troya? ¿Para reconstruirla más a su gusto? ¿O sólo para mostrar, como dice Suetonio, «que hasta él no se sabía el alcance de lo que se le permite a un príncipe»? Sobre todo, ¿fue él realmente el que ordenó incendiar Roma? ¿Volvió realmente de su villa de Antium para, tal como se le ve en *Quo vadis?,* tocar la lira en una colina, ante la ciudad devorada por las llamas? Los historiadores lo dudan, y tanto más porque el propio Nerón perdió en el suceso colecciones que apreciaba enormemente. Piensan que el incendio fue accidental: muchas casas romanas eran de madera, se iluminaban con antorchas, lámparas de aceite, braseros, el fuego prendía sin cesar en todas partes. Corría el rumor, sin embargo, como el de la implicación del FSB y de Putin en los terribles atentados que ensangrentaron Moscú en 1999.

Si para neutralizar este rumor Nerón buscó chivos expiatorios, subsiste la pregunta: ¿por qué los cristianos? ¿Por qué no los judíos *y* los cristianos, a los que los romanos distinguían mal y despreciaban por igual? Quizá precisamente porque empezaban a distinguirlos y, por las razones que he mencionado en el capítulo anterior, a juzgar que los cristianos eran peores, mayores enemigos del género humano. Es una primera explicación, personalmente a mí me basta, pero estoy obligado a decir algo de otra, más desagradable, consistente en que la nueva esposa de Nerón, Popea, su bufón Alituro, los judíos bastante numerosos que le rodeaban, según testimonia Josefo, le soplaron la idea al emperador. A su vez, a ellos les habría sido insinuada por la gran sinagoga de Roma, exasperada por competidores que le robaban la clientela y mancillaban su imagen. En apoyo de esta teoría se alega que el actual Trastevere, que era una especie de gueto, fue uno de los raros barrios no devastados por el incendio, y qué le voy a hacer yo si esto se asemeja a la historia de los judíos que no fueron a trabajar a las Torres Gemelas el 11 de septiembre de 2001. Ahora bien, tesis ingrata por tesis ingrata, hay una que no se plantea nunca: que los cristianos bien pudieron haber sido culpables. No Pedro ni Pablo, por supuesto, ni sus guardias cercanos, sino, como se suele decir, elementos incontrolados, exaltados que habrían comprendido al revés –o no tanto– frases del Señor como la que transcribirá más tarde el dulce Lucas, y únicamente él: «He venido a sembrar de fuego esta tierra. Quisiera que ya estuviese abrasada.»

Al fin y al cabo, todos aguardaban el fin del mundo. Lo pedían en sus oraciones. Así que quizá, sin duda, no provocaron el incendio de aquella Babilonia que odiaban, pero debieron de desearlo y alegrarse más o menos abiertamente. Añádanse a esto las leyendas urbanas que comenzaban a circular a propósito de ellos, las mismas que más tarde circularán sobre los judíos: niños secuestrados, asesinatos rituales, fuentes envenenadas. Todo esto, incluso para quienes les creían inocentes, les convertía en culpables ideales.

Lo que sigue es un gran momento de una película de romanos *gore*. Como los cristianos solían ser gente de medio pelo, no tenían derecho a las muertes nobles: decapitación o suicidio estoico. Las ejecuciones eran en Roma un espectáculo popular. A los que no les habían arrojado por la mañana a la arena, cosidos con pieles de animales para ser devorados por grandes perros guardianes, los reservaban para la noche, vestidos con túnicas untadas de pez y transformados en antorchas vivientes que iluminaban la fiesta en los jardines de Nerón. Ataban a las mujeres por el cabello a los cuernos de toros furiosos. A otras les embadurnaban el vientre con secreciones de burras para aumentar la excitación de los asnos que las violarían. Suetonio describe que el propio Nerón se disfrazaba de fiera para ir a hostigar a los condenados y sobre todo a las condenadas, desnudas y amarradas a postes. De este modo llegó a ser conocido por todos los cristianos como el Anticristo, la Bestia.

13

La tradición, es decir, el inevitable Eusebio, nos dice que Pedro y Pablo murieron en la gran persecución de agosto del año 64. Al primero, en su calidad de ciudadano romano, le cortaron la cabeza, y el segundo habría suplicado que le crucificasen cabeza abajo porque no se consideraba digno de sufrir el mismo tormento que su maestro. La tradición tenía muy buenos motivos para, aun a modo de invención, unir en el martirio a los dos jefes de partido cuya rivalidad fue la enfermedad infantil del cristianismo. Nadie a priori habría sido más indicado que Lucas para ser su primer portavoz, él, que en su crónica no cesa de reescribir la historia para imponer la idea del buen entendimiento entre los apóstoles, en el peor de los casos fricciones nimias enseguida reabsorbidas por la concordia y la comprensión mutuas. Pero no lo hizo. Sabía forzosamente lo que había ocurrido pero no lo ha contado. El misterio del brusco fin de los Hechos oculta otro: el del fin de Pablo.

Hojeando una vida de San Pablo escrita por un jesuita cuyo nombre aparece en la mayoría de las bibliografías recientes, fui derecho hasta el final para ver cómo se las ingeniaba con la oscuridad que envuelve los últimos años del apóstol. Me sorprendió mucho verlos narrados con todo detalle. Pablo no murió en el año 64. Compareció ante Nerón y éste ordenó que le pusieran en libertad. El apóstol realizó su sueño, que era llegar a España, pero el país le decepcionó y atravesó en sentido inverso todo el Mediterráneo para recuperarse de esta desilusión en sus queridas iglesias de Grecia y Asia. Luego tuvo la mala idea de volver a Roma, donde lo detuvieron de nuevo, lo encarcelaron y esta vez lo ejecutaron, en el año 67. El autor da la fecha exacta. Nada de todo esto es imposible y estoy totalmente dispuesto a aceptar semejantes conjeturas, lo único pasmoso es que a este profesor de exégesis, publicado por una editorial seria, citado con aprecio por sus pares, en ningún momento se le pasa siquiera por las mientes la idea de informar al lector de que de este tema no sabe *rigurosamente nada*. Que a falta de documentos como las cartas y los Hechos, para reconstruir los últimos años de Pablo ha recurrido a su sola imaginación y a la «convicción», mencionada en una nota y en absoluto argumentada, de que la segunda carta a Timoteo es auténtica, cosa que casi nadie piensa desde hace dos siglos. Lo que digo a este respecto no es para denigrar al autor de esta biografía, sino para recordarme que soy libre de inventar siempre que diga que estoy inventando, señalando tan escrupulosamente como Renan los grados de lo seguro, lo probable, lo posible y, justo antes de lo directamente excluido, lo imposible, territorio donde se desarrolla una gran parte de este libro.

La segunda carta a Timoteo, por tanto. La opinión general es que su autor no es Pablo, pero es una especie de retrato de él, escrito mucho después de su muerte, destinado a personas que sabían a qué atenerse y para las cuales multiplicaron los detalles que proporcionan veracidad. Estos detalles son sobre todo quejas y recriminaciones:

«Ya sabes tú que todos los de Asia me han abandonado, y entre ellos Figelo y Hermógenes. Demas me ha abandonado por amor a este mundo y se ha marchado a Tesalónica; Crescente, a Galacia; Tito, a Dalmacia. El único que está conmigo es Lucas. Alejandro, el herrero, me ha hecho mucho mal. Tú también guárdate de él. Todos me han abandonado porque se avergüenzan de mis cadenas... Himeneo y Fileto son de éstos: progresan en la impiedad, su palabra se extiende como la gangrena: se han desviado de la verdad al afirmar que la resurrección ya ha sucedido... A Tíquico le he mandado a Éfeso. Apresúrate a venir a mí cuanto antes. Cuando vengas, tráeme el manto que me dejé en Troas, en casa de Carpo, y los libros, en especial los pergaminos...»

Esta carta también podría ser de Lucas. En ella se reconoce su gusto por lo concreto y ese interés por los hombres más que por las ideas que ha hecho de él el primer escritor antiguo que presenta un movimiento religioso exponiendo no su doctrina sino su historia. Parece propio de Lucas, a mi entender, haber pintado en claroscuro, a lo Rembrandt, al luchador fatigado que dictaba a Timoteo cartas donde sólo se habla del Principio de todas las cosas o de los Tronos divinos, al hombre amargo, cascarrabias, que rumia sin cesar porque Figelo, Hermógenes y Demas lo han abandonado, porque Himeneo y Fileto cuentan lo que les viene en gana, porque Alejandro, el herrero, se la ha jugado, y que para acabar pide que le lleven un manto, sin duda comido por las polillas, que dejó la vez anterior que pasó por Troas, en casa de un tal Carpo. Parece propio de Lucas el contento con que cita ese nombre, el de Carpos, y elegir a Timoteo como destinatario de la carta –porque es cierto que era el discípulo predilecto de Pablo–, pero también recordar furtivamente que él, Lucas, fue el único que se quedó hasta el final al lado del viejo gruñón. Vidas minúsculas contra teología mayúscula. Pablo era un genio que volaba muy alto por encima del común de los mortales, Lucas un simple cronista que nunca pretendió destacar de los demás. La cuestión no es saber a quién prefiero, pero no hace mal a nadie que le atribuya esta carta.

Es el último rastro que tenemos de Pablo. Una palpitación de fantasma, un parpadeo exhausto antes de que la noche se lo trague todo. En este punto de la historia, los personajes principales desaparecen.

14

Todos, excepto Juan.

Apenas he hablado de él hasta ahora. Voy a hacerlo pero me espanta, porque Juan es el personaje más misterioso de la primera generación cristiana. El más escurridizo, el más múltiple. Pronto le atribuirán el cuarto Evangelio y el Apocalipsis, pero pensar que el mismo hombre escribió ambos textos equivaldría, si se hubieran perdido todas las referencias sobre la literatura francesa del siglo XX, a pensar que el mismo autor escribió *En busca del tiempo perdido* y *Viaje al fin de la noche.*

Hay varios Juanes en el Nuevo Testamento, es casi imposible distinguirlos: Juan, hijo de Zebedeo, Juan el discípulo bienamado, Juan de Patmos, Juan el evangelista. El más antiguo de todos, cuya antigüedad todos quisieran arrogarse, es sin discusión Juan, hijo de Zebedeo, que era uno de los cuatro primeros discípulos. Estos cuatro eran Simón, que será llamado Pedro, su hermano Andrés, Juan y su hermano Santiago, al que llamaban Santiago el Mayor porque era el mayor de los dos: los cuatro eran pescadores del mar de Tiberíades y lo habían abandonado todo para seguir a Jesús.

Jesús apodaba a Santiago y a Juan *Boanerges,* los hijos del trueno, a causa de su carácter impetuoso. Lucas dará más adelante dos ejemplos del mismo. Un día, Juan arremete contra un hombre que expulsa demonios invocando el nombre de Jesús sin formar parte de su grupo. Quiere que lo denuncien, que le den su merecido. Jesús se encoge de hombros y le dice que dejen al tipo tranquilo: «El que no está contra nosotros está con nosotros.» Otro día, el grupo ha sido mal recibido en un pueblo samaritano. Santiago y Juan querrían que Jesús castigase a sus habitantes haciendo que por las buenas caiga sobre ellos el fuego del cielo. Otro día (esto lo cuenta Marcos), Santiago y Juan van a ver a Jesús porque tienen algo que pedirle. «Adelante», dice Jesús. Como niños, primero quieren que les prometa que va a concedérselo, sea lo que sea. «Decídmelo», responde Jesús. Imagino a los hermanos, esos dos bobalicones, andando con rodeos, animándose mutuamente. «Dilo tú.» «No, díselo tú.» Uno de los dos acaba cediendo: «Cuando estés instalado en tu gloria, quisiéramos ocupar los asientos a tu lado: uno a tu derecha y el otro a tu izquierda.» «No sabéis lo que decís», responde Jesús. «¿Es que podéis beber la copa que voy a beber yo? ¿Ser engullidos por el mismo bautismo?» «Sí, sí», dicen los bobalicones. «Muy bien», dice Jesús. «Concedido. Pero lo de sentarse en mi gloria, a la derecha o a la izquierda, es cosa de Dios, no mía.»

Marcos y Lucas, como se ve, no muestran a Juan ni a su hermano con una luz muy gloriosa. Solamente en el cuarto Evangelio Juan pasará a ser «el discípulo al que Jesús amaba», su confidente más íntimo, el que reposa en su pecho durante la última cena y al que, en la cruz, confía a su madre. Es difícil de imaginar que un joven pescador galileo, colérico, aturdido y, muy verosímilmente, analfabeto, se haya convertido cuarenta o sesenta años más tarde en el profeta de Patmos, el autor de ese libro oscuro y cegador al que llamamos Apocalipsis, pero ¿quién sabe? Hemos conocido metamorfosis semejantes. Proust refiere una que yo adoro: es la de ese joven idiota y juerguista, Octave, conocido con el apodo de «voy de los últimos», que frecuenta en Balbec a la pandilla de las jóvenes en flor. Todo el mundo piensa que se pasará la vida dedicado a sus corbatas y sus automóviles, se le pierde de vista y después, hacia el final de *En busca del tiempo perdido,* nos enteramos, de pasada, de que se ha convertido en el más grande, el más profundo, el más innovador artista de su época. Podemos imaginar en Juan una evolución de este tipo: la edad, las responsabilidades, el respeto que le profesan le han vuelto reflexivo. Treinta años después de la muerte de Cristo, él tiene cincuenta o sesenta y ha llegado a ser, al igual que Pedro y Santiago, uno de los pilares de la iglesia de Jerusalén, a la que Pablo, a su vez, corteja y desafía. A menudo está abstraído, habla poco, no sonríe. Le tachan de incómodo. El joven agitado se ha transformado en un gran anciano.

El padre de la Iglesia Tertuliano asegura que Juan también se encontraba en Roma en el momento de la persecución de Nerón. Que él también sufrió martirio, le sumergieron en una bañera llena de aceite hirviendo y que no se sabe cómo sobrevivió. Ya había huido de Jerusalén, era demasiado peligroso para los cristianos desde la muerte de

Santiago. Ahora era preciso que huyese de Roma. Según la tradición, Juan no se separaba en sus viajes de María, la anciana madre de Jesús. Con ella y con algunas decenas de supervivientes de la diezmada iglesia romana se habría embarcado rumbo a Asia y arribado a Éfeso, del mismo modo que en los años treinta algunos afortunados judíos alemanes pudieron embarcarse para América y reencontrarse en Nueva York. Me viene bien imaginar que Lucas hizo también este viaje.

15

Todo lo que sabía de Éfeso, y más en general de las siete iglesias de Asia, Lucas lo sabía por Pablo, que las había fundado y por cuya pureza temblaba siempre, sabiendo que eran muy influenciables. Antes de partir a Jerusalén, el apóstol había puesto en guardia a los efesios contra los lobos que en su ausencia vendrían a amenazarlos. No se equivocaba: al cabo de diez años de ausencia del maestro, Lucas descubrió que el que pensaba que era su feudo más sólido se había pasado en cuerpo y alma al enemigo.

Bueno, el enemigo... Lucas, por su parte, en realidad no veía como enemigos a aquellos judeocristianos que seguían la tradición de Santiago. Los comprendía, sostenía como siempre la opinión de que con buena voluntad habrían podido entenderse. Pero desde la muerte de Santiago y de Pedro, desde los horrores del año 64 en Roma y sobre todo desde que Juan se había puesto al frente del grupo, se habían tensado aún más. Cuando, apenas desembarcado, Lucas se suma al ágape de los cristianos de Éfeso, esperaba encontrar allí a Timoteo, o a Filipo con sus cuatro hijas vírgenes, de las que le habían dicho que también estaban en la región, y por último algunas caras conocidas, algunos griegos como él, pero sólo había judíos o griegos disfrazados de judíos, todos barbudos y severos y celebrando la memoria del Señor como si estuviesen no ya en una sinagoga, sino en el mismo Templo de Jerusalén. Juan, al que vio de lejos, muy barbudo él también, rodeado de un gran séquito, y a quien se cuidó mucho de ir a presentarse, Juan ostentaba el *pétalon,* una lámina de oro que llevan tradicionalmente en la frente los grandes sacerdotes de Israel. Aprovechando la gran catástrofe romana, la Iglesia de la circuncisión había ganado y la del prepucio se batía en retirada.

En los días que siguieron Lucas se percató de que Juan era literalmente venerado por los cristianos de Éfeso. Pablo también lo había sido, pero no de la misma manera: se le podía visitar en su taller sin avisarle, lo encontrabas ejerciendo su oficio de tejedor, de buen o mal humor, más a menudo malo, pero animado, apasionado, siempre dispuesto a hablarte de Cristo. No así Juan. A Juan, si le veían, se prosternaban ante él como ante un pontífice: intimidatorio, inaccesible, flotando en una nube de incienso. Por otra parte, se le veía poco. Mostraban, a hurtadillas, la casa donde el discípulo predilecto del Señor vivía con la madre de éste, a la cual se la veía todavía menos, que no salía nunca, también para ella había concluido el tiempo en que la encontraban en el umbral de su puerta. La casa que enseñaban, ¿era incluso la casa de ambos? No se sabía seguro, decían que cambiaban de domicilio con frecuencia por miedo a que les detuvieran los romanos. De la pareja sólo se hablaba en cuchicheos. Todo lo relativo a ella era solemne, envuelto en misterios.

Lucas debió de sentirse muy solo en Éfeso. Los discípulos de Pablo eran inhallables. En todo caso, los que encontró rehuían su mirada, se apartaban de él. Algunos habían sido mencionados en las cartas de Pablo, en su época debieron de sentirse muy orgullosos de ello, pero cuando Lucas pronunciaba en su presencia el nombre del apóstol, decían que no le habían visto nunca. Los que no habían huido se habían adherido a la tendencia dominante y evitaban cualquier práctica, cualquier frecuentación que habría entrañado el riesgo de recordar sus antecedentes desviacionistas. Ahora, en los ágapes, rivalizaban por mostrarse los más escrupulosos en la observancia de los rituales judíos, los más estrictos sobre la pureza de las carnes, los más vehementes contra el enemigo. El enemigo, por supuesto, era Nerón, culpable de las matanzas del año 64, pero también Pablo, al que consideraban un servidor de Nerón. El buen tono exigía alegrarse ruidosamente de su muerte. Le llamaban el sepulturero de la Ley, Balaam o hasta Nicolás, y a los nicolaítas les tenían por su último bancal de fieles.

16

Por una vez unánimes, los cuatro evangelistas refieren que Jesús, cuando le detuvieron, fue conducido a la residencia del sumo sacerdote para ser interrogado. La escena tuvo lugar de noche. Pedro, que consiguió infiltrarse en el patio, pasa la noche esperando cerca de un brasero junto al cual se calientan, medio dormidos, soldados y criados del sumo sacerdote. Hace frío, el que puede hacer en abril en Jerusalén, y me percato, de paso, de que este detalle no encaja con el relato que tanto me gusta del muchacho que aquella misma noche dormía desnudo y se envolvió en su sábana para seguir a la comitiva hasta el monte de los Olivos. Mala suerte. En un momento dado, una criada mira a Pedro a la cara y le dice: «Tú estabas con el que han detenido.» Pedro se asusta y responde: «No, no le conozco.» Otro de los presentes insiste: «Sí, yo te he visto, estabas con el grupo.» «Debes de equivocarte», responde Pedro. Un tercero va más lejos: «Y además tienes el mismo acento galileo que ellos. Venga, confiesa.» «No tengo nada que confesar, habláis por hablar», responde Pedro. En ese instante canta un gallo y en un relámpago se acuerda de que la víspera Jesús le dijo: «Tú me traicionarás.» «Nunca, Señor», le contestó Pedro, y Jesús dijo: «Te digo, Pedro, que antes de que cante el gallo mañana por la mañana habrás jurado tres veces que no me conoces.» Entonces Pedro sale del patio y rompe a llorar en el alba sucia.

Es Marcos el primero que cuenta este episodio, y sabemos que Marcos era el secretario de Pedro y que éste le llamaba «hijo». Podría haberlo silenciado, a primera vista no honra mucho a Pedro. Pero él se lo había contado, él mismo debía de contarlo, insistir en contarlo, y esta honestidad le hace para nosotros infinitamente amable. Es incluso algo más que honestidad. Si uno es cristiano, se pasa la vida renegando de Cristo. Reniega de él mañana y tarde, cien veces al día, no hace otra cosa. Entonces, que el fiel entre fieles diga: yo también lo he hecho, he renegado de él, le he traicionado, y en el momento más terrible, es algo extraordinariamente reconfortante, algo que nace de esta bondad pura a causa de la cual estás dispuesto a tirar el agua del baño pero no a ese bebé deforme y maravilloso, ese niño con síndrome de Down que se llama el cristianismo.

Me pregunto, y a esto quería llegar, si Lucas, presionado en Éfeso por todos los flancos, por enemigos de Pablo, conminado a declarar su hoja de servicios, renegó también de su maestro. Quizá: no me lo imagino muy valiente. Pero a él también, cuando años más tarde lo copió, el episodio en que Pedro reniega debió de hacerle llorar, y consolarle al mismo tiempo que lloraba.

(A propósito de Pedro, una cosa más, ya que estoy en ello: cuando oye decir a Jesús que el Hijo del Hombre pronto va a sufrir y morir, protesta: «Pero, bueno, ¿con qué nos sales ahora? ¡Eso no sucederá!» Jesús le responde con gran violencia: «¡Atrás, Satanás! Me pones obstáculos.» Ahora bien, «obstáculo», la palabra griega que quiere decir obstáculo –*skándalon,* que se convertirá en «escándalo»– significa literalmente «la piedra con la cual tropiezas». Pedro no es pues solamente, como todo el mundo sabe, la piedra sobre la cual Jesús quiere construir su iglesia, sino también el guijarro dentro del zapato. Es las dos cosas: la piedra inquebrantable, el guijarro que pudre la vida. Todos somos las dos cosas, para nosotros mismos y para Dios, si creemos en Él. Esto también me da una imagen muy amable y muy próxima de Pedro.)

17

Es entonces cuando en Judea empieza la guerra de los judíos. Llevaba diez años incubándose y estalla en serio el año 66, en parte por culpa del nuevo gobernador, Gesio Floro, que comparado con sus antecesores Félix y Festo les hace parecer funcionarios íntegros. Todos los gobernadores hacían su agosto, pero había límites: Cicerón se ponía como ejemplo porque durante el año que pasó en Cilicia sólo había amasado dos millones de sestercios. Floro no conocía límites y parece que llegó a considerar que una bonita guerra era un medio de ocultar las malversaciones de que los judíos podían acusarle ante el césar. Cada vez que las aguas amenazan con calmarse, arroja aceite al fuego para que se encrespen: es al menos lo que sostiene Flavio Josefo, un poco como mi primo Paul Klebnikov explicaba la guerra de Chechenia atribuyéndola al interés del estado mayor ruso en camuflar como pérdidas de la contienda las enormes cantidades de material militar que había desviado y vendido en el mercado negro, en especial en los Balcanes.

Josefo refiere que el punto de partida es un nuevo impuesto que Floro decreta de improviso, porque siempre necesita dinero, y que desata en Jerusalén una especie de intifada. La población está explotada, sobrendeudada, ya no aguanta más. La pregunta que le hacen a Jesús: «¿Hay que pagar el impuesto?», ya era explosiva treinta años antes, y ahora es aún peor. Jóvenes judíos, a modo de escarnio, lanzan monedas de poco valor sobre el cortejo de Floro y a continuación arrojan piedras contra la cohorte. Represalias inmediatas: los legionarios entran en las casas, degüellan a unos centenares de habitantes y empiezan a erigir cruces para ajusticiar, por orden del gobernador, a varios cientos más. La situación es lo bastante grave para que el reyezuelo Agripa y su hermana Berenice se sientan obligados a intervenir. La elegante princesa se afeita la cabeza en señal de duelo y va descalza, con una tosca camisa, a suplicar al gobernador que indulte a los condenados. Floro se niega. Por su lado, Agripa, el *playboy,* el rey de la *dolce vita* en tiempos de Calígula, hace lo que puede para convencer a sus compatriotas de que una rebelión no servirá de nada. Como Josefo tiene la misma afición que Lucas por los grandes discursos que a él mismo le habría gustado pronunciar, llena siete largas páginas con el de Agripa:

«Vuestra pasión por la libertad, alega el rey, ya no es oportuna. Para no perderla tendríais que haber luchado antes. Decís que la esclavitud es intolerable, pero ¿no lo es, todavía más, para los griegos que superan en nobleza a todo lo que vive bajo el sol y sin embargo obedecen a los romanos?» Este argumento es torpe: los judíos no piensan en absoluto que los griegos son más nobles que ellos. «No creáis que la guerra se librará con moderación. Para que sirváis de escarmiento a los demás pueblos, los romanos os exterminarán hasta no dejar vivo a ninguno y reducirán vuestra ciudad a cenizas. Y el peligro no sólo amenaza a los judíos de aquí, porque no existe país en el mundo donde no vivan personas de nuestra raza. Si vais a la guerra, a causa de la fatal decisión de algunos, no habrá una sola ciudad que no quede impregnada de sangre judía.»

Esta advertencia es tanto más lúcida porque fue reescrita posteriormente, pero la escuchan tanto menos porque Agripa es un amigo de Roma, el arquetipo del colaboracionista. Escapa por los pelos a un linchamiento. Jerusalén se subleva. La guarnición romana se ve asediada en la fortaleza Antonia, la contigua al Templo donde fue encarcelado Pablo. El jefe de la cohorte intenta negociar con el gobierno provisional que acaba de autoproclamarse. Este gobierno es una mezcla de moderados –de los que forma parte Josefo– y ultras, zelotes en su mayoría. Los moderados prometen al jefe de las centurias que respetarán la vida de los soldados que se rindan. Se rinden, pero los ultras no han prometido nada y al instante los masacran. La lógica de lo peor se implanta. El sumo sacerdote, jefe de fila de los moderados, es asesinado y su palacio incendiado, al igual que el edificio donde se conservan los recibos de las deudas; no olvidemos que el sobrendeudamiento es un factor importante en la insurrección. Aguardando refuerzos, una primera legión, llegada de Cesarea, donde reside el gobernador, sitia Jerusalén, donde se encuentran atrapados no sólo sus habitantes sino también millones de peregrinos. Josefo consigue escapar en el último minuto. Nadie en aquel momento imagina que el asedio durará más de tres años.

18

Desde los galos, en el tiempo ya lejano de Julio César, no se había visto a un pueblo que se sublevase contra el imperio romano. El emperador debería tomar cartas en el asunto, pero tiene cosas más importantes que atender. Desde la muerte de Séneca, Nerón se ha liberado de toda clase de superego y da rienda suelta a sus instintos de artista. Ya sólo piensa en su carrera, su voz, sus versos, la sinceridad de los aplausos. ¿Cómo saber si son sinceros, cuándo se puede enviar a la muerte a un espectador poco entusiasta? Esta pregunta le atormenta. Aunque la exige, detesta la adulación. En el año 66 ha emprendido una gran gira por Grecia, país de entendidos refinados cuya opinión es la única que cuenta para él. Toda su corte le acompaña, se burla de cuantos le dicen que es peligroso dejar Roma vacía como una casa abierta. Está participando en las carreras de carros de los Juegos Olímpicos –le darán el primer premio, a pesar de que se haya caído en la primera vuelta de la pista– cuando le comunican la noticia de que una legión se ha retirado de Jerusalén. La noticia es muy grave, pero aun así Nerón no suspende su gira triunfal. Se limita a nombrar a la cabeza de la campaña punitiva a un general de extracción plebeya que tiene fama de ser muy sensato y se ha distinguido durante la conquista de Bretaña. Este general se llama Vespasiano, le apodan el Mulero porque se ha enriquecido vendiendo mulos al ejército. El Mulero se dirige hacia Oriente con una tropa de sesenta mil hombres. La reconquista comienza, esto es, la matanza sistemática de los rebeldes y de cualquier persona sospechosa de haberse aliado con ellos. Pueblos incendiados, hombres crucificados, mujeres violadas, y los niños que logran esconderse serán terroristas cuando sean mayores: ya conocemos la historia. Como la revuelta se ha extendido a toda la región, el rodillo compresor se pone en marcha en Galilea. Allí encontramos a Flavio Josefo que, ascendido por el gobierno provisional al rango de general, ejerce desde hace dos meses el mando militar del bando judío.

En *La guerra de los judíos,* donde habla de sí mismo en tercera persona, Josefo dice que Josefo defendió valientemente sus posiciones frente al avance inexorable de la legión, y que después de combates encarnizados se vio rodeado junto con una cuarentena de combatientes en una gruta en la ladera de una montaña de la región de Jotapata. Imaginamos a este hombre de embajadas, de mesas redondas, de negociaciones civilizadas entre personas del mismo mundo, en medio de una horda de yihadistas judíos, todos barbudos, sudorosos, con los ojos brillantes, resueltos a morir como héroes. Él, evidentemente, es partidario de rendirse: han sido valientes, es el momento de ser razonables. Sus compañeros le dicen que no tiene elección. La única que le dejan es suicidarse investido de general o que le maten ellos en calidad de traidor. Josefo cede a un momento de abatimiento pero no se declara vencido. Consigue que en vez de suicidarse se degüellen mutuamente y en un orden echado a suertes. Por casualidad, a él le toca ser uno de los dos últimos, negocia con el otro y sale de la gruta con los brazos en alto, gritando que se rinde.

El riesgo ahora es que lo ejecuten los del otro bando. General judío, alega que tiene derecho a hablar con el general romano, y muestra tanta autoridad que en lugar de ser crucificado de inmediato es recibido por Vespasiano en persona. Se le ocurre una idea luminosa. Dice solemnemente al general que ha tenido una visión: Israel será vencida y él, Vespasiano, su vencedor, llegará a ser emperador de Roma. A priori es totalmente inverosímil: la sucesión de los césares se rige todavía por un principio más o menos dinástico y

Vespasiano no es más que un simple militar de carrera. A pesar de todo, el anuncio le deja pensativo. Hace que su prisionero resulte interesante. Josefo se ha salvado. Los romanos le mantienen cautivo y él no se queja porque si le liberasen le matarían al instante los judíos. Goza de un régimen de favor. Pronto conoce al hijo de Vespasiano, Tito, un chico cordial que considera perdido un día en que no ha hecho un regalo a un amigo. Josefo se hace amigo suyo y recibe regalos de Tito. Su carrera de renegado empieza.

Pacificada Galilea, es decir, totalmente arrasada, llega la hora de ocuparse de Jerusalén, foco de la insurrección. Vespasiano descubre que este nido de avispas grisáceo, adosado a una colina escarpada, está de hecho muy bien defendido. No importa: se tomarán su tiempo. Dejarán que los rebeldes se maten entre ellos, y mala suerte para sus rehenes, habitantes y peregrinos. Vespasiano ha hecho bien sus cálculos: se matan entre ellos. Todo lo que se sabe de los tres años que duró el asedio lo sabemos por Josefo, que lo siguió desde el campamento de Vespasiano pero recogió testimonios de prisioneros y desertores. Estos testimonios son aterradores, de una manera que, por desgracia, nos resulta conocida. Jefes guerreros rivales, al mando de milicias que aterrorizan a los desdichados que simplemente tratan de sobrevivir. Hambrunas, madres que pierden la razón después de haberse comido a sus hijos. Fugitivos que antes de partir se tragan todo su dinero confiando en cagarlo cuando lleguen a un lugar seguro, y los soldados romanos, avisados de este hecho, adquieren la costumbre de destripar a los que apresan en las barreras para registrarles las entrañas. Bosques de cruces en las colinas. Cuerpos desnudos de los ajusticiados que se descomponen bajo el sol de plomo. Pollas cercenadas con buen humor, porque la circuncisión siempre ha divertido al legionario. Jaurías de perros y de chacales se sacian con los cadáveres, y esto no es nada, dice Josefo, comparado con lo que sucede detrás de las murallas de la ciudad, que él describe como «una bestia enloquecida por el hambre y que se alimenta de su propia carne».

Sin excesiva prisa, Vespasiano se prepara para el asalto final cuando se entera de la muerte del emperador, en junio del año 68. Al regresar de su triunfal gira helénica, Nerón, que en todos los juegos, en todos los escenarios, ha ganado todos los premios, se encuentra en Roma con unos ejércitos furiosos, un Senado que le declara enemigo de la ciudad, una conspiración de palacio, y las cosas enseguida se le ponen tan feas que no le queda otra salida que suicidarse a la edad de treinta y un años. «¡Qué artista muere conmigo!», habría suspirado antes de que un esclavo, por orden suya, le hunda la daga en la garganta.

Respecto a Nerón, la historia abrazará el veredicto de los aristócratas y los senadores, a los que ha ultrajado, pero el pueblo le será fiel durante largo tiempo: Suetonio dice que en su tumba siempre había flores depositadas por manos anónimas y amorosas. Su muerte inaugura un año de crisis sin precedentes, de revueltas en las fronteras y *pronunciamientos* en cascada. Se sucederán no menos de cuatro emperadores, impuestos por el ejército y a veces miembros de él. Uno de ellos se suicidará, otros dos serán linchados y enseguida hablaremos del cuarto. Este año 68 es un año de convulsiones y terrores, de signos y prodigios. No hay más que nacimientos de monstruos, fetos de varias cabezas, cerdos con garras de gavilán, epidemia de peste en Roma, hambruna en Alejandría, aparición en todos los rincones del imperio de aventureros que aseguran ser Nerón, eclipses, meteoros, estrellas fugaces, terremotos. Es una lástima para mi relato que la gran erupción del Vesubio, la que sepultó en la lava Pompeya y Herculano, se produjera diez años más tarde, pero la anteceden otras más pequeñas. Toda la región de Nápoles parece en llamas, las bocas del infierno se abren. Añadamos a esto los pogromos en Egipto y en Siria, en los que los apacibles judíos de la diáspora pagan, como predijo Agripa, por los ultras de Judea. ¿No asistimos a lo que anunciaron los profetas, «el comienzo de los dolores», y quizá más que el comienzo: el paroxismo del mal antes del fin de los tiempos?

19

Para Renan, salta a la vista: el Apocalipsis fue escrito durante este año de caos planetario. Sus imágenes fulgurantes son otras tantas alusiones, más o menos codificadas, a Nerón y a la catástrofe que se anuncia en Jerusalén. Otros historiadores se inclinan por una datación más tardía, con una diferencia de treinta años, y por el mandato de Domiciano. Aunque la segunda escuela sea mayoritaria, yo me adhiero a la primera porque si no el Apocalipsis saldría del marco temporal de mi libro, y quisiera hablar de este texto. No es que me guste especialmente, pero fue escrito en Patmos, y en Patmos, tras un año de búsquedas y de varias desilusiones, Hélène y yo acabamos encontrando la casa donde escribo este capítulo, en noviembre de 2012.

Es la primera vez que vengo solo, estreno esta casa como lugar de trabajo. Hizo buen tiempo durante una semana, iba a nadar todos los días a Psili Ammos, nuestra playa preferida, donde solo o en compañía de unas cabras podía tomarme por Ulises. Pienso a menudo en él cuando estoy en esta isla que me represento como mi Ítaca: el lugar del retorno, de la tranquilidad después de las tormentas, de la amistad por la realidad. Pienso tanto más en Ulises porque lo primero que hicimos cuando compramos la casa fue transformar las tristes camas gemelas de nuestra habitación en una *matrimoniale,* como dicen los italianos, digna de tal nombre. Para eso no bastaba comprar un somier grande en Ikea, porque la que hay en nuestro cuarto es una cama tradicional patmiana, y esta cama, que se puede comparar con la bretona, es una especie de estrado con un armario debajo, escalones para subir, una balaustrada esculpida alrededor, o sea, requirió una labor de ebanistería bastante compleja, bastante cara, para que se amoldara a nuestros gustos. Tal como es ahora, nos gusta esta cama. Incluso solo, como en este momento, siento la presencia de Hélène. Pues bien, veamos lo que se lee en el libro XXIII de la *Odisea:*

Ulises arriba por fin a Ítaca. Penélope lo espera desde que partió, hace veinte años: diez de guerra, diez de errancia. Ella ha envejecido, pero no ha perdido ni un ápice de su sensatez. Deja languidecer hábilmente a los pretendientes que quieren que se declare a Ulises muerto para compartir su lecho. Ulises vaga de incógnito alrededor de su propio palacio. Conserva adrede el aspecto de un vagabundo. Observa este mundo que es el suyo sin él. Se da a conocer a la nodriza Euriclea, al porquero Eumeo, al perro Argos, y después aniquila a los pretendientes; perpetrada esta hazaña, parece llegado el momento de darse a conocer a Penélope. Ella le mira con atención cuando le tiene delante. Debería arrojarse a sus brazos, pero no, no se mueve. Guarda silencio. Telémaco, el hijo de ambos, que también ha reconocido a su padre, acusa a la madre de tener un corazón de piedra. No es así: Penélope es una mujer prudente y conoce la mitología. Sabe que los dioses, para engañar a los hombres y más todavía a las mujeres, son capaces de adoptar la apariencia de cualquier persona.

«Si es Ulises», dice ella, «que vuelve a casa, nos reconoceremos sin dificultad los dos, porque hay entre nosotros algunos signos secretos que desconocen los extraños.» Estos signos secretos, tan decisivos en los cuentos o en las historias de ciencia ficción, en los que el héroe, transformado en sapo o prisionero de un bucle temporal, debe ser reconocido por alguien que *no puede* reconocerlo –en su lugar, el héroe no se reconocería a sí mismo–, estos signos son algo distinto de la cicatriz en el muslo que ha visto cerca del fuego la nodriza Euriclea. Podría ser algo que se dice cuando se hace el amor, algo que se murmura en el momento del orgasmo. Por otra parte, cuando Penélope habla de los signos secretos, Ulises sonríe. En toda la *Odisea* no es quizá la única vez que Ulises sonríe, pero sí la única vez que Homero nos lo indica, y no por nada, desde luego. Se retira para que lo laven, lo aceiten, lo adecenten, y al salir de los baños descubre que Penélope ha mandado que le preparen una cama.

La de *ambos*.

Entonces Ulises cuenta la historia de este lecho, sólido y acogedor, que construyó él mismo a partir del tronco de un olivo. Dice cómo descortezó la madera, cómo la cepilló, aserró, pulió, enclavijó e incrustó de oro, de plata y de marfil, y cómo la ciñó con cinchas de cuero rojizo, y cuanto más habla de esta cama, que es el lugar del deseo conyugal, el lugar de su fecundidad matrimonial, el lugar de su reposo, tanto más Penélope siente que le tiemblan las rodillas y el corazón. Cuando él ha concluido, ella se arroja a sus brazos y Ulises la estrecha entre ellos y quizá recuerda, o en todo caso el lector recuerda, las palabras que le dijo a la joven y encantadora princesa Nausicaa, que se enamoró de él a primera vista, cuando la vio por primera vez en la playa:

«Que los dioses quieran concederte lo que tu corazón anhela: un esposo, una morada y la concordia como compañía. Porque no hay nada en este mundo más sólido y precioso que el entendimiento de un hombre y una mujer que viven juntos en su casa.»

20

El tiempo ha cambiado de pronto. La temperatura ha descendido diez grados, se ha levantado el viento, se ha nublado el cielo, las nubes vierten diluvios súbitos y yo descubro con placer que incluso en estas condiciones la casa es más que habitable. Protegida por muros espesos, uno se siente bien dentro. Por la noche, tendido en el sofá, leo historia romana mirando la lluvia que se desliza por los cristales en los que se refleja la luz roja, tan tranquilizadora, de la pantalla. Me acuesto temprano, duermo de un tirón y me levanto al alba para sentarme con una taza de té a este escritorio que me gustó desde la primera vez que entramos en el salón. Aprovecho los momentos despejados para hacer yoga en la terraza, frente a la montaña coronada por un pequeño monasterio dedicado al profeta Elías. Desde Jora, el pueblo de más arriba, donde nuestra casa se empotra al pie del monasterio mucho más imponente consagrado a Juan el Teólogo, bajo en mi scooter al puerto de abajo, Skala. Almuerzo en una de las dos tabernas abiertas en esta estación, voy a la cocina a escoger mi comida –me la meten en una fiambrera que devuelvo al día siguiente– y subo las curvas de la cuesta pasando, hacia la mitad del trayecto, por delante de la gruta de San Juan. La parada de autobús se llama *Apokalipsi*. En verano hay siempre dos o tres autocares de turistas y una tienda de recuerdos; fuera de temporada no. Hago la visita, por supuesto. La gruta alberga una capilla ortodoxa, un iconostasio, candelabros llenos de velas. Sobre todo, allí te enseñan, en la pared rocosa, los agujeros rodeados de dinero donde el visionario descansaba la cabeza y las manos. La casa donde escribo esto, nuestra casa, se encuentra pues a menos de un kilómetro, en la misma colina, de esta gruta donde el misterioso Juan, judío de Galilea, hijo del trueno, compañero y testigo del Señor, último pilar viviente de la comunidad de los pobres y santos de Jerusalén, imán escondido de las iglesias del Señor en Asia, hace casi dos mil años habría oído detrás de él la voz potente como una trompeta de alguien que quería confiarle un mensaje destinado a las siete iglesias de Asia: Éfeso, Esmirna, Pérgamo, Tiatira, Sardes, Filadelfia y Laodicea.

Se volvió.

Ante él, rodeado de siete candeleros de oro, estaba el Hijo del Hombre.

21

Vestía una larga túnica, un cinturón de oro le ceñía el talle. Sus cabellos eran blancos como la nieve, sus ojos como una llama ardiente, sus pies como bronce que se funde, su voz como el fragor de los océanos. En la mano derecha sostenía siete estrellas, su palabra causaba el efecto de una espada de dos filos. Juan, presa de espanto, cae a sus pies. El Hijo del Hombre le posa la mano en el hombro y le dice: «No tengas miedo. Soy el primero y el último. He muerto y estoy vivo, por los siglos de los siglos. Ahora vas a escribir lo que ves, y lo que es y lo que debe llegar.»

A continuación ya no es Juan el que habla sino, por intermedio de él, el Hijo del Hombre mismo. Por eso el título del libro no es Revelación *sobre* Jesucristo («apocalipsis» quiere decir «revelación»), sino revelación *de* Jesucristo.

La revelación comienza con mensajes, claros y personalizados, a los ángeles encargados de velar por cada una de las siete iglesias de Asia.

En primer lugar al ángel de Éfeso, al que el Hijo del Hombre felicita porque, dice, «has puesto a prueba a los que pretenden ser apóstoles y no lo son. Has sacado a la luz sus mentiras. Como yo, aborreces a los nicolaítas». Eso está bien. En contrapartida, «tengo en tu contra que has relajado tu celo. Corrígete porque si no lo haré yo».

Después al de Esmirna. Él también afronta «los ultrajes de los que se pretenden judíos y no lo son, sino que son la sinagoga de Satanás», y le previene de que «el demonio va a arrojar a la cárcel a algunos de los suyos y que vivirán diez días de tribulación»: así se hará la criba.

Toca el turno al de Pérgamo: «Tengo un reproche que hacerte: algunos de tu iglesia abrazan la doctrina de los nicolaítas y la de Balaam, que quiere la perdición de los hijos de Israel empujándoles a comer carnes sacrificadas a los ídolos y a prostituirse.»

Ahora al de Tiatira, al que reprocha «tolerar a Jezabel, esa mujer que se dice profetisa y engaña a mis siervos –ella también– para que se prostituyan y coman carnes sacrificadas a los ídolos. Le he dado tiempo para que se arrepienta pero ella se obstina y entonces la echaré en un lecho de aflicción y mataré a sus hijos y todas las iglesias sabrán que yo soy el que escudriño los riñones y los corazones».

Al de Sardes: «Te conozco: tienes nombre de vivo y estás muerto. Si no velares, vendré a ti como ladrón y no sabrás a qué hora.»

Filadelfia, a pesar de sus exiguas fuerzas, no ha renegado del nombre del Señor, de modo que «a los de la sinagoga de Satanás que dicen ser judíos yo los constreñiré a que se prosternen delante de tus pies y sepan que yo te he amado».

Por último, Laodicea recibe el temible reproche de tibieza que desde hace dos mil años los cristianos de temperamento furioso nos hacen a los que somos como Lucas y yo: «Te conozco: no eres ni frío ni caliente, y porque eres tibio y no frío ni caliente yo te vomitaré de mi boca. Yo reprendo y castigo a los que amo. Yo estoy parado a la puerta y llamo: si alguno oyere mi voz, entraré donde él y cenaré con él y él conmigo.» Este versículo es el único que me gusta realmente de todo el último libro de la Biblia. Inmediatamente después vuelve a estropearse, y de una forma que nos recuerda algo: «Al que venciere yo le daré que se asiente conmigo en mi trono, así como yo he vencido y me he asentado con mi Padre en su trono. El que tiene oreja que oiga.»

Pregunta: ¿a quién se dirigen, en el umbral del Apocalipsis, estas imprecaciones lancinantes contra la sinagoga de Satanás, los nicolaítas, los judíos que no lo son y que se ceban con carnes sacrificadas a los ídolos? La TEB dice, sin pestañear: «a los judíos que no aceptan a Cristo». Los lectores que hayan leído lo que antecede con un mínimo de atención deben de quedarse tan atónitos como yo. ¿De quién se burla la TEB? ¿Dónde se ha visto que unos cristianos del siglo I reprochen a unos judíos que no respeten prescripciones rituales? No, en este punto la duda no es admisible. Quienes son acusados de comer carne sacrificada a los ídolos, o de permitir a otros que la coman, o de decir que da igual comerla porque nada es impuro en sí mismo, las palabras que salen de nuestra boca pueden serlo, eso sí, pero no los alimentos que entran en ella, son evidentemente Pablo y sus discípulos. Son ellos la sinagoga de Satanás, los nicolaítas, la falsa profetisa Jezabel, y quien les escupe estas injurias sólo puede ser un judeocristiano salido de la facción más integrista de la iglesia de Jerusalén, comparado con el cual el difunto Santiago, hermano del Señor, era un modelo de tolerancia y de apertura a la novedad.

¿Es impío decir que este retrato robot no se parece al Hijo del Hombre? ¿Que no pensaba así, no se expresaba así y que en el Apocalipsis es Juan el que habla, el hijo del trueno, y no el Señor Jesús por su boca? No lo sé. Lo seguro es que el que habla se dirige a las siete iglesias con el tono de alguien que las conoce bien. Hace alusiones a sus conflictos internos que son incomprensibles para el lector y hasta para el exégeta actual, pero que debían de ser claras para sus corresponsales. Reparte las buenas y las malas notas como un maestro a quien se le reconoce el derecho de hacerlo. Aunque los estilos de ambos sean totalmente opuestos –Pablo llama gato a un gato, Juan prefiere llamarle un animal con diez cuernos y siete cabezas–, este tono de autoridad feroz y celoso recuerda el de Pablo en sus cartas más polémicas.

El autor del Apocalipsis, para los cristianos de Asia, debía de ser a la vez un personaje cuasi mítico y una persona relativamente familiar que había pasado una temporada entre ellos. Siempre había viajado mucho, un día aquí y otro allá. Hacía algún tiempo que ya no se le veía en Éfeso. No se sabía adónde había ido. Tampoco se sabía adónde había ido la madre del Señor, a la que él se llevaba a todas partes. Era, como Osama bin Laden, un jefe enigmático e inasible, alzado con toda su fe y toda su astucia contra el imperio que aplasta a los suyos, que aparece donde no se le espera y escapa milagrosamente a las ratoneras que le preparan las policías de todo el mundo. Se recibían noticias de él sin saber de dónde procedían. Unos rumores aseguraban que estaba muerto o en la otra punta del planeta, o exiliado en una isla inhumanamente hostil: así consideraban a Patmos en la época, y en determinados momentos del invierno se comprende por qué. Cuando circulaba un vídeo con un mensaje suyo para la comunidad de los creyentes, nadie podía estar seguro de que no había sido grabado dos años antes, o por un sosias.

Así que un día algo puso patas arriba la iglesia de Éfeso. ¡Habían recibido una carta de Juan! ¡Una carta muy larga, que no sólo contenía sus palabras sino también las del Señor!

Lucas, si estaba todavía por aquellos parajes, debió de asistir a su lectura pública. Me la imagino punteada por desmayos, accesos de llanto y sobre todo maldiciones contra aquellos impostores y nicolaítas a cuyos hijos se propone matar el Señor, después de haberlos vomitado por la boca y arrojado a un lecho de dolor. Como Lucas no disfrutaba de los beneficios esclarecedores de la TEB, me figuro también que al oír aquellas maldiciones se sintió directamente aludido, siendo como era discípulo de Pablo, y amenazado con un linchamiento si le identificaban. Imagino finalmente que, no en aquel momento, sino más tarde, debió de disfrutar pintando a Juan, en su juventud, como a un petimetre al que Jesús regañaba continuamente porque quería –¡ya!– que cayera el fuego del cielo sobre la gente que no le agradaba, poner fuera de la circulación a los que curaban sin tener el carnet del Partido y reservarse en las nubes un lugar a la derecha del patrón.

Después de los llamamientos a las iglesias empieza el desfile interminable (para mí: no quiero asquear a nadie) de los siete sellos, los siete ángeles, las siete trompetas, los cuatro jinetes, los animales que suben del abismo: el más conocido, el que más se ha grabado en la imaginación, es el del animal que tiene dos cuernos como un cordero pero la voz de un dragón y cuya cifra es 666. «El que tiene entendimiento», precisa el texto, «que calcule: es la cifra de un hombre.» No nos hemos abstenido de calcular y el hombre que hemos encontrado es Nerón: si se transcribe la forma griega de *Nero Caesar* en consonantes hebraicas y se pasa de ellas a las cifras que les corresponden y que se les agregan, obtenemos 666. Es luminoso, pero me interesa añadir al expediente que triturando los mismos números en su período de delirio religioso, Philip K. Dick llegaba a *Richard Milhous Nixon,* su enemigo jurado, y esto no le parecía menos luminoso.

A renglón seguido, voy deprisa, viene la gran Babilonia, madre de las rameras, la reina en la tierra, la fiesta en el cielo, el reinado de mil años, el Juicio Final, el cielo nuevo, la tierra nueva, la Jerusalén nueva, la novia del cordero, todo este fárrago con el que la Iglesia, muy molesta por haberlo admitido en el canon, durante mucho tiempo no ha sabido qué hacer. Sólo a partir del siglo XII, y gracias a un prodigioso erudito calabrés llamado Joachim de Flore, se supuso que este escrito oscuro contenía todos los secretos del pasado, del presente y del futuro y, en pie de igualdad con las profecías de Nostradamus, se ha convertido en el campo de juego favorito de todos los esotéricos excitados, Phil Dick en el mejor de los casos, Dan Brown en el peor. Soy consciente al decir esto de que a juicio de muchos no hago más que confesar que soy impermeable, lamentablemente, al misterio y a la poesía. Tanto peor, no son mi droga, y estoy convencido de que tampoco eran la de Lucas. La atmósfera de Éfeso, al cabo de unos meses, debió de parecerle tan irrespirable como la de Moscú durante los procesos de 1936 a un partidario de Trotski o de Bujarin, y no sé lo que él hizo, pero yo, en su lugar, habría vuelto a mi casa, en Filipos, para recuperar el aliento.

22

Como Ulises, al que se parece un poco, Lucas hizo un largo viaje, mucho más largo de lo que imaginaba cuando zarpó de Troas con Pablo y los delegados de sus iglesias. Conoció Jerusalén y Roma. Vio a su maestro encarcelado en Jerusalén y en Roma. Vio la cólera de los judíos y la brutalidad de los romanos. Vio arder Roma y a sus propios compañeros, transformados en antorchas humanas. Tres veces, como mínimo, atravesó el Mediterráneo, sufrió tempestades y naufragios. Y he aquí que al cabo de siete años regresa a su país.

No tiene la suerte de Ulises: allí nadie le espera. Si dependiera de mí, le daría una mujer. Por desgracia, la tradición dice que era soltero como Pablo e incluso que, también como Pablo, fue virgen toda su vida. Aunque no me entusiasme, tendría la impresión de hacer trampas si en este punto fuese a contracorriente de la tradición: emana de Lucas algo delicado, ordenado, un poco triste, cierto modo de mantenerse al margen de la vida que hace que su celibato me parezca más verosímil que una familia numerosa.

No hay Penélope, por tanto, no hay signos secretos ni un lecho de madera de olivo, pero hay, sin embargo, un atracadero, la casa de Lidia, que sigue siempre allí, así como ella misma, siempre atareada, generosa, tiránica, y el círculo de asiduos que se reúne con ella: Síntique, Evodia, Epafrodito y los demás. Ellos no han cambiado, el que ha cambiado es Lucas. Él, a quien imagino antes de su partida con un rostro un poco blando, no muy distinto del que tenía de niño, ha enflaquecido, está más moreno, sus rasgos se han afilado, quizá no se le reconoce a primera vista, quizá la criada le hace esperar en la puerta, pero una vez que lo han reconocido le hacen fiestas, por supuesto. Preparan un banquete en su honor, lo acosan a preguntas mirándole con los ojos brillantes y él encarna sin esfuerzo, pero con una especie de asombro, el papel que nunca habría pensado, nunca habría soñado asumir: el del gran viajero, el aventurero que llega de muy lejos, con su petate de marino a la espalda, y que sabe más del vasto mundo de lo que todos los reunidos sabrán nunca. Quizá esté presente alguno de los compañeros de escuela que le impresionaba cuando eran niños, un duro de pelar, y es el duro de pelar el que se ha quedado en su tenducha a vender sandalias y él, Lucas, el muchachito formal, siempre sumergido en sus libros, él, el adolescente melancólico al que asustan las chicas, es al que todo el mundo mira como un héroe, al que todos escuchan como a un aedo.

Esos años que para él han estado llenos de ruido y de furia han transcurrido en Filipos bastante apaciblemente. No ha padecido ninguna persecución, ni de los romanos, a los que nunca ha dado motivo de queja, ni de los judíos del lugar, poco numerosos y que han acabado considerando a los miembros de la secta de enfrente como buenos vecinos a los que piden sal cuando les falta. No ha habido muchos afiliados nuevos: de una veintena cuando Lucas partió, han pasado a ser a lo sumo treinta. Se han mantenido al abrigo, entre ellos, aguardando a Jesús y sobre todo a Pablo. Leían y releían sin cesar sus cartas, y yo sé que es cuestionada la epístola a los filipenses, pero al imaginar la alegría de la pequeña iglesia cuando recibe una dirigida especialmente a ellos tengo ganas de declararla auténtica. De vez en cuando, a iniciativa de Lidia, recaudaban dinero para enviárselo a Pablo, y Lucas no ha tenido que forzarse para confirmar que aquellos subsidios eran los únicos que el apóstol aceptaba, y de buena gana, y los bendecía. Estaban lejos de Jerusalén: ningún emisario de Santiago había llegado hasta Macedonia para denunciar a Pablo como un impostor, y si lo hubiera hecho, si hubiese llamado a la puerta de Lidia, podemos estar seguros de que habría encontrado una fuerte resistencia. También estaban lejos de Roma: se habían enterado del incendio, desde luego, sabían lo de la persecución, sabían que desde hacía meses un césar expulsaba cruentamente a otro, pero era como las catástrofes o las guerras que se ven en la televisión. Los ágapes parecían concursos de pastelería. En ellos no se emborrachaban. Nadie maldecía a nadie. Cantaban juntos: «Ven, Señor Jesús», y después se iban a acostar. Se acompañaban unos a otros. Las voces se destacaban, serenas, en el silencio de las calles. No hablaban demasiado alto para no molestar a los vecinos, se daban las buenas noches en el umbral de las puertas. Lucas debió de darse cuenta de que había añorado esta simplicidad rústica, este fervor sin histeria; Pablo ya no estaba allí para inflamarlos. Después de siete años vividos en una tensión permanente, en que cada encuentro entrañaba una amenaza y cada instante una decisión de vida o muerte, este descenso de intensidad le parecía delicioso. Macedonia era Suiza, Le Levron, su *querencia:* allí descansó.

23

Todos los atardeceres se congregaban para escucharle. Formaban un corro a la espera de que bajase de su habitación; supongo que al menos en los primeros tiempos viviría en casa de Lidia. El relato de lo que había vivido personalmente al lado de Pablo debió de ocupar no pocas veladas y hacer soñar a no pocos niños, si no les acostaban; pienso que no lo hacían, y que Lucas era mejor que yo para las historias de tempestades y naufragios. Me parece muy posible que comenzara a escribir todo lo que contaba allí. Las partes de los Hechos en primera persona datarían de esta época. Más adelante, mucho más tarde, se le habría ocurrido la idea de integrarlas en un relato más amplio, mezclando todas las informaciones que había reunido sobre la joven historia de la Iglesia. Creo, porque es simple y plausible, que la redacción de los Hechos empezó así, mucho antes que la del Evangelio, y creo también –y esto sólo me compromete a mí– que Lucas era inagotable hablando de Pablo, de Pedro, de Santiago, de Filipo, de la primera comunidad de Jerusalén, pero que no decía nada, o casi nada, de Jesús.

Porque su auditorio se interesaba más por Pablo, pero no solamente por eso. Había adquirido la costumbre de no hablarle a Pablo de la especie de investigación que había llevado a cabo en Judea, y pienso que conservaba esta costumbre en casa de Lidia. No habría sabido contarla. No sabía qué contaba. El rostro al que había intentado acercarse se escondía. Las palabras que había copiado en el rollo de Filipo las guardaba en el fondo del arca que contenía todas sus pertenencias y no las sacaba de allí. No se atrevía a leérselas a los demás, no se atrevía a releerlas él solo porque temía que no las comprendieran y quizá no comprenderlas él mismo.

¿Qué edad tenía Lucas en el año 70? Entre cuarenta y cincuenta años, si había conocido a Pablo entre los veinte y los treinta. Casi la mitad de su vida había transcurrido en una campaña en la que al principio había sido compañero de ruta y después una especie de excombatiente, y cuyo sentido ahora se le escapaba. Ya no lograba saber si era una victoria o una derrota. La catástrofe de Roma, la amargura de Pablo al final de su vida, su muerte trágica, la hostilidad con que las iglesias de Asia trataban ahora su memoria, su transformación bajo la autoridad de Juan en una secta fanática, todo esto figuraba en la contabilidad de la derrota. En la otra columna constaba la fidelidad de Lidia y del grupito de Filipos. Y además, a pesar de todo, aquel rollo que guardaba en el fondo de su arca pero que no desenrollaba nunca, por miedo a descubrir que en realidad no era un tesoro, que le habían endilgado un diamante falso, y también porque intuía de que aún no había llegado el momento.

Dos veces, en los Evangelios de la infancia que escribirá más tarde, Lucas dice que «María guardaba en su corazón todas estas cosas». Es lo que también él debió de hacer. No sabía muy bien qué pensar de «todas estas cosas» referentes a Jesús, y quizá no pensaba a menudo en ellas, no ocupaban mucho espacio en su cabeza. Pero las guardaba en su corazón.

24

Imagino que se quedó en Filipos uno, dos, tres años. Que volvió a ejercer su profesión de médico, que reanudó sus hábitos. Ágapes en casa de Lidia, círculo de amistades, clientela, caminatas por las montañas, quizá un vasito por la noche en la taberna. Cenar temprano, acostarse temprano, levantarse temprano: Suiza. Por la mañana, unas horas para escribir sus recuerdos, como hacen los jubilados que han visto mundo. Esto puede durar así, agradablemente, hasta la muerte.

Desde Filipos, sin embargo, debió de seguir con mayor atención que el jubilado medio los acontecimientos de Judea. Aun siendo cristiano, debió de acercarse a las sinagogas de Berea y Tesalónica, las mismas donde quince años antes habían embadurnado a Pablo con brea y plumas. Con aquellos judíos criados lejos de Israel y que en su mayoría nunca habían puesto los pies allí, podía hablar de Jerusalén, del Templo, de Agripa. Él sabía más que ellos, había pisado las explanadas del Templo, pero ellos recibían noticias y él las escuchaba con aquel aire de sagacidad que adopta, cuando se habla de un punto caliente del planeta, la gente que ha vivido en el lugar y conoce el terreno.

Estas noticias eran cada vez más angustiosas. Los judíos de Macedonia respetaban a los romanos tanto como Lucas, y no se les habría pasado por las mientes la idea de alzarse contra ellos, y eran perfectamente conscientes del riesgo señalado por Agripa: si las cosas empeoraban allá, ellos sufrirían aquí. De acuerdo, Macedonia estaba en calma, lo más alejada que era posible del teatro de operaciones, pero fuera de Judea ya se habían vuelto contra judíos que no tenían nada que ver en la revuelta. En Antioquía, para poner a prueba su lealtad al imperio, se habían empecinado en obligarles a adorar a los dioses paganos, a comer cerdo, a trabajar el día del sabbat. Los controles se multiplicaban, a los que sorprendían ociosos y encendiendo sus lámparas les azotaban y a veces les linchaban. A algunos viejos les obligaban a bajarse los calzones para ver si eran circuncisos. Por eso, aparte de algunos exaltados como los que rodeaban a Juan en Éfeso, la mayoría de los judíos del imperio deseaban la derrota de los rebeldes y el restablecimiento del orden. Ninguno, sin embargo, deseaba, ni hasta el último minuto se habría atrevido a imaginar una cosa tan absolutamente monstruosa cuya noticia se divulgó al final del verano del año 70: el saqueo de Jerusalén, la destrucción del Templo.

25

Tal vez yo haya sido injusto con Flavio Josefo al insinuar que su visión de la derrota de Israel y el ascenso al trono de Vespasiano era un embuste improvisado para granjearse el favor del general. Quizá tuvo una visión, después de todo, como Juan en Patmos. Pero mientras que seguimos ignorando a qué se refiere la de Juan, la de Josefo se verificó en un plazo muy breve en sus dos puntos y, al menos respecto al segundo, debió de experimentar una divina sorpresa: en julio del año 69, tras un año de caos, con tres césares coronados y asesinados uno tras otro, las legiones de Siria y de Egipto proclamaron emperador a Vespasiano.

Ya he dicho que dos años antes era todavía algo sumamente improbable, pero entretanto se habían habituado a que el ejército nombrase a los césares. El propio interesado, gracias a Josefo, se había preparado para el cargo. Lo asumió como con cierta desgana, pero si hay que hacerlo se hace, lo mismo da él que algún otro. No se apresuró en volver a Roma como no se había apresurado en asaltar Jerusalén. Como al general Kutuzov en *Guerra y paz,* a Vespasiano no le gustaba precipitarse, daba tiempo al tiempo. Sabiendo que era lo que apreciaban de él, lo explotaba. Contaban con que él restauraría el orden y lo haría a su ritmo, con su astuta sencillez de mulero. Se hizo esperar unos meses y después acabó por ponerse en marcha dejando a su hijo Tito la misión de destruir Jerusalén.

Flavio Josefo había apostado por el buen caballo. Fue por esta época cuando, en homenaje al nuevo césar, miembro de la familia Flavia, cambió su nombre judío, Yosef ben Matityahu, por el nombre latino con el que le conocemos, y su condición de prisionero de guerra por la de una especie de comisario para asuntos judíos de Tito, convertido en generalísimo en Oriente. En su séquito reencontró Josefo a dos viejos conocidos: el reyezuelo Agripa y su hermana Berenice, ahora amante de Tito. Se puede decir que Berenice y Agripa, al igual que Josefo, eran colaboradores, pero no unos crápulas cínicos. Les aterraba lo que veían desarrollarse ante sus ojos. Hicieron todo lo que pudieron para defender ante los romanos la causa de su pueblo y ante su pueblo la causa de los romanos. Por lo demás se las apañaban bien, siempre en los palacios, siempre del lado del más fuerte. Al unirse a aquel bando de renegados de buena familia y de buena voluntad, Josefo, que además estaba muy inquieto por la suerte de varios familiares atrapados en Jerusalén, no quiso deber favores a nadie. Tras obtener de Tito la promesa de que respetaría la vida de todos los que se rindieran antes del ataque, salió del campamento romano para ofrecer esta última oportunidad a los sitiados. En su libro se describe a sí mismo dando la vuelta alrededor de las murallas, buscando la distancia adecuada para estar cerca pero fuera del alcance de las flechas, y suplicando a los rebeldes que pensaran en el porvenir del pueblo judío, en el Templo y en sus vidas. Sólo tuvo tiempo de pronunciar algunas frases: una piedra le dio de lleno en la cara. Ensangrentado y consternado, se batió en retirada.

Muy enamorado de Berenice, a Tito le habría gustado complacerla mostrándose conciliador, pero por una parte es difícil mostrarse tal cuando tienes delante a auténticos extremistas, que era en lo que se habían convertido los sitiados de Jerusalén, y, por otra, su padre, al volver a Roma, le había dejado una hoja de ruta inequívoca: había que inaugurar su reino con una victoria grande y significativa que pusiera de manifiesto que no se desafiaba a Roma impunemente. A los terroristas, como dijo Vladimir Putin en el contexto bastante próximo de Chechenia, había que cargárselos hasta en los retretes.

Y eso hicieron.

Josefo, escribiendo a la gloria de Tito, dice que éste había recomendado una carnicería moderada y prohibido la destrucción del Templo. Pero no podía controlarlo todo: el Templo fue incendiado, las mujeres y niños que se habían refugiado dentro murieron abrasados. Hubo cientos de miles de muertos, rebeldes, habitantes y peregrinos mezclados, y otros tantos supervivientes confinados en campamentos para ser enviados, según su estado físico, a las minas de Egipto, vendidos como esclavos a la clientela privada y, los más bellos, apartados con vistas a la celebración triunfal que se preparaba en Roma.

Jerusalén es una ciudad de túneles y subterráneos. Mi amigo Olivier Rubinstein me enseñó en la zona arqueológica llamada ciudadela de David las losas gigantescas de las calles, todas ellas partidas en dos, muy limpiamente, por la mitad exacta. Es un espectáculo muy extraño, no se comprende lo que pudo ocurrir, qué cataclismo natural pudo excavar fallas tan profundas y tan regulares. Olivier me dio una explicación: no es un cataclismo natural, sino la obra de los legionarios romanos. A golpes de mazo rompieron metódicamente las losas para hacer salir a los últimos insurgentes que se refugiaban como ratas en los subsuelos. Simón bar Giora, uno de los principales cabecillas que sembraban el terror en la ciudad asediada, fue capturado en la salida de una canalización, con la cara cubierta por una barba y medio loco, como Sadam Husein. Cuando no quedó nadie a quien matar, el amable Tito ordenó demoler la ciudad, derribar sus murallas, arrasar el Templo. En términos de ingeniería no fue tarea fácil. Había que trasladar a alguna parte los bloques ciclópeos que derrumbaban, y en cuanto rellenaron hasta el borde el barranco que por entonces separaba el Templo de la ciudad, se resignaron a dejar el resto amontonado. Los diversos conquistadores, romanos, árabes, cruzados y otomanos, que en el curso de los dos milenios siguientes tomaron y retomaron la ciudad, se sirvieron de aquellos montones para reconstruirla a su modo y afirmar cada cual que era obra suya. En este Lego gigantesco, el único muro que no se desmoronó fue el de contención occidental del Templo, en el que hoy día los judíos recitan sus plegarias. Josefo concluyó de todo esto que «la rebelión ha destruido la ciudad y Roma ha destruido la rebelión». Entiéndase que los judíos empezaron y que los romanos no tuvieron otra alternativa para restablecer la paz. Se pueden decir las cosas de otra manera, como hace el jefe bretón Calgaco, del que Tácito nos conservó estas fuertes palabras: «Cuando lo han destruido todo, los romanos llaman a eso paz.»

26

Masada es uno de los lugares más impresionantes que se pueden visitar en Israel, una ciudadela construida por el fastuoso rey Herodes sobre un espolón rocoso que domina el Mar Muerto. En ese nido de águila que recuerda los castillos cátaros o el fuerte de *El desierto de los tártaros,* un último contingente de zelotes siguió resistiendo durante algunos meses después de la caída de Jerusalén, y un holocausto colectivo puso fin a su resistencia. En la actualidad, a los escolares los llevan a visitarlo una vez al año, los reclutas convocados para el servicio militar prestan allí juramento y los politólogos denominan «complejo de Masada» a la tendencia de Israel a considerarse una fortaleza sitiada que se defenderá hasta la muerte si es preciso. Es objeto de un debate en el que se invita a los historiadores a decidir si es acertado poner a los zelotes de Masada como ejemplo para las nuevas generaciones, ya que la respuesta no es la misma si se establece que los asediados se suicidaron –cosa que la Ley prohíbe– o se degollaron mutuamente, en cuyo caso está bien. Flavio Josefo, al que esta tragedia no podía por menos de recordarle un episodio crucial de su propia vida, la destaca de una forma especial en *La guerra de los judíos.* Es el tema de su último capítulo, y al leerlo uno se percata de que para él se trata de algo más que el último capítulo de su obra: es el último capítulo de la historia del pueblo judío.

Como de costumbre, no puede evitarlo, Josefo inserta en él un largo discurso que atribuye al jefe de los zelotes, Eleazar. Veamos lo que le hace decir a este hombre que dentro de unas horas va a morir como un héroe allí donde el propio Josefo sobrevivió como un traidor:

«Quizá, desde el principio, cuando pensábamos defender nuestra libertad, deberíamos haber adivinado el pensamiento de Dios y comprender que después de haber amado durante largo tiempo al pueblo judío finalmente lo ha condenado. Si hubiera sido benévolo, o incluso moderadamente hostil, no habría tolerado la pérdida de un número tan grande de seres humanos ni abandonado su ciudad más santa a los romanos para que la incendien y la destruyan... La verdad es que Dios ha decretado contra toda la raza judía que debemos abandonar esta vida de la que no hemos sabido hacer un buen uso. Más vale entonces sufrir el castigo de nuestros crímenes, no de la mano de nuestros enemigos, sino matándonos nosotros mismos.»

Toda la historia de Israel es una sucesión de advertencias de Dios a su pueblo. De amenazas, de conminaciones, de condenas que siempre acaba retirando, como padre amante que es. En el último momento detiene el cuchillo de Abraham y salva a Isaac. Más tarde permite que los babilonios tomen Jerusalén y destruyan el Templo, pero consiente que los judíos vuelvan del exilio y construyan un segundo Templo. Esta vez no: es la última condena, y es inapelable.

No habrá un tercer Templo.

Los romanos, en principio, no destruían los santuarios. No humillaban a los dioses de sus enemigos vencidos. Un ritual específico, la *evocatio,* autorizaba a hacerles un hueco en el panteón. Nunca fue así para el dios de Israel, y aún menos en el caso de la reconstrucción del Templo. Se decidió que los judíos de la diáspora seguirían pagando el óbolo de dos dracmas que enviaban de buen grado cada año a Jerusalén para su mantenimiento, pero en lo sucesivo sería destinado al mantenimiento del Capitolio, es decir, al culto de los dioses paganos. Este ingreso bienvenido, que recibió el nombre de *fiscus judaicus,* era una idea del mismo Vespasiano, emperador apreciado por su buen juicio, su gestión de padre de familia y su imaginación fiscal. La leyenda le atribuye erróneamente la invención de los mingitorios,[1] que ya existían, pero es cierto que, literalmente, gravó la orina: los fabricantes de lana la utilizaban como desengrasante y para que no les faltara colocaban delante de sus talleres vasijas donde invitaban a los vecinos a vaciar sus orinales. Muy bien, dijo Vespasiano, continuad, pero abonando un pequeño impuesto, y fue en este contexto donde habría inventado el adagio de que el dinero no tiene olor.

Sesenta años más tarde, el buen emperador Adriano, el de Marguerite Yourcenar, que como todos los «buenos» emperadores romanos era antisemita y anticristiano, hizo construir sobre el emplazamiento de Jerusalén una moderna ciudad romana llamada Aelia Capitolina, con un templo de Júpiter en sustitución del Templo. Esta provocación suscitó entre los judíos que vivían aún en aquellos lugares un último intento de revuelta que fue ahogada en sangre. La circuncisión fue prohibida, la apostasía alentada. La región dejó de llamarse Cesarea para adoptar el nombre de Palestina, en referencia a los enemigos más antiguos de los judíos, los filisteos, habitantes de la franja de Gaza a los que los judíos, a decir verdad, habían empezado por desalojar. Destruida Jerusalén, después profanada, se convirtió en sinónimo de duelo y desolación. «El que repinte su casa», dice la Mishná, «que deje un pequeño pedazo de pared desnudo, en recuerdo de Jerusalén. El que prepare la comida, que omita un ingrediente sabroso, en recuerdo de Jerusalén. El que se cubra de atavíos, que retire uno, en recuerdo de Jerusalén.»

Sin embargo...

1. El autor alude aquí a las *vespasiennes,* un término que procede del emperador Vespasiano y que en francés designa a los urinarios públicos. *(N. del T.)*

27

Sin embargo, dice el Talmud, había en Jerusalén un rabino muy piadoso, llamado Yohanan ben Zakkai. Alumno del gran Hillel, era un fariseo que había consagrado su vida al estudio de la Ley. Durante el cerco abogó en vano por la sensatez. Cuando estuvo claro que la situación era desesperada consiguió que lo sacaran a escondidas de la ciudad en un ataúd donde le habían tendido junto con un cadáver para que el olor de la descomposición engañara a los soldados de las barreras. Sus discípulos le llevaron de esta guisa hasta la tienda del general, y la tradición judía dice que, al igual que Flavio Josefo, el rabino ben Zakkai habría anunciado a Vespasiano la derrota de Israel y su propia ascensión al trono de emperador. (En mi calidad de narrador, yo habría prescindido de esta redundancia, pero bueno, dos fuentes distintas atestiguan estas dos predicciones convergentes: si son ciertas, Vespasiano tuvo motivos para sentirse turbado.) Tras lo cual el rabino habría obtenido del futuro emperador que en la destrucción inminente de todo lo que era judío se preservase un pequeño enclave donde un puñado de hombres piadosos pudiesen continuar estudiando la Ley en paz.

Ya no existía el Templo de los judíos. Ya no existía la ciudad de los judíos. Ya no existía el país de los judíos. Normalmente el pueblo judío debería haber dejado de existir, como tantos pueblos que antes o después de él han desaparecido o se han fundido con otros pueblos. No es lo que sucedió. No hay en la historia de la humanidad ningún otro ejemplo de un pueblo que haya perseverado tan largo tiempo en su existencia de pueblo, privado de territorio y de poder temporal. Esta modalidad de existencia nueva, absolutamente inédita, comenzó en Yavné, cerca de Jaffa, donde se estableció después del saqueo de Jerusalén la pequeña reserva farisea que deseaba el rabino ben Zakkai. Allí germinó en secreto, en silencio, lo que llegó a ser el judaísmo rabínico. Allí nació la Mishná. Allí los judíos dejaron de habitar una patria para habitar sólo en la Ley. En lo sucesivo no habrá grandes sacerdotes sino sabios, habrá humildes sinagogas en lugar del Templo glorioso, oraciones en vez de sacrificios, ya no habrá un lugar sagrado sino un día, el sabbat que, ya que ha sido necesario hacer una cruz en el espacio, despliega en el tiempo el más inexpugnable de los santuarios, consagrado a la atención, a la solicitud, a los gestos cotidianos santificados por el amor de Dios.

El Talmud describe al rabino recorriendo con uno de sus discípulos el campo de ruinas en que se había convertido Jerusalén. El discípulo se lamenta: huy, huy, huy. «No te entristezcas», le dice el rabino. «Tenemos otro medio de rendir a Dios el culto que le agrada.» «¿Cuál?» «Los actos de bondad.»

28

¿Y los pobres? ¿Los santos? ¿La familia de Jesús, los judeocristianos de la obediencia de Santiago? Se cuenta que ellos también, o al menos algunos de ellos, pudieron huir de Jerusalén sitiada y hallaron refugio en la otra orilla del Jordán, en la región desértica de Betania.

Eran los últimos que habían conocido a Jesús. Hablaban de él como de un profeta que había venido a exhortar a Israel a una observancia más pura de la Ley. Israel acababa de desplomarse entre las llamas y ellos no sabían ya qué pensar, pero estaban acostumbrados: no habían sabido qué pensar ya cuando Jesús, que debía expulsar a los romanos, había acabado crucificado por ellos. Aturdidos, no comprendían nada. No eran virtuosos de la interpretación.

Se acordaban de anécdotas, de palabras que Jesús había

dicho. Si alguien se lo hubiera pedido, habrían podido describir su rostro. Confeccionaban genealogías para demostrar que ciertamente descendía de David: era muy importante para ellos, hasta el punto de que lo esencial de su fe se refugió aquí, en estas cuestiones de genealogía. Habían visto lapidar a su hermano Santiago, les habían dicho que Pedro había muerto en Roma, y quizá también Juan. Pensaban que «el hombre enemigo» les había denunciado. «El hombre enemigo»: era así como llamaban a Pablo. No sabían gran cosa de él, pero lo bastante para maldecirle. Propagaban sobre su persona historias de magia negra. Decían que ni siquiera era judío, que había querido seducir a la hija del sumo sacerdote; conocemos un poco todo esto a través del profesor Maccoby, que había espigado su información en las tradiciones deshilachadas, llenas de lagunas, y que estaba convencido de que era la verdad ocultada por los hábiles *storytellers* del Nuevo Testamento. En la misma época, los judíos contaban por su parte historias por el estilo sobre la madre de Jesús: que se había entregado a un soldado romano llamado Pantero. O, directamente, a una pantera.

Rechazados tanto por los judíos como por los cristianos, los judeocristianos se volvieron heréticos en la casa que habían fundado. Heréticos poco molestos: nadie se interesaba ya por ellos, nadie sabía ya de su existencia, solos en su rincón del desierto con sus genealogías. Si, quinientos años más tarde, Mahoma no se hubiese hecho su idea sobre Jesús gracias a lo que quedaba de sus sectas, podríamos decir que su rastro se perdió en la arena.

29

Hasta el año 70, un cristiano era una especie de judío. La amalgama le interesaba porque los judíos estaban identificados y, en líneas generales, eran aceptados por el imperio. La primera vez que se hizo la distinción no benefició a los cristianos: los quemaron a ellos para vengar el incendio de Roma, no a los judíos. Pero cuando éstos, tras el aplastamiento de su insurrección, se encontraron en la situación de proscritos, considerados terroristas potenciales, privados de todas las agradables excepciones de las que habían disfrutado, a los cristianos les convino desmarcarse de ellos. Hasta el año 70, los pilares de su iglesia eran Santiago, Pedro, Juan, buenos judíos, muy judaizantes. Pablo sólo era un agitador desviacionista del que nadie hablaba ya después de su muerte. A partir del año 70 todo cambia: la iglesia de Santiago se pierde en las arenas del desierto, la de Juan se transforma en una secta de esotéricos paranoicos, han madurado los tiempos para Pablo y su iglesia desjudaizada. El propio Pablo ya no está allí, pero le quedan adeptos dispersados por el mundo. Lucas es uno de esos directivos del paulinismo. Tras retornar a su país natal, pensaba que su retiro allí era definitivo. Pensaba que la historia había terminado, que la partida se había perdido, pero he aquí que antiguos camaradas de célula le dicen que no, que todo se reactiva y que le necesitan.

Puestos a trasladar a Lucas a Roma, me gustaría que sea en junio del año 71, para hacerle asistir con toda la población de la ciudad al triunfo de Tito, a su regreso de Jerusalén. Un triunfo nunca deja de ser un desfile militar, pero los romanos no hacían las cosas a medias: si construían un circo preveían doscientas cincuenta mil plazas, y en sus desfiles militares había también aspectos del carnaval de Río. A su retorno junto con los bagajes del general victorioso, Josefo presenció desde la tribuna oficial esta ceremonia que festejaba la victoria de la civilización romana sobre el fanatismo oriental. La ha descrito con un lujo de detalles digno de *Salambó* y una fascinación que puede considerarse inoportuna, en la medida en que el vencido era su propio pueblo.

Lo que más le maravilla son los capiteles móviles, altos como edificios de cuatro plantas, que avanzan con el cortejo, portando racimos enteros de prisioneros colocados de tal forma que sean edificantes para la plebe; cito: «la toma de ciudadelas inexpugnables, toda una ciudad entregada a la carnicería, los vencidos extendiendo manos suplicantes antes de ser degollados, las casas que se desploman sobre sus ocupantes, los ríos que discurren no a través de los campos cultivados sino por un territorio en llamas por todas partes. En la cima de cada uno de estos decorados móviles viajaba el general de la ciudad conquistada en la postura en que había sido capturado. Les seguían numerosos navíos». Confieso que me cuesta un poco imaginarme concretamente el cuadro, pero no cabe ninguna duda de que era grandioso.

Unos de los generales transportados «en la postura en que había sido capturado» es el tal Simón bar Giora, atrapado como Sadam Husein entre los escombros de Jerusalén y que, con la soga al cuello, azotado por los soldados, es conducido de esta guisa hasta el lugar de su ejecución. Josefo debe de pensar que si no hubiera cambiado de chaqueta a tiempo, habría podido correr la misma suerte. Detrás de los prisioneros viene el botín, en especial todo lo que procede del pillaje del Templo: candelabros de siete brazos, vestiduras litúrgicas portadas por niños como en el desfile de moda eclesiástica de *Roma* de Fellini, velos de púrpura del sanctasanctórum. Los rollos de la Ley cierran el desfile de los despojos. Más atrás vienen porteadores de estatuas de la Victoria, todas ellas de marfil y de oro, y cierra la comitiva Vespasiano en persona, subido a su carro. Muy simple, muy campechano, en medio sus dos hijos, Tito y Domiciano, este último, observa Josefo, «montado en un caballo que realmente valía la pena ver».

Vespasiano será emperador diez años, Tito dos, Domiciano quince. Los dos primeros reinados serán apacibles, burgueses, una especie de restauración lo más alejada posible de las locuras de Tiberio, Calígula, Claudio, Nerón. Domiciano romperá de nuevo esta pauta, pero todavía no hemos llegado hasta allí. Por el momento todo el mundo puede respirar tranquilo. Roma recupera sus fuerzas. Da la impresión de que el aplastamiento de los judíos ha restablecido los viejos tiempos, cuando no había demasiados extranjeros, y se idealiza esa época en que los romanos no eran aún ciudadanos reblandecidos por banquetes excesivos, influencias exóticas y horas pasadas en las termas, sino guerreros virtuosos, que olían más a sudor y a hombre que a todos los perfumes de Oriente. Vespasiano gobierna el imperio como un padre de familia. Tito, a la espera de sucederle, le secunda eficazmente.

Suetonio definió a Tito como «el amor y las delicias del género humano», reputación que la posteridad ha ratificado. Renan asegura que la bondad que se le reconoce no era natural en él, que se forzaba a cultivarla. No sé de dónde saca Renan tanto discernimiento psicológico, pero este rasgo me conmueve porque tampoco es natural en mí: yo también me fuerzo a ser bueno, sabiendo que nada vale fuera de la bondad, y considero tener por ello más mérito. El único defecto que se le observa a Tito es haber traído de sus dos años de campaña en Judea a toda una banda de judíos que desentonan en la corte: sus grandes amigos Agripa y Josefo, y sobre todo su amante Berenice. Va a todas partes con ella, circulan rumores de boda. Los viejos romanos desaprueban el asunto. Vespasiano ruega a su hijo que arregle la situación. Tito se doblega. *Titus reginam*

Berenicem ab Urbe dimisit invitus invitam, resume Suetonio con una frase que traducida insulsamente quiere decir: «Tito alejó de Roma a la reina Berenice, contra su voluntad y la de ella», pero *invitus invitam* es mucho más bonito, es el colmo del gran estilo latino. De estas dos palabras Racine extraerá la más hermosa de las tragedias clásicas, y Robert Brasillach, en plena Ocupación de Francia, una obra con razón menos célebre sobre el mérito que representa plantar a una antigua amante judía. Así pues, Berenice regresa al Oriente desierto. Volverá a Roma después de la muerte de Vespasiano, volverá a ver a Tito, demasiado tarde. Tras un reinado unánimemente considerado demasiado corto, morirá de un mal misterioso que suscita la hipótesis de si ha sido envenenado por su horrible hermano Domiciano o, como quiere el Talmud de Babilonia, torturado por una mosca pequeña que se le habría introducido en el cerebro a través de la oreja para castigarle por haber destruido Jerusalén. En su lecho de muerte, informa además Suetonio, se lamenta de que la vida le sea arrebatada a pesar de su inocencia, «porque ninguno de sus actos le causaba remordimientos, salvo uno»: nunca se ha sabido cuál.

30

Por Tácito y Suetonio conocemos perfectamente la historia magna de Roma en el siglo I: emperadores, Senado, guerras en las fronteras e intrigas de palacio, pero no estamos peor servidos en lo referente a la vida cotidiana, gracias a Juvenal y a Marcial. El primero, encarnación, como creo haber dicho, del reaccionario encantador al estilo de Philippe Muray, escribió unas *Sátiras* cáusticas y coléricas; el segundo *Epigramas* minimalistas, verdes la midad y siempre bien valorados. Si se piensa como yo que Lucas volvió a Roma a principios de los años setenta y se intenta imaginar la vida que llevó allí, es mejor leer a Marcial que *Quo vadis?*

Entre Marcial y Lucas, por supuesto, hay una enorme diferencia: uno es cristiano, el otro no, pero los dos –en el caso de Marcial es seguro, en el de Lucas es sólo mi opinión– pertenecen a la misma clase social. Pequeñoburgueses, ciudadanos desarraigados, llegado de España el uno, de Macedonia el otro, no realmente pobres en el sentido de que no se preocupan por el pan del día siguiente, pero lejos, muy lejos de ser ricos en una ciudad donde, con la ayuda de la banca privada y la especulación, se amasan fortunas fabulosas. El atractivo de Marcial, y el motivo por el cual le convoco aquí, es que lo cuenta todo, con una predilección por los detalles triviales que desdeñan los autores nobles. Es capaz de hacer literatura, como Georges Perec o Sophie Calle, con sus listas de la compra o su libreta de direcciones. Vive en un apartamento de dos habitaciones en el tercer piso de un edificio de alquiler. Se queja constantemente del ruido que le impide dormir porque los convoyes de mercancías sólo están autorizados a circular por la ciudad de noche, de tal manera que apenas terminado el concierto de carros y de cocheros que se insultan, empieza al alba el de los comerciantes que abren a gritos sus tenduchas. Es soltero, su familia se reduce a dos o tres esclavos, lo cual es el mínimo: si no tienes por lo menos eso, tú mismo eres un esclavo. Él duerme en una cama, sus esclavos sobre esteras en la habitación de al lado. No son esclavos de lujo, comprados caros, pero los quiere mucho, los trata con dulzura, se acuesta amablemente con ellos. Su verdadero lujo es su biblioteca, compuesta de rollos de papiros a la antigua y también de *codex,* esos legajos de hojas encuadernadas, escritas por las dos caras, que exceptuando el detalle de que el texto no está impreso, sino copiado a mano, son libros en el sentido moderno de la palabra. Este nuevo soporte empezaba a sustituir al antiguo, como actualmente el libro electrónico: se estaba haciendo, todavía no estaba hecho. Así se editaron los grandes clásicos, Homero, Virgilio, pero también éxitos de ventas contemporáneos como las *Cartas a Lucilio,* y cuando el propio Marcial acceda a este honor con sus últimas recopilaciones de epigramas, se sentirá tan orgulloso como un escritor francés al que publican en vida sus obras en La Pléiade. Marcial es un hombre de letras, vanidoso como todos ellos, pero aparte de esto un holgazán simpático, más interesado por sus placeres que por su carrera, una versión romana del sobrino de Rameau. Su jornada ideal, haga buen o mal tiempo, consiste en callejear por la mañana, vagabundear por las librerías, elegir en el mercado la comida –espárragos, huevos de codorniz, rúcola, tetas de cerda– que ofrecerá por la noche a dos o tres amigos con los que intercambiará chismes despachando una vasija de vino de Falerno: su preferido era el de cosechas tardías. Por la tarde va a los baños. No hay nada mejor que los baños: allí te lavas, sudas, charlas, juegas, echas la siesta, lees, sueñas. Algunos prefieren el teatro o los juegos de circo: Marcial no. Podría pasarse la vida entera en los baños, además es más o menos lo que hace. Pero este placer, estos placeres se pagan con un incordio que es el sino y la pesadilla de la mayoría de los romanos: la visita matutina al patrono.

Es preciso comprender esto: tanto en el imperio como en toda sociedad preindustrial, el trabajo productivo era la agricultura, y la agricultura, como es sabido, se practica en el campo. ¿Qué hacían entonces los urbanitas? No mucho, justamente. Vivían de ayudas. Los ricos, que poseían las tierras y obtenían de ellas ingresos inmensos, proveían a los pobres de pan y de juegos –*panem et circenses,* según la fórmula de Juvenal–, para que el hambre y la ociosidad no les inspirasen ideas de rebelión. Dos de cada tres días eran festivos. Los baños eran gratuitos. Por último, como de todos modos hace falta un poco de dinero para vivir, la sociedad urbana se dividía no en empresarios y asalariados, con los primeros retribuyendo el trabajo de los segundos, sino en patronos y clientes, con los primeros manteniendo a los segundos para que no hicieran nada más que expresarles su agradecimiento. Un hombre rico, además de las tierras y los esclavos, tenía una clientela, es decir, un número determinado de individuos menos ricos que él que se presentaban cada mañana en su domicilio para recibir una pequeña suma denominada la «espórtula». La mínima era de seis sestercios, el equivalente de un salario mínimo mensual. Los romanos pobres vivían de esto, y los menos pobres de lo mismo, pero a una escala más elevada: tenían patronos más ricos que a su vez eran clientes de patronos más ricos todavía. Marcial era un poeta conocido, bastante satisfecho con su vida, y no obstante durante los treinta y cinco o cuarenta años de su estancia en Roma tuvo que someterse cada mañana a este ceremonial, y Dios sabe cuánto se lamenta. Madrugar: detesta hacerlo. También aborrece envolverse en una toga: es rígida, pesada, incómoda, además es muy cara en gastos de tintorería, pero tiene que ponérsela para saludar al patrono, del mismo modo que uno se pone corbata para ir a la oficina. Detesta caminar deprisa, porque no tiene medios para pagarse una litera, por calles estrechas, mal pavimentadas, embarradas, donde siempre corres el riesgo de que te hagan una jugarreta, como mínimo que te ensucien la toga. Hacer antesala en la casa del patrono, con todo un hatajo de otros parásitos a los que miras con desprecio y recelo. Cuando el patrono por fin se digna aparecer, tan fastidiado como sus clientes, aguardar tu turno para deslizarle unas palabras con el tono adecuado: este tono se llamaba el *obsequium,* lo que no necesita comentario. Hecho esto, pasar por caja, que regenta una especie de ujier, y sólo entonces, en posesión de la magra espórtula, empezar una jornada de ociosidad más o menos fecunda. Cabría decir que no se paga muy caro el derecho a la pereza, pero lo mismo podría decirse también de los subsidios de desempleo, de los que pocos beneficiarios disfrutan sin reticencias sombrías. Este ritual mañanero era una servidumbre, una humillación, y es una de las razones por las que, al frisar la sesentena, Marcial prefirió volver a su España natal, donde se moría de aburrimiento. Adoraba Roma, pero estaba harto de la espórtula, los embotellamientos, las palabras vanas: consideraba que se le había pasado la edad.

31

Lucas era lo contrario de un hedonista como Marcial. Sólo iba a los baños para lavarse. Si tenía esclavos, no se acostaba con ellos. Una comida era para él una ocasión de agradecimiento, no de divulgar cotilleos. Pero en su desarrollo exterior, su vida de solterón instruido debió de parecerse mucho a la de Marcial. Era una vida de romano medio, y los cristianos de Roma en aquel momento habían comprendido la lección de Pablo: se comportaban como romanos medios. Nada de escándalos, de conductas estrafalarias, de grandes barbas de profetas y, todavía menos, nada de reuniones clandestinas en las catacumbas. Se reunían para el ágape en las casas de familias respetables, que cada vez más a menudo eran familias paganas, discretamente convertidas o en vías de conversión. Aun cuando se ganara la vida ejerciendo su profesión de médico, esto no le eximía de tener un patrono, como todo el mundo. El Evangelio y los

Hechos están dedicados a un tal Teófilo, de quien no se sabe si es un personaje simbólico –su nombre quiere decir «amigo de Dios»– o si existió realmente. Por la manera en que Lucas se dirige a él en los prólogos de sus dos libros, queda claro que se trata de un pagano que siente curiosidad por el cristianismo y al que trata de convencer con argumentos a su alcance. Por mi parte imagino muy bien que ese Teófilo fuese el patrono de Lucas, que éste pasara gracias a él de la condición de parásito matutino al de amigo de la familia, eventualmente a la de médico de cabecera, y que pusiera a punto para Teófilo los elementos de lenguaje que encontraremos en su Evangelio.

De entrada, había que tener en cuenta la extrema desconfianza de Teófilo y, en general, de los romanos benignos con respecto a los judíos. Hasta aquellos a los que atraía en otro tiempo su fervor religioso les habían dado la espalda y ya sólo los veían como terroristas peligrosos. Es ahí donde Lucas cosechaba éxitos, demostrando con su propio ejemplo que los cristianos no eran judíos, que de hecho no tenían nada que ver con ellos. No se podía negar que algunos lo eran por nacimiento, pero eran muy pocos, cada vez menos, y habían abjurado de la Ley judía. No observaban ninguno de los rituales que durante tanto tiempo habían parecido pintorescos y que ahora resultaban amenazadores. No estaban afiliados a ningún partido del extranjero. Respetaban Roma, a sus funcionarios, sus instituciones, a su emperador. Pagaban sus impuestos, no reclamaban ninguna exención.

Sí, pero... –a veces se oponían a Lucas personas mejor informadas que el ciudadano medio–, sí, pero ese maestro al que reivindicáis, del que nos decís que resucitó, era judío, ¿no? ¿No fue crucificado por orden del gobernador romano por haberse rebelado contra el emperador? Es más complicado que eso, respondía Lucas. Era judío, es cierto, pero por su lealtad hacia el imperio se hizo insoportable para los judíos: precisamente por eso le hicieron matar. El gobernador romano se limitó a aplicar una sentencia judía, muy forzado, el buen hombre, y a regañadientes, creedme.

Esta propaganda daba sus frutos. En cuanto se arrumbaba el obstáculo de la judería, lo que contaba Lucas agradaba a Teófilo y a los suyos. Estaban orgullosos de abrazar una doctrina tan elevada y al mismo tiempo tan respetuosa con su propia posición social. Habían empezado a dar dinero a los pobres, cosa que no se hacía en Roma: los romanos se lo daban a sus clientes, no a gentes demasiado menesterosas para tener un patrono. Pensaban en recibir el bautismo. Lucas, por su parte, pensaba cada vez más en poner por escrito lo que le decía a Teófilo. Fue entonces cuando empezó a circular en los círculos cristianos de Roma un pequeño relato sobre Jesús que se decía era obra de Marcos, el antiguo secretario de Pedro.

32

Frédéric Boyer es un escritor de mi edad que en 1995 convenció al editor católico Bayard de que emprendiera una ingente tarea: una nueva traducción de la Biblia. Cada libro se confiaría a un escritor y a un exégeta que colaborarían estrechamente. La mayoría de los exégetas eran hombres de Iglesia, la mayoría de los escritores eran ateos: las excepciones, por lo que yo sé, eran Florence Delay y el propio Frédéric. La dirección de Bayard, cuando me contactaron, aún no había dado la luz verde, estaban en el estadio de las pruebas. «Hay un exégeta», me dijo Frédéric, «que ha empezado a trabajar sobre Marcos. ¿Te apetecería colaborar con él?»

Dije que sí, por supuesto: no te proponen dos veces en la vida que participes en una traducción de la Biblia. Además, yo estaba bastante contento de que me ahorraran las dudas a la hora de elegir. Unos años antes, solo en mi reducto, yo había comentado el Evangelio de San Juan y había creído o querido creer en la resurrección de Cristo, pero no le dije nada de esto a Frédéric ni a nadie del equipo que poco a poco se estaba formando. Hay gente a la que molesta la pornografía, a mí en absoluto. A mí lo que me molesta, lo que me parece mucho más delicado de abordar, mucho más impúdico que unas confidencias sexuales, son «esas cosas»: las cosas del alma, las que están relacionadas con Dios. En mi fuero interno me gustaba creerme más familiarizado con ellas que mis camaradas del pequeño mundo literario, las meditaba y me las guardaba en el corazón. Era mi secreto, del que hablo aquí por primera vez.

El exégeta que había empezado a trabajar en el Evangelio de Marcos, Hugues Cousin, era un hombrecillo dulce y sonriente, un pozo de ciencia y de modestia. Había sido sacerdote, pero el celibato no le probaba: quería una mujer, hijos, una familia. Si la Iglesia se lo hubiera permitido, se habría casado sin dejar de ser cura. Le habría gustado que se lo consintieran porque pensaba que estas dos vocaciones eran perfectamente compatibles. Como no está permitido, eligió entre las dos. Sin protestar, sin barajar ni por un instante la mentira a la que se acogen muchos sacerdotes, al precio de desgarramientos íntimos y de daños colaterales igualmente terribles, Hugues Cousin colgó los hábitos, se casó, educa a tres hijos pero no ha roto con la Iglesia, ni siquiera se ha alejado de ella. Cuando le conocí, además de dedicarse a sus investigaciones y publicaciones eruditas, era el colaborador principal del obispo de Auxerre y vivía con su familia al abrigo de la casa diocesana. Yo iba a verle allí para nuestras sesiones de trabajo. A veces era él el que venía a mi estudio, en la rue du Temple. Para cada versículo me proponía una traducción palabra por palabra que él comentaba profusamente para que yo sintiera el enjambre de asociaciones en torno a cada vocablo griego. Yo aventuraba una traducción que él criticaba, matizaba, enriquecía. Hubo decenas de encuentros, de tal modo que necesitamos casi un año para producir una primera versión de aquella treintena de páginas.

El cariz revolucionario, a su entender, de nuestra empresa lo excitaba mucho y Hugues me alentaba a ser cada vez más osado. Recuerdo un día su aire de decepción ante la timidez de una de mis pruebas: «Se diría que lo tuyo es la Biblia de Jerusalén. Esto sería Lucas, no digo que no, pero Marcos...» Insistía mucho en el mal griego de Marcos, comparable, decía, al inglés de un taxista de Singapur. Él habría querido que yo fuera fiel al texto, es decir, que tradujera deliberadamente en un francés defectuoso. Discutimos mucho al respecto. Yo decía que las incorrecciones del autor no eran intencionadas. Quizá, respondía Hugues, pero formaban parte del resultado. Las dos posiciones eran defendibles, los dos estábamos de acuerdo en esto, nos gustaba estar de acuerdo, y finalmente opté por un francés correcto pero sin brillo y mal ensamblado: con las frases colocadas una después de otra, sin enlace ni transición. Lo contrario del «estilo fluido, caro al burgués», que vomitaba Baudelaire y hacia el cual yo tengo una tendencia espontánea: siempre enlazar, velar siempre por que las frases se encadenen bien, que no se tropiece al pasar de una a otra. Esta traducción me ayudó a encontrar el tono de *El adversario*. Por otra parte, hablé de ella con Jean-Claude Romand, que se mostró muy interesado por la empresa y para seguir mejor nuestra tarea comparaba las versiones de la Biblia disponibles en la biblioteca de la cárcel.

Dos grandes ideas presidían el grupo animado por Frédéric. La primera es que los libros bíblicos constituían un conjunto heteróclito, extendido a lo largo de mil años, y que abarcaban géneros literarios tan diversos como la profecía, la crónica histórica, la poesía, la jurisprudencia, el aforismo filosófico, y que eran obra de centenares de redactores diferentes. Las grandes traducciones, ya sean como antaño el trabajo de un solo hombre, Martín Lutero o Lemaître de Sacy, o como hoy día de un colectivo de eruditos, la TEB o la BJ, tienen tendencia a insertar en este concierto de voces discordantes una armonía artificial: todo se asemeja un poco, los Salmos están escritos como las Crónicas, éstas como los Proverbios y éstos como el Levítico. La ventaja de encargar las traducciones a escritores distintos, cada uno poseyendo o creyendo poseer una lengua propia, es que no se parecerán. De hecho, no se tiene la impresión de leer el mismo libro cuando pasas de los Salmos traducidos por Olivier Cadiot al Qohelet traducido por Jacques Roubaud, lo cual es refrescante. Los inconvenientes son, en primer lugar, que de un libro a otro las mismas palabras griegas o hebreas no se traducen igual, de modo que es un pequeño desbarajuste, un feudo del capricho individual, y, en segundo lugar, que los escritores no son tan diferentes, todos pertenecen no sólo a la misma época y al mismo país sino incluso a la misma capilla literaria, el pequeño mundillo de las POL-Éditions de Minuit. Me habría gustado que hubiesen recurrido, no sé, a Michel Houllebecq o a Amélie Nothomb, pero, bueno, la perfección no es de este mundo, valía la pena intentarlo, y este trabajo nos embelleció a todos la vida durante algunos años.

Detrás de la segunda gran idea está la quimera del retorno al origen, al tiempo en que las palabras no estaban todavía gastadas por dos milenios de uso piadoso. Estas palabras que tan estrepitosamente resonaban, evangelio, apóstol, bautismo, conversión, eucaristía, se vaciaron de su sentido y adquirieron otro, rutinario y benigno. «La sal es buena», dice Jesús, «pero si se vuelve insípida, ¿con qué la salaremos?» Pasamos decenas de horas reunidos en cónclave, buscando cómo verter al lenguaje de hoy la palabra «evangelio». Para empezar, «evangelio» no es ni siquiera una traducción: es sólo la transcripción de la palabra griega *evangelion.* De igual manera, «apóstol» no es más que la transcripción, a la vez perezosa y pedante, del griego *apóstolos,* que quiere decir «emisario»; «iglesia», la del griego *ekklesía,* que quiere decir «asamblea»; «discípulo», la del latín *discipulus,* que quiere decir «alumno», y «mesías», la del hebreo *maschiah,* que quiere decir «ungido». Sí, ungido: friccionado con aceite. El hecho es que ni la palabra ni la cosa son muy apetitosas, y me acuerdo de que un gracioso entre nosotros había propuesto que tradujéramos «el Mesías» por «el Pringoso».

La mayoría de la gente hoy cree que «evangelio» designa un género literario, el relato de la vida de Jesús, y que Marcos, Mateo, Lucas y Juan escribieron los Evangelios como Racine tragedias o Ronsard sonetos. Pero ese sentido sólo se impuso hacia la mitad del siglo II. La palabra que Marcos colocaba al principio de su escrito era un vocablo común que significaba «buena nueva». Cuando Pablo, treinta años antes, habla a los gálatas o a los corintios de «mi evangelio», quiere decir: lo que yo os he predicado, mi versión personal de esta buena nueva. El problema, lo que reprochamos con razón a «evangelio», es que haya perdido su sentido original y que, de hecho, ya no posea ninguno, pero escribir «buena nueva» en su lugar es un remedio peor que malo: le da un simpático tono catolicón, de capellán, imaginamos al instante la sonrisa y la voz del cura. Por mi parte, yo me retracté, y después de no sé cuántas pruebas tan desalentadoras como «el feliz mensaje» o «el anuncio de alegría», acabé conservando «evangelio».

Es la primera palabra de Marcos, y aún no hemos tenido tiempo de recuperarnos cuando, unas líneas más adelante, topamos con un campo minado: «Juan apareció en el desierto, proclamando.» ¿Proclamando qué? Lo que la TEB llama «un bautismo de conversión con miras al perdón de los pecados», la BJ «un bautismo de arrepentimiento para la remisión de los pecados», y el viejo Lemaître de Sacy «un bautismo de penitencia para la remisión de los pecados». Bautismo, conversión, arrepentimiento, penitencia, remisión y, lo peor de todo, pecado: a nosotros, que pretendíamos dar un sentido más puro a las palabras de la tribu, cada uno de estos vocablos, con su carga de unción eclesiástica y de terrorismo culpabilizante, nos inspiraba un horror sagrado. Había que salir de esta sacristía, encontrar otra cosa, pero ¿qué? Acabé escribiendo: «Juan apareció en el desierto, bautizando. Proclamaba que mediante esta inmersión quedabas rehecho, liberado de culpas.» Lo único que puedo decir en mi descargo es que obtener este resultado me costó Dios y ayuda. Pero veo claramente que no es bueno. Que este modernismo, quince años más tarde, está ya obsoleto. Me temo que el pecado y el arrepentimiento nos enterrarán a todos.

33

Un día, al principio de nuestra colaboración, Hugues me preguntó: «A propósito, ¿sabes cómo termina el Evangelio de Marcos?» Le miré, desconcertado. Por supuesto que sabía cómo terminaba, lo había leído y releído desde hacía meses: Jesús resucitado se aparece a sus discípulos y les dice que vayan a anunciar el Evangelio a todas las naciones. Pues no, dijo Hugues, satisfecho de su efecto. El verdadero final no es ése. El último capítulo fue añadido mucho más tarde. No figura en el *Codex Vaticanus* ni en el *Codex Sinaiticus,* que son los dos manuscritos más antiguos que se conservan del Nuevo Testamento y que datan del siglo IV. En esa fecha, antes de que la Iglesia pusiera orden en el asunto, el Evangelio de Marcos terminaba todavía hablando de las tres mujeres, María Magdalena, María, madre de Santiago, y una tercera llamada Salomé, que al día siguiente de la muerte de Jesús van a la tumba para amortajar el cadáver. Encuentran desplazada la gruesa piedra que bloqueaba la entrada y, en el interior, a un joven vestido con una túnica blanca que les dice que no tengan miedo: Jesús ya no está allí, se ha levantado. El joven les ordena que anuncien la nueva a los discípulos. Las mujeres huyen. «No dijeron nada a nadie porque tenían miedo.»

«Tenían miedo»: son las últimas palabras de Marcos.

Recuerdo mi estupefacción y, debo confesar, mi exaltación cuando Hugues me dijo esto. Insistí en vano en que mi traducción se detuviera en este versículo, y debí de hacerme el interesante en algunas cenas contando lo que pocas personas saben, que el más antiguo de las cuatro Evangelios no muestra a Jesús resucitado, sino que concluye con la imagen de tres mujeres aterrorizadas delante de una tumba vacía.

La compilación denominada *Q* nos informa de cómo hablaba Jesús. Marcos nos cuenta lo que hacía, la impresión que causaba, y esta impresión está hecha de extrañeza, de rudeza, de amenaza, más que de dulzura y de elevación filosófica. Durante mi estancia con Hervé en Turquía elaboré la lista de los exorcismos y curaciones en el Evangelio de Lucas. Con dos excepciones, los copió de Marcos, pero si se cotejan con la versión original se advierte que los edulcoró.

En Marcos son más rústicos, más triviales, ligeramente más repulsivos: Jesús hunde los dedos en las orejas de un sordo, moja con su saliva la lengua de un tartamudo, frota con ella los ojos de un ciego. Sobre todo ocupan más espacio. Si a Jesús sólo se le conociera por este testimonio, la imagen que se conservaría de él sería menos la de un sabio o maestro espiritual que la de un chamán con poderes inquietantes.

Nada de hermosas historias en Marcos, nada de discursos en la montaña y apenas un puñado de parábolas. La célebre del sembrador. La del grano que al caer en tierra germina y crece sin que se sepa cómo. La del grano de mostaza que, minúsculo cuando se siembra, acaba convirtiéndose en un árbol grande. Las tres utilizan la misma metáfora agrícola, pero dicen tres cosas distintas sobre la palabra de Jesús y su efecto sobre los que le escuchan: que al principio es infinitamente pequeño, pero destinado a ser inmenso; que crece en nosotros sin que nos demos cuenta y sin que nuestra voluntad pueda contenerlo; por último, que es fecundo para unos y no para otros, porque algunos que lo reciben están plantados en la buena tierra fértil, y entonces es estupendo para ellos, pero otros lo están dentro de espinas y pedregal, y entonces peor para ellos, es así: «Al que ya tiene se le dará, y al que no tiene se le quitará incluso lo que tiene.»

Pienso que esta palabra es profundamente verdadera, que se puede comprobar todos los días, pero que no es nada agradable de escuchar, y Jesús no se muestra más simpático cuando sus discípulos le piden que sea un poco más claro y él responde: «A vosotros os explico estos misterios. Pero a los demás les hablo con enigmas *para que* mirando no vean, oyendo no comprendan, por miedo a que se conviertan y se salven.» Recuerdo mi malestar al traducir este versículo, y que orienté bien que mal hacia la pedagogía bien entendida, con clases de diferentes niveles, algo que en realidad se asemeja mucho más a una enseñanza esotérica, reservada a la guardia más estrecha del gurú, y que arroja al profano a las tinieblas exteriores. Esta manera de proceder era opuesta a la de Pablo, y a Lucas también debió de molestarle; la prueba es que al copiar este pasaje eliminó su terrible conclusión: «por miedo a que se conviertan y se salven». Jesús no podía ser tan duro.

Otra cosa debió de incomodar a Lucas –pero algunas veces también agradarle– es la forma en que Marcos trata a los discípulos. Al divulgarse el rumor de las curaciones, cada vez más gente sigue a Jesús, y de este hatajo de marginados, de cojos, de periodistas en paro, elige a doce que trabajarán para él a jornada completa. Les envía de dos en dos a los pueblos de los alrededores, provistos de *lo básico* –sin víveres, sin una bolsa, sin una muda de ropa–, con la misión de friccionar con aceite a los enfermos y de expulsar a los demonios. Todo esto podría contarse como el nacimiento de un cuerpo selecto, una legión de gloriosos soldados de Cristo, aunque Marcos no desperdicia ocasión de mostrar a los discípulos a la luz menos halagüeña. Se supone que expulsan a los demonios, pero en cuanto se ven en el atolladero de hacerlo tienen que ir corriendo en busca del maestro. Son obtusos, pendencieros, envidiosos, como ilustra la historia de los buenos puestos que Santiago y Juan quieren reservarse al lado de Jesús para el día del Juicio. Jesús les manda a paseo pero algunas páginas más adelante vuelven a encontrar el modo de pelearse para saber quién de ellos es el más grande, y Jesús les repite, cada vez con menos paciencia, que el que quiere ser el primero debe aceptar ser el último: es la ley, y vale mucho más que la Ley. Cuando les dice que pronto será rechazado, perseguido, ajusticiado, Pedro se indigna –no hay que decir estas cosas, trae mala suerte– y obtiene una réplica acerba: nada menos que «¡Atrás, Satanás!». Jesús conoce a Satanás: dice que ha pasado cuarenta días en el desierto en su compañía, con fieras que le servían.

Después de la última cena, en el huerto de Getsemaní, se aparta para rezar con Pedro, Santiago y Juan. Les pide que velen con él, pero al cabo de un minuto roncan a pleno pulmón. Cuando van a detenerle, uno de los discípulos opone resistencia, le corta una oreja a un criado del sumo sacerdote, pero después se produce la desbandada. Ninguno de ellos está al pie de la cruz mientras en los estertores de la agonía Jesús jadea: «Dios mío, ¿por qué me has abandonado?» Sólo hay algunas mujeres que miran desde lejos. Es un oscuro simpatizante, José de Arimatea, el que descuelga el cadáver y lo deposita en una tumba. Sigue sin haber discípulos por las inmediaciones. Al final sólo hay tres mujeres asustadas, las que miraban desde la distancia, y no dicen nada a nadie porque tienen miedo.

Resumiendo: es la historia de un curandero rural que practica exorcismos y al que toman por un hechicero. Habla con el diablo, en el desierto. Su familia quiere que lo encierren. Se rodea de una banda de parias a los que aterra con predicciones tan siniestras como enigmáticas y que se dan a la fuga cuando le detienen. Su aventura, que ha durado menos de tres años, concluye en un juicio chapucero y una ejecución sórdida; en el desaliento, el abandono y el espanto. En el relato que hace Marcos no hay nada que lo embellezca o haga más amables a los personajes. Al leer esta crónica brutal, se tiene la impresión de estar lo más cerca posible de este horizonte para siempre inalcanzable: lo que sucedió realmente.

34

Son proyecciones mías, lo sé. Sin embargo, pienso que al descubrir el relato de Marcos, Lucas experimentó un poco de despecho. Ah, lo ha hecho otro... Porque él mismo deseaba hacerlo, porque quizá había empezado a hacerlo. Y después de haber leído a Marcos, debió de decirse: yo puedo hacerlo mejor. Tengo información que Marcos no tiene. Soy más instruido, sé manejar la pluma. Ese libro es un borrador escrito por un judío para judíos. Si lo leyera Teófilo, se le caería de las manos. Es a mí a quien corresponde escribir la versión definitiva de esta historia, la que leerán los paganos ilustrados.

Los historiadores modernos han repudiado la imaginería de Épinal. Prefieren la evolución del catastro y la rotación trienal de los cultivos a los tratados y las batallas, a Rolando y Roncesvalles. En materia bíblica, su mayor afán es diluir la aportación individual en una desencarnada tradición colectiva. Dicen: un Evangelio son estratos, la producción de tal o cual comunidad, no vayamos a creer ingenuamente que lo ha escrito *alguien*. Yo no estoy de acuerdo. Por supuesto que hay una comunidad, por supuesto que es también la obra de copistas y de copistas de copistas, pero esto no es óbice para que, en algún momento, lo haya escrito alguien, y ese alguien, en la historia que cuento, es Lucas. Dicen también: evitemos el anacronismo de imaginar a un evangelista trabajando a partir de varios documentos que mantiene al alcance de la mano, extendidos sobre su mesa, al igual que yo tengo algunas Biblias, a Renan nunca muy lejos y, a mi derecha, estanterías que no dejan de llenarse. Estoy puerilmente orgulloso de esta biblioteca bíblica, me siento en mi despacho como San Agustín escribiendo en el maravilloso cuadro de Carpaccio, en el que está el perrito, que puede verse en la *scuola* de San Giorgio dei Schiavoni de Venecia, y la verdad es que no veo qué tiene de inverosímil esta imagen, al menos en lo que respecta a Lucas.

Lucas era un ilustrado, un lector, y el hecho de que su hospedaje romano fuese aún más modesto que el de Marcial no excluye que él también tuviera una pequeña biblioteca. El anacronismo, si se busca uno, es la mesa, un mueble que usaban poco los romanos del alto imperio. Lo hacían todo tumbados: dormir, comer, escribir. Admitamos que, al igual que Proust, Lucas escribió su libro en la cama. Encima de su edredón descubrimos primero la Biblia Septuaginta, después el relato de Marcos copiado por él mismo, y finalmente la recopilación, también copiada por él, de las palabras de Jesús que Filipo le dio a conocer en Cesarea. Aquel rollo pequeño que siempre ha conservado en el fondo de su arcón de viaje es su tesoro. Es también ahora su ventaja comparativa sobre Marcos que, como no ha tenido acceso al rollo, es parco en lo referente a las enseñanzas de Jesús. La Septuaginta, Marcos y *Q:* son sus tres documentos de referencia, a los que creo que hay que añadir Flavio Josefo.

Como amigo de Tito, Josefo no sufrió la ola antijudía que siguió a la caída de Jerusalén. La mayoría de los prisioneros judíos habían sido transportados como esclavos a Roma. Él se instaló confortablemente en una hermosa casa sobre el Palatino, con una pensión vitalicia, un anillo de caballero, su acceso privilegiado a la corte y, como hacen a menudo los diplomáticos obligados a una jubilación anticipada, se reconvirtió en historiador. Primero en arameo, después en un griego refinado hasta el arcaísmo, escribió este relato del que me he servido abundantemente y donde busca al mismo tiempo halagar a Tito, atribuirse un bello papel y defender a su pueblo, al que una pandilla de irresponsables ha conducido a su perdición. *La guerra de los judíos* se publicó en el año 79. Un romano cultivado y con curiosidad por el judaísmo tenía que haber oído hablar de este texto. Es un libro grueso; 500 páginas apretadas en las Éditions de Minuit, sin contar el prefacio de Pierre Vidal-Naquet. Debía de ser un libro caro. Lucas quizá lo consultó en una biblioteca pública –las había excelentes, como la del templo de Apolo–, pero me lo imagino más bien apretándose el cinturón para comprarlo en una de las librerías del Argileto donde se abastecía Marcial. Como yo mismo conozco bien esa alegría, me lo imagino llevando su botín a casa, la fuente de palabras, de nombres, de costumbres, de pequeños hechos históricos de la que sacará provecho. En el Evangelio, y sobre todo en los Hechos, hablará del maestro fariseo Gamaliel, del rebelde Teudas, del Egipcio, de toda clase de gente totalmente desconocida del mundo romano, con la delectación del periodista que acaba de localizar el documento con el cual su reportaje va a cobrar peso y consistencia, coincidir en la mente de sus lectores con acontecimientos verificables. De este modo leemos a Josefo, como contrapunto del Nuevo Testamento. Por eso Arnauld d'Andilly, el jansenista que lo tradujo al francés en el siglo XVII, lo llamaba el «quinto evangelista».

35

Y bien, ya estamos en Roma, hacia finales de los años setenta del siglo I. Lucas empieza a escribir su Evangelio.

En cuanto a mí, les invito a que vuelvan a la página [268] para releer en el tercer párrafo las palabras a Teófilo. Adelante, les espero.

¿Las han releído? ¿Estamos de acuerdo? El programa que se fija Lucas es un verdadero programa de historiador. Promete a Teófilo una investigación sobre el terreno, un informe fiable: algo serio. Ahora bien, apenas formulada esta exigencia, ¿qué hace a partir de la línea siguiente?

Una novela. Una auténtica novela.

36

«Hubo en los días de Herodes, rey de Judea, un sacerdote, llamado Zacarías, que pertenecía a la familia sacerdotal de Abias, casado con una mujer descendiente de Aarón, que se llamaba Isabel.»

El lector no sabe quiénes son Zacarías e Isabel. Nadie ha oído hablar nunca de ellos, pero sí del rey Herodes, y es como en *Los tres mosqueteros,* donde personajes como Luis XIII o Richelieu confieren credibilidad a Athos, Porthos, Aramis y madame Bonacieux. Zacarías e Isabel, prosigue Lucas, son justos, aman a Dios y se complacen observando su Ley. Por desgracia, no han conocido la dicha de tener un hijo. Un día en que Zacarías reza en el Templo se le aparece un ángel. Le anuncia que Isabel va a darle un hijo al que deberán llamar Juan. Zacarías se asombra: Isabel y él son ya viejos... Para escarmentarle por dudar, el ángel le priva de la palabra. Zacarías sale del Templo, mudo, y así se quedará. Pronto Isabel estará embarazada.

La gran diferencia entre el Antiguo y el Nuevo Testamento, decía el filósofo alemán Jakob Taubes, es que el Antiguo está lleno de historias de mujeres estériles a las que Dios concede la merced de engendrar cuando ellas ya no creían poder hacerlo, y que no hay una sola en el Nuevo. Ya no se trata de creced, multiplicaos y prosperad, sino más bien de volverse eunucos para el Reino de los cielos. La historia de Isabel parece debilitar este penetrante comentario, pero no, de hecho: en el ánimo de Lucas estamos aún en el Antiguo Testamento. Zacarías e Isabel se hallan en el umbral del Evangelio como representantes del viejo Israel, y uno de los rasgos que más me conmueven de mi héroe es la ternura que puso en pintarles.

Cierto es que esta pintura huele a pastiche. Cuando el ángel anuncia a Zacarías en el Templo que el hijo que va a nacer «será grande ante el Señor y no beberá vino ni bebida fermentada, y estará lleno del Espíritu Santo desde el seno de su madre, y caminará bajo la mirada del Señor con el espíritu y el poder de Elías...», hay que recordar que este flujo de vocablos enfáticamente judíos, este exceso de color local son invención de un gentil que, unos años antes, ha visto el Templo por primera vez sin comprender nada de los remilgos a los que constreñía su maestro Pablo. Pero ha vuelto al Templo. Ha vagado alrededor. Aun siendo parte interesada de un movimiento que irresistiblemente se libera del judaísmo, ha querido conocerlo. Ha hecho algo más que conocerlo: lo ha amado.

La línea del Partido, en el momento en que escribe, ordena fulminar a Israel. Es lo que hacen celosamente los demás evangelistas, que son judíos. No así Lucas. Él, el único *goy* del cuarteto, abre su Evangelio con esta pequeña novela histórica, abundante en semitismos tomados de la Septuaginta, con la esperanza de hacer sentir a Teófilo la belleza de aquel mundo desaparecido, de aquella piedad que se expresa menos en las vastas columnatas del Templo que en el alma recogida y escrupulosa de los justos como Zacarías e Isabel. Como si antes de soltar amarras quisiera recordarnos que ellos dos conocen, como nunca conocerá ningún otro pueblo, el sentido de la palabra de Job: «Desde dentro de mi carne contemplo a Dios.»

37

Isabel oculta su embarazo durante cinco meses. El sexto, el mismo ángel, Gabriel, visita a la prima de Isabel, María, que vive en Nazaret, en Galilea. A ella también le anuncia que concebirá y dará a luz a un hijo. Le llamará Jesús pero será llamado Hijo de Dios. El anuncio turba a María: es la prometida de un tal José, pero sólo prometida, es decir, virgen. ¿Cómo iba a concebir si no conoce varón? «No te preocupes», le responde el ángel, «nada es imposible para Dios. ¿No ha concebido en la vejez tu prima Isabel, a la que llamaban la estéril?» María podría replicar que un embarazo tardío y un embarazo virginal no son exactamente lo mismo, pero se limita a responder: «Soy la sierva del Señor. Que me suceda según su voluntad.»

Los dos testigos más antiguos del cristianismo, Pablo y Marcos, no conocen esta historia de concepción virginal. Diez o veinte años después aparece en dos Evangelios cuyos autores se desconocen mutuamente. Lucas escribe en Roma, Mateo en Siria, los dos narran el nacimiento de Jesús y, salvo en este punto, sus relatos no tienen nada en común. Mateo dice que unos magos vinieron de Oriente, guiados por una estrella, para adorar al futuro rey de los judíos. Dice que el verdadero rey de los judíos, Herodes, al saber esto y temiendo ser destronado un día, ordenó matar a todos los niños de la región menores de dos años. Dice que José, prevenido por el ángel, salvó a su familia llevándola a Egipto. Lucas no sabe nada de todo esto, que sin embargo no es banal, pero dice, al igual que Mateo, que Jesús nació de una virgen. ¿De dónde sale esta historia? ¿Quién la ha puesto en circulación? Nadie sabe nada. Su nacimiento es misterioso, aun cuando no se acepte que lo sea el de Jesús. No tengo ninguna teoría a este respecto.

Tengo una, en cambio, sobre la manera en que Lucas construyó su relato, y sobre este aspecto me siento claramente más competente. Es porque hay en esta escena de la Anunciación un hallazgo de novelista, o de guionista, tan extraordinario como la entrada en escena de Pablo en los Hechos. Recordemos: Lucas cuenta la lapidación de Esteban y señala, de pasada, que para lapidarle más a sus anchas los asesinos entregaron sus mantos para que se los custodiase a un joven llamado Saúl. Asimismo conocemos de pasada, por boca del ángel Gabriel, que esta Isabel introducida sin motivo aparente al principio del Evangelio es la prima de María: por lo tanto, los dos niños que van a nacer, Juan y Jesús, serán primos también.

Mi lector quizá lo haya advertido: a veces no dudo en seguir la tradición, en contra de los historiadores sospechosos. Por ejemplo, no me parece tan absurda la hipótesis, asociada, no obstante, al fundamentalismo más grosero, según la cual Lucas obtiene determinadas informaciones de María en persona. Pero estoy dispuesto a apostar mi sitio en el Reino de los cielos a que este parentesco de primos entre Jesús y Juan es una invención. Y no una invención heredada, como la visita del ángel Gabriel, de una de aquellas nebulosas «comunidades primitivas» que según los biblistas escribieron los Evangelios. No, es una pura y simple invención de Lucas.

Se encontraba ante un pliego de condiciones exigiéndole que hablase, en primer lugar, del nacimiento virginal de Jesús y, en segundo, del personaje de Juan, al que no sabía muy bien dónde meter. Estaba en la cama, o en las termas, o se paseaba por el campo de Marte cuando la idea se le pasó por la cabeza: ¿y si Jesús y Juan fuesen primos? ¡Le vendría de perlas a su tarea de narrador! Como he conocido alguna vez el equivalente, imagino la excitación de Lucas e imagino que en la estela de esta idea se desplegó como una evidencia la composición completa de sus dos primeros capítulos, majestuosa y pura como un fresco de Piero della Francesca.

38

Después de la Anunciación viene la Visitación, esto es, que María abandona su pueblo galileo para saludar a su prima en Judea. Cuando entra, el hijo de Isabel se remueve en su vientre. Las dos mujeres, una embarazada de Jesús y la otra de Juan, están frente a frente. Inspirada por el Espíritu Santo, Isabel le dice a María que ha sido bendecida entre todas las mujeres porque es la madre del Señor, y María entona lo que estamos tentados de llamar su gran aria, dado que se la ha musicado tanto, y de manera tan espléndida. En la Biblia latina, esta acción de gracias comienza con las palabras *Magnificat anima mea Dominum,* «mi alma exalta al Señor», y por eso la llaman el *Magnificat.*

Hace más de diez años, hice pesquisas a tientas sobre mi abuelo materno, Georges Zurabishvili, que desembocaron en *Una novela rusa.* Este hombre brillante pero sombrío, destinado a la desdicha, y que desaparecería trágicamente al final de la Segunda Guerra Mundial, buscó en la fe cristiana una respuesta a las preguntas que le atormentaban. Como yo haría cincuenta años más tarde, iba a misa cada día, se confesaba, comulgaba, y al leerle reconocí lo que yo mismo había experimentado: la necesidad de encontrar para su angustia el asidero de una certeza; el paradójico argumento de que someterse a un dogma es un acto de suprema libertad, el modo de dar sentido a una vida invivible que se convierte en una sucesión de pruebas impuestas por Dios. Entre sus papeles encontré un largo comentario del *Magnificat.* ¿Qué es el Evangelio?, se pregunta. Y responde: es la Palabra de Dios, revelada a los hombres e infinitamente más grande que ellos. ¿Y qué es el *Magnificat?* Es la respuesta más acertada que se puede dar a la Palabra de Dios. Docilidad orgullosa, sumisión alegre. Es a lo que debería tender cualquier alma: a ser sierva del Señor.

Lo mismo que mi abuelo, recité estos versículos tratando de impregnarme de su fervor. Jacqueline decía que la devoción a la Virgen era el camino más seguro hacia los misterios de la fe: quise practicarla, durante unos meses llevé en mi bolsillo un rosario que Jacqueline me había regalado y veinte, treinta veces al día, recitaba el *Te saludo, María.* Hoy trazo el retrato de un evangelista hombre de letras, guionista, forjador de pastiches, y advierto que este poema sublime, el *Magnificat,* es de principio a fin una ristra de citas bíblicas. En el margen de la TEB figuran dos por línea, la mayoría procede de los Salmos y, curiosamente, la emoción que me habría gustado sentir y no sentía cuando rezaba mis rosarios, la experimento ahora cuando imagino a Lucas cribando la Septuaginta, escogiendo esos fragmentos de antiguas oraciones judías, engastándolas con un cuidado meticuloso, como un orfebre que monta un collar de piedras preciosas, para infundir a Teófilo la idea de lo que era el amor de Dios para los judíos a los que Dios ha abandonado.

María se queda tres meses en casa de su prima y después vuelve a la suya. Isabel da a luz. Quieren llamar al niño Zacarías, como su padre, pero éste, que se ha quedado mudo desde su visión en el Templo, escribe en una tablilla que no, que debe llamarse Juan. Escrito lo cual, la lengua se le suelta y entona a su vez un cántico sobre los designios de Dios y el papel que en ellos desempeñará su hijo: «Y tú, niño, serás llamado profeta del Altísimo porque caminarás bajo la mirada del Señor para preparar sus caminos y guiar a quienes están en las tinieblas y la sombra de la muerte.» La TEB dice muy vagamente que este cántico, llamado el *Benedictus,* debe de «provenir de la comunidad palestina», cosa que no aclara nada y dispensa de reconocer que es, como el *Magnificat,* un ensamblaje suntuoso confeccionado por Lucas. Mi hijo Jean Baptiste fue bautizado a los acordes de este *Benedictus.*

Y en esto aparece el decreto de César Augusto encaminado a censar nada menos que el mundo entero. A Quirinio, a la sazón gobernador de Siria, le encomiendan su aplicación en Palestina. Es lo que dice Lucas, que se pretende historiador, suministrador de datos fiables y comprobables, y los historiadores, dos mil años más tarde, están un poco molestos porque ese censo, aunque ciertamente supervisado en Palestina por el gobernador Quirinio, tuvo lugar diez años después de la muerte de Herodes, bajo cuyo reinado Mateo y Lucas hacen nacer a Jesús. En el relato de Lucas, la cuestión del censo sólo sirve para una cosa: hacerle nacer en Belén y cumplir así una profecía totalmente marginal y eludida, que nada le obligaba a poner de relieve. Es un error clásico de guionista: encarnizarse en resolver una incoherencia sobre la cual todos los esfuerzos que se realizan no hacen más que llamar la atención, de tal forma que salta a la vista cuando habría bastado no preocuparse de ella para que pasara sin ningún problema. Aquí, como forma parte de su pliego de condiciones que Jesús nazca en Belén, Lucas se siente obligado a explicar por qué sus padres, que son de Nazaret, se desplazan a Belén para el parto. Respuesta: porque aproximadamente por la misma época hubo un censo, había que censarse en la ciudad natal y José, aunque no había nacido en Belén, era miembro de la familia de David, que tenía allí sus raíces.

Bien.

Ahora, lo que logra el éxito de la película no es la verosimilitud del guión sino la fuerza de las escenas y, en este terreno, Lucas no tiene rival: el albergue repleto, el establo, el recién nacido al que arropan y acuestan en un pesebre, los pastores de las colinas de las inmediaciones que, avisados por un ángel, vienen en procesión a enternecerse con el niño... Los Reyes Magos proceden de Mateo, el buey y el asno son añadidos mucho más tardíos, pero todo lo demás se lo inventó Lucas y, en nombre del gremio de novelistas, digo: un respeto.

A estas alturas, no nos asombrará que sea el único de los cuatro evangelistas que recuerda que Jesús fue circuncidado. En un tiempo en que bajaban los pantalones a los viejos en plena calle para verificar si pertenecían a la raza maldita, era tentador pasar de largo sobre este episodio, pero Lucas no lo hace. Insiste en ello, como en referir la presentación del niño en el Templo. Hay allí un hombre muy anciano llamado Simeón. Es justo y piadoso, aguarda el consuelo de Israel y el Espíritu Santo le ha prometido que no morirá sin haber visto al Mesías. Este Simeón se parece mucho a Zacarías. Los dos se parecen sobre todo a Santiago, hermano del Señor. Así como en mi opinión Lucas escribió la carta atribuida a Santiago en el Nuevo Testamento, así también estoy convencido de que pensó en él al componer el tercero de los grandes acordes que puntean su prólogo. El anciano sostiene al niño en sus brazos: «Y ahora», dice, «ahora, Señor, puedes dejar partir en paz a tu servidor, porque mis ojos han visto la salvación de Israel.» Se adivina que le acuna mientras murmura esto, y la sublime cantata que Bach extrajo del episodio, *Ich habe genug,* también nos acuna el ánimo.

Los dos chicos, Juan y Jesús, crecen en estatura, en sabiduría y en gracia a los ojos de Dios. María conserva fielmente todas estas cosas en su corazón. Así concluye este prólogo de oro, incienso y mirra, tras el cual entran en escena los dos héroes, esta vez adultos y, como en *Érase una vez en América,* interpretados no por mocosos que se les parecen sino por Robert de Niro y James Woods en persona.

39

Las vidas paralelas de hombres ilustres eran un género de moda. Con arreglo a este esquema, Lucas construyó magníficamente su prólogo, pero a continuación se ve en apuros, porque tiene mucho que contar de uno de sus dos héroes pero poco del otro. Si al contar esas dos encantadoras infancias judías ha dado rienda suelta a su talento de novelista, en lo que respecta a Juan se limita a copiar escrupulosamente sus fuentes, absteniéndose de dar su parecer, y pienso que es porque no lo tiene. Porque esta parte de la historia no le dice nada. Los ascetas le dan miedo, se le nota aliviado cuando Herodes arroja al Bautista a la cárcel, donde lo dejará languidecer hasta el momento de su decapitación. Incluso produce la impresión de un ligero apresuramiento cuando entre el bautismo de Jesús y su estancia en el desierto con el demonio Lucas inserta como puede, bastante mal, como si tratase de desembarazarse de ella, una genealogía del Salvador que difiere totalmente de la de Mateo excepto en un punto: los dos se afanan en demostrar que Jesús desciende de David a través de José, a pesar de que han asegurado que José no era su padre. Está claro que tarda en entrar en el meollo del asunto, yo también, y para mostrar cómo entra propongo una pequeña explicación de texto.

Leamos a Marcos: «Volvió a su pueblo natal. Sus discípulos le seguían. Llegado el sabbat, se puso a enseñar en la sinagoga. Muchos de los que le oían, turbados, decían: "¿De dónde saca esa sabiduría? ¿Y este poder, que actúa con sus manos? Sin embargo, ¡es sólo un carpintero! ¡El hijo de María, el hermano de Santiago, de José, de Judas, de Simón! ¡Sus hermanas viven aquí, entre nosotros!" No salían de su asombro. Jesús les dijo: "Un profeta sólo es despreciado en su pueblo, en su familia, en su casa." Y allí no podía hacer ningún milagro.»

Veamos ahora lo que hace Lucas con esta sinopsis.

Jesús «se dirige a Nazaret, donde ha crecido. Según su costumbre, va el día del sabbat a la sinagoga y se levanta para hacer la lectura».

(Recordemos: es lo que también hacía Pablo.)

«Le entregan el libro del profeta Isaías. Al desenrollarlo, encuentra el pasaje donde está escrito:

El Espíritu del Señor está sobre mí
porque me ha consagrado con la unción
para que lleve la buena nueva a los pobres
anuncie la liberación a los cautivos
a los ciegos que verán de nuevo
a los oprimidos que vencerán
y proclamar un año de gracia del Señor.»

(Es seguro que este texto lo entresacó Lucas cuidadosamente de la Septuaginta. Debió de dudar entre varios escritos; me intriga saber cuáles.)

«Enrolla el libro, se lo entrega al servidor de la sinagoga. Se sienta.

Todos los ojos están fijos en él.»

(Nuestro viejo amigo Eusebio, el historiador de la Iglesia, dice que Marcos escribió su Evangelio de acuerdo con las «didascalias» de Pedro: lo cual quería decir sus instrucciones. Pero en el sentido moderno de la palabra, que designa, en el teatro, las indicaciones escénicas, se puede afirmar que el rey de la didascalia es Lucas.)

«Entonces les dijo: Hoy se cumple en vuestros oídos este pasaje de la Escritura.»

(Dicho de otro modo: es de mí de quien se trata. Una vez más, es un procedimiento de Pablo, por lo demás he espigado esta escena para describir su intervención en la sinagoga de Troas.)

«Todos se quedan atónitos. Dicen: ¿Éste no es el hijo de José?»

(Lucas hace un hueco a José, al que Marcos no conoce. En cambio, se olvida de los hermanos y hermanas.)

«Jesús dice: Sin duda vais a recordarme el proverbio: médico, empieza por curarte a ti mismo. Sabemos lo que ocurrió en Cafarnaúm: haz eso mismo aquí, en tu casa. Pero yo os digo: nadie es profeta en su tierra. Y escuchad, también os digo: en el tiempo de Elías, había muchas viudas en Israel cuando el cielo estuvo cubierto durante tres años y hubo una gran hambruna en todo el país. Pero no les enviaron a Elías, sino a una viuda de Sarepta, en el país de Sidón. Había también muchos leprosos en Israel en el tiempo del profeta Eliseo, pero no fueron ellos los curados, sino Naamán, el sirio.»

(Sarepta era un pueblo fenicio, vale decir griego. Era una máxima de Pablo que la salvación concierne tanto e incluso más a viudas de Sarepta y leprosos sirios como a viudas y leprosos judíos. Con tan poca vergüenza como verosimilitud histórica, Lucas la pone en boca de Jesús, del que Marcos, sin embargo, nos dice que el día en que una griega de origen fenicio le pidió que curase a su hija, su primer impulso fue responder: «Antes deja que los niños se sacien, porque no está bien quitarles el pan para dárselo a los perritos.» Palabra violenta que puede traducirse así: primero curo a los judíos, porque son hijos de Dios, y los paganos, en cambio, son perros; perritos, quizá encantadores, pero perros. La gente de Nazaret pensaba exactamente lo mismo. Por eso, cuando el Jesús de Lucas saca este pequeño sermón paulino, es muy mal recibido.)

«La furia les sofoca. Se levantan, lo expulsan de la ciudad, lo arrastran hasta una vertiente de la montaña para precipitarlo desde allí arriba.»

(Con una frase apacible, es el relato de un linchamiento, como Pablo sufrió varios.)

«Pero él, pasando por en medio de ellos, prosiguió su camino.»

40

Lucas se limita a copiar a Marcos, pero la mayoría de las veces hace lo que acabo de mostrar. Dramatiza, guioniza, fabula. Añade «levantó los ojos», «se sentó» para que las escenas sean más vivaces. Y cuando algo no le gusta no duda en corregirlo.

Respecto a algunos detalles del Evangelio, he hablado de su «acento de verdad». Es un criterio en el que creo, aunque reconozco que es subjetivo. Otro criterio es el que los exégetas llaman «el criterio de incomodidad»: cuando escribir una cosa tenía que ser embarazoso para su redactor, hay muchas posibilidades de que sea cierta. Por ejemplo: la extrema brutalidad de las relaciones de Jesús con su familia y sus discípulos. Hay buenos motivos para creer lo que dice Marcos sobre el particular. Hay menos para aceptar la versión de Lucas. El primero refiere que sus familiares fueron a buscar a Jesús para encerrarlo, el segundo que no pudieron acercársele a causa de la multitud. El primero, que sin embargo era el secretario de Pedro, cuenta que Jesús le rechaza gritándole: «¡Atrás, Satanás»; el segundo corta la escena, como corta o arregla todas aquellas en las que los discípulos se conducen como un hatajo de idiotas, salvo cuando se refieren a Juan, contra el cual abrigaba una inquina.

Marcos cuenta que Jesús, que tiene hambre, divisa en su camino una higuera con hojas pero sin higos. No es de extrañar: no es la estación de los higos. Pese a ello, maldice a la higuera: «Que nunca más nadie coma tus frutos.» Al día siguiente vuelve a pasar por delante de la higuera con sus discípulos y Pedro, al recordar la maldición de la víspera, señala que se ha secado hasta las raíces. Jesús, bastante curiosamente, responde que la fe puede mover montañas. Nadie se atreve a preguntarle por qué, en este caso, no ha hecho que la higuera dé fruto en vez de matarla.

La historia es amenazadora: se adivina vagamente que la higuera maldita es Israel. Es sobre todo oscura. Jesús era a menudo amenazador y oscuro. Hablaba de falsos profetas que llegan disfrazados de ovejas pero que por dentro son lobos feroces, y que hay que reconocerlos por sus obras. Esos embrollos no agradan a Lucas. Igual que a mí, le gustan las metáforas legibles, que se pueden transponer palabra por palabra, y entonces se limita a decir, prudentemente, que no se recogen higos de las espinas ni uvas de las zarzas. Marcos debió de verse tentado de suprimir la historia de la higuera, tal como la cuenta. Al final encuentra la forma de arreglarla, poniendo en labios de Jesús una parábola a la vez clara y optimista. La higuera no ha dado fruto desde hace tres años, su propietario quiere talarla pero el jardinero la defiende: démosle una oportunidad, si la cuidamos bien quizá dé higos más tarde... Es una concepción distinta de la educación: paciencia contra severidad y, si pensaba en Israel, esto debía de corresponder a los deseos sinceros de Lucas. Admitamos que también es algo banal y hasta un poco tonto.

A los vomitadores de tibios no les gusta Lucas porque les parece demasiado bien educado, demasiado refinado, demasiado hombre de letras. Cuando topa con esta frase terrible, y terriblemente verdadera: «Al que tiene se le dará, y al que no tiene se le quitará», no puede evitar corregir la incoherencia y, por ende, restarle fuerza: «Al que no tiene, se le quitará *incluso lo que cree que tiene.»* (Me temo que es la clase de correcciones que yo sería capaz de hacer.) Pero la cosa es más complicada, como de costumbre. Porque donde los demás escriben: «El que ama a su padre, a su madre, a su hijo más que a mí no es digno de mí», el amable Lucas aumenta la violencia: «Quien venga a mí sin *odiar* a su padre, su madre, *su mujer* [a ella la habían olvidado], sus hijos, sus hermanos, sus hermanas *y hasta su propia vida* no puede ser mi discípulo.» Es también el amable Lucas el que hace decir a Jesús: «He venido a arrojar fuego sobre la tierra. ¡Cómo me gustaría que ya hubiera prendido!»

41

En el relato de la Pasión, Lucas, en conjunto, se ciñe a Marcos, pero lo enriquece con manierismos que no siempre me entusiasman. En el monte de los Olivos, es a la vez sulpiciano –un ángel desciende del cielo para reconfortar a Jesús– y morboso: el sudor de angustia que cubre su frente se transforma en gruesas gotas de sangre. Uno de sus discípulos, cuando van a detener a Jesús, saca su cuchillo y le corta la oreja a un criado del sumo sacerdote. Juan nos informa de que ese criado se llamaba Malco, y es el tipo de detalle al que concedo veracidad: ¿por qué decirlo, si no? Lucas, por su parte, añade que al tocar la oreja del herido Jesús la cura, y esto no me lo creo en absoluto.

Abordo ya el Gólgota. Los soldados, en Marcos, escupen al rostro de Jesús, del mismo modo que él escupía en los ojos de los ciegos. Lucas elimina todos los esputos, que escandalizarían a Teófilo, pero en cambio agrega diálogo. Allí donde Marcos, con su laconismo y su temible aspereza, sólo deja constancia de una frase de Jesús en la cruz, Lucas, siempre más locuaz, le presta tres.

La primera es la que Jesús dice de sus verdugos: «Padre, perdónales porque no saben lo que hacen.»

Ante el mal, es lo que siempre debería decirse, ¿no?

La última es la que menos me gusta. En el momento de expirar, Jesús dice: «Padre, en tus manos encomiendo mi espíritu», y es conmovedor, sin duda, pero mucho menos hermoso, mucho menos terrible que en Marcos: *Eli Eli lamma sabactani,* «Padre, padre, ¿por qué me has abandonado?».

Pero el más bello hallazgo de Lucas está entre los otros dos, como la cruz de Jesús entre las de los otros dos condenados. Ellos son bandidos, están muriendo en medio de sufrimientos atroces, y no obstante uno de ellos se burla de Jesús: «Si eres el Salvador, sálvate a ti mismo.» El otro protesta: «En nosotros es justo, nosotros pagamos por nuestros crímenes, pero él no ha hecho nada malo.» Y le dice a Jesús: «Acuérdate de mí, te ruego, cuando estés en tu reino.»

Respuesta de Jesús: «Esta noche estarás allí conmigo.»

Cuenta Miguel de Unamuno que un bandolero español dice al verdugo antes de que le ahorque: «Moriré rezando el Credo; pero no me cuelgues hasta que yo haya dicho: creo en la resurrección de la carne.»

Este bandolero es el hermano del anterior, y esta frase muestra que sabe mucho más de Jesús que todas las personas inteligentes como yo. Pero va a morir: eso ayuda.

42

Lucas amaba a los bandidos, las prostitutas, los recaudadores colaboracionistas. «Los individuos tarados y decepcionados», como dice un exégeta que se asombra de esta predilección. La sentía Jesús, no cabe ninguna duda, pero cada evangelista tiene su especialidad y la de Lucas, que era médico, es recordarnos continuamente que los médicos están ahí para los enfermos, no para los sanos. Nos recuerda también, él, tan pertinente, que la gran virulencia de que era capaz Jesús no se descarga nunca, absolutamente nunca, contra los pecadores, sino sólo contra las personas de bien. Es el hilo rojo que corre a la largo de su *Sondergut* –su «bien propio»–, lo que *sólo* existe en uno mismo. Los exégetas sostienen que este *Sondergut,* del que ahora quiero dar algunos ejemplos, lo extrae de una fuente desconocida. Yo pienso que esta fuente es casi siempre su imaginación, pero ¿es tan diferente de la inspiración divina?

Un fariseo invitó a Jesús a su casa. Jesús va, se sienta a la mesa. Llega una pecadora, vale decir una puta, con un frasco de perfume. Ella llora, le rocía los pies con sus lágrimas, se las seca con los cabellos, los asperja de perfume. El fariseo está escandalizado, no dice nada, pero Jesús le oye pensar muy fuerte. Lucas aquí trabaja su diálogo: «Simón, tengo algo que decirte.» «Habla, maestro.» Entonces Jesús cuenta la historia del acreedor que tiene dos deudores, uno que le debe quinientos denarios y otro que le debe cincuenta. Como ninguno de los dos tiene con qué pagarle, cancela la deuda de ambos. «¿Quién se lo agradecerá más?» El fariseo: «El que tenía la deuda más grande.» «Has juzgado correctamente», dice Jesús.

Justo después de este episodio Lucas, hábilmente, desliza un párrafo sobre esas mujeres que junto con los Doce rodean a Jesús: María Magdalena, pero también nuestra querida amiga Juana, la mujer de Chuza, Susana y otras varias, «que les asisten con sus bienes». Para ello es preciso que tengan bienes, al menos unos pocos, y esas señoras caritativas que Lucas es el único en mencionar debían de recordarle a la buena Lidia de Filipos. Aun siendo el más firme del cuarteto en cuanto a la dicha prometida a los pobres y la maldición vinculada con la riqueza, Lucas es también el más proclive a recordar que hay ricos buenos, al igual que hay buenos centuriones. Es el más sensible a las categorías sociales, a sus matices, al hecho de que no determinen totalmente las acciones. Como historiador de la Segunda Guerra Mundial, habría insistido en el hecho de que la gente de Acción Francesa y de las Cruces de Fuego figuró entre los primeros héroes de la resistencia.

Ya lo he contado: mal recibidos por los samaritanos, Santiago y Juan piden a Jesús que haga caer sobre ellos el fuego del cielo y él les manda a paseo. El episodio está en Marcos, Lucas lo copia con tanta más vivacidad porque no contribuye a la gloria de Juan, pero dos páginas más adelante añade una posdata de su cosecha. Alguien pregunta a Jesús qué hay que hacer para ganar la vida eterna. «¿Qué dice la Ley?» «Amar a Dios con todo tu corazón y al prójimo como a ti mismo.» «Bien», dice Jesús, «haz eso y vivirás.» «Pero ¿quién es mi prójimo?», insiste el otro. Entonces Jesús pone el ejemplo de un viajero al que unos malhechores han dejado por muerto en el camino de Jerusalén a Jericó. Un sacerdote, y después un levita, pasan de largo sin socorrerle. Finalmente, es un samaritano el que se para, le atiende, le lleva a la hostería y al marcharse deja un poco de dinero al hostelero para que se ocupe de él.

Desde el punto de vista de los judíos piadosos, los samaritanos son peores que los paganos: parias, la hez de la humanidad. El sentido, pues, es claro: a menudo, los réprobos se comportan mejor que los virtuosos. Moral típica de Lucas, pero que se puede ampliar más. Recuerdo que una noche, en mi casa, una amiga nos contó sus sinsabores con un sin techo al que había cogido simpatía, había intentado ayudarle, le había invitado a tomar un café, y el resultado fue que no consiguió quitárselo de encima. No la dejaba en paz, la esperaba en la entrada de su edificio. La mala conciencia la atormentaba hasta el punto de que le dejó pasar una noche en su casa e incluso dormir con ella en la misma cama. Él le pidió que le besara. Como ella no quería, él se echó a llorar. «Te doy asco, eh, ¿es eso?» Era eso y, en vez de confesarlo, ella cedió. Es uno de los recuerdos más penosos de su vida, y un ejemplo de los efectos perversos a los que expone la aplicación de los principios evangélicos: da lo que te piden, pon la otra mejilla. Lo que está bien en el buen samaritano es que no se excede. No se despoja de todo su dinero, ni siquiera de la mitad, no hospeda en su casa al desventurado. Nosotros no haríamos necesariamente lo que él hace: porque la región es poco segura, porque la guía del trotamundos aconseja desconfiar de los falsos heridos que sacan un arma en cuanto un coche se detiene y huyen al volante dejando al conductor en cueros al borde de la carretera, pero todos sabemos lo que habría que hacer: prestar una asistencia mínima a una persona en peligro. Ni más ni menos. Lucas quizá pensó, al inventar esta anécdota, en el robusto pragmatismo que admiraba en Filipo, apóstol de los samaritanos. Las exigencias maximalistas de Jesús debían de asustarle algunas veces. Las matiza abogando por una caridad razonable.

Ahora es un importuno que despierta a un amigo en mitad de la noche para pedirle un favor. Al principio el otro gruñe, dice que es tarde, que está durmiendo y también su familia, pero el importuno lo es hasta el extremo que no le queda más remedio: rezonga y luego se levanta. Moraleja: no dudar nunca en jorobar a alguien. Lucas estaba tan contento con esta historia que unos capítulos más adelante hace una especie de *remake* con una viuda refunfuñona que abruma a un juez con sus peticiones y el juez acaba dándole satisfacción, no porque tema a Dios o ame la justicia, pues se nos dice, por el contrario, que es un mal juez, sino para que la viuda deje de incordiarle.

El primero de estos pequeños bosquejos donde los rompepelotas se ponen como ejemplo llega justo después de que Jesús haya enseñado a sus discípulos la oración de oraciones, el *padrenuestro,* y quienes dicen que la oración petitoria no es noble, que no hay que molestar al Señor con nuestras pequeñas cuitas y pequeños deseos, harían bien en releerlo. Jesús lo machaca en términos que Jacqueline no se cansaba de recordarme: «Pedid y se os dará. Buscad y encontraréis. Llamad y os abrirán. Si vuestro hijo os pide un pescado, ¿quién de vosotros le dará una serpiente? Si os pide un huevo, ¿quién le dará un escorpión? Si vosotros, que sois malos, sois capaces de dar cosas buenas a vuestros hijos, ¡imaginad lo que el Padre da a los que le piden!»

Habría agradecido que Lucas extremase el sentido de los matices que le atribuyo hasta contarnos una historia de un buen fariseo. Por desgracia, no hay ninguno, y en la segunda mitad del Evangelio esas personas honorables, puesto que lo son, no paran de recibir rapapolvos. Veamos el caso de otro que invitó a comer a Jesús. Éste se sienta a la mesa sin hacer las abluciones requeridas. Como su anfitrión se asombra, Jesús prorrumpe en imprecaciones vehementes: «¡Teníais que ser vosotros, los fariseos! ¡Os jactáis de hacerlo todo bien y en realidad sois los peores pecadores! ¡Malditos seáis!» Estos insultos ocupan diez líneas. Un comensal se declara indignado, no es de extrañar, y se gana a su vez una andanada. «¡Cargáis a la gente con fardos que vosotros no lleváis! ¡Vuestros padres mataron a los profetas y vosotros habríais hecho lo mismo que ellos!»

Al leer esto uno se pregunta qué mosca le ha picado a Jesús, si el episodio ocurrió o si Lucas se lo ha inventado. En el fondo, no es nada nuevo: esos lancinantes reproches a las élites, que hoy día harían tachar a Jesús de populista, se encuentran en otras partes de los Evangelios, pero son más pertinentes y por tanto más aceptables. Aquí da la impresión de que a Lucas le quedaban existencias no empleadas y que imaginó para utilizarlas esta escena de un almuerzo en que Jesús actúa como un tipo odioso que viene a tu casa, pone los pies encima de la mesa, escupe en la sopa y te maldice, a ti y a tu familia, hasta la novena generación. Es tanto más extraño por parte de Lucas porque su maestro

Pablo insistía sin cesar en el respeto que se debe, piense uno lo que piense, a las costumbres de los demás cuando estás con ellos, y con mayor razón en casa de ellos. La única ventaja de este episodio desagradable es que, por un lado, se comprende que ante la proximidad de Jerusalén Jesús se pone cada vez más nervioso y agresivo, olvida los modales de «hombre galante» por los que le felicitaba Renan, y, por otro, que los fariseos «empiezan a tenerle un rencor terrible y a tirarle de la lengua tendiéndole trampas».

43

Hay otra comida más en casa de un fariseo. Llegan unos invitados, eligen los mejores puestos en la mesa. Jesús les lee la cartilla: si te coges por tu cuenta el mejor sitio, te arriesgas a que te desalojen, mientras que si eliges el peor lo único que te puede ocurrir es que te den otro mejor. «El que se ensalza será humillado, y el que se humilla será ensalzado.»

Entonces se vuelve hacia su anfitrión: «Cuando des una comida, en lugar de invitar a tus amigos, tus padres o a vecinos ricos que te devolverán la invitación, mejor harías invitando a pobres, a cojitrancos, a ciegos que mendigan en las esquinas: ellos no te la devolverán y se te tendrá en cuenta el día de la resurrección.»

«Dichoso el que comerá en el Reino de Dios», comenta, sentencioso, un comensal, lo cual acarrea una nueva parábola. ¿De verdad queréis saber lo que sucede en el Reino de Dios? Escuchad. Hay una gran comida cuyos invitados excusan su asistencia en el último minuto, con pretextos diversos. Uno acaba de comprar un campo, otro casa a su hija, todos tienen algo mejor que hacer. Furioso, el dueño de la casa manda a sus criados que inviten a todos los mendigos de la ciudad. Ejecutan su orden, pero todavía queda sitio. Entonces que salgan de la ciudad, que hagan una batida, que traigan a todos los que encuentren, por la fuerza si es preciso: la casa tiene que estar llena. Y en cuanto a los invitados que no han acudido, ya pueden olvidarse de que vuelva a invitarles.

Como descripción del Reino, esta historia no es muy seductora. Está claro que alude a Israel, que desdeña la invitación a la mesa de Cristo, y a esos piojosos de gentiles que, por eso mismo, la aprovecharán. Que haga falta, si se resisten, traerles *manu militari* es un programa de misionero enérgico que la Iglesia seguidamente pondrá en práctica bautizando a los salvajes por la fuerza y sin preguntarles su opinión. Prefiero con mucho lo que Lucas hace decir a Jesús, justo antes: que es una inversión mejor dar a los pobres que prestar a los ricos, y que tienes más posibilidades de ser el primero si te pones tú mismo en el último lugar.

Los últimos, los primeros: estamos en un terreno conocido. Creo que es incluso la ley fundamental del Reino. Pero esto plantea, de todos modos, una cuestión intrigante. Ni Lucas ni tampoco Jesús cuestionan la opinión compartida por todos de que vale más estar arriba que abajo. Solamente dicen que situarse abajo es la mejor forma de encontrarse arriba, es decir, que la humildad es una buena estrategia vital. ¿Existen casos en los que no es una estrategia? ¿En que la pobreza, la oscuridad, la pequeñez, los sufrimientos, se desean por sí mismos y no para obtener un bien más grande?

44

Usos y costumbres del Reino, continuación. Esta vez, el dueño de la casa no tiene conflictos con sus invitados, sino con su intendente, al que han denunciado por malversaciones. De nuevo furioso, le retira la gerencia. El intendente está muy abatido. ¿Qué voy a hacer ahora? ¿Cavar? No tengo fuerzas. ¿Mendigar? Me daría vergüenza. Entonces se le ocurre la idea, antes de que se anuncie su deshonra, de hacer amistades que podrán ayudarle cuando esté sin empleo. Convoca a los deudores del dueño y falsifica en su beneficio sus reconocimientos de deuda. «¿Debías cien? Digamos que debes cincuenta. No, no, no me lo agradezcas, me lo pagarás cuando surja la ocasión.» Esperamos que el intendente sea doblemente castigado, pero no: el final de la historia es que el patrono, cuando se entera, en vez de enfurecerse aún más le felicita por haber sabido salir del mal paso tan astutamente. ¡Bien hecho!

Esta parábola no la leen con frecuencia en la misa, pero la BJ está obligada a comentarla y sale del apuro, con tanta astucia como el intendente, diciendo que los cincuenta de diferencia no son un soborno que ofrece para guardarse las espaldas, sino la comisión que pensaba embolsarse y a la cual, sagazmente, renuncia, un poco como un patrono renuncia a sus *stock-options* para apaciguar a los asalariados descontentos y a los medios de comunicación. Suspiramos aliviados: el intendente no es tan granuja y Jesús no ha hecho la apología de los sinvergüenzas. Por desgracia, la BJ hace trampas. Si Lucas hubiera querido decir esto lo habría dicho. La verdad es que el intendente es *realmente* un granuja, que roba *realmente* a su futuro antiguo patrono en beneficio de sus empleadores eventuales, y que su patrono, como entendido que es, aprecia esta estafa.

Lo que dice la historia está claro, pero ¿qué *quiere* decir? ¿Qué moraleja hay que sacar? ¿Que hay que ser taimado? ¿Que la audacia es siempre más rentable que la prudencia?

Es lo que parece decir también la parábola de los talentos, en la que el dueño de la casa parte de viaje y confía sus bienes a sus empleados, encomendándoles que los hagan fructificar. A uno le da cinco talentos, al otro dos, a un tercero uno solo. El talento es una moneda como el sestercio o el dracma, pero su otro sentido también sirve: designa nuestros dones y el uso que hacemos de ellos. Al volver de su viaje, el hacendado les pide cuentas. El que ha recibido cinco talentos ha ganado otros cinco. Bravo, dice el señor, ten otros talentos, continúa. El que ha recibido dos también ha duplicado la suma y también es felicitado y recompensado. Queda el que sólo recibió un talento. Como el patrono no le ha mostrado mucha confianza, se ha hecho de él la idea de un hombre severo y ávido, por lo que en vez de arriesgar el dinero ha juzgado más seguro esconderlo en un calcetín. Se lo devuelve a su dueño. «Aquí tienes tu bien, te lo he guardado fielmente.» «¡Imbécil!», dice el patrono. «Si lo hubieses invertido yo habría recibido intereses.» Le quita el talento y se lo da al que ya tenía diez y manda que lo echen fuera de casa, a las tinieblas, donde hay llanto y crujir de dientes.

Otro día, el dueño contrata a unos jornaleros para su viña. Acuerdan el salario: un denario la jornada. El equipo empieza a trabajar al alba. Hacia las diez de la mañana, el dueño sale a la plaza del pueblo y, al ver a unos hombres ociosos, les contrata también. Recluta a otros más al mediodía, a las cuatro. Al llegar la noche, sigue habiendo individuos por la plaza. «¿Por qué no trabajáis?», les pregunta el amo. Ellos se encogen de hombros: «Nadie nos ha contratado.» «Yo lo hago. Id a la viña.» Ellos van, trabajan una horita y luego la jornada termina, es el momento de la paga. El patrono dice que va a pagar primero a los recién llegados. «¿Cuánto?», pregunta el intendente. «Un denario cada uno.» Los últimos que han llegado se van encantados por la ganga, y los otros están también encantados porque suponen que van a cobrar más. Pero no, todo el mundo percibe un denario, hayan trabajado una, cinco u once horas. Los que han trabajado once horas se lo toman mal, naturalmente. Protestan. El patrono responde: «Yo había dicho un denario y os pago un denario. Al dar más a los otros, ¿os doy menos a vosotros? No. Y no es de vuestra incumbencia el modo en que me place disponer de mi dinero.»

45

No lo olvidemos: esta miniserie sobre un patrono liberal en sus pagos pero caprichoso, estas historias de salarios, de rentabilidad de las inversiones, de contabilidades trucadas y de invitaciones a comer son explícitamente respuestas a la pregunta: «¿Qué es el Reino?» Algunas remiten al propio Jesús: la parábola de los talentos se encuentra en *Q*. Pero la mayoría son de Lucas, que poseía una especie de genio para hacer hablar a Jesús sobre este tema, y aunque estoy convencido de que era un hombre honesto hasta la médula, que nunca en su vida había perjudicado a nadie, se complacía en hacerle decir lo contrario de lo que la mayoría de las personas incluyen en la palabra «moral». Las leyes del Reino no son, no lo son nunca, leyes morales. Son leyes de la vida, leyes kármicas. Jesús dice: las cosas son así. Dice que los niños saben mucho más que los sabios y que los granujas salen mejor librados que los virtuosos. Dice que las riquezas estorban y que hay que considerar riquezas, es decir, impedimentos, la virtud, la sabiduría, el mérito, el orgullo del trabajo bien hecho. Dice que hay más alegría en el cielo por un pecador que se arrepiente que por noventa y nueve justos que no necesitan arrepentirse.

Esta frase es la conclusión de la historia de la oveja perdida y hallada, que también aparece en *Q*. De todo el magisterio de Jesús, pienso que es la preferida de Lucas. La adora. No se cansa de ella. Es como un niño al que le gustaría que se la contasen todas las noches con pequeñas variantes, y entonces se las inventa, y algunas no son en absoluto pequeñas: son grandes, grandes como el árbol con el que Jesús compara también el Reino, que originalmente era un grano minúsculo y donde ahora los pájaros del cielo construyen sus nidos.

Del mismo modo que ha completado el amigo importuno con la viuda agobiante, Lucas primero continúa el episodio de la oveja hallada con un *remake* un poco escolar, un poco torpe: una mujer que ha perdido una moneda y que cuando la encuentra se alegra más por haberla encontrado que por todas las que le quedan en el monedero. Equivale a decir exactamente lo mismo, pero menos bien. Es también una manera de cobrar impulso y llegar a la historia del hijo pródigo, la más bella pero también la más perturbadora del Evangelio.

46

Esta vez no se trata de los empleados del patrono, ni de su intendente ni de sus invitados, sino de sus dos hijos. Un buen día, el menor le pide su parte de la herencia para irse a vivir su vida en el vasto mundo. «¿Es lo que quieres? De acuerdo.» El padre divide sus bienes, el hijo se marcha al vasto mundo y vive su vida, disipando su herencia con su mala conducta. Malgastada su parte, sobreviene el hambre: las cosas le van mal al chico. Acaba cuidando cerdos y mirando su cebo con envidia. Entonces vuelve a pensar en el dominio paterno, donde el jornalero más humilde está mejor alimentado que él. Resuelve volver con la cabeza gacha y se prepara para encajar los «ya te lo había dicho» de todo el mundo. Pero no es eso lo que sucede. Informado de su regreso, el padre, en lugar de esperarle con el semblante severo, en su sillón de dueño de la casa, sale corriendo a su encuentro, lo estrecha en sus brazos y, sin escuchar siquiera las excusas que el chico ha preparado («Ya no merezco que me llamen hijo tuyo», etc.), ordena que preparen un gran banquete para festejar su retorno.

Hacen un gran festín, empiezan a festejar. Más tarde, al anochecer, el hijo mayor vuelve de los campos. Ni siquiera han pensado en invitarle. Oye las risas, la música y, cuando comprende lo que ocurre, le afluyen lágrimas a los ojos. El padre sale para decirle: «Anda, no seas tonto, ven a divertirte con nosotros», pero el mayor se niega a entrar. Dice, y se oye su voz que tiembla de rencor y de rabia, que va cobrando un tono agudo: «Espera, yo he estado aquí todos estos años, te sirvo fielmente, obedezco tus órdenes y tú no me has dado nunca ni siquiera un cabrito para hacer la fiesta con mis amigos. ¡Y mírale a él, que vuelve después de haberse fundido con putas todo tu dinero, y por él das un gran banquete! ¡No es justo!»

Es verdad, no es justo. Esto me hace pensar en François Truffaut, que, según cuentan sus hijas, castigaba a una cuando la otra había hecho una travesura para enseñarles que la vida era injusta. Me hace pensar también en Péguy, que a su manera testaruda, repetitiva, genial, meditó largamente sobre estas tres parábolas de la misericordia en *El pórtico del misterio de la segunda virtud* (la segunda virtud es la esperanza), y que escribe acerca de la de la oveja:

«Una vez que se comete una injusticia
ya no se sabe adónde se va.
Digamos la palabra, he aquí un infiel,
hay que decirla, no temer la palabra

que vale más que cien, que noventa y nueve fieles.
¿Cuál es este misterio?»

Y de la del hijo pródigo:

«Es hermosa en Lucas. Es hermosa en todas partes.
No sólo está en Lucas. Está en todas partes.
Sólo de pensarlo te atraganta un sollozo.
Es la palabra de Jesús que más repercusión
ha tenido en el mundo.
Que ha tenido la resonancia más profunda
en el mundo y en el hombre.
En el corazón del hombre.

En el corazón fiel, en el corazón infiel.

Qué punto sensible ha hallado
que nada había encontrado antes.
Que nada ha encontrado (tanto) desde entonces.
Qué punto único,
insospechado aún,
intocado después.
Punto de dolor, punto de aflicción, punto de esperanza.
Punto doloroso, punto de inquietud.
Punto de herida en el corazón humano.
Punto donde no se debe apretar, punto de cicatriz,
punto de sutura y cicatrización
donde no se debe apretar.»

Yo aprieto.

En los últimos tiempos, cuando se acerca el fin de este libro, cada vez que unos amigos vienen a mi casa les pregunto qué piensan de esta historia.

Se la leo en voz alta y todos se quedan desconcertados. El perdón del padre les conmueve, pero la amargura del hijo mayor les turba. Habían olvidado la parábola. La consideran legítima. Algunos tienen la impresión de que el Evangelio se mofa de ella. A continuación les leo la historia del intendente granuja, después la de los jornaleros de la undécima hora, y tampoco comprenden lo que quieren decir. En una fábula de La Fontaine sí lo comprenderían, sonreirían ante una moraleja amoral y ladina. Pero no es una fábula de La Fontaine, es el Evangelio. Es la palabra última sobre lo que es el Reino: la dimensión de la vida en que trasparece la voluntad de Dios.

Si se tratase de decir: «La vida en este bajo mundo es así, injusta, cruel, arbitraria, todos los sabemos, pero el Reino, ya verán, es otra cosa...» Nada de eso. No es en absoluto lo que dice Lucas. Él dice: «Es así, el Reino.» Y, como un maestro zen que ha enunciado un *koan,* te deja que lo descifres.

47

Durante mucho tiempo pensé que terminaría este libro con la parábola del hijo pródigo. Porque muchas veces me he identificado con él, y a veces –más raramente– con el hijo virtuoso y malquerido, y porque estoy llegando a una edad en que un hombre se identifica con su padre. Mi intención era mostrar a Lucas regresando por fin a su casa, tras una larga vida de viajes y aventuras, en una luz dorada de sol poniente, de paz otoñal, de reconciliación. No se sabe nada del lugar ni la fecha de su muerte, pero me lo imaginaba muriendo muy viejo y, a medida que se acerca a su fin, recuperando su infancia. Recuerdos lejanos, perdidos y de pronto más presentes que el presente. Recuerdos minúsculos e inmensos como el Reino. El camino que tomaba, cuando era muy pequeño, para ir a buscar la leche a la granja, le parecía muy largo, de hecho era corto, pero vuelve a hacerse largo, como si hubiese dedicado toda su vida a recorrerlo. Al principio del viaje la montaña tiene aspecto de montaña, durante el viaje ya no tiene en absoluto ese aspecto, al final del viaje lo recobra. *Es* una montaña desde cuya cima se ve por fin todo el paisaje: los pueblos, los valles, la llanura que se extiende hasta el mar. Uno ha recorrido todo esto, sufrido durante el trayecto, y por fin ha llegado. Un último trino de alondra se eleva en la tonalidad rojiza de la puesta de sol. La oveja regresa al cercado. El pastor le abre la cancela. El padre acoge al hijo en sus brazos. Lo cubre con el vasto manto púrpura, bien caliente, muy suave, que porta en el cuadro de Rembrandt. Lo acuna. El hijo se abandona. Ya no corre ningún peligro. Ha llegado a buen puerto.

Cierra los ojos.

Me gustaba, este último capítulo. Sólo que.

Sólo que además de cerrar los ojos habría que taparse los oídos para no oír, por detrás de la cantata de Bach que se impone en los títulos de crédito finales, las agrias recriminaciones del hijo mayor: «¿Y yo qué? ¿Yo, que me he esforzado y no tengo nada?» Son recriminaciones feas, son mezquinas, pero la desdicha rara vez es hermosa y noble. Estropean la armonía del concierto, y Lucas es honesto al no eliminarlas. El padre no tiene ninguna respuesta convincente. La historia de la oveja perdida, que es la matriz de la misma, Mateo dice que Jesús la cuenta sosteniendo a un niño en brazos, y que la concluye con estas palabras: «Así vuestro Padre que está en los cielos no quiere que se pierda ni uno solo de estos pequeños.» Lucas no añade nada parecido. Lucas, el indulgente, el tibio, el conciliador, dice que es una de las leyes del Reino: algunos se pierden. El infierno existe, allí donde todo es llanto y crujir de dientes. El *happy end* también, pero no para todo el mundo.

Un sabio indio habla del *samsara* y del *nirvana*. El *samsara* es el mundo hecho de cambios, de deseos y tormentos en el que vivimos. El *nirvana,* el mundo al que accede el iluminado: liberación, beatitud. Pero el sabio indio dice que «el que diferencia el mundo del *samsara* y el del *nirvana* es porque está en el *samsara*. El que ya no diferencia está en el *nirvana.*»

Creo que el Reino es algo similar.

Epílogo
(Roma, 90-París, 2014)

1

Domiciano, el hermano del buen Tito, era un emperador malvado. Menos brillante que Nerón, más vicioso. Al despertar, se quedaba una hora solo en su habitación, inmóvil, al acecho, aguardando a que una mosca se posara a su alcance, y entonces alargaba el brazo, rápido como el rayo, y la traspasaba con un estilete. A fuerza de práctica, se había vuelto muy hábil en este deporte. Le gustaba comer solo, vagar de noche por su palacio, escuchar detrás de las puertas. Una mujer sólo le interesaba si podía arrebatársela a otro hombre, de preferencia un amigo, pero no tenía amigos. Dice Juvenal que era peligroso hablar con él de trivialidades. Con este carácter, no resulta extraño que persiguiera a gente, pero el objeto de su persecución eran sobre todo los filósofos. Los detestaba. Epicteto, una de las grandes figuras tardías del estoicismo, fue una víctima de la redada. También los cristianos, pero éstos un poco por rutina: *usual suspects*. A Domiciano no le agradaba la rutina en el crimen ni que le dictaran su conducta. Quería sus propias víctimas, no las de Nerón, y, puestos a perseguirlas, saber a quién perseguía. Se preocupó de informarse sobre la naturaleza exacta del peligro que representaban los cristianos. Se decía: son unos rebeldes, el que dice rebelión dice cabecilla, y como el cabecilla llevaba muerto sesenta años Domiciano se dijo que el peligro, si existía alguno, venía forzosamente de su familia. Con toda su perversidad, tenía de las cosas una visión tan arcaica y mafiosa como Herodes, capaz de aniquilar a centenares de niños inocentes para deshacerse de un descendiente de David. En consecuencia, ordenó la búsqueda de los descendientes de Jesús.

Destacada a Judea, la policía imperial localizó allí a dos de sus sobrinos nietos, los nietos de su hermano Judas. Eran campesinos pobres, miembros de una de esas comunidades lejanamente surgidas de la iglesia de Jerusalén que sobrevivían en el lindero del desierto, en el margen del margen de un país condenado por su dios y por Roma. Sin saber nada de lo que pasaba en el mundo en el nombre de su tío abuelo, habían conservado vagos ritos, vagas tradiciones, la vaga memoria de las palabras de Jesús. Debieron de sufrir el susto de su vida cuando los soldados romanos arribaron a su pueblo remoto, los detuvieron, los trasladaron a Cesarea y los embarcaron en un barco rumbo a Roma. Allí los recibió el emperador, cuyo nombre ni siquiera debían de conocer. Era el emperador, era el césar, lo único que intuían era el peligro que comparecer ante él entrañaba para personas como ellos.

Domiciano engatusaba antes de torturar: los interrogó cortésmente. ¿Descendían de David? Sí. ¿De Jesús? Sí. ¿Creían que él reinaría algún día? Sí, pero en un reino que no es de este mundo. ¿Y de qué vivían entretanto? De un campo que poseían los dos, con una superficie de una hectárea y que valía novecientos denarios. Lo cultivaban solos, sin jornaleros, rentaba lo justo para sobrevivir y pagar el impuesto.

Aquellos dos labriegos judíos aterrorizados, de manos callosas, que habían intentado presentar al emperador como dos terroristas peligrosos, eran tan lastimosos que resultaban conmovedores. Quizá aquel día, excepcionalmente, Domiciano estaba de buen humor. Quizá no le apeteciese hacer lo que se esperaba de él. Los envió de vuelta a su terruño, libres, y no me sorprendería que por el placer de sorprender mandara degollar a quienes a su alrededor le apremiaban a actuar contra los cristianos.

Los cristianos... Pobres diablos. Ninguna amenaza, ningún porvenir. Zanjada esta historia, debió de pensar el emperador. Se puede dar carpetazo a este asunto.

Diecinueve siglos más tarde, yo no me decido a hacerlo.

2

Más o menos por la misma época que el de Lucas, en Siria se escribía otro Evangelio para uso de los cristianos orientales. Se ha dicho que su autor era Mateo, el recaudador que se había convertido en uno de los Doce. Se ha dicho también que detrás de Mateo se escondía nuestro viejo conocido Filipo, el apóstol de los samaritanos. Los historiadores, por supuesto, no creen ni en Mateo ni en Filipo. Ven más en este relato la obra de una comunidad que la de un individuo y, en este caso concreto, estoy de acuerdo con ellos porque este Evangelio es el preferido de la Iglesia, el que incluyó primero en el canon del Nuevo Testamento, y también el más anónimo. De los tres autores nos hacemos una idea, quizá falsa, pero nos la hacemos. Marcos es el secretario de Pedro. Lucas, el compañero de Pablo. Juan, el discípulo predilecto de Jesús. El primero es el más brutal, el segundo el más amable, el tercero el más profundo. En cuanto a Mateo, no posee leyenda, carece de rostro, de singularidad y por lo que a mí respecta, aunque he pasado dos años de mi vida comentando a Juan, dos traduciendo a Marcos, siete escribiendo este libro sobre Lucas, tengo la impresión de no conocerlo. Se puede ver en esta discreción el colmo de la humildad cristiana, pero otro motivo del favor de que goza Mateo es que todo a lo largo de su Evangelio se esfuerza en mostrar que la pandilla de vagabundos que reclutó Jesús estaba organizada, disciplinada, jerarquizada: en suma, que era ya una Iglesia. Quizá sea la más cristiana de las cuatro; es también la más eclesiástica.

Y estaba bien así. A partir de la tela tejida por Pablo, tomaba forma algo que la Antigüedad no había conocido: un clero. Cristo es el enviado de Dios, los apóstoles son los emisarios de Cristo, los sacerdotes los de los apóstoles. Se les llama *presbíteros,* que simplemente quiere decir los antiguos. Pronto serán dirigidos por los episcopales, que se convertirán en los obispos. Pronto se dirá que el obispo, a la espera del Papa, representa a Dios en la tierra. Centralización, jerarquía, obediencia: se instalan para durar. El fin del mundo ya no figura en el orden del día. Por eso se ponen a escribir los Evangelios, por eso se organizan en Iglesia.

Durante tres siglos más esta Iglesia será una sociedad secreta, clandestina, hostigada. El terrible Domiciano la ha perseguido por capricho, sin correspondencia con las ideas, pero sus sucesores lo hicieron con conocimiento de causa. Todos sus sucesores eran buenos emperadores. Trajano, Adriano, Marco Aurelio, por ejemplo, eran emperadores filósofos, estoicos, tolerantes: lo mejor que dio la Antigüedad tardía. Al prohibir el cristianismo, al martirizar a sus adeptos, estos buenos emperadores no se equivocaban de objetivo. Amaban Roma, la querían eterna, e intuían que aquella secta oscura era para Roma un enemigo tan temible como los bárbaros apostados en las fronteras. «Los cristianos», escribe un apologista, «no son en nada distintos de los demás. No viven aparte, se acomodan a todas las usanzas, sólo en su interior siguen las leyes de su república espiritual. Son en el mundo como el alma en el cuerpo.» Como el alma en el cuerpo, muy bien dicho, pero también como los extraterrestres en la apacible comunidad de *La invasión de los ladrones de cuerpos,* la vieja película de ciencia ficción paranoica: camuflados como amigos, como vecinos, indetectables. Aquellos mutantes querían devorar el imperio desde dentro, reemplazar a sus súbditos por medio de un proceso invisible. Y lo hicieron.

3

En los años veinte del siglo II, durante el reinado del virtuoso Trajano, había en Éfeso un hombre muy viejo al que llamaban el presbítero Juan, es decir, Juan el viejo. Ya nadie sabía su edad. La muerte parecía haberle olvidado. Le profesaban un respeto infinito. Algunos aseguraban que era el discípulo predilecto de Jesús, el último hombre vivo que le había conocido, y si se lo preguntaban él no lo negaba. Llamaba «hijitos míos» a los que le rodeaban. Les repetía continuamente: «Hijitos míos, amaos los unos a los otros.» Toda su sabiduría se condensaba en este mantra. Un día, finalmente, murió. Le enterraron cerca de María, la madre de Jesús, que supuestamente también había muerto en Éfeso. Si aproximaban el oído a su tumba, se oía respirar al anciano, muy suave y regularmente, como un niño que duerme.

Unos años después de su muerte, el Evangelio de Juan apareció en Éfeso, donde nadie dudaba de que era el testimonio del discípulo al que Jesús amaba. Pero otras iglesias sí lo dudaron. La querella hizo furor hasta el siglo IV, unos sosteniendo que el de Juan era el Evangelio definitivo, que anulaba las toscas tentativas anteriores, los otros que no sólo era un texto falso, sino teñido de herejía. Finalmente el canon dirimió la disputa. Juan escapó por los pelos a la suerte de los apócrifos, a los que podría haberse unido en las tinieblas exteriores, de tan extraño y diferente que es de los tres Evangelios unánimemente aceptados. Es, para siempre, el cuarto.

Es un misterio quién escribió este cuarto Evangelio.

En última instancia, se puede admitir que Juan, hijo de Zebedeo, pescador galileo que tenía malas pulgas, pero al que Jesús apreciaba, se convirtiera tras la muerte de éste en uno de los pilares de la iglesia de Jerusalén y después en el yihadista judío que escribió el Apocalipsis. Más difícil es admitir que el autor de este libro, cada línea del cual respira odio a los gentiles y a todo judío que pactase con ellos, pudiera incluso cuarenta años más tarde escribir un Evangelio saturado de filosofía griega y virulentamente hostil a los judíos. En el Evangelio de Juan, Jesús llama a la Ley desdeñosamente «vuestra Ley». La Pascua es «la Pascua de los judíos». Toda la historia, tal como la cuenta, se resume en el enfrentamiento entre la luz y las tinieblas, y los judíos encarnan el papel de las tinieblas. ¿Entonces?

Entonces he aquí la situación más plausible. Juan, hijo de Zebedeo, Juan el apóstol, Juan el autor del Apocalipsis, acabó ciertamente su larga vida en Éfeso, rodeado del respeto de las iglesias de Asia. Asia era por entonces la región más piadosa del imperio. Allí el más ínfimo medicucho de pueblo se hacía pasar por un dios, y allí se mezclaban todas las obediencias. Renan, que no ama ni el cuarto Evangelio ni lo que los historiadores llaman «el círculo juanístico», describe un nido de intrigas, de fraudes piadosos y de golpes bajos en torno al último testigo vivo, un anciano vanidoso que pierde los estribos y monta en cóleras terribles porque los Evangelios ya en circulación no le otorgan el papel que pretende haber desempeñado. Porque él era, dice, el discípulo preferido, al que Jesús confiaba sus alegrías y penas. Lo sabe todo: lo que Jesús pensaba y lo que ocurrió realmente, con todo detalle. Marcos, Mateo y Lucas, esos compiladores mal informados, cuentan que Jesús sólo fue a Jerusalén al final, para morir. ¡Pero si iba continuamente!, se exalta Juan: ¡si allí hizo la mayoría de sus milagros! Cuentan que la víspera de su muerte instituyó este rito del pan y del vino por el que sus adeptos le rememoran. ¡Pero si lo hizo muchísimo antes! ¡Lo hacía constantemente! Lo que hizo el último día fue lavarles los pies a todos y esto sí era una novedad, y Juan estaba bien situado para saberlo porque pasó aquella última noche a la derecha de Jesús, con la cabeza sobre su hombro, casi acostado sobre él. Aún peor, cuentan que Jesús murió solo, que todos los suyos se habían dispersado. ¡Pero él, Juan, estaba allí, al pie de la cruz! ¡Agonizante, Jesús incluso le encargó que cuidase de su madre! Estos recuerdos son confusos, a causa de su avanzada edad, pero a los que los escuchan no les cuesta convencerse de que oyen la verdad, la auténtica, la que desconocen o disfrazan los relatos de Marcos, Mateo y Lucas. Hay que dar a conocer esta verdad. Se trata de quién hará hablar más claramente al venerable y ocupará a su lado el puesto de secretario. De quién será para Juan lo que Marcos ha sido para Pedro.

La diferencia estriba en que Marcos era un secretario escrupuloso. Juan no tuvo la fortuna de tener uno así. Tuvo otro. Tuvo un secretario genial. Este secretario pudo llamarse también Juan y quizá, con la edad, acabaron confundiéndole con el apóstol mismo. Juan el apóstol, Juan el viejo: en la penumbra y el incienso de Éfeso ya no sc sabe quién es quién. Uno habla, el otro escucha, y de tal modo se apropia de lo que ha oído, lo mezcla tan íntimamente con su poderosa personalidad y su vasta cultura filosófica, que el primero, si hubiera podido leerle, no habría reconocido nunca lo que el segundo había escrito con su nombre.

Porque no se sabe nada de Juan el viejo, pero se adivina que era un filósofo y que, si era judío, estaba totalmente helenizado. Quizá, alguien como aquel Apolos que cincuenta años atrás era el rival de Pablo en Corinto: un discípulo de Filón de Alejandría, un neoplatónico: todo lo que odiaba el apóstol Juan.

La fusión de los dos Juanes, el apóstol y el viejo, hace del cuarto Evangelio una mixtura extraña. Por un lado, da sobre las estancias de Jesús en Judea informaciones tan concretas que los historiadores han llegado, de buen o mal grado, a considerarlo más fiable que los otros tres. Por otro, pone en sus labios discursos que le obligan a elegir: o Jesús hablaba como en Marcos, Mateo o Lucas, o bien hablaba como en Juan, pero no se entiende bien cómo podría haber hablado como habla en Marcos, Mateo y Lucas y a la vez como habla en Juan. La elección se hace enseguida: hablaba como en Marcos, Mateo y Lucas. Incluso lo que más aboga por el valor histórico de los Evangelios es ese estilo verbal común a los tres y de tal manera singular que cabría calificarlo de inimitable si Lucas no hubiera llegado a ser un especialista en imitarlo. Frases cortas, trazos claros, ejemplos entresacados de la vida cotidiana. Frente a esto, en Juan, largos, muy largos discursos sobre las relaciones de Jesús y su padre, el combate entre la sombra y la luz, el *logos* descendido a la tierra. Ni un solo exorcismo, ni una sola parábola. Ya nada judío. El verdadero Juan, Juan el apóstol, se hubiera horrorizado: lo que le hacen decir se parece mucho a las cartas tardías de su gran enemigo Pablo. Y al igual que en las cartas tardías de Pablo hay fulgores extraordinarios, porque el falso Juan, Juan el viejo, era un escritor extraordinario. Una luz de adiós sobrenatural baña su relato, sus palabras resuenan como un eco procedente de la otra orilla. Son de él las bodas de Canaán, la samaritana en el pozo, la resurrección de Lázaro, Natanael debajo de su higuera. De él también es la frase de Juan Bautista: «Es preciso que él crezca y que yo disminuya», y la de Jesús a los devotos que se aprestan a lapidar a la mujer adúltera: «El que esté libre de pecado que tire la primera piedra.» Y es de él, por último, la palabra misteriosa que decidió mi conversión en Le Levron, hace veinticinco años.

> «En verdad, en verdad te digo:
> cuando eras joven tú mismo te ceñías la cintura
> e ibas a donde querías;
> pero cuando seas viejo, extenderás las manos
> y otro te la ceñirá y te llevará a donde tú no quieras.»

4

En otro tiempo, cuando estudiaba historia, tuve que redactar una memoria sobre un tema de mi elección. Como yo era a la vez muy ignorante en historia y estaba muy empollado en ciencia ficción, escogí uno sobre el cual tenía la certeza de saber más que todo mi jurado junto: la ucronía.

La ucronía son las ficciones sobre el tema: ¿y si las cosas hubieran sucedido de otro modo? ¿Si la nariz de Cleopatra hubiese sido más corta? ¿Si Napoleón hubiese vencido en Waterloo? En el curso de mis pesquisas, me percaté de que un gran número de ucronías versan sobre los comienzos del cristianismo. No tiene nada de extraño: si se busca en la trama de la historia el lugar para el enganche que producirá el cambio máximo, no se encontrará nada mejor. De este modo Roger Caillois se puso en la cabeza de Poncio Pilatos cuando le presentaron el asunto de Jesús. Imagina su jornada: los incidentes nimios, los encuentros, los cambios de humor, un mal sueño, todo lo que constituye la alquimia de una decisión. Finalmente, en lugar de ceder a los sacerdotes que quieren ajusticiar a aquel oscuro galileo agitado, Pilatos tiene un sobresalto. Dice que no. No veo nada que reprocharle, lo dejo en libertad. Jesús vuelve a su casa. Sigue predicando. Muere muy viejo, aureolado por una gran reputación de sabio. En la siguiente generación todo el mundo le ha olvidado. El cristianismo no existe. Caillois piensa que eso no es malo.

Es una forma de solucionar el problema: en su origen. Si no, el otro gran nudo temporal es la conversión de Constantino.

Constantino era emperador a principios del siglo IV. Bueno, uno de los cuatro coemperadores que se repartían Oriente y Occidente, pues el imperio se había convertido, a fuerza de crecer, en un asunto complicado, ingobernable, infiltrado por los bárbaros que formaban ya el grueso esencial de las legiones. Un quinto ladrón aspiraba también al título de emperador. Había conquistado una parte de Italia, Constantino defendía su trono. Una gran batalla se anunciaba cerca de Roma entre sus ejércitos y los del usurpador. La noche anterior a esta contienda, el dios de los cristianos se le apareció en sueños y le prometió la victoria si se convertía. Al día siguiente, que era el 28 de octubre de 312, Constantino ganó la batalla y el imperio, a continuación, se tornó cristiano.

Llevó algún tiempo, por supuesto, hubo que prevenir a la gente. Pero el paganismo era en 312 la religión oficial, el cristianismo una secta mal tolerada, y diez años más tarde era lo contrario. La tolerancia había cambiado de sentido, pronto fue el paganismo lo que ya no se toleraba. La Iglesia y el imperio persiguieron del brazo a los últimos paganos. El emperador se jactaba de ser el primer súbdito de Jesús. Jesús, que tres siglos antes había fracasado en ser el rey de los judíos, llegó a ser el rey de todo el mundo, excepto de los judíos.

La palabra «secta», en tierra católica, tiene un sentido peyorativo: se la asocia a coacción y comida de coco. En el sentido protestante, que perdura en el mundo anglosajón, una secta es un movimiento religioso al que uno se adhiere por propia iniciativa, a diferencia de una iglesia que se halla en el medio social en que uno ha nacido, un conjunto de cosas en las que se cree porque otros han creído antes: padres, abuelos, todo el mundo. En una iglesia uno cree en lo que creen todos, hace lo que todos, no se formula preguntas. Nosotros, que somos demócratas y amigos del libre examen, deberíamos pensar que una secta es más respetable que una iglesia, pero no: cuestión de términos. Lo que sucede en el cristianismo con la conversión de Constantino es que la frase del apologista Tertuliano, «No se nace cristiano, se llega a serlo», dejó de ser verdad. La secta se transformó en una iglesia.

En la Iglesia.

Esta Iglesia es ahora vieja. Tiene un pasado denso. No faltan los argumentos para reprocharle haber traicionado el mensaje del rabino Jesús de Nazaret, el más subversivo que jamás haya vivido en este tierra. Pero reprocharle esto, ¿no es reprochar que haya existido?

El cristianismo era un organismo vivo. Su crecimiento lo convirtió en algo absolutamente imprevisible, y es normal: ¿quién querría que un niño no cambie, por maravilloso que sea? Un niño que permanece niño es un niño muerto, o a lo sumo retrasado. Jesús era la pequeña infancia de este organismo, Pablo y la Iglesia de los primeros siglos su adolescente rebelde y apasionado. Con la conversión de Constantino comienza la larga historia de la cristiandad en Occidente, o sea, una vida adulta y una carrera profesional compuestas de pesadas responsabilidades, de grandes éxitos, de poderes inmensos, de compromisos y faltas que avergüenzan. Las Luces y la modernidad anuncian la hora del retiro. La Iglesia ya no se encuentra a gusto, es del todo evidente que su tiempo ha pasado y es difícil decir que su ancianidad, de la que somos testigos bastante indiferentes, tiende más bien a la chochez desabrida o a la diáfana lucidez que uno se desea, yo al menos, cuando piensa en su propia vejez. Conocemos todo esto, a la escala de nuestra vida. ¿Acaso el adulto que hace una gran carrera en el mundo traiciona al adolescente intransigente que ha sido? ¿Acaso tiene sentido hacer de la infancia un ideal y pasarse la vida lamentándose porque se ha perdido la inocencia? Por supuesto, Jesús no habría salido de su asombro si hubiera podido ver la iglesia del Santo Sepulcro allí donde se alzaba el Templo de Jerusalén, y el Santo Imperio Germánico, y el catolicismo, y las hogueras de la Inquisición, y los judíos exterminados porque mataron al Señor, y el Vaticano, y la condena de los curas obreros, y la infalibilidad pontifical, y también al maestro Eckhart, a Simone Weil, a Edith Stein, a Etty Hillesum. Pero ¿qué niño, si ante él se desplegase su porvenir, si le fuera concedido comprender realmente lo que sabe asaz temprano de una forma puramente abstracta, que un día será viejo, viejo como las viejas señoras que pinchan cuando las besas, qué niño no se quedaría boquiabierto?

Lo que más me asombra no es que la Iglesia se haya alejado hasta ese extremo de lo que era originalmente. Por el contrario, es que, aunque no lo consiga, se fije hasta ese punto el ideal de ser fiel a su origen. Ese origen nunca lo ha olvidado. Nunca ha dejado de reconocer su superioridad, de intentar retornar a aquel punto de partida como si la verdad estuviese en él, como si lo que subsistía del niño pequeño fuese la mejor parte del adulto. Al contrario que los judíos, que proyectan su realización en el futuro, al contrario que Pablo, que, muy judío en esto, se preocupaba poco de Jesús y sólo pensaba en el crecimiento orgánico, continuo, de su minúscula iglesia que debía englobar el mundo entero, la cristiandad sitúa su edad de oro en el pasado. Piensa, como los más violentos de sus críticos, que su momento de verdad absoluta, tras el cual las cosas sólo podían estropearse, son esos dos o tres años en que Jesús predicó en Galilea y después murió en Jerusalén, y la Iglesia, según su propia confesión, sólo está viva cuando se aproxima a estos hechos.

5

Las cosas se hacen, al final, siempre que se les permita hacerse. No me embarqué en el crucero San Pablo, y menos mal, pero desde hace unos años me han escrito para hablarme de mis libros muchos cristianos; sobre todo cristianas. He entablado relación con algunas que me ven como una especie de compañero de ruta: no me disgusta.

Una de ellas me escribió a propósito de *Limónov*. Del capítulo del libro en que procuro, a tientas, decir algo sobre el hecho evidente de que la vida es injusta y los seres humanos desiguales. Unos guapos, otros feos, unos de buena cuna, otros pordioseros, unos brillantes, otros oscuros, unos inteligentes, otros idiotas... ¿Acaso la vida es así, lisa y llanamente? ¿Acaso las personas a las que esto escandaliza son lisa y llanamente, como piensan Nietzsche y Limónov, personas que *no aman la vida?* ¿O se pueden ver las cosas de otro modo? Yo hablaba de dos maneras de ver las cosas de otro modo. La primera es el cristianismo: la idea de que en el Reino, que no es desde luego el más allá, sino la realidad de la realidad, el más pequeño es el más grande. La segunda la expresa un *sutra* budista que Hervé me dio a conocer, que he citado dos veces, no sólo una, y del cual un número sorprendente de lectores de *Limónov* han comprendido que era el corazón del libro, la frase que merece que retengan y trabajen en secreto, en su fuero interno, cuando las quinientas páginas en que está engarzada se hayan borrado desde hace mucho de su memoria: «El hombre que se considera superior, inferior o incluso igual a otro hombre no comprende la realidad.»

Mi corresponsal me decía: «Conozco bien ese problema. Me atormenta desde que era pequeña. Me acuerdo de que caí en la cuenta del mismo cuando una señora catequista nos exhortó a "ser amables" con los demás porque para algunos una simple sonrisa puede ser muy importante. Me desesperaba totalmente la idea de que yo formaba parte de esta categoría de infrahumanos: aquellos a los que se sonríe para ser amables. En otra ocasión, la lectura en la misa era un pasaje de una carta de San Pablo que comenzaba diciendo: "Nosotros, que somos fuertes..." Yo pensé: no lo dice por mí, yo no soy fuerte, yo no formo parte de la mitad buena de la especie. Esto para decirle que conozco este problema de la jerarquía de que usted habla; quizá no desde el mismo punto de vista que usted. Pero tengo una solución que proponerle. Está al alcance de la mano. Se encuentra, muy concretamente, en el fondo del barreño donde habrá hecho que le laven los pies y habrá lavado los pies de algún otro, a ser posible discapacitado.»

Había que entenderlo literalmente: para mi progreso moral y espiritual, aquella joven me invitaba a lavar pies de minusválidos y a que me lavaran los míos; es decir, pese a todo, el rollo más enfática y casi obscenamente beaturrón que quepa imaginar. Ella era consciente de la extrañeza del asunto y se figuraba mi inevitable rechazo con una jocosidad amistosa. Le respondí que me lo pensaría.

Dos años más tarde llegó un nuevo e-mail. Bérengère, mi corresponsal, quería saber si me lo había pensado y si después de reflexionar la experiencia me tentaba. En el caso de que yo no tuviera a mano pies suficientemente deformes ella me facilitaría algunas direcciones.

Yo estaba terminando este libro y estaba, la verdad, bastante satisfecho. Me decía: he aprendido muchas cosas escribiéndolo, el que lo lea también aprenderá mucho y estas cosas le harán reflexionar; he hecho bien mi trabajo. Al mismo tiempo, una reserva me atormentaba: la de no haber llegado al fondo de la cuestión. Con toda mi erudición, toda mi seriedad, todos mis escrúpulos, la de no haberme enterado de nada. Evidentemente, cuando se abordan estas cuestiones, el problema consiste en que la única manera de dar en el blanco sería inclinarse hacia el lado de la fe; ahora bien, yo no quería y sigo sin querer hacerlo. Pero ¿quién sabe? Todavía había tiempo, quizá, de decir sobre esta fe algo que no había dicho, o lo había dicho mal, y quizá, sin saberlo, Bérengère volvía a tirarme de la manga al cabo de dos años de silencio para que no enviase mi libro a Paul, mi editor, sin haber entrevisto aquel algo.

6

Así que nos encontramos en una sala de una granja restaurada, debajo de un crucifijo y –mira por dónde– una gran reproducción de *El regreso del hijo pródigo* de Rembrandt, con una cuarentena de cristianos distribuidos en grupos de siete. Están sentados en corros, en medio de ellos han colocado palanganas, jarras, toallas, y todos los presentes se disponen a lavarse mutuamente los pies.

El retiro ha empezado la víspera, he podido entablar relación con mi grupo. Aparte de mí, se compone de un director de escuela de los Vosgos, de una miembro permanente de Cáritas, de un jefe de recursos humanos de restauración y hostelería que afronta la violencia de los despidos cuyo seguimiento le concierne, de una cantante lírica y de una pareja de jubilados de los llamados equipos de Notre-Dame: conozco a estos grupos de oración a los que pertenecían mis ex suegros y una de las visitantes de cárceles que asistía a Jean-Claude Romand. Todos, yo incluido, vestimos con ese estilo más o menos senderista tan caro a los católicos. Puedo equivocarme, pero no tengo la impresión de que sean el tipo de católicos que desfilan en contra del matrimonio para todos y el número excesivo de inmigrantes. Los veo más socorriendo a analfabetos clandestinos y rellenando para ellos papeles administrativos: católicos de izquierdas, defensores de los débiles, personas de buena voluntad. Dos de ellos son asiduos del lugar y mantienen una relación familiar con los que viven allí: asistentes voluntarios y sobre todo personas discapacitadas. Lo he sabido al llegar: aquí se dice «personas discapacitadas», no «discapacitados», y esto puede parecer políticamente correcto, pero por mi parte no veo ningún reparo, de tan claro que está que el lazo se entabla realmente de persona a persona y en pie de igualdad. Algunas de estas personas son totalmente dependientes: acurrucadas en una silla de ruedas, alimentadas a cucharadas, sólo se expresan por medio de gruñidos guturales. Otras, menos inválidas, van y vienen, participan sirviendo la mesa, se comunican a su manera, como en el caso del cincuentón que repite sin cansarse, de la mañana a la noche, estas tres palabras: «el pequeño Patrick», y al recordar este detalle, lamento no haberle preguntado quién era ese Patrick: ¿él mismo o algún otro, y en tal caso quién?

Todo esto empezó hace exactamente cincuenta años. Un canadiense llamado Jean Vanier buscaba su camino.

Había combatido en la guerra siendo muy joven, en la marina inglesa, y había servido en navíos, estudiado filosofía. Quería ser feliz y vivir conforme al Evangelio, porque estaba convencido de que lo segundo era la condición de lo primero. Cada uno tiene en el Evangelio una frase que le está especialmente destinada, la suya aparecía en Lucas: es la del banquete al que Jesús aconseja no invitar a tus amigos ricos ni a los miembros de tu clan, sino a los mendigos, los lisiados, los tarados que se tambalean en la calle y a los que todos evitan y a los que nadie, obviamente, invita nunca. Jesús promete que si lo haces serás bendecido, serás feliz: esto se llama una bienaventuranza.

Cerca del pueblo de l'Oise donde vivía Jean Vanier había un hospital psiquiátrico, lo que todavía se llamaba un manicomio. Un auténtico manicomio, no para acoger a personas a las que pasajeramente se les funden los plomos, sino para internar a los enfermos incurables. Esos a los que los nazis, lectores consecuentes de Nietzsche, les parecía misericordioso matar, y a los que nuestras sociedades más clementes se limitan a retirar en instituciones cerradas donde se ocupan mínimamente de ellos. Esos que babean, que aúllan a la muerte, que están para siempre recluidos en sí mismos. A ésos, desde luego, no se les invita a ninguna parte, pero Jean Vanier lo hizo. Consiguió que le confiaran a dos de estos enfermos para que vivieran con él como se vive no en una institución sino en una familia. Fundó una con Philippe y Raphaël, que así se llamaban, en su casita de Trosly, al borde del bosque de Compiègne: la primera comunidad del Arca. Cincuenta años después, hay en el mundo ciento cincuenta comunidades con ese nombre, y cada una reagrupa a cinco o seis enfermos mentales y a otros tantos asistentes que los cuidan. Una persona para cada persona. Preparan las comidas, trabajan con las manos, es una vida muy simple y una vida juntos. Los que nunca podrán curarse no se curan, pero se les habla, se les toca el cuerpo, se les dice que se les tiene en cuenta, cosa que oyen hasta los más afectados y algo en su interior revive. Jean Vanier llama Jesús a ese algo, pero no obliga a nadie a hacer lo mismo. Cuando no viaja de una a otra familia él mismo sigue viviendo en Trosly con la comunidad original. A veces organiza retiros en ellas, como este en el que Bérengère me aconsejó que me inscribiera. Consisten en misas cotidianas, que me aburren, en cantos religiosos, que me crispan, en silencio, lo cual me conviene, y en escuchar a Jean Vanier. Ahora es un hombre muy anciano, muy alto, muy solícito, muy dulce, visiblemente muy bueno. No es difícil entrever en sus rasgos a su santo patrono, el evangelista Juan. Al escribir este libro me he interesado mucho en saber si este evangelista Juan era Juan el apóstol o Juan el viejo, si era judío o griego, y ahora que lo he terminado me da igual, ¿qué más da? Recuerdo solamente la frase que en su edad muy avanzada repetía en Éfeso de la mañana a la noche, como el pequeño Patrick: «Hijitos míos, amaos unos a otros.»

7

El evangelista Juan nos cuenta lo que Jean Vanier nos cuenta a su vez esta noche mientras aguardamos alrededor de las palanganas: Jesús acaba de resucitar a Lázaro, cada vez más gente le toma por el Mesías. Lo han aclamado al llegar a Jerusalén, agitando a su paso ramas de palmeras. Aunque haya tenido que hacer su entrada en la ciudad santa a lomos de un borrico en vez de un caballo majestuoso, se siente que se avecinan grandes hechos. Tres días después, los tres días que separan el Domingo de Ramos del Jueves Santo, cena con los doce discípulos en la famosa habitación de arriba. En un momento de la cena se levanta, se quita la túnica, se queda sólo con un paño a modo de cinto. Sin decir una palabra, vierte agua en un barreño para lavar los pies de sus discípulos y luego secarlos con el paño que lleva atado a la cintura. Es la tarea de un esclavo: los discípulos están estupefactos. Se arrodilla delante de Pedro, que protesta: «¿Tú, Señor? ¿Lavarme los pies a mí?» «Lo que yo hago», responde Jesús, «no puedes comprenderlo ahora. Lo comprenderás más tarde.» «Nunca», exclama Pedro. «¡Nunca jamás!»

No es la primera vez que Pedro no entiende nada, ni tampoco es la última. Esta historia de los pies es demasiado para él. A pesar de las advertencias de Jesús, los acontecimientos de los últimos días le han convencido de que había sucedido, de que él y los demás habían apostado por el buen caballo, de que Jesús iba a tomar el poder y convertirse en el jefe. A un jefe se le venera, se le admira, se le pone en un pedestal. Pero la admiración no es amor. El amor quiere la proximidad, la reciprocidad, la aceptación de la vulnerabilidad. El amor no dice lo que nos pasamos la vida diciendo continuamente a todo el mundo: «Yo valgo más que tú.» El amor tiene otras formas de tranquilizarse. Otra autoridad, que no viene de arriba sino de abajo. Nuestras sociedades, todas las sociedades humanas, son piramidales. En la cima están los importantes: los ricos, los poderosos, los bellos, los inteligentes, las personas a las que todo el mundo mira. En el medio están los ciudadanos de a pie, que son la mayoría y a los que nadie mira. Y, por último, en la base están todos aquellos a los que incluso los del medio miran muy satisfechos por encima del hombro: los esclavos, los tarados, los pobres diablos. Pedro es como todo el mundo: le gusta ser amigo de los importantes, no de los parias, y he aquí que Jesús se pone precisamente en el lugar de los parias. La cosa ya no marcha. Pedro contrae los pies para que Jesús no pueda lavárselos y dice: «Nunca jamás.» Jesús le responde con firmeza: «Si no te lavo los pies no puedes relacionarte conmigo, no puedes ser mi discípulo», y Pedro cede poniendo muchas pegas, como siempre: «Bueno, pero entonces no sólo los pies. También las manos, y después la cabeza.»

Cuando les ha lavado los pies a todos, Jesús se incorpora, se pone la túnica y vuelve a su sitio. Dice: «Me llamáis Señor y Maestro, y tenéis razón: es lo que soy. Y puesto que yo, que soy Señor y Maestro, os he lavado los pies, vosotros también debéis lavároslos unos a otros. Si lo hacéis seréis felices.»

«Seréis felices»: eso también es una bienaventuranza, dice Jean Vanier. En las comunidades del Arca recuerdan esta bienaventuranza que el evangelista Juan es el único en mencionar. Como soy un historiador incorregible me digo para mis adentros: es, sin embargo, extraño que sólo él la mencione, si los Doce al completo han sido testigos y participantes de una escena tan memorable. Marcos, Mateo y Lucas informan del pan, del vino, del «haréis esto en memoria mía», y me digo también que las cosas podrían haber tomado otro rumbo: que el sacramento central del cristianismo podría ser el lavatorio de pies en vez de la Eucaristía. Lo que se hace en los retiros del Arca se haría todos los días en la misa y no resultaría mucho más absurdo: más bien menos, a decir verdad.

«Me acuerdo de que cuando abandoné la dirección del Arca», dice Jean Vanier, «me tomé un año sabático como asistente en una de las comunidades, justo aquí al lado, y el chico del que me ocupaba se llamaba Éric. Tenía dieciséis años. Era ciego, sordo, no podía hablar, no podía caminar, no había aprendido ni aprendería nunca a estar limpio. Su madre le había abandonado cuando nació, había pasado toda su vida en el hospital, nunca había mantenido una verdadera relación con alguien. Nunca he conocido a nadie tan angustiado. Había sido rechazado de tal modo, humillado hasta tal punto, todas las señales que había recibido le habían comunicado de tal forma que era malo y que nadie le quería que se había amurallado totalmente en su angustia. Lo único que podía hacer, algunas veces, era gritar, lanzar durante horas gritos agudos que me enloquecían. Es terrible: llegué a comprender a esos padres que maltratan a sus hijos o los matan. Su angustia despertaba la mía, y mi odio. ¿Qué se puede hacer con alguien que grita así? ¿Cómo te relacionas con alguien que es inaccesible hasta ese extremo? No puedes hablarle, no te oye. No puedes razonar con él, no comprende. Pero puedes tocarle. Puedes lavarle el cuerpo. Es lo que Jesús nos enseñó a hacer el Jueves Santo. Cuando instituye la Eucaristía, les habla a los Doce, colectivamente. Pero cuando se arrodilla para lavar los pies de sus discípulos lo hace personalmente delante de cada uno, llamándole por su nombre, y le toca la piel, llega a donde nadie ha sabido llegar. A Éric no le curará que le toquen y que le laven, pero no hay nada más importante, para él y para quien lo hace. Para quien lo hace: es el gran secreto del Evangelio. Es también el secreto del Arca: al principio queremos ser buenos, queremos hacer el bien a los pobres, y poco a poco, lo cual puede llevar años, descubres que son ellos los que nos hacen el bien, porque al estar cerca de su pobreza, de su debilidad, de su angustia, ponemos al desnudo nuestra pobreza, nuestra debilidad, nuestra angustia, que son las mismas, las mismas para todos, y entonces comenzamos a ser más humanos.

»Y, ahora, adelante.»

Se levanta, va a sumarse al grupo en que le han reservado un puesto. En este grupo hay una chica con síndrome de Down, Élodie, que mientras Vanier hablaba no ha dejado de pasearse por la sala, de dar pasitos de danza bastante gráciles, de reclamar carantoñas a uno o a otro, pero al ver que él ocupa su puesto ella también vuelve al suyo, a su lado. Ella aguardaba este momento, sabe cómo se hace y tiene aspecto de estar contenta, tan perfectamente metida en su tarea como Pascal, el chico con síndrome de Down que servía la mesa del padre Xavier en su chalecito de Le Levron.

Nos quitamos los zapatos, los calcetines, remangamos el dobladillo de los pantalones. Empieza el jefe de recursos humanos, se arrodilla delante del director de escuela, le vierte en los pies agua tibia de la jarra, se los frota un poco, diez, veinte segundos, es relativamente largo, tengo la impresión de que lucha contra la tentación de actuar demasiado deprisa y reducir el ritual a algo puramente simbólico. Un pie, después el otro, a continuación se los seca con la toalla. Luego al director de escuela le toca el turno de arrodillarse delante de mí, de lavarme los pies antes de que yo se los lave a la mujer de Cáritas. Miro estos pies, no sé lo que pienso. Es realmente muy extraño, lavar pies de unos desconocidos. Recuerdo una bella frase de Emmanuel Lévinas que me ha citado Bérengère en un e-mail, sobre el rostro humano que, desde el instante en que se le *ve,* prohíbe matar. Ella decía: sí, es verdad, pero todavía lo es más para los pies: son todavía más pobres, más vulnerables, son realmente lo más vulnerable que existe: el niño que habita en cada uno de nosotros. Y si bien todo este proceso me parece un poco embarazoso, es hermoso que unas personas se reúnan para esto, para acercarse todo lo posible a lo que hay de más pobre y vulnerable en el mundo y en nosotros mismos. Me digo que el cristianismo es esto.

No obstante, no me gustaría ser tocado por la gracia y, por el hecho de haber lavado unos pies, volver a casa convertido como hace veinticuatro años. Por suerte, no sucede nada de esto.

8

Al día siguiente, domingo, después de comer, concluye el retiro. Antes de separarse, de que cada uno vuelva a su casa, todo el mundo entona un cántico del tipo «Jesús es mi amigo». La cordial señora que se ocupa de Élodie, la muchacha con síndrome de Down, toca la guitarra, y como es un cántico alegre todos empiezan a dar palmadas, patadas contra el suelo y a contonearse como en una discoteca. Con la mejor voluntad del mundo, sinceramente no soy capaz de participar en un momento religioso tan intensamente kitsch. Tarareo vagamente, con la boca cerrada, me columpio de un pie a otro, aguardo a que esto acabe. De repente, a mi lado, aparece Élodie, que se ha lanzado a una especie de farandola. Se planta delante de mí, sonríe, eleva los brazos al cielo, se ríe francamente y sobre todo me mira, me incita con la mirada, y hay tanto júbilo en esa mirada, un júbilo tan candoroso, tan confiado, tan abandonado, que me pongo a bailar como los demás, a cantar que Jesús es mi amigo, y las lágrimas me afluyen a los ojos mientras canto, mientras bailo, mirando a Élodie que ahora ha elegido a otro compañero, y me veo forzado a admitir que aquel día, por un instante, vislumbré lo que es el Reino.

9

De regreso en casa, antes de guardar en su caja de cartón los cuadernos que contienen mis comentarios sobre Juan, los hojeo por última vez. Voy al final. El 28 de noviembre de 1992, copié las últimas frases del Evangelio:

«Es el discípulo [al que Jesús amaba] el que da testimonio de estos hechos y los ha escrito. Sabemos que su testimonio es verídico. Jesús hizo todavía muchas otras cosas. Para escribirlas todas, haría falta tal cantidad de libros que no cabrían en el mundo.»

Después de esta frase anoté: «Jesús hizo todavía muchas otras cosas: las que hace todos los días en nuestra vida, la mayoría de las veces sin que lo sepamos. Testimoniar algunas de ellas, escribir a mi vez un testimonio verídico: creo que aquí está mi vocación. Permite, Señor, que le sea fiel, a pesar de las asechanzas, de los pasajes vacíos, de los alejamientos inevitables. Es esto lo que te pido al final de estos dieciocho cuadernos: la fidelidad.»

He escrito de buena fe este libro que acabo aquí, pero aquello a lo que intenta acercarse es tanto más grande que yo, que esta buena fe, lo sé, es irrisoria. Lo he escrito entorpecido por lo que soy: un hombre inteligente, rico, de posición: otros tantos impedimentos para entrar en el Reino. Con todo, lo he intentado. Y lo que me pregunto en el momento de abandonar este libro es si traiciona al joven que fui, y al Señor en quien creí, o si, a su manera, les ha sido fiel.

No lo sé.

ÍNDICE